BESTSELLER

Clive Cussler posee una naturaleza tan aventurera como la de sus personajes literarios. Ha batido todos los récords en la búsqueda de minas legendarias y dirigiendo expediciones en pos de recuperar restos de barcos naufragados, de los cuales ha descubierto más de sesenta de inestimable valor histórico. Asimismo, Cussler es un consumado coleccionista de coches antiguos, y su colección es una de las más selectas del mundo. Sus novelas han revitalizado el género de aventuras y cautivan a millones de lectores. Entre ellas cabe destacar *Sahara*, *El buda de oro*, *La odisea de Troya* y *Viento letal*. *La costa de los diamantes* es la cuarta novela de la serie que narra las aventuras de Juan Cabrillo y sus hombres. Clive Cussler divide su tiempo entre Denver (Colorado) y Paradise Valley (Arizona).

Jack Du Brul es un afamado escritor de *techno thrillers*. Es el autor de seis libros protagonizados por el intrépido geólogo Philip Mercier.

Biblioteca

CLIVE CUSSLER
CON JACK DU BRUL

La costa de los diamantes

Traducción de
Alberto Coscarelli

DEBOLS!LLO

Título original: *Skeleton Coast*

Primera edición en Debolsillo: octubre, 2009

© 2006, Sandecker, RLLLP
  Publicado por acuerdo con Peter Lampack Agency, Inc.
  551 Fifth Avenue, Suite 1613, New York,
  NY 10176-0187 USA
© 2008, Random House Mondadori, S. A.
  Travessera de Gràcia, 47-49. 08021 Barcelona
© 2008, Alberto Coscarelli Guaschino, por la traducción

Printed in Spain – Impreso en España

ISBN: 978-84-9908-043-7 (vol. 244/31)
Depósito legal: B-32859-2009

Compuesto en Fotocomposición 2000, S. A.

Impreso en Liberdúplex, S. L. U.
Sant Llorenç d'Hortons (Barcelona)

P 880437

1

Desierto de Kalahari, 1896

Él nunca tendría que haberles ordenado que dejasen las armas atrás. La decisión les costaría la vida a todos. Pero, realmente ¿había tenido otra elección? Cuando la última acémila se había quedado coja habían tenido que redistribuir la carga, y eso significaba abandonar el equipo. No fue necesario debatir la necesidad de llevar las cantimploras que el animal había cargado, o las alforjas llenas de gemas en bruto. Habían tenido que abandonar las tiendas, los sacos de dormir, quince kilos de comida, y los fusiles Martini-Henry que cada uno de los cinco hombres había llevado, junto con la munición. Pero incluso con esta carga menor los caballos supervivientes estaban muy sobrecargados, y con el sol que comenzaba a salir una vez más para machacar el desierto nadie esperaba que sus monturas durasen hasta el final del día.

H. A. Ryder sabía que le tocaba dirigir a los otros a través del Kalahari. Era un viejo experto de África, después de haber abandonado una pobre granja en Sussex en los alocados días de la fiebre de los diamantes tras el descubrimiento de las minas de Kimberley. Pero cuando llegó en 1868, todo Colesberg Kopje, la colina donde los primeros diamantes habían sido descubiertos, ya estaba reclamada, y también los campos a su alrededor en un radio de varios kilómetros. Así que Ryder se dedicó a abastecer de carne al ejército de trabajadores.

Con un par de carretas y centenares de sacos de sal para curar la caza, él y un par de guías nativos recorrieron centenares de miles de kilómetros cuadrados. Había sido una existencia solitaria pero que Ryder había llegado a querer, de la misma manera que había llegado a querer la tierra, con sus maravillosas puestas de sol y espesos bosques, arroyos de agua cristalina, y horizontes lejanos que parecían imposibles de alcanzar. Había aprendido a hablar el idioma de varias tribus, los matabeles, los mashonas, y los feroces y aguerridos hereros. Incluso comprendía algunos de los extraños chasquidos y silbidos que los hombres del desierto utilizaban para comunicarse.

Había comenzado a trabajar como guía de safaris para que los ricos ingleses y norteamericanos pudiesen adornar las paredes de sus mansiones con trofeos, y había dedicado tiempo a encontrar rutas adecuadas para el tendido de los cables de la compañía de telégrafos a través de la parte sur del continente. Había peleado en una docena de combates y había matado diez veces ese número de hombres. Conocía y comprendía a la gente africana y conocía todavía mejor lo salvaje que era la propia tierra. Sabía que nunca tendría que haber aceptado el trabajo de guiar a los otros desde Bechuanalandia* a través del vasto desierto de Kalahari en una loca escapada hacia el mar. Pero siempre estaba la atracción de la gran ganancia, el canto de sirena de la riqueza instantánea que lo había traído a África tantos años atrás.

Si lo conseguían, si el despiadado desierto no los reclamaba, entonces H. A. Ryder tendría la fortuna con la que siempre había soñado.

—¿Crees que ellos todavía están allá atrás, H. A.?

Ryder miró hacia el sol naciente con los ojos entrecerrados hasta el punto que casi desaparecieron en la piel curtida. No podía ver en el distante horizonte más que cortinas de ondulante ca-

---

* Actual Botswana. *(N. del T.)*

lor que se formaban y disolvían como el humo. Entre ellos y el feroz sol había dunas de arena blanca; ondulantes olas que rivalizaban con las olas de un huracán. Con el sol vino el viento, que azotaba las cumbres de las dunas de forma tal que la arena volaba de sus crestas en ardientes nubes.

—Sí, muchacho —respondió sin mirar al hombre que estaba a su lado.

—¿Cómo puedes estar seguro?

H. A. se volvió hacia su compañero Jon Varley.

—Nos seguirán hasta las puertas del infierno por lo que les hicimos.

La certidumbre de la voz rasposa de H. A. hizo que Varley palideciera debajo del bronceado. Como Ryder, los otros cuatro hombres del grupo habían nacido en Inglaterra y habían venido a África a buscar fortuna, aunque ninguno era tan veterano como el guía.

—Será mejor que nos pongamos en marcha —dijo Ryder. Habían estado viajando con la relativa frescura de la noche—. Podemos recorrer unos cuantos kilómetros más antes de que el sol esté alto.

—Creo que deberíamos montar el campamento aquí —opinó Peter Smythe, el más novato del grupo, y de lejos el que peor lo llevaba. Había perdido su actitud bravucona a poco de entrar en el mar de arena y ahora se movía con el paso cansado de un viejo. Unas grietas blancas se le habían formado en la comisura de los ojos y la boca, y se había apagado el brillo de sus ojos azules.

Ryder miró a Peter y de inmediato vio las señales. Todos habían compartido la misma ración de agua desde que habían llenado las cantimploras y los odres diez días antes en un pozo, pero el cuerpo de Smythe parecía necesitar más que los otros. No era una cuestión de fuerza o voluntad, era sencillamente que el muchacho necesitaba beber más para mantenerse vivo. H. A. sabía cuánta agua quedaba hasta la última gota, y a menos que pudiese encontrar otro pozo, Smythe sería el primero en morir. La idea de darle más agua nunca pasó por la cabeza de Ryder.

—Seguiremos adelante.

Miró hacia el oeste y vio el espejismo del terreno que ya habían recorrido. Las hileras de dunas se extendían aparentemente hasta el infinito. El cielo estaba tomando un color dorado con la luz reflejada del desierto. Ryder miró a su montura. El animal estaba sufriendo; eso le hacía sentirse culpable, mucho más que por el joven Smythe, porque el pobre animal no tenía más alternativa que llevarlos a través de este cruel entorno. Utilizó un cuchillo para sacar una piedra del casco del caballo y acomodó la manta en la zona en que las correas de las alforjas comenzaban a lastimarlo. El una vez brillante pelaje del animal se veía opaco y la piel le colgaba en pliegues allí donde la carne había comenzado a desaparecer.

Acarició el morro del caballo y le murmuró unas pocas palabras al oído. No había manera de que ninguno de ellos montara. Los animales ya se doblegaban bajo el peso de las cargas, incluso aligerado. Cogió las riendas y comenzó a caminar. Las botas de Ryder se hundían hasta arriba mientras guiaba al caballo en su descenso por la ladera de una duna. La arena corría debajo de ellos, siseaba y se deslizaba por la ladera, amenazando con derribarlos, a él y su montura, si alguno de los dos daba un paso en falso. H. A. no miró atrás. Los hombres no podían hacer más que seguirlo o morir donde estaban.

Caminó durante una hora mientras el sol continuaba su inexorable ascenso en el cielo sin nubes. Se metió un pulido guijarro entre los dientes y la lengua en un intento de hacer creer a su cuerpo que no estaba gravemente deshidratado. Cuando hizo una pausa para secarse el interior de su gran sombrero, el calor golpeó el redondel rojo de la coronilla. Quería continuar una hora más, pero escuchaba los esfuerzos de los hombres que lo seguían. Aún no habían llegado al punto donde consideraría abandonarlos, así que los guió al socaire de una duna muy alta y comenzó a montar un toldillo con las mantas de los caballos. Los hombres se dejaron caer al suelo, jadeantes mientras él montaba el magro campamento.

H. A. fue a ver cómo estaba Smythe. Los labios del joven no eran más que ampollas reventadas que derramaban un fluido claro y los pómulos parecían quemados con un hierro sacado de las brasas. Ryder le recordó que solo se aflojase los cordones de las botas. Todos tenían los pies tan hinchados que si se las quitaban no podrían volver a ponérselas. Lo miraron expectantes mientras él finalmente cogía un par de cantimploras de una alforja. Destapó una de ellas y de inmediato uno de los caballos relinchó al oler el agua. Los demás se acercaron y su propia montura rozó su cabeza contra el hombro de H. A.

Para no perder ni una sola gota, Ryder vertió una ración en un bol y lo sostuvo para que el animal bebiese. Se lo bebió ruidosamente y su estómago resonó cuando el agua llegó allí por primera vez en tres días. Vertió un poco más y de nuevo dio de beber al caballo. Hizo esto con todos los demás a pesar de su propia sed y las furiosas miradas de sus compañeros.

—Si ellos mueren, vosotros también —fue todo lo que dijo, porque ellos sabían que tenía razón.

Después de haber bebido, había que convencer a los caballos que comiesen de los morrales de cebada que uno de ellos había cargado. Los maneó con cuerdas y solo entonces pasó el bol para que los hombres bebiesen. Fue incluso más estricto con sus raciones, cada uno recibió un único trago antes que Ryder guardase la cantimplora en las alforjas. No hubo protestas. H. A. era el único de ellos que había cruzado antes este desolado desierto y dependían de él para atravesarlo.

La sombra de las mantas de los caballos era lamentablemente pequeña comparada con el terrible horno que era el Kalahari, uno de los lugares más calientes y secos del mundo, una tierra donde la lluvia podía caer una vez al año o no durante muchos. Mientras el sol batía la tierra con tremendos golpes de calor, los hombres yacían en un tórpido letargo, y solo se movían cuando la sombra se trasladaba con el sol para dejar una mano o una pierna expuesta al brutal castigo. Yacían con su tremenda sed y con su dolor, pero la mayoría yacía con su codicia, porque estos eran hombres todavía motivados, hombres próximos a convertirse en mucho más ricos de lo que cualquiera pudiese imaginar.

Cuando el sol llegó al cenit pareció ganar fuerza, y convirtió el gesto de respirar en una batalla entre la necesidad de aire y el deseo de evitar que el calor entrase en sus cuerpos. Evaporaba la humedad de los hombres con cada respiración y les dejaba los pulmones en llamas.

El calor continuó aumentando, un ardiente peso que parecía aplastar a los hombres contra el suelo. Ryder no recordaba que hubiese sido tan malo cuando había cruzado el desierto años atrás. Era como si el sol hubiese caído del cielo y ahora yaciese en la tierra, ardiente y furioso porque unos simples mortales intentasen desafiarlo. Era suficiente para volver loco a un hombre, y sin embargo soportaron la larga tarde, rezando para que el día finalmente llegase a su fin.

Con la misma rapidez que había comenzado, el calor empezó a disminuir cuando el sol finalmente bajó hacia el horizonte occidental, y pintó la arena con franjas de rojo y púrpura y rosa. Los hombres emergieron lentamente de debajo del toldo, y se quitaron el polvo de sus prendas mugrientas. Ryder subió a la duna que los había protegido del viento y observó el desierto detrás de ellos con el catalejo de latón en busca de sus perseguidores. No vio nada más que las dunas en movimiento. Sus huellas habían sido borradas por los constantes cambios, aunque eso era un pobre consuelo. Los hombres que los perseguían estaban entre los mejores rastreadores del mundo. Ellos los encontrarían en el mar de arena con la misma facilidad que si hubiesen dejado un rastro de piedras.

Lo que no sabía era cuánto terreno les habían ganado los perseguidores durante el día; porque parecían superhombres por su capacidad para soportar el sol y el calor. H. A. había calculado, cuando entraron en el desierto, que les llevaban una ventaja de cinco días. Ahora calculaba que la ventaja no era de más de un día. Al día siguiente se reduciría a medio día. ¿Y entonces? Sería el momento de pagar por el abandono de sus armas cuando la acémila se había quedado coja.

Su única esperanza era encontrar agua suficiente esta noche para los caballos, de forma que pudieran montar de nuevo.

Ya no quedaba líquido suficiente para dar de beber a los caballos, y la ración de los hombres era la mitad de lo que habían bebido después del alba. Para Ryder era como añadir el insulto a la injuria. El caliente reguero parecía solo humedecer la lengua más que saciar la sed, que ahora era un ardiente dolor en el estómago. Se obligó a comer un poco de tasajo.

Al mirar los rostros esqueléticos a su alrededor, H. A. comprendió que la marcha de esta noche sería una tortura. Peter Smythe no dejaba de balancearse. Jon Varley no estaba mucho mejor. Solo los hermanos, Tim y Tom Watermen, parecían estar bien; llevaban más tiempo en África que Smythe o Varley, y habían trabajado como vaqueros en una gran hacienda durante la pasada década. Sus cuerpos estaban más aclimatados al brutal sol africano.

H. A. se pasó las manos por sus grandes patillas, para quitar la arena del áspero pelo canoso. Cuando se agachó para atarse los cordones de las botas sintió como si tuviese el doble de sus cincuenta años. La espalda y las piernas le dolieron ferozmente y las vertebras crujieron cuando se levantó de nuevo.

—Ya estamos, muchachos. Os doy mi palabra de que esta noche beberemos a placer —dijo para levantarles la débil moral.

—¿Qué beberemos, arena? —bromeó Tim Watermen para mostrar que todavía podía.

—Los pobladores que se llaman a sí mismos los san han vivido en este desierto durante mil años o más. Se dice que pueden oler el agua a cien kilómetros de distancia y eso no está muy apartado de la realidad. Cuando crucé el Kalahari hace veinte años tuve a un guía san. El maldito encontraba agua allí donde nunca se me hubiese ocurrido mirar. La recogían de las plantas cuando había niebla por la mañana y bebían del rumen de los animales que cazaban con sus flechas envenenadas.

—¿Qué es el rumen? —preguntó Varley.

Ryder intercambió una mirada con los hermanos Watermen como si quisiese decirles que todos debían saberlo.

—El primer estómago de un animal como una vaca o un antílope es donde se procesa el bolo. El fluido en el interior es en su mayor parte agua y zumo de plantas.

—Pues no me importaría nada tomar algo de eso —consiguió murmurar Peter Smythe. Una única gota de sangre, de color clarete, colgó por la esquina de su labio agrietado. La lamió antes de que pudiese caer al suelo.

—Pero la mayor habilidad de los san es encontrar agua enterrada debajo de la arena en los lechos de los ríos secos que no han fluido en una generación.

—¿Puedes encontrar agua como ellos? —preguntó Jon Varley.

—He mirado en todos los lechos que hemos cruzado en los últimos cinco días —respondió H. A. Los hombres se sorprendieron. Ninguno de ellos se había dado cuenta de que hubiesen cruzado ningún cauce seco. Para ellos el desierto no era más que un paisaje monótono y vacío. Que H. A. hubiese sabido que habían cruzado los uadis aumentó la confianza en que él los sacaría de esta pesadilla.

—Anteayer hubo uno prometedor —continuó Ryder—, pero no estaba seguro y no podemos permitirnos perder el tiempo con mis equivocaciones. Calculo que estamos a dos, quizá tres días de la costa, y eso significa que esta parte del desierto recibe humedad del océano, además de alguna tormenta ocasional. Encontraremos agua, muchachos. De eso podéis estar seguros.

Fue lo máximo que había hablado H. A. desde que les dijese a los hombres que abandonasen las armas y tuvo el efecto deseado. Los hermanos Watermen sonrieron, Jon Varley consiguió cuadrar los hombros, e incluso el joven Smythe dejó de balancearse.

La luna comenzó a ascender detrás de ellos mientras los últimos rayos de sol se hundían en el distante Atlántico, y muy pronto el cielo se llenó con más estrellas de las que un hombre podía contar en cien vidas. El desierto estaba silencioso como una iglesia, salvo por el susurro de la arena que se deslizaba debajo de las botas y los cascos y el ocasional crujido del cuero de las monturas. El paso era firme y mesurado. H. A. era muy consciente de la debilidad del grupo, pero nunca olvidó las hordas que seguramente les seguían el rastro.

Ordenó el primer alto a medianoche. La naturaleza del desierto había cambiado ligeramente. Si bien aún continuaban hundiéndose hasta los tobillos en la arena, había trozos de grava suelta en muchos de los valles. H. A. había visto viejos agujeros de pozos en algunos de los lugares, sitios donde los antílopes habían escarbado en la dura tierra en busca del agua subterránea. No vio ninguna señal de que los humanos los hubiesen utilizado, y por lo tanto supuso que se habían secado siglos atrás. No mencionó el descubrimiento a los hombres pero sirvió para aumentar su confianza de que encontraría un pozo con agua.

Les permitió a los hombres una doble ración, ahora seguro de que podrían llenar de nuevo las cantimploras y dar de beber a los caballos antes de la salida del sol. Si no lo conseguía, no tenía sentido racionar, porque el desierto los mataría por la mañana. Ryder le dio la mitad de su ración a su caballo, aunque los demás se bebieron las suyas sin preocuparse de los animales de carga.

Una solitaria nube tapó la luna media hora después de haber reanudado la marcha, y cuando pasó, el cambio de luz hizo que algo en el suelo del desierto llamase la atención de Ryder. Según la brújula y las estrellas había seguido una dirección oeste, y ninguno de ellos dijo nada cuando de pronto viró hacia el norte. Se adelantó a los demás, consciente del cambio del suelo debajo de sus botas, y cuando llegó al punto se dejó caer de rodillas.

No era más que un lunar en el chato valle, de poco más de un metro de ancho. Miró alrededor del lugar, y sonrió quedamente cuando encontró trozos de cáscara de huevo, así como uno casi intacto si no fuera por la grieta alargada que corría como una falla a lo largo de su pulida superficie. La cáscara tenía el tamaño de su puño y mostraba un agujero en la parte superior. El tapón era un puñado de hierba seca mezclado con goma nativa. Era una de las más valiosas posesiones de los san, porque sin estos huevos de avestruz no tenían manera de transportar agua. El que se había roto cuando lo llenaban bien podría haber condenado al grupo de nativos que había utilizado este pozo por última vez.

H. A. casi notaba a los fantasmas que lo miraban desde las riberas del viejo cauce, pequeños espíritus que no llevaban más que coronas de juncos alrededor de sus cabezas y cinturones de cuero crudo festoneados con bolsas para los huevos de avestruz y las aljabas para las pequeñas flechas envenenadas que usaban para cazar.

—¿Qué has encontrado, H. A.? —preguntó Jon Varley, que se arrodilló en el suelo junto al guía. Su antes brillante cabello negro le caía lacio sobre los hombros, pero de alguna manera había conseguido mantener un brillo de pirata en sus ojos. Eran los ojos de un desesperado intrigante, un hombre impulsado por sueños de instantánea riqueza y dispuesto a enfrentarse a la muerte para verlos cumplidos.

—Agua, señor Varley. —Aunque tenía veinte años más que él, H. A. intentaba hablar con deferencia a todos sus clientes.

—¿Qué? ¿Cómo? No veo nada.

Los hermanos Watermen se sentaron en una piedra cercana. Peter Smythe se desplomó a sus pies. Tim ayudó al muchacho a sentarse para que la espalda le quedase apoyada contra la piedra. Su cabeza cayó sobre el delgado pecho; su respiración era superficial.

—Está en el subsuelo, como les dije.

—¿Cómo la sacamos?

—Cavando.

Sin otra palabra más, los dos hombres comenzaron a apartar la tierra que un nativo había utilizado laboriosamente para rellenar el precioso pozo y así evitar que se secase. Las manos de H. A. eran grandes y tan callosas que podía utilizarlas como palas, y arrancaba la tierra agrietada sin preocuparse de los agudos guijarros. Varley tenía las manos de un jugador, suaves y, en un momento, bien cuidadas, pero cavaba con el mismo ímpetu que el guía; la terrible sed le permitía no hacer caso de los cortes y rasguños y la sangre que goteaba de las yemas de sus dedos.

Cavaron sesenta centímetros y seguían sin encontrar señales de agua. Tenían que agrandar el agujero porque eran mucho más grandes que los guerreros nativos cuya tarea era cavar estos pozos. A los noventa centímetros, H. A. sacó un puñado de tierra y cuando la dejó caer fuera del agujero, una delgada capa se le quedó pegada a la piel. La hizo girar entre los dedos hasta formar una pequeña bola de barro. Cuando la apretó, una temblorosa gota de agua brilló a la luz de las estrellas.

Varley soltó un grito e incluso H. A. esbozó una sonrisa.

Redoblaron sus esfuerzos; arrojaban barro fuera del agujero con absoluta despreocupación. Ryder tuvo que apoyar una mano en el hombro de Varley para contenerlo cuando consideró que ya habían cavado bastante.

—Ahora esperamos.

Los otros hombres se reunieron alrededor del pozo y miraron en expectante silencio hasta que súbitamente el fondo oscuro del pozo se volvió blanco. Era la luna que se reflejaba en el agua del acuífero circundante que fluía en el pozo. H. A. utilizó un trozo de tela arrancado de su camisa como filtro y sumergió la cantimplora en el agua fangosa. Tardó varios minutos en llenarse hasta la mitad. Peter gimió al escuchar el chapoteo cuando H. A. la sacó del agujero.

—Aquí tienes, muchacho —dijo Ryder, y le acercó la cantimplora. Peter fue a cogerla con ansia pero el guía no la soltó—. Lentamente, muchacho, bebe lentamente.

Smythe estaba demasiado desesperado como para escuchar el consejo de H. A.; su primer gran trago hizo que sufriese un tremendo ataque de tos y el agua se desperdició en el suelo del desierto. Cuando se recuperó bebió a sorbos, con aspecto dócil. Tardaron cuatro horas en obtener agua suficiente para que bebiesen a placer y finalmente tomasen su primera comida en días.

H. A. continuaba dando de beber a los caballos cuando el sol comenzó a apuntar por encima del horizonte. Tuvo cuidado con ellos para que no sufrieran calambres o hinchazones, y los alimentó con cuidado; aun así, sus grandes estómagos resonaron de contento mientras comían y conseguían orinar por primera vez en días.

—¡H. A! —Tim Watermen había ido más allá de la orilla para hacer sus necesidades en privado. Aparecía recortado contra la luz del alba agitando frenéticamente su sombrero y señalando hacia el sol naciente.

Ryder sacó el catalejo de la alforja y dejó los caballos para subir a la colina como un hombre poseído. Empujó a Watermen con tanta fuerza que ambos cayeron al suelo. Antes de que Tim pudiese protestar, Ryder le tapó la boca con la mano y susurró:

—Habla en voz baja. El sonido viaja muy bien a través del desierto.

Tendido boca abajo, H. A. se llevó el catalejo al ojo.

«Mira cómo se acercan —pensó—. Dios, son magníficos.»

Lo que había unido a estos cinco hombres era el tremendo odio que Peter Smythe sentía hacia su padre, un temible hombre que afirmaba haber tenido una visión del arcángel Gabriel. El arcángel le había dicho a Lucas Smythe que vendiese todo lo que poseía y se fuese a África para transmitir la palabra de Dios a los salvajes. Si bien no había sido especialmente religioso antes de su visión, Smythe se dedicó a la Biblia con tanto entusiasmo que cuando solicitó ser miembro de la London Missionary Society ellos estuvieron a punto de rechazarle porque se había convertido en un fanático. Pero al final lo habían aceptado por la única razón de no verlo más por sus despachos. Lo enviaron a él y a su enfadada esposa e hijo a Bechuanalandia, para reemplazar a un ministro que había muerto de malaria.

Lejos de las restricciones de la sociedad en una minúscula misión en el corazón de la tribu herero, Smythe se convirtió en un tirano religioso, porque el suyo era un Dios vengativo que exigía el total autosacrificio y una severa penitencia para incluso la más mínima de las transgresiones. Peter tanto podía ser azotado por su padre porque había murmurado las últimas palabras de una oración como podía quedarse sin cenar por no haber sido capaz de repetir un salmo cuando se le pedía.

En el momento de la llegada de la familia, el rey herero, Samuel Maharero, que había sido bautizado unas décadas antes, mantenía una amarga disputa con las autoridades coloniales, y, por lo tanto, había rechazado al ministro alemán enviado a sus tierras por la Sociedad Misional Renana. Lucas Smythe y su familia gozaban del favor del rey incluso si Maharero dudaba ante las amenazas del fuego del infierno de Smythe.

Si bien el joven Peter disfrutaba de su amistad con los muchos nietos del rey, la vida como adolescente cerca del poblado real era un tedio salpicado con momentos de terror cuando el espíritu se apropiaba de su padre; entonces no deseaba más que escapar.

Así que planeó su fuga, y confió a Assa Maharero, uno de los nietos del rey y su mejor amigo, lo que pensaba hacer. Durante una de sus muchas conversaciones estratégicas Peter Smythe hizo el descubrimiento que iba a cambiar su vida.

Se encontraba en una *rondoval,* una choza circular que los herero utilizaban para guardar el forraje y usarlo cuando los campos estaban demasiados secos para sus miles de cabezas de ganado. Era el lugar que él y Assa habían escogido como escondite, y aunque Peter había estado allí docenas de veces, esta fue la primera que advirtió que la tierra apisonada a lo largo de una de las paredes de adobe había sido cavada. La tierra negra había sido cuidadosamente aplastada, pero su mirada aguda descubrió la irregularidad.

Utilizó las manos para cavar en el punto, y descubrió que solo había una delgada capa de tierra sobre una docena de cántaros de cerámica. Los cántaros tenían el tamaño de su cabeza, y estaban tapados con una membrana de cuero de vaca. Sacó una. Era pesada y notó que algo se movía en el interior.

Peter aflojó cuidadosamente las puntadas alrededor del borde solo lo suficiente para que, al inclinar el cántaro, unas pocas piedras cayesen en la palma de su mano. Comenzó a temblar. Si bien no se parecía en nada a los estilizados dibujos de las piedras facetadas que había visto, sabía por la manera que dispersaban la poca luz en la choza que estaba sujetando seis diamantes en bruto. El más pequeño tenía el tamaño de la uña de su pulgar. El mayor era más del doble de grande.

En aquel momento entró Assa y vio lo que su amigo había descubierto. Sus ojos se abrieron de terror y rápidamente miró por encima del hombro para ver si había algún adulto cerca. Al otro lado de la cerca del corral un par de chicos vigilaban el ganado y una mujer caminaba unos pocos centenares de metros más allá con un fardo de paja en la cabeza. Corrió a través de la choza y quitó el cántaro de las manos de Peter.

—¿Qué has hecho? —susurró Assa en su extraño inglés con acento alemán.

—Nada, Assa, te lo juro —exclamó Peter con tono culpable—. Vi que habían enterrado algo y solo quise ver lo que era, nada más.

Assa le tendió la mano y Peter dejó las piedras en su palma. Mientras guardaba las piedras de nuevo debajo de la cubierta de cuero el joven príncipe africano le dijo:

—Bajo pena de muerte nunca debes hablarle de esto a nadie.

—Son diamantes, ¿no?

Assa miró a su amigo.

—Sí.

—Pero ¿cómo? Aquí no hay diamantes. Están todos en la Colonia del Cabo, alrededor de Kimberley.

Assa se sentó en la posición del loto delante de Peter, dividido entre su juramento a su abuelo y el orgullo de lo que su tribu había conseguido. Era tres años más joven que Peter, solo tenía catorce años, así que el vanagloriarse se impuso a la solemne promesa.

—Te lo diré pero nunca deberás repetirlo.

—Lo juro, Assa.

—Desde que fueron descubiertos los diamantes, los hombres de la tribu herero se trasladaron a Kimberley para trabajar en las minas. Trabajaban durante un año y volvían a casa con el dinero que los mineros blancos les daban, pero también se llevaban algo más. Robaban las piedras.

—He escuchado decir que a los hombres los revisan antes de dejarlos salir de los campamentos mineros, incluso en el culo.

—Lo que nuestros hombres hacían era cortarse la piel y colocar las piedras dentro de la herida. Cuando cicatrizaba no quedaba prueba alguna. A su regreso reabrían las heridas y recuperaban las piedras para regalárselas a mi bisabuelo, el jefe Kamaharero, que fue quien los mandó al sur, a Kimberley.

—Assa, algunas de estas piedras son muy grandes; sin duda tendrían que haberlos descubierto —señaló Peter.

Assa se echó a reír.

—Algunos de los guerreros herero también son muy grandes. —Recuperó la seriedad mientras continuaba con el relato—. Esto se prolongó durante muchos años, quizá unos veinte, pero entonces los mineros blancos descubrieron lo que habían estado haciendo los herero. Un centenar fueron arrestados e incluso aquellos que no habían ocultado ninguna piedra debajo de la piel fueron considerados culpables de robo. Los ejecutaron a todos. Cuando llegue el momento utilizaremos estas piedras para sacudirnos el yugo de la administración colonial. —Sus ojos negros brillaron—. Y volveremos a vivir como hombres libres. Ahora, júrame de nuevo, Peter, que nunca le dirás a nadie que has descubierto el tesoro.

Peter miró directamente a los ojos de su joven amigo.

—Lo juro.

Su juramento duró menos de un año. Cuando cumplió dieciocho años, dejó la pequeña misión, en el centro del recinto real. No le dijo a nadie que se marchaba, ni siquiera a su madre, y por eso se sentía culpable. Ahora ella tendría que soportar todo el peso de las terribles admoniciones de Lucas Smythe.

Peter siempre se había sentido como un superviviente. Él y Assa habían acampado docenas de veces en el *veld*, pero cuando llegó a la factoría, a noventa kilómetros de la misión, estaba casi muerto de cansancio y sed. Allí gastó un par de las preciosas monedas que había atesorado de los regalos de cumpleaños de su madre. Su padre nunca le había dado nada, convencido de que el único nacimiento que la familia debía celebrar era el de Jesucristo.

Apenas le quedó suficiente para pagar para que lo llevase a Kimberley al conductor de la carreta con un tiro de veinte bueyes, que hacía el viaje de retorno con una carga de marfil y tasajo. El carretero era un hombre mayor con un amplio sombrero blanco y las patillas más abundantes que Peter hubiese visto nunca. Junto con él, H. A. Ryder, iban un par de hermanos a quienes la oficina colonial del Cabo les había ofrecido pastos que encontraron ocupados por los matabeles; sin ningún deseo de combatir contra un ejército, habían escogido prudentemente regresar al sur. En el grupo también había un hombre delgado y de rostro aguileño llamado Jon Varley. En las semanas que viajaron hacia el sur, Peter nunca descubrió qué hacía Varley o qué le había llevado a un lugar tan lejano desde Colonia del Cabo; solo sabía que no confiaba en absoluto en él.

Una noche, en el campamento, después del peligroso cruce de un río en el que Peter había salvado la vida de uno de los bueyes de Ryder saltando sobre el animal y cabalgándolo como a un caballo, Varley abrió una alforja con botellas de licor. Era un brandy del Cabo muy fuerte, casi alcohol puro, pero los cinco hombres se sentaron alrededor de la hoguera a digerir las pintadas que Tim Watermen había cazado con su escopeta y se bebieron dos botellas.

Era la primera vez que Peter tomaba alcohol y, a diferencia de los demás, el brandy se le subió a la cabeza después de unos pocos tragos.

Fue inevitable que la charla se centrase en la prospección, dado que para cualquiera del lugar era una segunda naturaleza mantener un ojo atento a los minerales. Parecía que cada día marcaban un nuevo campo de diamantes o un filón de oro o una mina de carbón y alguien se convertía instantáneamente en millonario.

Peter sabía que no debía abrir la boca. Se lo había jurado a Assa. Pero quería encajar entre aquellos rudos hombres que hablaban con tanto conocimiento de cosas que él desconocía. Eran hombres de mundo, especialmente Varley y H. A., y Peter quería que ellos lo respetasen más que cualquier otra cosa en su vida. Así que, con la lengua suelta por el brandy, les habló de la docena de cántaros llenos de diamantes en bruto en el recinto palaciego del rey Maharero.

—¿Cómo lo sabes, muchacho? —siseó Varley como una serpiente.

—Porque el padre del muchacho es el predicador en Hererolandia —respondió H. A. con la mirada puesta en Peter—. Ahora te reconozco. Conocí a tu padre hace un par de estaciones, cuando fui a ver al rey para pedirle concesiones de caza en su tierra. —Su mirada firme observó al grupo—. Ha estado viviendo con los herero durante cuánto, ¿cinco años?

—Casi seis —precisó Peter orgullosamente—. Me conocen y confían en mí.

Antes de que hubiesen transcurrido quince minutos estaban discutiendo abiertamente la posibilidad de robar los cántaros. Peter aceptó sumarse al plan solo después de que los demás prometieran que se llevarían un único cántaro cada uno y dejarían siete para el pueblo herero; de lo contrario él no les diría dónde estaban las piedras.

En otra factoría, otros ciento sesenta kilómetros al sur, H. A. Ryder vendió su carreta y su preciosa carga por la mitad de lo que le hubiesen pagado el marfil en Kimberley y equipó a los hombres con caballos y pertrechos. Ya había decidido el rumbo que seguiría fuera del imperio herero, el único que les ofrecía una posibilidad de escapar una vez descubierto el robo. La factoría estaba al final del tendido telegráfico. Los hombres esperaron tres días mientras Ryder hacía los arreglos con un comerciante de Ciudad del Cabo que conocía.

H. A. se despreocupó del alto precio de lo que había pedido, en la suposición de que sería un millonario capaz de pagar la deuda o un cadáver secándose en el despiadado sol del Kalahari.

Era imposible colarse en el recinto real. Los mensajeros habían informado de su presencia al rey en cuanto habían entrado en su dominio. Pero H. A. era conocido del soberano, y el padre de Peter sin duda estaba ansioso por ver de nuevo a su hijo, aunque Peter sospechaba que recibiría un tratamiento más digno de Job que del hijo pródigo.

Tardaron una semana en llegar al recinto desde la frontera y Samuel Maharero recibió en persona a los jinetes cuando finalmente llegaron. Él y H. A. hablaron durante una hora en la lengua nativa del rey; el guía le dio noticias del mundo exterior, dado que el rey vivía en el exilio por orden de la administración colonial. El monarca, a su vez, le dijo a Peter, para su gran contento, que sus padres se habían marchado tierra adentro, donde su padre bautizaría a un grupo de mujeres y niños, y no regresarían hasta el día siguiente. Les dio permiso para pasar la noche pero rechazó la solicitud de H. A. de cazar en la tierra herero, como había hecho antes.

—No se puede culpar a un hombre por intentarlo, majestad.

—La persistencia es el vicio del hombre blanco.

Aquella noche entraron en el *rondoval*. La choza estaba llena hasta el techo con heno y tuvieron que meterse en la pila como ratones para llegar al lugar donde estaban los diamantes. Cuando Jon Varley sacó un segundo cántaro del agujero y vació el contenido en una alforja Peter Smythe comprendió que le habían engañado desde el principio. También los hermanos Watermen vaciaron varios cántaros en sus alforjas. Solo H. A. mantuvo su palabra y cogió el contenido de uno solo de los recipientes.

—Si no te los llevas, lo haré yo —susurró Varley en la oscuridad.

—Tú verás —replicó Ryder—, pero yo soy hombre de palabra.

Resultó que no tenían alforjas suficientes para todas las piedras, y después de llenarse los bolsillos de los pantalones y todos los demás lugares posibles, quedaron cuatro cántaros intactos. H. A. enterró cuidadosamente los cántaros e hizo todo lo que pudo para ocultar el robo. Se marcharon del recinto al amanecer, después de darle las gracias al rey por su hospitalidad. Maharero le preguntó a Peter si tenía algún mensaje para su madre. Peter solo pudo murmurar que le dijese que lo sentía mucho.

Tendido en la cresta de la duna por encima del pozo de agua, H. A. se permitió solo un momento para contemplar a los hombres del rey.

Cuando habían iniciado la marcha tras los ladrones habían sido todo un *impi*, un ejército de mil guerreros, que los rastreaba desde las tierras de la tribu. Pero eso había sido ochocientos kilómetros atrás, y la dureza había reducido su número; H. A. calculó que aún había más de un centenar de ellos, los más fuertes, y que corrían a un paso que devoraba la ventaja a pesar del hambre y la sed. El sol estaba lo bastante alto para brillar en las hojas de sus *assegais,* las afiladas lanzas que utilizaban para matar a cualquiera que se interpusiese en su camino.

H. A. tocó a Tim Watermen en la pierna y juntos se deslizaron hasta el fondo del cauce seco donde los demás se apiñaban nerviosamente. Los caballos habían notado el súbito cambio de humor. Escarbaban la tierra con los cascos y movían las orejas como si pudiesen escuchar el peligro que se acercaba.

—Hora de montar, muchachos —dijo Ryder, y sujetó las riendas que le alcanzaba Peter Smythe.

—¿Vamos a cabalgar? —preguntó el muchacho—. ¿Durante el día?

—Sí, muchacho. Eso o uno de los guerreros de Maharero adornará su choza con tus intestinos. En marcha. Solo estamos a poco más de kilómetro y medio de ellos y no sé durante cuánto tiempo soportan el calor los caballos.

Ryder era consciente de que si no hubiese encontrado agua la noche anterior, los herero se les echarían encima ahora como una jauría de perros salvajes. Solo una de sus cantimploras estaba llena cuando pasó una de sus largas piernas por encima del ancho lomo del caballo. Salieron del uadi y los cinco hombres giraron cuando dejaron la sombra de la depresión y sintieron el sol que les quemaba la nuca.

Durante los primeros kilómetros, H. A. los hizo avanzar a un trote constante que les permitía ganar un kilómetro y medio por cada cinco del *impi* herero. El sol achicharraba la tierra y secaba el sudor en el instante en que brotaba de sus poros. Con la protección de su amplio sombrero, H. A. tenía que cabalgar con los ojos entrecerrados al máximo para protegerlos del cegador reflejo de las dunas.

Descansar bajo un toldo cuando el Kalahari se convertía en un horno ya era bastante malo, pero intentar cruzar la vacía extensión bajo el brutal castigo era la cosa más dura que H. A. había hecho en toda su vida. El calor y la luz eran enloquecedores, como si le hirviesen los sesos. El ocasional sorbo de agua hacía poco más que escaldarle la garganta y recordarle su terrible sed.

El tiempo perdió su significado y Ryder necesitó de toda su concentración para recordar que debía consultar la brújula para guiarlos siempre hacia el oeste. Con tan pocas marcas terrestres para guiarse, la navegación era más adivinanza que ciencia, pero continuaron porque no tenían alternativa.

El viento, como el sol, era su constante compañero. H. A. había calculado que no estaban a más de treinta kilómetros del Atlántico Sur y había esperado que una brisa del océano los golpease de frente, pero el viento continuaba soplando desde atrás, y los empujaba constantemente. Ryder rezó para que su brújula funcionase bien y que la aguja que debía guiarlos hacia el oeste no estuviese de alguna manera llevándolos más profundamente hacia el terrible interior del desierto ardiente. La miraba constantemente, y agradeció que los hombres se hubiesen desperdigado un tanto y nadie viera la consternación en su rostro. El viento aumentó, y cuando miró atrás para observar la marcha de sus compañeros vio que habían desaparecido tras las cimas de las dunas. Largas nubes de arena volaban de cresta en cresta. La arena le pinchaba la piel y hacía que le lloraran los ojos. Eso no le gustaba en absoluto. Se dirigían en la dirección correcta, pero el viento no. Si los sorprendía una tormenta de arena sin la adecuada protección, había muy pocas posibilidades de que sobreviviesen.

Debatió si debía ordenar un alto para construir un refugio, valoró las probabilidades de que los alcanzase una gran tormenta, su proximidad a la costa, y el enfurecido ejército que no se detendría hasta que el último hombre de su grupo hubiese muerto. Faltaba una hora para la puesta de sol. Le volvió la espalda al viento y guió el caballo hacia delante. A pesar del tambaleante paso, el animal seguía siendo más rápido que un hombre a pie.

Con una rapidez que dejó desconcertado a H. A. llegó a lo alto de otra duna y vio que se habían acabado. Debajo se extendían las aguas gris pizarra del Atlántico Sur y por primera vez olió la sal y el yodo en el aire. Las olas se convertían en espuma blanca cuando descargaban sobre la ancha playa.

Se bajó del caballo, con las piernas y la espalda doloridas del largo viaje. No tenía fuerzas para gritar de alegría así que permaneció en silencio, con el fantasma de una sonrisa en la comisura de los labios mientras el sol se hundía en las frías y oscuras aguas.

—¿Qué pasa, H. A.? ¿Por qué te has detenido? —gritó Tim Watermen cuando aún estaba veinte metros por detrás y comenzaba a subir la ultima duna.

Ryder miró a la figura tambaleante y vio que el hermano de Tim no estaba mucho más lejos. Algo más allá, el joven Smythe se sujetaba a la cola de su caballo, mientras el animal seguía la huella marcada por los demás. Jon Varley no estaba todavía a la vista.

—Lo hemos conseguido.

Fue todo lo que tuvo que decir. Tim clavó las espuelas a su caballo para cubrir el último tramo y cuando vio el océano soltó un grito de triunfo. Se inclinó desde la montura y apretó el hombro de H. A.

—Nunca dudé de ti ni por un segundo, Ryder. Ni por un maldito segundo.

H. A. se permitió una carcajada.

—Tendrías que haberlo hecho. Yo sí que lo hice.

Los demás se reunieron con ellos al cabo de diez minutos. Varley tenía el peor aspecto de todos y H. A. sospechó que en lugar de racionar el agua, Jon se había bebido la mayor parte por la mañana.

—Así que hemos llegado al océano —gruñó Varley sobre el aullido del viento—. ¿Y ahora qué? Todavía hay un grupo de salvajes que nos siguen y, por si no te has dado cuenta, eso no podemos beberlo. —Señaló con un dedo tembloroso al océano.

H. A. no hizo caso de su tono. Sacó del bolsillo su reloj Baumgart y lo inclinó hacia el sol poniente para leer el dial.

—Hay una duna a unos dos kilómetros playa arriba. Tenemos que estar en la cumbre en una hora.

—¿Qué pasará en una hora? —preguntó Peter.

—Veremos si soy el navegador que creéis que soy.

La duna era la más alta a la vista; se alzaba más de setenta metros por encima de la playa. En la cresta, el viento era un brutal y constante peso que hacía moverse a los caballos en círculos. El aire estaba lleno de polvo y, cuanto más tiempo estaban en lo alto, más espesa parecía ser la polvareda. Ryder hizo que los hermanos Watermen y Jon Varley miraran la playa en dirección norte mientras que él y Peter vigilaban en dirección al sur.

El sol ya estaba bajo cuando dieron las siete, e incluso habían pasado, según el reloj de bolsillo de H. A. Ya tendrían que haber visto una señal. Un peso como de plomo se posó en su estómago. Había sido pedir demasiado cruzar centenares de kilómetros de desierto y creer que podía llegar a unos pocos kilómetros de un punto determinado de la costa. Podían encontrarse a cien kilómetros o más del lugar de la cita.

—¡Allí! —gritó Peter señalando con un dedo.

H. A. forzó la mirada en la oscuridad. Una diminuta bola roja incandescente parecía flotar cerca de la playa, en una parte alejada de la costa. Permaneció a la vista poco más de un segundo y desapareció de nuevo.

Un hombre de pie, al nivel del mar, puede ver aproximadamente cinco kilómetros antes de que la curvatura de la tierra impida su visión. Al subir a la duna, H. A. había aumentado el campo de visión a treinta kilómetros en cada dirección. Si añadía la altura a la que había subido la bengala, calculó que el punto de encuentro estaba a unos treinta kilómetros costa abajo. Había cruzado las desiertas extensiones hasta llegar a la vista de su objetivo, una notable proeza de navegación.

Los hombres llevaban despiertos cuarenta y ocho horas, pero el pensar que sus penurias estaban a punto de concluir, con el rescate de un rey como recompensa, les dio fuerzas para recorrer la última etapa. Los acantilados protegían la ancha playa de la cada vez más fuerte tormenta de arena, pero el polvo estaba enturbiando las aguas a lo largo de la rompiente mientras la arena se posaba en el océano. Las una vez blancas crestas tenían ahora el color marrón del fango, y parecía como si el mar se moviese más lentamente bajo el peso de las toneladas de arena que recibía.

A medianoche vieron las luces de un pequeño barco anclado a un centenar de metros de la orilla. El barco, un pequeño navío de cabotaje de unos setenta metros de eslora, tenía casco de acero y calderas de carbón. La superestructura estaba muy a popa, con una única chimenea muy alta, mientras que la parte delantera del casco la ocupaban cuatro bodegas, servidas por un par de plumas. La arena azotaba al barco y H. A. no sabía si tenía las calderas encendidas. La luna estaba casi toda oculta por la tormenta, así que no podía estar seguro de si salía humo por la chimenea.

Cuando llegaron delante del vapor, H. A. sacó una pequeña bengala de la alforja, el único objeto, aparte de los diamantes, que se había negado a dejar atrás. Encendió la bengala y la agitó por encima de la cabeza, gritando a todo pulmón para hacerse escuchar a través del viento. Los hombres se le unieron, gritaron y aullaron, sabiendo que al cabo de unos pocos minutos estarían a salvo.

Se encendió un reflector montado en el puente y su rayo cortó los remolinos de arena hasta posarse en el grupo de la playa, que bailaba entre su resplandor mientras los caballos se apartaban. Un momento más tarde bajaron una chalupa, y un par de hombres que manejaban los remos con la rápida pericia de los profesionales cubrieron la distancia hasta la playa en momentos. Una tercera figura estaba sentada a popa. Los hombres corrieron a meterse en el agua para recibir a la embarcación en cuanto la quilla cortó la arena poco antes de la rompiente.

—¿Eres tú, H. A.? —gritó una voz.

—Más te vale que lo sea, Charlie.

Charles Turnbaugh, primer oficial del SS *Rove,* saltó de la chalupa y permaneció sumergido hasta las rodillas en la rompiente.

—¿Esta es la historia más fantástica que me han contado o en realidad lo has conseguido?

H. A. levantó una de las alforjas. La sacudió, pero el viento era demasiado fuerte como para que nadie escuchase el entrechocar de las piedras en el interior.

—Digamos que he conseguido que tu viaje valga la pena. ¿Cuánto tiempo lleváis esperándonos?

—Llegamos aquí hace cinco días y hemos estando disparando una bengala cada noche a las siete, como nos pediste.

—Controla el cronómetro de tu barco. Atrasa un minuto. —En lugar de ocuparse de las presentaciones, H. A. añadió—: Escucha, Charlie, hay detrás de nosotros unos cien guerreros herero, y cuanto antes abandonemos la playa y desaparezcamos en el horizonte, más feliz me sentiré.

Charlie comenzó a llevar a los hombres exhaustos a la chalupa.

—Podemos sacarte de la playa, pero no más allá del horizonte durante algún tiempo.

Ryder puso una mano sobre la sucia chaqueta de su uniforme.

—¿Qué pasa?

—Estamos varados desde que bajó la marea. Los bajíos y los bancos de arena a lo largo de la costa cambian mucho. Cuando llegue la marea alta flotaremos libremente. No te preocupes.

—Ah, una cosa —dijo Ryder, antes de subir a la embarcación—. ¿Tienes una pistola?

—¿Qué? ¿Por qué?

H. A. miró por encima del hombro hacia donde los caballos se apiñaban, cada vez más aterrorizados a medida que arreciaba la tormenta.

—Creo que el capitán tiene una —añadió Charlie.

—Te estaría agradecido si se la pidieses prestada para mí.

—Solo son caballos —protestó Varley, acurrucado en la chalupa.

—Que se merecen algo mejor que morir en esta playa abandonada después de lo que hicieron por nosotros.

—Te la traeré —prometió Charlie.

H. A. ayudó a empujar la chalupa hasta que flotó y esperó con los caballos; les habló suavemente y les frotó las cabezas y los cuellos. Charlie regresó quince minutos más tarde y le entregó silenciosamente el arma. Un minuto más tarde, H. A. embarcó lentamente en la chalupa y permaneció inmóvil mientras lo llevaban hasta el carguero.

Encontró a sus hombres en el comedor devorando comida y bebiendo tanta agua como para hacer que cada uno de ellos pareciese un poco verde. H. A. bebió a sorbos, para permitir que su cuerpo se acomodase. El capitán James Kirby entró en la pequeña habitación con Charlie y el jefe de máquinas en el momento en que H. A. tomaba su primer bocado de estofado del comedor de oficiales.

—H. A. Ryder, tienes más vidas que un gato —exclamó el capitán. Era un hombre grande como un oso, con abundantes cabellos oscuros y una barba que le llegaba a la mitad del pecho—. Si hubiese sido cualquier otro y no tú quien me hubiese hecho una propuesta tan loca le hubiese dicho que se largase con viento fresco.

Los dos hombres se dieron la mano cordialmente.

—Con lo que me cobras sabía que me estarías esperando hasta que se congelase el infierno.

—Ya que hablamos de precios… —Una de las gruesas cejas de Kirby se alzó hasta la mitad de su frente.

Ryder dejó la alforja en el suelo y con gran ceremonia desabrochó las hebillas, alargando el momento hasta que pudo saborear la codicia de la tripulación. Levantó la solapa, buscó en el contenido de la alforja hasta encontrar una piedra que consideró apropiada, y la puso sobre la mesa. Se escuchó una exclamación colectiva. La iluminación del comedor procedía de un par de faroles colgados del techo con ganchos, pero captaron el fuego del diamante y lo desparramaron alrededor; parecía como si todos estuviesen dentro de un arco iris.

—Esto debe bastar para pagarte tus servicios —manifestó H. A.

—Sobra un poco de calderilla —susurró el capitán Kirby, y tocó la piedra por primera vez.

Una mano áspera despertó a H. A. a las seis de la mañana siguiente. Intentó no hacerle caso y se volvió en la litera que estaba usando mientras Charlie estaba de guardia.

—H. A., maldita sea. Levántate.

—¿Qué pasa?

—Tenemos un problema.

La gravedad en la voz de Charlie despertó a Ryder al instante. Se levantó de la litera y buscó sus prendas. El polvo cayó de la tela mientras se ponía el pantalón y la camisa.

—¿De qué se trata?

—Tendrás que verlo para creerlo.

Ryder era consciente de que la tormenta continuaba soplando más fuerte que nunca. El viento aullaba sobre el barco como un animal que intenta abrirse paso con las garras mientras rachas todavía más fuertes sacudían la nave de proa a popa. Charlie lo llevó al puente. Una luz amarillenta se filtraba a través de los cristales y era casi imposible ver la proa del navío, que solo estaba a cincuenta metros de distancia. H. A. vio el problema de inmediato. La tormenta había descargado tanta arena sobre la cubierta del carguero que el peso lo mantenía sujeto contra el fondo a pesar de la marea alta. Además, si antes habían tenido cien metros de agua entre ellos y la playa, ahora separaban el barco de la orilla menos de quince.

El Kalahari y el Atlántico estaban enzarzados en su eterna lucha por el territorio, una pelea entre la acción erosiva de las olas contra el impresionante volumen de arena que el desierto podía verter en el agua. Llevaban luchando el uno contra el otro desde el albor de los tiempos, cambiando constantemente la línea de la costa a medida que la arena encontraba debilidades en el constante azote de las corrientes y las mareas y luchaba para extender el desierto un palmo, un metro o un kilómetro. Y lo hacía sin la menor preocupación por el barco atrapado en la pugna.

—Necesito todas las manos disponibles para que comiencen a manejar la pala —manifestó Kirby con un tono sombrío—. Si la tormenta no cede, este barco se encontrará varado en tierra firme para medianoche.

Charlie y Ryder despertaron a sus respectivas tripulaciones y utilizaron las palas de la sala de máquinas, las ollas y sartenes de la cocina, hasta una tina del baño del capitán y salieron a enfrentarse a la tormenta. Con pañuelos que les cubrían las bocas y el viento tan fuerte que era imposible hablar, arrojaron montañas de arena de la cubierta al agua. Luchaban contra la tempestad, maldiciendo porque cada palada que lanzaban por la borda solo parecía volver para fustigarles los rostros.

Era como intentar contener la marea. Consiguieron despejar las escotillas de una de las bodegas, pero se encontraron con que la cantidad de arena acumulada sobre las otras tres se había duplicado. Los cinco aventureros y los veinte tripulantes del barco no eran rivales para la tormenta que había viajado a través de miles de kilómetros cuadrados de arena ardiente. La visibilidad era casi nula, así que los hombres trabajaban a ciegas, con los ojos fuertemente cerrados para protegerse de la arena que atacaba al barco desde todos los puntos de la brújula.

Después de una hora de frenético trabajo, H. A. fue a buscar a Charlie

—Es inútil. Tendremos que esperar y confiar en que la tormenta amaine. —Incluso con los labios casi rozando la oreja de Charlie, Ryder tuvo que repetirse tres veces para ser escuchado por encima del aullido del viento.

—Tienes razón —gritó Charlie en respuesta, y juntos fueron a llamar a los hombres.

Las tripulaciones volvieron tambaleantes al interior de la superestructura; de sus ropas se desprendían cascadas de arena con cada paso. H. A. y Jon Varley fueron los últimos en cruzar la escotilla, H. A. llevado por el deber de asegurarse que todos estaban bien, y Varley porque tenía la astucia de las ratas de no entregarse cuando estaba seguro de la recompensa. Era difícil hacerse escuchar incluso dentro del pasillo.

—Jesús bendito, por favor que esto acabe —rezó Peter, que casi lloraba de miedo al ver la fuerza de la naturaleza descargada contra ellos.

—¿Estamos todos? —preguntó Charlie.

—Eso creo. —H. A. se apoyó contra un mamparo—. ¿Los has contado?

Charlie comenzó a contar a su gente cuando se escuchó un fuerte golpe en la escotilla.

—Santo Dios, todavía hay gente ahí afuera —gritó alguien.

Varley era quien estaba más cerca de la escotilla y abrió los cierres. El viento estrelló la puerta contra los topes cuando la tormenta entró en el barco y arrancó la pintura de los mamparos con el roce de la arena. Al parecer no había nadie afuera. Debía tratarse de algún trozo suelto de equipo que había golpeado.

Varley se lanzó hacia delante para cerrar la puerta, y casi lo había conseguido cuando una brillante hoja plateada asomó un palmo por su espalda. La sangre goteaba de la punta de la lanza, y cuando fue arrancada de la brutal herida la sangre roció a la atónita tripulación. Jon giró en el aire al tiempo que se desplomaba sobre la cubierta, y su boca se movió sin emitir sonidos mientras la camisa se teñía de rojo. Un demonio negro vestido solo con plumas y un taparrabos pasó sobre Varley con una lanza en las manos. Detrás de él más siluetas estaban preparadas para la carga; sus gritos de guerra rivalizaban incluso contra el fragor de la tormenta.

—Hereros —susurró H. A. con resignación mientras la oleada de guerreros entraba en el barco.

La tormenta era un engendro de la naturaleza, un fenómeno que sucede una vez cada cien años, que sopló durante una semana y cambió para siempre la costa del sudoeste de África. Enormes dunas habían quedado arrasadas mientras habían crecido otras mucho más altas. Allí donde una vez había habido bahías, ahora grandes penínsulas de arena entraban en las frías aguas del Atlántico Sur. El continente había crecido diez kilómetros en algunos lugares, quince en otros, mientras el Kalahari ganaba una de sus batallas contra su archienemigo. Tendrían que rehacer el mapa a lo largo de centenares de kilómetros, siempre que alguien estuviese interesado en trazar un mapa de esta costa abandonada. Todos los marineros sabían muy bien que debían mantenerse lejos de este traicionero campo de batalla.

El informe oficial dio como desaparecidos en el mar al barco y a todos los que iban a bordo, algo que no estaba muy lejos de la verdad. Aunque no yacían bajo centenares de metros de agua, sino bajo la misma cantidad de arena blanca, casi doce kilómetros tierra adentro de donde las heladas olas de la corriente de Benguela golpean la Costa de los Esqueletos.

2

Laboratorios de Merrick/Singer, Ginebra, en la actualidad

Susan Donleavy estaba encorvada como un buitre sobre el ocular de su microscopio y miraba la acción que se desarrollaba en la platina como si fuese una diosa de la mitología a la que entretienen los mortales. En cierto sentido lo era, porque lo que había en la platina era algo de su propia creación, un organismo al que ella había insuflado vida, de la misma manera que los dioses habían hecho al hombre de barro.

Permaneció inmóvil durante casi una hora, hechizada con lo que estaba viendo, asombrada de que los resultados fuesen tan positivos al principio de su trabajo. Contra todos los principios científicos pero confiada en su instinto, Susan Donleavy sacó la platina del microscopio y la dejó a su lado en la mesa de trabajo. Cruzó la habitación hasta un frigorífico industrial que estaba junto a una de las paredes y sacó una de las varias garrafas de agua de cinco litros mantenidas exactamente a una temperatura de veinte grados centígrados.

El agua llevaba almacenada menos de un día, porque la traían en avión al laboratorio inmediatamente después de haber sido recogida. La necesidad de contar con muestras de agua fresca era uno de los principales gastos de su experimento; casi tan costoso como la detallada secuencia genética de sus sujetos.

Abrió la garrafa y olió la sal del agua de mar. Hundió una pipeta en el líquido y sacó una pequeña cantidad, que después transfirió a una platina. Una vez que la tuvo debajo del microscopio, observó el reino de lo infinitamente minúsculo. La muestra bullía de vida. En unos pocos mililitros de agua había una ingente cantidad de zooplancton y diatomos, criaturas unicelulares que formaban el primer eslabón de la cadena alimentaria de todo el océano.

Los animales y plantas microscópicas eran similares a las que había estado observando antes, solo que estas no habían sido modificadas genéticamente.

Satisfecha porque la muestra de agua no se había degradado con el transporte, vertió un poco en una redoma. La sostuvo por encima de la cabeza, y vio algunos de los diatomos en el resplandor de los tubos fluorescentes. Susan estaba tan concentrada en su trabajo que no escuchó que se abría la puerta del laboratorio; dado que era muy tarde, no esperaba que nadie viniese a interrumpirla.

—¿Qué tiene allí? —La voz la sobresaltó y casi dejó caer la redoma.

—Oh, doctor Merrick. No me había dado cuenta de que estaba aquí.

—Se lo he dicho, como se lo he dicho a todos en la compañía: por favor, llámeme Geoff.

Susan frunció el entrecejo ligeramente. Geoffrey Merrick en realidad no era mala persona, pero le desagradaba su amabilidad, como si sus miles de millones no tuvieran nada que ver en cómo lo trataban, especialmente los licenciados en prácticas que todavía estaban trabajando para conseguir sus doctorados. Tenía cincuenta y un años, pero se mantenía en forma esquiando durante casi todo el año; cuando el verano llegaba a los Alpes suizos se iba a los Andes. También era un poco vanidoso con su apariencia, pero la piel se veía un poco tensa después de un estiramiento. Aunque era doctor en química, Merrick había abandonado hacía mucho el trabajo de laboratorio y dedicaba su tiempo a supervisar la compañía de investigación que llevaba su nombre y el de su ex socio.

—¿Es este aquel proyecto sobre sustancias floculentas que su supervisor me mostró hace unos meses? —preguntó Merrick, que cogió la redoma de la mano de Susan y la observó.

Incapaz de mentirle para que se fuera, Susan respondió:

—Sí, doctor, perdón, Geoff.

—Me pareció una idea interesante cuando me la presentaron, aunque no tengo ni la más mínima idea de para qué se podría utilizar —comentó Merrick, y le devolvió la redoma—. Pero supongo que es eso lo que hacemos aquí. Perseguimos nuestros caprichos y vemos adónde nos llevan. ¿Qué tal va el proyecto?

—Creo que bien —dijo Susan, un tanto inquieta porque, por muy agradable que fuese, Merrick la intimidaba. Aunque, si debía ser sincera consigo misma, la mayoría de las personas la intimidaban, desde su jefe hasta las ancianas que le alquilaban su apartamento, pasando por el camarero del café donde tomaba el desayuno—. Estaba a punto de intentar un experimento nada científico.

—Bien, lo miraremos juntos. Por favor, continúe.

Las manos de Susan comenzaron a temblar, así que dejó la redoma en un soporte. Buscó la primera platina, la que contenía el fitoplancton manipulado, y recogió la muestra con una pipeta limpia. Luego vertió cuidadosamente el contenido en la redoma.

—No recuerdo los detalles de lo que está haciendo —dijo Merrick, junto a su hombro—. ¿Qué debemos estar viendo?

Susan se apartó para ocultar el hecho de que la incomodaba su proximidad.

—Como usted sabe, los diatomos como los de este fitoplancton tienen una pared celular de silicio. Lo que he hecho aquí es… bueno, lo que estoy intentando hacer, es encontrar la manera de disolver esa membrana y aumentar la densidad de la célula dentro de la vacuola. Mis especímenes modificados deberían atacar los diatomos inalterados en el agua y entonces entrar en un proceso de réplica acelerada, y si las cosas salen bien… —Su voz se apagó cuando fue a coger la redoma una vez más. Deslizó la mano en un guante aislante para tocar el recipiente de vidrio. Lo inclinó, pero en lugar de volcarse rápidamente, el agua se movió por las paredes de la vasija con la viscosidad del aceite de cocina. Colocó la redoma en posición normal antes de que gotease sobre la mesa del laboratorio.

Merrick aplaudió encantado, como un niño ante un truco de magia.

—Ha convertido el agua en algo parecido a un mucílago.

—Algo así. Los diatomos se han unido entre ellos de forma que pueden capturar el agua dentro de la matriz. El agua todavía está allí, solo que en suspensión.

—Que me aspen. Bien hecho, Susan, bien hecho.

—No es un éxito total —admitió Donleavy—. La reacción es exotérmica. Genera calor. Alrededor de cincuenta grados centígrados en condiciones óptimas. Por eso necesito este guante grueso. El gel se deshace solo después de veinticuatro horas, a medida que mueren los diatomos modificados. No conozco el proceso posterior a la reacción. Desde luego es químico, pero no sé cómo detenerlo.

—Así y todo, creo que ha tenido un tremendo comienzo. Dígame, ¿tiene alguna idea de lo que podemos hacer con esta invención? La idea de convertir el agua en mucílago no es algo que se le haya ocurrido así, por las buenas. Cuando Dan Singer y yo comenzamos a trabajar con materias orgánicas para capturar sulfuro creíamos que podría tener aplicaciones en las centrales eléctricas para reducir las emisiones. Tiene que haber algo detrás de su proyecto.

Susan parpadeó, pero debía de haber sabido que Geoffrey Merrick no había llegado a donde estaba sin un agudo sentido de la oportunidad.

—Tiene razón —admitió—. Creo que tal vez se podría utilizar para estabilizar las piletas dentro de las minas, en las plantas de tratamiento de agua y quizá incluso para impedir que los vertidos de petróleo se extiendan.

—Así es. Recuerdo de su expediente personal que usted es de Alaska.

—Sí, de Seward, Alaska.

—Usted debía de ser una adolescente cuando el *Exxon Valdez* chocó contra un arrecife y provocó un vertido en Prince William Sound. Eso debió tener un gran impacto en usted y en su familia. Tuvo que haber sido duro.

—En realidad no. —Susan se encogió de hombros—. Mis padres tenían un pequeño hotel y, con la gente de los equipos de limpieza, les fue bastante bien. Pero tenía un montón de amigos cuyos padres lo perdieron todo. Los padres de mi mejor amiga incluso se divorciaron como consecuencia del vertido porque él perdió el empleo en la planta envasadora.

—Entonces esta investigación es algo personal para usted.

Susan se molestó ante el tono ligeramente condescendiente.

—Creo que es personal para cualquiera que se preocupe por el entorno.

—Ya sabe a lo que me refiero —dijo Geoffrey con una sonrisa—. Usted es como el investigador del cáncer que perdió a un padre por la leucemia, o el tipo que se hace bombero porque su casa se incendió cuando era un chiquillo. Está luchando contra un demonio de su niñez. —Cuando ella no replicó, Merrick lo interpretó como que estaba en lo cierto—. No hay nada malo con la venganza como motivación, Susan; la venganza contra el cáncer, un incendio, o una pesadilla ecológica. Le mantiene mucho más implicada en su trabajo que haciéndolo solo por un salario. La aplaudo por ello y por lo que he visto aquí esta noche, creo que está usted en el camino correcto.

—Gracias —dijo Susan tímidamente—. Todavía hay mucho trabajo que hacer. Quizá años. No lo sé. Una pequeña muestra en un tubo de ensayo dista mucho de contener un vertido de petróleo.

—Siga sus ideas hasta el final, es todo lo que puedo decir. Vaya hasta donde la lleven, y durante todo el tiempo que haga falta. —En alguien que no hubiera sido Geoffrey Merrick esto habría sonado a falso, pero él lo dijo con sinceridad y convicción.

Susan le devolvió la mirada por primera vez desde que él había entrado en el laboratorio.

—Gracias…, Geoff. Eso significa mucho para mí.

—Quién sabe. Después de patentar nuestros limpiadores de sulfuro, me convertí en un paria para el movimiento ecologista porque afirmaban que nuestro descubrimiento no hacía lo suficiente contra la contaminación. Quizá usted pueda finalmente salvar mi reputación. —Se marchó con una sonrisa.

Después de que se hubo marchado, Susan volvió a sus redomas y tubos de ensayo. Con los guantes protectores cogió la redoma llena con los diatomos modificados genéticamente y la volvió a inclinar. Habían pasado diez minutos desde la vez anterior y ahora la muestra de agua se pegaba en el fondo del recipiente como si fuese cola; solo después de poner la redoma caliente boca abajo comenzó a deslizarse, tan lentamente como la melaza congelada.

Susan pensó en las nutrias y pájaros marinos moribundos y redobló su trabajo.

3

Río Congo, al sur de Matadi

La selva acabaría por tragarse la plantación abandonada y el muelle de madera de cien metros de longitud construido a lo largo del río. La casa principal, dos kilómetros tierra adentro, ya había sucumbido a los efectos de la podredumbre y el avance de la vegetación, y solo era una cuestión de tiempo antes de que el muelle fuese arrastrado y el almacén de metal se hundiese. El techo se combaba como un acordeón, y su piel corrugada estaba manchada con óxido y restos de pintura. Era un lugar solitario y poblado de fantasmas que ni siquiera el suave resplandor lechoso de la luna podía animar.

Un gran carguero estaba cerca del muelle, empequeñeciendo incluso el gigantesco almacén. Con la proa apuntada corriente abajo y las máquinas en marcha atrás, el agua debajo de la bovedilla hervía mientras luchaba contra la corriente para mantenerse en posición, tarea bastante difícil entre las visibles contracorrientes y remolinos del Congo.

Con un *walkie-talkie* cerca de los labios, y moviendo el otro brazo teatralmente, el capitán recorría el ala de estribor del puente y gritaba al timonel y al maquinista para que hicieran las correcciones. Los aceleradores se movían en pequeños incrementos para mantener al barco de doscientos metros de eslora exactamente donde él quería.

Un grupo de hombres vestidos con ropas de combate oscuras esperaban en el muelle y observaban la operación. Todos menos uno llevaban un fusil de asalto. El que no llevaba un arma larga tenía una gran pistolera atada a la cadera. Se golpeaba la parte interior de la pierna con una fusta de cuero y a pesar de la oscuridad llevaba gafas de espejo.

El capitán del barco era un gigantón negro con una gorra de pescador griego en la cabeza afeitada. Los músculos del pecho y los brazos tensaban la camisa blanca del uniforme. Había otro hombre con él en el puente: un poco más bajo y con menos músculos, pero con una presencia más imponente que la del capitán. Exudaba autoridad de sus ojos alertas y la manera felina con la que se movía. Con el puente a tres pisos por encima del muelle no había posibilidad de que alguien escuchase la conversación de ambos. El capitán se acodó junto a su compañero, que había estado observando a las tropas armadas más que prestando atención a la complicada maniobra.

—Al parecer nuestro rebelde ha salido directamente de la agencia de actores, ¿no es así, director?

—Hasta la fusta y las gafas —admitió el director ejecutivo—. Por supuesto, tampoco nosotros nos quedamos atrás ofreciéndoles lo que esperan ver, capitán Lincoln. Ha tenido una muy buena actuación con el *walkie-talkie*.

Linc miró el aparato que sostenía en su manaza. El pequeño artefacto ni siquiera tenía pilas. Se rió suavemente. Como la mayoría de los miembros afroamericanos de la tripulación, Lincoln había sido llamado por el verdadero capitán del barco, Juan Cabrillo, para la operación en curso. Cabrillo sabía que el representante enviado por Samuel Makambo, el líder del Ejército Revolucionario del Congo, se sentiría mucho más cómodo si trataba con un hombre con quien compartía color de piel.

Linc miró de nuevo por encima de la borda, satisfecho al ver que el gran carguero se mantenía en posición.

—Muy bien —gritó en la noche—. Lanzad las amarras de proa y popa.

Los tripulantes a proa y popa bajaron las gruesas maromas a través de los escobenes. A un gesto de su comandante, dos de los rebeldes se colgaron las armas al hombro y ataron las maromas en los norays oxidados. Los molinetes tensaron los amarres y el gran carguero se apoyó suavemente en los viejos neumáticos colgados a todo lo largo del muelle como parachoques. El agua continuó borboteando en la popa del barco mientras se mantenía la marcha atrás para luchar contra la corriente. Sin ella, el barco hubiese arrancado los bolardos de la madera podrida y hubiese derivado corriente abajo.

Cabrillo tardó solo un momento en comprobar los puestos del carguero, la posición, la corriente, el viento, el timón y la potencia con una ojeada. Satisfecho, le hizo un gesto a Linc.

—Vayamos a hacer un trato.

Los dos entraron en el puente. La habitación estaba iluminada con un par de luces nocturnas rojas, que le daban un aspecto infernal y resaltaban su estado ruinoso. Los suelos estaban cubiertos de un linóleo sin lavar, agrietado y despegado en los rincones. Los cristales de las ventanas estaban cubiertos de polvo por la parte de dentro mientras que por el exterior estaban salpicados de una costra salina. Los marcos eran el cementerio de toda clase de insectos. Una de las agujas del sucio telégrafo de latón se había roto hacía mucho tiempo, y a la rueda le faltaban varios rayos. El barco llevaba muy pocos equipos de navegación modernos y la radio en la casilla detrás del puente apenas si tenía un alcance de una docena de millas.

Cabrillo le hizo un gesto al timonel, un chino de cuarenta y tantos años, que dirigió al director una sonrisa sardónica. Cabrillo y Franklin Lincoln descendieron por una serie de escalerillas alumbradas a tramos por unas bombillas de baja potencia con soportes de alambres. Muy pronto llegaron a la cubierta principal donde esperaba otro miembro de la tripulación.

—¿Preparado para ser el joyero de la selva, Max? —lo saludó Juan.

A sus sesenta y cuatro años, Max Hanley era el segundo miembro de más edad de la tripulación, aunque solo comenzaba a mostrar las señales de la edad. Sus cabellos habían retrocedido a una franja rubia alrededor de su cráneo y la cintura había engordado un poco. Pero podía manejarse muy bien en una pelea y había estado junto a Cabrillo desde el día que Juan había puesto en marcha la corporación, propietaria y operadora del carguero. La suya era una sincera amistad de respeto mutuo ganado entre los innumerables peligros que habían enfrentado y superado.

Hanley levantó un maletín de la ruinosa cubierta.

—Ya sabes lo que dicen: «Los diamantes son el mejor amigo del mercenario».

—Nunca les escuché decir eso —observó Linc.

—Pues lo hacen.

El acuerdo llevaba un mes de vigencia a través de innumerables atajos y varios encuentros clandestinos. Era bastante sencillo: a cambio de un cuarto de libra de diamantes en bruto, la corporación daba al Ejército Revolucionario del Congo dirigido por Samuel Makambo quinientos fusiles de asalto, doscientas granadas autopropulsadas, cincuenta lanzagranadas, y cincuenta mil proyectiles de calibre 7.62, la munición utilizada por el Pacto de Varsovia. Makambo no había preguntado dónde había conseguido tanto equipo militar la tripulación del carguero, y Cabrillo no quería saber cómo el líder rebelde había obtenido tantos diamantes. Aunque si venían de esta parte del mundo, estaba seguro que eran diamantes de sangre, extraídos por los esclavos para financiar la revolución.

Ahora que podía reclutar chicos de trece años para su ejército, Makambo necesitaba más armas que soldados, así que este cargamento daba garantías a su proyecto de derrocar al débil gobierno, ahora bastante más factible.

Un tripulante bajó la pasarela hasta el muelle y Linc precedió a Cabrillo y Hanley en la bajada. El solitario oficial rebelde se separó de sus tropas y se acercó a Franklin Lincoln. Dedicó a Linc un impecable saludo militar, que Linc devolvió con un gesto informal tocándose la visera de su gorra de pescador.

—Capitán Lincoln, soy el coronel Raif Abala, del Ejército Revolucionario del Congo. —Abala hablaba inglés con una mezcla de acentos francés y nativo. Su voz era átona, sin ningún rastro de inflexión o humanidad. No se quitó las gafas y continuó golpeando con la fusta la costura de sus pantalones de camuflaje.

—Coronel —dijo Linc, levantando los brazos mientras un ayudante de campo con el rostro picado de viruelas lo cacheaba.

—Nuestro líder supremo, el general Samuel Makambo, le envía sus saludos y lamenta no poder saludarlo en persona.

Makambo dirigía la insurrección desde una base secreta en las profundidades de la selva. No se le había visto desde que se había levantado en armas y había conseguido rechazar todos los intentos de infiltrarse en su cuartel general; incluso mató a diez soldados infiltrados en el ejército revolucionario con órdenes de asesinarlo. Como Bin Laden o Abimael Guzmán, el antiguo líder de Sendero Luminoso en Perú, el aire de invencibilidad de Makambo solo le añadía atractivo, a pesar de la sangre derramada de los miles que habían muerto en su intento revolucionario.

—Ha traído las armas. —Parecía más una afirmación que una pregunta.

—Las verá en cuanto mi socio inspeccione las piedras. —Lincoln señaló hacia Max.

—Tal como habíamos acordado —dijo Abala—. Venga.

Habían instalado una mesa en el muelle con una lámpara alimentada por un generador portátil. Abala pasó una pierna por encima del respaldo de la silla, se sentó, y dejó la fusta sobre la mesa. Delante había una bolsa de arpillera con el nombre de una compañía escrito en francés en un lado.

Max se sentó al lado opuesto del rebelde africano y se ocupó con el contenido de su maletín. Sacó una balanza electrónica, unas pesas para calibrarla, y un puñado de tubos de plástico graduados que contenían un líquido transparente. También tenía libretas, lápices, y una pequeña calculadora. Unos guardias se colocaron detrás de Abala, y otros detrás de Max Hanley. Otro par permanecía cerca de Cabrillo y Linc para abatirlos a la menor indicación del coronel rebelde. La perspectiva de la violencia flotaba sobre el grupo y el aire húmedo de la noche estaba cargado de tensión.

Abala apoyó una mano en la bolsa. Miró a Linc.

—Capitán, creo que ahora es el momento de mostrar buena fe. Me gustaría ver el contenedor que lleva mis armas.

—Esto no era parte del acuerdo —señaló Linc, que dejó que la preocupación se insinuara en su voz. El ayudante de Abala soltó una risita.

—Como dije —continuo Abala, con un tono cargado de amenaza—, es una muestra de buena fe. Un gesto de buena voluntad por su parte. —Apartó la mano de la bolsa y levantó un dedo. Otros veinte soldados emergieron de la oscuridad. Abala los despidió y ellos desaparecieron de nuevo en la penumbra con la misma velocidad con la que habían aparecido—. Podrían matar a su tripulación y llevarse sin más las armas. Esta es una muestra de mi buena voluntad.

Sin otra alternativa, Linc se volvió hacia el barco. Había un tripulante en la borda. Linc hizo girar la mano sobre su cabeza. El tripulante le dedicó un gesto, y un momento más tarde, un pequeño motor diésel se puso en marcha. La pluma central de las tres que había en la sección de proa del gran carguero se puso en marcha, los gruesos cables se deslizaron por las oxidadas poleas mientras levantaban un gran peso de la bodega. Era el habitual contenedor de doce metros de longitud, tan anodino como cualquiera de los centenares de miles utilizados cada día en el comercio marítimo. La grúa lo levantó por encima de la escotilla y lo depositó en cubierta. Otros dos tripulantes abrieron las puertas y entraron en el contenedor. Gritaron una orden al encargado de la grúa y levantaron el contenedor de nuevo por encima de la borda balanceándose a lo largo del costado del barco. Lo bajaron hasta unos dos metros y medio de altura del muelle. Los hombres en el contenedor utilizaron linternas para iluminar la carga. Hileras de fusiles de asalto, de un negro aceitoso en la escasa luz, forraban las paredes. Los rayos de la linterna también alumbraron unos cajones verde oscuro. Abrieron uno y un tripulante se colocó un lanzagranadas descargado en el hombro, mostrando el arma como un modelo en un desfile. Un par de los soldados rebeldes más jóvenes aplaudieron. Incluso Raif Abala no pudo evitar que las comisuras de su boca apuntasen hacia arriba.

—Hasta aquí llega mi buena fe —dijo Lincoln después de que los dos tripulantes hubiesen saltado al muelle y vuelto al barco.

Sin decir ni una palabra, Abala vació el contenido de la bolsa sobre la mesa. Cortados y pulidos, los diamantes son los más grandes refractores naturales, capaces de separar la luz blanca en el espectro del arco iris con tales destellos y resplandor que los ha hecho codiciados desde tiempos inmemoriales. Pero en su estado original es difícil distinguirlos. Las piedras no mostraban ningún brillo. Permanecían sobre la mesa, opacas masas informes de cristal, la mayoría moldeadas como un par de pirámides de cuatro lados unidas por la base, mientras otras no eran más que unos guijarros sin ninguna forma discernible. Su color iba desde el blanco puro hasta el amarillo sucio; y si bien algunos parecían claros, había muchos facetados y rotos. Pero Max y Juan advirtieron al instante que ninguno era más pequeño de un quilate. Su valor en los mercados de diamantes en Nueva York, Tel Aviv o Amsterdam era muy superior al contenido del contenedor, pero era la naturaleza de este comercio, Abala siempre podía conseguir más diamantes. Eran las armas lo que resultaba difícil conseguir.

Max instintivamente cogió la piedra más grande, un cristal de por lo menos diez quilates. Cortado y pulido a una piedra de cuatro o cinco quilates, valdría unos cuarenta mil dólares, según la calidad del color y la claridad. Lo observó a través de una lente de joyero y lo hizo girar ante la luz, la boca fruncida en una expresión agria. La dejó a un lado sin comentario, miró otra piedra y luego otra. Chistó un par de veces como si estuviese desilusionado por lo que estaba viendo, y luego sacó unas gafas de leer del bolsillo de la camisa. Después de ponérselas, dirigió a Abala una mirada de desilusión por encima de ellas, abrió una de las libretas, y escribió un par de líneas con un bolígrafo.

—¿Qué está escribiendo? —preguntó Abala, de pronto inseguro de sí mismo ante la presencia instruida de Max.

—Que estas piedras sirven mejor para pavimento que para joyas —respondió Max, con una voz aguda a la que añadió un atroz acento holandés. Abala casi se levantó de un salto ante el insulto, pero Max lo calmó con un gesto—. Pero en una revisión preliminar, juzgo que son satisfactorios para nuestra transacción.

Sacó un trozo de topacio plano del bolsillo del pantalón, con la superficie profundamente marcada.

—Como usted sabe —dijo con el tono de un maestro—, los diamantes son la sustancia más dura de la tierra. Para ser exactos, diez en la escala de dureza. El cuarzo, que es el número siete, a menudo se utiliza para engañar a los no iniciados y hacerles creer que están haciendo el negocio de su vida.

Del mismo bolsillo sacó un trozo de cristal octogonal. Con considerable fuerza rascó el cuarzo sobre el trozo chato de topacio. El borde se deslizó sin dejar ni una marca.

—Como puede ver, el topacio es más duro que el cuarzo y por lo tanto no se puede rayar. Es ocho en la escala. —Luego cogió uno de los diamantes pequeños y lo pasó por el topacio. Con un chirrido que hizo temblar los dientes el borde de la gema abrió un surco profundo en la piedra semipreciosa azul—. Así que aquí tenemos una piedra más dura que ocho.

—Un diamante —dijo Abala relamidamente.

Max suspiró como si un alumno recalcitrante hubiese cometido un error. Le divertía hacer de gemólogo.

—O corindón, que es nueve en la escala. La única manera de asegurar que este es un diamante es probar su peso específico. —Aunque Abala había negociado con diamantes muchas veces antes, sabía muy poco de sus propiedades, aparte de su valor. Sin darse cuenta Hanley le había picado la curiosidad y le había hecho bajar la guardia.

—¿Qué es el peso específico?

—La relación entre el peso de la piedra y el volumen de agua que desplaza. Para un diamante es exactamente 3,52. —Max jugó con la balanza durante un momento, y la calibró con un juego de pesas de latón que llevaba en una caja forrada de terciopelo. Después de poner la escala en cero colocó la piedra más grande en la bandeja—. 22,5 gramos. Once quilates y medio. —Abrió uno de los tubos graduados de plástico, echó la piedra en el interior y anotó en su libreta cuánta agua desplazaba la gema. Tecleó los números en la calculadora y cuando vio el resultado miró severamente a Raif Abala.

Abala abrió mucho los ojos indignado y furioso. Sus soldados estrecharon el cordón. Alguien apoyó un arma en la espalda de Juan.

Sin preocuparse de esta súbita muestra de agresión, Max dejó que su rostro adoptase una expresión neutral y después permitió que una sonrisa apareciese en su rostro.

—Tres cincuenta y dos. Este, caballeros, es un diamante de verdad.

El coronel Abala volvió a sentarse lentamente y todos los dedos que habían estado a milímetros de apretar los gatillos se relajaron. Juan hubiera matado a Hanley por interpretar su papel demasiado bien.

Max probó otras ocho piedras al azar y siempre los resultados fueron los mismos.

—He mantenido mi parte del acuerdo —dijo Abala—. Un cuarto de kilo de diamantes por las armas.

Mientras Hanley continuaba probando más piedras, Linc llevó a Abala hasta el contenedor abierto, e indicó a un tripulante del carguero que lo bajara hasta el muelle. Los pilones de madera que sostenían el muelle crujieron bajo el peso. Cinco soldados rebeldes se acercaron. Alumbrados con una linterna, Abala y sus hombres cogieron diez fusiles de distintos armeros y un centenar de balas, utilizando un machete para cortar el envoltorio de papel encerado. Con la precaución de mantenerse cerca de Abala por si los soldados intentaban algo, Linc observó mientras los hombres cargaban laboriosamente los brillantes cartuchos en los características cargadores banana de los fusiles de asalto. Juan, que llevaba un chaleco antibalas debajo de su abultada sudadera, se mantuvo junto a Max por la misma razón. Cada fusil de asalto fue disparado diez veces, dos ráfagas de tres balas y cuatro disparos sueltos apuntados cuidadosamente a un blanco en un costado del almacén abandonado.

Los disparos resonaron a través de lo ancho del río y provocaron que docenas de pájaros remontaran el vuelo en la noche. Un soldado corrió hasta el almacén para inspeccionar los daños y gritó entusiasmado. Abala le gruñó a Linc:

—Bien. Muy bien.

En la mesa, Hanley continuaba con la inspección, colocó la bolsa vacía en la balanza y anotó el peso en la libreta. Luego, bajo la mirada atenta de uno de los oficiales de Abala, utilizó una cuchara de mango largo para colocar las piedras en bruto de vuelta a la bolsa. Una vez que las hubo guardado todas, pesó de nuevo la bolsa. En la calculadora restó del total el peso de la bolsa. Miró por encima del hombro a Cabrillo y susurró:

—Faltan ocho quilates.

Según la talla que resultase de las piedras, estos ocho quilates podían representar decenas de miles de dólares. Juan se encogió de hombros.

—Me sentiré muy feliz si consigo salir vivo de aquí. Déjalo pasar. —Cabrillo llamó a Linc, que estaba examinando uno de los lanzagranadas con Abala y un rebelde que tenía el aspecto de ser sargento—. Capitán Lincoln, las autoridades portuarias no nos reservarán nuestro amarre en Boma. Tendríamos que irnos.

Linc se volvió hacia él.

—Por supuesto, señor Cabrillo. Gracias. —Miró de nuevo a Abala—. Desearía tener más armas que ofrecerle, coronel, pero encontrarnos con este cargamento fue una sorpresa para mí y mi tripulación.

—Si ustedes vuelven a tener otra sorpresa como esta, ya sabe cómo ponerse en contacto con nosotros.

Llegaron a la mesa. Linc le preguntó a Max:

—¿Está todo preparado?

—Sí, capitán, todo está en orden.

La sonrisa de Abala mostró una pátina todavía más aceitosa. Los había engañado en el trato, a sabiendas de que su abrumadora superioridad numérica los obligaría a aceptar menos diamantes que los que acordaron. Los diamantes que faltaban estaban en el bolsillo de su chaqueta y servirían para engordar su cuenta en un banco suizo.

—Entonces vámonos, caballeros. —Linc cogió la bolsa de diamantes de Max y caminó hacia la pasarela, Cabrillo y Hanley se apresuraron a igualar sus largas zancadas. Un momento antes de que llegasen a la pasarela los hombres de Abala entraron en acción. Los dos más cercanos a la rampa se adelantaron para cerrarles el paso mientras docenas de rebeldes salían de la selva, disparaban al aire y gritaban como demonios. Al menos una docena de hombres se lanzaron sobre el contenedor para desenganchar el cable de la pluma.

El efecto hubiese sido fulminante de no haber sido porque el equipo de la corporación se esperaba algo semejante.

Un segundo antes de que Abala diese la orden de atacar, Cabrillo y Linc habían comenzado a correr. Llegaron donde estaban los dos rebeldes al pie de la pasarela antes de que cualquiera de ellos pudiese levantar las armas. Linc chocó contra uno de los jóvenes soldados y lo arrojó al espacio que había entre el carguero y el muelle mientras Juan clavaba los dedos en la garganta del otro con la fuerza suficiente para hacerlo vomitar. Mientras el rebelde tosía, Juan le arrancó el fusil de las manos y le hundió la culata en el estómago. El soldado cayó en una posición fetal.

Cabrillo se volvió y comenzó a disparar para cubrir a Max y Linc, que subían por la escalerilla. Juan subió a la rampa y apretó un botón debajo de la balaustrada. El metro cincuenta del extremo de la pasarela se alzó bruscamente. Con sus costados sólidos, y ahora con el extremo levantado noventa grados, los tres hombres estaban protegidos del fuego graneado de los hombres de

Abala. Las balas silbaban por encima de sus cabezas, golpeaban en el costado del carguero y rebotaban en la piel metálica de la pasarela mientras el trío se acurrucaba sano y salvo en su crisálida blindada.

—Como si no los hubiésemos visto venir —comentó Max por encima de los disparos.

Un operario en el interior del barco movió los controles de la pasarela y la levantó del muelle, para permitir que los hombres corriesen al interior del barco.

Abandonando todas las precauciones, Juan tomó el control de inmediato.

Pulsó el botón de un intercomunicador instalado en un mamparo.

—Informe de la situación, señor Murphy.

En las profundidades del carguero, Mark Murphy, el encargado jefe del armamento, miraba un monitor donde aparecían las imágenes de la cámara de vídeo montada en una de las cinco plumas del barco.

—Con la pasarela levantada, solo un par de tipos continúan disparando. Creo que Abala intenta organizar un asalto. Ha reunido alrededor de un centenar de soldados y les está dando órdenes.

—¿Qué hay del contenedor?

—Los hombres ya casi han quitado los cables. Un momento. Sí, lo han desenganchado. Ya estamos libres.

—Dígale al señor Stone que se prepare para sacarnos de aquí.

—Ah, director —dijo Murphy titubeando—, todavía estamos amarrados a los norays.

Cabrillo se quitó una gota de sangre donde un trozo de pintura arrancado por una bala le había rozado la oreja.

—Arráncalos. Voy para allá.

Aunque el barco parecía cuadrar perfectamente con el destartalado muelle, ocultaba un secreto que solo muy pocos fuera de la tripulación conocía. Su casco manchado de óxido con pinturas de diferentes colores, plumas ruinosas, cubiertas manchadas, y aspecto de suciedad general no era más que un decorado para disfrazar su verdadera capacidad. Era un barco espía financiado privadamente y propiedad de la corporación dirigida por Juan Cabrillo. El *Oregon* era la niña de sus ojos, su único y verdadero amor.

Debajo de su herrumbrosa piel estaba provisto con algunos de los más avanzados sistemas de armamento: misiles de crucero y torpedos comprados a un almirante ruso, ametralladoras Gatling de treinta milímetros, y un cañón de ciento veinte milímetros que utilizaba la misma tecnología para apuntar que un tanque M1A2 Abrams, además de ametralladoras de treinta milímetros controladas para rechazar cualquier abordaje. Todas estas armas estaban montadas detrás de planchas de acero a lo largo del casco o camufladas como chatarra en la cubierta. Las ametralladoras operadas con control remoto estaban ocultas en bidones oxidados colocados estratégicamente a lo largo de la borda del barco. A una orden las tapas se levantaban y emergían las armas, servidas con cámaras de visión nocturna e infrarrojos.

Varias cubiertas por debajo del puente desde el que Cabrillo y Lincoln habían dirigido el *Oregon* se encontraba el centro de operaciones, el cerebro del barco. Desde allí, su tripulación de militares norteamericanos retirados y ex agentes de la CIA, dirigía el barco, desde sus motores hasta el sistema de posición dinámica de todo su armamento. También disponían de equipos de radar y sónar que estaban entre los mejores que podían comprarse cuando se tiene una fortuna.

Desde el centro de operaciones el primer timonel del *Oregon,* Eric Stone, había amarrado el barco, utilizando los propulsores colocados a proa y popa y la información del sistema de posicionamiento global, todo unido a un superordenador que calculaba la velocidad del viento, las corrientes, y otra docena de factores. Era este ordenador el que había calculado la propulsión marcha atrás necesaria para mantener al *Oregon* en posición contra la corriente del río Congo.

Cabrillo y Max entraron en un armario que apestaba a trementina mientras Linc iba a buscar a Eddie Seng y el resto de especialistas en operaciones en la costa, para el caso de que fuesen necesitados para impedir que los rebeldes llegaran a la cubierta. Juan hizo girar la manija como si fuera la rueda de una caja de caudales y el fondo del armario se abrió y dejó ver un pasillo al otro lado.

A diferencia del linóleo barato y la pintura desconchada del puente y otras secciones de la superestructura, este pasillo estaba bien iluminado, revestido con caoba y con el suelo cubierto con mullidas alfombras. Un cuadro original de Winslow de un barco ballenero colgaba en una de las paredes; al final del pasillo, en una vitrina de vidrio, había una armadura del siglo XVI completa, con espada y maza.

Pasaron por delante de innumerables puertas de camarotes hasta llegar al centro de operaciones, en el corazón del carguero. Su tecnología recordaba el centro de control de misiones de la NASA, con ordenadores y una pared dominada por una enorme pantalla plana donde aparecía la caótica escena que se desarrollaba a lo largo del muelle. Mark Murphy y Eric Stone estaban sentados en las primeras estaciones de trabajo directamente debajo del monitor, mientras Hali Kasim, el jefe de comunicaciones del barco, estaba a la derecha. Junto a la pared trasera estaban los controladores de daño, que vigilaban los sistemas de seguridad integrados del barco y una serie de ordenadores donde Max Hanley podía supervisar los revolucionarios motores magnetohidrodinámicos del *Oregon*.

El centro de operaciones transmitía la impresión de ser el puente de mando de la nave espacial *Enterprise,* y no era un capricho: hasta el gran sillón colocado en el centro de la habitación. Juan se sentó en lo que la tripulación llamaba «la silla Kirk», se enganchó el micrófono al oído, y encendió su pequeña pantalla de ordenador.

—Tengo un par de entradas —dijo Hali, con sus facciones oscuras teñidas de un fantasmagórico color verde por el reflejo de la pantalla de radar. Han tenido que volar casi a ras de suelo, y eso sugiere que son helicópteros. Tiempo estimado de llegada, cuatro minutos.

—No hay ningún informe de que Makambo disponga de helicópteros —dijo Mark Murphy, que se volvió hacia el director—. Pero Hali acaba de recibir un boletín sobre un par de helicópteros robados a una compañía de exploraciones petrolíferas. Los detalles son escasos, pero, al parecer, los pilotos de la compañía fueron secuestrados.

Juan asintió, sin tener muy claro qué hacer ante este inconveniente.

—Tengo movimiento detrás de nosotros —avisó Eric Stone. Había encendido su propia pantalla para mostrar la vista desde la cámara de popa.

Un par de lanchas patrulleras acababan de aparecer por un recodo en el río. Los reflectores colocados sobre las timoneras hacían difícil saber su armamento, pero Mark Murphy, desde la estación de armamentos, buscó la base de datos de los equipos militares congoleños.

—Son lanchas Swift de construcción norteamericana.

—Me tomas el pelo —dijo Max. Él había servido a bordo de las lanchas Swift en sus dos temporadas de servicio en Vietnam.

Murphy continuó como si Hanley no hubiese hablado.

—Desplazan doce toneladas, tienen una tripulación de doce, y están armadas con seis ametralladoras de calibre cincuenta. La velocidad máxima es de veinticinco nudos. Hay una nota aquí que dice que las fuerzas fluviales del Congo han añadido morteros y que pueden llevar cohetes individuales.

La situación empeoraba por momentos. Cabrillo tomó decisiones.

—Hali, ponme en contacto con Benjamin Isaka. —Isaka era su contacto en el gobierno—. Dile que elementos de su ejército pueden haberse enterado de nuestra misión y no saben que estamos de su lado. Si no es eso, dos de sus lanchas patrulleras han sido capturadas por los hombres de Makambo. Eric, sácanos pitando de aquí. Murphy, mantén un ojo vigilante a todo, pero no dispares sin que te lo diga. Si descubrimos nuestras capacidades, Abala sabrá que lo hemos engañado y no tocarán las armas. ¿Ya que hablamos de eso, Hali...

Hali Kasim se apartó un mechón de rizos negros de la frente y tecleó una orden en su ordenador.

—Los chips están activados y transmiten a plena capacidad.

—Excelente. —Cabrillo giró la silla para mirar a Max Hanley—. ¿Qué me dices tú, muchacho?

—Ya sabes que solo contamos con las baterías —le respondió Max Hanley—. No puedo darte más que veinte nudos.

El *Oregon* tenía el sistema de propulsión marina más avanzado jamás construido. Sus motores magnetohidrodinámicos utilizaban bobinas superconductoras enfriadas por helio líquido para extraer los electrones del agua de mar. La electricidad se usaba para suministrar potencia a cuatro enormes bombas que enviaban el agua a través de dos toberas vectoriales en la popa del barco. Los motores podían mover al barco de once mil toneladas a unas velocidades cercanas a las de una lancha de carreras *offshore*, aunque dado que utilizaba agua de mar como combustible, tenía una autonomía ilimitada. Debido a un incendio ocurrido dos años antes en un barco de cruceros propulsado por motores magnetohidrodinámicos, la mayoría de las juntas de seguridad marítima del mundo habían prohibido su uso hasta que se realizasen nuevas pruebas; ese era el motivo de que el *Oregon* enarbolara la bandera de Irán, una nación con un claro desprecio por las leyes marítimas.

Amarrado a un muelle ciento diez kilómetros río arriba del Atlántico, el *Oregon* estaba rodeado de agua dulce y, por lo tanto, no podía alimentar sus máquinas. Dependía de la energía acumulada en hileras de baterías de plata-cinc de ciclo profundo que se usaban para impulsar el agua a través de las toberas.

Cabrillo, que había trabajado muy estrechamente con los arquitectos e ingenieros navales cuando el barco había sido reconvertido a partir de un carguero convencional, sabía que incluso con la corriente a su favor las baterías no le durarían más de cien kilómetros a toda marcha, treinta kilómetros antes de que el río desembocara en el mar.*

---

* En realidad, el río Congo no es accesible desde el mar abierto, debido a la presencia, cerca de su desembocadura, de las cataratas Livingstone. *(N. del E.)*

—Señor Stone, ¿cuáles serán las condiciones de la marea dentro de unas tres horas? —le preguntó Cabrillo a su timonel.

—La marea alta llegará dentro de dos horas y treinta minutos —respondió Eric Stone sin necesidad de consultar la base de datos. Como parte de su trabajo mantenía la vigilancia de las cartas de mareas y los pronósticos meteorológicos de cinco días con la diligencia de un contable que apunta hasta el último penique en la hoja de gastos.

—Nos va a ir por los pelos —comentó Juan sin dirigirse a nadie en particular—. Muy bien, Eric, salgamos de aquí antes de que los hombres de Abala se lancen al asalto.

—Sí, director.

Con mano hábil, Eric Stone puso en marcha los chorros propulsores. Sin el zumbido de las criobombas y el equipo auxiliar de los motores magnetohidrodinámicos, el sonido de aguas forzadas a través de las toberas era un trueno profundo que resonaba por todo el barco. Puso en marcha los propulsores de proa y popa y el enorme navío se apartó lateralmente del muelle, tirando de las amarras. Al intuir que su presa estaba dispuesta a escapar, los rebeldes alineados en el muelle abrieron fuego con largas ráfagas de las armas automáticas. Las balas acribillaron el barco de proa a popa. Las ventanas del puente estallaron y los ojos de buey se quebraron en una cascada de vidrios. Las chispas saltaban del casco del *Oregon* mientras centenares de proyectiles rebotaban en los cinturones blindados. Era una visión espectacular, pero los rebeldes no consiguieron más que estropear la pintura y romper unos cuantos cristales que eran fáciles de reemplazar.

A popa, las lanchas patrulleras que se acercaban sumaron el tableteo de sus ametralladoras de calibre cincuenta a la acción. Para llegar a su cita, el *Oregon* navegaba con la línea de flotación muy alta, pues los tanques de lastre que llevaba en los costados para simular que navegaba con una carga, estaban vacíos. Esto permitía a los artilleros de las lanchas una clara visión del timón. Concentraron su fuego en el eje, con la intención de arrancarlo y dejar al gran barco a la deriva en la corriente. En un barco normal la estrategia era sensata; el timón del *Oregon* podía hacer virar al barco cuando era necesario, como ocurría en un puerto bajo la mirada del práctico, pero la mayor parte de su maniobrabilidad la sacaba de los chorros de las toberas de empuje, que estaban bien protegidas bajo la línea de flotación.

Eric Stone no hizo caso del asalto y continuó observando los bolardos de hierro atornillados al muelle a través de su pantalla de circuito cerrado. Las maromas se tensaban a medida que el barco se alejaba más del muelle. Un par de emprendedores terroristas corrieron a la maroma de popa y comenzaron a trepar como ratas, con las armas colgadas sobre los hombros. Stone puso en marcha el propulsor de popa. Con un sonido de madera podrida que se rompe, el noray fue arrancado del muelle como un diente cariado. Su tremendo peso hizo péndulo contra el costado del *Oregon* y se estrelló en él con el estrépito de una enorme campana.

Uno de los rebeldes cayó de inmediato y fue absorbido por las palas del propulsor de popa mientras Eric invertía la potencia para corregir el curso del barco. Todo lo que salió por el extremo de popa fue una mancha que tiñó de rojo las aguas antes de desaparecer en la corriente. El otro consiguió aferrarse a la maroma mientras los molinetes automáticos la subían. Cuando llegó al escobén intentó saltar a bordo; fue recibido por Eddie Seng y Franklin Lincoln, que habían observado su intento de abordaje en las pantallas de visión táctica sujetas a sus chalecos de combate.

Eddie Seng había entrado en la corporación después de su retiro prematuro de la CIA, y si bien no tenía la experiencia de combate de Linc como SEAL, la había sustituido con pura determinación. Este era el motivo por el que Juan lo había nombrado jefe de operaciones costeras, la cabeza de los «perros de la guerra», como Max llamaba a su jauría de antiguos miembros de los SEAL, fuerzas de reconocimiento y fuerzas especiales.

Los ojos del rebelde se abrieron como platos cuando intentó subir a cubierta. Linc lo miró por encima de la mira de su escopeta de combate Franchi SPAS-12 mientras que Eddie apoyaba el cañón de la Glock en la sien del soldado.

—Tú eliges, amigo mío —dijo Eddie suavemente.

El terrorista abrió las manos y cayó al agua.

De nuevo en el centro de operaciones, Eric miraba al segundo noray.

A pesar de las toneladas de fuerza, se resistía a desprenderse del muelle. En cambio, aparecían en la madera largas grietas mientras los tablones iban siendo arrancados. Un trozo de cinco metros de muelle se desgajó; tres soldados más cayeron al agua y otra sección mucho más grande del muelle osciló peligrosamente.

—Estamos libres —anunció.

—Muy bien —replicó Juan, después de mirar su pantalla táctica. Los helicópteros estaban a dos minutos de distancia y se acercaban a una velocidad superior a los ciento sesenta kilómetros por hora. Imaginó que los helicópteros robados a la compañía petrolera serían grandes y de última generación. Con las armas ocultas en el barco, Cabrillo disponía de potencia de fuego para acabar con todos los soldados que quedaban en el muelle, derribar a los dos helicópteros, y convertir en astillas a las dos lanchas patrulleras, pero ese no era el objetivo de la misión para la que habían sido contratados—. Velocidad veinte nudos —ordenó.

—Veinte nudos, sí señor.

El gran carguero aceleró suavemente; la fuerza del agua acabó por arrancar el trozo de muelle todavía sujeto al noray. Muy pronto cesaron los disparos desde la orilla, pero las dos lanchas patrulleras continuaron machacando al *Oregon* con las ametralladoras de cincuenta milímetros.

—Lanzamiento de una granada autopropulsada —anunció Mark Murphy vivamente. Los hombres de Abala seguramente contaban con vehículos ocultos en la selva, que ahora se mantenían a la par del *Oregon* mientras escapaba río abajo. El pequeño misil se levantó desde los matorrales, voló sobre el agua y se estrelló contra la proa. El blindaje del barco protegió los espacios interiores pero la explosión fue ensordecedora mientras una bola de fuego rodaba a través de la cubierta. Casi inmediatamente otro proyectil salió del lanzador que servía un artillero de una de las lanchas patrulleras. El cohete llegó desde un ángulo bajo, pasó lo bastante cerca de la borda de popa como para quemar la pintura y alcanzó de lleno la chimenea del barco. Pese a estar blindada para proteger la compleja cúpula de radar del *Oregon* oculta en el interior, la granada detonó con la suficiente fuerza como para desconectar el sistema.

—Voy allá —gritó Hali cuando su pantalla quedó en blanco. Salió corriendo del centro de operaciones mientras los equipos de control de incendio y especialistas de electrónica eran enviados automáticamente por el superordenador.

Linda Ross, una mujer délfica con pecas y una voz casi tan aguda como la de una niña ocupó su puesto sin solución de continuidad.

—Los helicópteros están a un minuto, director, y la última imagen del radar mostraba tráfico a proa, navegando río arriba.

Juan pidió una mayor resolución en las cámaras de proa. El río era negro como el petróleo, metido entre colinas convertidas en plata por la luz de la luna. Por un meandro emergía un gran transbordador fluvial. Tenía tres cubiertas y la proa chata, pero lo que captó la atención de la tripulación fue la imagen de las cámaras de infrarrojos. La cubierta superior era un mar humano; y parecía como si las otras cubiertas también estuviesen abarrotadas con pasajeros que iban tierra adentro hacia el puerto de Matadi.

—Dios, por lo menos debe de haber quinientas personas a bordo —dijo Eric.

—Estoy seguro de que no está habilitado para llevar más de doscientas —replicó Cabrillo—. Haz que pase por nuestra banda de babor. Quiero que el *Oregon* se coloque entre los misiles y esa bañera.

Stone movió los controles y tomó nota de la profundidad. El lecho del río se alzaba rápidamente.

—Director, tenemos menos de seis metros y medio debajo de la quilla. Seis. Cinco. Tres, señor.

—Mantenlo firme —dijo Juan mientras nuevas descargas salían de la selva, fusiles de asalto y una sucesión de misiles disparados como una traca.

Las explosiones sacudieron al carguero mientras navegaba a toda velocidad hacia la lenta embarcación; iluminando el cielo con cada estallido. Uno de los misiles se desvió y por un terrible momento pareció que iba a alcanzar de lleno al transbordador, pero en el último segundo se apagó el motor y detonó muy cerca del casco; el surtidor de agua empapó a los pasajeros que corrían frenéticamente en una inútil búsqueda de lugares fuera de la línea de fuego.

—Max, dame todo lo que tengas —ordenó Juan, furioso, asqueado por la brutalidad de las tropas de Abala—. Tenemos que proteger a esas personas.

Max Hanley quitó los seguros de los circuitos de las baterías y sacó unos pocos amperios más de ellas para enviarlos a las bombas. El *Oregon* ganó otros tres nudos pero les costarían más kilómetros de autonomía, unos kilómetros que no se podían permitir perder.

El transbordador se desvió hacia el centro del río, para darle al *Oregon* espacio suficiente para no embarrancarse. Momentos más tarde, las lanchas patrulleras se separaron alrededor del barco que se acercaba, levantando arcos de agua a través del río. Una lancha a motor que navegaba en la estela del barco de pasajeros emergió súbitamente en medio de la confusión y una de las patrulleras la embistió por debajo de las olas: destrozó el casco de madera y a los dos ocupantes sin disminuir un ápice en la velocidad.

Juan observó a Eric en los controles. Maniobrar un barco de estas dimensiones en los estrechos confines del río ya era bastante difícil, pero esquivar el tráfico mientras le disparaban era algo a lo que el joven Stone nunca se había enfrentado antes. Juan tenía plena confianza en el timonel, pero en el fondo de su mente sabía que podía anular la orden de trabajo de Eric y tomar él el timón.

Una voz sonó en los auriculares de Cabrillo.

—Director, soy Eddie. Tengo contacto visual con los dos helicópteros. No sé la marca pero parecen lo bastante grandes como para llevar al menos diez hombres. Ahora podría ser el momento de abatirlos.

—Negativo. Para empezar, los pilotos son civiles, secuestrados por los rebeldes de Makambo y obligados a pilotarlos. Segundo, no podemos permitir que conozcan nuestras capacidades. Ya hemos hablado de esto antes de venir río arriba. Nos darán una paliza, pero el barco nos llevará a casa. Estad preparados por si intentan lanzar hombres a la cubierta.

—Estamos preparados.

—Entonces, que Dios nos ayude.

Durante una hora navegaron Congo abajo, perseguidos por las lanchas y recibiendo fuego discrecional desde la costa cuando la carretera se acercaba lo suficiente al río como para que los rebeldes montasen una emboscada. Los helicópteros continuaban sobrevolando el *Oregon* sin intentar aterrizar o desembarcar tropas. Juan supuso que querían abordarlo una vez que se hubiese visto obligado a embarrancar.

Pasaron junto a la presa del Inga, una enorme pared de cemento que embalsa a un tributario del río Congo. La presa y su gemela son las principales fuentes de electricidad en esta parte de África. El barco encontró aguas turbulentas donde confluían las dos corrientes, y obligó a Eric a invertir los chorros propulsores para evitar que el *Oregon* se pusiera de costado a la corriente.

—Director, tengo a Benjamin Isaka al teléfono —avisó Linda Ross—. Lo paso a su puesto.

—Ministro delegado Isaka, aquí el capitán Cabrillo. Supongo que está usted al corriente de nuestra situación.

—Sí, capitán. El coronel Abala quiere recuperar sus diamantes. —El acento del ministro delegado de defensa era casi demasiado cerrado como para que Juan lo comprendiese—. Ha robado dos de nuestras patrulleras. Tengo un informe donde dice que diez de nuestros hombres yacen muertos en el muelle de Matadi donde estaban amarradas las lanchas.

—También tiene dos helicópteros de una compañía petrolera.

—Comprendo —dijo Isaka evasivamente.

—Nos vendría bien un poco de ayuda.

—Nuestro común amigo de la CIA que les recomendó dijo que ustedes sabían cuidar muy bien de sí mismos.

Juan quería gritarle al ministro.

—Señor Isaka, si acabo con las fuerzas de Abala, el coronel sospechará de las armas que acaba de comprar. Los chips instalados en ellas están bien ocultos pero se pueden encontrar. El plan era que él se llevase las armas al cuartel general de Makambo en la selva, para darles a sus tropas su posición de una vez por todas. Usted podrá acabar con la insurrección en un par de días, pero no será así si Abala deja las armas en el muelle de la plantación. —Era la tercera o cuarta vez que se lo había explicado a Isaka desde que la CIA había autorizado a Juan a llevar a cabo la misión.

La primera parte de la réplica de Isaka fue ahogada por el sonido del fuego de morteros procedente de las lanchas patrulleras. Hicieron blanco lo bastante cerca como para arrojar un muro de agua contra el costado del *Oregon*.

—… dejarán Boma y se reunirán con ustedes en una hora.

—¿Por favor, podría repetirlo, ministro?

Toda la tripulación en el centro de operaciones se vio arrojada hacia adelante cuando la quilla del *Oregon* se estrelló contra el fondo del río. La súbita desaceleración hizo que la carísima porcelana acabara por los suelos en el comedor y destrozó un aparato de rayos X de la enfermería, que la doctora Julia Huxley se había olvidado de asegurar.

Juan fue el primero en levantarse.

—¿Eric, qué demonios ha pasado?

—El fondo subió de pronto, no lo vi venir.

—¿Max, cómo están los motores?

Como medida de precaución el ordenador apagó los motores en el instante en que el gran barco embarrancó. Max observó la pantalla, con el entrecejo fruncido. Trabajó en el teclado un poco más.

—¿Max? —dijo Juan, recalcando el nombre de su viejo amigo.

—La tobera de babor está clavada en el fango. Puedo tener un veinte por ciento por el de estribor, pero solo en marcha atrás. Si intentamos avanzar también la taparemos.

—Eric, tomo el timón —anunció Juan.

—El director toma el timón, sí señor.

Las toberas de propulsión hechas de una aleación exótica estaban torneadas como cañones de fusil a unas normas milimétricas, para eliminar la posibilidad de cavitación, o formación de burbujas microscópicas que producen arrastre. Juan sabía que el fango y la arena probablemente ya habían picado las toberas y si forzaba la entrada de más detritos a través de ellas podría dejarlas inservibles. Asumiría personalmente la responsabilidad de causar más daños a su barco.

Puso la tobera de babor en punto muerto y lentamente dio energía a la inversa a la tobera de estribor; su mirada pasaba alternativamente de las cámaras exteriores que mostraban el agua que hervía debajo de la proa del barco y los indicadores que mostraban el estado de la tobera. Subió los controles hasta un veinticinco por ciento, a sabiendas de que estaba rayando la tobera como si la estuviera golpeando con un martillo.

El *Oregon* rehusó moverse, sujeto por el fango y su propio peso.

—Juan —dijo Max con un tono de advertencia.

Cabrillo ya estaba apagando las bombas. A su disposición tenía recursos de primera categoría, pero pocas alternativas viables. Quizá disponía de quince segundos para trazar un plan antes de que los helicópteros bajasen para descargar a los rebeldes que llevaban. Un par de ráfagas de la ametralladora Gatling de veinte milímetros volarían a los helicópteros del cielo pero también matarían a los pilotos civiles y revelarían la potencia letal de su barco. Después aún tendrían que enfrentarse con las lanchas patrulleras, más las otras embarcaciones que Abala podía conseguir cuando comprendiese que el *Oregon* había embarrancado. La idea de devolver los diamantes o poner en peligro la misión nunca pasó por su mente.

—Max, tenemos el viento a nuestra espalda. Tiende una cortina de humo lo bastante espesa para ocultar el barco y luego activa los cañones contra incendios. —Había cuatro cañones de agua montados en las esquinas de la superestructura, cada uno de los cuales lanzaba cuatro mil litros de agua por minuto; las bombas contaban cada una con su propio motor diésel—. Pueden lanzar agua a más de sesenta metros. Eso evitará que los helicópteros aterricen. —Pulsó la tecla del micrófono—. Eddie, pondré a funcionar los cañones de agua, así que estad preparados. Si eso no detiene a los helicópteros, tus chicos tienen permiso para utilizar los fusiles y las pistolas únicamente. Ese sería un arsenal creíble en un barco en estas aguas.

—Recibido.

—Eddie, quiero que tú y Linc os reunáis conmigo en el garaje. Tengo una misión para vosotros. Traed el equipo completo, sería prudente.

Cabrillo se levantó del sillón y caminaba hacia el ascensor que lo llevaría dos cubiertas más abajo donde estaba el garaje de las embarcaciones junto a la línea de flotación del *Oregon*, cuando Hanley lo detuvo con un gesto.

—Comprendo la cortina de humo y la utilización de los cañones de agua como un golpe maestro, pero ¿qué demonios tienes planeado para Linc y Eddie?

—Voy a reflotar a este viejo amigo en media hora.

Max había aprendido algo a lo largo de los años que llevaban juntos: a no dudar nunca del director cuando hacía estas afirmaciones; simplemente no sabía cómo conseguiría lo imposible.

—¿Tienes un plan para quitarnos un par de miles de toneladas?

—Tengo uno mucho mejor. Subiré el nivel del río tres metros.

4

Al sur de Walvis Bay, Namibia

La arena flotaba a través de la carretera fina como el polvo y giraba en remolinos que se formaban allí donde el cada vez más fresco aire del desierto se encontraba con el asfalto todavía caliente. Eran como restos de humo o nieve. El sol se había puesto hacía rato, así que las dunas del interior mostraban un blanco pálido bajo el resplandor de la luna.

En la carretera, el solitario vehículo era la única cosa que se movía, salvo el viento y el suave oleaje que lamía la playa. El cuatro por cuatro solo estaba a treinta kilómetros al sur de Swakopmund y la adyacente ciudad costera de Walvis Bay, pero era como si fuese el último coche en la tierra. Sentada al volante, Sloane Macintyre se estremeció.

—¿Podrías sujetar el volante? —le pidió a su compañero. Él lo hizo, y la joven se puso una sudadera con capucha; necesitó de ambas manos para sacar su larga cabellera de debajo del cuello y acomodársela sobre los hombros. Tenía el color cobrizo de las dunas al atardecer, que contrastaba con sus luminosos ojos grises.

—Todavía digo que deberíamos haber esperado hasta la mañana, para conseguir el permiso para entrar en Sandwich Bay

—protestó Tony Reardon por tercera vez desde que habían dejado el hotel—. Ya sabes lo quisquillosas que son las autoridades locales con los turistas que entran en zonas protegidas.

—Vamos a un santuario para aves, Tony, no a una de las concesiones mineras arrendadas por las compañías de diamantes —replicó Sloane.

—Así y todo, todavía va contra la ley.

—Además, no me gusta la manera que Luka intentó advertirnos para que no fuéramos a buscar a Papá Heinrick. Fue casi como si tuviese algo que ocultar.

—¿Quién, Papá Heinrick?

—No, nuestro ilustre guía, Tuamanguluka.

—¿Por qué dices eso? Luka siempre se ha mostrado muy dispuesto a ayudarnos desde que llegamos aquí.

Sloane lo miró de reojo. En el resplandor de las luces del tablero, el inglés parecía un chico ofuscado que se mostraba empecinado por puro capricho.

—¿No tienes la sensación de que ha sido un poco demasiado servicial? ¿Cuántas probabilidades hay de que un guía nos encuentre en nuestro hotel, que además, casualmente conozca a todos los pescadores de Walvis Bay y que pueda conseguirnos un buen precio para alquilar un helicóptero?

—Solo hemos tenido buena suerte.

—No creo en la suerte. —Sloane devolvió su atención a la carretera—. Cuando le comentamos a Luka que un viejo pescador había mencionado a Papá Heinrick, hizo todo cuanto estuvo en su poder para convencernos de que no fuésemos a buscarle. Luka primero dijo que Heinrick no era más que un pescador de playa y que no conocía las aguas más allá de una milla de la costa. Luego nos comentó que no estaba bien de la cabeza. Cuando eso tampoco le valió afirmó que Heinrick era peligroso y que se rumoreaba que había matado a un hombre.

»¿Cuál era la impresión de Papá Heinrick que recibimos del pescador que nos lo mencionó primero? —continúo Sloane—. No. Dijo que Papá Heinrick había olvidado más de las aguas de la Costa de los Esqueletos de lo que sabía cualquier otro hombre. Esas fueron más o menos sus palabras exactas. Eso suena a la persona perfecta para entrevistar para este proyecto y nuestro siempre tan servicial guía no quiere que hablemos con él. Tony, eso apesta y tú lo sabes.

—Podríamos haber esperado hasta la mañana.

Sloane no hizo caso de su comentario y al cabo de un momento dijo:

—Tú sabes que cada minuto cuenta. Alguien acabará por deducir qué estamos buscando. Cuando eso ocurra, esta costa se llenará de gente. El gobierno probablemente cerrará la costa fuera de límites, prohibirá la pesca e impondrá la ley marcial. Tú nunca has participado en una expedición como esta. Yo sí.

—¿Has encontrado alguna vez algo? —preguntó Tony agriamente, porque sabía la respuesta.

—No —admitió Sloane—. Pero eso no significa que no sepa lo que hago.

A diferencia de la mayor parte de África, las carreteras de Namibia están bien cuidadas y libres de baches. El Toyota cuatro por cuatro continuó su veloz viaje a través de la noche hasta que llegaron a un desvío cubierto por capas de arena que llegaban hasta la mitad de las ruedas del vehículo. Sloane conectó la doble tracción y comenzó a bajar por la carretera, abriéndose paso entre montículos de arena que hubiesen detenido un coche de tracción normal. Después de veinte minutos llegaron a una zona de aparcamiento cerrado con una alambrada. Los carteles colgados en la alambrada anunciaban que los vehículos no podían circular más allá de este punto.

Habían llegado a Sandwich Bay, una enorme laguna de agua dulce, alimentada por acuíferos, que albergaba hasta cincuenta mil aves migratorias al año. Sloane detuvo la camioneta pero dejó el motor en marcha. Sin esperar a Tony, saltó del asiento y las botas se le hundieron en la arena blanda. Fue hasta la trasera del Toyota. En la caja había una embarcación neumática y una bomba eléctrica que se podía conectar al mechero del vehículo.

Hincharon rápidamente la embarcación, prepararon su equipo, y se aseguraron de la potencia de las pilas de las linternas. Pusieron las mochilas y los remos en la embarcación y la llevaron hasta el agua. Protegida del mar abierto, la laguna estaba tan tranquila como una piscina.

—El pescador dijo que Papá Heinrick vive en el extremo sur de la laguna —comentó Sloane cuando ya estaban en la neumática y la habían apartado de la playa con los remos. Se orientó por las estrellas y hundió el remo en el agua inmóvil.

A pesar de lo que había dicho a Tony, sabía que esto podía ser una lotería o una completa pérdida de tiempo, y que esto último era lo más probable. Perseguir rumores, medias verdades y alusiones llevaba a más callejones sin salida que a otra cosa, pero esa era la naturaleza de su trabajo. Era una permanente monotonía que llevaba a un único momento de triunfo, un momento que aún esperaba disfrutar, pero que servía de acicate para mantenerla en su propósito, soportando la soledad, la fatiga, el estrés, y a imbéciles pesimistas como Tony Reardon.

Mientras remaban hacia el sur, unos pocos peces saltaban en la laguna oscura y, de cuando en cuando, algún pájaro aleteaba entre los juncos. Tardaron una hora y media en llegar al extremo sur de la laguna, que parecía casi idéntica al resto: una pared de juncos capaces de sobrevivir en el agua salobre. Sloane movió la linterna para alumbrar la costa mientras buscaban por la zona. Después de veinte minutos en que su ansiedad fue en aumento, vio entre los juncos una pequeña abertura donde un arroyuelo desaguaba en la laguna.

Lo señaló en silencio y luego llevaron a la pequeña neumática por la brecha.

Los juncos crecían por encima de sus cabezas y se unían para formar un túnel vivo que ocultaba a la plateada luna. La corriente del pequeño arroyo era despreciable y avanzaron sin problemas. Recorrieron unos cien metros antes de llegar a una pequeña laguna en el interior de bosques de juncos con una diminuta isla en el centro que apenas si conseguía mantenerse por encima del agua cuando la marea llegaba a su punto más alto. La luz de la luna les mostró una primitiva choza hecha con trozos de madera rescatados del agua y restos de cajones. La puerta era una manta clavada en el dintel; delante de ella había un hueco en la arena que servía de fogón, cuyas brasas todavía humeaban debajo de una capa de cenizas. A la derecha había un armazón de juncos para secar el pescado, bidones oxidados para el agua potable y una canoa de madera atada a un tocón con una sola cuerda. La vela estaba enrollada firmemente al mástil y el timón recogido en el interior. La embarcación, de fondo plano, no era exactamente la ideal para pescar en aguas abiertas, y al verla Sloane se dijo que Luka había tenido razón al decir que Papá Heinrick se mantenía cerca de la orilla.

El campamento era mínimo pero alguien con experiencia en la vida al aire libre podía vivir allí indefinidamente.

—¿Qué hacemos? —susurró Tony cuando dejaron la neumática en la playa.

Sloane se acercó a la puerta, confirmó que el sonido que escuchaba eran los ronquidos de una persona y no el viento ni la marea y retrocedió de nuevo. Acomodó la mochila en la arena, sacó el ordenador de la bolsa, y comenzó a escribir suavemente, con el labio inferior entre los dientes.

—¿Sloane? —susurró Tony un poco más fuerte.

—Esperaremos hasta que se despierte —replicó la joven.

—Pero ¿qué pasa si no es Papá Heinrick? ¿Qué pasa si algún otro vive aquí? ¿Los piratas, los bandidos o algo así?

—Te dije que no creo en la suerte. Tampoco creo en las coincidencias. Si encontramos una choza exactamente donde nos dijeron que vivía Papá Heinrick eso significa que hemos encontrado a Papá Heinrick. Prefiero hablar con él por la mañana y no espantar al viejo en mitad de la noche.

El suave ronquido desde el interior de la choza no cambió en timbre o volumen, pero de pronto un viejo africano vestido solo con un suspensorio apartó la manta. Era patizambo y tan delgado que se le veían las costillas a través del pecho y había huecos encima y debajo de las clavículas. Tenía la nariz chata y grandes orejas atravesadas con lo que parecían ser pendientes de cuerno. La cabellera era absolutamente blanca y los ojos brillaban con un color amarillo.

Continuó roncando y por un momento Sloane creyó que caminaba en sueños, pero entonces el viejo se rascó con fuerza y escupió en las brasas.

Sloane se levantó. Sacaba más de una cabeza al namibio y comprendió que debía tener algo de sangre de los pobladores del desierto para ser tan bajo.

—Papá Heinrick, hemos venido desde muy lejos para hablar contigo. Los otros pescadores de Walvis Bay dicen que tú eres el más sabio de todos ellos.

Sloane se había asegurado de que Papá Heinrick hablaba inglés, pero el hombre con pinta de pigmeo no pareció haberla comprendido. Interpretó el hecho de que él hubiese dejado de roncar como un signo de aliento y prosiguió:

—Queremos hacerte unas preguntas sobre dónde pescas, los lugares que son difíciles, dónde pierdes sedales y redes. ¿Responderás a estas preguntas?

Heinrick entró en la choza y dejó que la manta volviese a cerrar la entrada. Reapareció un momento más tarde con un cobertor sobre los hombros. Estaba hecho con sábanas cosidas y las plumas se escapaban entre las costuras con cada movimiento. Fue un poco más allá y orinó sonoramente en el agua, al tiempo que se rascaba la barriga lánguidamente.

Se sentó en cuclillas junto al fuego, de espaldas a Tony y Sloane. Los huesos de la columna parecían una hilera de perlas negras. Sopló las brasas, y fue añadiendo trocitos de leña hasta conseguir una pequeña llama.

—Hay muchos lugares difíciles para pescar en estas aguas —dijo con una voz sorprendentemente profunda para alguien tan enjuto. No se había dado la vuelta—. He pescado en todos ellos y desafío a cualquier hombre que vaya donde Papá Heinrick va. He perdido demasiados sedales desde aquí a Cape Cross Bay. —Eso estaba a más de ciento veinte kilómetros al norte—. Y vuelta —añadió como si los retase a negar su proclama—. He perdido redes suficientes para tapar todo el desierto de Namibia. He luchado contra mares que hubiesen hecho llorar a otros hombres y convertido sus intestinos en agua. He pescado peces más grandes que el mayor de los barcos y he visto cosas que hubiesen vuelto locos a los demás hombres.

Finalmente se volvió. En la ondulante luz de la hoguera, los ojos habían adquirido un brillo demoníaco. Sonrió, y dejó a la vista tres dientes que encajaban como un engranaje. Su sonrisa se convirtió en una risa, y esta en un ladrido que fue interrumpido por un ataque de tos. Cuando se recuperó escupió de nuevo al fuego.

—Papá Heinrick nunca revela sus secretos. Sé las cosas que ustedes quieren saber pero nunca las sabrán porque yo no quiero que las sepan.

—¿Por qué quiere eso? —preguntó Sloane después de haber analizado las palabras del viejo para asegurase de que había escuchado bien. Se puso en cuclillas a su lado.

—Papá Heinrick es el más grande pescador que haya existido. ¿Por qué voy a decírtelo y hacer que te conviertas en mi rival?

—No quiero pescar en estas aguas. Estoy buscando un barco que se hundió hace mucho tiempo. Mi amigo y yo —señaló a Tony, que se había apartado después de oler una vaharada procedente del cuerpo de Papá Heinrick— queremos encontrar este barco porque… —Sloane hizo una pausa para inventarse una historia—. Porque fuimos contratados para recuperar algo que pertenecía a un hombre muy rico que lo perdió cuando se hundió. Creemos que tú puedes ayudarnos.

—¿Este hombre rico paga? —preguntó Heinrick astutamente.

—Sí, un poco.

El pescador movió las manos como un murciélago que vuela a través de la noche.

—Papá Heinrick no usa dinero.

—¿Qué podemos ofrecerte para que nos ayudes? —preguntó

Tony súbitamente. Sloane tuvo un mal presentimiento sobre lo que el viejo podía querer y le dirigió una mirada de reproche.

—A ti no te ayudaré —le dijo Heinrick a Tony y miró a Sloane—. A ti te ayudaré. Tú eres una mujer y no pescas, así que nunca serás mi rival.

Sloane no estaba dispuesta a decirle que se había criado en Fort Lauderdale y había pasado los veranos como tripulante de la embarcación de pesca que alquilaba su padre a los pescadores aficionados, y que luego ella misma había capitaneado cuando él enfermó de Alzheimer.

—Gracias, Papá Heinrick. —Sloane sacó un gran mapa de la mochila y lo desplegó junto al fuego. Tony se acercó para alumbrarlo con la linterna. El mapa correspondía a la costa de Namibia. Había docenas de estrellas dibujadas delante de la costa. La mayoría se agrupaba delante de Walvis Bay pero otras parecían dispersas costa arriba y abajo.

—Hablamos con muchos otros pescadores, para preguntarles dónde perdían los sedales y las redes. Creemos que uno de estos lugares puede ser un barco hundido. ¿Puedes mirarlo y decirme si falta alguna?

Heinrick estudió el mapa atentamente, su mirada iba de un punto al siguiente, y sus dedos seguían el perfil de la costa. Finalmente miró a Sloane. La joven vio una chispa de locura en aquellos ojos, como si su realidad no fuese la misma que la suya.

—No conozco este lugar.

Desconcertada, Sloane apoyó el dedo en Walvis Bay y dijo su nombre. Luego lo movió hacia el sur.

—Aquí estamos en Sandwich Bay. —Golpeó con la punta del dedo hacia la parte superior del mapa—. Aquí está Cape Cross.

—No lo entiendo. Cape Cross está aquí —Heinrick señaló con un gesto enérgico hacia el norte—. No puede estar aquí. —Tocó el lugar en el mapa.

Sloane comprendió que a pesar de una vida en el mar, Papá Heinrick nunca había visto una carta náutica. Gimió para sus adentros.

Durante las dos horas siguientes, Sloane habló con el viejo pescador para que le dijese los lugares donde había perdido redes o se le habían enganchado los sedales. Debido a que el desierto continuaba debajo del océano durante centenares de millas de la costa, cualquier cosa que rompiese las redes o enganchase los sedales era una saliente de piedra o un pecio. Papá Heinrick le dijo que a dos días de navegación con rumbo sudoeste desde Sandwich Bay había uno de estos lugares, y a cinco días al noroeste existía otro. Cada uno que describió correspondía con el mapa que había trazado ella durante los últimos días en sus charlas con los pescadores comerciales y los capitanes de lanchas de recreo de Walvis.

Pero había un punto que únicamente Papá Heinrick mencionó. Estaba aproximadamente a unas setenta millas, bien lejos de cualquier otra. De hecho, ninguno de los otros capitanes había mencionado que hubiese pescado alguna vez en aquella zona. Papá Heinrick dijo que allí había muy poco que atrajese a la vida marina y que solo había estado allí porque el viento lo había apartado de su curso.

Sloane trazó un círculo sobre el lugar en la carta, y advirtió que la profundidad del agua era superior a cincuenta metros, al límite de su capacidad como buceadora, pero todavía realizable. Sin embargo, era demasiado profundo como para que incluso el agua más clara mostrase el perfil de un barco contra el fondo de arena; ni siquiera desde el helicóptero que planeaban alquilar para investigar los otros lugares.

—No debes ir allí —le advirtió Papá Heinrick cuando vio la mirada distante en los ojos de Sloane.

Su advertencia hizo que la muchacha lo mirase con atención.

—¿Por qué no?

—Los mares están llenos de grandes serpientes metálicas. Creo que es mala magia.

—¿Serpientes metálicas? —se burló Tony.

El viejo se levantó, con una expresión feroz.

—¿Dudas de Papá Heinrick? —tronó, y roció a Reardon con

su saliva—. Hay docenas de ellas, de treinta metros y más de largo, que se retuercen y baten el agua. Una casi hundió mi barca cuando intentó comerme. Solo pude escapar a su malvada boca porque soy el más grande marino que nunca haya existido. Te hubieses meado de miedo y muerto llorando como un niño. —Miró de nuevo a Sloane, y la chispa de locura brilló con más fuerza en sus ojos—. Papá Heinrick te ha advertido. Ve allí y sin duda te comerán viva. Ahora, dejadme solo. —Se sentó en cuclillas junto a la pequeña hoguera, y se balanceó sobre los talones mientras murmuraba en una lengua que Sloane no conocía.

Ella le dio las gracias por su ayuda pero él no le respondió. Sloane y Tony volvieron a la lancha neumática y se marcharon remando lentamente del solitario campamento de Papá Heinrick. Cuando emergieron de la brecha secreta entre los juncos, Tony exhaló un largo suspiro.

—Ese hombre está completamente loco. ¿Serpientes metálicas? Por favor.

—«Hay muchas más cosas en el cielo y la tierra, Horatio, de las que aparecen en tus filosofías.»

—¿Eso qué significa?

—Es una frase de *Hamlet* y significa que el mundo es más extraño de lo que podemos llegar a imaginar.

—Tú no le crees, ¿verdad?

—¿Te refieres a las gigantes serpientes metálicas? No, pero allí vio algo que lo asustó.

—Estoy seguro de que vio emerger a un submarino. La marina sudafricana debe tener algunos que vigilan estas aguas.

—Eso podría ser —concedió Sloane—, y tenemos lugares más que suficientes para investigar sin tener que buscar serpientes marinas o submarinos. Nos reuniremos con Luka esta tarde y ya veremos qué hacemos.

Estaban de nuevo en sus habitaciones en el elegante hotel momentos antes de que saliese el sol. Sloane se dio una larga ducha, para quitarse la arena y la sal de la piel. Por mucho que necesitaba depilarse las piernas, dejó la tarea y permaneció debajo del chorro, para dejar que el agua caliente aflojase los músculos tensos de los hombros y la espalda.

Después de secarse, se metió desnuda entre las sábanas de la cama. Sus sueños estuvieron llenos de imágenes de monstruosas serpientes que luchaban entre ellas en mar abierto.

5

Mientras Juan Cabrillo corría hacia el garaje situado a popa escuchaba los informes de daños en su unidad de comunicaciones. Las sentinas estaban secas, lo cual no era una sorpresa. El lecho del río era de fango, nada que pudiese abrir una brecha en el casco. Lo que le preocupaba eran las compuertas de la quilla. En el fondo del *Oregon* había dos grandes compuertas que se abrían al exterior para crear un dique inundable. Desde allí los dos sumergibles que llevaba el barco se podían lanzar directamente al mar. Utilizados sobre todo para operaciones encubiertas, uno de los minisubmarinos podía bajar hasta los trescientos cincuenta metros y tenía un brazo articulado, mientras que el más pequeño, un Discovery 1000, servía para aguas menos profundas.

Para su inmenso alivio, el técnico de guardia del dique inundable le informó de que las dos compuertas no habían sufrido daños y que los submarinos estaban bien colocados en sus soportes.

Juan llegó al garaje, a la altura de la línea de flotación del barco. El gran espacio estaba iluminado con las lámparas rojas de combate que le daban un aspecto siniestro, y olía a agua salada y gasolina. La gran compuerta estanca que se abría en el costado del *Oregon* estaba cerrada mientras los tripulantes preparaban una Zodiac negra. El gran motor fuera borda colocado a popa podía impulsar la embarcación a velocidades superiores a los cuarenta nudos, y también contaba con un pequeño motor eléctrico para operaciones silenciosas. En el garaje también había una lancha de asalto SEAL capaz de alcanzar velocidades incluso mayores y con capacidad para llevar a diez hombres armados.

Eddie y Linc aparecieron un momento más tarde. Había sido Eddie Seng quien había hecho de timonel mientras Linc actuaba de capitán. Los dos no podían ser más dispares físicamente. El cuerpo de Linc se abultaba con músculos formados con horas de levantar pesas en el gimnasio del barco mientras que Eddie era delgado como un estoque, su físico el resultado de una vida dedicada al perfeccionamiento de las artes marciales.

Vestían ropa de combate negra y cinturones festoneados con bolsas de municiones, cuchillos y otros equipos. Cada uno llevaba una carabina de asalto M-4A1, la versión del M-16 de las fuerzas especiales.

—¿Cuál es la operación, jefe? —preguntó Eddie.

—Como sabéis, estamos embarrancados y no tenemos tiempo de esperar las lluvias de primavera. ¿Recordáis la presa que pasamos tres kilómetros atrás?

—¿Quieres que la volemos? —preguntó Linc, incrédulo.

—No, no. Solo que entréis y abráis las compuertas. Dudo que tengan guardias, pero si los tienen, no emprendáis ninguna acción letal si lo podéis evitar. —Ambos hombres asintieron—. Probablemente no podréis reuniros con nosotros una vez que nos alcance el agua, así que nos encontraremos en Boma, en la costa.

—Suena como un plan —afirmó Linc, lleno de confianza en su capacidad para ejecutar la misión.

Juan pulsó el interruptor de un micrófono de pared.

—Eric, necesito saber cuando esté despejado para abrir el garaje y lanzar la Zodiac. ¿Dónde están las patrulleras?

—Una está a la espera. Creo que para comenzar de nuevo con los morteros. La otra acaba de pasar por debajo de nuestra popa y se acerca por la parte de babor.

—¿Algo de la costa?

—Los infrarrojos muestran que está despejada, pero tú y yo sabemos que Abala no tardará mucho en llegar aquí.

—Vale, gracias. —Juan le hizo un gesto al tripulante para que abriese la puerta exterior. El hedor y el calor de la selva entraron en el garaje mientras la puerta se deslizaba hacia arriba. El aire era tan húmedo que casi se podía beber. También tenía el olor químico de la cortina de humo que Max había lanzado sobre el barco. La orilla del río era oscura y aparecía cubierta de vegetación. A pesar de la afirmación de Eric de que la costa estaba despejada, Juan sentía los ojos puestos en ellos.

Debido a que el *Oregon* navegaba con la línea de flotación muy alta, la rampa de lanzamiento estaba a un metro cincuenta por encima del río. Linc y Eddie empujaron la neumática por la rampa y se lanzaron detrás de ella cuando golpeó contra el agua. Salieron del agua y se subieron a la embarcación. Eddie aseguró las armas mientras Linc ponía en marcha el motor eléctrico. A baja velocidad y al amparo de la oscuridad, la Zodiac era prácticamente invisible.

Mientras se alejaban del *Oregon*, Linc tuvo que navegar en zigzag alrededor del lugar donde el agua de los cañones que mantenían apartados a los dos helicópteros caía sobre la corriente. Los aparatos bajaban y zumbaban pero nunca se acercaban más de treinta metros antes de que uno de los cañones disparase un potente chorro que obligaba a los pilotos a desviarse bruscamente.

Eddie imaginaba la escena en el interior de cada uno de los helicópteros mientras los rebeldes amenazaban a los pilotos de la compañía, que al mismo tiempo sabían que un impacto directo de uno de los chorros podía apagar las turbinas y hacer que el aparato cayese al río.

Salieron de la cortina de humo y vieron que las dos lanchas patrulleras estaban lo bastante lejos como para que Linc pusiese en marcha el motor fuera borda de la Zodiac. El gran motor de cuatro tiempos estaba bien silenciado, pero aun así un profundo tono de bajo resonó a través del agua cuando puso a la embarcación en un planeo.

Era imposible hablar a cuarenta nudos por hora, así que navegaron río arriba en silencio, los dos hombres alertas, cargados de adrenalina y dispuestos a todo. No escucharon el agudo sonido de una embarcación que se acercaba hasta que apareció alrededor de una pequeña isla cercana a la orilla.

Linc desvió la Zodiac a estribor cuando las dos embarcaciones estuvieron a punto de chocar. Reconoció el rostro plagado de cicatrices del ayudante del coronel Abala en el mismo instante en que el oficial rebelde lo reconocía a él. Linc giró el puño del acelerador al máximo mientras el ayudante de campo hacía girar su lancha y comenzaba a perseguirlos. La lancha tenía dos motores fuera borda y un casco bajo diseñado para planear. Había otros cuatro hombres con él, todos armados con fusiles de asalto.

—¿Lo conoces? —gritó Eddie.

—Sí, es la mano derecha de Abala.

La lancha rebelde comenzaba a recortar distancias, y un surtidor de agua con forma de cola de gallo se alzaba detrás de la popa.

—Linc, si tiene una radio, la operación se irá al demonio.

—Maldita sea. No se me había ocurrido. ¿Alguna idea?

—Deja que nos alcance —dijo Eddie, y le pasó uno de los M-4 a Lincoln.

—¿No disparo hasta que vea el blanco de los ojos?

—Olvídalo. Dispárales en cuanto los tengas a tiro.

—Vale, sujétate. —Linc cerró los aceleradores y mientras la Zodiac se posaba en el agua efectuó un viraje cerrado, el fondo plano rozando el agua como una piedra. Se detuvo bruscamente y flotó en las olas de su propia creación, pero la estabilidad era más que suficiente para Linc y Eddie.

Se llevaron las armas a los hombros cuando la lancha rebelde se lanzaba sobre ellos a cincuenta nudos por hora.

A doscientos metros abrieron fuego; los AK inmediatamente les respondieron, pero la puntería de los rebeldes fracasaba porque la lancha iba demasiado rápido. Pequeños surtidores de agua se levantaban en el aire muy por delante y a la izquierda de la Zodiac inmóvil. Los hombres de la corporación no tenían ese obstáculo, y cada segundo traía a la lancha más cerca y aumentaba su puntería.

Linc disparó tres ráfagas que perforaron el pequeño parabrisas y arrancaron trozos de fibra de vidrio de la proa de la lancha. Eddie se concentró en el piloto, y disparó un tiro tras otro hasta que el hombre se derrumbó bruscamente. La lancha se desvió por un momento antes de que otro rebelde se hiciese con el timón mientras los otros tres continuaban vaciando un cargador tras otro. Una ráfaga se acercó lo suficiente para silbar cerca de Eddie y Linc, pero ninguno de los dos hombres se agachó y ni siquiera parpadeó. Continuaron disparando metódicamente contra la lancha hasta que solo quedó un rebelde acurrucado detrás del timón, protegido por la larga proa.

En perfecta coordinación, Eddie continuó disparando mientras Linc iba a popa para ocuparse del motor. La lancha rebelde no estaba más allá de cincuenta metros, y cargaba directamente hacia ellos como un tiburón dispuesto al ataque. Era obvio que su conductor intentaba embestirlos. Linc lo dejó acercarse.

Cuando la lancha no estaba a más de seis metros aceleró y la Zodiac se levantó sobre la proa. Eddie ya tenía una granada en la mano, con la anilla arrancada y la cuchara desprendida hacía tiempo. La lanzó al interior de la lancha cuando pasó junto a ellos; tenía los cinco dedos abiertos y los fue bajando de uno en uno con el paso de los segundos. Cuando bajó el último, la lancha se levantó en el aire. Al estallido de la granada siguió casi de inmediato la espectacular explosión de los tanques de combustible. El casco voló sobre el agua girando sobre sí mismo, mientras trozos de fibra de vidrio y los restos de la tripulación volaban entre la resplandeciente lluvia de gasolina ardiente.

—Una canasta de tres puntos —dijo Linc con satisfacción.

Cinco minutos más tarde, la Zodiac llegó al muelle de madera al pie de la enorme presa del Inga. La inmensa estructura se cernía por encima de ellos, una esculpida pared de cemento y acero que contenía el embalse por encima del río Congo. Debido a que la mayor parte de la electricidad generada por la central hidroeléctrica se utilizaba durante el día en las minas de Shaba, la antigua provincia de Katanga, solo caía un reguero de agua por el vertedero. Arrastraron la embarcación lejos del río y la amarraron a un árbol, al no saber la altura que alcanzaría el agua. Se echaron las armas a la espalda para el largo ascenso por la escalera construida en la fachada del dique.

A medio camino, el silencio de la noche fue destrozado por los disparos efectuados debajo de ellos. Metralla, trozos de cemento y balas silbaban alrededor de ambos mientras permanecían al descubierto en la escalera. Los dos hombres se tumbaron sobre los escalones y de inmediato respondieron al fuego. Abajo, dos lanchas habían amarrado en el muelle. Un grupo les disparaba desde el muelle para cubrir al que comenzaba a subir la escalera.

—Supongo que el tipo de Abala tenía una radio —dijo Eddie, que dejó el M-4 sin munición y desenfundó la Glock. Disparó rápidamente mientras Linc barría el muelle con balas de calibre 5.56 milímetros de su fusil de asalto.

Los tres rebeldes que subían fueron abatidos por dos disparos cada uno de la pistola de Eddie, y sus cuerpos rodaron por los escalones en una maraña de miembros y sangre. Cuando había puesto otro cargador en su M-4, los disparos desde el muelle se habían reducido a un único AK-47 y Linc lo silenció con una larga ráfaga que borró al rebelde del muelle. La corriente se lo llevó casi de inmediato y desapareció río abajo.

Por encima de ellos había comenzado a sonar una sirena de alarma.

—Vamos —dijo Linc, y los dos hombres corrieron escaleras arriba, subiendo dos y tres escalones a la vez.

Llegaron a lo alto del muro. Al otro lado estaba el inmenso embalse; en el punto más alejado del muro había un edificio rechoncho con una luz que salía de las ventanas.

—¿Centro de control? —susurró Linc.

—Tiene que serlo. —Eddie puso en posición el micrófono de garganta—. Director, aquí Eddie. Linc y yo estamos en la presa y vamos a acercarnos al centro de control. —No había necesidad de decirle que su presencia ya había sido descubierta.

—Copiado. Avisa cuando estéis en posición de abrir las compuertas.

—Recibido.

Agachados para no recortarse contra el cielo estrellado, corrieron silenciosamente por lo alto de la presa. A la izquierda se extendía el gran embalse, un lago en calma dividido por el trazo blanco del reflejo de la luna. A su derecha había una caída de treinta metros hasta los peñascos amontonados en el pie del muro. Cuando llegaron al centro de control, un edificio de cemento rectangular con una sola puerta y un par de ventanas, vieron que más allá estaban las compuertas y el canal que mandaba el agua hacia las turbinas, alojadas en un edificio al pie de la presa. Ahora por el canal solo pasaba el agua necesaria para suministrar electricidad a la ciudad de Mabati.

Con Linc al otro lado, Eddie sujetó la manija e intentó abrir la puerta. Estaba cerrada con llave. Eddie señaló la cerradura como si tuviese la llave y miró a Linc con una ceja enarcada. Franklin Lincoln era el experto de la corporación en abrir cerraduras y se decía que incluso había abierto la caja de seguridad donde Juan guardaba las armas por una apuesta con Linda Ross, pero todo lo que pudo hacer ahora fue encogerse de hombros y palmearse los bolsillos. Se había olvidado de traer sus ganzúas.

Eddie puso los ojos en blanco y cogió una de las bolsas sujetas al cinto. Moldeó un pequeño trozo de explosivo plástico Semtex alrededor de la manija y le colocó un detonador electrónico. Él y Linc se apartaron unos metros. En el momento en que iba a apretar el detonador, un guardia apareció por el otro lado del edificio. Vestía un uniforme oscuro y llevaba una linterna y una pistola. Linc apuntó instintivamente y estuvo en un tris de disparar antes de recordar las instrucciones, y disparó contra el arma que empuñaba el guardia. El hombre cayó al suelo. Gritaba de dolor y se sujetaba el brazo contra el pecho. Linc corrió hasta él, y sacó un par de esposas flexibles de su arnés de combate. Comprobó la herida rápidamente, más tranquilo al ver que era superficial y ató al guardia de pies y manos.

—Lo siento, compañero —dijo, y se reunió con Eddie.

Eddie disparó la carga. La explosión arrancó la cerradura y Linc abrió la puerta, mientras Eddie lo cubría con su M-4.

La sala de control estaba brillantemente iluminada, un espacio abierto con paneles de diales, interruptores y palancas a lo largo de las paredes y mesas con viejos ordenadores. Los tres técnicos del turno de noche levantaron las manos al aire inmediatamente cuando Linc y Eddie entraron en la sala y gritaron que todo el mundo se echase a tierra. Gesticularon con los fusiles y los hombres se tendieron en el suelo de cemento, con los ojos llenos de miedo.

—Haced lo que os decimos y nadie saldrá herido —dijo Eddie, a sabiendas que de poco serviría para calmar a los aterrorizados trabajadores.

Linc hizo un rápido reconocimiento del edificio, encontró una sala de reuniones vacía detrás de la sala de control y un lavabo del tamaño de un armario que también estaba vacío excepto por una cucaracha del tamaño de su dedo anular.

—¿Alguno de ustedes habla inglés? —preguntó Eddie mientras esposaba a los tres africanos.

—Yo —respondió uno. En la placa de identificación de su mono azul ponía que su nombre era Kofi Baako.

—Muy bien, Kofi, como dije no les haremos daño, pero quiero que me diga cómo se abren las compuertas de emergencia.

—¡Vaciarán el embalse!

Eddie señaló la centralita telefónica; cuatro de sus cinco luces parpadeaban.

—Ustedes ya han llamado a sus superiores, y estoy seguro de que enviarán a más personal. Las esclusas no estarán abiertas más de una hora. Ahora enséñeme cómo se abre.

Kofi Baako titubeó por un momento, así que Eddie sacó la pistola de la funda, aunque con la precaución de no apuntar a ninguno de los tres hombres. Su voz pasó de razonable a salvaje.

—Tiene cinco segundos.

—Aquel panel de allí. —Baako señaló con un gesto la pared más apartada—. Los cinco interruptores de arriba desconectan los sistemas de seguridad. Los otros cinco cierran los circuitos de los motores de las compuertas y los cinco de abajo las abren.

—¿Las compuertas se pueden cerrar manualmente?

—Sí, hay un cuarto dentro del muro con manivelas. Hacen falta dos hombres para hacerlas girar.

Mientras Linc permanecía junto a la puerta atento a la presencia de más guardias, Eddie apagó los interruptores, y miró cómo las luces del panel de control pasaban de rojo a verde a medida que pulsaba cada interruptor. Antes de comenzar con la última hilera apretó su micrófono de garganta contra el cuello.

—Director, soy yo. Prepárate. Voy a abrir las compuertas.

—Cuanto antes mejor. Abala ha desmontado los morteros de las lanchas patrulleras y los ha instalado en la costa. Un par de disparos más y tendrán la distancia de tiro.

—Preparado para la gran riada —dijo Eddie y accionó la última hilera de interruptores. En cuanto pulsó el último interruptor comenzó a escucharse un sonido, primero bajo, pero que aumentó rápidamente hasta un tronar que sacudía el edificio. Las compuertas se habían alzado y el agua corría por delante de la presa como un muro sólido. Chocó contra el fondo y explotó en un hirviente caldero que creció hasta formar una ola de dos metros cincuenta de altura que se alejó por el río, inundó la costa y arrancó árboles y matorrales a medida que aceleraba.

—Esto tendrá que bastar —dijo Eddie, y vació el cargador contra el panel de control. Las balas perforaron el delgado metal y destrozaron los viejos equipos electrónicos en un estallido de humo y chispas.

—También nos dará un margen —añadió Linc.

Dejaron a los técnicos esposados a una mesa y volvieron a bajar por la escalera. El sonido y la furia del agua que se derramaba por el frente de la presa eran una sensación intensa mientras la espuma empapaba sus prendas parcialmente secas.

Cuando llegaron abajo y acercaron la Zodiac hasta la orilla, el agua se había calmado lo suficiente para permitirles lanzar la neumática e iniciar su viaje corriente abajo para ir a la cita en Boma.

A bordo del *Oregon*, Juan comenzaba a inquietarse. Abala había comprendido que las patrulleras eran una plataforma demasiado inestable para los morteros así que los había desembarcado y ahora sus hombres estaban midiendo la distancia de tiro.

El último disparo había caído a menos de cien metros de la borda de estribor.

Para complicar aún más sus problemas, más y más embarcaciones llegaban cargadas hasta los topes con rebeldes. Si bien los cañones de agua estaban realizando una tarea impecable, solo tenían cuatro y dos los necesitaban continuamente para impedir que los helicópteros se acercasen lo suficiente como para que los hombres saltasen sobre la cubierta del carguero. Juan había llamado a Hali Kasim, que se encontraba en la cúpula del radar, para que coordinase las comunicaciones y Linda Ross pudiese dirigir a la tropa de Eddie. Armados solo con escopetas y pistolas, corrieron hacia la banda del barco donde Mark Murphy decía que una de las embarcaciones se acercaba demasiado. Dispararon contra los rebeldes mientras se protegían del fuego graneado procedente de la costa y las lanchas.

—Muy bien —exclamó Hali desde el puesto de comunicaciones—. Mis técnicos han reparado el radar.

—¿Podrás ver la ola? —le preguntó Juan.

—Lo siento, director, pero con los meandros del río no la veré hasta que casi la tengamos encima.

—Cualquier cosa es mejor que nada.

Otro mortero cayó cerca del barco, esta vez erró la borda de babor por centímetros. Los rebeldes los tenían fijados. Las próximas granadas caerían con toda impunidad sobre el *Oregon* y sus cubiertas no tenían el mismo blindaje que los costados.

—Equipos de control de daños, preparados —dijo Juan por el sistema de comunicaciones interior—. Vamos a encajar algunos impactos.

—Dios bendito —gritó Hali.

—¿Qué?

—¡Sujetaos!

Juan hizo sonar la alarma de colisión cuando vio la ola en la pantalla de radar en la esquina del gran monitor y también en las imágenes de las cámaras de popa. La ola se extendía de una orilla a la otra. Con una altura de más de tres metros y a una velocidad de veinte nudos, la pared de agua se lanzaba sobre ellos implacable. Una de las patrulleras intentó desviarse y correr por delante de la ola, pero fue alcanzada en mitad de la vuelta. La ola golpeó a la embarcación por toda la banda. La lancha zozobró al instante, y los hombres fueron arrojados al torbellino donde fueron aplastados por la quilla de la embarcación, que giraba sobre sí misma.

Las canoas simplemente desaparecieron sin dejar nada para marcar su existencia, y los rebeldes de la orilla que disparaban contra el *Oregon* huyeron a la búsqueda de terreno elevado mientras el agua barría todo lo que encontraba a su paso.

Juan apartó las manos de los controles un momento antes de que la ola golpease al *Oregon*, flexionó los dedos como un pianista a punto de interpretar una dificilísima obertura y de nuevo las apoyó suavemente en las teclas y el mando que maniobraban el barco.

Hizo que la tobera de propulsión limpia suministrase un veinte por ciento de potencia en el mismo momento en que la ola levantaba la popa del *Oregon* fuera del fango. Como si hubiese sido atrapado por un *tsunami*, el barco pasó de punto muerto a veinte nudos en un instante, precisamente cuando un par de morteros estallaban en su estela, disparos que hubiesen atravesado las escotillas de las bodegas de popa y destruido el helicóptero Robinson R44 colocado sobre el elevador hidráulico.

Juan echó una rápida ojeada a los indicadores de las máquinas, la temperatura de las bombas, la velocidad sobre el fondo, la velocidad a través del agua, y su posición y rumbo, y su mirada pasó de una pantalla a la otra en un ciclo interminable. El barco se movía en realidad a solo tres nudos a través del agua, pero corría río abajo a casi veinticinco, empujado por la tremenda fuerza del agua que salía de la presa Inga.

—Max, avísame en el instante en que se despeje la segunda tobera —gritó—. No tengo la suficiente velocidad de maniobra.

Aceleró un poco más, para luchar contra la corriente que intentaba estrellar al *Oregon* contra una isla que estaba en mitad del canal. Sus dedos bailaron sobre el teclado. Puso en marcha los impulsores de proa y popa a medida que los necesitaba para mantener al barco recto y más o menos centrado mientras la selva oscura pasaba como un relámpago.

Viraron por un estrecho recodo en el río, con la corriente empujándolos con fuerza hacia la ribera opuesta, donde un pequeño carguero que navegaba río arriba había embarrancado, con la popa bien levantada fuera del agua. Juan dio la máxima potencia a los impulsores, para empujar al *Oregon* lateralmente todo lo a estribor que podía. El casco rozó contra el barco de cabotaje, con un alarido ensordecedor, y luego se encontraron con el camino despejado.

—Eso va a dejar una marca —comentó Eric, aunque estaba asombrado por la habilidad de Juan en manejar el barco. Él sabía que no hubiese podido pasar el recodo y evitar al pequeño carguero.

Con el río encrespado a su alrededor continuaron arrastrados corriente abajo, como una hoja camino de la alcantarilla, apenas capaces de controlar el rumbo hasta que Juan pudiese disponer de más potencia en los motores. Una y otra vez tuvo que luchar contra el río para evitar que el *Oregon* embarrancase o se metiera en un banco, y cada escapada parecía más difícil que la anterior. En un momento dado golpearon contra un bajío, y el barco perdió velocidad mientras abría un surco en el fangoso lecho. Por un instante, Juan temió que el carguero volviese a detenerse porque el ordenador había cerrado los propulsores, pero la corriente era lo bastante fuerte como para arrastrarlos y tan pronto como la quilla quedó libre, el barco cogió velocidad como un velocista en la salida.

A pesar del peligro, o quizá por él, Cabrillo descubrió que disfrutaba con el desafío. Era una prueba de sus habilidades y las capacidades de su barco frente a los caprichos de una tremenda riada: la épica lucha de un hombre contra la naturaleza. Él era la clase de hombre que nunca se encogía ante nada porque conocía sus limitaciones y aún tenía que encontrar una situación que él no creyese que pudiese manejar. En otros, este rasgo hubiese sido considerado como bravuconería. En Juan Cabrillo era sencillamente una suprema confianza en sí mismo.

—Ya está limpia la segunda tobera —anunció Max—. Pero trátala con cuidado hasta que envíe a un equipo a comprobar los daños.

Juan puso en marcha la segunda tobera y de inmediato sintió la respuesta del barco. Ya no tardaba en responder a las órdenes y tuvo que utilizar los propulsores cada vez menos. Verificó la velocidad: veintiocho nudos. Tenía velocidad más que suficiente para controlar el barco, y ahora que habían recorrido varias millas, el flujo había comenzado a nivelarse. Las fuerzas del coronel Abala estaban muertas en el río o se encontraban muy atrás y los dos helicópteros robados se habían alejado después del impacto de la ola.

—Eric, creo que puedes llevarlo desde aquí hasta Boma.

—Sí, director —replicó Stone—. Tengo el timón.

Juan se sentó en su sillón. Max Hanley apoyó una mano en su hombro.

—Debo decir que ha sido un pilotaje extraordinario.

—Gracias. Pero no creo que desee hacerlo otra vez muy pronto.

—Me encantaría decir que hemos salido del bosque, pero no es así. La carga de las baterías ha bajado un treinta por ciento. Incluso con la corriente a nuestro favor nos quedaremos sin energía a unas diez millas largas del mar.

—¿Es que no tienes fe en mí? —preguntó Juan, dolido—. ¿No estabas aquí cuando Eric dijo que la marea alta se producirá en... —Juan consultó su reloj— en una hora y media? El océano entrará quince o veinte millas tierra adentro y convertirá en salobre el agua del Congo. Será como utilizar gasolina común en un coche de carreras pero tendrá la suficiente salinidad para poder alimentar los magnetohidrodinámicos.

Max maldijo.

—¿Por qué no se me ocurrió a mí pensar en eso?

—Por la misma razón que a mí me pagan más que a ti. Soy más listo, mucho más inteligente, y mucho más apuesto.

—Me gusta ver que sabes ser humilde —comentó Max, y después recuperó el tono grave—. En cuanto lleguemos a Boma mandaré a algunos de mis técnicos a las toberas, pero por lo que veo en el ordenador creo que están bien. Quizá no al cien por cien, pero el instinto me dice que no será necesario pulirlas de nuevo.

Si bien ostentaba el título de presidente de la corporación y tenía a su cargo ocuparse de muchos de los asuntos cotidianos de una próspera compañía, Max disfrutaba como jefe de máquinas del *Oregon*, y sus motores de última generación eran su orgullo y alegría.

—Gracias a Dios. —Reemplazar el forro de las toberas era un trabajo que costaba millones de dólares—. Pero no deseo permanecer en Boma más tiempo del necesario. En cuanto recojamos a Linc y Eddie quiero que salgamos a aguas internacionales por si acaso el ministro Isaka no puede impedir que nos acusen por abrir las compuertas —dijo Juan.

—Bien pensado. Podemos revisar las toberas en mar abierto con la misma facilidad que amarrados en un muelle.

—¿Alguna cosa más del informe de daños que has recibido?

—Aparte del aparato de rayos X roto en la enfermería y Maurice que se queja de un montón de platos y copas hechos añicos, hemos salido bien parados. —Maurice era el cocinero y mayordomo principal del *Oregon*, el único miembro de la tripulación mayor que Max. Más preparado para servir en la época victoriana, Maurice era el único tripulante no norteamericano a bordo. Había servido en la marina británica, a cargo del comedor de numerosos buques insignia, antes de retirarse al cumplir la edad reglamentaria. En el año que llevaba en la corporación se había convertido en el favorito de la tripulación, organizaba fiestas estupendas para los cumpleaños de cada uno de ellos y sabía qué platos preferían de la magnífica cocina del barco.

—Le diré que sea más prudente cuando haga el pedido esta vez. Cuando perdimos toda la vajilla para ir a salvar a Eddie hace unos pocos meses, Maurice los reemplazó con Royal Dulton que costaron seiscientos dólares cada servicio individual.

Max enarcó una ceja.

—¿Discutimos por unas monedas?

—Perdimos boles y copas de helado por valor de cuarenta y cinco mil dólares.

—Vale, entonces un par de pavos. Olvidas que he visto nuestra última hoja de resultados; nos los podemos permitir.

Eso era verdad. La corporación nunca había estado en mejor situación financiera. La iniciativa de Juan, crear su propia compañía de seguridad y vigilancia privada, había sobrepasado incluso sus estimaciones más optimistas, pero también tenía un lado oscuro. La necesidad de contar con esa organización en la etapa posterior a la guerra fría era algo que le hacía reflexionar en el siglo XXI.

Había sabido que sin el efecto polarizador de las dos superpotencias dominantes, los conflictos regionales y el terrorismo proliferarían por todo el globo. Estar en situación de obtener ganancias de los conflictos, siempre que pudiesen escoger a qué lado ponerse, era tanto una bendición como una maldición que inquietaba a Cabrillo en las horas de insomnio.

—Échale la culpa a mi abuela —señaló Juan—. Podía estirar un dólar al máximo y todavía conseguir que le sobrase calderilla. Detestaba ir a su casa porque siempre compraba pan rancio para ahorrarse un par de centavos. Lo tostaba, pero lo sabías, y los sándwiches de jamón tostados eran tan repugnantes como puedas imaginar.

—Está bien, para honrar a tu abuela, le diré a Maurice que esta vez solo compre Limoges —dijo Max, y volvió a su puesto.

Hali Kasim se acercó a Juan con una pantalla portátil. Su gesto ceñudo inclinaba hacia abajo las comisuras de los labios y hacía que su bigote de pistolero se cayese.

—Director, el Rastreador captó esto hace un par de minutos.

—El Rastreador era el nombre que le daban a los instrumentos de vigilancia que barrían el espectro electrónico en un radio de muchas millas alrededor del barco. Era capaz de captar todo, desde una transmisión de radio normal hasta las conversaciones cifradas de los móviles. El superordenador del barco analizaba estas conversaciones cada medio segundo, para detectar inteligencia en medio de tanta paja—. El ordenador acaba de descifrar el código. Yo diría que es un cifrado civil de alta gama o uno militar de nivel medio.

—¿Cuál es la fuente? —preguntó Juan, que cogió la resplandeciente pantalla de la mano de su experto en comunicaciones.

—Un teléfono móvil que transmitía desde doce mil metros.

—Eso significa que es un avión militar o un aparato privado —manifestó Juan—. Los aviones comerciales pocas veces vuelan por encima de los diez mil metros.

—Eso es lo que pensaba. Lo lamento, solo captamos el principio de la conversación. El Rastreador se apagó al mismo tiempo que el radar y cuando volvió a funcionar, el avión ya estaba fuera de alcance.

Juan leyó la única línea en voz alta. «... cuanto antes mejor. Tendremos a Merrick en el Oasis del Diablo para las cuatro de la mañana.» Lo leyó de nuevo en silencio y miró a Hali, con el rostro imperturbable.

—Para mí no significa gran cosa.

—No sé qué es el Oasis del Diablo, pero cuando estabas en el muelle descargando las armas, Sky News transmitió la noticia de que Geoffrey Merrick había sido secuestrado junto con una empleada en las oficinas centrales de su compañía en Ginebra. Visto desde aquí, dada la información transmitida por la cadena, un avión privado rápido situaría a Merrick y sus secuestradores directamente por encima de nuestras cabezas a la hora que interceptamos esta llamada.

—¿Asumo que estamos hablando del mismo Geoffrey Merrick que dirige Merrick/Singer? —preguntó Cabrillo.

—El multimillonario. Sus trabajos en el campo del carbón limpio han abierto un mundo de posibilidades para la industria y lo han convertido en uno de los hombres más odiados del planeta por los grupos ecologistas porque todavía creen que el carbón es demasiado sucio.

—¿Alguna petición de rescate?

—Nada en las noticias.

Juan tomó rápidamente su decisión.

—Pon a Murphy y Linda Ross a trabajar en esto. —Gracias a su experiencia en inteligencia naval, Ross era la elección perfecta para dirigir la investigación, y Murphy era el mejor para encontrar pautas ocultas en una avalancha de información—. Diles que quiero saber exactamente qué está pasando. ¿Quién se llevó a Merrick? ¿Quién está a cargo de la investigación? ¿Qué es y dónde está el Oasis del Diablo? Todo. Además de toda la información posible sobre Merrick/Singer.

—¿Cuál es nuestro interés en él?

—El altruismo —respondió Cabrillo con una sonrisa que acentuó su aire de pirata.

—¿Nada que ver con el hecho de que es multimillonario?

—Me sorprende que creas eso de mí —replicó Cabrillo con una convincente indignación—. Su riqueza nunca dejó mi mente; perdón, entró en mi mente.

6

Juan Cabrillo estaba sentado a su mesa, con los pies apoyados sobre la madera taraceada, mientras leía los informes de combate de Eddie y Linc en su ordenador. A pesar de que se habían producido una serie de acontecimientos espeluznantes, ambos hombres habían escrito un texto aburrido, donde destacaban la contribución del compañero a la misión por encima de la propia y disminuían los peligros hasta tal punto que se leían como copias. Escribió un par de notas con un lápiz electrónico y envió los informes al archivador del superordenador.

Luego consultó los partes meteorológicos. La novena gran tormenta atlántica del año se estaba formando al norte y si bien no era una amenaza para el *Oregon*, le interesaba porque hasta ahora tres tormentas se habían convertido en huracanes y la estación solo había comenzado hacía un mes. Los meteorólogos avisaban que este año rivalizaría o incluso superaría el número de huracanes que habían azotado Estados Unidos en 2005, con la destrucción de Nueva Orleans y graves daños en la costa del golfo de Texas. Los expertos afirmaban que esto era parte del ciclo normal de huracanes fuertes y frecuentes; sin embargo, los grupos ecologistas afirmaban que las súper tormentas eran resultado del calentamiento global. Juan ponía su fe con los meteorólogos, pero la tendencia era preocupante.

El tiempo en la costa suroeste de África parecía despejada por lo menos durante los próximos cinco días.

A diferencia de su aspecto desaliñado cuando hacía de codicioso oficial a bordo de un mercante la noche anterior, la mañana encontró a Cabrillo recién duchado y vestido con unos tejanos ingleses, una camisa Turnbull and Asser abierta en el cuello y un par de mocasines náuticos sin calcetines. Como tenía los tobillos a la vista, hoy se había puesto la pierna derecha ortopédica revestida de goma color carne, en lugar de una de sus piernas ortopédicas de apariencia más mecánica. Llevaba el cabello corto, apenas un poco más largo que el corte militar, y a pesar de su nombre y ascendencia latina, su cabello era prácticamente blanco debido a una infancia casi enteramente en el sol y el mar de California.

Habían quitado las tapas blindadas de los ojos de buey y su camarote estaba bañado con luz natural. Los zócalos de teca, los suelos y el techo artesonado resplandecían con una capa de cera. Desde su escritorio veía el dormitorio, dominado por una enorme cama de cuatro postes tallados a mano, y más allá el baño, con su ducha de azulejos mexicanos, el jacuzzi de cobre y el lavabo. Las habitaciones tenían el olor masculino de la loción para después del afeitado de Juan y del aroma de los puros cubanos La Troya Universales que fumaba de vez en cuando.

La decoración era sencilla y elegante y mostraba los gustos eclécticos de Juan. En una pared destacaba un cuadro del *Oregon* en medio de una tempestad mientras en otra había vitrinas para algunos de los recuerdos que había reunido de sus viajes: una figura de arcilla de un *ushabti* egipcio, un cuenco de piedra azteca, una rueda de rezos del Tíbet, un cuchillo gurja, una muñeca de piel de foca de Groenlandia, una esmeralda en bruto de Colombia, y docenas más de objetos diversos. El mobiliario era casi todo oscuro y la iluminación indirecta, discreta, mientras que las alfombras que cubrían el suelo eran de seda persa de brillantes colores.

La única cosa que llamaba la atención era la ausencia de fotografías. Mientras que la mayoría de los hombres en el mar tenían fotos de sus esposas e hijos, no había ninguna de esas fotos en el camarote de Juan. Había estado casado, pero el fallecimiento de su esposa cuando conducía ebria once años atrás era un dolor que Juan mantenía guardado bien adentro y se negaba a reconocer.

Bebió un sorbo de su café Kona, se fijó en la calidad de la porcelana y sonrió.

Dos de las cosas que le habían permitido reclutar y mantener algunos de los mejores elementos de las fuerzas armadas y los servicios de inteligencia de Estados Unidos era que pagaba bien y no reparaba en gastos en su tripulación, ya fuese la mejor porcelana china en el comedor y cocineros de primera clase o una asignación que le daba a cada nuevo miembro de la tripulación para que decorase su camarote. Mark Murphy había utilizado la mayor parte de ese dinero en un equipo de sonido que podía arrancar los percebes del casco. Linda Ross había contratado a un decorador de Nueva York para que hiciese su camarote, mientras que el de Linc era espartano como un barracón de la marina; el dinero en cambio lo había gastado en una Harley Davidson que guardaba en la bodega.

El *Oregon* disponía de un gran gimnasio con saunas, y cuando no estaba en alguna misión uno de sus tanques de lastre se podía llenar hasta la mitad para convertirse en una piscina olímpica. Los hombres y las mujeres de la corporación vivían bien, pero como había quedado demostrado en su más reciente misión, también vivían peligrosamente. Cada miembro de la tripulación era accionista, y si bien los oficiales se llevaban la parte del león de las ganancias, la tarea favorita de Juan al final de una operación era firmar los talones de bonificaciones para los técnicos y el personal auxiliar. Eso suponía alrededor de medio millón de dólares para el trabajo que acababan de realizar.

Estaba a punto de comenzar a escribir su informe para Langston Overholt, su viejo amigo de la CIA que encargaba muchas misiones a la corporación, cuando alguien llamó a la puerta.

—Adelante.

Linda Ross y Mark Murphy entraron en el camarote. Mientras que Linda era elegante y bonita, Murphy era desmañado y torpe: pelo negro desordenado, una perilla que un solo toque de navaja borraría, hábito de vestir únicamente de negro. Uno de los pocos en el barco sin antecedentes militares, Mark era un genio que había ganado su licenciatura cuando tenía veinte años. Había entrado a trabajar en investigación y desarrollo para un contratista de defensa donde había conocido a Eric Stone, que por entonces estaba en la marina, pero con un contrato para trabajar con Juan. Eric había convencido a Cabrillo de que el joven experto en armas encajaría perfectamente en la corporación y desde hacía tres años, y a pesar del gusto de Murphy por la música punk y de transformar la cubierta del barco en una pista de skate, Juan no podía estar más de acuerdo con Eric.

Cabrillo miró el viejo cronógrafo colocado al otro lado de su mesa.

—O no habéis encontrado absolutamente nada u os han metido un gol; si no, no estaríais aquí tan pronto.

—Digamos que estamos en el área peligrosa —dijo Murphy, y acomodó el montón de papeles en sus brazos—. Para que conste, no me gustan las metáforas deportivas porque la mayoría de las veces no las entiendo.

—Así que esto fue ganar por goleada y no por la mínima en el tiempo de descuento. —Juan sonrió.

—Si tú lo dices…

Se sentaron en las sillas delante de Juan, que había limpiado la mesa de papeles.

—Muy bien, ¿qué tenéis?

—¿Por dónde quieres empezar? —preguntó Linda—. ¿El secuestro o la compañía?

—Vamos a comenzar con los antecedentes, así sabré con quién estamos tratando. —Juan entrelazó los dedos detrás de la cabeza y contempló el techo mientras Linda comenzaba su informe. Podría parecer una descortesía no mirarla a la cara pero esta era una de sus manías cuando se concentraba.

—Geoffrey Merrick, cincuenta y un años de edad. Divorciado con dos hijos mayores, ambos dedicados a gastarse el dinero de papá persiguiendo a los paparazzi para conseguir aparecer en las revistas del corazón. La esposa es una artista que vive en Nuevo México y no se prodiga mucho.

»Merrick se licenció en química en el MIT, exactamente un día más joven que Mark cuando se licenció, y se asoció con otro alumno, Daniel Singer, para formar Merrick/Singer, compañía de investigación de materiales. La firma solicitó y obtuvo ochenta patentes en los últimos veinticinco años y la compañía ha crecido desde que los dos comenzaron en un espacio alquilado en las afueras de Boston a una enorme instalación cerca de Ginebra, en Suiza, con ciento sesenta empleados.

»Como quizá sepas, su principal patente es por un sistema de base orgánica que filtra hasta el noventa por ciento del sulfuro que tiene el humo de las centrales eléctricas de carbón. Un año después Merrick/Singer salió a Bolsa y ambos hombres se convirtieron en multimillonarios. Eso no quiere decir que no hubiera una gran controversia en su momento, que todavía colea. Los grupos ecologistas dicen que incluso con los limpiadores, las centrales que queman carbón son demasiado sucias y deberían cerrarse. Numerosas demandas judiciales todavía están por resolverse y se presentan otras nuevas cada año.

—¿Los ecoterroristas podrían haber secuestrado a Merrick? —interrumpió Juan.

—La policía suiza está investigando esa posibilidad —respondió Linda—. Pero no parece probable. ¿Cuál sería el objetivo? Volviendo a la historia, diez años después de haber acertado con sus limpiadores de sulfuro, hubo una pelea entre Merrick y su socio. Hasta ese momento habían sido como hermanos. Siempre aparecían juntos en las conferencias de prensa, incluso sus familias iban juntas de vacaciones. Luego, en un par de meses, en Singer se produjo un cambio de personalidad. Comenzó a ponerse del lado de los ecologistas en las demandas presentadas contra su propia compañía y acabó forzando a Merrick a comprarle su parte. Sus acciones fueron valoradas en dos mil cuatrocientos millones de dólares y Merrick tuvo que hacer malabarismos para juntar esa cantidad de dinero y comprar todas las acciones de la compañía. Casi lo dejó en la bancarrota.

—Una historia de Caín y Abel —comentó Mark Murphy.

—En aquel momento fue noticia de primera plana en todos los periódicos financieros y económicos.

—¿Qué ha estado haciendo Singer desde entonces?

—Después de que su mujer lo dejó ha estado viviendo en la costa de Maine, cerca de donde creció. Hasta hace unos cinco años estuvo utilizando su fortuna para apoyar a toda clase de causas medioambientales, algunas bastantes extremistas. De pronto, presentó varias demandas por fraude contra diversos grupos ecologistas, diciendo que lo habían engañado. Dijo que todo el movimiento solo era una estratagema para que varias personas a cargo de las diversas entidades se enriquecieran y que no hiciesen nada en realidad para ayudar al planeta. Las demandas todavía están pendientes, aunque Singer prácticamente ha desaparecido.

—¿Así que ahora es un ermitaño?

—No. Solo se mantiene discretamente apartado. Mientras investigaba, tuve la sensación de que Merrick era el hombre que ponía la cara y Singer el cerebro, a pesar de que compartían el podio. Merrick era quien trataba con todos y realmente sabía moverse en el Capitolio y más tarde en los círculos del poder en Berna cuando llevaron la compañía a Suiza. Vestía trajes de mil dólares mientras Singer vestía vaqueros y una corbata mal anudada. A Merrick le encantaban los focos y a Singer las sombras. Creo que desde que dejó la compañía sencillamente volvió a ser el hombre introvertido de siempre.

—A mí eso no me suena a mente criminal —opinó Juan.

—A mí tampoco. Solo es un científico con mucho dinero.

—Muy bien. ¿Así que tenemos un secuestro por rescate, o hay alguien más por ahí que vaya a por Merrick?

—Desde el enfrentamiento con Singer, la compañía funciona perfectamente.

—¿Qué hacen exactamente?

—Ahora que son una propiedad privada, se dedican sobre todo a la investigación pura financiada por Merrick. Todavía obtienen unas cuantas patentes al año, nada extraordinario, solo algún adhesivo molecular para alguna aplicación esotérica o una espuma que puede soportar unas pocas décimas de grado más que alguna otra cosa que ya está en el mercado.

—¿Alguna cosa que alguien conociera por espionaje industrial e intentara robar?

—Nada que hayamos podido encontrar, pero podría ser que estuviesen trabajando en algo secreto.

—De acuerdo, vamos a tenerlo en consideración. Háblame ahora del secuestro.

Mark se irguió en la silla.

—Merrick y una investigadora llamada Susan Donleavy fueron vistos por el guardia de seguridad en el edificio principal de la empresa a las siete de anoche cuando se marchaban, charlando amigablemente. Merrick tenía una cena a las ocho. Donleavy vive sola y al parecer no tenía ningún compromiso.

»Dejaron la empresa en vehículos separados, Merrick en su Mercedes y Donleavy en un Volkswagen. Encontraron sus coches a casi un kilómetro de la empresa. Al estudiar las marcas de los neumáticos, la policía determinó que un tercer vehículo —dado la anchura de la separación entre las ruedas, muy probablemente, una furgoneta— echó a los dos vehículos fuera de la carretera a gran velocidad. Los airbag estaban hinchados en el Mercedes pero no en el Volkswagen. Aparentemente, el Mercedes recibió primero el impacto y Susan Donleavy frenaba cuando la furgoneta la embistió. La ventanilla del conductor del coche de Merrick estaba rota hacia dentro para poder abrir la puerta. El Volkswagen no tenía cierre automático así que a ella la sacaron directamente del coche.

—¿Cómo supieron que era un secuestro y no que algún buen samaritano los rescató para llevarlos al hospital? —preguntó Cabrillo.

—No los encontraron en ningún hospital, así que la policía llegó a la conclusión de que están encerrados en el sótano del buen samaritano.

—Correcto.

—Hasta ahora no ha habido ninguna exigencia de rescate y la búsqueda de la furgoneta no ha dado resultado. Acabarán por encontrarla en el aeropuerto porque suponemos que Merrick, y probablemente Susan Donleavy, fueron sacados del país en avión.

—¿Has comprobado los vuelos chárter que salieron de Ginebra anoche?

—Eric se está ocupando de eso. Hay más de cincuenta, porque acababa de concluir una cumbre económica y todos los grandes personajes regresaban a casa.

Juan puso los ojos en blanco.

—Como siempre.

—Quizá no sea mala suerte por nuestra parte, sino fruto de una concienzuda planificación por parte de ellos —señaló Linda.

—Bien dicho.

—Hasta el momento la policía no sabe qué hacer. Están jugando a verlas venir hasta que los secuestradores planteen sus demandas.

—¿Podría ser esto por Susan Donleavy y no por Geoffrey Merrick? —preguntó Juan.

Mark sacudió la cabeza.

—Lo dudo. La busqué en la base de datos de la compañía. Lleva con ellos dos años, es una investigadora de química orgánica que todavía está haciendo el doctorado. Como dije antes, vive sola. No tiene marido ni hijos. La mayoría de las biografías de empleo dan poca información sobre los intereses y aficiones. La suya solo da las credenciales profesionales. No hay nada personal.

—Nadie por quien un secuestrador se tomaría la molestia de contratar un avión privado para llevársela.

—No importa por dónde lo mires —dijo Linda—. Merrick era el objetivo, estoy segura de que a Donleavy se la llevaron porque era una testigo.

—¿Qué hay del Oasis del Diablo que mencionaron? —preguntó Juan para regresar a la cuestión principal.

—No pudimos encontrar ninguna mención en internet —respondió Linda—. Tiene que ser un nombre en código, así que podría estar en cualquier parte. Si contamos a partir del momento que interceptamos la llamada cuando dijeron que llegarían a las cuatro de la mañana, podría estar en un círculo lo bastante grande para abarcar el extremo oriental de Sudamérica. O también podrían haber virado hacia el norte y regresar a Europa.

—Eso no parece probable. Por lo tanto, supongamos que continuaron volando en línea recta hacia el sur desde Suiza y que eso los llevó a pasar sobre nuestra posición anoche. ¿Cuál sería el lugar de aterrizaje más probable?

—Algún lugar en Namibia, Botswana, Zimbabue o Sudáfrica.

—Con nuestra suerte, ¿qué os apostáis que es Zimbabue? —murmuró Mark.

Años de corrupción y mal planeamiento económico habían convertido el una vez próspero país en uno de los más pobres del continente. La furia latente contra el gobierno dictatorial amenazaba con un estallido. Informes de ataques contra aldeas remotas que se enfrentaban al régimen eran cada vez más frecuentes, mientras el hambre y las enfermedades iban en aumento. Todos los indicadores señalaban hacia una guerra civil a gran escala que podía empezar en meses o incluso semanas.

—De nuevo, quizá no es nuestra mala suerte, sino su buen planeamiento —señaló Linda—. Una zona de guerra sería el último lugar donde buscarían a un empresario secuestrado. Podrían fácilmente sobornar al gobierno para que cerrase los ojos cuando lo trajeron.

—De acuerdo, concentrad vuestros esfuerzos de búsqueda suponiendo que el Oasis del Diablo está en Zimbabue, pero no descartéis nada. Continuaremos navegando hacia el sur y con un poco de suerte quizá encontréis algo para cuando lleguemos al trópico de Capricornio. Mientras tanto, hablaré con Langston para ver si la CIA sabe algo de esto; quizá le pida que establezca algunos contactos con el gobierno suizo y con la junta de directores de la empresa. Hacerles saber que quizá tienen opciones.

—Esta no es nuestra manera habitual de hacer las cosas, director.

—Lo sé, Linda, pero quizá estemos en el lugar adecuado en el momento oportuno para hacer que todo esto salga bien.

—O que los secuestradores planteen sus demandas hoy, que la empresa pague el rescate, y el bueno de Geoffrey regrese a casa a tiempo para cenar.

—Te olvidas de un factor crítico. —Juan no utilizó el mismo tono informal—. Sacarlo en avión del país es un riesgo que no necesitaban correr si se tratara de conseguir un rescate. Si eso era todo lo que querían, lo hubiesen ocultado en algún lugar de Suiza, hecho sus demandas, y acabado con el asunto. Si su planeamiento es tan meticuloso como sospechas, tiene que haber alguna otra vertiente en su plan que no hemos visto.

Linda Ross asintió, al comprender la gravedad de la situación.

—¿Como qué?

—Encuentra el Oasis del Diablo y quizá los sabremos.

7

Los auriculares que Sloane llevaba puestos la hacían sudar tanto que el cabello se le pegaba a la piel, pero si se los quitaba para refrescarse tendría que soportar el martilleante ruido del motor y las aspas del helicóptero. Era un equilibrio de las incomodidades que había tenido que soportar durante los dos infructuosos días.

También tenía empapada la espalda de la camisa. Cada vez que se movía se le pegaba al asiento de plástico. Había aprendido muy pronto a sujetarse la camisa cuando se movía, para impedir que le marcase los pechos y evitar la sonrisa lujuriosa de Luka, sentado a su lado en el asiento trasero. Hubiese preferido sentarse delante junto al piloto, pero él le había dicho que necesitaba el peso de Tony en la cabina para mantener equilibrado al pequeño helicóptero.

Regresaban a Swakopmund por última vez, y Sloane estaba al mismo tiempo agradecida y decepcionada. Siete veces habían volado sobre el océano para investigar los puntos marcados en su mapa y siete veces habían regresado para repostar sin haber encontrado nada salvo formaciones naturales de roca. El detector de metales portátil que podían sumergir en el agua sujeto a una larga cuerda no había encontrado ni una sola fuente metálica lo bastante grande como para ser un ancla, y mucho menos un barco.

Le dolía el cuerpo de tantas horas de calor en el abarrotado helicóptero y pensó que nunca se quitaría de la nariz el olor corporal de Luka. Había confiado tanto en su plan de utilizar el conocimiento de las aguas más allá de la costa que tenían los pescadores locales que nunca había pensado en el fracaso. Pero ahora que volvían al pequeño helipuerto en las dunas próximas a Swakopmund la derrota le quemaba en el fondo de la garganta mientras el resplandor del océano atravesaba sus gafas de sol y hacía que le doliera la cabeza.

Tony se volvió en su asiento para mirarla y le hizo señas de que volviese a conectar los auriculares al sistema de comunicaciones internas del aparato. Los había desenchufado para disponer de un poco de intimidad mientras se compadecía de sí misma.

—El piloto dice que el helicóptero no tiene autonomía suficiente para ir hasta el último punto señalado en el mapa. El que nos dijo Papá Heinrick.

—¿Qué es eso de Papá Heinrick? —preguntó Luka, que castigó a Sloane con una vaharada de halitosis.

Algo había evitado que Sloane mencionase el viaje nocturno a Sandwich Bay para visitar al pescador loco, sobre todo porque a regañadientes sospechaba que Luka había tenido razón y sencillamente no quería admitirlo ante el guía.

Con el deseo de que Tony hubiese mantenido la boca cerrada, Sloane se encogió de hombros.

—No tiene importancia. Está más loco que una cabra. Hemos desperdiciado más de dos mil dólares en combustible comprobando posibilidades de fuentes fiables. No nos veo gastando más en Papá Heinrick y sus serpientes gigantes.

—¿Qué cosas gigantes? —preguntó el piloto. Era sudafricano y tenía un fuerte acento afrikaans.

—Serpientes gigantes —repitió Sloane, que se sintió como una tonta—. Afirma que fue atacado por enormes serpientes metálicas.

—Lo más probable es que fuese el *delirium tremens* —afirmó el piloto—. Todo el mundo de por aquí sabe que Papá Heinrick es el mayor borracho del mundo entero. Lo he visto beber con un par de australianos hasta que ambos cayeron al suelo, y aquellos muchachos eran del tamaño de elefantes. Creo que eran jugadores de rugby. Si lo que vio fueron serpientes puede apostar hasta su último dólar que estaba con una borrachera de órdago cuando las vio.

—Serpientes gigantes —repitió Luka con una risita—. ¿No le dije que Papá Heinrick está loco? Pierde su tiempo hablando con él. Confíe en Luka. Yo le encontraré el lugar que busca. Ya lo verá. Todavía hay lugares que podrían considerarse.

—Conmigo no cuentes —dijo Tony—. Tengo que regresar a casa pasado mañana y solo quiero sentarme junto a la piscina.

—Eso está bien —aprobó Luka con una rápida mirada hacia donde la pierna de Sloane asomaba bajo el pantalón corto—. Yo llevaré a la señorita Sloane en mi barca hasta mucho más allá que este helicóptero.

—No lo creo —replicó Sloane lo bastante alto y con suficiente viveza para conseguir la atención de Tony. Ella lo miró y su compañero tardó un momento en comprender cuáles eran las verdaderas intenciones del guía.

—Jugaremos de oído. Ya veremos qué tal me siento por la mañana —comentó el inglés—. Quizá un viaje por mar no estaría mal.

—Estarán desperdiciando el tiempo —murmuró el piloto.

Sloane estaba segura de que él tenía razón.

El helicóptero llegó al polvoriento helipuerto veinte minutos más tarde. Los rotores levantaron una nube de arena que oscureció el suelo y convirtió a la fláccida manga de viento en un rígido cono rosa. El piloto posó suavemente el helicóptero en el suelo y de inmediato apagó los motores. El efecto fue instantáneo. El penetrante aullido del motor se apagó y las palas comenzaron a frenarse. Abrió la puerta antes de que se detuviesen, y cambió el aire caliente que olía a sudor en el interior de la cabina por el polvoriento aire caliente del exterior. Aun así era un alivio.

Sloane abrió su puerta, bajó del helicóptero, y se agachó instintivamente mientras los rotores continuaban girando por encima de su cabeza. Recogió su bolsa y después caminó alrededor de la proa del aparato para ayudar a Tony a desenganchar el detector de metales y la cuerda del patín izquierdo. Juntos cargaron el equipo de cincuenta kilos hasta la caja de la camioneta alquilada. Luka no había hecho ninguna oferta de ayuda mientras fumaba furiosamente su primer cigarrillo en dos horas.

Tony le pagó al piloto el día de servicio, y prácticamente gastó todos sus cheques de viaje excepto dos, que ya había prometido perder en el casino del hotel. El piloto estrechó las manos de ambos, les dio las gracias por utilizar sus servicios y se marchó con un último consejo:

—Estoy seguro de que ya se habrán dado cuenta de que Luka es un truhán y un ladrón, pero acierta en cuanto a Papá Heinrick. Aquel viejo no está bien de la cabeza. Ustedes dos se han divertido buscando un barco hundido. Disfruten de su último día de vacaciones. Vayan a dar un paseo por las dunas o descansen junto a la piscina como dice Tony.

Con Luka fuera del alcance del oído, Sloane replicó:

—Piet, hemos venido desde el otro lado del mundo. ¿Qué más da otro día perdido?

El piloto se rió.

—Eso es lo que me encanta de los norteamericanos. Nunca se dan por vencidos.

Volvieron a darse la mano y Luka se sentó en la trasera del cuatro por cuatro. Lo dejaron delante de un bar en su barrio de clase trabajadora, junto a Walvis Bay. Le abonaron la paga del día y, a pesar de insistirle en que probablemente no lo volverían a necesitar, él prometió estar en el hotel a las nueve de la mañana siguiente.

—Dios, es insufrible —dijo Sloane.

—No entiendo tu problema con él. Sí, no le vendría mal una ducha y masticar una pastilla de menta, pero en realidad nos ha ayudado mucho.

—Intenta ser una mujer a su lado y lo comprenderás.

Swakopmund no se parece a ninguna otra ciudad de África. Namibia fue una colonia alemana y la arquitectura de la ciudad era puramente bávara, con muchos adornos en las casas y sólidas iglesias luteranas. Las calles bordeadas de palmeras son anchas y están bien cuidadas, aunque la arena del desierto lo invade todo. Con acceso a un puerto de aguas profundas en Walvis Bay, se estaba convirtiendo en un destino para los buques de crucero y los buscadores de aventuras.

Sloane rechazó cortésmente la invitación de Tony de cenar en el hotel y una noche en el casino.

—Creo que iré al restaurante junto al faro y contemplaré la puesta de sol.

—Como quieras —dijo Tony, y se marchó a su habitación.

Después de la ducha, Sloane se puso un vestido estampado y sandalias y se echó un suéter sobre los hombros. Dejó que sus cabellos cobrizos cayesen libremente sobre los hombros y se maquilló a pesar de que las mejillas estaban enrojecidas por el sol. Aunque Tony había sido un perfecto caballero durante todo el viaje, tenía la premonición de que esta noche, después de jugar durante un par de horas a ser James Bond en el casino, intentaría ligar con ella. Mejor no estar cerca, era lo más prudente.

Caminó por Bahnhof Street mirando los escaparates donde se ofrecían a los turistas tallas nativas y huevos de avestruz pintados. El viento que venía del Atlántico refrescaba la ciudad y limpiaba el polvo del aire. Cuando llegó al final de la calle, Palm Beach estaba a su derecha y delante, la Mole, un saliente natural que protege Palm Beach y en cuyo exterior hay un faro. Llegó a su destino un par de minutos más tarde. Un poco más arriba de donde rompían las olas, el restaurante ofrecía unas vistas espectaculares; había otros muchos turistas allí con la misma idea de Sloane.

Pidió una cerveza alemana y se sentó en un asiento que miraba al mar.

Sloane Macintyre no estaba acostumbrada al fracaso, y por consiguiente se sentía muy enfadada porque el viaje había sido una pérdida de tiempo. En realidad, había sido una jugada muy arriesgada desde el principio, pero aún creía que tenían una buena probabilidad de encontrar al SS *Rove*.

Pero desde luego, se preguntó a sí misma por enésima vez, qué posibilidades había de que el rumor fuese verdad. ¿Mil a uno? ¿Un millón? ¿Qué recibiría ella por encontrarlo? Una palmadita en la espalda y una gratificación. Tuvo que preguntarse si soportar la irritabilidad de Tony, la lujuria de Luka y la locura de Papá Heinrick valía la pena. Se bebió el resto de la cerveza en tres furiosos tragos y pidió otra junto con un plato de pescado.

Comió mientras el sol se hundía en el mar, reflexionando sobre su vida. Tenía una hermana con un marido, una carrera, y tres hijos, mientras que ella estaba tan poco en su apartamento de Londres que había tirado todas las plantas de verdad y las había reemplazado por otras de plástico porque siempre se le morían por falta de riego. Pensó en su última relación y en cómo se había acabado también porque ella nunca estaba. Pero sobre todo pensó en por qué una licenciada en Económicas de Columbia había acabado perdiendo el tiempo recorriendo países del Tercer Mundo para preguntar a los pescadores dónde perdían las redes.

Decidió mientras acababa la cena que cuando regresase a casa analizaría a fondo su vida y lo que quería de ella. Cumpliría cuarenta años dentro de tres años, y si bien ahora no le sonaba a vejez recordó lo que le parecía cuando tenía veinte. No estaba próxima a conseguir sus metas profesionales y tenía la sensación de que no ascendería mucho más en su carrera sin alguna decisión drástica. Creía que por eso había venido a Namibia, pero ahora estaba resultando ser un fracaso. Su lógica dio un círculo completo y se enojó consigo misma por estar tan equivocada.

El aire comenzó a refrescar con el viento que llegaba del agua fría.

Se puso el suéter y pagó la cuenta. Dejó una generosa propina a pesar de que su guía de viajes afirmaba que los camareros no la esperaban.

Emprendió el camino de regreso al hotel por una ruta diferente para ver un poco más de la ciudad vieja. Las aceras estaban vacías excepto alrededor de un par de restaurantes y no había tráfico en la calle. Si bien era rica para África, Namibia seguía siendo un país pobre y las personas tendían a vivir con los ritmos del día. La mayoría estaba dormida a las ocho, así que había pocas luces en las casas.

Sloane escuchó las pisadas cuando el viento cesó de pronto. Sin su suave susurro el sonido de los zapatos en el asfalto se transmitía con facilidad. Se giró y vio una sombra que se escondía tras una esquina. Si el desconocido hubiera seguido caminando, ella habría considerado sus temores producto de la paranoia; pero la persona no quería que ella supiese que la seguía, y Sloane se dio cuenta de que ella no conocía esta parte de la ciudad.

Sabía que el hotel estaba a la izquierda, cuatro o quizá cinco calles más allá. Le resultaba familiar Bahnhof Street, así que si llegaba hasta allí, estaría a salvo. Echó a correr, perdió una sandalia después de dar un par de pasos y rápidamente se quitó la otra mientras el perseguidor soltaba un gruñido de sorpresa ante su reacción y se lanzaba tras ella.

Sloane corrió con todas sus fuerzas, sus pies desnudos golpeaban contra la acera. En el momento antes de doblar una esquina miró atrás. ¡Eran dos! Pensó que quizá se trataba del par de pescadores que ella y Tony habían interrogado, pero se dio cuenta de que ambos eran blancos. Y parecía que uno de ellos tenía una pistola.

Pasó como una exhalación por la esquina y corrió todavía más rápido. Sabía que estaban recortando su ventaja, pero si conseguía llegar al hotel estaba segura de que allí no entrarían. Con un rítmico movimiento de los brazos y el deseo de haber llevado un sujetador deportivo en lugar del sujetador de encaje que había escogido, Sloane cruzó una calle lateral. Los hombres desaparecieron momentáneamente de la vista, así que cuando vio un callejón se metió en él instintivamente. Ya casi había llegado al final donde comunicaba con otra calle, cuando tropezó con un bidón metálico que no había visto en la oscuridad. El dolor en los dedos de los pies no era nada comparado con la furia por no haberlo visto. Sonó como un toque de campana, y cuando salió del callejón comprendió que también lo habían escuchado sus perseguidores. Torció a la izquierda de nuevo y vio un coche que se acercaba. Sloane se metió en la calzada y agitó los brazos frenéticamente por encima de la cabeza. El coche redujo la marcha. Ella vio en el interior a un hombre y una mujer, con niños en el asiento trasero.

La mujer le dijo algo a su esposo y él desvió la mirada culpablemente mientras pisaba el acelerador. Sloane lo maldijo. Había perdido unos preciosos segundos con la ilusión de que fuesen a ayudarla. Corrió de nuevo; los pulmones le comenzaron a arder.

La detonación y el polvo que se levantó de la pared de un edificio cercano golpeó a Sloane en el mismo instante. El pistolero no le había dado en la cabeza por menos de treinta centímetros. Ella luchó contra el instinto de agacharse, algo que le hubiese hecho aflojar el ritmo y continuó corriendo como una gacela, moviéndose bruscamente de izquierda a derecha para dificultar la puntería.

Vio el cartel de Wasserfall Street y supo que solo estaba a media manzana de su hotel. Corrió a una velocidad que nunca hubiese creído posible y salió a Bahnhof Street. Su hotel estaba casi justo enfrente y una hilera de coches circulaba por la ancha calle. Había muchas luces alrededor de la vieja estación de trenes reconvertida. Zigzagueó entre el tráfico sin hacer caso de los bocinazos y finalmente llegó a la entrada del hotel. Se volvió. Los dos hombres acechaban al otro lado de la calle y la miraban furiosos. El tirador, que había escondido la pistola debajo de la chaqueta, se llevó las manos a la boca a modo de bocina y gritó:

—¡Esto ha sido una advertencia! Marchaos de Namibia o la próxima vez no fallaré.

Una chispa de desafío impulsaba a Sloane a hacerle un corte de mangas, pero todo lo que pudo hacer fue desplomarse en el suelo mientras las lágrimas se amontonaban en sus ojos y el corazón amenazaba con estallarle. El portero se le acercó un momento más tarde.

—¿Está usted bien, señorita?

—Estoy bien —respondió Sloane, que se levantó y se sacudió el polvo del trasero. Se secó con los nudillos las lágrimas en los ojos. El punto donde habían estado los dos hombres se veía desierto. A pesar de que todavía le temblaban los labios y sentía las piernas como si fuesen de goma, Sloane cuadró los hombros, levantó el brazo derecho, y con el izquierdo le hizo un corte de mangas.

8

Las gruesas paredes de piedra no podían absorber sus gritos; se caldeaban con el calor del sol hasta que no podían tocarse, pero dejaban que los alaridos de Susan Donleavy resonasen como si estuviese en la celda vecina. En un primer momento Geoffrey Merrick se había obligado a escuchar, como si ser testigo de su dolor pudiese de alguna manera dar consuelo a la joven. Había soportado estoicamente sus penetrantes alaridos durante una hora, y se había encogido cada vez que ella había alcanzado una nota de agonía tan aguda que parecía que su cráneo le fuese a estallar como una copa de cristal. Ahora, estaba sentado en el suelo de piedra de su celda, con las manos sobre las orejas y tarareaba para apagar sus gritos.

Se la habían llevado poco después del amanecer, cuando la prisión aún no se había convertido en un horno y la luz que entraba por la única ventana enrejada, a gran altura en la pared, todavía ofrecía una promesa. El bloque de celdas medía por lo menos cincuenta metros cuadrados y como mínimo tenía diez metros de altura. Estaba dividido en numerosas celdas con paredes de piedra en tres de los lados y barrotes de hierro en el cuarto y el techo. Un segundo y tercer nivel de celdas rodeaban la suya por encima de su cabeza, accesibles por una escalera de caracol de hierro. A pesar de la evidente antigüedad del edificio los barrotes de hierro eran tan seguros como una moderna prisión de máxima seguridad.

Merrick aún no había visto el rostro de ninguno de sus captores. Llevaban pasamontañas cuando echaron su coche fuera de la carretera poco después de salir del laboratorio y durante el vuelo a este agujero infernal. Había por lo menos tres; lo sabía por las diferencias en sus cuerpos. Uno era grande y encorvado, y no vestía nada más que camisetas imperio; otro era delgado y tenía brillantes ojos azules; y el tercero se distinguía porque no era ninguno de los otros dos.

En los tres días pasados desde el secuestro, sus carceleros no les habían dirigido ni una sola palabra. Los habían desnudado en la furgoneta que había embestido sus coches y les habían dado unos monos. Les habían quitado todas las joyas y, en lugar de zapatos, les obligaban a ponerse sandalias de goma. Les daban dos comidas al día; la celda de Merrick tenía un agujero en el suelo que servía de letrina por donde soplaba aire caliente y arena cada vez que se levantaba viento en el exterior. Desde que los habían encerrado en las celdas, los carceleros solo habían aparecido para alimentarlos.

Esta mañana habían venido a por Susan. Debido a que su celda estaba en otra hilera dentro del bloque, Merrick no podía estar seguro, pero le había sonado como si la hubiesen levantado por los cabellos. Habían pasado con ella por delante de su celda camino de la única puerta, una gruesa plancha de metal con una mirilla.

Susan estaba pálida, con los ojos brillantes de desesperación. Él la había llamado y había corrido a los barrotes en un esfuerzo por tocarla, para darle una muestra de compasión, pero el guardia más pequeño había golpeado los barrotes con una porra. Merrick retrocedió indefenso mientras se la llevaban. Calculó por el calor que hacía en la celda que habían pasado desde entonces cuatro horas. Al principio había reinado el silencio y después llegaron los gritos. Ahora Susan estaba en su segunda hora de tortura.

En las primeras horas del secuestro, Merrick había estado seguro de que era por dinero; que sus raptores exigirían un rescate a cambio de su libertad. Sabía que las autoridades suizas tenían la política de tolerancia cero cuando trataban con secuestradores pero también sabía que había compañías especializadas en la negociación con los secuestradores. Debido a la reciente ola de secuestros en Italia, Merrick había ordenado a su junta de directores que se pusiesen en contacto con dichos negociadores si alguna vez lo secuestraban y que asegurasen su libertad sin importar el coste.

Pero después de haber volado con una venda en los ojos durante al menos seis horas, Merrick no sabía qué estaba pasando. Susan y él habían hablado en susurros durante la noche, en un intento por adivinar las intenciones de sus captores. Mientras Susan insistía que debía ser por su dinero y que ella había sido secuestrada por tratarse de una testigo, Merrick no estaba tan seguro. No le habían pedido que hablase con nadie de su empresa para acordar un rescate ni le habían dado ninguna indicación de que su gente supiera que él y Susan continuaban con vida. Nada hasta ahora encajaba con lo que sabía sobre secuestros. Aunque el rudimentario curso de seguridad para ejecutivos al que había asistido había sido años atrás, recordaba lo suficiente para saber que sus secuestradores no encajaban en el perfil habitual.

Ahora esto. Torturaban a la pobre Susan Donleavy, una leal y dedicada empleada que sabía muy poco, al margen de sus tubos de ensayo y redomas. Merrick recordó la conversación, unas semanas atrás, sobre cómo acabar con los vertidos de petróleo con su plancton especial. Él no le había dicho que si bien sus metas eran muy elevadas, su concepto parecía un tanto extravagante. Todo su discurso sobre la venganza como un gran motivador no era más que eso, un discurso, que había hecho un centenar de veces con un centenar de variaciones. Le iría mejor para superar un trauma infantil la ayuda de un psiquiatra que el laboratorio.

Pensar en el proyecto de la joven le hizo pensar en las otras investigaciones en marcha de la empresa. Había hecho esto muchas veces desde que lo habían encerrado en la celda. No había nada, absolutamente nada, en ellas que justificase lo que ocurría, si este era un caso de espionaje industrial. No estaban cerca de patentar nada nuevo ni revolucionario. De hecho, no tenían una patente que diese verdaderas ganancias desde que él y Dan Singer habían comercializado sus limpiadores de sulfuro. La compañía era ahora básicamente una cuestión de vanidad, una manera de mantener sus manos en el mundo de la investigación química y de conseguir invitaciones para dar conferencias en simposios.

Cesaron los gritos. No fue un lento apagarse, sino una súbita interrupción del sonido que resultaba más horrible en sus implicaciones.

Geoffrey Merrick se levantó de un salto, metió el rostro entre los barrotes de hierro para poder ver una parte de la puerta del bloque de celdas. Unos pocos minutos más tarde descorrieron los cerrojos y la pesada plancha de metal se abrió.

Tuvieron que arrastrarla con los brazos por encima de los hombros de dos guardias mientras el tercero llevaba un gran llavero. Cuando se acercaron, Merrick vio la sangre coagulada en los cabellos de Susan Donleavy. Le habían desgarrado el mono por el cuello y la piel de la parte superior del pecho y el hombro mostraban un vívido color púrpura. Ella alcanzó a alzar la mirada cuando pasaron por delante de su jaula. Merrick soltó una exclamación. Su rostro estaba destrozado. Un ojo completamente cerrado mientras apenas podía abrir un poco el otro. La sangre y la saliva caían en hilillos de los labios cortados.

Había solo una muy débil chispa de vida en sus ojos cuando ella lo miró.

—Dios mío, Susan. Lo siento mucho. —No intentó contener las lágrimas. Ella se había convertido en una figura tan digna de piedad que él hubiese llorado incluso de haberse tratado de una desconocida. Que ella fuese su empleada y que él de alguna manera fuese responsable por lo que le habían hecho le partió el corazón.

Ella escupió una bola de sangre en el suelo de piedra y gimió:

—Ni siquiera me han hecho una pregunta.

—¡Cabrones! —le gritó a los guardias—. Les pagaré lo que sea. No tenían ninguna necesidad de hacerle esto. Ella es inocente.

Para el caso que le hicieron, bien podían haber sido sordos. Sencillamente la arrastraron fuera de su vista. Escuchó cómo abrían la celda y la arrojaban al interior. Se cerró la puerta de hierro y echaron la llave.

Merrick decidió que cuando viniesen a buscarlo lucharía contra ellos con todo lo que tenía. Si iban a darle una paliza, quería infligir primero algún castigo. Esperó en su celda a que llegasen, con los puños apretados, los hombros tensos.

Apareció el guardia más pequeño, el de los brillantes ojos azules. Tenía algo en las manos y antes de que Merrick pudiese identificarlo o reaccionar, el guardia disparó. Era un Tazer que descargó cincuenta mil voltios en su cuerpo y acabó con su sistema nervioso central en un destello de dolor. Merrick se quedó rígido por un segundo y después cayó al suelo. Cuando recuperó la conciencia lo habían sacado de la celda y estaban ya en la puerta principal. En la agonía producida por la descarga eléctrica, se había olvidado de pelear contra ellos.

9

Sloane Macintyre llevaba una gorra de béisbol para sujetarse el cabello contra el viento de veinte nudos que producía la marcha del bote pesquero. Sus ojos estaban protegidos con unas gafas Oakley atadas con un cordón de alegres colores y la piel que estaba expuesta al sol la tenía protegida con crema de protección solar de factor treinta. Vestía unos pantalones cortos caqui y una holgada camisa con bolsillos. Calzaba unos zapatos náuticos de lona. El brillo de una esclava de oro refulgía con el sol.

Cada vez que estaba en el mar se sentía de nuevo como una adolescente, cuando trabajaba en la lancha de alquiler de su padre en la costa este de Florida. Había vivido algunos incidentes desagradables debido a la enfermedad de su padre, cuando se había hecho cargo de la embarcación con algunos pescadores borrachos, más interesados en pescarla a ella que peces espada, pero en general había sido el mejor tiempo de su vida. El aire salobre parecía calmar su alma mientras el aislamiento de estar en una barca que navegaba a toda velocidad ayudaba a mantener enfocada su mente.

El patrón de la lancha, un jovial namibio, percibió en ella un espíritu gemelo y, cuando ella lo miró, él le respondió con una sonrisa. Sloane se la devolvió. Con los dos motores diésel Cummins resonando bajo cubierta era casi imposible hablar, así que él se levantó de su silla y le hizo un gesto a Sloane para que cogiese los controles. Su sonrisa se ensanchó. El capitán apoyó un dedo en la brújula para indicarle el rumbo y se apartó del timón. Sloane se colocó en su lugar y apoyó las manos suavemente sobre la gastada rueda.

Él permaneció a su lado durante un par de minutos, atento a que la estela continuase en una línea recta. Satisfecho por haber acertado que su pasajera era capaz de pilotar la embarcación de quince metros de eslora, bajó la escalerilla, saludó con un gesto a Tony Reardon, que estaba sentado en el sillón de los pescadores, y fue al baño.

Sloane hubiese renunciado a la búsqueda si no la hubieran seguido la noche anterior. Eso la había convencido de que estaba en el camino acertado para encontrar al SS *Rove*. ¿Por qué si no habían intentado asustarla? No le había dicho nada a Tony del ataque, pero lo primero que había hecho por la mañana había sido llamar a su jefe y contarle toda la historia. Si bien este se había mostrado preocupado por su seguridad, le había dado permiso para alargar su estancia un día más para investigar aquella parte del mar donde Papá Heinrick había visto las gigantescas serpientes metálicas.

Sabía que estaba siendo temeraria. Cualquier persona cuerda hubiese hecho caso de la advertencia y abandonado el país en el primer avión; pero eso no iba con ella.

Nunca en toda su vida había dejado una tarea sin acabar. No importaba lo malo que fuese un libro, ella lo leía hasta la última palabra. No importaba lo difícil que fuese el crucigrama, ella no lo abandonaba hasta resolverlo. No importaba lo arduo que fuese un trabajo, ella se ocuparía de hacerlo hasta el final. Esta empecinada tenacidad era probablemente la que le hacía continuar en relaciones condenadas al fracaso mucho después de cuando debería haberlas acabado, pero también le daba la fuerza para enfrentarse a aquel que intentaba impedirle que encontrase el barco.

Sloane había sido cautelosa a la hora de contratar la embarcación, y se aseguró de que el capitán no fuese alguno de aquellos con los que había hablado para confeccionar el mapa. A la salida del hotel, se habían mezclado con un grupo de turistas que iban al muelle para una jornada de pesca y en el autobús se había asegurado de que nadie los seguía. De haber tenido la más mínima sospecha lo hubiese cancelado todo, pero nadie prestó ninguna atención al vehículo.

Solo cuando se encontraban a varias millas de la costa dijo Sloane al capitán dónde quería ir de verdad. Él le había respondido que en la zona del mar donde quería pescar no había ninguna señal de vida marina, pero como ella pagaba no puso mayores trabas.

Eso había sido seis horas antes, y cada milla que dejaban atrás sin incidentes permitía a Sloane relajarse un poco más. Los hombres que la habían seguido debían de creer que ella había aceptado la advertencia al pie de la letra y se había marchado.

El mar se encrespó un poco con el viento del sur. La embarcación, ancha de manga, cabalgaba bien las olas: rolaba a estribor y volvía sin problemas a nivelarse. El patrón, de nuevo en cubierta, permaneció un poco por detrás de Sloane sin reclamarle el timón. Sacó unos prismáticos de debajo del asiento y observó el horizonte. Se los pasó a la muchacha y señaló un punto al suroeste.

Sloane acomodó los prismáticos a su medida y se los llevó a los ojos. Se divisaba un gran barco en el horizonte, un mercante con una chimenea que parecía dirigirse a Walvis Bay. A tanta distancia era imposible ver más detalles que el vago perfil de su casco oscuro y un pequeño bosque de mástiles y plumas en las cubiertas de proa y popa.

—Nunca he visto por aquí un barco como ese —comentó el capitán—. Los únicos barcos que vienen a Walvis son de cabotaje o de crucero. Los pescadores se mantienen todos más cerca de la costa y los buques tanque que rodean el cabo van cuatrocientas o quinientas millas mar adentro.

Los océanos del mundo están divididos en corredores marítimos tan claramente marcados como las autopistas. Con los plazos de entrega tan ajustados y el coste de mantener un barco en el mar, centenares de miles de dólares al día para los superpetroleros, los barcos invariablemente seguían la línea más recta entre destinos, y rara vez se apartaban más de una milla o dos. Así que mientras unas zonas del océano tenían un tráfico marítimo muy intenso, otras nunca veían ni un barco al año. La embarcación de alquiler estaba en una de estas zonas muertas; lo bastante lejos de la costa para evitar a los barcos de cabotaje que aprovisionaban a Walvis Bay pero lejos de las rutas para rodear el cabo de Buena Esperanza.

—Aquí hay algo extraño —comentó Sloane—. No sale humo de la chimenea. ¿Cree que es un barco fantasma? Quizá los ha sorprendido una tempestad y la tripulación tuvo que abandonarlo.

Tony subió la escalerilla. Sloane estaba pensando en la presencia del buque misterioso y el destino de la tripulación y no lo escuchó, así que cuando él le tocó el hombro ella se sobresaltó.

—Lo siento —dijo él—. Mira atrás. Hay otra embarcación que viene hacia aquí.

Sloane se dio la vuelta tan rápido que sus manos, en el timón, hicieron que la barca virara a babor. Siempre es muy difícil calcular las distancias en el mar, pero ella sabía que la embarcación que avanzaba a toda velocidad no podía estar a más de un par de millas a popa y que acabaría por alcanzarlos, pues navegaba mucho más rápido que la lancha de alquiler. Devolvió los prismáticos al capitán y empujó las palancas cromadas de los aceleradores hasta el tope.

—¿Qué pasa? —gritó Tony, que se inclinó hacia adelante mientras la embarcación ganaba velocidad.

El capitán había intuido el miedo de Sloane, aunque por el momento no dijo nada, mientras observaba a la otra embarcación a través de los prismáticos.

—¿Lo reconoce? —le preguntó Sloane.

—Sí. Viene a Walvis cada mes. Un yate. De unos quince metros de eslora. No sé su nombre ni quién es el propietario.

—¿Alcanza a ver a alguien?

—Hay tres hombres en el puente volante. Hombres blancos.

—¡Exijo saber qué está pasando! —gritó Tony, con el rostro enrojecido.

De nuevo Sloane no le hizo caso. Sin necesidad de verlos, sabía quiénes iban en el yate que les seguía. Giró levemente la rueda y se lanzó hacia el lejano carguero, rezando para que sus perseguidores retrocedieran si había testigos. Estaba segura de que en mar abierto los matarían y hundirían la lancha. Movió todavía más las palancas de los aceleradores pero los diésel ya estaban dando todo lo que tenían. Movió los labios mientras rezaba silenciosamente por haberse equivocado al decir que el mercante estaba abandonado. Si lo estaba, morirían en cuanto el yate los alcanzara.

Tony le sujetó el brazo, con los ojos echando chispas.

—Maldita sea, Sloane, ¿de qué va todo esto? ¿Quiénes son esas personas?

—Creo que son los mismos hombres que me persiguieron anoche hasta el hotel.

—¿Perseguido? ¿Qué quieres decir con perseguido?

—Lo que digo —replicó—, es que dos hombres me persiguieron hasta el hotel. Uno de ellos tenía un arma. Me advirtieron de que debía abandonar el país.

El enfado de Tony se convirtió en furia; incluso el capitán la miró con una expresión inescrutable.

—Y a ti no te pareció sensato decírmelo. ¿Es que estás loca? ¿Te persiguen unos hombres armados y nos traes aquí, en medio de la nada? Santo Dios, mujer, ¿en qué estabas pensando?

—No creía que nos fuesen a seguir —le gritó Sloane—. ¡De acuerdo, me equivoqué! Si conseguimos acercarnos lo suficiente al carguero no nos harán nada.

—¿Y qué demonios hubiera sucedido si ese buque no estuviera allí? —La saliva escapaba de la boca de Tony con cada palabra.

—La cuestión es que está, así que estamos a salvo.

Tony se volvió hacia el propietario del barco.

—¿Tiene un arma?

El capitán asintió lentamente.

—La utilizo para los tiburones si se acercan demasiado.

—Entonces le recomiendo que vaya a buscarla, compañero, porque podríamos necesitarla.

La embarcación había estado tomando las olas con un suave rolido pero ahora que Sloane había cambiado el rumbo, las cortaba. La proa subía y bajaba cada vez que embestían una cresta. La navegación era dura y Sloane mantenía las rodillas flexionadas para absorber cada impacto. El capitán volvió de debajo de la cubierta y sin decir palabra le entregó a Sloane una vieja escopeta del calibre 12 y un puñado de cartuchos; sabía intuitivamente que la mujer tenía una fuerza de la que Tony Reardon carecía. Volvió a tomar su puesto en el timón e hizo sutiles correcciones cada vez que una ola pasaba por debajo de ellos, para no perder velocidad. Los perseguidores habían ganado por lo menos una milla mientras que el carguero no parecía estar más cerca. Sloane observó el gran barco a través de los prismáticos y se llevó una desilusión. El barco estaba en mal estado. Su casco estaba pintado con mil tonos diferentes y parecía que lo habían parcheado con planchas de acero más de una docena de veces. No vio a nadie en las cubiertas ni en el puente, y si bien parecía que había espuma en la proa, como si estuviese navegando, no podía ser posible porque no salía humo de la chimenea.

—¿Tiene radio? —le preguntó Sloane al capitán.

—Está abajo —contestó él—. Pero no tiene alcance suficiente para que la escuchen en Walvis si es eso lo que está pensando.

Sloane le señaló el mercante por encima de la proa.

—Quiero comunicarles lo que está pasando para que bajen una pasarela.

El capitán miró por encima del hombro al yate que se acercaba rápidamente.

—Llegaremos muy justo.

Sloane bajó la empinada escalerilla deslizándose sobre las manos, y corrió a la cabina. La radio era un viejo aparato atornillado al techo. La encendió y giró el dial hasta el canal 16, la banda internacional de socorro.

—*Mayday, mayday, mayday*, este es el pesquero *Pinguin* llamando a mercante en ruta hacia Walvis Bay. Estamos siendo perseguidos por piratas, por favor respondan.

Una descarga de estática sonó en la cabina.

Sloane ajustó de nuevo el dial y pulsó el botón del micrófono.

—Aquí el *Pinguin* llamando a mercante no identificado en ruta a Walvis. Necesitamos ayuda. Por favor, respondan.

De nuevo escuchó estática, pero le pareció captar el fantasma de una voz en el ruido blanco. A pesar de las violentas cabezadas de la embarcación, los dedos de Sloane eran delicados como los de un cirujano mientras giraba el dial milimétricamente.

Una voz sonó súbitamente en el aparato.

—Tendría que haberme escuchado anoche y dejado Namibia. —Pese a la distorsión, Sloane reconoció la voz de la noche anterior y se le heló la sangre.

Sloane cogió el micrófono.

—Déjenos en paz y volveremos a la costa —suplicó—. Saldré en el primer avión. Lo prometo.

—Eso ya no es posible.

Ella miró por encima del espejo de popa. El yate había reducido la distancia a doscientos metros, lo bastante cerca como para que ella viese a dos de los hombres en el puente que empuñaban fusiles. El mercante estaba a una milla o un poco más de distancia.

No lo iban a conseguir.

—¿Qué opinas, director? —preguntó Hali Kasim desde su asiento en el puesto de comunicaciones.

Cabrillo estaba inclinado hacia delante en su sillón, con un codo apoyado en el brazo, y la mano sujetándose la barbilla sin afeitar. La pantalla de proa mostraba las imágenes transmitidas por la cámara instalada en el mástil. La imagen de la cámara, montada sobre giroscopios, se mantenía inmóvil y enfocaba a las dos embarcaciones que se acercaban rápidamente al *Oregon*. La lancha de pesca navegaba a veinte nudos mientras que el yate se acercaba fácilmente a los treinta y cinco.

Llevaban observando a las dos embarcaciones en la pantalla del radar desde hacía casi una hora y habían dado a su presencia una baja prioridad, dado que las aguas frente a la costa de Namibia eran conocidas como zona pesquera. Pero cuando la primera embarcación, que ahora sabían que se llamaba *Pinguin*, pingüino en alemán, cambió de curso para interceptar al *Oregon*, llamaron a Cabrillo a su camarote, donde estaba a punto de meterse en la ducha después de una hora en el gimnasio.

—No tengo ni la más remota idea —contestó Juan finalmente—. ¿Por qué unos piratas con un yate de un millón de dólares persiguen a una vieja lancha de pesca a ciento cincuenta millas de la costa? Aquí pasa algo extraño. Enfoca la cámara sobre el yate. Vamos a ver quién está a bordo, si se puede.

Mark Murphy no estaba de servicio, así que el tripulante que ocupaba el puesto de artillería utilizó el mando y el ratón para poner en pantalla la imagen que Cabrillo pedía. A una distancia tan grande incluso los giroscopios dirigidos por el ordenador tenían dificultades para mantener firme la imagen. Pero era bastante buena. El sol se reflejaba en la cristalera debajo del puente; a través del resplandor Juan alcanzó a ver a cuatro hombres en el estilizado puente del yate, dos de los cuales disponían de fusiles de asalto. Mientras miraban, uno de ellos se llevó el arma al hombro y disparó una corta ráfaga.

Antes de recibir la orden, el oficial de artillería ya había movido la cámara para mostrar al *Pinguin*, que huía. Al parecer no había sido alcanzado pero sí vieron a una mujer de cabellos cobrizos acurrucada detrás del espejo de popa con una escopeta.

—Murphy —dijo Cabrillo vivamente—. Prepara la Gatling pero no bajes la plancha. Calcula la distancia de tiro al yate y prepara las ametralladoras de calibre 30 de estribor por si acaso.

—Cuatro hombres con armas automáticas contra una mujer con una escopeta —murmuró Hali—. Un combate del todo desequilibrado si no hacemos algo.

—Estoy en ello —dijo Cabrillo, y luego le hizo un gesto a su oficial de comunicaciones—. Ponme con ella.

Kasim apretó un botón en uno de sus tres teclados.

—Estás en línea.

Cabrillo conectó su micrófono.

—*Pinguin, Pinguin, Pinguin*, aquí el barco *Oregon*.

En la pantalla vieron cómo la mujer volvía la cabeza al escucharlo en la radio.

Ella se apresuró a volver a la cabina y un momento más tarde su voz jadeante llenó el centro de operaciones.

—*Oregon*, oh, gracias a Dios. Por un momento creí que era un barco abandonado.

—No va muy errada —opinó Linda Ross. Aunque no estaba de servicio, Juan le había pedido que viniese al centro de operaciones ante la posibilidad de que necesitase de sus conocimientos de inteligencia.

—Por favor, comunique la naturaleza de su emergencia —le pidió Juan, poco dispuesto a revelar que tenían una visión a vuelo de pájaro de lo que estaba pasando—. Ha mencionado piratas.

—Acaban de abrir fuego contra nosotros con ametralladoras. Me llamo Sloane Macintyre. Estamos en una jornada de pesca y de pronto han aparecido.

—A mí no me parece que sea así —comentó Linda, y se mordió el labio inferior—. El tipo del yate dijo que ya la había advertido de algo una vez.

—Así que está mintiendo —señaló Juan—. Le acaban de disparar y ella está mintiendo. Interesante, ¿no te parece?

—Tiene que estar ocultando algo.

—*Oregon* —llamó Sloane—, ¿todavía esta allí?

—Todavía estamos aquí —respondió Juan. Valoró la situación con una rápida mirada a la pantalla, pensó dónde estaría cada embarcación al cabo de un minuto y, después, al cabo de dos. La situación táctica era grave. Pero peor era el hecho de que estaría actuando a ciegas. Por lo que sabía, Sloane Macintyre bien podía ser la mayor narcotraficante de África del Sur y estaba a punto de ser liquidada por un rival. Ella y los demás en el *Pinguin* quizá estaban recibiendo lo que se merecían. Por otro lado, bien podía ser totalmente inocente.

—Entonces, ¿por qué mentir? —murmuró.

Si necesitaba salvar los secretos del *Oregon*, el margen para la acción sería mínimo; de hecho casi nulo. Pensó en una docena de posibilidades en el tiempo en que tardó en rascarse de nuevo la barbilla y tomar la decisión.

—Timonel, todo a estribor; necesitamos acortar la distancia entre nosotros y el *Pinguin*. Velocidad, veinte nudos. Máquina de humo en funcionamiento. —Cuando estaba solo en el mar, el *Oregon* no contaminaba, pero cuando se encontraban con otros buques ponían en marcha un generador de humo para crear la ilusión de que el notable barco estaba movido por motores diésel convencionales.

—La puse en marcha hace un par de minutos —comunicó el segundo maquinista desde el fondo del centro de operaciones—. Tendría que haberlo hecho en cuanto entraron en contacto visual, pero me olvidé.

—No pasa nada. Dudo que alguien se haya fijado —dijo Juan antes de conectar el micrófono—. Sloane, soy el capitán del *Oregon*.

—Adelante, *Oregon*.

Juan se maravilló ante la tranquilidad que demostraba la mujer y pensó brevemente en Tory Ballinger, una inglesa a la que había rescatado hacía unos meses en el Mar del Japón. Estaban hechas de la misma pasta.

—Hemos virado para interceptarla. Dígale al capitán del *Pinguin* que nos aborde por la banda de babor, pero no deje que descubran que esa es la banda que tomarán. Quiero engañar al yate para que nos pase por estribor. ¿Lo comprende?

—Debemos acercarnos por su banda de babor pero solo en el último momento.

—Así es. Pero no lo hagan demasiado cerca. El yate no podrá virar a la velocidad que lleva, así que evite nuestra ola de proa lo mejor que pueda. Voy a bajar la pasarela pero no se acerque hasta que yo le avise. ¿Comprendido?

—No nos acercaremos hasta que usted dé la señal —repitió Sloane.

—Todo saldrá bien, Sloane —dijo Juan, y la confianza en su voz se transmitió por la onda radial—. Estos no son los primeros piratas con los que mi tripulación y yo nos hemos topado.

En la pantalla vio a los pistoleros que todavía intentaban acribillar al *Pinguin* con sus fusiles de asalto pero la distancia todavía era excesiva para una plataforma de tiro del todo inestable. No parecía que ninguno de los proyectiles llegase cerca de la lancha alquilada, pero reafirmó la decisión de Juan de estar haciendo lo correcto al ayudar a Sloane y su grupo.

—Hali, manda algunos tripulantes a cubierta para que bajen la pasarela. Murphy, preparado para disparar la ametralladora de proa.

—Está preparada.

El *Pinguin* se acercaba a toda máquina; ahora estaba a menos de trescientos metros del gran mercante, con el yate unos cien metros más atrás.

Juan no quería utilizar la ametralladora pero vio que no iba a tener más remedio. La lancha de alquiler estaría al alcance del yate antes de que él pudiese meter al *Oregon* entre ellos. Estaba a punto de ordenarle al oficial de artillería que disparase una corta ráfaga para retrasar al yate cuando vio a Sloane arrastrándose por la cubierta de popa del *Pinguin*. La mujer levantó la cabeza y los hombros por encima del espejo y efectuó un primer disparo, luego tomó puntería y disparó el segundo cañón de la escopeta.

No tenía ninguna posibilidad de alcanzar al yate, pero la inesperada descarga obligó a la lujosa embarcación a aminorar la marcha y hacer una aproximación más cauta. Eso le dio los pocos segundos que necesitaban para que prosperase el plan de Cabrillo.

—¿Qué está pasando? —Max Hanley apareció al lado de Cabrillo; olía a tabaco de pipa—. Estoy intentado disfrutar mi día libre mientras tú estás aquí jugando a la gallinita ciega con quién, ¿una vieja barca de pesca y un prostíbulo flotante?

Juan había dejado de preguntarse años atrás cómo el sexto sentido de Hanley lo hacía salir de su camarote cuando se olían problemas.

—Los tipos del yate quieren matar a las personas de la lancha y al parecer no les importa si hay testigos.

—Y tú pretendes jorobarles la diversión.

Juan le dedicó una sonrisa ladina.

—¿Alguna vez me has visto no meter la nariz en los asuntos de otras personas?

—¿Así por las buenas? No. —Max miraba la pantalla y maldijo.

El yate había acelerado y los disparos de las armas automáticas acribillaban al *Pinguin*, arrancaban trozos de madera de la gruesa popa y destrozaban los cristales de la puerta de la cabina bajo cubierta. Sloane estaba protegida por el espejo de popa pero el capitán y el otro hombre en el puente estaban totalmente expuestos.

El capitán namibio optó por la protección sobre la velocidad y comenzó a zigzaguear con la embarcación mientras avanzaban hacia el mercante, en un intento de entorpecer la puntería de los perseguidores. Sloane hizo su parte disparando de nuevo los dos cañones de la escopeta. Sus disparos estaban tan desviados que no llegó a ver los pequeños surtidores cuando golpearon la superficie del mar.

Una nueva descarga desde el yate la forzó a agacharse. Desde su posición tumbada en la cubierta de popa, no podía ver al mercante, pero la embarcación se comportaba de forma diferente al encontrarse con las olas que ahora producía el enorme casco. Le dolía el hombro de disparar la escopeta y sabía que ahora les tocaba al patrón del *Pinguin* y al misterioso capitán del *Oregon*. Se apoyó contra el espejo, y jadeó asustada y al mismo tiempo entusiasmada; la misma sensación de desafío que la había puesto en esta peligrosa situación.

A bordo del *Oregon*, Juan y Max observaban la carrera entre las dos pequeñas embarcaciones. El capitán del *Pinguin* lo mantenía en rumbo para aproximarse por la banda de estribor con el yate un poco a la derecha y acercándose rápidamente a la distancia donde los tiradores tendrían a sus presas directamente en las miras.

—Espera —dijo Max sin dirigirse a nadie en particular. De haber estado él a cargo de esta situación le hubiese dicho a Sloane que estuviese junto a la radio y él mismo le hubiese dado la orden de virar. Entonces comprendió que Juan tenía razón al permitir que el capitán efectuase la maniobra. Él conocía mejor que nadie la capacidad de su nave y sabría cuándo virar.

El *Pinguin* estaba a treinta metros del *Oregon*, tan cerca que la cámara del mástil ya no podía seguirlo. El oficial de artillería pasó a la cámara instalada en la ametralladora de proa.

La pequeña embarcación fue sacudida por otra descarga desde el yate; de haber estado un poco más lejos Juan hubiese abandonado su plan y volado al lujoso yate con la ametralladora de calibre 30 o la ametralladora Gatling, que continuaba rastreando su objetivo incluso oculta detrás del mamparo de acero.

—Ahora —susurró.

Aunque Cabrillo no tenía conectado el micrófono fue como si el capitán del *Pinguin* lo hubiese escuchado. Viró todo a babor a solo quince metros de la afilada proa del *Oregon*, y cabalgó en la ola que se apartaba de su casco como un surfista que capta una ola.

El timonel del yate giró la rueda como si fuese a seguirlo, y después corrigió el rumbo cuando comprendió que iba demasiado rápido para mantenerse en la estela del *Pinguin*. Pasaría por la banda de estribor del carguero y utilizaría su mayor velocidad para llegar a la popa antes que su objetivo.

—Timonel —dijo Juan con voz tranquila—, a mi señal quiero los impulsores de proa de la banda de estribor a toda potencia y gira el timón todo a la derecha. Aumenta la velocidad a cuarenta nudos. —Juan buscó entre las tomas de las cámaras hasta que vio al *Pinguin*. Debía asegurarse de que no lo embestía mientras viraba. Con gran pericia calculó las velocidades y ángulos, consciente de que estaba arriesgando vidas para salvaguardar los secretos del barco. El yate casi estaba en posición. El *Pinguin* casi fuera de peligro, pero se había agotado el tiempo.

—Ahora.

Con solo apretar unas pocas teclas y un sutil movimiento del mando, el barco de once mil toneladas hizo algo que ninguna otra embarcación de su tamaño podía hacer. Los impulsores entraron en funcionamiento, y empujaron la proa del *Oregon* lateralmente a través del agua, luchando contra la inercia de su propia velocidad y el aumento del impulso de sus motores magnetohidrodinámicos.

En un momento, el yate y el carguero navegaban en rumbos paralelos y opuestos, y al siguiente, el *Oregon* había virado cuarenta y cinco grados y en lugar de correr a lo largo de su flanco, el yate se dirigía directamente contra su proa a una velocidad combinada de casi sesenta nudos. Como una ballena que protege a sus pequeños, Juan había colocado su barco entre el yate y la lancha pesquera. Miró en la pantalla donde aparecía el *Pinguin*. El *Oregon* había virado justo detrás, para cortar a través de su estela y ahora la hacía cabecear en las olas que se desprendían de su casco.

Como si estuviese corriendo para cruzar las vías férreas por delante de una locomotora, el piloto del yate intentó adelantarse a la imponente proa del *Oregon* virando a babor y ganando en velocidad a lo que él creía que era un barco relativamente lento. De haber visto el burbujeo del agua que salía por detrás de la popa hubiese apagado los motores y rezado para sobrevivir al impacto contra el casco.

Los vectores en juego planteaban un problema matemático muy sencillo. El *Oregon* continuó su giro, cortó por delante de la proa del yate incluso mientras la nave intentaba desesperadamente virar en un círculo más cerrado que el carguero.

En el último momento uno de los pistoleros del yate se lanzó hacia delante para cerrar los aceleradores pero el intento llegó demasiado tarde.

La resplandeciente proa del yate chocó contra el duro casco del *Oregon* a unos treinta metros de la proa. La fibra de vidrio y el aluminio no eran rivales para la dura piel del viejo barco y la lujosa embarcación se aplastó como una lata de cerveza golpeada con un martillo pilón. Los motores turbodiésel fueron arrancados de los soportes y atravesaron el casco, destrozando las costillas estructurales. Entre una lluvia de astillas de cristal y plástico, la parte superior del yate voló por los aires cuando estalló. Los cuatro hombres que momentos antes confiaban plenamente en acabar con la misión, murieron en el acto, aplastados por la tremenda fuerza del impacto.

Uno de sus tanques de combustible explotó en una bola de llamas de color naranja sucio que lamió la borda del *Oregon*, que continuaba con el giro, tan poco afectado por el impacto como si fuese un tiburón atacado por un pez de colores. Un cada vez más amplio charco de combustible ardiente se extendió por el océano, y levantó nubes de humo grasiento que oscurecieron los restos del yate en sus momentos finales antes de que despareciesen bajo las olas.

—Parar máquinas —ordenó Cabrillo, y sintió la desaceleración instantánea cuando cerraron las bombas de impulsión.

—Como aplastar moscas —dijo Max, y palmeó el hombro de Juan.

—Solo confiemos que no haya sido para proteger a una avispa. —Conectó el micrófono—. *Oregon* a *Pinguin*, ¿me recibe?

—*Oregon*, aquí *Pinguin*. —Casi pudieron escuchar la sonrisa de alivio de Sloane por las ondas—. No sé cómo lo hicieron, pero aquí tiene a tres personas muy agradecidas.

—Será un placer invitarlos a usted y a sus compañeros a bordo para una comida aunque un poco tardía y hablar de lo que acaba de suceder.

—Ah, espere un momento, por favor, *Oregon*.

Juan necesitaba saber lo que acababa de ocurrir y no iba a darle tiempo para inventarse una historia.

—Si no acepta mi invitación no tendré más alternativa que presentar un informe a las autoridades marítimas de Walvis Bay.

No tenía tal intención pero Sloane no lo sabía.

—En ese caso nos encantará aceptar la invitación.

—Muy bien. La pasarela está en la banda de babor. Un tripulante los escoltará hasta el puente. —Juan miró a Max—. Bien, vayamos a ver en qué otro buen lío os he metido, Ollie.

10

Geoffrey Merrick, que luchaba por mantenerse en el cálido abrazo de la inconsciencia, gimió en voz alta a medida que los paralizantes efectos del Tazer desaparecían. Sus extremidades le cosquilleaban hasta la punta de los dedos de las manos y los pies y el punto en el pecho donde habían hecho contacto los electrodos, que le quemaban como si hubiese sido rociado con ácido.

—Se está despertando —dijo una voz incorpórea que parecía venir de una gran distancia; Merrick sabía de alguna manera que la persona estaba cerca y que era su propio cerebro confundido el que se había alejado.

Se dio cuenta de que su cuerpo estaba en una posición incómoda e intentó moverse. Sus esfuerzos resultaron inútiles. Tenía las muñecas esposadas y, si bien apenas sentía el metal que se clavaba en su carne, no podía mover los brazos más que un par de centímetros. Aún no tenía bastante control sobre las piernas como para saber si también tenía sujetos los tobillos.

Entreabrió los ojos y los cerró de inmediato. Aquel lugar debía ser el cuarto más iluminado en el que había estado alguna vez. Era casi como si estuviese en la superficie del sol.

Merrick esperó un segundo y los abrió de nuevo, entrecerrándolos para protegerse de la despiadada luz que llenaba la habitación. Tardó unos segundos en enfocar los detalles. La habitación tenía aproximadamente unos quince metros cuadrados, con las paredes hechas de piedra idénticas a los muros de su celda, así que no lo habían sacado de la prisión. Había una ventana en una de las paredes. Tenía barrotes y el cristal parecía haber sido colocado hacía poco. La visión exterior era la más desolada que hubiese visto, un interminable mar de fina arena blanca que se asaba en el resplandor de un sol implacable.

Volvió su atención a las personas que se encontraban en el cuarto.

Había ocho hombres y mujeres sentados a una mesa de madera; a diferencia de los guardias, no llevaban pasamontañas. Merrick no reconoció a ninguno de ellos, aunque creyó que el más grande era uno de los guardias y el apuesto joven de ojos azules era otro.

Todos eran blancos y la mayoría menores de treinta y cinco años. Había vivido en Suiza lo suficiente como para reconocer el corte europeo de sus prendas. En la mesa había un ordenador portátil con la pantalla vuelta hacia el mayor del grupo, una mujer que rondaría los cincuenta años a juzgar por las canas que salpicaban sus cabellos. Una cámara conectada al ordenador enfocaba a Merrick al pie de la mesa.

—Geoffrey Michael Merrick —entonó una voz filtrada electrónicamente desde los altavoces del ordenador—. Ha sido juzgado en ausencia por este tribunal y ha sido encontrado culpable de crímenes contra el planeta. —Varias cabezas asintieron solemnemente—. El producto que su compañía patentó, lo que usted llamó limpiadores de sulfuro, ha llevado a los gobiernos e individuos a creer que continuar quemando combustibles fósiles es una opción sostenible; especialmente quemar el llamado carbón limpio. No existe tal cosa, y si bien este tribunal admite que las centrales eléctricas equipadas con sus filtros han conseguido una ligera reducción en las emisiones de sulfuro, eso de ninguna manera reduce los miles de millones de toneladas de otros productos químicos y gases nocivos lanzados a la atmósfera.

»Su victoria táctica al producir estos artefactos es, en realidad, una derrota estratégica para aquellos de nosotros que luchamos sinceramente para salvar nuestro mundo para las futuras generaciones. El movimiento ecologista no puede permitir que individuos como usted o las compañías eléctricas que afirman ser verdes engañen con trucos de salón mientras continúan vendiendo sus venenos. El calentamiento global es la mayor amenaza a la que se ha enfrentado este planeta y cada vez que las personas como usted desarrollan una tecnología un poco más limpia el público cree que la amenaza disminuye cuando en realidad es peor cada año.

»Lo mismo ocurre con los coches híbridos. Es verdad que consumen menos gasolina, pero la contaminación que producen su desarrollo y producción supera de lejos lo que el consumidor ahorra conduciendo uno de esos vehículos. No son más que un engaño para darle a un puñado de personas concienciadas la sensación de que están haciendo algo para ayudar al medio ambiente, cuando en realidad están haciendo lo opuesto. Creen en la errónea idea de que la tecnología puede salvar de alguna manera al planeta cuando fue la tecnología quien lo condenó.

Merrick escuchó las palabras pero su mente no consiguió captar el significado. Abrió la boca para hablar pero sus cuerdas vocales todavía estaban paralizadas, así que soltó un gemido. Se aclaró la garganta y probó de nuevo.

—¿Quiénes son ustedes?

—Personas que ven más allá de su farsa.

—¿Farsa? —Hizo una pausa, en un intento para poner en orden su mente, consciente de que los próximos escasos minutos determinarían si saldría de allí por su propio pie o arrastrado como la pobre Susan—. Mi tecnología ha demostrado ser útil una y otra vez. Gracias a mí, ahora se produce menos sulfuro que desde el comienzo de la revolución industrial.

—Y gracias a usted —incluso a través del filtro electrónico la voz del ordenador reflejó claramente el sarcasmo— los niveles de dióxido de carbono, de monóxido de carbono, las cenizas, el mercurio, y otros metales pesados nunca han sido tan altos. Tampoco el nivel del mar. Las compañías eléctricas muestran sus limpiadores como prueba de su preocupación por la defensa del medio ambiente cuando el sulfuro es solo uno de los pequeños componentes de la basura que producen. El mundo debe saber que la amenaza al medio ambiente llega desde todas las partes.

—¿Para demostrarlo me han secuestrado y han torturado a una mujer inocente? —preguntó Merrick sin pensar en su situación. Había discutido este tema centenares de veces. Sí, su trabajo había reducido los niveles de sulfuro pero como resultado se construían más centrales eléctricas y se enviaban más contaminantes a la atmósfera. Era el clásico pez que se muerde la cola. Pero conocía los argumentos y se sintió confiado de que podría librarse de esto.

—Ella trabaja para usted. No es inocente.

—¿Cómo puede decir eso? Ni siquiera le preguntó el nombre o lo que hace.

—Lo que haga no tiene importancia. Que esté dispuesta a trabajar para usted es prueba suficiente de su complicidad y culpabilidad.

Merrick tomó aliento. Tenía que encontrar la manera de convencerlos de que no era su enemigo si pretendía salir de esto con vida.

—Escuchen, no me pueden hacer a mí responsable del aumento de la demanda de energía mundial. Si ustedes quieren limpiar el ambiente, convenzan a las personas de que tengan menos hijos. China muy pronto superará a Estados Unidos como el mayor contaminador del mundo porque tiene una población de dos mil millones de seres. La India, con sus mil millones, tampoco se queda atrás. Esa es la verdadera amenaza para el planeta. Y no importa lo limpios que sean Europa y Estados Unidos (Dios, podríamos volver a utilizar los coches de caballos y los arados), nunca podremos evitar la contaminación que se produce en Asia. Este es un problema global, estoy totalmente de acuerdo, y lo que se necesita es una solución global.

Los hombres y las mujeres al otro extremo de la mesa permanecieron imperturbables ante su discurso y el silencio del ordenador se prolongó ominosamente. Merrick se esforzó para mantenerse firme, a no ceder al miedo que se movía como el petróleo a través de su intestino. Al final no lo consiguió: su voz se volvió estridente y las lágrimas asomaron de nuevo a sus ojos.

—Por favor, no necesitan hacerme esto —suplicó—. ¿Es dinero lo que quieren? Les puedo dar todo el dinero que su organización necesite. Por favor, dejen que nos vayamos.

—Es demasiado tarde para eso —fue la respuesta. Entonces apagaron el filtro electrónico y la persona al otro extremo habló con su propia voz—. Has sido juzgado, Geoff, y considerado culpable.

Merrick conocía aquella voz demasiado bien, aunque no la había escuchado en años. Y también sabía que significaba que iba a morir.

11

Cabrillo no tuvo tiempo para la ducha y a duras penas consiguió quitarse las prendas de gimnasia y llegar al puente del *Oregon* antes de que Sloane y su grupo entraran escoltados por Frank Lincoln. Echó un rápido vistazo alrededor cuando les escuchó subir por las escalerillas. El puente mostraba su habitual estado de abandono y negligencia; nadie había dejado por ahí sus juguetes de alta tecnología, traicionando la verdadera naturaleza del barco. Eddie Sen hacía de nuevo de timonel, vestido con un viejo mono y una gorra de béisbol mientras permanecía detrás de la anticuada rueda. Sen era quizá el más meticuloso y detallista en toda la nómina de la corporación, alguien para quien ningún detalle era demasiado minúsculo. Si su temperamento no hubiese sido de los que se crecían con el peligro, habría sido un magnífico contable. Juan vio que Eddie había colocado las falsas flechas del telégrafo en la posición de parar máquinas e incluso había cambiado las cartas náuticas para mostrar las correspondientes a la costa sudoeste africana.

Juan apoyó un dedo en la sucia y desteñida carta.

—Bonito toque.

—Pensé que te gustaría.

Juan no había dedicado ningún pensamiento a cuál sería el aspecto de Sloane Macintyre hasta el momento en que entró por la puerta. Sus cabellos eran de un color rojo cobrizo y alborotados de tanto viento y sol, que le daban un aspecto salvaje e indómito. Su boca era un poco demasiado grande y la nariz demasiado larga, pero tenía una expresión tan abierta en su rostro que estos defectos menores eran prácticamente indistinguibles. Con las gafas de sol colgadas alrededor del cuello vio que no tenía los ojos verdes de las pelirrojas de las novelas románticas sino unos ojos grises bien separados que parecieron evaluar el entorno en un instante. Tenía un poco de exceso de peso, lo que hacía que su cuerpo tuviese más curvas que ángulos, pero la carne debajo de los brazos se veía firme, cosa que hizo pensar a Juan que era una nadadora.

Con ella había dos hombres, un namibio que Cabrillo dio por supuesto que era el patrón del *Pinguin* y otro blanco de prominente nuez y expresión agria. Juan fue incapaz de imaginar muchos escenarios en los que podía situar a una mujer atractiva como Sloane en su compañía. Por el lenguaje corporal comprendió que si bien Sloane estaba al mando, su compañero estaba furioso con ella.

Cabrillo se adelantó con la mano extendida.

—Juan Cabrillo, capitán del *Oregon*. Bienvenido a bordo.

—Sloane Macintyre. —Su apretón era firme y seguro y su mirada tranquila. Juan no vio rastro alguno del miedo que debía de haber sentido cuando les disparaban—. Estos son Tony Reardon y Justus Ulenga, patrón del *Pinguin*.

—¿Cómo está usted? —Reardon sorprendió a Juan con un impecable acento británico.

—Por lo que se ve ninguno de ustedes necesita atención médica. ¿Estoy en lo cierto?

—No —respondió Sloane—. Estamos todos bien, pero gracias por preguntar.

—Bien, me tranquilizo —dijo Juan, con toda sinceridad—. Los llevaría a mi camarote para hablar de lo que acaba de suceder ahí afuera pero está un tanto desordenado. Vayamos a la cocina. Creo que el cocinero podrá prepararnos algo. —Juan le pidió a Linc que buscara al cocinero.

La verdad era que el camarote del capitán, que utilizaba para recibir a los inspectores y oficiales portuarios que venían a bordo, era una zona de desastre, y había sido diseñada para hacer que los visitantes deseasen abandonar el barco cuanto antes. Las paredes y las alfombras habían sido rociadas con un producto químico que imitaba el olor del tabaco barato, garantizado para que incluso el fumador más empedernido acabase asqueado; y la espantosa visión de las pinturas de payasos sobre terciopelo hacía que la mayoría de las personas se sintiesen extremadamente incómodas, que era lo que pretendía. Sencillamente, no era el lugar apropiado para una entrevista. Aunque la cocina y el comedor no ofrecían un aspecto mucho mejor, al menos estaban razonablemente limpios.

Juan los hizo bajar por unas escalerillas con los escalones cubiertos con un linóleo rajado y les advirtió que tuviesen cuidado con el pasamanos, que estaba suelto con toda intención. Los hizo pasar al comedor, y pulsó uno de los dos interruptores para encender los fluorescentes. El otro interruptor solo encendía un par de tubos y los dos parpadeaban constantemente, emitiendo un molesto zumbido. La mayoría de los inspectores de aduanas que repasaban los manifiestos preferían sentarse en el suelo del puente que trabajar en el comedor. Había cuatro mesas desparejas en el amplio comedor, y de las dieciséis sillas solo dos se parecían remotamente. Las paredes estaban pintadas de un color que Juan llamaba «verde soviético», un apagado tono menta que deprimía a cualquiera.

Dos cubiertas más abajo de esta sala estaba el verdadero comedor del *Oregon*, un lugar con la elegancia de cualquier restaurante de cinco tenedores.

Indicó dónde sentarse a los recién llegados y los colocó de forma que quedasen delante de la cámara oculta en un cuadro sobre uno de los mamparos. Linda Ross y Max Hanley estaban en el centro de operaciones para escuchar la entrevista. Si tenían que hacer alguna pregunta, se las darían al sobrecargo para que las hiciese llegar a Juan.

Cabrillo entrelazó las manos sobre la mesa; miró a sus invitados, pero dejó que sus ojos se detuviesen en Sloane Macintyre. Ella le devolvió la mirada sin parpadear y él creyó ver la sombra de una sonrisa en la comisura de sus labios. Juan esperaba miedo o furia después de lo que habían pasado, pero ella casi parecía divertida por el asunto; en cambio, Reardon estaba visiblemente alterado, y el capitán del *Pinguin* se mostraba pensativo, quizá deseando que Juan no llamase a las autoridades.

—¿Por qué no me dice quiénes eran esas personas y por qué querían matarlos? —Sloane se inclinó hacia delante animadamente y estaba a punto de hablar, cuando Juan añadió—: No olvide que escuché que ellos dijeron por radio que anoche la advirtieron.

Ella se echó hacia atrás, claramente para pensar la respuesta.

—Díselo, por amor de Dios —exclamó Tony cuando Sloane no respondió de inmediato—. De todas maneras, ahora ya no tiene importancia.

Ella le dirigió una mirada furiosa, mientras admitía que, si no hablaba abiertamente, Tony se lo contaría todo a Cabrillo. La joven exhaló un suspiro.

—Estamos buscando un barco que se hundió en estas aguas a finales del siglo XIX.

—A ver si lo adivino: usted cree que había un tesoro a bordo —afirmó Juan, con un tono indulgente.

Sloane rehusó dejar pasar el sarcasmo.

—Estoy tan segura que estaba dispuesta a arriesgar nuestras vidas, y alguien también parece creer que vale la pena matar por ello.

—*Touché*. —Juan pasó la mirada de Sloane a Reardon. No tenían aspecto de cazadores de tesoros, pero era una fiebre que podía contagiar a cualquiera—. ¿Cómo es que ustedes se encontraron?

—En un chat de internet dedicado a tesoros perdidos —respondió Sloane—. Hemos estado planeando y ahorrando para esto desde el año pasado.

—Dígame qué pasó anoche.

—Había salido a cenar sola y cuando regresaba a mi hotel, dos hombres comenzaron a seguirme. Corrí y ellos me persiguieron. Hubo un momento en que uno de ellos me disparó. Conseguí llegar al hotel; había gente en la entrada y ellos se detuvieron. Uno de ellos gritó que el disparo era una advertencia y que debía marcharme de Namibia.

—¿Los reconoció como dos de los tipos en el yate?

—Sí, los dos con las ametralladoras.

—¿Quién sabe que está en Namibia?

—¿A qué se refiere, a los amigos de casa y cosas así?

—No, me refiero a quién sabía qué estaban haciendo aquí. ¿Hablaron con alguien de su proyecto?

—Entrevistamos a un gran número de pescadores locales —dijo Tony. Sloane se apresuró a interrumpirlo.

—La idea era buscar en las zonas donde los pescadores pierden las redes. El fondo marino de por aquí es básicamente una extensión del desierto, y, por lo tanto, deduje que cualquier cosa que enganchase una red debía ser obra del hombre, y por consiguiente un pecio.

—No necesariamente —señaló Cabrillo.

—Ahora lo sabemos. —La voz de Sloane denunció su derrota—. Volamos sobre un montón de posibilidades con un detector de metales y no encontramos nada.

—No me sorprende. Las corrientes han tenido unos cuantos millones de años para dejar al descubierto salientes rocosos que fácilmente enganchan una red —explicó Juan, y Sloane asintió—. Así que hablaron con los pescadores. ¿Alguien más?

La boca de Sloane se curvó hacia abajo cuando dijo:

—Luka. Era nuestro guía pero nunca me pareció gran cosa. También estaba el piloto sudafricano, Pieter DeWitt. Pero nadie sabía por qué estábamos preguntando por redes y nunca le hablamos a Pieter o Luka del barco que buscábamos.

—No te olvides de Papá Heinrick y sus gigantescas serpientes metálicas —le advirtió Tony burlonamente. Intentaba avergonzar a Sloane en todo lo posible.

Cabrillo enarcó una de las cejas.

—¿Serpientes gigantes?

—No es nada —dijo Sloane—. Solo una historia que escuchamos de un viejo pescador loco.

Llamaron suavemente a la puerta. Maurice apareció con una bandeja de plástico. Juan tuvo que reprimir una sonrisa al ver la expresión de asco en el rostro del sobrecargo.

Para resumirlo en una palabra, Maurice era un remilgado, un hombre que se afeitaba dos veces al día, se lustraba los zapatos cada mañana, y se cambiaba la camisa si le encontraba una arruga. Estaba muy a gusto en los opulentos confines del *Oregon,* pero si tenía que ir a las partes públicas del barco mostraba la expresión de un musulmán que entra en un chiquero.

En deferencia a la farsa que interpretaban para los invitados se había quitado la chaqueta y la corbata y había llegado a subirse los puños de su camisa. Si bien Juan tenía un informe completo de cada miembro de la corporación, el único dato que nunca había conseguido saber era la edad de Maurice. Los cálculos iban desde los sesenta y cinco hasta los ochenta. Sin embargo, era capaz de sostener la bandeja en alto con un brazo tan firme como una de las plumas del *Oregon* y servir los platos y las copas sin derramar una gota.

—Té verde —anunció, y su acento inglés despertó la atención de Tony—. *Chow mein*, y fideos *lomein* con pollo. —Sacó un trozo de papel del bolsillo del delantal y se lo dio a Juan—. El señor Hanley me pidió que le diera esto.

Juan desplegó la nota mientras Maurice colocaba los platos, las servilletas, y los cubiertos de plata, ninguno de los cuales hacía juego. Al menos los manteles estaban limpios.

Max había escrito: «Miente hasta por las orejas».

Juan miró hacia la cámara oculta.

—Eso es obvio.

—¿Qué es obvio? —preguntó Sloane después de beber un sorbo del delicioso té.

—¿Eh? Mi primer oficial me recuerda que cuanto más estemos aquí más tarde llegaremos a nuestro próximo puerto de escala.

—¿Cuál es, si no le importa que pregunte?

—Gracias, Maurice, esto es todo. —El sobrecargo saludó y se retiró y Cabrillo respondió a la pregunta de Sloane—. Ciudad del Cabo. Llevábamos madera de Brasil a Japón, pero vamos a recoger un par de contenedores en Ciudad del Cabo que van a Bombay.

—¿Este de verdad es un barco *tramp*?* —preguntó Sloane. Era evidente por su voz que estaba impresionada—. No creía que aún existiesen.

—No quedamos muchos. Los contenedores se han llevado la mayor parte, pero aún quedamos unos pocos para recoger las migajas. —Hizo un gesto que abarcó el pobre comedor—. Desdichadamente, las migajas son cada vez más pequeñas así que no tenemos dinero para invertir en el *Oregon*. Me temo que este viejo barco se esté desintegrando alrededor de nosotros.

—Aun así, debe de ser una vida romántica —insistió Sloane.

La sinceridad con que lo dijo sorprendió a Juan. Siempre había sentido que la existencia errante de un barco *tramp* que iba de puerto en puerto, y vivía con lo mínimo en lugar de ser un engranaje en la máquina industrial en que se había convertido el comercio marítimo era, desde luego, una idea romántica, un modo de vida tranquilo que virtualmente había desaparecido para siempre. Sonrió y la saludó levantando la taza de té.

—Sí, algunas veces lo es.

El calor de la sonrisa de respuesta le dijo que ellos habían compartido algo íntimo.

Volvió a centrarse en la entrevista.

—Señor Ulenga, ¿sabe usted algo de las serpientes metálicas?

—No, capitán —respondió el namibio y se tocó la sien—. Papá Heinrick no está bien de la cabeza y cuando le da a la botella, es preferible no encontrarse con él.

Juan volvió a mirar a Sloane.

* Barcos que no cubren líneas regulares. *(N. del T.)*

—¿Cuál era el nombre del barco que están buscando?

Era obvio que ella no quería decírselo, así que lo dejó pasar.

—No importa. No tengo el menor interés en buscar tesoros hundidos. —Se rió—. Ni tampoco gigantescas serpientes metálicas. ¿Es allí adonde iban hoy? ¿Al lugar donde este tipo, Heinrick, vio las serpientes?

Incluso Sloane comprendió lo ridícula que debía parecer a los ojos de Cabrillo porque se ruborizó un poco.

—Era nuestra última pista. Me dije que, ya que habíamos llegado tan lejos, bien podíamos echar una ojeada. Ahora suena un tanto estúpido.

—¿Un tanto? —se burló Juan.

Linc golpeó en el marco de la puerta del comedor.

—Está limpio, capitán.

—Gracias, señor Lincoln. —Le había pedido a Linc que revisase al *Pinguin* para ver si llevaban drogas o armas de contrabando, solo para estar seguros—. Señor Ulenga, ¿puede decirme algo del yate que los atacó?

—Lo he visto en Walvis un par de veces. Viene quizá desde hace un par de años todos los meses. Creo que es de Sudáfrica porque solo las personas de allí pueden permitirse una embarcación de esa clase.

—¿Nunca habló con la tripulación, o con alguien que los conociese?

—No, señor. Vienen, repostan y se van.

Juan se reclinó en la silla, con un codo por encima del respaldo. Intentaba ligar los hechos y encontrar una explicación coherente pero nada encajaba de verdad. Desde luego, Sloane había dejado fuera elementos cruciales de su historia; sabía que nunca conseguiría montar el rompecabezas y tenía que decidir hasta qué punto deseaba continuar con esto. Rescatar a Geoffrey Merrick seguía siendo su principal prioridad, y en aquel frente ya tenían bastantes problemas para añadir los de Sloane Macintyre. Sin embargo, había algo que lo intrigaba.

Tony Reardon habló de pronto.

—Le hemos dicho todo lo que podemos, capitán Cabrillo. Quisiera marcharme de su barco. Tenemos un largo viaje de regreso a puerto.

—Sí —murmuró Juan distraídamente y volvió a centrar la atención—. Sí, por supuesto, señor Reardon. No comprendo por qué los atacaron. Es posible que haya un pecio por aquí cargado con un tesoro y que ustedes estén demasiado cerca de las operaciones de alguien. Si ellos están trabajando sin permiso del gobierno, es muy probable que apelen a la violencia. —Dirigió a Tony y Sloane una mirada franca—. Si ese es el caso, les recomiendo que abandonen Namibia tan rápido como puedan. Se han metido en algo que los sobrepasa.

Reardon asintió al escuchar el consejo pero Sloane pareció que no iba a hacer mucho caso. Juan lo dejó pasar. No era asunto suyo.

—Señor Lincoln, ¿quiere escoltar a nuestros huéspedes de nuevo a su embarcación? Si necesitan combustible, por favor ocúpese de facilitárselo.

—Sí, capitán.

El grupo se levantó como a una señal. Juan se inclinó sobre la mesa para estrechar las manos de Justus Ulenga y Tony Reardon. Cuando sujetó la mano de Sloane, ella le dio un suave tirón y preguntó:

—¿Puedo hablar con usted en privado?

—Por supuesto. —Cabrillo miró a Linc—. Llévelos al *Pinguin*. Yo escoltaré a la señorita Macintyre.

Volvieron a sentarse tan pronto como hubo salido el grupo. Sloane lo observó de la misma manera que un tallador inspecciona a un diamante que está a punto de cortar, atenta a la menor falla que pudiese estropear la gema.

Llegó a una decisión, se inclinó hacia adelante, y apoyó los codos sobre la mesa.

—Creo que usted es un fraude.

Juan tuvo que reprimir la carcajada.

—¿Perdón? —tartamudeó finalmente.

—Usted. Este barco. Su tripulación. Nada de esto es lo que parece ser.

Cabrillo tuvo que esforzarse para mantener la expresión neutral y que la sangre no desapareciese de su rostro. En los años pasados desde que había fundado la corporación y comenzado a recorrer los mares del mundo en una sucesión de barcos todos llamados *Oregon*, nunca nadie había creído que fuesen otra cosa que lo que aparentaban ser. Habían tenido prácticos de puerto, inspectores de todo tipo, incluso un piloto cuando cruzaron el canal de Panamá, y nadie había mostrado la menor sospecha del barco o su tripulación.

«Ella no lo sabe —pensó—. Está tanteando.» Tuvo que admitir para sí mismo que ellos no habían utilizado todos los trucos que empleaban cuando estaban en puerto y los iban a inspeccionar, pero no había manera de que una persona no entrenada y que solo hubiese estado a bordo treinta minutos pudiese ver más allá de su cuidadosamente preparado engaño. Su corazón bajó el ritmo cuando lo comprendió.

—¿Podría explicarse? —la invitó con toda naturalidad.

—Para empezar los detalles pequeños. Su timonel llevaba un Rolex exactamente igual al que tenía mi padre. Es un reloj de dos mil dólares, algo demasiado bonito si ustedes son tan pobres como dicen.

—Es una imitación —replicó Juan.

—Una imitación no duraría ni cinco minutos en el aire salado. Lo sé porque tuve uno cuando era adolescente y trabajaba en la barca de pesca de mi padre cuando se retiró de la marina mercante.

«Vale —se dijo Juan a sí mismo—. Ella no es completamente lega en cuestión de barcos.»

—Quizá sea auténtico, pero se lo compró a un tipo que lo robó. Tendrá que preguntárselo a él.

—Es una posibilidad —dijo Sloane—. Pero ¿qué me dice de su sobrecargo? He estado trabajando en Londres durante los últimos cinco años y reconozco la hechura inglesa cuando la veo. Entre los zapatos Church, los pantalones y la camisa a medida,

Maurice vestía unos cuatro mil dólares en ropa. Dudo que los haya comprado a un ladrón.

Juan se rió, al imaginarse a Maurice vistiendo alguna cosa de segunda mano.

—En realidad es más rico que Creso. Pero es… ¿cómo lo dicen los ingleses?… un tarambana. Es la oveja negra de una familia de postín que ha estado recorriendo el mundo desde que cumplió los dieciocho años y recibió su parte de la herencia. Me vino a ver el año pasado cuando estábamos en Mombasa, me preguntó si podía ser nuestro sobrecargo y dijo que no quería sueldo alguno. ¿Quién soy yo para decirle que no?

—Correcto —dijo Sloane, que recalcó la palabra.

—Es verdad, lo juro.

—Lo dejaré pasar por ahora. Pero ¿qué me dice de usted y el señor Lincoln? No hay muchos norteamericanos trabajando a bordo, porque los asiáticos están dispuestos a hacer el mismo trabajo por una fracción del sueldo de ustedes. Si la compañía propietaria de este barco está tan apurada como usted dice, la tripulación sería pakistaní o indonesia. —Juan fue a responder pero ella se lo impidió—. Permítame que adivine, trabaja por una miseria, ¿no?

—Mi colchón no está exactamente lleno de dinero, señorita Macintyre.

—Lo supongo. —Se pasó la mano por los cabellos—. Estas son las pequeñas cosas que supuse que usted podría explicarme. Pero ¿qué me dice de esto? Cuando vi su barco por primera vez no salía humo de la chimenea.

«Vaya», pensó Juan al recordar que el maquinista se había olvidado de poner en marcha la máquina generadora de humo hasta después de que el *Pinguin* hubiese establecido contacto visual. En aquel momento Juan no le había dado ninguna importancia, pero ahora aquel error volvía para perseguirlos.

—Primero pensé que el barco había sido abandonado, pero después vi que avanzaba. Unos pocos minutos más tarde, el humo comenzó a salir de la chimenea, en gran cantidad. Interesante, la misma cantidad exacta que cuando usted navegaba hacia nosotros a veinte nudos, y cuando estuve en el puente vi que el telégrafo marcaba parar máquinas. Y ya que hablamos de su barco, no hay ninguna embarcación de este tamaño que pueda virar con tanta rapidez a menos que disponga de impulsores direccionales isópodos, que es una tecnología desarrollada mucho después de que construyesen este barco. ¿Le importaría explicármelo?

—Yo tengo la misma curiosidad por saber por qué le interesa —replicó Juan.

—Porque alguien intentó matarme hoy; quiero saber por qué y creo que usted puede ayudarme.

—Lo siento, Sloane, pero solo soy el capitán de un trasto oxidado que no está muy lejos de acabar en el desguace. No puedo ayudarla.

—Así que no niega lo que vi.

—No sé lo que vio, pero no hay nada especial en el *Oregon* o sus tripulantes.

Ella se levantó y fue directamente hacia un viejo cuadro de una actriz india que había sido famosa quince años atrás, en cuyo marco se había montado una pequeña cámara. Quitó el cuadro de la pared y la cámara cayó, solo sostenida por el cable.

—¿De verdad?

Esta vez la sangre desapareció del rostro de Juan.

—La vi cuando usted dijo «es obvio» después de recibir la nota de Maurice. Entiendo que alguien está observando todo esto ahora mismo. —Ella no le dio tiempo a Juan para contestar—. Haré un trato con usted, capitán Cabrillo. Usted deja de mentirme y yo dejo de mentirle. Empiezo yo. —Se sentó de nuevo al otro lado de la mesa—. Tony y yo no nos pusimos en contacto a través de un chat de internet. Trabajamos juntos en la división de seguridad de DeBeers y en realidad estamos buscando un barco hundido que podría estar cargado con unos mil millones de dólares en diamantes. ¿Sabe usted algo de diamantes?

—Solo que son escasos, caros, y que si le das uno a una mujer más te vale estar bien seguro.

Eso hizo que ella sonriese.

—Dos de tres.

—Dos de tres, ¿eh? Sé que son caros y que son escasos así que seguramente usted debe tener muchos hombres que le regalan diamantes constantemente. Desde luego, es usted muy atractiva.

Su sonrisa dio paso a una ligera carcajada.

—Ah, no. Son caros pero los diamantes no son escasos. No son tan comunes como las piedras semipreciosas, pero tampoco escasean tanto como se hace creer. El precio se mantiene elevado artificialmente porque una compañía controla el noventa y cinco por ciento del mercado. Controlan todas las minas, así que pueden poner el precio que quieran. Cada vez que se descubre un campo de diamantes, ellos están allí para comprarlos y eliminar la competencia. Es un cartel tan estricto que hace que la OPEP parezca un grupo de aficionados. Lo tienen todo tan controlado que hay ejecutivos que, si alguna vez pusiesen un pie en Estados Unidos, serían detenidos por violar las leyes antimonopolio.

»Sacan las piedras de las bóvedas acorazadas a un ritmo muy selectivo para mantener los precios constantes. Si las existencias bajan, aumentan la producción y si hay un exceso de piedras, las acumulan en sus cámaras acorazadas de Londres. Con todo esto en mente, ¿qué cree que pasaría si se lanzaran al mercado mil millones de dólares en diamantes?

—Bajarían los precios.

—Y nosotros perderíamos el monopolio, y todo el sistema se derrumbaría. Algunas mujeres comprenderían que las piedras que llevan en los dedos después de todo no son para siempre. También causaría repercusiones en la economía mundial, al desestabilizar el precio del oro y las divisas —añadió Sloane.

Esto era algo de lo que Juan sabía bastante, pues solo hacía un par de meses que él y su tripulación habían desbaratado un intento de inundar el mercado mundial del oro.

—Comprendo lo que me dice.

—Si existe el barco cargado con el tesoro, hay dos maneras de que nuestra empresa impida que esto ocurra. La primera es esperar a que alguien encuentre los diamantes y comprárselos sin más. Obviamente esto sería caro, así que preferiríamos tomar la segunda ruta.

—Comprobar si el rumor del tesoro hundido es verdad y encontrarlos ustedes.

Sloane se tocó la punta de la nariz.

—Bingo. Yo fui la persona que recopiló la historia del tesoro, así que me pusieron al frente. Tony es mi ayudante sobre el papel, pero es un perfecto inútil. Esto es muy importante para mí y mi carrera. Si encuentro las piedras, probablemente me harían vicepresidenta.

—¿De dónde vinieron los diamantes? —preguntó Juan interesado en lo que ella tenía que decir muy a su pesar.

—Es una historia fascinante en sí misma. Fueron extraídos originariamente en Kimberley por miembros de una tribu llamada herero. El rey herero sabía que acabaría por tener que luchar contra los ocupantes alemanes de su país y pensó que si tenía los diamantes podía utilizarlos para comprar la protección inglesa. Durante una década o más sus hombres trabajaron en Kimberley y se llevaban piedras de regreso a sus hogares cuando acababan sus contratos. Por lo que pude averiguar, los trabajadores se hacían cortes en un brazo o una pierna un par de meses antes de comenzar sus contratos. Cuando llegaban a Kimberley se tomaba nota de todas las viejas cicatrices que tenían en el cuerpo. Una vez que estaban en los alojamientos de los trabajadores, algún compañero de tribu que llevaba allí algún tiempo y ya había robado de la mina alguna piedra adecuada reabría la herida y se la deslizaba en el interior. Cuando llegaba el momento de marchar un año más tarde, los guardias de los alojamientos de los trabajadores miraban la lista hecha cuando el herero había comenzado a trabajar. A menudo abrían las cicatrices frescas para buscar las piedras ocultas, un sistema de contrabando bastante popular después de que la técnica más obvia de tragárselos había sido prácticamente eliminada con los laxantes. Pero la vieja herida estaba en la lista y no lo comprobaban.

—Condenadamente astuto —opinó Juan.

—De acuerdo con lo que pude descubrir, tenían sacos y más sacos repletos de las piedras más grandes y claras cuando robaron a la tribu.

—¿Robadas?

—Por cinco ingleses, uno un adolescente cuyos padres eran misioneros en Hererolandia. Pude hacerme con los detalles de la historia a partir del diario del padre, porque después del robo él persiguió a su hijo. Su diario se lee como el catálogo de un torturador, por las cosas que pensaba hacer al muchacho en cuanto le encontrara.

»No le aburriré con los detalles, pero el adolescente, Peter Smythe, se compinchó con un aventurero de la vieja escuela llamado H. A. Ryder y otros tres hombres. Como parte de su plan telegrafiaron a Ciudad del Cabo para que un barco, el SS *Rove*, los esperase delante de la costa de lo que entonces se llamaba el África Occidental Alemana. El plan era cruzar el Kalahari y el desierto de Namibia a caballo y encontrarse con el barco.

—Supongo que del *Rove* nunca se volvió a tener noticia.

—Zarpó de Ciudad del Cabo inmediatamente después de recibir el telegrama de Ryder y más tarde se le dio como perdido en el mar.

—Digamos que todo esto es verdad y no otro mito como el de las minas del Rey Salomón. ¿Qué le hace pensar que esté en esta zona?

—Tracé una línea recta al oeste desde el lugar donde robaron los diamantes hasta la costa. Estaban cruzando quizá el peor tramo de desierto en el planeta y seguramente optaron por la ruta más directa. Eso sitúa el punto de encuentro con el *Rove* a unas setenta millas al norte de Walvis Bay.

Juan encontró otro agujero en su lógica.

—¿Quién puede decir que el *Rove* no se hundió después de navegar de regreso a Ciudad del Cabo durante una semana, o si los hombres nunca llegaron hasta la costa y las piedras están en algún lugar en medio del desierto?

—Esas dos preguntas también me las hizo mi jefe cuando le

planteé esto. Entonces le dije: «Si yo he podido deducir todo esto, entonces también podría algún otro, y mil millones de dólares en diamantes podrían estar a un par de millas de la costa donde cualquiera con un equipo de buceo y una linterna podría encontrarlos».

—¿Él qué respondió?

—«Te doy una semana y a Tony Reardon para que te ayude. Y por lo que más quieras, destruye todas las pruebas que has reunido.»

—En una semana es imposible explorar una zona que debe de tener un par de centenares de millas cuadradas —señaló Juan—. Para hacerlo correctamente necesita un barco que arrastre un sónar lateral, además de un equipo de detección de metales. Y ni siquiera así está garantizado.

Sloane se encogió de hombros.

—No tuvieron mucha fe en mi idea. Me dieron una semana, un poco de dinero y a Tony, que ya era más de lo que podía esperar; por eso quise aprovechar las fuentes de información locales.

—Siento curiosidad ¿por qué les comunicó todo esto a sus superiores? ¿Por qué no buscó usted misma el barco para quedarse con los diamantes si los encontraba?

Su boca mostró una mueca como si él la hubiese insultado, cosa que había hecho.

—Capitán, ese pensamiento nunca pasó por mi mente. Los diamantes fueron sacados de una mina de BeBeers y pertenecen a la compañía. No me los quedaría para mí, de la misma manera que nunca entraría en la cámara acorazada para llenarme los bolsillos de piedras.

—Lamento haberlo dicho. —Juan estaba encantado con su integridad—. Creo que me he pasado.

—Gracias —dijo Sloane—. Disculpas aceptadas. Ahora que le he contado la verdad, ¿me ayudará? No puedo prometerle nada, pero estoy segura de que la compañía le reembolsará por su tiempo si encontramos al *Rove*. Solo serán un par de horas de su tiempo, para verificar las coordenadas que me dio Papá Heinrick.

Juan no dijo nada por un momento; sus ojos azules miraban al techo mientras pensaba en sus próximos movimientos. Se levantó bruscamente y fue hacia la puerta.

—Si me perdona un momento… —le dijo a Sloane, y después se dirigió a los micrófonos ocultos—. Max, reúnete conmigo en mi camarote. —Se refería al falso camarote que utilizaban con los inspectores de aduana. Estaba a medio camino entre el ascensor que subía desde el centro de operaciones y el comedor.

Hanley lo esperaba delante de la sucia habitación cuando Juan apareció en la esquina. Estaba apoyado contra un mamparo y golpeaba la boquilla de la pipa contra los dientes, una clara señal de que algo le rondaba por la cabeza. Se irguió cuando vio al director. Incluso con la puerta cerrada, Juan arrugó la nariz ante el olor a tabaco rancio que salía del camarote.

—¿Qué opinas? —preguntó Juan sin preámbulos.

—Creo que debemos dejar de hacer tonterías y dirigirnos a Ciudad del Cabo para recoger el equipo que necesitaremos si queremos rescatar a Merrick antes de que muera de viejo.

—Aparte de eso.

—Todo el asunto me suena a engaño.

—Estaría totalmente de acuerdo de no haber sido testigos del ataque al *Pinguin*. —Juan hizo una pausa para poner en orden sus pensamientos.

—¿Crees que hemos dado con algo? —preguntó Max para pinchar a su amigo.

—Unos tipos con un yate de un millón de dólares no van por ahí disparando contra alguien sin una muy buena razón. En este caso, creo que estaban protegiendo algo. Sloane dice que nadie sabía qué barco buscaban, así que es posible que estuviesen vigilando alguna otra cosa.

—¿No creerás de verdad en las gigantescas serpientes metálicas de Papá Heinrick?

—Max, ahí hay algo. Lo intuyo. —Juan se volvió hacia su amigo, y lo miró a los ojos para que no hubiese ningún error—. ¿Recuerdas lo que te dije momentos antes de que recogiésemos aquellos dos tipos de la NUMA que iban para la bahía de Hong Kong?

—Estaban investigando al viejo SS *United States*. Aquella fue la misión en que perdiste la pierna —dijo Max con una voz que sonó con el mismo tono introspectivo de Cabrillo.

Juan inconscientemente se movió, para descargar el peso sobre el miembro artificial hecho de fibra de carbono y titanio.

—La misión que me costó la pierna —repitió.

Max se metió la pipa en la boca.

—Han pasado un par de años pero creo que tus palabras exactas fueron: «Max, detesto utilizar una frase manida, pero todo esto me da mala espina».

Juan no parpadeó y sostuvo la mirada de Max.

—Max, tengo el mismo maldito sentimiento.

Max sostuvo la mirada un segundo más, y después asintió. Una década juntos le había enseñado a confiar en el director, por muy irracional que fuese la idea y sin tomar en cuenta lo difícil que podía resultar.

—¿Cuál es tu intención?

—No quiero retrasar el *Oregon* más de lo que ya lo hemos hecho. Tan pronto como me marche, continúa hacia Ciudad del Cabo y recoge el equipo que necesitamos. Pero en el camino quiero que envíes a George para que eche una ojeada al lugar donde avistaron a las serpientes. —George Adams era el piloto del helicóptero Robinson R44 Clipper oculto en una de las bodegas—. Conseguiré las coordenadas de Sloane.

—¿Irás a Walvis Bay?

—Quiero hablar personalmente con Papá Heinrick y también con el guía de Sloane y el piloto del helicóptero. Iremos en una de las lanchas salvavidas de cubierta para que Sloane no sepa nada de nuestro garaje. —Aunque parecían tan decrépitas como el resto del *Oregon*, las dos lanchas salvavidas eran productos de tan alta tecnología como el barco. De haber tenido autonomía, Juan se hubiese sentido más que cómodo cruzando el Atlántico durante la temporada de huracanes en una de ellas.

—Esto no puede llevarme más de un día o dos —añadió—. Volveré al *Oregon* cuando tú regreses a Namibia. Eso me recuerda que he pasado una hora en el gimnasio sin saber nada. ¿Cuáles son las últimas novedades?

Max se cruzó de brazos.

—Tiny Gunderson nos alquiló un avión adecuado, así que eso ya está resuelto. Como tú sabes, las motos nos están esperando en Duncan Dock, en Ciudad del Cabo, y Murphy ha encontrado a una bibliotecaria en Berlín que está sacando todo lo que tiene sobre el Oasis del Diablo o, como ahora sabemos, el *Oase der Teufel*.

La oportunidad para encontrar la ubicación donde tenían prisionero a Geoffrey Merrick la habían conseguido a través de Linda Ross, que había adivinado que el Oasis del Diablo podría estar en Namibia y había buscado referencias utilizando el nombre alemán. Pero después de recoger los datos preliminares la pista parecía haberse agotado.

A principios del siglo XX el gobierno imperial alemán decidió copiar la famosa colonia penal francesa en la Guyana llamada la Isla del Diablo, una remota penitenciaría a prueba de fugas para los más empedernidos criminales de la nación. El gobierno alemán construyó una prisión de máxima seguridad en mitad del desierto en lo que era su avanzada colonial más aislada. Construida de piedra y rodeada por centenares de kilómetros de dunas, incluso si un prisionero conseguía escapar no tendría adónde ir. Moriría en el desierto mucho antes de llegar a la costa. A diferencia de la Isla del Diablo o incluso de la infame Alcatraz, nunca hubo ni el más mínimo rumor de que algún prisionero hubiese conseguido escapar con éxito de la cárcel hasta su cierre en 1916 debido al coste que representaba aquella remota instalación para la economía de guerra alemana.

La línea férrea que una vez había abastecido al Oasis del Diablo había sido retirada cuando abandonaron la prisión, así que no había ningún acceso seguro excepto por aire o vehículos todoterreno. Ambas opciones planteaban sus propios desafíos, porque incluso un pequeño contingente de hombres que retuviesen prisionero a Merrick detectarían la presencia de un helicóptero o de un camión mucho antes de que Cabrillo pudiese poner sus fuerzas en posición de ataque.

A través de las bases de datos y con las fotos satélite disponibles comercialmente, habían avanzado mucho en la preparación de un audaz plan para rescatar al multimillonario.

—¿Alguna cosa de los secuestradores o de la compañía de Merrick?

—Nada de los secuestradores y Merrick/Singer está hablando con un par de compañías diferentes. —Si bien normalmente era trabajo de los militares o la policía, había compañías privadas que se ocupaban de los secuestros. Aunque no era la clase de trabajo que aceptaban habitualmente, Hanley estaba presentando a la corporación como un equipo de rescate de rehenes y, si bien pretendían rescatar al fundador de la empresa costara lo que costase, tampoco les vendría mal si les pagaban algo por sus esfuerzos.

—¿Qué hay de Overholt?

—Les gusta la idea de que estemos aquí, siempre y cuando no interfiera con ninguna otra posible misión. También dijo que Merrick había sido un gran contribuidor a la campaña del presidente en el pasado y que ambos habían esquiado juntos en algunas ocasiones. Hagamos esto bien y nuestras acciones en Washington irán al alza.

Cabrillo sonrió irónicamente.

—Para lo que hacemos no importa dónde estén nuestras acciones. Cuando se trata de operaciones que están tan fuera de los libros, que en realidad están más allá de la biblioteca, el Tío Sam no tiene muchas opciones. ¿Qué te apuestas que si salimos de esta con bien habrá un aluvión de mensajes diplomáticos entre la administración y el gobierno namibio y al final todos afirmarán que fue un equipo de comandos norteamericanos en colaboración con las fuerzas locales quienes salvaron a Merrick?

Max fingió una expresión dolorida.

—No puedo creer que digas eso del agente más escurridizo de la CIA.

—Si fallamos —añadió Juan—, negará tener todo conocimiento y bla bla bla. Escolta a Sloane hasta el *Pinguin* para que pueda explicarle a Reardon que se quedará a bordo y manda a alguien que prepare el bote salvavidas de babor. Necesito una ducha y preparar una maleta.

—No iba a decir nada —comentó Max mientras se alejaba por el pasillo—, pero incluso contra el viento hueles fatal.

Juan se quitó la camisa sucia que se había puesto para recibir a Sloane tan pronto como entró en su verdadero camarote y se había quitado los zapatos cuando llegó al baño. Abrió los grifos de oro de la ducha, reguló una temperatura fresca y se quitó el resto de la ropa. Se apoyó en el tabique de cristal para quitarse el miembro artificial del muñón.

Un potente chorro de agua cayó sobre él. Si bien le gustaba disponer de tiempo para considerar su decisión de ayudar a Sloane Macintyre, sabía que debía confiar en su instinto. Dudaba que hubiese un barco con un tesoro en estas aguas tanto como dudaba que el mar estuviese infestado de monstruosas serpientes metálicas. Pero no podía negar que alguien quería que Sloane abandonase su investigación. Eso era lo que él deseaba descubrir por sí mismo: quiénes eran y a quiénes protegían.

Después de secarse y colocarse de nuevo la pierna ortopédica, Juan metió unos cuantos artículos de aseo personal en un neceser de cuero. Del armario de su dormitorio sacó un par de mudas, que colocó en un macuto de cuero, y unas recias botas. Luego fue a su despacho. Se sentó a la mesa y giró la silla para ponerse delante de una anticuada caja de caudales que una vez había estado en una estación de trenes de Nuevo México. Sus dedos movieron el dial con mucha práctica y rápidamente. Cuando el último pasador quedó en su lugar, movió la palanca y abrió la pesada puerta. Además de fajos de billetes de cien dólares, de veinte libras, y otra docena de divisas, la caja contenía su arsenal personal. Había en la gran caja blindada potencia de fuego suficiente como para comenzar una pequeña guerra. Tres pistolas ametralladoras, un par de fusiles de asalto, una escopeta de combate, un fusil de franco-

tirador Remington 700, además de cajones que contenían granadas de humo, de fragmentación y estruendo junto con una docena de pistolas. Evaluó las posibles situaciones a las que se enfren-
taría y cogió una Micro Uzi y una Glock 19. Hubiese preferido la
pistola FN cinco-SeveN que se había convertido rápidamente en
su arma de mano favorita, pero quería poder usar la misma munición en todas sus armas. Tanto la Glock como la Uzi eran de calibre nueve milímetros.

Los cuatro cargadores estaban vacíos para preservar los muelles, así que se tomó unos momentos para cargarlos. Metió las armas, los cargadores, y una caja de munición debajo de las prendas
en el macuto y finalmente se vistió con un pantalón ligero y una
camisa de cuello abierto.

Vio su reflejo en el cristal de un cuadro en la pared. Su mandíbula mostraba una expresión decidida y en el fondo de los ojos
casi veía las ascuas de furia que se convertían en una hoguera. No
le debía nada a Sloane Macintyre ni tampoco le debía nada a Geoffrey Merrick, pero no los abandonaría a un destino desconocido
más de lo que hubiese dejado abandonada a una viejecita en una
esquina bulliciosa.

Cabrillo recogió el macuto de la cama y comenzó a subir; su
cuerpo ya respondía a la primera descarga de adrenalina.

12

Era inevitable que las niguas se enterasen de que la una vez abandonada prisión en las profundidades del desierto estaba ocupada de nuevo. Atraídas por el olor de cuerpos calientes, habían regresado a la cárcel para actuar como una tortura natural y sumarse a las padecidas por quienes habían estado allí durante años. Capaces de poner sesenta huevos al día, el puñado que había entrado primero en la penitenciaría se había convertido rápidamente en una plaga. Los guardias se habían preparado con aerosoles repelentes para mantener a los odiosos insectos a raya. Sus prisioneros no tenían la misma fortuna.

Merrick, sentado con la espalda apoyada en la dura piedra de la celda se rascaba furiosamente las picaduras que parecían cubrir cada centímetro de su cuerpo. De una manera perversa era bueno que lo hubiesen encontrado, porque las dolorosas ampollas y las constantes nuevas picaduras mantenían su mente enfocada en otra cosa que no era el horror de lo que había pasado y el aún mayor que se avecinaba.

Maldijo cuando un tábano le picó muy fuerte detrás de la oreja. Cazó al insecto y lo aplastó entre las uñas; gruñó con satisfacción cuando escuchó cómo se partía el caparazón. Una pequeña victoria en una guerra que estaba perdiendo.

Sin luna, la oscuridad del bloque de celdas era una presencia tangible, un éter espectral que parecía meterse por la garganta de Merrick cada vez que abría la boca y que le llenaba las orejas; así que no podía escuchar el susurro del viento, que él sabía que debía estar soplando. La prisión le estaba robando lentamente los sentidos. La arena que le llenaba la nariz no le permitía oler la comida que le servían, y sin el olor su sentido del gusto no era más que la sospecha de que las comidas eran alguna otra cosa que polvo. Solo le quedaban el oído y el tacto. Sin nada que escuchar y con el cuerpo dolorido por tantos días en el suelo de piedra y ahora acribillado por las picaduras, le servían de muy poco.

—¿Susan? —llamó. Había dicho su nombre cada pocos minutos desde que había vuelto a la celda. No le había respondido ni una sola vez y sospechaba que quizá había muerto, pero continuó de todas maneras por la sencilla razón de que pronunciar su nombre era más racional que ceder al abrumador deseo de gritar.

Para su asombro creyó escuchar que se movía, un sonido como el de un gatito recién nacido y el roce de la tela contra la piedra.

—¡Susan! —dijo un poco más fuerte—. ¿Susan, puede oírme?

Él escuchó claramente su gemido.

—Susan, soy Geoff Merrick. —¿Quién otro podía ser? Pensó él—. ¿Puede hablar?

—¿Doctor Merrick?

La voz era entrecortada y débil y, sin embargo, era el sonido más precioso que hubiese escuchado.

—Oh, gracias a Dios, Susan. Creía que estaba muerta.

—Yo… —se interrumpió, tosió y eso hizo que su gemido sonase todavía más fuerte—. ¿Qué ha pasado? Tengo el rostro entumecido y mi cuerpo… creo que tengo rotas las costillas.

—¿No lo recuerda? Le dieron una paliza, la torturaron. Usted dijo que no le habían hecho ni una sola pregunta.

—¿A usted también le pegaron?

A Merrick se le encogió el corazón. A pesar de su dolor y desconcierto, Susan Donleavy aún se preocupaba por su estado. La mayoría de las personas nunca hubiesen preguntado y hubiesen continuado lamentándose de sus propias heridas. Deseó, Dios, cuánto deseaba, que ella no hubiese sido arrastrada a esta pesadilla.

—No, Susan —respondió amablemente—. No lo hicieron.

—Me alegro —dijo ella.

—Sé quién nos ha secuestrado y por qué.

—¿Quién? —Había esperanza en su voz cuando preguntó, como si poner un nombre y un rostro a sus secuestradores pudiese mejorar su situación.

—Mi antiguo socio.

—¿El doctor Singer?

—Sí, Dan Singer.

—¿Por qué? ¿Por qué le haría esto a usted?

—Querrá decir a nosotros. Porque está enfermo, Susan, un hombre amargado que quiere mostrar al mundo su visión deformada del futuro.

—No lo entiendo.

Tampoco Merrick. No podía entender lo que Singer ya había conseguido y lo que estaba a punto de hacer. En su conjunto era demasiado. Singer ya había matado a miles de personas y nadie lo sabía. Ahora se preparaba para matar a decenas de miles más. ¿Y para qué? Para dar a Estados Unidos una lección sobre el control medioambiental y el calentamiento global. Esto era una parte, pero Merrick conocía demasiado bien a su antiguo mejor amigo.

Para Dan, todo esto era una cuestión personal, una manera de demostrarle a Merrick que él había sido el cerebro de sus éxitos. Al principio habían sido como hermanos, pero Merrick era el simpático, el que podía dar una buena frase en una entrevista, así que era inevitable que los medios lo distinguiesen como el rostro de Merrick/Singer y dejasen a Dan en la sombra. Merrick nunca había pensado que esto molestara a su socio. En el MIT ya era introvertido así que ¿por qué iba a ser diferente en el mundo real? Ahora sabía que había sido así, que Singer había alimentado un odio hacia él que bordeaba lo patológico.

Lo había cambiado todo en la personalidad de Singer, lo había apartado de la compañía que había ayudado a construir y lo había enviado a los extremos del movimiento ecologista, donde había utilizado su fortuna para hacer todo lo posible para arruinar a Merrick/Singer. Pero cuando aquello había fallado les había dado la espalda a sus nuevos amigos ecologistas y había regresado a su casa de Maine para lamerse las heridas.

«Si solo eso fuese verdad…», pensó Merrick. Pero Singer había utilizado su tiempo para dejar que su odio creciese y se infectase. Ahora había regresado, con un plan horripilante e increíblemente audaz. Un plan que había llegado ya tan lejos que no había manera posible de detenerlo. No había abandonado su cruzada ecologista, pero la había llevado en una nueva y retorcida dirección.

—Tenemos que salir de aquí, Susan.

—¿Qué está pasando?

—Tenemos que detenerlo. Está loco, y las personas que ha reunido son unos ecologistas fanáticos que no les importa nada la humanidad. Y por si eso fuera poco, afirma haber contratado a un grupo de mercenarios. —Merrick ocultó el rostro entre las manos. Era culpa suya. Tendría que haber visto desde el principio la furia de Dan e insistir en que compartiese las candilejas con él. Tendría que haberse dado cuenta de la fragilidad del ego de Dan y de que la atención mediática hacia Merrick lo hacía pedazos. Si lo hubiese hecho, nada de todo esto estaría ocurriendo. El ardor de las lágrimas se convirtió en sollozos. Todos los pensamientos de su propia incomodidad desaparecieron cuando se vio desbordado por lo que ocurría. Continuó repitiendo: «Lo siento, lo siento» sin saber realmente por quién se disculpaba, por Dan o por sus próximas víctimas.

—Doctor Merrick, doctor Merrick, por favor, ¿por qué el doctor Singer nos hace esto a nosotros?

Merrick escuchó la agonía en su voz pero no pudo responder. Lloraba con tanta fuerza que sonaba como si su alma se estuviese haciendo pedazos. Los conmovedores sollozos se prolongaron durante veinte minutos hasta que se le secaron los conductos lagrimales.

—Lo siento, Susan —jadeó cuando finalmente consiguió recuperar el control para hablar—. Es... —No encontraba las palabras—. Dan Singer me acusa porque fui el rostro público de nuestra compañía. Hace esto porque está celoso. ¿Se lo puede creer? Miles de personas ya han muerto y hace todo esto porque yo era más popular que él.

Susan Donleavy no respondió.

—¿Susan? —llamó, y luego más fuerte—: ¡Susan! ¡Susan!

Su nombre resonó y resonó, y luego se apagó. El silencio llegó de nuevo al bloque de celdas. Merrick estaba seguro de que Daniel Singer acababa de reclamar otra víctima.

13

—Puede descansar abajo si quiere —ofreció Juan cuando Sloane bostezó.

—No, gracias, estoy bien —respondió ella y bostezó de nuevo—. Pero tomaré un poco más de café.

Cabrillo cogió el termo plateado del soporte junto a su rodilla y se lo alcanzó, al tiempo que sus ojos observaban automáticamente los rudimentarios indicadores de la lancha salvavidas. El motor funcionaba perfectamente; tenían más de tres cuartos del depósito de combustible y solo una hora más para llegar a Walvis Bay.

Cuando Max había llamado una hora después de su salida del *Oregon* para decirle que el reconocimiento que George Adams había hecho con el helicóptero de la zona donde el viejo pescador loco había visto las serpientes metálicas no había encontrado absolutamente nada excepto el océano vacío, Juan consideró por unos momentos devolver a Sloane a su hotel y tomar un avión a Ciudad del Cabo para reunirse con su barco. Hubiese sido lo más lógico. Pero ahora, horas más tarde y después de haber entendido mejor lo que impulsaba a Sloane Macintyre, estaba seguro de que ayudarla era la decisión correcta.

Ella compartía su mismo impulso, alguien incapaz de dejar una tarea a medio acabar y alguien que no retrocedía ante un desafío. Estaba ocurriendo algo misterioso en estas aguas y ninguno de los dos estaría satisfecho hasta que averiguasen qué era, incluso si no tenía nada que ver con sus respectivos trabajos. Admiraba su curiosidad y tenacidad; dos rasgos que también valoraba en sí mismo.

Sloane sirvió un poco de café en la tapa del termo; su cuerpo se balanceaba al ritmo de las olas que pasaban por debajo del casco de forma que no derramaba una gota. Todavía vestida con sus pantalones cortos, Sloane había aceptado el jersey, uno de los dos jerséis de nailon naranja que había sacado de un cofre. Él llevaba el suyo anudado alrededor de la cintura.

La embarcación estaba equipada con provisiones para cuarenta personas durante una semana; una desalinizadora en miniatura proveía agua potable, aunque ligeramente salada. Los bancos del interior de la cabina tenían el aspecto de vinilo agrietado, pero que en realidad eran del mejor cuero, que había sido disfrazado para que pareciera viejo. En el techo había un panel que podía bajarse y dejaba a la vista un televisor de plasma de treinta pulgadas con sonido estereofónico y una gran colección de DVD. Max tuvo la perversa idea de que la primera película que saltara fuera *Titanic*, si la tripulación alguna vez tenía que utilizar los botes salvavidas.

Hasta el último hueco había sido cuidadosamente diseñado para ofrecer el máximo de comodidad y facilidad de uso a cualquiera obligado a utilizar la embarcación. Era más un yate de lujo que una lancha salvavidas. También estaba construida para ofrecer el máximo de seguridad. Con las escotillas cerradas la embarcación podía dar una vuelta completa y volver a colocarse en la posición normal, y con sus cinturones de seguridad de tres enganches por asiento, los pasajeros no se verían arrancados de sus puestos. Debido a que era propiedad de la corporación, también tenía unos cuantos trucos ocultos que Juan no tenía intención de mostrar a su invitada.

Había dos posiciones desde donde se podía pilotar la embarcación: en el interior, cerca de la proa protegidos por la cabina de fibra de vidrio, o desde una plataforma ligeramente elevada a popa donde Juan y Sloane se encontraban en aquel momento y desde donde habían disfrutado, antes de la espectacular puesta de sol y ahora del cielo estrellado. Un pequeño parabrisas los protegía de lo peor del aire salado, pero las frías aguas de la corriente de Benguela que fluía hacia el norte desde la Antártida, habían hecho bajar la temperatura a quince grados centígrados.

Sloane sujetaba la taza de café con las dos manos y observaba el rostro de Cabrillo en el suave resplandor de las luces del tablero. Era apuesto a la manera clásica, con unas facciones fuertes y bien definidas y claros ojos azules. Pero era lo que había debajo de la superficie lo que realmente le intrigaba. Mandaba a su tripulación sin problemas, un liderazgo natural que cualquier mujer encontraría atractivo, pero también tenía la impresión de que era un solitario. No de aquellos que entraban en una oficina de correos y comenzaban a disparar con un fusil, o el maniático que vivía en el ciberespacio, sino alguien que se encontraba a gusto en su propia compañía, alguien que sabía exactamente quién era y lo que era capaz de hacer, y encontraba lo que veía a su gusto.

Se dio cuenta de que era un hombre de decisiones rápidas y que aparentemente nunca se arrepentía. Ese nivel de confianza solo podía ser producto de que casi siempre acertaba. Se preguntó si habría tenido entrenamiento militar y decidió que sí. Se imaginó que seguramente había estado en la marina como oficial, pero que, al no poder soportar la incompetencia de aquellos que estaban por encima de él, había renunciado. Había cambiado la estructurada vida de las fuerzas armadas para vivir como un vagabundo del mar, aferrado a la vieja manera de hacer las cosas porque en realidad había nacido un par de siglos más tarde. No le costaba nada imaginárselo en el puente de un gran velero atravesando el Pacífico con un cargamento de especias y sedas.

—¿De qué sonríe? —preguntó Juan.

—Solo pensaba en que es usted un hombre que vive en el tiempo equivocado.

—¿Por qué?

—No solo rescata a damiselas en apuros, sino que también defiende sus causas.

Cabrillo sacó pecho y adoptó una pose heroica.

—Y ahora, mi bella dama, me preparo para lanzarme a la batalla contra las serpientes marinas de metal.

Sloane se rió.

—¿Puedo hacerte una pregunta?

—Adelante. —Cabrillo agradeció el tuteo.

—¿Si no fueses el capitán del *Oregon*, qué harías?

La pregunta no entraba en ningún terreno peligroso así que Juan le respondió con la verdad.

—Creo que sería sanitario en una ambulancia.

—¿De verdad? ¿No médico?

—La mayoría de los médicos que conozco tratan a los pacientes como un producto. Algo con lo que tienen que trabajar si quieren que les paguen antes de volver al campo de golf. Están respaldados por una legión de enfermeras y técnicos y millones de dólares en equipos. Pero los paramédicos son diferentes. Están allí afuera trabajando en parejas solo con su ingenio y el mínimo de equipo. Tienen que hacer las primeras valoraciones críticas y a menudo realizar las primeras intervenciones que salvan la vida. Están allí para decirle que todo irá bien y asegurarse de que así sea. Y una vez que llevas a la persona al hospital, sencillamente desapareces. Nada de gloria, ningún complejo de Dios, ningún «gracias, doctor, me ha salvado la vida». Sencillamente haces tu trabajo y pasas al siguiente.

—Me gusta eso —declaró Sloane después de una pausa—. Además tienes razón. Mi padre se hirió una vez gravemente en una pierna durante una salida; tuvimos que llamar por radio para pedir una ambulancia y yo tuve que llevar la embarcación a puerto. Todavía recuerdo que fue el doctor Jankowski quien le cosió la pierna en el hospital, pero no tengo ni idea del hombre que le vendó la herida en el muelle. Sin él, mi padre seguramente se hubiese desangrado.

—Héroes ignorados —señaló Juan en voz baja—. Esos son los que me gustan. —Por un momento su mente volvió a la pared de estrellas en la entrada del cuartel general de la CIA en Langley. Cada una representaba a un agente que había muerto en acto de servicio. De los ochenta y tres agentes representados treinta y cinco continuaban sin nombre, conservando los secretos de la Compañía mucho después de sus muertes. Héroes ignorados, todos y cada uno de ellos—. ¿Qué me dices de ti? ¿Qué te gustaría hacer si no fueses especialista de seguridad para una compañía de diamantes?

Ella le dirigió una sonrisa coqueta.

—Sería capitana del *Oregon*.

—Oh, a Max le encantaría.

—¿Max?

—Mi jefe de máquinas y primer oficial —respondió Juan orgullosamente—. Digamos que Max hace todo gruñendo.

—Suena como una persona que me caería bien.

—Mi señor Hanley es todo un personaje. En realidad, nunca he conocido a un hombre más leal ni he tenido un amigo mejor.

Sloane se acabó el café y le devolvió la tapa a Juan. Él enroscó la tapa del termo y consultó el reloj. Era cerca de medianoche.

—Estaba pensando que en vez de amarrar en Swakopmund a las cero treinta y probablemente despertar sospechas, ¿por qué no nos dirigimos al sur, donde te encontraste con Papá Heinrick? Así podremos hablar con él a primera hora de la mañana, antes de que salga a pescar. ¿Crees que sabrás encontrar de nuevo su campamento?

—Ningún problema. Sandwich Bay está a unas veinticinco millas al sur de Swakopmund.

Juan miró el GPS. Estableció las nuevas coordenadas y las introdujo en el piloto automático. Los servomotores movieron la rueda unos grados a babor.

Cuarenta minutos largos más tarde, África emergió de la oscuridad: montañas de arena brillaban a la luz de la luna; de vez en cuando, el más brillante blanco de las crestas de las olas moría en la playa. La larga península que protegía Sandwich Bay estaba a un cuarto de milla al sur.

—Buena navegación —señaló Sloane.

Juan golpeó con el nudillo el receptor del GPS.

—Gladys tiene que llevarse todo el mérito. El GPS nos ha convertido a todos en unos navegantes sin trabajo. No creo que fuese capaz de calcular mi posición con un sextante y un cronómetro aunque mi vida dependiese de ello.

—No sé por qué, pero lo dudo.

Juan redujo la velocidad para evitar las ondulaciones cuando entraran en el frágil ecosistema.

Navegaron otros veinte minutos hasta el extremo sur de la bahía. Sloane alumbraba el denso muro de juncos con una linterna mientras avanzaban a lo largo de la costa, atentos a la abertura entre las cañas que llevaba a la pequeña laguna privada de Papá Heinrick.

—Allí —dijo, señalando al frente.

Juan redujo la velocidad al mínimo y metió la proa entre los juncos. Mantenía un ojo atento a la sonda y vigilaba constantemente que los trozos de vegetación flotante no se enredasen en las hélices. La lancha se abrió paso entre los juncos, cuyas hojas producían un siseo cuando rozaban el casco de los costados de la cabina.

Habían avanzado unos setenta metros cuando Juan olió a humo. Levantó la cabeza y olisqueó como un perro, pero no lo detectó de nuevo. Luego reapareció, más fuerte, un olor a madera ardiendo. Sujetó la muñeca de Sloane para poder tapar el foco de la linterna con la mano.

Delante ya veía el resplandor naranja de un fuego; no podía ser el fogón que Sloane le había descrito. Esto era algo diferente.

—Maldita sea. —Aceleró mientras rezaba por que el agua tuviese la misma profundidad; cuando el bote avanzó bruscamente, lanzó a Sloane a sus brazos. Se apresuró a sujetarla y luego intentó mirar a través de la cortina de juncos que le cerraban el paso.

Pronto entraron en la laguna que rodeaba la isla de Papá Heinrick. Juan miró la sonda. Había menos de treinta centímetros bajo la quilla.

Detuvo la embarcación poniendo la marcha atrás; se produjo un remolino en la popa; también apretó el botón que liberaba el ancla. Aún no habían acelerado mucho, así que consiguió detener la lancha antes de que embarrancase.

Puso los motores al ralentí y solo entonces observó la escena que los rodeaba. La choza, erigida en el centro de la isla, era una pira, con llamas y ascuas que se levantaban seis metros por encima del techo de madera y paja. La barca de pesca volcada de Papá Heinrick también ardía, pero la embarcación estaba tan empapada que el fuego aún no había prendido. Nubes de espeso humo blanco salían de debajo de la barca y se colaban entre las ranuras de su casco de madera.

Por encima del rugido del fuego, Juan escuchó los inconfundibles alaridos de un hombre en mortal agonía.

—¡Oh, Dios mío! —gritó Sloane.

Cabrillo reaccionó en el acto. Saltó sobre el techo de la cabina y corrió a lo largo. La cabina acababa a un metro y medio de la afilada proa de la embarcación. Cabrillo midió sus pasos perfectamente, y saltó con la pierna artificial de forma tal que su pie izquierdo se apoyó en la barandilla de aluminio que rodeaba la proa y después saltó de allí en una larga y estilizada zambullida. Se hundió en el agua, movió las piernas enérgicamente, y salió nadando.

Cuando sus pies tocaron fondo, emergió del agua como un toro embravecido y corrió por la playa. Fue entonces cuando escuchó otro sonido, el sordo rumor de un motor marino.

La proa blanca de una lancha apareció por el lado opuesto de la pequeña isla y uno de los dos hombres que había en su cabina abierta abrió fuego con un arma automática. Surtidores de arena se levantaron alrededor de Cabrillo mientras se arrojaba al suelo para ponerse a cubierto y su mano buscaba instintivamente la espalda. Chocó contra el suelo, rodó sobre sí mismo dos veces, y se incorporó arrodillado en posición de tiro, sujetando firmemente con las dos manos la Glock que había guardado en el cinturón del pantalón después de recoger los jerséis. La distancia era de treinta metros y aumentaba; además él disparaba en la oscuridad mientras que el pistolero tenía a Juan iluminado por detrás por la cabaña incendiada.

Antes de que Cabrillo llegara a disparar, una nueva ráfaga lo obligó a volver rodando a la laguna. Respiró profundamente cuando una bala golpeó en la playa a unos centímetros de su cabeza y le salpicó arena.

Sumergido y luchando contra el incontrolable deseo de toser, Juan nadó unos diez metros, y se aseguró que sus manos estuviesen en contacto con el fondo para no descubrirse. Notaba a través del agua que la lancha se acercaba para cazarlo. Él calculó aproximadamente dónde estaban y nadó un poco más, siempre intentando contener las convulsiones de su pecho. Cuando creyó saber dónde estaba, plantó los pies firmemente en el fondo y se alzó rápidamente, mientras contenía el aliento un segundo más. La lancha estaba diez metros más allá y los dos hombres miraban en la dirección equivocada. Con el agua chorreándole por la cara y los pulmones a punto de estallar, Juan levantó la Glock y disparó. El retroceso de la pistola rompió el control que mantenía de su respiración y comenzó a toser violentamente. No sabía si había hecho blanco o no pero debió estar muy cerca porque el motor aceleró bruscamente y la proa de la lancha buscó el canal que lo llevaba a aguas abiertas, y levantó una cola de gallo, mientras se alejaba. Juan se inclinó, con las manos sobre las rodillas, y tosió hasta vomitar. Se limpió los labios y miró a través de la laguna hacia la lancha salvavidas.

—Sloane —dijo con voz ronca—. ¿Estás bien?

La cabeza de la muchacha apareció por detrás del parabrisas. La cambiante luz del incendio no podía ocultar los ojos como platos ni dar color a la palidez de su piel.

—Sí —dijo, y luego con voz más firme—: Sí, estoy bien. ¿Tú también?

—Sí —replicó Juan y luego volvió su atención a las llamas. Ya no escuchaba los gritos de Papá Heinrick pero se obligó a acercarse. El techo que estaba a punto de hundirse y el calor del incendio obligó a Juan a protegerse el rostro con un brazo mientras se aproximaba. El humo escocía en los ojos y le provocó otro brutal ataque de tos. Tenía la sensación de tener los pulmones llenos de vidrio molido.

Cabrillo utilizó un palo para quitar la manta incendiada que Heinrick había utilizado como puerta. No veía nada debido al humo; estaba a punto de entrar en la estructura incendiada cuando se levantó una racha de viento y apartó el hollín como una cortina. Por un momento, Juan tuvo una clara visión de la cama y supo en aquel instante que la imagen lo perseguiría durante el resto de su vida.

Lo que quedaba de los brazos de Heinrick todavía estaban esposados a la estructura de la cama; a pesar del efecto del fuego en el cuerpo, Juan vio que el viejo había sido torturado antes de que prendiesen fuego a la choza.

Su boca permanecía abierta en un último alarido mientras hervía el charco de sangre debajo del lecho. El techo se hundió en una cascada de llamas y chispas que lamieron a Cabrillo antes de que pudiese volverse. Ninguna de las ascuas pudo atravesar las prendas empapadas pero la súbita descarga de adrenalina lo galvanizó.

Corrió de nuevo a la orilla, se zambulló y nadó hasta la lancha salvavidas. Como la línea de flotación estaba muy alta, se dirigió a la proa de la embarcación y utilizó la cadena del ancla para subir a cubierta. Sloane le ayudó a deslizarse por debajo de la barandilla. Ella no hizo comentario alguno de la pistola metida en la cintura del pantalón de Juan.

—Vamos. —Él la cogió de la mano y juntos avanzaron a lo largo de la embarcación hasta la bañera. Juan pulsó el interruptor para izar el ancla. Aceleró en cuanto se desprendió del fondo y utilizó la palma para girar la rueda furiosamente.

—¿Qué estás haciendo? —gritó Sloane por encima del rugido del motor—. Aquella era una planeadora. Nos llevan unos cinco minutos de ventaja y nos superan en velocidad por unos veinte nudos o más.

—Y un cuerno —replicó Cabrillo sin mirarla, con su furia apenas controlada. Enderezó el curso cuando la proa de la lancha se dirigió al pequeño canal que unía la laguna al mar abierto.

—Juan, nunca los alcanzaremos. Además tienen fusiles automáticos. Tú solo tienes una pistola.

Los juncos lo azotaban como varas mientras avanzaban a toda velocidad por el canal. Juan pilotaba con un ojo en el medidor de profundidad y un momento después de salir de entre los juncos gruñó con salvaje satisfacción.

—Sujétate —dijo, y pulsó un interruptor oculto debajo del tablero. La parte delantera del casco del bote salvavidas comenzó a elevarse por encima del agua cuando los motores hidráulicos de la embarcación se pusieron en marcha y extendieron una serie de aletas y alas submarinas. Sloane tardó un segundo en reaccionar. Se tambaleó y hubiese caído por la borda de no haber sido por Juan, que la sujetó por la pechera con fuerza. Los patines comenzaron a elevar el casco todavía más, hasta que solo los patines y el eje telescópico de la hélice tocaban el agua. Solo tardaron unos segundos, y la velocidad se multiplicó por encima de los cuarenta nudos.

Sloane miró a Juan incrédula, sin saber muy bien qué decir o cómo reaccionar ante el hecho de que una lenta lancha salvavidas se convirtiese en un velocísimo hidrofoil de última generación. Finalmente acabó por preguntar:

—¿Quién demonios eres tú?

Él la miró. Normalmente hubiese hecho un comentario intrascendente pero su furia ante el asesinato de Papá Heinrick lo consumía.

—Alguien al que más te vale no cabrear. —Sus ojos eran duros como el ágata—. Y estos me acaban de cabrear. —Señaló adelante—. ¿Ves cómo el mar resplandece un poco? —Sloane asintió—. El movimiento de la lancha a través del agua hace que veamos la luminiscencia de los organismos marinos. Nunca lo hubiésemos encontrado a la luz del día, pero por la noche, la madre naturaleza nos ayuda. ¿Puedes llevar el timón y seguir el rastro?

—Nunca he pilotado una embarcación como esta.

—No hay mucha gente que haya tenido ocasión. Es igual que la embarcación de tu padre solo que más rápida. Mantén el timón recto y si tienes que virar, hazlo suavemente. Vuelvo en un momento.

Él la observó durante unos instantes para asegurarse de que lo hacía bien y luego se metió en la cabina. Caminó por el pasillo central hasta donde había dejado el macuto de cuero. Rebuscó entre las prendas y sacó la mini Uzi y los cargadores. Después de cargar la Glock se la metió de nuevo en la cintura y guardó los cargadores en el bolsillo de atrás. Se acercó hasta otro de los bancos y pulsó un botón escondido debajo del cojín. Se soltó un cerrojo y el asiento giró hacia delante. La mayor parte del espacio debajo del asiento estaba dedicado a la comida y otras provisiones, pero este era diferente. Apartó rollos de papel higiénico hasta que quedó vacío el espacio y entonces accionó otra palanca escondida. Se abrió el falso fondo y Juan levantó la tapa. En el interior de la sentina, el rugido de los motores y el aullido de los patines a través del agua eran ensordecedores. Juan tanteó hasta agarrar un tubo sujeto en la sentina con agarraderas de metal. Las soltó y lo extrajo. De grueso plástico y una tapa estanca, el tubo medía casi un metro veinte, con veinticinco centímetros de diámetro. Desenroscó la tapa y sacó un fusil de asalto FN-FAL que dejó sobre el asiento adyacente. La venerable arma belga se remontaba a la Segunda Guerra Mundial, pero continuaba siendo una de las mejores armas del mundo.

Juan puso rápidamente un par de cargadores con las balas de 7.65 milímetros guardadas en el tubo, metió una bala en la recámara y comprobó que el seguro estaba puesto. Recordó las preguntas de Max sobre la necesidad de tener un arma así en una lancha salvavidas; su respuesta había sido: «Enséñale a un hombre a pescar y comerá un día, dale un fusil de asalto y unos cuantos tiburones y podrá alimentar a su tripulación durante toda una vida».

Salió de nuevo a la cubierta de popa. Sloane había mantenido la embarcación en el centro de la débil luminiscencia de la estela, pero Juan vio que habían recortado la distancia con la planeadora que huía. Los microorganismos habían tenido menos tiempo para asentarse, así que la bioluminiscencia era mayor de lo que había sido solo momentos antes.

Juan dejó el FN sobre el tablero, arrojó el termo a la cabina, y metió la mini Uzi en su lugar.

—¿Estás siempre preparado para la tercera guerra mundial o te he pillado en un momento especialmente paranoico?

Sloane utilizaba el humor para conseguir que se relajase y él se lo agradeció. Cabrillo sabía muy bien que ir al combate sin controlar las emociones era un error fatal. Le sonrió mientras ocupaba su lugar detrás de la rueda.

—No me pinches, ya soy bastante paranoico sin que me ayuden.

Momentos más tarde avistaron la planeadora que cruzaba la bahía. Tan pronto como lo hicieron los perseguidos también los vieron a ellos; la lancha viró rápidamente y comenzó a seguir la costa llena de juncos.

Juan movió el timón para mantenerse a su popa, y se inclinó mucho para mantener el equilibrio mientras el hidrofoil viraba en el agua. En solo un par de minutos había reducido la distancia a treinta metros, con el piloto de la lancha concentrado en su rumbo, el segundo hombre se tumbó sobre los asientos traseros para equilibrar su fusil automático.

—Agáchate —gritó Juan.

Las balas rebotaron en la proa y silbaron junto a la bañera. El hidrofoil navegaba demasiado alto como para que pudiese alcanzarlos así que el pistolero comenzó a apuntar hacia uno de los puntales que soportaban los patines. Consiguió disparar unas pocas balas pero los puntales estaban hechos de un acero especial y las balas rebotaron inofensivamente.

Juan cogió la mini Uzi del soporte del termo, movió el timón para poner al hidrofoil en una posición que le diese un campo de tiro despejado por la proa y acarició el gatillo. La pequeña arma corcoveó en su mano y un brillante arco de casquillos se levantó en el chorro de aire del hidrofoil y desapareció por encima de la popa. Juan no podía arriesgarse a matar a los dos hombres así que apuntó un poco al costado de la lancha fugitiva. El agua se levantó en surtidores a lo largo de su banda de babor cuando veinte proyectiles acribillaron el mar.

Había confiado en que eso acabaría la persecución porque los hombres debían de haberse dado cuenta de que la antigua presa era más grande, más rápida, y también estaba armada. Sin embargo, la planeadora mantuvo la velocidad y se acercó todavía más a la fangosa orilla.

Juan no tuvo más alternativa que seguirla mientras ellos zigzagueaban entre grupos de juncos y árboles espinosos. Muy pronto se encontró llevando al hidrofoil entre isletas que salpicaban la costa. Lo que la lancha perdía en velocidad, lo ganaba en maniobrabilidad, y mientras sorteaban los obstáculos en el agua amplió la distancia a cincuenta metros, y después a sesenta.

Cabrillo podría haber salido a aguas abiertas y volver a acercarse, pero tenía miedo de que si perdían de vista a su presa ellos escaparían entre las altas hierbas marinas donde su embarcación, con menos quilla, tenía ventaja. Y entrar para buscarlos era meterse en una emboscada. Sabía que la mejor manera de acabar con esto era seguir pegado a su popa.

Pasaron entre grupos de árboles; las bandadas de pájaros remontaron vuelo espantadas y las olas que levantaban a través de la marisma hacían que las hierbas ondulasen como si la bahía respirase.

Consciente de que los patines eran vulnerables a los obstáculos sumergidos, Juan tenía que hacer unas viradas más suaves que la planeadora, cosa que les permitía ampliar la ventaja. Algo adelante llamó la atención de Cabrillo, y solo tuvo un segundo para comprender que era un tronco parcialmente sumergido. Si chocaba arrancaría los patines de la embarcación, así que con manos expertas en el manejo del acelerador y el timón, pasó con el hidrofoil alrededor del tronco. El rápido movimiento evitó el tronco pero los obligó a meterse en una brecha entre dos isletas cubiertas de fango.

Juan miró la sonda y vio que marcaba cero. Había quizá unos quince centímetros de agua entre los patines y el fondo. Se apoyó contra el acelerador para conseguir un poco más de potencia y con un poco de suerte hacer que la embarcación se alzase unos cuantos centímetros más. Si embarrancaban a esta velocidad, él y Sloane saldrían disparados del hidrofoil como peleles; el impacto contra el agua sería como golpear contra el pavimento después de una caída desde quince metros de altura.

El canal entre las islas se estrechó todavía más.

Juan se volvió para mirar a popa. La habitual estela blanca levantada por los patines y la hélice tenía un color chocolate oscuro cuando a su paso removían la arena del fondo. La embarcación se tambaleó por un instante cuando uno de los patines rozó el fondo. No podía disminuir la velocidad porque el hidrofoil perdería el planeo y se hundiría en el barro, y tenía el motor funcionando por encima de la línea roja del cuentarrevoluciones.

El canal pareció cerrarse aún más.

—Sujétate —gritó por encima del rugido del motor porque sabía que había jugado y perdido. Pasaron a toda velocidad por el punto más estrecho del canal, y perdieron algo de impulso cuando los patines delanteros rozaron el fondo una segunda vez antes de que el canal se ensanchase y la profundidad comenzase a aumentar.

Juan soltó la respiración contenida.

—¿Estuvo tan cerca como creo que fue? —preguntó Sloane.

—Más —respondió Cabrillo.

Pero la maniobra había reducido a la mitad la distancia que los separaba de la planeadora porque se había visto obligada a zigzaguear entre un grupo de manglares. El pistolero estaba acomodado en la popa de la lancha. Juan aflojó un poco el acelerador y cortó a través del pantano para colocar de nuevo el hidrofoil directamente en su estela, y utilizó el mayor tamaño de la embarcación como escudo para protegerse de una nueva andanada disparada desde la ágil lancha. Las balas salpicaron el mar y rompieron dos paneles de cristal de la cabina.

Un tramo recto permitió a Cabrillo acelerar de nuevo al máximo. En cuestión de segundos, el gran hidrofoil estaba casi encima de la planeadora. En la turbulencia de su estela el hidrofoil comenzó a ventilar, a meter aire debajo de las aletas y a perder elevación. La proa bajaba y subía, que era lo que Juan esperaba. El piloto de la planeadora intentaba salir de debajo de la proa que amenazaba con aplastarlo, pero Juan no se despegaba. La proa golpeó sobre la popa de la planeadora pero el golpe no fue lo bastante fuerte para detenerla, y Cabrillo tuvo que retroceder un poco para recuperar altitud.

Miró el tablero para controlar las revoluciones y mientras lo hacía escuchó el grito de Sloane.

Alzó la mirada. Cuando la proa del hidrofoil había golpeado la popa de la planeadora, el pistolero había aprovechado para saltar y sujetarse de la barandilla. Ahora estaba en la proa del hidrofoil, sujetado con una mano mientras que con la otra apuntaba con el AK-47 directamente entre los ojos de Juan. No había tiempo para desenfundar así que Juan hizo la única cosa posible.

De un manotazo bajó el acelerador un instante antes de que disparase el AK-47. Él y Sloane se estrellaron contra el tablero mientras el hidrofoil bajaba de velocidad desde los cuarenta nudos por hora a casi cero en un instante, y la ráfaga del fusil de asalto abrió una línea de agujeros en la parte superior de la cabina. La embarcación se posó en el agua fuertemente, y si bien el pistolero consiguió sujetarse a la barandilla, su pecho se aplastó contra los barrotes de aluminio por el impacto de la enorme pared de agua que estalló contra la proa con la fuerza suficiente como para empapar a Juan y Sloane, que estaban a popa. La inercia del hidrofoil bastó para que el hombre se deslizase por debajo del casco. Cuando Cabrillo aceleró de nuevo, en la estela apareció una espuma rosada.

—¿Estás bien? —se apresuró a preguntar Juan.

Sloane se masajeaba la parte superior de pecho donde había golpeado contra el tablero.

—Eso creo —replicó, y se apartó de la frente los cabellos mojados. Le señaló el brazo—. Estás sangrando.

Cabrillo se aseguró de que la embarcación estaba recuperando la distancia perdida antes de mirar la herida. Un trozo de fibra de vidrio del tamaño de una tarjeta postal arrancado de la lancha salvavidas por la ráfaga del fusil de asalto se había clavado en su brazo.

—Ay —exclamó cuando sintió el primer pinchazo de dolor.

—Creía que los tipos duros ni se fijaban en algo tan pequeño como eso.

—Un cuerno. Duele. —Con mucho cuidado, se quitó el trozo de fibra de vidrio clavado en la carne. El corte era limpio y había poca sangre. Juan sacó el pequeño botiquín de un cofre junto al tablero. Se lo dio a Sloane, que buscó en el interior y encontró un rollo de gasa esterilizada. Permaneció quieto mientras ella le vendaba el brazo y lo ataba firmemente.

—Esto tendría que servir por ahora —declaró ella—. ¿Cuándo te pusieron la última vacuna antitetánica?

—El veinte de febrero de hace dos años.

—¿Recuerdas la fecha exacta?

—Tengo una cicatriz de cuarenta centímetros en la espalda. Siempre recuerdas las fechas cuando te haces un tajo así de grande.

En un minuto habían recuperado toda la distancia perdida. Juan advirtió que el pantano a su derecha daba paso a una playa sembrada de peñascos que no daría protección alguna a su presa. Era hora de acabar con aquello.

—¿Puedes hacerte cargo del timón?

—Sí, por supuesto.

—Espera a mi señal, y después reduce la velocidad. Mantente preparada a virar. Yo te indicaré a qué lado.

A diferencia de la vez anterior, no esperó a ver si ella estaba cómoda con los controles. Cogió el fusil de asalto FN y el cargador adicional y recorrió la embarcación hasta la proa.

La planeadora no estaba más de cinco metros por delante. Se apoyó en la barandilla y se llevó el FN al hombro. Disparó ráfagas de tres balas. Cuando las primeras balas golpearon en la cubierta del motor, el piloto se desvió en un intento por encontrar aguas menos profundas cerca de la costa. Juan levantó un brazo y señaló a babor, y Sloane siguió la indicación. La virada fue un tanto brusca, pero ella parecía haberle tomado el punto a las características de pilotaje del hidrofoil.

En cuanto tuvo el objetivo de nuevo en la mira disparó otra ráfaga de tres balas al motor de la planeadora, luego una tercera. El piloto intentó entorpecer al máximo la puntería de Cabrillo pero el director se anticipaba a cada vuelta y revuelta y disparó otra media docena de balas contra la embarcación.

La voluta de humo blanco que apareció súbitamente por debajo de la caperuza del motor se convirtió rápidamente en una nube negra. El motor se atascaría en cualquier momento, y Juan se dispuso a hacer una señal a Sloane para reducir la velocidad y así no embestir a la planeadora.

Con las luces de proa del hidrofoil y las del tablero de la planeadora, Cabrillo apenas si podía ver las facciones del piloto cuando se volvió para mirarlo. Sus miradas se cruzaron solo por un instante, pero Juan notó el odio a través de la distancia como el calor del fuego. Más que miedo, en la expresión del hombre leyó desafío.

El hombre giró el timón a fondo. Juan levantó la mano para que Sloane abandonase la persecución porque la planeadora iba directamente hacia los peñascos de la costa. Cabrillo había querido desde el principio de la persecución hacer prisionero a uno de los hombres, pero vio que se le escapaba la oportunidad. Disparó de nuevo y acribilló la popa de la planeadora, sin estar muy seguro de dónde hacía blanco debido al humo, pero desesperado por evitar lo que sabía eran las intenciones del piloto.

La planeadora había recuperado casi toda la velocidad perdida en la virada cuando aún estaba a seis metros de la orilla. El aullido del motor se interrumpió por un momento, pero era demasiado tarde. La lancha golpeó contra el fondo a más de treinta nudos y salió disparada del agua como una jabalina. Trazó un arco a través del aire nocturno antes de clavarse de proa en el suelo y destrozarse como si una bomba hubiese estallado en el interior de su caparazón de fibra de vidrio. El casco se rompió en centenares de trozos y el motor acabó arrancado del soporte y empezó a dar volteretas en la playa. El impacto rompió el tanque de combustible y la gasolina se convirtió en una nube de aerosol. El cuerpo del piloto voló seis metros antes de que la mezcla aire-combustible detonase en una bola de fuego que consumió lo que quedaba de la planeadora.

Sloane había tenido la presencia de ánimo para reducir la velocidad del hidrofoil y hacer que se posase en el agua y tenerlo a marcha mínima cuando Juan había vuelto a la bañera. Comprobó por segunda vez que el FN-FAL tuviese puesto el seguro y lo colocó de nuevo en el tablero. Después de levantar los patines retráctiles acercó la lancha salvavidas lo más cerca que pudo de los restos, puso el motor al ralentí y lanzó el ancla.

—Se mató a sí mismo, ¿no?

Cabrillo no podía apartar la mirada de la lancha incendiada.

—Ajá.

—¿Eso qué significa?

Él la miró mientras rumiaba su pregunta y todas las implicaciones que podía tener su respuesta.

—Sabía que no éramos las autoridades, así que estaba dispuesto a morir antes que arriesgarse a la captura y un interrogatorio. Eso significa que estamos tratando con fanáticos.

—¿Como los fundamentalistas musulmanes?

—No creo que fuese un yihadí árabe. Esto es otra cosa.

—Pero ¿qué?

Juan no respondió porque no tenía respuesta. Sus prendas todavía estaban empapadas de la zambullida anterior, así que simplemente saltó al agua desde la popa del hidrofoil; el agua le llegaba hasta el cuello. Ya estaba casi en la orilla cuando escuchó el chapuzón de Sloane a su espalda. La esperó en la línea de la rompiente y juntos se acercaron al cuerpo. No tenía sentido comprobar la embarcación porque todo lo que quedaba era fibra de vidrio fundida y metal retorcido.

El daño sufrido por el cuerpo por el impacto y rodar en la playa era horripilante. Como la visión de un artista demente, su cuello y todos los miembros estaban colocados en ángulos obtusos. Cabrillo le buscó el pulso antes de guardar la Glock en la cintura del pantalón. No había nada en los bolsillos traseros del hombre, así que Juan hizo girar el cadáver, y se estremeció ante la sensación de que era como un saco de huesos aplastados. El rostro del hombre estaba prácticamente arrancado.

Sloane soltó una exclamación.

—Lo siento —dijo Juan—. Quizá quieras apartarte.

—No, no es eso. Lo conozco. Es el piloto de helicópteros sudafricano que contratamos Tony y yo. Su nombre era Pieter DeWitt. Maldición, ¿cómo he podido ser tan estúpida? Él sabía que íbamos a investigar las serpientes de Papá Heinrick porque se lo dije. Él envió a aquel yate a seguirnos ayer y después vino aquí para asegurarse de que nadie pudiese interrogar al viejo de nuevo.

Las repercusiones de su presencia en Namibia fueron un golpe muy duro para Sloane. Parecía que iba a descomponerse en cualquier momento.

—Si no hubiese venido aquí a buscar el *Rove,* Papá Heinrick aún estaría vivo. —Había lágrimas en sus ojos cuando miró a Juan—. Luka, nuestro guía, estoy segura de que también lo han matado. Oh, Dios, ¿qué pasará con Tony?

Cabrillo comprendió intuitivamente que ella no quería que la abrazasen ni tampoco quería que le hablase. Permanecieron de pie en la noche mientras la lancha ardía y Sloane lloraba.

—Eran totalmente inocentes —sollozó ella—, y ahora todos están muertos por mi culpa.

¿Cuántas veces Juan se había sentido de esta manera, al asumir la responsabilidad de las acciones de otros solo porque él estaba involucrado?

Sloane no era más responsable de la muerte de Papá Heinrick de lo que era una esposa que le pedía a su marido que fuese a hacer un recado y él se mataba en el camino. Pero Dios sabía cómo la culpa estaba allí, que corroía el alma de la misma manera que el ácido corroe el acero. El llanto duró quince minutos, quizá más. Juan permaneció a su lado con la cabeza gacha y solo la miró cuando ella se sorbió los mocos.

—Gracias —murmuró ella.

—¿Por qué?

—La mayoría de los hombres detestan ver llorar a una mujer y hacen o dicen lo que sea para detenerla.

Él le dedicó su más afectuosa sonrisa.

—Lo detesto tanto como cualquiera, pero también sé que si no lo hacías ahora, lo harías más tarde y sería muchísimo peor.

—Por eso te di las gracias. Tú lo comprendiste.

—Yo he pasado por lo mismo unas cuantas veces. ¿Quieres que hablemos?

—La verdad es que no.

—Pero tú sabes que no eres responsable, ¿verdad?

—Lo sé. Estarían vivos si no hubiese venido pero no los maté.

—Así es. Tú solo fuiste un eslabón de la cadena de acontecimientos que acabó con sus asesinatos.

—Probablemente tienes razón en cuanto a tu guía, pero no te preocupes por Tony. Nadie en la costa sabe que el ataque contra ti fracasó. Creen que tú y Tony estáis muertos. Pero para no correr riesgos iremos a Walvis. Por su aspecto no creo que el *Pinguin* disponga de la velocidad para haber llegado a puerto. Si nos damos prisa podremos advertirlos.

Sloane se limpió el rostro con la manga del jersey.

—¿De verdad lo crees?

—Sí. Vamos.

Treinta segundos después de subir a bordo del hidrofoil, Juan cruzaba la bahía a toda velocidad mientras Sloane se vestía con prendas secas que había en uno de los cofres de la embarcación. Ella tomó el timón mientras Cabrillo se cambiaba y cogía algo de comida.

—Lo siento, lo único que tengo son raciones de emergencia —dijo, y le mostró dos paquetes envueltos con papel de aluminio—. Puedes escoger entre espaguetis con albóndigas o pollo con galletas.

—Me comeré los espaguetis y te daré las albóndigas. Soy vegetariana.

—¿De verdad?

—¿Por qué pareces tan sorprendido?

—No lo sé. Siempre me he imaginado a los vegetarianos vestidos con sandalias Birkenstock y viviendo de cultivos ecológicos.

—Esos son veganos. En mi opinión, son extremistas.

Su declaración hizo que Juan pensase en el fanatismo y lo que impulsaba a las personas a serlo. La religión era la primera cosa que se le ocurría, pero ¿qué otras cosas apasionaban tanto a las personas que moldeaban toda su vida alrededor de ellas? Los movimientos ecologistas y de los derechos de los animales eran los otros grupos en los que pensó. Los activistas estaban dispuestos a asaltar los laboratorios para liberar a los animales o a quemar las casas en las estaciones de esquí para transmitir su mensaje. ¿Había también alguien dispuesto a matar para conseguirlo?

Se preguntó si la polaridad de opiniones se había agudizado tanto en los últimos años que las normas sociales de contención y respeto ya no se aplicaban. Este-oeste, musulmanes-cristianos, socialistas-capitalistas, ricos-pobres. Parecía como si cada cuestión pudiese abrir una brecha lo bastante profunda como para que un lado u otro considerase lícia la violencia.

Por supuesto, en esta misma brecha él navegaba con el *Oregon*. Con un mundo que ya no se acobardaba por la amenaza de la aniquilación nuclear por una pugna entre la vieja Unión Soviética y Estados Unidos, habían proliferado los conflictos regionales hasta el punto de que los medios convencionales ya no podían contenerlos.

Cabrillo sabía que esto se avecinaba y había formado la corporación para combatir estas nuevas amenazas. Desconsolaba pensarlo, pero no dudaba de que tendrían más trabajo del que podían atender.

Sin ninguna petición de rescate por parte de los secuestradores de Geoffrey Merrick, cada vez le parecía más claro que su secuestro tenía motivos políticos; y dada la naturaleza del trabajo de Merrick, la línea política más relacionada era la de los ecoterroristas.

Se preguntó si el secuestro estaría de alguna manera vinculado con lo que fuese que Sloane Macintyre había descubierto. Las posibilidades en contra eran enormes, a pesar de la coincidencia de que ambos estaban relacionados con Namibia. La Costa de los Esqueletos estaba muy lejos de la preocupación del mundo cuando se trataba del medio ambiente. La selva del Amazonas o los ríos contaminados eran las cosas que las personas conocían, no una remota franja de desierto en un país que muchos ni siquiera sabían situar en un mapa.

Después consideró otro escenario. La explotación de los yacimientos de diamantes era una de las grandes fuentes de riqueza de Namibia y, considerando lo muy controlado del mercado según Sloane, la única posibilidad era que hubiesen tropezado con una explotación minera ilegal. Las personas estaban más que dispuestas a arriesgar la vida para conseguir una riqueza inconmensurable. Y las personas cometían asesinatos por mucho menos. Pero ¿sería esa la explicación del aparente suicidio de Pieter DeWitt? Lo sería si pensaba que ser atrapado podía tener unas consecuencias peores que una muerte rápida.

—¿Qué le pasaría a un hombre como DeWitt si lo atrapan en alguna actividad como la explotación ilegal de diamantes? —le preguntó Cabrillo a Sloane.

—Varía de país en país. En Sierra Leona lo hubiesen fusilado en el acto. Aquí en Namibia son cinco años de cárcel y una multa de veinte mil dólares. —Él la miró sorprendido de que conociese la respuesta—. Soy especialista en seguridad. Tengo que conocer las leyes relacionadas con el negocio de los diamantes en una docena de países, de la misma manera que tú debes saber las leyes aduaneras en los puertos que visitas.

—Aun así estoy impresionado —dijo Juan—. Cinco años no parece ser gran cosa, desde luego no es una sentencia como para justificar que alguien prefiera suicidarse antes que cumplir la pena.

—Tú no conoces las cárceles africanas.

—No me imagino que consigan muchas estrellas en la guía Michelin.

—No solo son las condiciones. Los casos de tuberculosis y SIDA en las cárceles africanas figuran entre los más altos del mundo. Algunos grupos de defensa de los derechos humanos creen que cualquier condena en una cárcel africana es una sentencia de muerte. ¿Por qué preguntas esto?

—Estoy intentando comprender por qué DeWitt prefirió matarse antes que ser capturado.

—¿Estás pensando en que quizá no fuese un fanático o algo parecido?

—No sé lo que estoy pensando —admitió Juan—. Está pasando algo que no te puedo contar, y creí por un segundo que podía estar vinculado con esta situación. Solo me estoy asegurando de que no lo está. Comprender los motivos es la clave para ver si estas no son dos piezas de un mismo rompecabezas sino dos rompecabezas diferentes. Solo que hay una coincidencia de por medio…

—Y tú detestas las coincidencias —acabó Sloane por él.

—Exactamente.

—Si tú quisieras decirme qué está pasando quizá podría ayudarte.

—Lo siento, Sloane, esa no sería una buena idea.

—En boca cerrada no entran moscas, ¿no?

Sloane solo estaba de mal humor; no sabía que sus palabras muy pronto resultarían ser proféticas.

14

El De Havilland Twin Otter se acercó a la improvisada pista de aterrizaje tan lentamente que parecía flotar. Aunque su diseño databa de los sesenta, el avión, un bimotor de alas altas, continuaba siendo el favorito entre los pilotos de los desiertos y las desoladas planicies de todo el mundo. Podía aterrizar casi sobre cualquier superficie y en poco más de trescientos metros. Sus despegues todavía eran más cortos.

La pista improvisada junto al Oasis del Diablo había sido marcada con banderas rojas y el piloto posó el avión en el centro exacto en medio de una nube de polvo. El aire de los turbopropulsores levantó todavía más tierra, así que cuando aminoró la velocidad quedó envuelto momentáneamente en una nube oscura. Se apagaron los motores y las hélices se detuvieron casi en el acto.

Una camioneta todo terreno aparcó junto al avión en el momento en que se abría la puerta.

Daniel Singer asomó su larguirucho cuerpo de un metro noventa y siete y se masajeó la columna vertebral con los nudillos para desentumecerla después de estar confinado durante las setecientas millas de vuelo desde Harare, la capital de Zimbabue. Había volado allí desde Estados Unidos porque con la adecuada cantidad de dinero en las manos correctas se aseguraba de que no hubiese ningún registro de su llegada a África. Todos creerían que aún continuaba en su casa en Maine.

La conductora del vehículo era una mujer llamada Nina Visser. Había estado con Singer desde el comienzo de su misión y había sido fundamental a la hora de reclutar miembros para la causa, hombres y mujeres del mismo pensamiento convencidos de que las naciones del mundo necesitaban ser arrancadas de su modorra cuando se trataba de temas medioambientales.

—Ya era hora de que aparecieras para compartir nuestras miserias —dijo ella a modo de saludo, pero había una sonrisa en su rostro y una chispa de afecto en sus ojos casi negros.

Nacida en Holanda, ella, como muchos de sus compatriotas, hablaba inglés con muy poco acento.

Singer se inclinó para besarle la mejilla y replicó:

—Nina, cariño, ¿no sabes que nosotros, los genios malvados, necesitamos una guarida remota?

—¿Tenías que escoger una a cien kilómetros del baño más cercano y llena de niguas?

—Qué puedo decir, todos los volcanes estaban tomados. Alquilé este lugar al gobierno de Namibia a través de una compañía fantasma con la excusa de que filmaríamos aquí una película. —Se volvió para aceptar una maleta que le alcanzó el piloto desde la puerta—. Encárguese de repostar. Solo estaremos aquí un par de horas.

Nina se sorprendió.

—¿No vas a quedarte?

—Lo siento, no. Tengo que ir a Cabinda antes de lo previsto.

—¿Problemas?

—Un pequeño fallo en el equipo ha retrasado a los mercenarios —respondió—. Quiero asegurarme de que las embarcaciones que vamos a utilizar en el asalto estén preparadas. Además, la madre naturaleza ha cooperado más de lo que esperaba. Otra tormenta tropical se está preparando en la estela de la que se disipó hace un par de días atrás. No creo que debamos esperar más de una semana aproximadamente.

Nina se detuvo bruscamente, con una expresión de alegría en el rostro.

—¿Tan pronto? No me lo puedo creer.

—Cinco años de trabajo están a punto de dar resultado. Cuando acabemos, no habrá ni una sola persona en el planeta que pueda negar sensatamente los peligros del calentamiento global. —Singer se sentó en el asiento del pasajero de la camioneta para el corto trayecto hasta la vieja prisión.

La cárcel era una monstruosidad de piedra de tres pisos, grande como un almacén con un muro almenado en el techo para que los guardias pudiesen vigilar el desierto. Había una única ventana en cada pared de la fachada, cosa que hacía que la estructura pareciese todavía más sólida e impresionante. La sombra que proyectaba era un manchón de tinta en la arena blanca.

Unas imponentes puertas de madera con bisagras de hierro atornilladas en la piedra y lo bastante anchas como para admitir a una camioneta mucho más grande daba acceso al patio central. La planta baja de la prisión estaba dedicada a las oficinas administrativas y los dormitorios de los guardias que una vez habían vivido allí, mientras que el primero y el segundo piso estaban destinados a las celdas que rodeaban el patio.

El sol machacaba el patio de ejercicios; reflejaba y rebotaba en las paredes de forma tal que el aire resultaba pesado como el plomo fundido.

—¿Qué tal están nuestros invitados? —preguntó Singer cuando Nina frenó delante de la entrada a la zona administrativa principal.

—Los hombres de Zimbabue llegaron ayer con su prisionero —respondió Nina y se volvió hacia su mentor—. Todavía no comprendo por qué están aquí.

—Se trata de una necesidad táctica. Parte del trato para permitirme entrar en África sin tener que obtener visas y demás trámites fue concederles el uso de una parte de la prisión durante un corto tiempo. Su prisionero dirige el principal partido de la oposición y no tardará en ser llevado a juicio por traición. El gobierno tiene toda la razón al creer que sus seguidores intentarían liberarlo para llevárselo a algún otro país. Solo necesitan algún lugar donde retenerlo hasta que comience el juicio y entonces volverá a Harare.

—¿Sus partidarios no intentarán rescatarlo cuando regrese?

—El juicio durará menos de una hora y la sentencia será ejecutada de inmediato.

—No me gusta esto, Danny. El gobierno de Zimbabue es uno de los más corruptos de África. Creo que cualquiera que se oponga está probablemente del lado de la razón.

—Estoy de acuerdo contigo, pero este es un acuerdo del que no me pude librar. —Su tono dejó claro que no quería escuchar más preguntas—. ¿Qué hay de mi ilustre antiguo socio? ¿Qué tal está?

—Creo que finalmente comienza a comprender las ramificaciones de su éxito —dijo Nina con un tono burlón.

—Bien. No veo la hora de ver la expresión de ese relamido canalla cuando culminemos nuestro plan y finalmente comprenda que es el culpable.

Entraron en la prisión y Singer saludó a su gente por su nombre. Si bien nunca tendría el carisma de Merrick, entre los activistas que había reunido era un héroe. Repartió tres botellas de vino tinto que había traído con él y se las bebieron durante la siguiente media hora. Una mujer en particular fue objeto de una atención especial, y cuando él propuso un brindis en su honor, los demás aplaudieron.

Luego, fue al despacho que había ocupado una vez el alcaide, y pidió que le trajesen a Merrick. Dedicó varios minutos a encontrar la pose correcta para cuando Merrick entrase. Probó sentarse detrás de la mesa pero no quería tener la desventaja de la altura así que se colocó junto a la ventana del despacho con la cabeza inclinada como si él solo cargase con el peso del mundo.

Un momento más tarde, dos de los hombres de Singer entraron con Merrick, que tenía las manos ligadas en la espalda. No se habían visto en persona desde la separación, pero Merrick había participado en muchas entrevistas de televisión, de modo que a Singer no le costó advertir el desgaste físico que habían producido los días de cautiverio en su antiguo socio. Se sintió especialmente gratificado al observar que los una vez brillantes ojos se habían hundido en el cráneo y lo miraban con una expresión acosada. Pero increíblemente vio que comenzaban a brillar, y de nuevo sintió la hipnótica fuerza que Merrick siempre había poseído y que Singer siempre había codiciado en secreto. Singer tuvo que luchar para no sentarse.

—Danny —comenzó Merrick con un tono sincero—, no entiendo por qué has hecho todas estas cosas a los demás únicamente para vengarte de mí. Solo quiero decir que has ganado. Cualquier cosa que quieras, es tuya siempre y cuando te detengas ahora mismo. Si quieres la compañía, te la cederé ahora mismo. Si quieres todo mi dinero, no tienes más que darme un número de cuenta para que lo transfiera. Firmaré cualquier declaración que prepares y aceptaré cualquier responsabilidad que creas que merezco.

«Dios, era muy bueno —pensó Daniel Singer—. No me extraña que siempre me derrotase.» Por un momento se sintió tentado de tomarle la palabra pero no podía permitir que lo desviase de sus fines. Se olvidó de la duda momentánea.

—Esta no es una mesa de negociación, Geoff. Tenerte aquí de testigo es solo una gratificación que me otorgo a mí mismo. Tú eres un telonero, mi viejo amigo, no la estrella principal.

—No tiene por qué ser de esta manera.

—¡Por supuesto que sí! —gritó Singer—. ¿Por qué crees que le voy a dar al mundo esta prueba? —Respiró profundamente y continuó un poco más calmado, pero con la misma pasión—. Si continuamos por el camino que hemos marcado, mi demostración superará con creces a los desastres naturales. Tenemos que cambiar, solo los locos que dirigen el mundo se niegan a verlo. Maldita sea, Geoff, tú eres un científico, tienes que comprenderlo. Dentro del próximo siglo el calentamiento global va a destruir todo lo que la humanidad ha conseguido.

»Un aumento de solo un grado centígrado en las temperaturas de la superficie tendrá efectos imposibles de controlar en el medio ambiente, y ya está pasando. El planeta aún no ha alcanzado la temperatura para fundir todos los glaciares, pero en Groenlandia, el hielo fluye al mar más rápido que nunca porque el agua fundida actúa como un lubricante cuando roza con el suelo. En algunos lugares están avanzando al doble de la velocidad normal. Esto está ocurriendo hoy. Ahora mismo.

—No voy a negar lo que dices…

—No puedes —le interrumpió Singer—. No puede ninguna persona racional, y sin embargo no se hace absolutamente nada. Las personas tienen que ver los efectos por sí mismas, en sus hogares, no en algún glaciar de Groenlandia. Tienen que ser movilizados o estamos condenados.

—Todas las muertes, Dan…

—No serán nada comparadas con lo que se avecina. Tienen que ser sacrificados para salvar a miles de millones. Tienes que cortar un miembro gangrenado para salvar al paciente.

—¡Estamos hablando de vidas inocentes, no de tejido infectado!

—De acuerdo, fue una mala analogía, pero sigo teniendo razón. Además, el número de muertes no será tan elevado como crees. La predicción meteorológica ha avanzado mucho. Recibirán la alarma con tiempo más que suficiente.

—¿Sí? Pregúntaselo a las personas que vivían en Nueva Orleans cuando llegó el *Katrina* —replicó Merrick.

—Exactamente. Las autoridades locales, estatales y federales tuvieron tiempo de sobra para evacuar y sin embargo más de mil personas murieron inútilmente. Esto es lo que estoy diciendo. Hemos tenido dos décadas de hechos científicos sobre los efectos que estamos provocando en el medio ambiente y solo estamos tomando medidas simbólicas. ¿No puedes ver que tengo que seguir adelante? Tengo que hacer esto para salvar a la humanidad.

Geoffrey Merrick sabía que su antiguo socio y mejor amigo estaba loco. Claro que Dan siempre había sido un poco raro, ambos lo habían sido, de lo contrario no hubiesen prosperado en el MIT. Pero lo que una vez había sido un comportamiento extravagante se había convertido en una manía en toda regla. También sabía que nunca encontraría ningún argumento para conseguir que Singer renunciase a sus propósitos. No podía razonar con un fanático. Aun así, lo intentó por otro lado.

—Si tanto te preocupas por la humanidad, ¿por qué tuviste que matar a la pobre Susan Donleavy?

La expresión de Singer era inescrutable mientras desviaba la vista.

—Las personas que me ayudan carecen de ciertas habilidades, así que tuve que contratar a ajenos.

—¿Mercenarios?

—Sí. Fueron más allá de lo que era estrictamente necesario. Susan no está muerta, pero me temo que su estado sea grave.

Merrick no dio ninguna señal de lo que pretendía. Sencillamente se libró de los hombres que apenas si le sujetaban los brazos y se lanzó a través de la habitación. Saltó sobre la mesa y consiguió descargar un rodillazo en la mandíbula de Singer antes de que los guardias reaccionasen. Uno tiró del peto de su mono lo bastante fuerte como para tumbar al científico. Con las manos detrás de la espalda no pudo hacer nada para amortiguar la caída y se estrelló de cara. No hubo ningún fundido a negro. Quedó inconsciente en cuanto su cabeza chocó contra el suelo.

—Lo siento, Dan —se disculpó uno de los guardias, que rodeó la mesa para ayudar a Singer a levantarse. La sangre goteaba por una de las comisuras de la boca.

Singer se limpió la sangre con un dedo, y la miró como si no pudiera creer que hubiese salido de su cuerpo.

—¿Está vivo?

El segundo guardia buscó el pulso de Merrick en la muñeca y la garganta.

—El corazón late con normalidad. Probablemente tendrá un chichón como un huevo cuando se despierte, pero nada más grave.

—Bien. —Singer se agachó sobre la figura acurrucada de Merrick—. Geoff, espero que este vulgar intento valiese la pena, porque fue tu último acto de libre voluntad. Encerradlo de nuevo.

Veinte minutos más tarde el Twin Otter abandonaba el Oasis del Diablo, y se dirigía al norte hacia la provincia de Cabinda, en Angola.

15

En cuanto el piloto del puerto hubo bajado la escalerilla y embarcado a la lancha que lo esperaba, Max Hanley y Linda Ross bajaron en el ascensor secreto desde el puente hasta el centro de operaciones. Era como pasar de un depósito de chatarra al centro de control de misiones de la NASA. Habían interpretado los papeles de capitán y timonel para beneficio del práctico sudafricano, pero Max estaba oficialmente fuera de servicio. La guardia le correspondía a Linda.

—¿Vuelves a tu camarote? —preguntó Linda, que se sentó en el sillón de mando y se puso los auriculares.

—No —respondió Max con un tono agrio—. La doctora Huxley todavía está preocupada por mi presión, así que ella y yo nos vamos al gimnasio. Piensa introducirme al power yoga, sea lo que sea esa cosa.

Linda se echó a reír.

—Oh, me encantaría verlo.

—Si intenta retorcerme como una trenza le diré a Juan que comience a buscar un nuevo oficial médico.

—Será bueno para ti. Te purificará el aura y todo eso.

—Mi aura está perfectamente bien —replicó Max con un tono divertido y se dirigió a su camarote.

La guardia pasó sin incidentes mientras abandonaban los corredores marítimos y comenzaban a aumentar la velocidad. Una inesperada tormenta se estaba formando en el norte, pero probablemente giraría hacia el oeste para cuando llegasen a Swakopmund a última hora del día siguiente.

Linda aprovechó las horas de tranquilidad para repasar el plan de la misión que Eddie y Linc habían preparado para el asalto al Oasis del Diablo.

—Linda —llamó Hali Kasim desde el puesto de comunicaciones—. Acabo de pescar algo en las noticias. No te lo vas a creer. Lo envío a tu pantalla.

Ella leyó la noticia y de inmediato llamó a Max por los altavoces para que viniese al centro de operaciones.

Llegó un minuto más tarde desde la sala de máquinas donde había estado realizando una inspección innecesaria. Mostraba las consecuencias del yoga: su paso se veía notablemente dificultado por los músculos poco habituados a tantos estiramientos.

—¿Querías verme?

Linda giró la pantalla plana para que Max pudiese leer la noticia. La tensión en la sala había aumentado como si una corriente eléctrica hubiese pasado entre ellos.

—Por favor ¿podría alguien decirnos qué está pasando? —preguntó Eric Stone desde el puesto de timonel.

—Benjamin Isaka ha sido implicado en un golpe de estado —replicó Linda—. Lo han arrestado hace un par de horas.

—Isaka. ¿Por qué ese nombre me resulta conocido?

—Era nuestro contacto en el gobierno del Congo para la venta de armas —respondió Max.

—Vaya, tío, eso no pinta nada bien —comentó Mark Murphy. Aunque no había ninguna necesidad de vigilar los sistemas ofensivos del *Oregon*, él solía ocupar su puesto cada vez que los cargos superiores estaban de guardia.

—¿Hali, alguna noticia de las armas que entregamos? —preguntó Linda. No le importaba la política local del Congo, pero la corporación tenía una responsabilidad por aquellas armas.

—Lo siento, no lo he comprobado. El informe llegó a través del servicio de noticias de AP hace solo un minuto.

Linda miro a Max.

—¿Tú qué crees?

—Tengo que estar de acuerdo con el señor Murphy. Esto podría ser un posible desastre. Si el ministro Isaka advirtió a los rebeldes de los chips transmisores y los desactivan, habremos dado quinientos fusiles de asalto y un par de centenares de lanzagranadas a uno de los grupos de bandidos más peligrosos de África.

—No puedo encontrar nada sobre si han capturado las armas —dijo Hali—. El titular solo es un avance de noticias, así que quizá llegue más adelante.

—No cuentes con ello. —Max tenía la pipa en la mano y se golpeaba los dientes con la boquilla—. Isaka ha tenido que decírselo. ¿Hali, hay alguna manera de comprobar las señales de los chips?

El libanés-americano frunció el entrecejo.

—No lo creo. Su alcance es bastante limitado. La idea era que las fuerzas armadas congoleñas rastreasen las armas hasta la base rebelde utilizando detectores de mano que podían captar las señales de los chips. Solo necesitaban transmitir con un alcance de unos tres kilómetros.

—Así que estamos JODIDOS —dijo Linda, y su furia dio un toque de dureza a su voz de niña—. Estas armas podían estar en cualquier parte y no tenemos manera de encontrarlas.

—Gente de poca fe —comentó Murphy con una amplia sonrisa.

Linda se volvió hacia él.

—¿Qué tienes?

—¿Alguna vez dejaréis de subestimar la astucia del director? Antes de venderles las armas él me pidió a mí y al maestro armero que reemplazásemos un par de los chips que nos dio la CIA con algunos de mi propio diseño. Su alcance es de casi cien millas.

—La distancia no es el problema —señaló Hali—. Isaka sabe dónde ocultamos los chips en las armas. Seguramente se lo ha dicho a los rebeldes, y ellos habrán podido quitar los nuestros con la misma facilidad que los chips que nos dio la CIA.

La sonrisa de Mark no desapareció.

—Los chips de la CIA estaban escondidos en las culatas de los AK y en la empuñadura delantera de los lanzagranadas. Yo puse nuestros chips en las empuñaduras de los AK y modifiqué las bisagras de las cintas para ocultarlos en los lanzagranadas.

—Oh, eso es francamente brillante —afirmó Linda con verdadera admiración—. Una vez que encuentren los chips de la CIA ya no buscarán más. Los nuestros continuarán en su lugar.

—Además transmitiendo en otra frecuencia. —Mark cruzó los brazos sobre el pecho y se reclinó en su asiento.

—¿Por qué Juan no nos dijo nada? —preguntó Max.

—Creyó que con esta idea se estaba alejando de la prudencia para entrar en la paranoia —replicó Murphy—. Así que no lo mencionó porque era muy probable que nunca fuésemos a necesitar nuestros chips.

—¿A qué distancia has dicho que debíamos estar para captar las señales? —preguntó Linda.

—Unos ciento sesenta kilómetros.

—Eso todavía nos deja buscando una aguja en un pajar sin tener idea de a dónde se dirigen los rebeldes.

La expresión ufana desapareció del rostro de Mark.

—En realidad, también hay otro problema. Para dar a los chips ese alcance tuve que sacrificar la vida de las pilas. Comenzarán a fallar entre las cuarenta y ocho y las setenta y dos horas. Después de eso, no habrá manera de localizarlos.

Linda miró a Max Hanley.

—La decisión de buscar esas armas debe tomarla Juan.

—Estoy de acuerdo —respondió Max—. Pero tú y yo sabemos que él querrá que las rastreemos y se lo comuniquemos al ejército congoleño para que ellos puedan recuperarlas.

—Tal como yo lo veo, tenemos dos alternativas —dijo Linda.

—Espera un momento —le interrumpió Max—. Hali, llama al director a su móvil. Vale, ¿dos alternativas?

—Una es retroceder y enviar una avanzadilla desde Ciudad del Cabo al Congo con el equipo de detección que puedan necesitar. ¿Mark, este equipo lo puede llevar un hombre?

—El receptor no es más grande que un altavoz —le informó el genio de la técnica.

Normalmente cualquiera hubiese comentado el tamaño del altavoz que usaba cuando convertía una parte de la cubierta de carga del *Oregon* en una pista de skate con rampas, saltos y medio tubo hecho con un trozo viejo de la chimenea del barco.

—Regresar a Ciudad del Cabo nos costará las cinco horas de navegación que llevamos —dijo Max—, otro par en el puerto, y otras cinco para volver exactamente a este mismo punto.

—También podríamos continuar y enviar un equipo desde Namibia. Tiny tiene el avión en el aeropuerto de Swakopmund y tendremos allí uno de nuestros reactores preparado para cuando tengamos a Geoffrey Merrick, mañana por la tarde. Podremos trasladarlos en helicóptero hasta el aeropuerto y Tiny podrá llevarlos al Congo y volver a tiempo para la operación.

—No consigo que el director atienda el móvil —informó Hali al grupo.

—¿Has probado con la radio de la lancha salvavidas?

—Nada.

—Maldita sea. —A diferencia de Cabrillo, que era capaz de pensar en una docena de escenarios al mismo tiempo y escoger intuitivamente el correcto, Hanley era más pensativo—. ¿Cuánto tiempo crees que ahorraremos al equipo de búsqueda si volvemos ahora mismo?

—Unas doce horas.

—Menos —dijo Mark sin apartar la mirada de su pantalla—. Estoy buscando los vuelos entre Ciudad del Cabo y Kinshasa. Pero no hay gran cosa.

—Pues debemos alquilar un avión.

—Es lo que estoy buscando —dijo Eric Stone—. Solo encuentro una compañía en Cuidad del Cabo con reactores. Un momento. No, hay una nota en la página web donde dice que sus dos Learjet están en tierra. —Miró a sus camaradas—. Si os sirve de consuelo se disculpan por las molestias.

—Así que estamos tratando de ahorrar quizá unas ocho horas —concluyó Mark.

—Nos costará doce y retrasar el intento de rescate otro día. De acuerdo, esta es nuestra respuesta. Continuaremos rumbo norte. —Max miró a Hali—. Continúa intentando dar con Juan. Llámalo cada cinco minutos y avísame en el instante en que atienda.

—Sí, señor Hanley.

A Max no le gustaba nada que Juan no atendiese el móvil. A la vista de que estaban muy cerca de lanzar su ataque contra el Oasis del Diablo era imposible que no llevase el móvil. El director era muy puntilloso en cuanto a las comunicaciones.

Había un centenar de posibilidades por las que no podía dar con él y a Hanley no le gustaba ninguna de ellas.

16

Cabrillo miró a lo lejos, sin preocuparse de los oscuros nubarrones que aparecían por el este. Cuando Sloane y él habían salido de Walvis con la lancha salvavidas no habían recibido ningún aviso de tormenta, pero eso no significaba gran cosa en esta parte del mundo. Se podía levantar una tormenta de arena en cuestión de minutos y oscurecer el cielo de horizonte a horizonte. Que era precisamente lo que parecía estar ocurriendo.

Consultó su reloj. Aún faltaban horas para la puesta de sol. Pero al menos el avión de Tony Reardon había despegado de Windhoek, la capital de Namibia, para ir a Nairobi y a Londres hacía cuatro minutos.

La noche pasada habían interceptado al *Pinguin* a una milla de la entrada del puerto. Después de escuchar lo que le había pasado a Papá Heinrick, Justus Ulenga había aceptado llevar su barco al norte hasta otro puerto y pescar allí durante un par de semanas. Cabrillo se había llevado a Tony Reardon en la lancha salvavidas.

El ejecutivo británico se había quejado amargamente de la situación, y protestado violentamente contra Sloane, Cabrillo, De-Beers, Namibia, y cualquier otra cosa que se le pasó por la cabeza. Juan le dio veinte minutos para que se desahogase mientras esperaban lejos de la costa. Cuando pareció que continuaría durante horas, Cabrillo le dio un ultimátum: o se callaba o lo dejaba inconsciente.

—¡No se atreverá! —había gritado el inglés.

—Señor Reardon, llevo sin dormir veinticuatro horas —había replicado Juan, al tiempo que se acercaba hasta que sus rostros estuvieron separados por unos pocos centímetros—, acabo de ver el cuerpo de un hombre que fue terriblemente torturado antes de ser asesinado y me han disparado unas cincuenta veces. Para colmo comienza a dolerme la cabeza, así que usted se irá abajo, se sentará en uno de los bancos y mantendrá su maldita boca cerrada.

—Usted no puede…

Juan controló el puñetazo en el último segundo para no romperle la nariz a Reardon, pero el golpe tuvo la fuerza suficiente para enviarlo a través de la escotilla al compartimiento de pasajeros de la lancha, donde quedó tumbado en el suelo como un bulto.

—Se lo advertí —dijo Cabrillo y volvió su atención a mantener la lancha salvavidas de cara al viento mientras esperaban el amanecer.

Permanecieron a un par de millas de la costa mientras la flota pesquera de Walvis desfilaba para ir a la pesca diaria y solo viró para entrar a puerto después de que Juan hiciese los arreglos pertinentes con el móvil. Reardon permaneció bajo cubierta, ocupado en atender su mandíbula hinchada y su más dolorido orgullo.

Un taxi esperaba en el muelle cuando Cabrillo amarró la embarcación. Se aseguró de que Sloane y Tony permaneciesen bajo cubierta mientras él presentaba su pasaporte a un oficial de aduanas. Sin la necesidad de un visado y una inspección de trámite de la lancha salvavidas y los pasaportes ya sellados de los ingleses, el pasaporte de Juan fue también sellado y quedaron libres de abandonar el muelle.

Esperó a que llenasen los tanques de combustible, y le dio al empleado una propina lo bastante grande para garantizar que hacía el trabajo correctamente. Sacó la Glock de donde la había ocultado en la sentina y se aseguró de que nada pareciese sospechoso antes de acercarse al coche y acomodar a sus dos acompañantes en el asiento trasero.

Cruzaron el río Swakop y atravesaron Swakopmund de camino al aeropuerto. Dado que uno de los pistoleros de la noche anterior había sido el piloto del helicóptero de alquiler, Cabrillo no podía correr el riesgo de alquilar un avión particular para sacar a Reardon del país. Pero aquel era uno de los cuatro días a la semana que Air Namibia tenía un vuelo desde la ciudad costera a la capital. Había calculado la llegada a la ciudad de forma que Reardon solo pasaría un par de minutos en el aeropuerto antes de tomar su vuelo, y la conexión a Nairobi era el vuelo más inmediato fuera de Namibia. Juan vio un avión bimotor aparcado en la pista bien lejos de los demás aviones. Era el que había alquilado Tiny Gunderson, el jefe de los pilotos de la corporación, para el asalto. Si todo iba de acuerdo con el plan, el gigante sueco estaba de camino con su Gulfstream IV. Juan había considerado la posibilidad de esperar y utilizar su propio avión para sacar a Reardon fuera de Namibia, pero no se veía capaz de pasar mucho tiempo en compañía del hombre.

Los tres entraron juntos en la pequeña terminal. Los sentidos de Cabrillo estaban alertas a cualquier detalle que pareciese fuera de lugar, aunque suponía que sus enemigos aún creerían que su presa estaría muerta. Mientras el inglés sacaba la tarjeta de embarque, Sloane le prometió que recogería sus pertenencias del hotel y se las llevaría a Londres una vez que ella y Cabrillo hubiesen acabado la investigación.

Reardon murmuró algo ininteligible.

Ella sabía que su compañero estaba más allá del razonamiento y sinceramente no podía culparlo. Tony pasó por los controles de seguridad sin mirar atrás y rápidamente desapareció de su vista.

—*Bon voyage*, señor Risitas —dijo Juan, y acompañado por Sloane abandonó el aeropuerto para regresar a la ciudad.

Fueron directamente al barrio donde vivía el guía de Sloane, Tuamanguluka. Incluso a plena luz del día Juan agradeció tener la pistola en la cintura del pantalón y oculta por los faldones de la camisa. Los edificios, en su mayoría de dos pisos, carecían de la influencia germánica que se encontraba en los mejores lugares de la ciudad. El poco pavimento que quedaba estaba lleno de baches y tenía un color casi blanco. Incluso a esta hora tan temprana los hombres holgazaneaban en las entradas de las viviendas. Los pocos niños que había en la calle los miraban con ojos atemorizados. El aire estaba cargado con el olor de la planta envasadora de pescado y el omnipresente polvo del desierto de Namibia.

—No sé exactamente dónde vivía —confesó Sloane—. Solíamos dejarlo delante de un bar.

—¿A quién busca? —preguntó el taxista.

—Se llama Luka. Trabaja de guía.

El taxi se detuvo delante de un edificio desvencijado con un minúsculo restaurante y una tienda de ropa usada en los bajos y, a juzgar por la ropa tendida fuera en las ventanas, con viviendas en el primer piso. Después de un segundo, un hombre delgaducho salió del restaurante y se apoyó en el taxi. Los dos namibios intercambiaron unas pocas palabras y el hombre señaló calle arriba.

—Dice que Luka vive a dos manzanas de aquí.

Un minuto más tarde se detuvieron delante de otro edificio todavía más ruinoso que el anterior. Los listones de madera estaban desteñidos y rajados, y la única puerta del edificio colgaba de una bisagra. Un perro esquelético levantó la pata contra una esquina del edificio y después persiguió a una rata que había salido por una grieta en la pared. Desde el interior le llegó el llanto de un niño que sonaba como una sirena.

Cabrillo abrió la puerta del taxi y salió a la acera. Sloane se deslizó por el asiento y salió por la misma puerta, poco dispuesta a separarse de él aunque solo fuese por el ancho de un coche.

—Espere aquí —le dijo Cabrillo al taxista; le dio un billete de cien dólares y se aseguró de que viese los otros dos en su mano.

—Ningún problema.

—¿Cómo sabremos qué piso es el suyo? —preguntó Sloane.

—No te preocupes, si hemos acertado, lo sabremos.

Cabrillo la precedió en la entrada. El interior era oscuro pero el calor seguía siendo opresivo y los olores nauseabundos; el olor de la pobreza es el mismo en todo el mundo. En la planta baja había cuatro viviendas; en una de ellas estaba el niño que lloraba. Juan se detuvo un momento en cada puerta para inspeccionar las baratas cerraduras. Sin hacer comentarios, subió las escaleras hasta el primer piso.

En el rellano escuchó lo que más temía, el incesante zumbido de las moscas. El zumbido subía y bajaba como una canción sin melodía. El olor llegó un segundo más tarde, dominando el hedor de fondo. Era un olor que él habría conocido de una forma intuitiva incluso si no lo hubiese olido antes. Era como si el cerebro humano pudiese discernir la descomposición de uno de su propia especie. Las orejas y la nariz los guiaron hasta una de las viviendas de la parte trasera. La puerta estaba cerrada y no parecían haber forzado la cerradura.

—Dejó entrar a su asesino; eso significa que lo conocía.

—¿El piloto?

—Probablemente.

Juan propinó un puntapié a la puerta. La madera alrededor de la cerradura estaba tan reseca que saltó convertida en astillas. Las moscas zumbaron furiosamente al verse molestadas; el olor era lo bastante fuerte como para empapar el fondo de sus gargantas. Sloane tuvo una arcada pero rechazó apartarse.

La habitación estaba iluminada con la débil luz que conseguía atravesar la capa de mugre de la única ventana. Había muy pocos muebles: una silla, una mesa, una cama y un cajón que servía de mesilla de noche. El cenicero a rebosar sobre el cajón estaba hecho con un tapacubos. Las ventanas las habían pintado de blanco unos treinta años atrás, antes de que décadas de humo las hubiesen transformado en un marrón fangoso, y estaban salpicadas con manchas oscuras de innumerables insectos aplastados contra el yeso.

Luka yacía en la cama sin hacer, vestido con unos sucios calzoncillos y los botines desatados. Tenía el pecho empapado en sangre.

Juan contuvo el asco y observó la herida.

—Calibre pequeño, veintidós o veinticinco, y a quemarropa. Veo las quemaduras de pólvora. —Miró en el suelo entre la cama y la puerta. Las gotas de sangre formaban un sendero fácilmente reconocible—. El asesino llamó a la puerta, disparó en cuanto Luka abrió y después lo empujó hasta la cama de forma que el cuerpo no hiciese ningún ruido al caer.

—¿Crees que a alguien en este edifico le habría importado si lo hubiesen escuchado?

—Probablemente no, pero nuestro tipo debía ser cuidadoso. Estoy seguro de que si nos hubiésemos quedado y hubiéramos inspeccionado anoche la planeadora, habríamos encontrado una pistola con silenciador.

Juan buscó hasta el último centímetro del apartamento, atento a cualquier pista. Halló un paquete de marihuana debajo del fregadero de la cocina y unas cuantas revistas pornográficas debajo de la cama, pero eso era todo. No había nada oculto en las pocas cajas de comida, y tampoco en el cubo de basura, excepto colillas viejas y tazas de café de plástico. Cacheó las prendas desparramadas en el suelo junto a la cama y encontró unas pocas monedas, una billetera vacía, y un cortaplumas. Las prendas colgadas de los clavos de una pared estaban vacías. Intentó levantar la ventana, pero estaba pegada con la pintura.

—Al menos hemos confirmado que está muerto —comentó él con voz grave mientras salían del apartamento. Cerró la puerta tras él. Antes de abandonar el piso, Cabrillo fue al baño común al final del pasillo, y miró en el interior del depósito de agua solo para no saltarse ningún detalle.

—¿Ahora qué?

—Supongo que podríamos ir a investigar en la oficina del piloto de helicópteros —respondió Juan sin mucho entusiasmo. Estaba seguro de que el sudafricano había ocultado bien las huellas y no encontrarían nada.

—Lo que me gustaría es volver al hotel, darme el baño más largo de la historia y dormir veinticuatro horas.

Juan había llegado al rellano cuando vio la luz que entraba a través de la desvencijada puerta principal, que vacilaba por un momento como si alguien o algo acabase de entrar en el edificio. Empujó a Sloane hacia atrás y desenfundó la Glock.

«Cómo he podido ser tan estúpido —pensó—. Seguramente han deducido que algo salió mal con el ataque al *Pinguin* y el asesinato de Papá Heinrick.» Cualquiera que estuviese investigando lo que pasaba sin duda acabaría por aparecer en el apartamento de Luka, así que habían puesto vigilancia.

Aparecieron dos hombres, ambos con pistolas ametralladoras. Los siguió inmediatamente un tercero que también llevaba una Skorpion de fabricación checa. Juan sabía que podía matar a uno con su primer disparo pero que nunca conseguiría acabar con los otros dos sin convertir la escalera en un matadero.

Retrocedió silenciosamente, con una mano en la muñeca de Sloane. Ella debió notar la tensión en los dedos porque no habló y se aseguró de que sus pisadas fuesen lo más silenciosas posible.

El pasillo era un callejón sin salida y al cabo de unos cinco segundos, los asesinos los tendrían atrapados. Juan se volvió para dirigirse de nuevo al apartamento de Luka. Abrió la puerta.

—No lo pienses —dijo—. Tú sígueme.

Corrió hacia la ventana y se lanzó de cabeza contra el vidrio. El cristal estalló a su alrededor, como dagas que destrozaban sus ropas. Junto al apartamento de Luka había un cobertizo con el techo de zinc, que había visto cuando había intentado abrir la ventana por primera vez. Cayó sobre él; se quemó la piel de las manos y a punto estuvo de soltar el arma. El metal estaba casi al rojo vivo y le ardía la carne. Mientras se deslizaba se giró sobre sí mismo para ponerse de espaldas; cuando llegó al borde levantó las piernas por encima de la cabeza y ejecutó un preciso salto mortal hacia atrás. Su aterrizaje no le hubiese merecido ninguna medalla olímpica, pero consiguió mantenerse de pie mientras los fragmentos de cristal caían del techo como copos de nieve.

No hizo el menor caso de un viejo que reparaba una red de pesca a la sombra del cobertizo. Un momento más tarde escuchó a Sloane deslizándose por el metal. Su cuerpo voló por encima del borde, aunque Juan estaba preparado para sujetarla. El impacto lo hizo caer de rodillas.

Al mismo tiempo que unos agujeros del tamaño de monedas aparecían en el techo, el sonido de una pistola ametralladora sonó en el sopor de la calle. Trozos de cáñamo saltaron por los aires cuando la gran red recibió el impacto de una docena de balas. El pescador estaba lejos del borde del techo, así que Juan no tuvo necesidad de preocuparse por él. Cogió la mano de Sloane y juntos corrieron hacia la izquierda, hacia lo que parecía una calle más animada.

Cuando salieron de debajo del cobertizo las balas salpicaron el suelo a su alrededor. La Skorpion está diseñada para disparar a corta distancia y el pistolero estaba demasiado lleno de adrenalina como para controlar la muy poco precisa metralleta. Juan y Sloane encontraron un refugio momentáneo detrás de un camión de diez ruedas.

—¿Estás bien? —preguntó él con voz entrecortada por los jadeos.

—Sí, solo lo lamento por ti, por haber comido como una cerda desde que llegué aquí.

Cabrillo echó una mirada por detrás del camión Mann. Uno de los pistoleros se movía lentamente sobre del techo de zinc, protegido por sus camaradas desde la ventana del apartamento de Luka. Vieron a Juan y acribillaron el camión con los disparos de las armas automáticas. Sloane y él corrieron hacia el taxi. La alta caja del camión los ocultó de la ventana, y permitió a Juan subir desde de la rueda delantera al largo capó y después a la cabina. Tenía la pistola preparada y disparó antes de que los pistoleros en el primer piso pudiesen verlo en esta inesperada posición. La distancia era solamente de veinte metros y Juan compensó la diferencia en altura. La bala alcanzó al pistolero que estaba en el techo y le arrancó un trozo de la mano derecha. La Skorpion salió volando al tiempo que se soltaba de las planchas corrugadas. Resbaló por el techo, y se golpeó contra el suelo con tanta fuerza que el ruido de los huesos que se fracturaban se escuchó al otro lado de la calle.

Juan se ocultó antes de que los otros asesinos pudiesen determinar dónde estaba.

—¿Ahora qué? —preguntó Sloane, con los ojos muy abiertos.

—Uno de ellos se quedará en la ventana para asegurarse de que no intentemos escapar mientras los otros bajan las escaleras. —Juan miró en derredor.

Si bien esta no era una parte bulliciosa de la ciudad, la calle estaba ahora completamente desierta, tanto que parecía que no había sido utilizada en años. La basura se amontonaba en las alcantarillas; como en las películas del oeste, esperó ver bolas de artemisa rodando en cualquier momento.

Abrió la puerta del pasajero del camión y vio que las llaves no estaban en el contacto. Franklin Lincoln podía hacer un puente en menos de un minuto, pero Juan no era tan hábil. El pistolero comenzaría a dispararles antes de que él pudiese poner el motor en marcha. Echó otro rápido vistazo hacia el apartamento. El asesino estaba apartado de la ventana pero mantenía el camión a la vista.

«Piensa, maldita sea, piensa.»

El edificio más próximo a ellos había sido un supermercado, pero las cristaleras estaban tapadas con planchas de contrachapado. Un poco más allá había un parque de tierra en lugar de césped mientras que detrás de ellos había más apartamentos y pequeñas casas unifamiliares que parecían apoyarse las unas en las otras para mantenerse erguidas.

Golpeó con los nudillos el tanque de combustible del camión. Sonó a hueco: estaba casi vacío, pero no del todo. Desenroscó la tapa y vio los vapores de diésel en el aire caliente.

Había unas pocas cosas que Juan llevaba siempre con él: una pequeña brújula, un cortaplumas, una pequeña linterna con una bombilla de xenón, y un mechero Zippo que no se apagaba una vez que se encendía. Utilizó el cortaplumas para cortar una tira de tela del faldón de la camisa y la prendió con el Zippo. Hizo que Sloane fuese hacia la parte delantera del camión y dejó caer el trapo ardiendo en el interior del tanque de combustible.

—Súbete al parachoques, pero permanece agachada y con la boca abierta —le advirtió, y se aseguró de que Sloane se tapase los oídos.

De haber estado lleno el tanque, la explosión hubiera destrozado al camión. Pese a todo, cuando el trapo encendió el combustible del fondo del tanque, la detonación fue mucho más potente de lo que Juan esperaba. Incluso protegido de sus efectos por la cabina y, más importante, por el bloque del motor, sintió el tremendo calor. El camión se bamboleó sobre las suspensiones como si hubiese sido alcanzado por un cañonazo, y la cabeza de Juan sonó como si le hubiesen pegado con un martillo.

Saltó al suelo y miró lo que había conseguido. Tal como esperaba, la explosión había convertido en astillas el contrachapado que protegía las ventanas del supermercado y volado los cristales hasta la mitad de los vacíos pasillos.

—Vamos, Sloane.

Tomados de la mano, escaparon al interior oscuro del local mientras tras ellos ardía el camión. En la parte trasera de la tienda había una puerta que daba a un almacén y un muelle de carga. Juan encendió la linterna y vio una puerta que comunicaba al exterior. Supuso que los asesinos sabían dónde habían ido, así que no se molestó en actuar con sigilo. Cabrillo destrozó el candado de la cadena que cerraba la puerta con un disparo. La cadena cayó al suelo de cemento y él abrió la puerta.

Al otro lado de la calle estaba el muelle donde habían dejado la lancha salvavidas. Parecía estar muy cómoda, amarrada entre viejas barcas pesqueras a los listones combados. Corrieron agachados, cruzaron la calle y continuaron por el laberinto de embarcaderos mientras detrás de ellos uno de los pistoleros salía por la puerta trasera del supermercado y continuaba la persecución.

Los pescadores que trabajaban en sus barcas y los chicos que pescaban desde el muelle todavía miraban el humo que se alzaba por encima del supermercado mientras Sloane y Juan pasaban corriendo a su lado. El suelo estaba resbaladizo por el moho y el cebo del pescado, pero ellos continuaron corriendo todavía con más rapidez.

El sonido de sierra de una Skorpion en disparo automático resonó en el aire. Juan y Sloane se arrojaron cuerpo a tierra, y resbalaron por la madera aceitosa; cayeron del muelle sobre un pequeño bote con un motor fuera borda montado en el espejo de popa. Juan se recuperó en un instante pero se mantuvo agachado mientras las astillas de madera y el plomo bailaban a lo largo del borde del muelle.

—Pon en marcha el motor —le ordenó a Sloane y miró por encima del borde. El pistolero estaba a unos quince metros pero tendría que caminar por lo menos cincuenta para alcanzar al bote, debido a la peculiar disposición de los embarcaderos. Intentó disparar cuando vio la coronilla de Cabrillo, pero su pistola estaba descargada.

Sloane tiró de la cuerda de arranque y para su gran alivio el motor se puso en marcha al segundo intento. Juan cortó la amarra y Sloane hizo girar el acelerador. La pequeña embarcación se alejó velozmente del muelle y cruzó hacia donde estaba la lancha salvavidas. El asesino debió comprender que sus objetivos se escapaban y que estaba demasiado expuesto para perseguirlos. Namibia aún tenía policía, y después de unos pocos minutos de tiroteo todos los polis de Walvis y Swakopmund aparecerían en el puerto. Arrojó el arma al agua para ocultar cualquier prueba y se alejó a la carrera por donde había venido.

La proa de la pequeña embarcación tocó el costado de la lancha salvavidas. Juan mantuvo el bote en posición mientras Sloane subía a bordo. Él la siguió; luego, desde la borda de la lancha, aceleró el fueraborda del bote y lo envió como una flecha de regreso a través del puerto.

Quitó las amarras y puso el motor en marcha en un tiempo récord. En cuestión de minutos habían pasado la boya exterior y se dirigían a toda marcha hacia mar abierto. Mantuvo un curso recto, que los llevaría a aguas internacionales todo lo rápido posible ante la posibilidad de que la patrulla del puerto fuese tras ellos, aunque no había modo de que pudiesen darles alcance una vez que Juan pusiera en marcha los patines y la lancha se convirtiera en un hidrofoil.

—¿Qué tal estás? —preguntó Juan cuando tuvo la embarcación lanzada a toda velocidad.

—Todavía me zumban los oídos —respondió ella—. Esa ha sido la mayor locura que he visto cometer a alguien.

—¿Más locura que ayudar a una mujer que está siendo perseguida por Dios sabe cuántos asesinos? —se burló él.

—Vale, la segunda locura más grande. —En su rostro apareció una sonrisa—. Qué, ¿ahora vas a decirme quién eres realmente?

—Haré un trato contigo. Una vez que visitemos la zona donde Papá Heinrick vio las serpientes metálicas y averigüemos por nosotros mismos qué está pasando, te contaré la historia de mi vida.

—Te tomo la palabra.

Muy pronto cruzaron el límite territorial de las doce millas, según indicaba el GPS de la lancha y Juan redujo la velocidad para que el hidrofoil bajase.

—Este chico bebe combustible a un ritmo impresionante cuando navega sobre los patines —explicó—. Si queremos ir hasta allí y volver tendremos que llevarlo a una velocidad de unos quince nudos. Yo haré la primera guardia; aprovecha para ir a echar una cabezada. No puedo ofrecerte un baño pero tenemos agua suficiente para que te laves y puedas dormir un rato. Te llamaré dentro de seis horas.

Ella rozó ligeramente sus labios contra su mejilla.

—Gracias. Por todo.

Doce horas más tarde se acercaban a la zona donde supuestamente acechaban las serpientes metálicas. El viento comenzaba a levantarse mientras una tormenta cruzaba el desierto y chocaba contra el aire húmedo y frío del océano. A Cabrillo no le preocupaba soportar una tormenta en la lancha salvavidas. Lo que le inquietaba era que la visibilidad reducida hiciese la búsqueda todavía más difícil. Para colmo, la electricidad estática que se acumulaba en la atmosfera estaba perjudicando los instrumentos electrónicos de la embarcación. No tenía tono de marcado en el móvil y la radio no recibía nada más que estática en todas las bandas. La última vez que había leído el GPS había visto que no estaba recibiendo suficientes señales de los satélites para fijar adecuadamente su posición. La sonda marcaba profundidad cero, cosa que era imposible, e incluso la brújula giraba lentamente sobre sus cojinetes líquidos como si el norte magnético estuviese dando vueltas alrededor de ellos.

—¿Hasta qué punto crees que esto se pondrá mal? —preguntó Sloane, que señaló en dirección a la tormenta con un movimiento de la barbilla.

—Es difícil de decir. No parece que esté lloviendo, pero eso podría cambiar.

Cabrillo cogió los prismáticos y observó lentamente el horizonte, acomodando sus movimientos a la lenta ondulación de las olas, para tener la máxima altura cada vez que miraba en una dirección.

—Nada más que mar vacío —informó—. Detesto decirlo, pero sin el GPS no puedo organizar una cuadrícula de búsqueda correcta, así que sencillamente estaremos dando palos de ciego.

—¿Qué quieres hacer?

—El viento sopla firme desde el este. Puedo utilizarlo para mantener la orientación y así asegurar un rumbo. Creo que podremos buscar hasta que oscurezca. Con un poco de suerte, la tormenta habrá pasado y para el amanecer el GPS volverá a funcionar.

Con una estimación más o menos aproximada, Juan pilotó la lancha salvavidas en caminos de una milla de anchura, yendo y viniendo por el vasto océano como si estuviese cortando el césped. El mar iba agitándose mientras buscaban, las olas alcanzaban los dos metros y el viento era cada vez más frío. El sabor del desierto venía desde lejos.

Con cada vuelta ambos se iban convenciendo cada vez más de que todos tenían razón en cuanto al viejo y loco Papá Heinrick y que sus serpientes de metal no eran más que un brutal ataque de *delirium tremens*.

Cuando Cabrillo vio un destello blanco a lo lejos pensó que era la cresta de una ola. Pero cuando continuó mirando en aquel punto y al montar en otra ola, la mancha seguía allí. Cogió los prismáticos del soporte. El súbito movimiento después de tantas horas de monotonía llamó la atención de Sloane.

—¿Qué pasa?

—No estoy seguro. Quizá no sea nada.

Esperó hasta que otra ola levantara la lancha antes de mirar hacia el lejano resplandor. Tardó varios segundos en asimilar lo que estaba viendo. Su tamaño resultaba increíble.

—Que me cuelguen —murmuró, recalcando cada palabra.

—¿Qué? —gritó Sloane excitada.

Él le pasó los prismáticos.

—Míralo tú misma.

Mientras ella se acomodaba los oculares para encajarlos en su rostro más pequeño, Juan mantuvo la mirada en el objeto. Intentaba juzgar la escala y le resultó prácticamente imposible. Sin nada con que compararlo podía muy fácilmente tener una longitud de algo más de trescientos metros. Se preguntó cómo George Adams no lo había visto durante su reconocimiento aéreo de la zona.

Entonces desde el objeto blanco llegó un tremendo estallido de luz que destacó sobre las negras nubes. La distancia era de poco más de una milla, pero a mil millas por hora el misil antitanque Rafael Spike-MR de fabricación israelí devoró la distancia a tal velocidad que Juan solo tuvo una fracción de segundo para reaccionar.

—¡Proyectil! —gritó.

17

Juan aún tenía la Glock asegurada en la cintura del pantalón, así que recogió el móvil en la bolsa hermética, sujetó a Sloane por la cintura y se lanzó por encima de la borda a las aguas oscuras. Comenzaron a nadar frenéticamente para alejarse todo lo posible de la lancha y la inminente explosión.

La electroóptica dual y el buscador de infrarrojos del misil lo mantuvieron fijo sobre el objetivo mientras volaba sobre el mar, centrado en la nube de humo caliente que salía del motor de la embarcación. Se estrelló contra el casco momentos después de ser lanzado, abrió un agujero en el costado y detonó delante del bloque del motor. Diseñado para atravesar treinta centímetros de blindaje, el proyectil cortó la quilla y rompió la popa de la lancha mientras las astillas volaban por el aire a diez metros de altura.

La humeante y ardiente ruina se dobló casi por la mitad mientras se hundía; una nube de vapor se elevó cuando el mar tuvo contacto con el motor al rojo vivo. Las ondas expansivas eran muchísimo más fuertes que cuando Cabrillo había hecho volar el tanque de combustible del camión en Walvis Bay y de no haberse lanzado él y Sloane desde la lancha habrían sido aplastados por su fuerza. Flotaron entre las caóticas olas que se originaban desde el sitio de la explosión, y escupían y se atragantaban con el agua que habían tragado inadvertidamente.

Juan pedaleó con los pies para mantenerse a flote y se colocó junto a Sloane para asegurarse de que no estaba herida.

—No me preguntes si estoy bien —consiguió decir—. Ya me lo has preguntado una docena de veces desde ayer.

—Han sido unas veinticuatro horas muy excitantes —admitió Juan, y se quitó los zapatos—. Debemos alejarnos todo lo posible de la lancha. Seguramente enviarán a alguien para investigar.

—¿Iremos donde creo que iremos?

—Es hora de agarrar un viaje en la serpiente de Papá Heinrick.

Aunque nadar una milla no era una tarea difícil para dos personas en buen estado físico, batallar contra las olas que se abatían sobre ellos dificultaba sus movimientos. Fue todavía más difícil cuando un yate blanco de lujo, idéntico al que había perseguido al *Pinguin*, apareció en su zona, y el ojo ciclópeo de un reflector atravesó la penumbra. La embarcación fue lo que primero captó la mirada de Juan, pero dónde había estado amarrada llamó su atención.

—Deben haber aprovechado la oferta de dos por uno —comentó Juan.

—A mí solo me dan vales en el supermercado por las patatas fritas —replicó Sloane.

Después de quince minutos de nadar de un lado a otro para evitar el potente rayo del reflector, el gran yate se alejó en la oscuridad, y le dio a Juan un rumbo al cual dirigirse, aunque no creía que pudiese errar el objetivo.

El agua fría había comenzado a mermar sus fuerzas. Para facilitar la tarea, Juan le entregó la Glock y el móvil a Sloane y se quitó el pantalón. Anudó las perneras en los dobladillos y puso la cintura abierta cara al viento para que los pantalones se llenaran de aire. Después lo cerró rápidamente con el cinturón. Entregó el improvisado salvavidas a Sloane, que le devolvió la pistola y el teléfono.

—Procura mantener una mano en la cintura para que no pierda aire.

—Había escuchado hablar de esto pero nunca lo había visto hacer.

A Sloane aún no le castañeteaban los dientes, pero él notó tensión en su voz.

—Fue mucho más fácil hacerlo en la piscina —dijo Juan.

Ahora no era el momento de decirle que la maniobra le había salvado la vida en más de una ocasión. Ayudada por el improvisado flotador, Sloane nadó con mucha más energía. A medida que se acercaban a su destino, el enorme tamaño del objeto actuaba como un rompeolas.

—¿Lo notas? —preguntó Sloane.

—¿Qué?

—El agua. Está más caliente.

Por un momento Juan temió que el cuerpo de Sloane ya no luchase contra el frío sino que estaba sucumbiendo a sus helados tentáculos. Pero entonces él también lo notó. El agua estaba más caliente y no solo un grado o dos sino diez o quince. Se preguntó si una chimenea geotermal activa estaba aumentando la temperatura. ¿Podía eso explicar también que la enorme estructura flotase sobre las olas? ¿De alguna manera utilizaba su poder?

Aquello que Papá Heinrick había llamado una serpiente de metal era en realidad un tubo verde opaco que Juan calculó que tenía por lo menos diez metros de diámetro de los que sobresalían solo dos. Sin embargo el tubo no era rígido; se flexionaba en toda su longitud con cada ola que pasaba por debajo. Calculó que la primera estimación que había hecho, de que la estructura tenía algo más de trescientos metros de largo, era exacta.

El agua tenía una temperatura de casi 80 grados cuando finalmente alcanzaron el tubo. Juan apoyó la mano contra el metal y lo notó caliente al tacto. También sintió las vibraciones de la maquinaria dentro de la estructura, enormes pistones que subían y bajaban con cada golpe de mar.

Nadaron a lo largo del tubo, a una distancia prudente para que las olas no los aplastasen contra él, y encontraron uno de los puntos bisagra después de recorrer unos sesenta metros. El sonido de la maquinaria era más fuerte: el mecanismo convertía la acción de las olas en algún tipo de energía potencial. Había escalones soldados al costado del tubo para permitir a los trabajadores el acceso a la enorme bisagra. Juan hizo que Sloane subiese primero. Ella había deshinchado los pantalones y deshecho los nudos para cuando él se sentara a su lado.

Ella soltó una exclamación. Había la luz suficiente para que viese que, debajo de la rodilla, su pierna derecha era una prótesis.

—Lo siento, ha sido una descortesía por mi parte —susurró ella—. No tenía idea. No cojeas ni nada por el estilo.

—Me he acostumbrado con el paso de los años —respondió Juan, que se dio unos golpecitos en la varilla de titanio que servía de espinilla—. Un disparo de despedida de la marina china hace unos años.

—Tengo que escuchar la historia de tu vida.

Juan dejó de lado las reflexiones sobre por qué George Adams no había visto el tubo cuando había recorrido la zona con el helicóptero del *Oregon*. En cambio, se centró en los aspectos prácticos de su situación. Sloane y él eran vulnerables mientras los hombres permaneciesen en el yate amarrado al otro extremo de la estructura. No había otra alternativa. Se puso los pantalones y encontró una escotilla de acceso en la parte superior del tubo. La abrió y vio que debajo había una segunda escotilla. Ya la investigaría más tarde. Metió la bolsa que contenía el teléfono móvil en el espacio entre las dos escotillas y cerró la superior.

Sujetó la mano de Sloane para que ella lo mirase a los ojos.

—No puedo permitirme hacer prisioneros porque no sé cuánto tiempo vamos a estar varados aquí. ¿Lo comprendes?

—Sí.

—Puedes quedarte aquí si quieres, pero no te lo ordeno.

—Iré contigo y ya veré cómo me siento cuando estemos más cerca.

—De acuerdo. Vamos.

Durante los primeros ciento cincuenta metros caminaron agachados para evitar ser vistos desde el yate, pero cuando se acercaron Juan le ordenó a Sloane que se echase al suelo y caminase a gatas; juntos avanzaron sobre el ondulante tubo; cada vez que una ola más grande hacía restallar como un látigo se aferraban a la pulida superficie.

Juan, que no se había mareado en toda su vida, encontró que el extraño movimiento le provocaba arcadas. Sloane tampoco parecía estar muy bien.

A unos quince metros del yate, tuvieron que arrastrarse para que la cresta del tubo los ocultase de la embarcación hasta que estuviesen más o menos a unos cuatro metros. Vieron el yate con toda claridad, amarrado a un pantalán que a su vez estaba sujeto a un extremo del tubo. Gruesos protectores de goma se flexionaban y crujían para mantenerlo separado. Las luces brillaban en las ventanas del yate mientras que en el puente un vigía aparecía recortado contra el resplandor verde de una pantalla de radar. Vieron el lanzamisiles montado sobre un trípode en la larga cubierta de proa. De haber sido la corporación quien dirigiera la operación, Juan habría despedido a toda la tripulación por su falta de disciplina lumínica. El yate era visible desde una milla y un observador en una embarcación pequeña se podía ocultar fácilmente del radar en la estela de una tormenta.

Aunque se vio obligado a admitir que los habían descubierto sin problemas cuando Sloane y él se acercaron.

Permanecieron aferrados al costado del tubo durante casi una hora; sus cuerpos fueron capaces de soportar las prendas empapadas y el viento frío gracias al metal caliente. Juan decidió que había cuatro hombres a bordo del yate y que se turnaban para vigilar la pantalla de radar, en el puente. Durante un rato continuaron armados, todavía nerviosos después de volar la lancha salvavidas del *Oregon*, pero muy pronto el aburrimiento disminuyó su atención y Juan vio que ya no llevaban los fusiles automáticos a la espalda.

Sin otra cosa que el factor sorpresa para superar la desventaja de cuatro a uno, Juan sabía que lo mejor era el sigilo y después un ataque rápido y brutal.

—Será mejor que esto lo haga solo —le dijo a Sloane y lentamente se movió por la parte superior del tubo.

El duro timbre en su voz hizo que ella se estremeciese.

Cabrillo se deslizó a lo largo del tubo y se descolgó ágilmente sobre el pantalán, sin apartar en ningún momento la mirada del vigía, que se distraía contemplando la tormenta a través de unas gafas de visión nocturna. Caminó a través del pantalán y con paso rápido pasó sobre la borda para llegar a la cubierta de popa. Una puerta de cristal deslizante daba acceso a la cabina mientras que una escalerilla integrada en el casco de fibra de vidrio subía hasta el puente.

La puerta estaba herméticamente cerrada frente el viento.

Juan se agachó mientras subía los escalones; cuando llegó al último puso la cabeza horizontal para que solo un trozo mínimo de su rostro fuese visible desde el puente. El vigía continuaba mirando el mar. Con unos movimientos tan lentos que parecía estar inmóvil, Juan recorrió el resto del camino. Había una pistola en el tablero, a menos de treinta centímetros del hombre, que como Juan observó, lo superaba en unos diez centímetros de altura y quince kilos de peso. La diferencia de tamaño significaba que estrangularlo silenciosamente quedaba eliminado. Lucharía como un toro.

Cabrillo recorrió los últimos tres metros que los separaban cuando una fuerte racha sacudió la embarcación. El hombre estaba levantando las manos para quitarse las gafas de visión nocturna cuando Juan le sujetó la mandíbula con una mano y utilizó toda la fuerza de su hombro para apoyar el antebrazo en el costado del cráneo. El par de fuerzas hicieron girar la columna vertebral más allá del punto de ruptura y las vértebras se separaron con un discreto chasquido. Depositó el cadáver suavemente sobre la cubierta.

—Tres a uno —susurró, sin sentir ninguna pena por matarlo porque dos horas antes ellos le habían volado la embarcación sin previo aviso.

Se descolgó por un costado del puente hasta una angosta pasarela que permitía el paso desde la larga cubierta de proa a la sección de popa. Había ventanas a izquierda y derecha. Una estaba a oscuras mientras que un televisor en la segunda proyectaba un resplandor eléctrico. Echó un rápido vistazo al lugar donde funcionaba el televisor. Uno de los guardias estaba sentado en un sofá de cuero mirando un DVD de artes marciales mientras otro estaba en la pequeña cocina dedicado a calentar agua en un hornillo de gas; llevaba una pistola en una funda colgada al hombro. Juan no distinguió qué arma llevaba el otro.

Vio por los lugares que ocupaban en el salón que no podía hacer un disparo limpio a ninguno de los dos desde la cubierta de popa; además, no tenía idea de dónde estaba el cuarto guardia. Supuestamente estaba dormido, pero Juan sabía lo fácil que podía acabar muerto si suponía demasiado.

Cabrillo se apoyó en la pulida barandilla de aluminio para tener un poco más de espacio en la angosta pasarela y abrió fuego. Le metió dos balazos al tipo de la cocina, cuyos impactos arrojaron su cuerpo sobre los fogones encendidos; su camisa se incendió al instante.

El guardia del sofá tenía los reflejos de un gato. Cuando Juan movió el cañón y disparó dos balas más, ya se había arrojado del sofá y rodaba sobre la mullida alfombra. Las balas atravesaron el sofá y lanzaron trozos de relleno al aire.

Juan ajustó la puntería, pero el guardia había encontrado refugio detrás de un bar en la pared más apartada. No tenía bastante munición para disparar a voluntad y ya estaba furioso consigo mismo por las dos balas que había desperdiciado en el sofá. Cuando el segundo guardia se asomó por detrás del bar tenía la metralleta preparada y descargó medio cargador en una ráfaga incontrolada.

Cabrillo se arrojó sobre la pasarela mientras los cristales y las balas silbaban por encima de su cabeza. La ráfaga de proyectiles rebotó en el enorme tubo de acero detrás de él y se perdieron inofensivamente en la noche. Corrió a popa y luchó contra la tentación lógica de saltar del yate al pantalán. En cambio se sujetó a una barra de hierro que sostenía la capota retráctil y giró su cuerpo alrededor de ella, de forma que se situó de nuevo en la escalerilla. Subió lo más rápidamente que pudo y se inclinó sobre la barandilla por encima de la ventana destrozada.

Por el hueco apareció el corto cañón de la metralleta del guardia, que se movió atrás y adelante mientras buscaba su presa. Cuando no pudo ver el cuerpo de Cabrillo tumbado en la pasarela, asomó la cabeza y el tronco. Miró a popa y proa y como seguía sin ver a Cabrillo se inclinó todavía más hacia afuera para poder mirar el pantalán.

—Dirección equivocada, compañero.

El guardia giró los hombros e intentó levantar la Skorpion. Juan lo detuvo con un balazo a través de la sien. La metralleta cayó en el hueco entre el yate y el pantalán.

La sonora detonación de la Glock había descubierto su posición al último guardia. El suelo del puente estalló en agujeros desgarrados mientras el pistolero disparaba contra el techo de la cabina.

Juan intentó arrojarse sobre el tablero pero se tambaleó cuando un proyectil le voló el pie artificial por la mitad. La fuerza cinética del impacto, sumado a su propia inercia, lo lanzó por encima del bajo parabrisas y rodó por la pendiente de cristal del frente de la cabina inferior.

Golpeó de espaldas contra la cubierta de proa con tanta violencia que el aire escapó de sus pulmones como un globo que se revienta. Se puso de rodillas, pero cuando intentó levantarse el mecanismo que controlaba el pie se trabó. Su prótesis de última generación no era ahora más que una vulgar pata de palo.

En el interior de los lujosos camarotes del yate, vio la silueta del cuarto pistolero recortada contra la furiosa hoguera que quemaba en el salón principal. La manguera de la bombona de propano que alimentaba la cocina se había quemado y un rugiente chorro de fuego líquido dirigido hacia arriba desparramaba las llamas a través del techo de un rincón al otro. El plástico fundido goteaba sobre la moqueta y originaba numerosos pequeños incendios. El guardia había escuchado la caída de Juan por encima del infernal rugido. Cambió la puntería desde el techo de la cabina hacia la ventana principal y disparó una ráfaga contra el cristal de seguridad. Una docena de enloquecidas telarañas aparecieron en el amplio cristal y las astillas llovieron sobre Cabrillo como puñados de diamantes.

Juan esperó un instante y comenzó a levantarse para responder al fuego; mientras lo hacía, el guardia atravesó el cristal debilitado, golpeó contra su pecho y lo tumbó de nuevo. Se las apañó para rodear con un brazo la pierna del hombre mientras rodaban a través de la cubierta. El guardia acabó encima de Cabrillo pero no pudo maniobrar con la metralleta para dispararle. Tenía sujeta la mano en que Juan empuñaba la pistola. El guardia trató de golpear con la frente la nariz de Juan pero Cabrillo bajó la barbilla en el último segundo y sus cráneos chocaron con la fuerza suficiente para hacer parpadear a Juan. Entonces el guardia intentó clavar la rodilla en la entrepierna de Cabrillo. Él desvió el golpe girando la parte inferior del cuerpo y absorbió el impacto con el muslo. Cuando el guardia lo intentó de nuevo, Juan metió una rodilla entre los dos y empujó hacia arriba con todas sus fuerzas. Alcanzó a levantar al hombre momentáneamente, pero el hombre era tan fuerte como él e intentó aplastar a Cabrillo cuando cayó. Logró levantar la pierna ortopédica lo suficiente para que los restos de su pie de fibra de carbono, afilados como una daga, cortaran los tensos músculos del abdomen de su oponente, sujetó los hombros de su atacante y atrajo al guardia hacia él al tiempo que descargaba un puntapié.

La sensación del miembro artificial que se hundía en el estómago del guardia aparecería en las pesadillas del director de aquí en adelante. Juan apartó al guardia mientras sus alaridos daban paso a un gorgoteo, y finalmente el silencio.

Se levantó tambaleante. La mitad de la popa del yate ardía, con el fuerte viento arrastrando casi en horizontal las llamas. No había manera de luchar contra el incendio, así que Juan fue hasta la borda de la embarcación. Se descolgó por ella hasta el pantalán. Se puso de rodillas y lavó rápidamente la prótesis en el mar.

—¡Sloane! —gritó en la noche—. Ahora puedes salir.

Su rostro emergió por encima del inmenso tubo, un óvalo pálido contra la oscura noche. Se levantó lentamente y se acercó a él. Juan corrió a través del pantalán para ir a su encuentro. Estaban separados por sesenta centímetros cuando vio que ella abría mucho los ojos. Su boca comenzó a abrirse pero Juan ya se había anticipado a la advertencia. Giró, y la pierna dañada patinó en el resbaladizo pantalán. Aun así levantó la Glock cuando un quinto guardia apareció en la cubierta de proa del yate, con una pistola en una mano y un maletín en la otra. También fue un segundo más rápido que Cabrillo.

Su arma disparó una vez mientras Juan continuaba perdiendo el equilibrio y caía como en cámara lenta. Por su parte, Juan disparó dos veces cuando su espalda entró en contacto con el pantalán. El primer disparo erró el objetivo pero el segundo dio en el centro del pecho de su enemigo. La pistola voló de los dedos inertes del guardia y el maletín golpeó contra el pantalán.

Se volvió para mirar a Sloane.

Ella estaba de rodillas, con una mano apretando la axila. Su rostro era una máscara de silenciosa agonía.

Juan se arrastró hasta su lado.

—Aguanta, Sloane, aguanta —dijo con voz suave—. Déjame verlo.

Él le levantó suavemente el brazo, y ella aspiró aire a través de los dientes. Las lágrimas caían de sus ojos. Su sangre era caliente y resbaladiza mientras Juan palpaba en busca de la herida y cuando él tocó accidentalmente la carne destrozada Sloane soltó un grito.

—Perdona.

Él le apartó la camisa de la piel, encajó los dedos en el agujero hecho por la bala, y desgarró la tela para ver el punto de entrada. Utilizó un trozo de tela para limpiar suavemente parte de la sangre. La luz que llegaba del yate incendiado era ondulante y errática. Pero vio que la bala había abierto un surco de cinco centímetros a lo largo de las costillas, debajo del brazo. Él la miró a los ojos.

—Te vas a poner bien. No creo que haya penetrado. Solo te ha rozado.

—Duele, Juan. Oh Dios, cómo duele.

Él la abrazó torpemente, atento a la herida.

—Sé que duele. Lo sé.

—Estoy segura de que sí —replicó ella, conteniendo su dolor—. Lloro como un bebé por esta minucia y a ti la marina china te voló una pierna.

—Si creemos a Max, cuando finalmente se me pasó el shock yo gritaba como toda una guardería de niños hambrientos. Espera aquí un momento. No es que me vaya a ir a nadar ni nada por el estilo.

Juan volvió al yate. El incendio había avanzado hasta tal punto que era imposible rescatar nada de los camarotes, pero consiguió quitarle al quinto guardia la americana. El hecho de que vistiese una americana de Armani que valía mil dólares le dijo que este tipo no era un guardia sino probablemente el jefe de esta operación. Una sospecha confirmada cuando el maletín resultó ser un ordenador portátil.

—Si esto era lo bastante importante como para salvarlo —comentó Juan, con el ThinkPad cuando volvió junto a Sloane—, es importante recuperarlo. Tenemos que poner distancia entre nosotros y el yate. Cuando su gemelo estalló contra el costado del *Oregon* fue todo un espectáculo pirotécnico.

Como si se necesitasen el uno al otro para moverse, Juan con la prótesis dañada y Sloane con el pecho herido, consiguieron llegar tambaleantes hasta donde Juan había guardado el móvil. Acostó a Sloane sobre el tubo caliente y se sentó a su lado para que ella pudiese apoyar la cabeza en su muslo. Él la tapó con la americana y le acarició los cabellos hasta que su cuerpo no soportó más el dolor y se deslizó a la inconsciencia.

Cabrillo abrió el ordenador y comenzó a buscar en los archivos. Tardó una hora en averiguar para qué servía la estructura de trescientos treinta metros de longitud y otra más en descubrir que había otras treinta y nueve, colocadas cerca en cuatro largas hileras. Aunque seguía sin tener idea de su propósito, faltaba una hora para el amanecer cuando finalmente encontró la manera de detener su operatividad conectando el portátil en un portal de servicio debajo de la escotilla donde había ocultado el teléfono.

Cuando la luz del piloto en el delgado monitor mostró que la estructura ya no producía electricidad, aunque sus mecanismos continuaban respondiendo a la acción de las olas que pasaban por debajo de ella, Juan encendió el móvil. Tuvo señal inmediatamente.

Había sido el enorme campo eléctrico creado por el generador impulsado por las olas y sus clones el que había interferido los equipos electrónicos de la lancha salvavidas, apagado el móvil, y hecho que la aguja de la brújula girase enloquecida. Con los generadores apagados, el campo desapareció, y su móvil funcionaba perfectamente. Dedujo que el ordenador había sido preparado para que no se viese afectado por los intensos pulsos del campo electromagnético.

Marcó un número y el teléfono al otro extremo fue atendido a la cuarta llamada.

—Aquí la recepción, señor Hanley. Pidió que lo despertasen a las cuatro y media.

—¿Juan? ¡Juan!

—Hola Max.

—¿Dónde demonios estás? No conseguíamos hablar contigo en la lancha salvavidas. No atendías el móvil. Ni siquiera tu localizador subcutáneo transmitía.

—¿Me creerás si te digo que estamos varados en mitad del océano en el lomo de la gigantesca serpiente metálica de Papá Heinrick? Y hemos tropezado con algo extraño.

—No sabes ni la mitad, amigo mío. No sabes ni la mitad.

18

La doctora Julia Huxley, oficial médico del *Oregon*, había volado hasta la estación generadora a bordo del Robinson R44 así que cuando el ágil helicóptero se posó en la cubierta del mercante, Sloane Macintyre ya estaba conectada a un frasco de suero que descargaba en sus venas antibióticos, calmantes y una solución salina contra la deshidratación. Julia le había quitado las prendas empapadas y la había envuelto en una manta térmica. Había limpiado y vendado la herida de bala lo mejor posible con el botiquín que había llevado, pero estaba ansiosa por atenderla adecuadamente.

Dos enfermeros esperaban con una camilla cuando el helicóptero fue bajado a la bodega y trasladaron a Sloane a la enfermería, que podía rivalizar con un centro de urgencias de un hospital de primera categoría.

El tratamiento que Hux le había dado a Juan después de un rápido reconocimiento consistió en una botella de litro de una bebida energética de un sabor horrible y un par de aspirinas. Al menos Max estaba en la bodega con una de las piernas de recambio de Cabrillo.

Juan se sentó en un banco para quitarse la prótesis rota. El *Oregon* había reducido su loca carrera desde Ciudad del Cabo para que George Adams posase el helicóptero, y ahora, mientras aceptaba la pierna artificial de su segundo, notó cómo el barco aceleraba de nuevo.

Se tiró furioso de la pernera y comenzó a caminar rápidamente, mientras gritaba por encima del hombro:

—El personal superior, en la sala de juntas en quince minutos.

Su equipo estaba reunido en cuanto acabó de darse una ducha rápida y un afeitado que le dejó el rostro ardiendo debido a la cuchilla que había utilizado. Maurice había preparado café, y una taza de la aromática bebida estaba en la cabecera de la mesa de cerezo. Las cubiertas blindadas de las ventanas de la sala de juntas estaban abiertas, así que la habitación estaba brillantemente iluminada y ofrecía un brusco contraste con las expresiones sombrías de los hombres y mujeres sentados a su alrededor.

Juan bebió un sorbo de café y dijo con tono brusco:

—Muy bien, ¿qué demonios ha pasado?

Como oficial jefe de inteligencia, Linda Ross se apresuró a responder, después de tragar rápidamente un trozo de pastel.

—Ayer por la mañana agentes de la policía de Kinshasa entraron en una casa en las afueras de la ciudad, convencidos de que era un centro de distribución de drogas. Hicieron varios arrestos y encontraron un arsenal, además de una pequeña cantidad de drogas. También encontraron una montaña de documentos que vinculan a los traficantes con Samuel Makambo y su Ejército Revolucionario del Congo.

—El tipo que compró nuestras armas —les recordó Mark Murphy innecesariamente. No apartó la mirada de su trabajo con el ordenador portátil que Juan había traído del generador accionado por las olas.

—Resulta que Makambo —continuó Linda— estaba utilizando el dinero de la venta de drogas para financiar sus actividades. Lo que pilló a la policía por sorpresa fue que Makambo había conseguido infiltrarse en los cargos superiores del gobierno a través de sobornos. Tiene a un millar de burócratas en nómina, incluido Benjamin Isaka en el Ministerio de Defensa. Por cincuenta mil euros al año ingresados en una cuenta de un banco suizo, Isaka pasaba información a Makambo sobre los esfuerzos del gobierno para descubrir su base de operaciones secretas. Informaba continuamente al líder rebelde, de forma que el ejército de Makambo siempre estaba un paso por delante de las tropas gubernamentales.

Max estaba sentado en el otro extremo de la pulida mesa, su cara de bulldog se veía más agria de lo habitual.

—Makambo sabía desde que establecimos contacto con él fingiendo ser traficantes de armas, que le estábamos tendiendo una trampa. Isaka le dijo que las armas llevaban unos chips direccionales. Su primer paso, después de que nosotros nos escapamos, fue desmantelar los fusiles de asalto y los lanzagranadas y arrojar los chips al río.

—¿Isaka lo ha admitido?

—No públicamente —respondió Max—. Pero he estado hablando por teléfono con un par de tipos del gobierno. En cuanto les expliqué quién era, me dijeron que el equipo enviado a rastrear las armas se encontró con que estas no habían salido del muelle antes de que sencillamente dejasen de transmitir.

—Y cuando ellos llegaron al muelle —manifestó Juan, que llegó a la misma conclusión que los demás—, no había rastro de los rebeldes ni las armas. —Miró a Mark Murphy— ¿Qué me dices Murph, nuestros chips todavía funcionan?

—Funcionarán durante otras veinticuatro a treinta y seis horas. Si puedo llegar al Congo a tiempo podré tener una oportunidad para encontrarlos desde un helicóptero o un avión.

—¿Tiny ha llegado a Swakopmund con nuestro Citation? —preguntó Juan. Su mente ya calculaba distancia, velocidades y tiempo.

—Debería estar allí alrededor de la una.

—Muy bien, esto es lo que vamos a hacer. En cuanto estemos cerca, Murph irá en helicóptero hasta la costa y Tiny lo llevará a Kinshasa. A partir de allí, Mark, es cuestión tuya alquilar el avión que necesites porque Tiny tendrá que regresar para el lanzamiento de paracaídas de esta noche.

—Necesitaré que me echen una mano —dijo Murphy.

—Llévate a Eric. Max puede hacer de capitán y timonel mientras nosotros hacemos la operación de rescate.

Eddie Seng habló por primera vez.

—Director, no hay ninguna razón para creer que las armas no hayan sido repartidas por todo Congo a estas alturas.

—Lo sé —admitió Cabrillo—, pero debemos intentarlo. Si diez de las armas donde colocamos nuestros chips están juntas, es razonable creer que también lo está el resto de las armas.

—¿Crees que Makambo está organizando algún ataque? —preguntó Linda.

—No lo sabremos hasta que Mark y Eric las encuentren.

—¡Te pillé! —exclamó Mark, y apartó la mirada del ordenador portátil.

—¿Qué tienes?

—Había unos cuantos archivos cifrados en este ordenador. Acabo de abrirlos.

—¿Qué hay en ellos?

—Dame un minuto.

Juan bebió su café mientras Linda engullía otro trozo de pastel. La doctora Huxley apareció súbitamente en la puerta de la sala de juntas. Solo medía un metro sesenta pero tenía la imponente presencia que daba la profesión médica. Sus cabellos oscuros estaban recogidos en la habitual coleta y debajo de su guardapolvo vestía un traje de cirujano verde que no conseguía ocultar las curvas de su figura.

—¿Cómo está nuestra paciente? —preguntó Juan en cuanto la vio.

—Se pondrá bien. Estaba un poco deshidratada, pero ya lo ha superado. Tuve que darle veinte puntos en la herida y también tiene dos costillas fisuradas. Ahora la tengo sedada y tendrá que tomar calmantes durante un tiempo.

—Buen trabajo.

—¿Bromeas? Después de remedar a este grupo de piratas durante un par de años podría haberla atendido durmiendo. —Julia se sirvió café.

—¿Estará bien hasta que tú regreses, o tendrás que quedarte con ella?

Hux le dedicó a la pregunta unos segundos de reflexión.

—Siempre y cuando no aparezca una infección, tenga fiebre, o un elevado número de glóbulos blancos, no necesitará que yo esté a su lado. Pero si los secuestradores han herido a Geoffrey Merrick o si cualquiera de vosotros... bueno, ya sabes. Querrás que esté en el Citation para un tratamiento inmediato. Tomaré la decisión final antes de marcharme, pero el instinto me dice que estará bien.

Como siempre, Juan dejó todas las decisiones médicas a la doctora Huxley.

—Eso te toca a ti.

—Vaya, que me cuelguen —exclamó Mark, asombrado. Eric Stone estaba inclinado sobre el hombro de su mejor amigo, y el texto en la pantalla del ordenador se reflejaba en las gafas que usaba desde hacía poco.

Todas las cabezas se volvieron hacia el joven especialista en armamentos.

Él continuó leyendo sin darse cuenta hasta que Juan carraspeó y el joven lo miró.

—Oh, lo siento. Como sabes, lo que encontraste es un generador impulsado por las olas, pero a una escala que resulta increíble. Hasta donde sabía, esta tecnología estaba en sus principios, con solo un par de máquinas frente a las costas de Portugal y Escocia en período de prueba.

»Lo que hace es utilizar la fuerza de las olas para doblar sus bisagras y empujar los pistones hidráulicos. Estos pistones, a su vez, envían aceite a través de un motor que utiliza un acumulador para nivelar el flujo. El motor hace girar un generador y ya tenemos electricidad.

Max Hanley, que era ingeniero, fue el más impresionado.

—Condenadamente ingenioso —opinó—. ¿Cuánta electricidad pueden producir estas cosas?

—Cada uno podría abastecer a una ciudad de dos mil habitantes. Y hay cuarenta de ellos, así que estamos hablando de electricidad en una gran cantidad.

—¿Para qué sirven? —preguntó Juan—. ¿Adónde va a parar toda esta electricidad?

—Eso es lo que estaba cifrado —le dijo Mark—. Cada generador está anclado al fondo marino con cables retráctiles. Por eso George no los vio cuando hizo su pasada hace un par de días. Cuando el agua está en calma o los radares en las embarcaciones de vigilancia detectan un barco que se acerca, los bajan a una profundidad de diez metros. Un cable separado suministra electricidad a una serie de calentadores colocados a lo largo de los generadores.

—¿Has dicho calentadores? —preguntó Eddie.

—Sí. Alguien cree que el agua de por aquí es un poco fría y decidió calentarla.

Cabrillo bebió otro sorbo de café y se sirvió un trozo de pastel antes que Linda se lo acabase.

—¿Puedes decirnos cuánto tiempo llevan en funcionamiento?

—Los pusieron en marcha a principios de 2004.

—¿Cuál ha sido el efecto?

—Esa información no está en el ordenador —contestó Mark—. No soy oceanógrafo ni nada que se le parezca, pero no puedo creer que incluso todo este calor vaya a tener mucho efecto en todo un océano. Sé que el calor residual de un reactor nuclear puede subir la temperatura de un río unos pocos grados. Pero es un caso muy localizado.

Juan se echó de nuevo hacia atrás, y se golpeó la barbilla con la punta de los dedos. Sus ojos entraban y salían de foco. La plana mayor continuó hablando a su alrededor, proponía ideas y conjeturas, pero él no escuchaba. En su mente veía las enormes estaciones generadoras que se movían sobre la cresta de las olas mientras los calentadores brillaban al rojo vivo y calentaban las aguas que fluían hacia el norte a lo largo de la costa africana.

—De no haber sido por los monos armados que aparecían a izquierda y derecha —decía Mark cuando Juan volvió al presente—, diría que es un proyecto artístico de, ¿cómo se llamaba el tipo? Aquel que envuelve islas con tela y construyó aquellas puertas en Central Park. ¿Crisco?

—Christo —respondió Max, distraído.

—Mark, eres un genio —dijo Cabrillo.

—¿Qué? ¿Crees que esto es algún proyecto artístico que salió mal?

—No. Lo que dijiste sobre el río. —Juan miró alrededor de la mesa—. Esto no va de calentar todo el océano, sino solo una parte muy específica del mismo. Estamos justamente en el centro de la corriente de Benguela, una de las corrientes más angostas en el mundo. Corre como un río con los límites claramente marcados. Y precisamente por aquí se divide en dos. Una rama continúa hacia el norte a lo largo de la costa mientras que la otra vira al oeste para convertirse en parte del giro subtropical del Atlántico Sur. El giro lleva agua a lo largo de Suramérica, donde se calienta varios grados, por encima de la temperatura del ramal cerca de África.

—Hasta aquí te sigo —dijo Mark.

—Las dos corrientes vuelven a encontrarse cerca del ecuador y mientras se mezclan actúan como una zona de amortiguación entre las corrientes del hemisferio norte y las del sur.

—No veo que sea algo tan importante, director. Lo siento.

—Si las dos corrientes tienen temperaturas aproximadas, cuando se encuentran su capacidad de amortiguación se verá disminuida, posiblemente lo bastante como para superar el efecto de Coriolis, que determina la dirección de los vientos dominantes y, por lo tanto, de estas corrientes superficiales.

Eddie Seng hizo una pausa cuando se disponía a beber un sorbo de café, con una clara expresión en el rostro de que había comprendido la explicación.

—Esto podría alterar completamente la dirección de las corrientes oceánicas.

—Exactamente. La rotación de la Tierra determina la dirección de los vientos dominantes, motivo por el cual los huracanes en el norte giran en la dirección contraria a las agujas del reloj y los ciclones en el sur se mueven en sentido contrario. También es el motivo de que la corriente cálida del Golfo, que pasa por la costa este de Estados Unidos y va hacia el norte, después gire hacia el este para que Europa disfrute del clima que tiene. Si no fuese así, la mayor parte de Europa no sería habitable. Escocia está más al norte que el Ártico canadiense.

—Entonces, ¿qué pasará si el agua del sur va más allá del ecuador, cerca de África? —preguntó Linda.

—Entrará en la zona donde nacen los huracanes atlánticos —respondió Eric Stone, que actuaba como meteorólogo no oficial del *Oregon*—. El agua caliente significa más evaporación y más evaporación significa tormentas más fuertes. Una depresión tropical necesita una temperatura en superficie de veintiséis grados centígrados para conseguir la fuerza suficiente para convertirse en un huracán. Una vez que la tiene, es capaz de absorber dos mil millones de toneladas de agua al día.

—¿Dos mil millones de toneladas? —exclamó Linda.

—Y cuando llega a tierra pueden dejar entre diez mil y veinte mil millones de toneladas al día. Lo que marca la diferencia entre una tormenta de categoría uno y una enorme de categoría cinco es el tiempo que pasan absorbiendo agua delante de la costa africana.

Mark Murphy, que generalmente era el más inteligente de la sala, se alegró cuando finalmente lo comprendió.

—Si calientan artificialmente la corriente de Benguela y parte del agua escapa al norte, las tormentas ganarán rápidamente en fuerza.

—También habrá muchas más —concluyó Juan—. ¿Alguien piensa lo mismo que yo?

—Que los fuertes huracanes que Estados Unidos ha sufrido en el último par de años pueden haber recibido una ayudita.

—Todos los expertos en huracanes están de acuerdo en que estamos entrando en un ciclo natural de mayor número de tormentas —señaló Eric, para replicar a la observación de Murphy.

—Eso no significa que los generadores y los calentadores no estén reforzando el ciclo —apuntó Mark.

—Caballeros —dijo Juan con un tono sereno—, le correspon-de a mentes más brillantes que las nuestras descubrir el efecto de todas estas cosas. Por ahora es suficiente que estén apagados. Después de esta reunión llamaré a Overhole y le explicaré lo que hemos encontrado. Es más que probable que se lo traslade a la NUMA y será su problema. Murphy, ten el ordenador a punto para que pueda enviarle todos los archivos.

—Ningún problema.

—Ahora mismo —prosiguió Juan—, quiero que nos concen-tremos en el rescate de Geoffrey Merrick. Después podremos pensar en ir a por el que instaló los generadores.

—¿Crees que hay una conexión? —preguntó Max desde el otro extremo de la mesa.

—No lo creí al principio. Pero ahora estoy convencido. El tipo al que perseguimos Sloane y yo con la lancha salvavidas se mató antes que arriesgarse a que yo le pusiese las manos encima. No intentaba evitar una cárcel africana, era un fanático dispuesto a convertirse en mártir para que no descubriésemos los calenta-dores. También sabemos que el secuestro de Merrick no ha sido por dinero, es político. Por lo tanto ha perjudicado tanto a al-guien como para que lo secuestrase.

—Los ecologistas —declaró Linda.

—Tienen que serlo —dijo Juan—. Hemos tropezado con un doble ataque: por una parte, por alguna razón, quieren a Merrick; y por otra, están tratando de alterar las corrientes oceánicas con aquellos grandes generadores.

Eddie se aclaró la garganta.

—No lo entiendo, director. Si estas personas se preocupan por el medio ambiente, ¿por qué quieren interferir en el océano de esta manera?

—Lo descubriremos esta noche cuando rescatemos a Merrick y detengamos a un par de secuestradores.

Los especialistas habían colocado los paracaídas del equipo en una de las bodegas vacías del *Oregon*. El brillante nailon negro parecía petróleo derramado sobre el suelo. Cuando Juan entró después de una conversación de veinte minutos con Langston Overhole, de la CIA, Mike Trono y Jerry Pulaski ya estaban allí, dedicados a plegar cuidadosamente los paracaídas, de forma que cuando tuviesen que abrirlos a ocho mil metros de altura sobre el desierto de Namibia no se enganchasen. Mike era un antiguo paracaidista de rescate de la fuerza aérea mientras que Ski había ingresado en la corporación después de quince años como explorador de la infantería de marina. Max conversaba con Eddie y Linc mientras comprobaba los equipos y las armas dispuestas en mesas plegables colocadas junto a una de las paredes de la bodega.

Cabrillo sabía que todos los miembros de la corporación podían trabajar con cualquiera sin el más mínimo problema, pero había unos pocos emparejamientos ideales en la tripulación. Linc y Eddie era uno, y Mike y Ski era el otro. Cuando estaban juntos, cada equipo era absolutamente devastador bajo el fuego y podían actuar casi telepáticamente.

Junto a las mesas había cuatro motocicletas todoterreno. Eran las que había ido a recoger el *Oregon* a Ciudad del Cabo. Diseñadas para la circulación por el desierto, tenían gruesos neumáticos para transitar sobre la arena blanda y amortiguadores extrarresistentes. En los últimos días un equipo de mecánicos los había reducido a lo esencial para ahorrar peso y habían tapado sus brillantes colores con pintura de camuflaje.

Su teléfono móvil sonó mientras cruzaba el enorme espacio.

—Cabrillo.

—Director, soy Eric. Solo quiero avisarte que estaremos al ancla de Swakopmund en veinte minutos. Ya he avisado a George para que tenga el helicóptero cargado y listo para volar. Mark ya está recogiendo nuestro equipo. Tiny estará en el aeropuerto con el Citation para la hora que lleguemos y podré alquilar un avión en Kinshasa.

—Buen trabajo.

—Si todo va de acuerdo con el plan, comenzaremos con la cacería al amanecer de mañana.

—¿Eso te dará, cuánto? ¿Dieciocho horas de búsqueda antes de que se agoten las pilas?

—Más o menos. Sé que no parece mucho, pero encontraremos las armas.

Todos a bordo sabían muy bien que Juan se había tomado como algo personal la manipulación de Benjamin Isaka y su socio rebelde, Samuel Makambo. Entregar tantas armas en una brutal guerra civil era como un peso muerto en su estómago y cada segundo que las armas estuviesen sin control aumentaba la posibilidad de que pudiesen ser utilizadas contra civiles inocentes. A pesar de lo que le había dicho antes a Sloane sobre la responsabilidad, sabía que si morían personas por este engaño, también moriría una parte de él.

—Gracias, Eric —dijo suavemente.

—Ningún problema, jefe.

—¿Qué tal vamos? —preguntó Juan cuando se acercó a los tres hombres. Sobre la mesa había una maqueta de la cárcel del Oasis del Diablo que Kevin Nickson había construido en el taller de magia a partir de fotos de satélite y unas pocas fotos antiguas tomadas de internet.

—Kevin nos ha hecho un bonito juguete —respondió Eddie—, pero sin conocer la disposición interior y la situación exacta de Merrick iremos a ciegas.

—Entonces, ¿cómo quieres hacerlo?

Como jefe de operaciones terrestres, planear el asalto era trabajo de Seng.

—Pues como dijimos al principio. Un salto a gran altitud a unos noventa kilómetros al norte de la prisión, de forma que no escuchen a nuestro avión o sospechen nada si tienen un radar. Planearemos, aterrizaremos en el techo, y seguiremos el viejo axioma de que los planes se tiran por la ventana en cuanto estableces contacto.

Juan sonrió.

—Mientras Linc baja con las motos encontraremos a Merrick y Susan Donleavy —continuó Eddie—. Una vez que los tengamos, saldremos pitando de allí con las motos y nos reuniremos con Tiny donde George haya encontrado un lugar aceptable para posar el avión.

—No te olvides de que necesitamos hacernos con uno de los secuestradores para poder tener una pequeña charla sobre los generadores.

—Yo mismo empaquetaré a uno de ellos como un pavo de navidad —prometió Linc.

—¿Lo tienes todo calculado para trasladarlos a todos hasta la costa en el helicóptero?

—Sí. Debido a las limitaciones de peso, George tendrá que hacer muchas horas de vuelo. Harán falta cuatro viajes para llevarlo todo al aeropuerto. George y yo lo hemos calculado todo para que en el último viaje vaya la mínima cantidad de peso. De esta manera podremos utilizar los tanques vacíos. Él repostará en tierra y tendrá radio más que suficiente para buscar la zona de aterrizaje para Tiny.

—Asegúrate de que yo esté en el último viaje —le pidió Juan—. Hoy querría dormir un poco.

—Eso ya está calculado en mi plan.

—Ahora mismo estás el primero en la lista de empleados del mes.

—¿Qué tal te ha ido con Lang? —preguntó Max.

—Te lo diré mientras preparo mi paracaídas.

Juan comenzó la minuciosa inspección del enorme paracaídas, diseñado para permitir que una persona junto con cien kilos de equipo pudiese navegar a favor de los vientos dominantes hasta ciento veinte kilómetros. Instrumento predilecto de las Fuerzas Especiales, el arnés tenía un acolchado de refuerzo en las correas y empleaba un sistema de despliegue en dos etapas para limitar el impacto de la momentánea caída libre cuando saltaban del avión. Incluso con estos dispositivos de seguridad, tirar de la cuerda era toda una prueba para los nervios, porque el saltador sabía que recibiría un brutal golpe en el cuerpo.

—Buenas noticias en ambos frentes —comentó Cabrillo mientras pasaba los dedos a lo largo de las cuerdas en busca de cualquier señal de desgaste—. Lang dijo que llamará a la NUMA y que ellos probablemente enviarán a un barco a investigar los generadores. Como la CIA fue quien hizo el trato con Isaka, nos pagarán lo que vamos a hacer y por conseguir recuperar las armas.

—¿Cuánto?

—Apenas para cubrir los costes, así que no pienses en la jubilación anticipada.

—Es mejor que nada.

—Que Benjamin Isaka resultase ser un agente del Ejército Revolucionario del Congo tiene alborotada a la sección de África de la CIA. —Cabrillo comenzó a acomodar las cuerdas de forma que cuando las plegase pudiese unirlas con una goma elástica.

—¿Nunca se lo vieron venir?

—Los pilló absolutamente por sorpresa. Ahora están todos analizando los demás contactos que tienen en el continente. Lang dice que el jefe de la sección de África ya ha ofrecido su renuncia.

—¿Él renunciará?

—En realidad es ella, y no. Si conseguimos recuperar las armas, la CIA barrerá su fiasco debajo de la alfombra.

—¿Por qué tengo la sensación de que ya no queda mucho espacio debajo de esa alfombra?

—Porque no lo hay —afirmó Cabrillo amargamente—. Nadie quiere escuchar que la CIA se equivocó. Hace que Estados Unidos parezca incompetente y, aún más grave, no preparado. Por lo tanto cuando hay un problema…

—Como confiar en un tipo que resultó que trabajaba para los rebeldes que intentan derrocar al gobierno, que la Agencia apoyaba.

—Algo así. Miran para otro lado y nadie paga al gaitero por el error. Esa particular cultura corporativa es la razón de que nadie viera el 11-S, la invasión de Kuwait o lo avanzado de los programas nucleares de la India y Pakistán, y en parte la razón por la que me marché.

—Bueno, al menos estaremos en posición para poner las cosas en orden esta vez. ¿No, Juan?

El cambio en el tono de voz de Hanley hizo que Cabrillo desviase la atención de su trabajo.

—¿Te irá bien? —preguntó Max, señalando con un gesto el paracaídas.

De todas las emociones humanas, la que más detestaba Cabrillo era la piedad. Las miradas compasivas que le habían dirigido las personas el día que Julia Huxley lo había sacado en la silla de ruedas del hospital de San Francisco con la pernera cerrada con un alfiler de seguridad lo habían enfurecido. Se juró que a partir de aquel día nadie lo volvería a mirar de la misma manera. Así que desde que le habían amputado la pierna se había sometido a tres intervenciones quirúrgicas y había hecho miles de horas de recuperación física, hasta el punto de que podía correr sin el menor rastro de una cojera. Esquiaba y nadaba mejor que cuando tenía las dos piernas y era capaz de mantenerse en equilibrio sobre la prótesis con toda facilidad.

Tenía una minusvalía, pero no era un minusválido.

Sin embargo, había algunas cosas que aún no podía hacer como cuando tenía las dos piernas. Una de ellas era saltar en paracaídas; mantener el cuerpo arqueado y estable mientras caía a través del espacio requería minúsculos ajustes de los brazos, pero eran en su mayor parte las piernas las que mantenían estable al saltador. Juan había hecho docenas de saltos de práctica en los dos últimos años y, por mucho que lo había intentado, no había conseguido impedir una lenta rotación que rápidamente se convertía en una peligrosa espiral.

Incapaz de sentir la sensación del viento presionando contra el tobillo y el pie, no podía corregir el giro sin un compañero de salto que lo sujetase para estabilizarlo. Era una derrota que Juan detestaba admitir, y Max lo sabía.

—Me irá bien —respondió Cabrillo, y continuó plegando el paracaídas.

—¿Estás seguro?

Juan le dedicó una sonrisa.

—Max, te estás comportando como una vieja. En cuanto esté fuera del avión solo necesito arquear la espalda. No estaremos en caída libre el tiempo suficiente como para que empiece mi danza de derviche. Apertura a gran altura; amigo mío. De haber sido otro tipo de salto estaría en el centro de operaciones mirando los monitores contigo.

—De acuerdo —asintió Max—. Solo me aseguraba.

Media hora más tarde Juan entregó el paracaídas y el equipo a uno de los especialistas para que los llevase al hangar del helicóptero cerca de la popa del *Oregon*. Antes de irse a su camarote a dormir, pasó por la enfermería para ver cómo estaba Sloane. Huxley no estaba en su mesa ni tampoco en la sala de operaciones. Así que miró las tres habitaciones para enfermos. Encontró a Sloane en la tercera. Las luces estaban reducidas al mínimo mientras ella dormía en una cama de hospital. Había apartado las mantas y Juan vio las vendas que tapaban la herida debajo del brazo. No había ninguna indicación de que la herida sangrase.

Sus cabellos cobrizos aparecían desplegados sobre las sábanas blancas y un mechón caía sobre su frente. Sus labios estaban ligeramente entreabiertos y mientras Juan apartaba el mechón, su boca se frunció como dispuesta a recibir un beso y sus párpados aletearon un momento antes de hundirse más en su inconsciencia. Él le acomodó las mantas y salió de la habitación. Diez minutos más tarde, y a pesar de la agitación del inminente rescate y el malestar psicológico por las armas desaparecidas, Cabrillo dormía tan profundamente como Sloane.

El despertador sonó una hora antes de la fijada para volar al aeropuerto de Swakopmund y reunirse con Tiny Gunderson. Abrió los ojos, claros, azules y preparados a enfrentarse a cualquier cosa. Se levantó de la cama, pensó en darse otra ducha rápida y decidió no hacerlo. Juan encendió un par de luces y fue a saltitos hasta el armario. Acomodadas como botas de montar en el fondo del armario estaban sus piernas ortopédicas. Algunas eran de color carne y apenas parecían prótesis, mientras que otras tenían un aspecto industrial, con varillas de titanio y resortes. Se sentó en un banco y se puso lo que él llamaba su pierna de combate, versión 2.0. La original había sido aplastada unos meses antes en un desguace en Indonesia. En el interior de la pantorrilla había un puñal y una pistola automática calibre .380 Kel-Dec, una de las armas de mano más pequeñas del mundo. También había espacio suficiente para un pequeño equipo de supervivencia y un garrote con polvo de diamantes. Kevin Nickson, que había modificado la prótesis para Juan, también había colocado un paquete de explosivos C-4 en el pie y ocultado el temporizador/detonador en el tobillo. Además había unos cuantos trucos más en la pierna.

Se aseguró de que la prótesis le quedase cómoda y, como precaución adicional, la sujetó con un cinturón y correas para que no se desprendiera por mucho que hiciese Cabrillo. Se vistió con prendas de camuflaje para el desierto y se calzó un par de botas reforzadas. Sacó otra Glock y una metralleta H&K MP5 de la caja blindada. El armero tendría los cargadores preparados para dárselos en el helipuerto. Guardó las armas y un segundo arnés de combate en una vulgar bolsa de nailon.

Maurice llamó suavemente a la puerta del camarote y entró. De acuerdo con las instrucciones previas de Cabrillo, traía una bandeja de desayuno donde dominaban las frutas y los carbohidratos. Si bien le hubiese encantado tomar algo del fuerte y delicioso café de su sobrecargo, Juan se conformó con varios vasos de zumo de naranja. Iban al desierto; aunque todo estaba muy bien organizado, quería estar hidratado al máximo por si algo no salía bien.

—Eres el orgullo de la Royal Navy —comentó Juan mientras se limpiaba los labios y dejaba la servilleta en la bandeja cuando acabó.

—Por favor, capitán Cabrillo —respondió Maurice con aquel tono de voz reservado tan propio. Era el único miembro de la corporación que trataba a Juan de capitán y no de director—. Supervisé el servicio de té para veinte oficiales en una tormenta de fuerza siete en las islas Malvinas durante aquel pequeño incidente. Si me permite ser franco con usted, señor, aún tiene que probar mis habilidades.

—Muy bien —dijo Cabrillo con una sonrisa lobuna—. La próxima vez que nos encontremos con un huracán quiero un soufflé de queso gruyere y langosta con un Alaska al horno de postre.

—Muy bien, capitán —entonó Maurice y salió del camarote.

Camino del hangar Juan asomó de nuevo la cabeza en la enfermería. Julia Huxley estaba cerrando dos cajas de plástico rojo con equipo médico. Vestía un uniforme verde, pero su ubicua bata de laboratorio estaba colgada en el respaldo de la silla.

—Veo que estás preparándote para venir con nosotros, así que eso debe de significar que nuestra paciente se recupera bien —dijo a modo de saludo.

—Se despertó hará cosa de una hora —dijo Julia—. Sus constantes vitales son estables y no veo ninguna señal de infección, de modo que no le pasará nada mientras yo esté ausente. Además, mis ayudantes están mejor preparados que muchas enfermeras de las salas de urgencia.

—Muy bien. Dame un minuto para decirle hola y te ayudaré con tus cajas.

Sloane estaba reclinada sobre un montón de almohadas. Estaba pálida y tenía los ojos un tanto hundidos, pero cuando vio a Juan apoyado contra el marco de la puerta, su boca se abrió en una radiante sonrisa.

—Hola, cielo. ¿Cómo te sientes? —Juan cruzó la habitación y se sentó en el borde de la cama.

—Un poco atontada por los medicamentos, pero bien.

—Hux dice que te pondrás bien.

—Me sorprendió ver que tu oficial médico es una mujer.

—Hay once mujeres en mi tripulación —le informó Juan—, incluida mi segunda oficial, Linda Ross.

—¿Eso que oigo es un helicóptero?

—Sí, está llevando a algunos hombres a tierra.

Ella miró sus prendas de combate y luego le dirigió la mirada con una expresión de duda.

—Dijiste que me dirías quién y qué eres realmente.

—Lo haré tan pronto como regrese.

—¿Adónde vas?

—A hacer el trabajo por el que vinimos a Namibia y, con un poco de suerte, descubrir quién está detrás de los ataques contra ti y quién construyó los generadores.

—¿Estás con la CIA o algo así?

—No, pero lo estuve. Esto es todo lo que te voy a decir hasta mañana. ¿Qué tal si vengo a eso de las ocho y desayunamos juntos?

—Tienes una cita.

Juan se inclinó y le rozó la mejilla con los labios.

—Que duermas bien. Ya nos veremos por la mañana.

Ella le retuvo la mano mientras él se levantaba.

—Quiero disculparme de nuevo por haberte mezclado en mis problemas. —Su voz era solemne.

—Resulta que tu problema está relacionado con el mío, así que no es necesario que te disculpes. Además, tendría que ser yo quien se disculpase.

—¿Por qué?

—No has encontrado tu barco lleno de diamantes.

—Una tarea de tontos —dijo ella.

—Eh, que incluso los tontos ganan la lotería. —Dicho esto se apartó del lecho y, con una caja de equipo médico en una mano y la bolsa de armas en la otra, se fue al hangar con Julia.

19

La bodega del viejo De Havilland C-7 Caribou era lo bastante espaciosa como para que los hombres estuvieran tendidos en los bancos con el equipo a su alrededor. Las cuatro motos estaban a popa delante de la rampa de carga, sujetas con una red. Si bien en algún momento durante la larga carrera del avión su interior había sido modificado para presurizarlo, y evitar a los hombres la temperatura gélida a estas alturas, o tener que respirar con las mascarillas de oxígeno, el tronar de los dos motores radiales Pratt & Whitney hacía la conversación casi imposible.

Cabrillo observó los rostros de sus hombres mientras se apoyaba en un mamparo para aliviar el peso del paracaídas en sus hombros. Eddie Seng advirtió el escrutinio de Juan y le dedicó una gallarda sonrisa. Mike Trono y su compañero, Jerry Pulaski, estaban sentados lado a lado dedicados a jugar al piedra, papel y tijera. Era un ritual, no una competición. Jugaban hasta que cada uno escogía la misma cosa durante seis tiradas seguidas. Él los había visto hacerlo en las cinco primeras tiradas en más de una ocasión.

Debido a su tamaño y a las limitaciones de peso del paracaídas, solo Linc no tendría que cargar con una de las motos. Estaba embutido en un asiento de lona, con la cabeza apoyada en el hombro y la boca abierta, una clara señal de que dormía.

—Eh, director —gritó Tiny Gunderson. Juan miró hacia la proa del avión. La puerta de la cabina estaba abierta y vio al gigante sueco rubio amarrado a su asiento, con una de sus manazas apoyada en el yugo. Julia ocupaba el lugar del copiloto, con las cajas de equipo médico colocadas entre los dos asientos.

—¿Sí, Tiny?

—Solo un aviso. Estamos a quince minutos. —Bajó la intensidad de las luces de la cabina todavía más y encendió la luz roja de combate.

—Recibido —replicó Cabrillo. Después gritó por encima del estrépito de las turbohélices—. Quince minutos, caballeros.

Linc se despertó con un exagerado bostezo.

No había ninguna necesidad de comprobar los equipos porque ya lo habían hecho una docena de veces; tampoco había necesidad de ajustar las ya apretadas correas y arneses, pero los hombres lo hicieron de nuevo de todas maneras. Tenían una única oportunidad para hacer bien un lanzamiento de paracaídas. Prepararon las motos, soltaron los ganchos de las redes y las colocaron en posición de lanzamiento. A cinco minutos del objetivo, Tiny encendió la luz amarilla para avisar a los hombres de que debían ponerse las máscaras de oxígeno. Las botellas estaban sujetas en el pecho y suministraban el aire a través de gruesos tubos de goma. Cabrillo y los demás se pusieron las máscaras sobre la boca y la nariz, ajustaron el flujo de oxígeno y luego se colocaron las grandes gafas. Cuando todos levantaron el pulgar, Juan se dio vuelta y le hizo un gesto a Tiny, que permanecía atento a su señal. El veterano piloto de la fuerza aérea ya se había puesto la máscara.

Gunderson cerró la puerta de la cabina y un momento más tarde el motor que accionaba la rampa trasera comenzó a zumbar. El ruido fue instantáneamente apagado por el rugir del aire helado que llenó la bodega con la fuerza de un huracán. Un trozo de papel suelto pasó junto a Cabrillo y desapareció en el cielo nocturno.

Notó la temperatura bajo cero en las mejillas, la única parte expuesta de su cuerpo. Se ajustó la gruesa bufanda que llevaba alrededor del cuello para protegerse la piel.

Cuando la rampa bajó del todo, la popa del avión era un agujero negro sin nada que delinease el cielo del desierto, excepto un enjambre de estrellas, visibles por encima del horizonte. Desde aquella altitud, Juan tenía la sensación de que podía tender la mano y tocarlas.

—Prueba de comunicaciones —dijo en su micrófono de garganta y uno tras otro sus hombres respondieron por la red táctica.

La luz amarilla comenzó a parpadear. Faltaba un minuto.

Por enésima vez desde que había subido al avión, Juan repasó mentalmente los pasos que daría al salir del aparato, cómo se movería hacia adelante, se dejaría caer e inmediatamente arquearía la espalda, abriría los brazos y las piernas para maximizar la resistencia a través del aire y así disminuir la sacudida cuando se abriese el paracaídas. Sabía, por los ojos cerrados y las expresiones concentradas, que los demás estaban haciendo el mismo ejercicio mental.

El ruido de los motores cambió cuando Tiny comenzó un ligero ascenso; a medida que la cubierta comenzaba a inclinarse, se apagó la luz amarilla y fue reemplazada por una verde.

A diferencia de cualquier otro tipo de lanzamiento de comando, los hombres no necesitaban saltar del avión en un grupo apretado. Con tan poca caída libre, los saltadores desde gran altitud tenían mucho tiempo para reagruparse en el aire y evitar separarse. Uno tras otro, los hombres avanzaron y desaparecieron por la rampa de popa. Las motos cayeron por debajo de ellos, y todos arquearon la espalda antes de tirar de la anilla. Cuando Juan llegó al borde de la rampa vio cuatro luces pequeñas colocadas en la parte superior de los paracaídas que indicaban que se habían abierto con normalidad. Cuando se acercasen al Oasis del Diablo apagarían las luces para reemplazarlas por lámparas infrarrojas que verían a través de las gafas de visión nocturna. Cabrillo lanzó su moto al vacío como una estrella de rock que se zambulle en el escenario, con los brazos extendidos y la espalda arqueada en un salto perfectamente ejecutado. La corriente de aire lo empujó pero pudo mantener la postura y, cuando sintió que comenzaba a darse la vuelta, acomodó su cuerpo para ponerse de nuevo en horizontal. Se llevó la mano al pecho para tirar de la anilla un momento antes que de la moto llegase al final de la larga cuerda. El paracaídas de arrastre se desplegó y se llenó con aire, y su resistencia arrastró al paracaídas principal fuera de la bolsa.

Juan comprendió casi en el acto que había un problema. El paracaídas se enganchó por un momento antes de salir de la bolsa y la esperada sacudida en el momento de abrirse no llegó. La resistencia del aire contra el paracaídas parcialmente hinchado lo puso en posición vertical pero continuó cayendo con el ruido del nailon por encima de su cabeza como el de una vela sacudida por una brisa fuerte.

Al mirar hacia arriba la oscuridad le impidió ver lo que había pasado, pero había hecho suficientes saltos para saber que las cuerdas se habían enredado.

Si bien sus siguientes movimientos no mostraban prisa, su mente funcionaba a todo trapo. Se maldijo silenciosamente a sí mismo mientras intentaba desenredar las cuerdas haciendo girar el cuerpo y tirando de ellas. Él había plegado el paracaídas, así que el problema era culpa suya; si no conseguía desenredar las cuerdas pondría en peligro toda la misión. Tenía altitud suficiente mientras continuaba luchando con las cuerdas, pero cuando se aproximó a los seis mil metros, tuvo que tomar una decisión. Si caía mucho más, aunque consiguiera desplegar el paracaídas, no podría planear hasta la cárcel. Incluso con el factor de seguridad que Eddie había calculado para el planeo, con su actual velocidad de caída tocaría tierra muy lejos del Oasis del Diablo. Por otro lado, si tenía que cortarlo y depender del paracaídas de emergencia, mucho más pequeño, estaría demasiado bajo para planear lo suficientemente cerca de la costa como para que George lo recogiese con el helicóptero.

Consultó el altímetro digital sujeto a la muñeca. Había pasado la marca de los seis mil metros.

Con una maldición cortó la cuerda de la moto, soltó los enganches y se desprendió del paracaídas principal. La caída libre desenganchó automáticamente el paracaídas de su auxiliar y por primera vez desde que había tirado de la anilla Cabrillo se permitió considerar sus circunstancias. Si fallaba el paracaídas de emergencia le quedarían aproximadamente unos tres minutos para ver cómo sería estrellarse contra el suelo del desierto a una velocidad de doscientos cincuenta kilómetros por hora. Con independencia de la sensación, sabía que sería breve. Pero, con gran estrépito, se abrió el paracaídas auxiliar como una flor negra; el dolor de las correas que ceñían sus piernas y hombros fue el más sublime de su vida.

—Beau Geste a Death Valley Scotty —llamó por el micrófono. Las señales de llamada habían sido una humorística idea de Max y su aportación a la misión.

—Si no tienes mucha prisa por llegar al suelo —contestó Eddie—, es que tienes un problema.

—Falló el paracaídas principal. Tuve que cortarlo.

—¿Cuál es tu altitud, Beau?

—Seis mil cien metros.

—Dame un segundo.

—Permanezco a la espera, Scotty.

El trabajo de Eddie era guiar al equipo a su objetivo así que llevaba un ordenador portátil además del GPS.

—Muy bien, Beau, utilizando la frenada máxima caes a unos cuatro metros por segundo. Eso te da veintidós minutos en el aire. —Incluso cargados con las motos, el resto de los hombres permanecerían en el aire el doble de tiempo gracias a sus grandes paracaídas—. El viento a tu altitud todavía es de unos cincuenta nudos pero disminuirá cuando te acerques al suelo.

—Recibido.

—Calculo que aterrizarás a unos seiscientos cuarenta kilómetros tierra adentro de la costa. —Debido a que los vientos dominantes soplaban de este a oeste, los hombres habían saltado cuando el avión estaba casi sobre la frontera de Botswana. Juan tocaría tierra muy lejos del radio del helicóptero Robinson para recogerlo y regresar al barco, incluso con los tanques auxiliares.

—Tendré que esperar un rescate terrestre —dijo Juan—. Scotty, con una de las motos fuera de servicio, tu prioridad número uno es Merrick y Donleavy, no podrás cargar con uno de los secuestradores, así que olvídalo.

Perder la oportunidad de interrogar a uno de los secuestradores era lo que más enojaba a Cabrillo. Eso y el hecho de que sus hombres entraran en combate sin él.

—Comprendido, Beau. —La distancia entre el grupo principal y Juan se hacía notar en el alcance de las radios tácticas. La voz de Eddie sonaba débil y remota.

Juan intentó pensar en alguna cosa más que debía decir antes de que se interrumpiese la comunicación con el equipo, pero lo habían repasado todo numerosas veces así que todo lo que dijo fue:

—Buena suerte. Beau Geste fuera.

—Lo mismo digo. Death Valley Scotty fuera.

Aunque no esperaba tener más comunicación con sus hombres, Juan dejó encendida la radio por si acaso.

Para maximizar el tiempo que estaría en el aire y acotar al máximo las distancias en el suelo, Cabrillo tenía que planear apurando el viento, de modo que corría el riesgo de capotar. Tuvo que forzar los tensores que controlaban la aerodinámica del paracaídas en la cintura. Fueron necesarias fuerza y coordinación, pero sobre todo, la voluntad de no hacer caso del terrible frío y del dolor que comenzaba a agarrotarle los hombros y que rápidamente se extendía a través de su espalda y los fuertes músculos del estómago.

Planeando en un sentido descendente, sometido a los caprichos del viento, Juan observó el vacío desierto. Desde su altitud podía ver hasta el infinito, pero allí donde miraba, la tierra inhóspita permanecía oscura. No veía ciudades, ni hogueras de campamentos... nada, salvo una oscuridad tan inmensa como el mar.

Cuando pasó los tres mil trescientos metros, su mano izquierda soltó inmediatamente el tensor. El paracaídas se retorció en un viraje brusco que aceleró su descenso e impulsó su cuerpo fuera del paracaídas como un péndulo. Aflojó el tensor derecho para contrarrestar el giro y sujetó de nuevo el izquierdo. En aquellos frenéticos segundos le pareció atisbar algo muy a la izquierda, pero cuando miró de nuevo hacia allí no vio nada.

A sabiendas de que podía ser un error, aflojó de nuevo los tensores y buscó en su pecho la bolsa que contenía las gafas de visión nocturna. Se quitó la protección ocular y la máscara de oxígeno, que ya no necesitaba, y rápidamente se colocó las gafas de visión nocturna. Luego tiró de los tensores para frenarse de nuevo.

Con la ayuda de las gafas que aumentaban la luz el desierto pasó de un opaco color caqui a un verde iridiscente, el objeto que había captado su atención era una pequeña caravana de vehículos que cruzaban el desierto. Pero se alejaban de Cabrillo y solo el vehículo de vanguardia usaba los faros. Los delgados rayos se reflejaban solo intermitentemente en las dunas mientras los demás lo seguían en la oscuridad. También estaban demasiado lejos para que él los alcanzase, dada su actual altitud, pero sabía que acabarían por detenerse.

Ajustó su rumbo de planeo y se deslizó a través del aire como un pájaro de presa. Intentaba seguir a la caravana, que continuaba alejándose. Después de un par de minutos ya no pudo verla; la única prueba de su paso eran las huellas de los neumáticos que habían dejado en al arena.

Cabrillo permaneció en el aire todo lo que pudo, veinte minutos según su reloj, pero inevitablemente tuvo que tomar tierra. Bajo él se extendía una interminable sucesión de olas de arena, dunas que se alzaban y bajaban con la regularidad de las mareas oceánicas. Manipuló el paracaídas momentos antes de tocar suelo con toda intención, de forma que aterrizó a la velocidad de un paso normal y consiguió mantenerse de pie.

Vació de aire el paracaídas lo más rápido que pudo e hizo un paquete bien apretado con el nailon para que el viento no se lo llevase.

Desenganchó el arnés y dejó caer agradecidamente la bolsa del paracaídas y el poco equipo que conservaba. El torso le ardía por una profunda quemadura que tardaría días en aliviarse, aunque ya sospechaba que añadiría más tensión a sus doloridos músculos.

Había tocado tierra a solo medio metro de las huellas de los neumáticos de la caravana y mientras bebía un sorbo de agua de su única cantimplora vio que estaban muy espaciadas y que los neumáticos se hundían mucho; camiones equipados especialmente para adentrarse en el desierto.

Eso significaba que había tres opciones, de las que dos eran buenas. Las huellas podían pertenecer a una columna del ejército de Namibia o a una compañía de safaris, que estarían muy dispuestos a ayudar a un hombre perdido en la inmensidad del desierto. La tercera era que podían ser contrabandistas y que probablemente lo matarían en cuanto se acercase.

En cualquier caso no estaba dispuesto a esperar un par de días hasta que Max pudiese localizarlo a través del chip subcutáneo y enviar un equipo a rescatarlo. Cabrillo prefería salir de este lío con sus propios medios porque nunca podría aguantar el ridículo ante su mejor amigo cuando regresase al *Oregon*.

Juan extendió en el suelo todo el equipo que no había estado sujeto al paracaídas principal. El lote era magro. Tenía la metralleta, la pistola Glock, y abundante munición de calibre nueve milímetros, un cuchillo, un botiquín, la cantimplora y un pequeño equipo de supervivencia que contenía cerillas, pastillas para purificar el agua, un sedal de pesca y pocas cosas más. Tenía el paracaídas y la mochila con una dura bandeja de plástico moldeada con la forma de la espalda y que ayudaba a aliviar parte de la tensión cuando se desplegaba el paracaídas.

En su conjunto no había muchas cosas que pudiesen ayudarlo a alcanzar a la caravana, pero Cabrillo tenía un as en la manga. Se palmeó la prótesis, y pensó: «En realidad un as en la pernera».

Durante cincuenta minutos Eddie, Linc, Mike, y Ski planearon suavemente a través del cielo nocturno. Debido que había sido agente de campo de la CIA, Seng no tenía el entrenamiento de paracaidista de los antiguos soldados de su equipo, pero como en casi todo lo que hacía, Eddie tenía un don natural: las décadas de entrenamiento en artes marciales, primero con su abuelo en el barrio chino de Nueva York, le permitían canalizar su concentración en cualquier nueva tarea. Tampoco tenía la experiencia de combate de los otros miembros de la corporación. Su carrera fue como agente secreto, siempre sin respaldo y haciéndose pasar por alguien que no era con el fin de organizar una red de informantes y reunir datos. Sin embargo, solo unos meses después de unirse a la corporación Juan lo había hecho jefe de las operaciones terrestres porque Eddie sencillamente no se permitía fallar en ninguna situación.

Con el GPS guió a su equipo sin fallos hasta el Oasis del Diablo, y llegaron a situarse sobre la remota cárcel en el desierto a una altura suficiente para poder dedicar unos minutos a observar la azotea y el patio interior. Las gafas infrarrojas les permitieron ver a un trío de guardias sentados junto a la puerta cerrada y un vehículo con el motor todavía caliente; Eddie calculó que había hecho un recorrido alrededor de la cárcel al menos una hora antes. Los otros vehículos, tanto en el interior como en el exterior del patio, estaban fríos como el aire nocturno.

Dio unos golpecitos en el micrófono de garganta y transmitió a Linc la señal acordada para que él entrase primero.

Franklin Lincoln movió los tensores para iniciar la aproximación, y se puso cara al viento en el mismo momento en que sus pies pasaban sobre los parapetos almenados, lo más lejos posible de los guardias. Tocó la azotea con un muy suave roce de las botas y tardó unos segundos en quitarse la mayor parte del equipo y plegar el paracaídas para que no aletease. Cuando acabó dio unos golpes en su propio micrófono de garganta.

Eddie surgió de la oscuridad como un espectro, con su paracaídas extendido como las alas de un halcón. Se movió para que la moto colgada de la cuerda aterrizase junto a Linc. El fornido SEAL sujetó el manillar en cuanto los neumáticos balón tocaron el suelo y aseguró el vehículo para que no se tumbase. El aterrizaje de Eddie fue perfecto, y en cuanto se hubo quitado el paracaídas y lo tuvo plegado le llegó el turno de posarse a Mike Trono. De nuevo Linc se aseguró de que la moto no hiciera ruido contra el mosaico y alertase a los guardias.

Jerry Pulaski fue el último en bajar. En el momento en que su moto se posaba en la azotea y él plegaba el paracaídas, una súbita ráfaga lo empujó hacia atrás. Linc sujetó con fuerza la moto, pero luchar contra la presión del viento en el paracaídas de Ski era como empujar un cartel frente a un huracán.

—Ayúdame —susurró; la tensión hizo que su voz sonase ronca, mientras Ski intentaba frenéticamente plegar el paracaídas.

Las botas de Linc resbalaron en el polvo como de talco que cubría la azotea, así que Pulaski ahora colgaba por el borde del edificio.

Mike abrazó la cintura de Linc, y clavó los tacones mientras Eddie se colocaba delante de la moto y empujaba con todas sus fuerzas. Consiguieron detener la inexorable caída de Ski por un momento, pero la fuerza que ejercía el paracaídas era demasiado intensa. En cuestión de segundos, Eddie se encontró cerca de caer del techo.

Tomó una decisión instantánea. Sacó el cuchillo que había colgado invertido de su arnés de combate y permitió que Ski lo viese, para que estuviera advertido de lo que iba a hacer; después acercó el filo a la cuerda. Sometida a tanta tensión, se cortó con solo rozarla. Dueño del control de su paracaídas, Ski bombeó aire, bajó en espiral por el muro de la cárcel y aterrizó con dureza sobre la arena apilada al pie del muro. Aliviado por no haber hecho fracasar la misión permaneció atontado un momento mientras el paracaídas se hinchaba y se sacudía en el suelo del desierto. Entonces vio una estaca clavada en el suelo, a unos diez metros delante de él. En lo alto del poste de madera había una caja que parecía un equipo electrónico; de inmediato comprendió que se trataba de un sensor de movimientos que apuntaba hacia arriba para avisar a los secuestradores si alguien se acercaba a la cárcel. El paracaídas estaba casi debajo del sensor y la mínima brisa lo hincharía y activaría la alarma.

Sujetó las cuerdas y tiró frenéticamente del paracaídas hacia él con un movimiento de mano sobre mano que amontonaba el nailon a su espalda. Pero parecía no importar cuánta tela recogía porque aún no había conseguido retirar el trozo debajo del sensor.

El viento cambió y, como el globo de un niño, el paracaídas comenzó a hincharse. Ski se levantó de un salto, corrió hacia el sensor, y se arrojó de cabeza, de forma que su cuerpo aplastó el paracaídas antes de que interceptase el ojo electrónico del sensor de movimiento. Resbaló sobre el nailon y se hubiese estrellado contra el poste de no haber girado el cuerpo. Acabó boca arriba, con la cadera a unos pocos centímetros del sensor.

Ski vio tres siluetas oscuras que miraban desde lo alto de la fortaleza y, con mucho cuidado para no disparar la alarma, levantó el brazo y les mostró el pulgar.

Con mucho cuidado recuperó el paracaídas y lo amontonó en sus brazos como si fuese la colada. Al pie del muro utilizó la espaldera de plástico de la mochila para enterrar todo el equipo en un hoyo poco profundo. Vio que había agujeros de ventilación a lo largo de la base y recordó de las instrucciones previas que había una serie de túneles debajo de la cárcel que permitían que el viento se llevase el hedor de las letrinas. Cuando acabó con el paracaídas subió por la cuerda que había lanzado Linc.

—Bueno, fue divertido —susurró cuando llegó a lo alto y Eddie y Mike le echaron una mano.

—No se ha cometido ninguna falta, así que no hay penalidad —replicó Eddie.

Durante las dos horas siguientes observaron la cárcel desde varios puntos a lo largo de la azotea. Los guardias eran de piel oscura, cosa que los sorprendió. Habían esperado que los secuestradores ecologistas fuesen europeos o norteamericanos blancos; ahora no descartaban la idea de que los secuestradores hubiesen contratado a mercenarios africanos. Dos de los hombres apostados en la puerta recorrían el perímetro cada hora en punto mientras el tercero vigilaba la puerta abierta hasta el regreso de sus compañeros.

La rigidez de su rutina era una señal de su falta de profesionalidad que le iba muy bien al equipo de rescate de la corporación.

Uno de los hombres incluso fumaba durante el recorrido, algo que, primero, estropeó su visión nocturna, al encender el cigarrillo con una cerilla; y después, delató su posición.

Eddie tomó la decisión de esperar a que realizasen el siguiente recorrido para entrar en acción. Linc bajaría las motos al suelo mientras él, Mike, y Ski exploraban el interior de la cárcel. Su intención era encontrar a Geoffrey Merrick y Susan Donleavy sin alertar a los secuestradores de su presencia, pero si los descubrían estaban más que preparados.

Cabrillo hubiese preferido esperar hasta el amanecer para perseguir a la caravana, pero la temperatura superaría los cincuenta grados y el sol secaría hasta la última gota de sudor que pudiese producir su cuerpo. La demora sencillamente no era una opción.

Después de llamar a Max Hanley con el móvil, Juan hizo sus preparativos. Se quitó la bota y el calcetín para poder sacar el trozo de explosivo plástico C4 de la planta de la pierna ortopédica. Luego apoyó la espaldera de plástico de la mochila en el suelo, se colocó encima y luego la movió en la arena hasta encontrar el centro de gravedad.

Satisfecho de haber encontrado la posición correcta, se quitó la pierna y moldeó parte del explosivo plástico en la planta del pie ortopédico. Sostuvo un mechero encendido contra el explosivo, y mantuvo la llama hasta que comenzó a arder. Era un truco que Max le había enseñado. En Vietnam utilizaban el C-4 de las minas Claymore para cocinar.

Colocó el pie en la espaldera exactamente donde quería y lo empujó hacia abajo con todas sus fuerzas. Rápidamente los dos trozos de plástico se ablandaron y luego se fundieron hasta unirse; la soldadura entre ellos era invisible. Echó arena sobre la espaldera para apagar las últimas llamas y esperó diez minutos a que se enfriase. Luego sujetó el borde de la plancha y golpeó la pierna

soldada contra el suelo con todas sus fuerzas. La improvisada soldadura aguantó. Para reforzarla perforó cuatro agujeros en la
plancha de plástico con la Glock y sujetó la prótesis con un trozo
de cuerda que cortó del paracaídas. Juan recogió sus magras posesiones, abandonó parte de la munición para ahorrar peso y subió hasta la cumbre de la duna más alta. Desplegó el paracaídas en
el suelo y sujetó las cuerdas a las correas de los hombros del arnés
de combate, y se aseguró de tener ajustados los tensores para poder controlar el paracaídas. Se sentó para sujetarse la pierna al
muñón, y comprobó el equilibrio sobre la plancha. El viento continuaba soplando a su espalda, en rachas que en momentos alcanzaban los cincuenta kilómetros por hora y nunca bajaban de los
treinta. Desde lo alto de la duna veía cómo las huellas dejadas por
los vehículos desaparecían en la oscuridad, pero había suficiente
luz ambiental como para no necesitar las gafas de visión nocturna.

Caminó torpemente hasta el borde de la duna y, sin pensárselo dos veces, se lanzó por la pendiente como un esquiador que
busca la medalla de oro olímpica. El paracaídas se arrastró detrás
de él mientras la plancha se deslizaba sobre la blanda arena. A medida que aumentaba la velocidad, el aire entraba forzado en el paracaídas hasta que llegó el momento en que la tela se desplegó. El
movimiento hizo girar a Juan de forma que el paracaídas quedó
delante de él, bien tenso por el viento. El poder del viento superaba el deslizamiento de la gravedad y Cabrillo se encontró de
pronto haciendo esquí-parapente.

Se echó hacia atrás contra el paracaídas para acomodar su centro de gravedad mientras bajaba por la duna. Cuando llegó abajo,
flexionó las rodillas para absorber el impacto y continuó navegando a través del desierto, arrastrado solamente por el viento.
Cuando la brisa varió ligeramente y lo apartó del rastro de la caravana pudo gobernarlo como si fuese una goleta tirando de los
tensores, sin alejarse nunca más de un kilometro de las huellas.

Creado como un deporte extremo en lugares como Vermont
y Colorado, el esquí-parapente requería un *snowboard* o esquí y

un paracaídas mucho más pequeño que el de Cabrillo. La arena ofrecía más resistencia que la nieve; sin embargo su amplio paracaídas lo llevaba a través del desierto a unas velocidades con las que los adictos a la adrenalina solo podían soñar.

Se cayó un par de veces durante los primeros quince minutos mientras aprendía a controlar el ritmo, pero después avanzó como un misil, en un curso sinuoso arriba y abajo de las imponentes dunas mientras dejaba detrás un ligero surco como la estela de un yate de competición.

Los guardias completaron la vuelta al Oasis del Diablo diez minutos después de la medianoche. Se cerró la gran puerta y el sonido de la tranca al bajar llegó hasta los hombres acurrucados en la azotea. Dieron a los guardias otros diez minutos para que se acomodaran antes de entrar en acción. Mike y Ski utilizaron un taladro silencioso para colocar grandes pernos en una gruesa viga de madera que les serviría para bajar las motos. También colocaron otros dos más a cada lado de una de las ventanas. Sujetaron los motones a estos pernos y prepararon las cuerdas, y dejaron que las sogas color arena colgaran por la fachada de la prisión.

Eddie se colgó la metralleta en bandolera y se puso las gafas de visión nocturna. Pasó por encima del parapeto y bajó por la cuerda anudada con la agilidad de un mono. Cuando llegó a la altura de la ventana sin cristales, desenfundó la automática con silenciador.

El bloque de celdas tenía tres pisos de altura y ocupaba aproximadamente una cuarta parte del edificio. Apenas por debajo de la precaria posición de Seng había dos niveles de jaulas de hierro que bordeaban la habitación, accesibles por pasarelas y escaleras de caracol de hierro. Los escalones y los rellanos eran estrechos para evitar que una falange de prisioneros se lanzase sobre los guardias que una vez habían trabajado aquí. Cada celda contenía los esqueletos de dos camastros vacíos. Eddie dedujo que las correas de cuero que habían servido de soporte de los jergones habían sucumbido hacía años a los estragos del desierto.

El espacio estaba dividido por largas particiones de piedra que servían de paredes traseras a más calabozos. Las celdas con formas de cubo no tenían más de diez metros cuadrados con barrotes de hierro que hacían de pared frontal y tapaban la parte superior. Desde su posición en la ventana, Eddie vio que las celdas superiores estaban vacías, pero no tenía una visión clara de las de abajo.

Miró hacia arriba, le hizo un gesto a Mike y después a Sky para que se uniesen a él mientras Linc bajaba las motos al suelo junto a la cárcel con aspecto de fortaleza. No había ninguna celda directamente debajo de la ventana, así que Eddie echó el extremo inferior de la cuerda al interior para poder bajar a la pasarela que rodeaba el nivel superior de las celdas. Pisó el suelo de metal sin un sonido y un momento más tarde se le unieron sus dos compañeros.

Utilizó el lenguaje de los signos para desplegar a Mike y Sky y que lo cubriesen mientras él hacía un lento recorrido del bloque de celdas. Cambió sus gafas de visión nocturna a infrarrojos para detectar el calor de alguien que estuviese en una de las jaulas inferiores.

¡Allí!

En la esquina más apartada parecía haber dos personas en una de las celdas, tan juntas que casi se tocaban. Volvió a poner las gafas en el modo de visión de nocturna. La luz que se filtraba a través de la gran ventana le permitió ver a dos figuras debajo de una manta. Eran un hombre y una mujer. El hombre estaba tumbado boca arriba con el rostro vuelto mientras ella le daba la espalda, con las rodillas recogidas contra el pecho.

Levantó dos dedos para comunicar el descubrimiento a Mike y Sky, y señaló hacia donde dormían los prisioneros. Sky permaneció de guardia en la plataforma para cubrir el avance de Mike y Eddie con una metralleta con mira láser. Bajaron las escaleras, moviendo el peso en incrementos infinitesimales para evitar el más mínimo sonido.

Cuando llegaron a la celda vieron que la puerta estaba entreabierta. Trono y Seng intercambiaron una mirada de sorpresa. Habían esperado que Merrick y Donleavy estuviesen encerrados, pero quizá la puerta principal del bloque de celdas bastaba para mantenerlos prisioneros.

Eddie sacó un pequeño bote de aerosol de una de las bolsas sujetas a su cinturón y roció las bisagras de la puerta con polvo de grafito, un lubricante superior al aceite en estas situaciones.

Cuando tiró del barrote, se escuchó un leve crujido y Seng se quedo inmóvil. La mujer soltó un suave gemido y cambió de posición pero no se despertó. Eddie movió la puerta otra fracción de centímetro pero el grafito ya había hecho su función en las bisagras y se abrió silenciosamente.

Los dos comandos se movieron a través de la celda con las pistolas preparadas. El procedimiento normal en cualquier rescate de rehenes era verificar el objetivo antes de aceptar que cualquier rehén era amistoso. Cuando llegaron a la pareja dormida, Eddie señaló a la mujer para Mike mientras él se colocaba al otro lado del montón de mantas que la pareja utilizaba como cama.

Al unísono, los dos hombres pusieron las manos sobre las bocas de la pareja dormida, y aplastaron sus cabezas contra el suelo. Casi en el acto, Eddie se dio cuenta de que las fotografías que habían memorizado de la página web de Merrick/Singer no cuadraban con las facciones del hombre que se despertaba asustado.

Eddie lo golpeó detrás de la oreja con la culata de la pistola y cuando sus ojos no se cerraron, lo golpeó de nuevo hasta que el hombre perdió el conocimiento.

Mike, por el otro lado, continuó sujetando a la mujer hasta reconocerla como Susan Donleavy. Mantuvo la mano puesta sobre su boca, y se llevó un dedo a los labios para hacer que se calmase. Ella continuó resistiéndose mientras Eddie amordazaba al hombre y le ataba los tobillos y las muñecas con bridas de plástico.

—Estamos aquí para rescatarla —susurró Mike una y otra vez hasta que Susan finalmente se calmó lo suficiente como para que él apartase la mano. La mirada de la mujer continuaba siendo desconfiada.

—¿Quiénes son ustedes? —preguntó y Mike se apresuró a taparle la boca de nuevo con la mano.

—Silencio —le advirtió—. Estamos aquí para rescatarla a usted y al doctor Merrick. ¿Quién es este? —Mike señaló la figura inconsciente que Eddie había atado a los barrotes de la celda.

—Él... el es uno de mis secuestradores. Él... —Su voz se apagó.

Mike no necesitó que ella le explicase los detalles de cómo uno de los secuestradores la había traído hasta esta celda desierta para violarla.

—¿Está armado?

—Encontré esto debajo de la almohada. —Eddie sostuvo en alto una pistola.

Trono le dedicó a Susan una mirada tranquilizadora.

—Ahora se acabó. Él nunca volverá a tocarla.

—¿Está muerto? —preguntó ella con una voz dócil.

—Solo está inconsciente. —Mike le entregó el montón de prendas que habían estado desparramadas por el suelo—. Vístase.

Las prendas desaparecieron debajo de las mantas y Susan se las puso sin destaparse.

—¿Sabe dónde tienen al doctor Merrick? —preguntó Eddie cuando ella apartó la manta.

—Sí, en otra celda.

—Díganos dónde.

—Se lo mostraré —propuso ella.

Eddie sacudió la cabeza.

—Demasiado peligroso.

—Por favor, quiero hacerlo. —Donleavy titubeó—. Necesito recuperar el control. Además, él estaba de guardia al otro lado del bloque de celdas. No hay nadie en los pisos superiores. Todos ellos duermen en la antigua ala administrativa.

—¿Cuántos son? —preguntó Mike.

—Creo que ocho o nueve, pero no estoy segura.

El número parecía bajo, si se tenía en cuenta que había tres hombres en la entrada principal, pero Mike lo dejó pasar.

—¿Armados como este imbécil de aquí?

—Unos pocos tenían metralletas cuando llegamos aquí —les dijo Susan. Comenzó a llorar suavemente—. Por favor, dejen que los lleve hasta el doctor Merrick. Si no tengo la sensación de que he ayudado, nunca seré capaz de vivir con lo que él me hizo. —Ella movió la barbilla hacia el violador inconsciente.

Eddie estaba a punto de negarse de nuevo pero le creyó cuando dijo que nunca se recuperaría del sufrimiento si desaparecía en la noche. Dios sabía que su propia hermana solo había encontrado la paz después de ser violada tras beberse una botella de vodka y tomar un frasco de pastillas somníferas. La beatífica sonrisa en el rostro helado aún lo perseguía en sus sueños. Tampoco veía ningún mal en que Susan viniese con ellos si el único guardia en esta planta de la prisión estaba atado y amordazado.

—De acuerdo —dijo. Mike le dirigió una mirada de reproche. Eddie descartó su preocupación con un gesto—. Puede venir hasta la puerta del bloque de celdas. Me quedaré con usted allí y luego saldremos como alma que se lleva el diablo.

—Gracias —dijo ella, y se enjugó las lágrimas de los ojos con el dorso de la mano.

Después de sacar un pesado llavero de latón del bolsillo del violador, Eddie llamó a Ski con un gesto.

Ski bajó las escaleras y se reunió con ellos en la única puerta de salida del bloque.

Las bisagras estaban del lado exterior así que, para reducir el sonido cuando se abriese, Ski y Mike se echaron al suelo y la levantaron mientras Eddie la abría solo lo suficiente para deslizarse por el hueco.

El pasillo al otro lado de la puerta era largo y recto, y el suelo estaba lleno de arena. No había luz que las gafas pudiesen amplificar, de modo que Ski, Eddie y Mike se las subieron a la frente. Avanzaron a ciegas, con las puntas de los dedos rozando la áspera pared de piedra hasta que llegaron a una esquina. Allí se iniciaba otro largo pasillo.

—Está a medio camino a la derecha —susurró Susan—. Suele haber una silla delante de la puerta para el guardia.

Eddie se arriesgó a encender su linterna de luz roja, y tapó la mitad del rayo con la palma. Una silla de metal plegable estaba colocada exactamente donde Susan dijo que estaría, junto a una puerta idéntica a la del primer bloque de celdas.

Eddie roció la vieja cerradura con grafito pulverizado y le pasó el bote a Ski para que rociase las bisagras mientras él probaba una llave tras otra hasta encontrar una que encajase en la cerradura.

Incluso con el lubricante de grafito, la cerradura se resistió a girar, pero afortunadamente sin ruidos. Los hombres volvieron a colocarse las gafas de visión nocturna, y con Mike y Ski pisándole los talones con las metralletas en posición, Eddie abrió suavemente la puerta. Las bisagras apenas sonaron al girar.

Los cañones de las armas de Ski y Mike no dejaban de moverse. A medida que tenían una mayor visión del bloque de celdas fueron barriendo cada centímetro a la vista hasta que la pesada puerta se abrió lo suficiente para permitirles pasar.

Un rayo de la luz de la luna marcaba el suelo a través de la gran ventana y su lechoso resplandor hacía que los barrotes de hierro brillasen como el marfil.

Agachados, los dos comandos entraron en la habitación y barrieron el espacio con las armas. Se mantuvieron cerca de las paredes y se aseguraron de que el perímetro estaba despejado y que no había nadie en los pasillos que separaban las hileras de celdas. Ski subió por una escalera de caracol en un extremo de la habitación mientras Mike lo hacía por la opuesta. Subieron solo lo necesario para espiar en las celdas de la segunda planta con las gafas colocadas en infrarrojos. Todas estaban vacías. Luego comprobaron las celdas de la tercera planta y tampoco esta vez encontraron nada.

De nuevo en la planta baja buscaron cautelosamente en las hileras de celdas; comenzaron por la última y avanzaron hacia la puerta para no tener que volver sobre sus pasos cuando acabasen. Era una técnica que ahorraba un par de segundos, pero ahora contaba cada uno. Eddie permaneció en el exterior con Susan a su lado.

Encontraron a una figura dormida cerca de la parte delantera de la habitación. Mike roció las bisagras de la puerta de la celda y la cerradura mientras Ski buscaba la llave correcta. Entraron al cabo de un momento. Ski se arrodilló junto a Geoffrey Merrick, y lo reconoció a pesar de que llevaba una semana sin afeitarse. Apoyó suavemente la mano sobre la boca de Merrick y lo sacudió hasta despertarlo.

Merrick intentó levantarse pero Ski lo retuvo con facilidad.

—Estamos aquí para rescatarlo —le dijo el antiguo infante de marina—. Ahora todo está en orden.

La mirada de Merrick pasó de sorprendida y asustada a otra de alivio, y dejó de resistirse. Cuando Ski le preguntó si podía apartar la mano, Merrick asintió.

—¿Quiénes son ustedes? —preguntó Merrick en un susurro teatral.

—Un equipo de rescate de rehenes profesional. ¿Está usted herido? ¿Puede caminar?

—También puedo correr —respondió Geoffrey—. ¿Los envía mi compañía?

—Los detalles todavía se están discutiendo. Por ahora solo nos ocuparemos de sacarlo a usted y a la señorita Donleavy de aquí.

—Encontraron a Susan. ¿Cómo está?

—Muy conmocionada. La han violado.

—¿Después de todo lo que le hicieron esos cabrones encima la violaron? Dios me ayude, Dan Singer pagará por esto.

—Así que su antiguo socio está detrás de esto —dijo Ski y ayudó a Merrick a levantarse.

Con el hombre entre ellos, Ski y Mike avanzaron de nuevo hacia la puerta. Geoffrey Merrick se adelantó al ver a Susan junto a Eddie Seng, con el rostro pálido a la luz de la luna. Él abrió los brazos para abrazarla pero se detuvo, con una expresión de desconcierto en su rostro.

—Tu rostro —exclamó atónito—. Tú no eres...

Fue todo lo que llegó a decir.

Susan empujó a Eddie al mismo tiempo que le sacaba la pistola de la funda. Sus ojos mostraban una expresión salvaje, desafiante, mientras levantaba el arma, y con el pulgar quitaba el seguro de la Beretta.

—¡Muere, hijo de puta! —gritó a voz en cuello y apretó el gatillo.

Las reacciones de Eddie tuvieron la velocidad del relámpago a pesar de la irracionalidad de la situación. Pero incluso mientras su cuerpo reaccionaba pensó en lo que había sucedido. Susan Donleavy no era en absoluto una víctima.

Estaba compinchada con los secuestradores y en la otra celda no se había producido ninguna violación sino el encuentro de dos amantes que habían buscado un lugar donde estar a solas.

Movió la mano hacia arriba y golpeó la muñeca de Susan un instante antes de que disparase la Beretta. El retroceso y el golpe hicieron que el arma cayese sonoramente en el pasillo en penumbras y le dejó la garganta al descubierto. Eddie volvió la mano y le golpeó con el canto en el cuello, aunque controló el golpe en el último segundo para no destrozarle la carótida y matarla. Se volvió rápidamente.

Geoffrey Merrick estaba en el suelo, con Ski y Trono inclinados sobre él. La mancha de sangre en la pared detrás de ellos parecía una lámina del test de Rorschach.

—¿Está vivo?

—Sí, pero lo alcanzó en la parte superior del pecho —respondió Ski al tiempo que sacaba una venda esterilizada del botiquín. El rostro de Merrick estaba pálido y le costaba respirar mientras luchaba contra el dolor. Tenía el pecho empapado, y aún manaba sangre de la herida—. No sé si está herido en algún órgano vital, pero por ahora le has salvado la vida.

—Todavía no lo he hecho —replicó Eddie mientras cogía la venda de la mano de Ski—. No tenemos tiempo para eso. Ella es uno de ellos y sin duda mintió sobre el número de guardias. Este lugar estará lleno a rebosar en diez segundos. Recógelo y vámonos.

—¿Qué está pasando? —preguntó Linc a través de la radio táctica.

—Donleavy disparó a Merrick. Creo que trabaja con los secuestradores.

Ski se agachó para que Mike y Eddie pudiesen cargar a Merrick sobre su ancho hombro. Merrick tuvo la valentía de quejarse, pero no gritar. La sangre que chorreaba por la espalda del traje de camuflaje de Ski parecía tinta y olía a monedas viejas.

—¿Cuál es la jugada? —quiso saber Linc.

—Nos mantendremos con el plan y confiemos en que no se nos agote el tiempo. Prepárate para bajar a Merrick a las motos. Tiene una herida grave.

—Estaré a la espera.

—¿Qué hacemos con ella? —preguntó Mike, y señaló hacia donde Susan Donleavy yacía inconsciente contra una pared, con el aspecto de una muñeca de trapo que ha perdido la mayor parte del relleno.

—Déjala —dijo Eddie con mal contenida furia. Tendría que haberlo visto venir, pero sus propios sentimientos sobre lo que le había pasado a su hermana mayor tantos años atrás había nublado sus pensamientos. Un grave error de juicio que haría que Juan lo despidiese si conseguían salir de aquí con vida.

Avanzaron al trote con Eddie a la vanguardia y Mike en la retaguardia. Las luces colgadas a lo largo del techo se encendieron momentáneamente, perdieron fuerza y después permanecieron encendidas mientras un generador en alguna parte de la fortaleza se ponía en marcha. En una esquina lejana se escuchó el golpe de una puerta al abrirse y el ruido de pisadas contra el suelo arenoso. Era una carrera hasta la celda donde los esperaban las cuerdas, y los hombres instintivamente aumentaron la velocidad hasta correr, olvidado cualquier intento de silencio.

No importaba que Merrick gimiese cada vez que su cuerpo se movía y la carne desgarrada alrededor de la herida se abría un poco más.

La puerta del bloque estaba a cinco metros cuando un sólido muro de hombres apareció por la esquina más alejada. La mayoría solo llevaba calzoncillos, al haber sido despertados por el sonido de la detonación, pero todos habían tenido la presencia de ánimo como para coger un arma. El equipo de la corporación se enfrentó al menos con diez guardias africanos armados en un pasillo que ahora parecía una galería de tiro.

Eddie dispuso de una fracción de segundo antes de que los guardias comprendiesen que habían encontrado a sus presas y comenzasen a disparar con todo lo que tenían. Arrojó la metralleta a un lado y levantó las manos, y se arriesgó a la jugada más difícil que había hecho nunca. Ninguno de los guardias bajó las armas y un segundo dio paso a otro sin que se efectuase ningún disparo. A su espalda, Eddie escuchó cómo las armas de Ski y Mike golpeaban contra el suelo y luego el sonido de más hombres que aparecían por detrás.

Se arriesgó a mirar por encima del hombro. Había una docena más de soldados, cada uno con la vista puesta en ellos por encima de las miras de sus AK-47.

—Nos han descubierto —susurró en el micrófono para que lo escuchase Linc—. Llama al *Oregon*.

Llegó otro hombre al cabo de un momento, y aunque solo vestía unos pantalones de faena y las botas sin atar, tenía el porte y el andar de un oficial. Su rostro era delgado con la nariz ganchuda y las mejillas hundidas.

—Me habían informado de que un pequeño ejército venía para rescatar a Moses Ndebele —dijo en perfecto inglés—. No un puñado de mercenarios blancos. Sin embargo, vuestra ejecución al amanecer será muy gratificante.

—¿Qué pensaría si le digo que nos contrataron para rescatar al doctor Merrick y nunca hemos escuchado hablar de Moses Ndebele? —preguntó Mike Trono, solo para ser sarcástico.

—En ese caso, vuestra ejecución no será gratificante en absoluto.

20

Juan Cabrillo nunca había padecido tanto dolor. No era la terrible agonía de aquella vez que el proyectil de una patrullera china le había destrozado la pierna, sino un dolor general que le atormentaba todos los músculos hasta estar seguro de que no podría seguir adelante. Los muslos y la espalda soportaban el máximo del esfuerzo del esquí-parapente y parecía como si le quemasen desde el interior. Las manos eran garras que sujetaban los tensores del paracaídas y no había manera de darles descanso. No había manera de dar descanso a ninguna parte de su cuerpo a menos que renunciase.

Esa no era una alternativa.

Así que mientras el viento continuase soplando a través del desierto, Cabrillo estaba dispuesto a seguir aferrado al paracaídas y volar sobre la arena. Sus vueltas ya no eran impecables y cuando caía tardaba más y más en levantarse. No se había tomado ni un descanso desde que el móvil había sonado y Max Hanley le había dicho que Eddie, Mike y Ski habían sido capturados.

Por lo que Linc había escuchado a través de la radio cuando sus compañeros habían sido descubiertos, había un contingente de tropas de Zimbabue en el Oasis del Diablo que vigilaban al líder de la oposición del país, Moses Ndebele. Linda había hecho una rápida investigación y se había enterado que Ndebele iba a ser juzgado por crímenes contra el estado al cabo de un par de días y muy probablemente sería ejecutado. La queja formal de Naciones Unidas ante Zimbabue solo había logrado que el gobierno restringiese todavía más las libertades dentro de sus fronteras. En todo el país regía la ley marcial y en Harare, la capital, el toque de queda desde el anochecer hasta el amanecer.

Linda había averiguado que Ndebele tenía un gran número de seguidores que habían cruzado las fronteras. El suyo era el primer movimiento opositor que tenía una mínima posibilidad de derrocar al gobierno corrupto de Zimbabue y establecer la democracia en un país que había sido uno de los más ricos de África, pero que ahora se veía asolado por la hambruna y la enfermedad. Aunque una vez había sido un temible líder guerrillero cuando Zimbabue todavía era Rhodesia y estaba gobernada por un sistema de apartheid por el gobierno de la minoría blanca, Moses Ndebele proclamaba un enfoque no violento para derribar al actual régimen y Linda había encontrado en él numerosas comparaciones con Gandhi.

Max ya le había pasado la información a Langston Overholt. Lang había dicho que encontrar a Ndebele era trabajo de servicios secretos y añadió que si la corporación podía rescatarlo ayudaría mucho a mejorar la posición de Estados Unidos en África del Sur. Era muy pronto para hablar de un precio, pero Lang le aseguró a Max que la recompensa por rescatar a Ndebele sería de millones.

Max también había informado de que, al parecer, Susan Donleavy no había sido secuestrada. Había sido una cómplice voluntaria del secuestro de Geoffrey Merrick, y había atravesado el pecho del científico con una bala cuando había tenido la oportunidad. Linc desconocía la gravedad de la herida.

Con el resto de sus hombres capturados y con la amenaza de ser ejecutados al amanecer, Linc le había preguntado a Max qué quería que hiciese. Los guardias recorrerían toda la prisión y lo encontrarían en cuestión de minutos. Podía intentar abrirse paso a tiros o escapar en una de las motos.

—¿Qué le has dicho? —había preguntado Juan.

—¿Tú qué crees?

—Seguramente le molestó tener que dejarlos atrás, pero era la actitud correcta. —Juan sabía que era la única alternativa viable.

—Es un hombre muy cabreado.

—¿Lo estás rastreando?

—Se encuentra a unos treinta kilómetros de donde Tiny aterrizó con el avión y avanza a unos cincuenta kilómetros por hora en una de las motos. Para tu información, tú ya has recorrido unos sesenta kilómetros.

La idea era ridícula, pero Cabrillo tuvo que preguntarlo.

—¿A qué distancia estoy del avión?

—A unos doscientos kilómetros —le había respondido Max.

Habría amanecido mucho antes de que él recorriese la mitad de esa distancia, y cuando llegase Juan tendría que esconderse o arriesgarse a la deshidratación. La otra alternativa era encontrar algún lugar donde Tiny pudiese aterrizar más o menos cerca. Pero, hasta el momento, Cabrillo solo había visto dunas blandas que no podrían soportar el peso de un ultraligero y mucho menos del bimotor de carga que habían alquilado para el lanzamiento.

—Si a Linc no lo han seguido —dijo Juan—, quiero que espere con Tiny y Hux.

—¿Tienes un plan?

—No, pero estoy colocando a los efectivos para cuando se me ocurra algo.

Ninguno de los dos dudaba de que Juan lo haría.

Eso había sido dos horas atrás, las dos más largas de la vida de Cabrillo.

Aflojó el tensor derecho cuando cambió el viento y voló sobre la cumbre de una duna; remontó en el aire durante unos treinta segundos antes de volver al suelo. Absorbió el impacto con las rodillas doloridas y bajó por el otro lado de la duna. Las huellas de los neumáticos habían estado a su derecha pero con el cambio de la dirección del viento muy pronto correría a lo largo de ellas y después un poco a la izquierda. Se preparó para enfrentarse a otra imponente montaña de arena, la más alta hasta ahora. Su impulso disminuyó a medida que el viento luchaba contra la fricción de la plancha de plástico contra la arena y tuvo que esforzarse para evitar que se le soltara.

Estaba más agotado de lo que nunca había estado en toda su vida, un cansancio que adormecía sus reflejos y hacía que su mente ansiase el sueño por encima de cualquier cosa.

El paracaídas continuó disminuyendo la velocidad, y lo obligó a echarse hacia atrás hasta el extremo de que el trasero casi le tocaba el suelo. Cuando pareció que el viento lo abandonaría y le obligaría a arrastrarse ladera arriba, una ráfaga cogió al paracaídas, levantó a Cabrillo y lo llevó por encima de la cumbre de la duna. Para su horror, vio cuatro camiones aparcados en la base de la duna, con sus faros iluminando a un quinto que tenía el capó levantado. Los hombres se agrupaban alrededor del vehículo averiado, con dos de ellos subidos al parachoques e inclinados sobre el motor. Varios de ellos llevaban fusiles de asalto. Juan hubiera querido acercarse a los vehículos con cautela para comprobar quiénes eran y qué estaban haciendo en aquel lugar, antes de establecer contacto.

La ráfaga que lo había llevado afortunadamente por encima de la cresta de la duna ahora iba a lanzarlo directamente en medio del grupo. Se apresuró a quitar aire del paracaídas y lanzarse a tierra con la vana ilusión de poder retroceder por encima de la duna antes de ser descubierto. Aterrizó en la blanda arena y de inmediato cayó hacia delante y bajó dando volteretas por la ladera en un revoltijo de nailon y cuerdas.

Golpeó la base de la duna con el paracaídas envuelto alrededor de su cuerpo tan firme como los vendajes de una momia, con la boca y la nariz llenas de arena. Cabrillo escupió y sopló para limpiarse los conductos de aire pero por mucho que se esforzó no pudo librar ninguno de los brazos para cortar la tela. Observó indefenso mientras cuatro hombres corrían desde el campamento, con los AK-47 preparados.

—Hola, chicos —dijo Juan alegremente cuando estuvieron cerca—. ¿Hay alguna posibilidad de que alguno de ustedes me eche una mano?

Después de que les hubiesen quitado las armas, las radios y el equipo, Eddie, Mike y Ski fueron encerrados en celdas vecinas en el bloque que los soldados utilizaban para vigilar a Moses Ndebele. A Geoffrey Merrick se lo habían llevado un grupo de civiles que se correspondían con lo que Eddie creía que debían ser un grupo de fanáticos ecologistas. No se podía saber su sexo por la longitud del cabello. El hedor del aceite de pachulí apenas enmascaraba el olor a marihuana que impregnaba sus ropas.

Eddie se masajeó la barbilla donde Donleavy le había dado un puñetazo después de que sus amigos la hubiesen despertado. Un guardia que había visto cómo lo golpeaban, pasó por delante de la jaula en aquel momento, vio lo que hacía y se rió.

Seng calculaba que había unos cien hombres armados en la cárcel, y ahora que la adrenalina había desaparecido de su cuerpo y tenía tiempo para pensar en su situación, comprendió por qué había tantos. Moses Ndebele estaba considerado el salvador de su país; el régimen haría cualquier cosa para silenciarlo. Si lo retenían en una cárcel de Zimbabue, se hubiese convertido en el punto de encuentro para sus seguidores, pero aquí nadie sabía dónde encontrarlo. Podían retenerlo indefinidamente.

Se preguntó por qué Merrick y Ndebele estaban aquí al mismo tiempo y dedujo que debía haber alguna conexión, aunque no veía cuál era. Daniel Singer debía de haber hecho algún tipo de pacto con el gobierno de Zimbabue para utilizar la vieja cárcel o viceversa.

Habían pasado un par de horas desde que los habían descubierto. Como no habían traído a Linc a las celdas, eso significaba que el antiguo SEAL había escapado en una de las motos. Eddie se tranquilizó. El oficial al mando de la guarnición había anunciado que el equipo sería ejecutado al amanecer, pero no tenía sentido que Linc se sacrificase innecesariamente si había tenido la posibilidad de escapar.

Pero con el director en pleno desierto, Lincoln estaba librado a su suerte excepto por Tiny Gunderson y la doctora Huxley, y con el *Oregon* a más de cuatrocientos kilómetros de distancia, Eddie admitió que un rescate sería difícil. Necesitarían una flota de helicópteros para realizar un asalto aéreo y el único vehículo actualmente a bordo del barco era la Harley de Linc, así que quedaba descartado el cruce del desierto.

Eddie había entrado en la CIA inmediatamente después de acabar los estudios universitarios y había pasado la mayor parte de los quince años siguientes entrando y saliendo de la China, ocupado en desarrollar una red de informantes que a su vez permitían a Estados Unidos mantener una inquieta relación con la tierra firme. Había entrado desde un submarino en Hainan en la primavera de 2001 cuando los chinos retenían a la tripulación de un avión espía EP-3, y pudo transmitir la información que había impedido que la crisis desembocase en una guerra. Se había movido entre la policía secreta china, una de las más eficientes del mundo, con casi total impunidad porque era muy bueno en lo que hacía. La ironía de ser capturado por los guardias pretorianos de un dictador de tercera no se le pasaba por alto.

A pesar de lo negro del panorama, Eddie aún tenía fe en que Juan Cabrillo encontrara la manera de salvarlos. Aunque ambos habían servido en la CIA al mismo tiempo, no se habían conocido hasta dejar el servicio del gobierno. Eso no significaba que Eddie no hubiese escuchado hablar de Cabrillo. Juan había conseguido él solo realizar con éxito algunas de las misiones más difíciles en la historia de la agencia. Como además hablaba perfectamente el castellano, el árabe y el ruso, sus misiones habían sido en algunos de los países más peligrosos de la tierra. Era algo así como una leyenda en Langley. Su reputación, junto con su cabello rubio platino, le habían hecho ganarse el sobrenombre de señor Phelps, el personaje principal de la vieja serie de televisión *Misión: Imposible.* Ya fuese perseguir a los narcotraficantes desde Colombia a Panamá o infiltrarse en un grupo terrorista en Siria que pensaba destrozar el Knesset israelí con un avión secuestrado, Cabrillo lo había hecho todo.

Así que si había alguien que pudiese sacarlos de este hoyo del infierno con solo dos horas por delante antes del amanecer y con recursos limitados, Eddie estaba seguro de que Juan era ese hombre.

El rayo de una linterna atravesó la oscuridad y cegó a Cabrillo. Detrás del resplandor escuchó claramente el ruido de los cerrojos de los fusiles. Se quedó quieto. Los siguientes segundos determinarían si moriría o viviría. Permaneció quieto. Uno de los hombres se le acercó, y apuntó a Cabrillo con un enorme revólver, un viejo Webley si no se equivocaba. El hombre era mayor que Juan, casi cincuentón, con algunas canas entre los apretados rizos y arrugas en la frente.

—¿Quién es usted? —preguntó suspicazmente.

—Mi nombre es Juan Rodríguez Cabrillo. —A juzgar por la edad del hombre, el hecho que estaban todos armados y que iban en la dirección aproximada del Oasis del Diablo, Juan se jugó la vida al decir—: Quiero ayudarles a rescatar a Moses Ndebele.

El puño del hombre apretó la culata del viejo revólver; sus ojos oscuros resultaban impenetrables en la luz cambiante.

Juan continuó, al tiempo que rogaba haber acertado en la identidad de este grupo.

—Tres de mis hombres están ahora en la cárcel. Tenían la intención de rescatar a un empresario norteamericano. Los atraparon las tropas que custodian a Ndebele. Uno de los míos consiguió escapar y está a la espera con un avión a unos sesenta kilómetros de la cárcel. Si puedo salvar a mi gente, estoy dispuesto a ayudarles a salvar a su líder.

El revólver permaneció firme como una roca.

—¿Cómo nos encontró?

—Mi paracaídas principal no se abrió y cuando bajaba con el de reserva vi los faros. Improvisé un esquí-parapente y los he estado siguiendo.

—Su historia es lo bastante descabellada como para ser cierta.
—El hombre bajó el revólver y dijo algo en un dialecto nativo. Otro de los africanos se acercó y sacó una navaja del bolsillo.

—Solo para que lo sepa, tengo en la funda una automática Glock y una metralleta MP-5 sujeta a la espalda.

El hombre de la navaja miró al líder del grupo. Este asintió y el segundo africano hizo un corte en la tela, y permitió a Juan respirar profundamente por primera vez desde que había rodado por la duna. Se levantó lentamente con la precaución de mantener el brazo bien apartado de la Glock en la funda.

—Gracias —dijo y extendió la mano—. Por favor, llámenme Juan.

—Mafana —respondió el jefe y sujetó el pulgar de Cabrillo en el saludo tradicional—. ¿Qué sabe de nuestro *baba,* nuestro padre, Moses Ndebele?

—Sé que será juzgado y ejecutado muy pronto y que si eso ocurre, cualquier oportunidad de derribar a su gobierno habrá desaparecido.

—Él es el primer líder que ha conseguido unir a las dos grandes tribus de Zimbabue, los matabele y los mashona —dijo Mafana—. Durante nuestra guerra de independencia alcanzó el rango de general antes de cumplir los treinta años. Pero después de la guerra, la élite del poder vio su popularidad como una amenaza a su poder. Ha estado en prisión y lo han torturado a menudo. Lo tienen en custodia desde hace dos años y lo matarán si no lo rescatamos.

—¿Cuántos hombres tiene?

—Treinta. Todos nosotros hemos servido a las órdenes de Moses.

Juan miró los rostros de los hombres. Ninguno de ellos tenía menos de cuarenta años, y sin embargo la decisión brillaba en sus ojos, una muestra de la confianza de los hombres que han experimentado el combate y que hace que los años resulten irrelevantes.

—¿Puede arreglar su vehículo? —preguntó, y dio un paso adelante, sin recordar que seguía sujeto a la plancha. De inmediato cayó de bruces. Un par de hombres se rieron.

Mortificado, Cabrillo se giró para sentarse y se subió la pernera del pantalón. Las risas murieron en el acto cuando vieron la resplandeciente pierna artificial. Se la quitó al tiempo que decía:

—Considérenla solo como la navaja suiza más grande del mundo.

Las risas sonaron de nuevo. Mafana ayudó a Juan a levantarse y le ofreció el brazo mientras él avanzaba a la pata coja a través de la blanda arena hasta el improvisado campamento.

—En respuesta a su pregunta, sí se puede arreglar. La arena ha entrado en la bomba de combustible e impide que funcione con normalidad. Estaremos preparados para partir en unos pocos minutos, pero hemos perdido mucho tiempo.

Juan pidió prestado un martillo y un formón de las herramientas colocadas sobre una lona junto al camión averiado y se puso a trabajar para librar la prótesis de la plancha de plástico.

—¿Cómo van a liberar a Ndebele?

—Esperaremos a que se dispongan a trasladar a Moses y les tenderemos una emboscada fuera de la cárcel. Quizá utilicen camiones, pero sospechamos que usarán un avión. Los rumores en la capital dicen que el juicio se celebrará dentro de dos días.

«Demasiado tarde para salvar a mis muchachos», pensó Juan. También pensó que la idea de Mafana de tender una emboscada solo garantizaría que le atravesaran la cabeza a Ndebele de un balazo en cuanto atacasen a los guardias. Tenía que encontrar la manera de convencer a Mafana de que atacase el Oasis del Diablo antes del amanecer o Eddie, Mike y Ski serían hombres muertos.

—¿Qué pasa si yo tengo un plan para liberar a Moses esta noche y llevarlo en avión hasta Sudáfrica sano y salvo?

El antiguo guerrillero miró a Cabrillo con una expresión prudente.

—Me gustaría saber un poco más de ese plan.

—A mí también —murmuró Juan para sí mismo, a sabiendas de que solo disponía de unos segundos para inventarse algo—. En primer lugar deje que le pregunte una cosa: ¿tiene algún lanzagranadas?

—Unos viejos RPG-7 rusos sobrantes de la guerra.

Juan soltó un gemido. La guerra revolucionaria en Zimbabue había acabado veinticinco años atrás.

—No se preocupe —añadió Mafana rápidamente—. Los hemos probado.

—¿Qué me dice de cuerdas? ¿Cuánta cuerda tienen?

Mafana le preguntó a uno de los hombres y le tradujo a Juan.

—Al parecer una gran cantidad. Por lo menos setecientos metros de cuerda de nailon.

—Una última pregunta —dijo Juan, que miró hacia donde el paracaídas cortado aleteaba al viento como si la inspiración lo hubiese golpeado como un rayo—. ¿Alguno de ustedes sabe coser?

21

El constante zumbido de fondo de los insectos casi hizo que Daniel Singer no escuchase la campanilla de su móvil. Buscó a ciegas el teléfono en el húmedo enredo de las sábanas y la mosquitera. Había dormido con el móvil a mano, porque no confiaba en que algunos de los mercenarios que había contratado no intentase robárselo mientras dormía. El dinero no podía comprar tanta lealtad.

—Hola —dijo con voz espesa.

—Dan, soy Nina. Hemos tenido un problema. Alguien intentó rescatar a Merrick.

Singer se despertó del todo.

—¿Qué? Dime qué ha pasado.

—Eran cuatro. Capturaron a tres y un cuarto escapó en una moto. Susan le disparó a Merrick en el pecho. Fue así como nos enteramos que estaban aquí. Los guardias que vigilan a Moses Ndebele encontraron los paracaídas en el techo.

—Espera. ¿Susan le disparó a Geoff?

—Sí, en el pecho. Fingió ser una secuestrada y cuando tuvo la oportunidad cogió un arma y le disparó. Hemos detenido la hemorragia y lo hemos sedado con heroína que tenía Jan. No te preocupes, le confisqué el resto.

El consumo de drogas entre su gente era lo que menos le preocupaba a Singer.

—¿Quiénes son los hombres que vinieron a rescatar a Merrick?

—Afirmaron haber sido contratados por la compañía para rescatarlos a él y a Susan. No nos dijeron nada más. El capitán de los guardias quiere ejecutarlos al amanecer, Danny. —Había horror en su voz cuando le transmitió a Singer esa información—. Todo parece estar absolutamente fuera de control. No sé qué puedo hacer.

—Lo primero es calmarse, Nina. —Singer respiró profundamente para calmar sus propios nervios, pensando en cómo manejar esta situación. Los vapores se alzaban del pantano fuera del cobertizo donde dormía. Muy cerca, uno de los mercenarios africanos gruñó en sueños mientras a lo lejos las chimeneas de gas de las numerosas instalaciones petroleras escupían tanto fuego que parecía como si todo el mundo se quemase. La visión de tal desastre medioambiental lo asqueaba.

—¿Qué quieres que haga? —preguntó Nina.

Singer miró el dial luminoso de su reloj hasta que vio que eran las cuatro y media de la madrugada. Antes de dormirse había leído los últimos partes meteorológicos. Mostraban que la tormenta que se estaba formando en el Atlántico muy pronto se convertiría en la décima tormenta con nombre del año, y todo indicaba que sería un monstruoso huracán.

Utilizar el Oasis del Diablo para encerrar a su antiguo socio, y jugar un poco con su mente, solo había sido la fase uno. Únicamente esperaban que apareciese una gran tormenta y Singer pondría en marcha la segunda parte de su operación. A la vista de la cooperación de la madre naturaleza, si bien con un poco de ayuda de los calentadores que había colocado frente a la costa de Namibia en 2004, podía hacer que se llevaran a Merrick a Cabinda a primera hora de la mañana.

—Enviaré un avión a recogerte mañana por la mañana.

—Umm —comenzó a decir Nina y después guardó silencio.

—¿Qué pasa?

—Dan, van a ejecutar a los tres comandos al amanecer. Hemos hablado de esto y ninguno de nosotros quiere estar por aquí cuando ocurra. Las cosas pintan mal. El comandante todavía cree que hay un grupo de camino hacia aquí para rescatar a Ndebele y ninguna de las mujeres, incluida yo misma, se siente cómoda con estos hombres alrededor, si sabes a qué me refiero.

Singer lo pensó durante un momento.

—Muy bien, hay un lugar a unos sesenta kilómetros al este de donde estás. El piloto que me llevó la primera vez al Oasis del Diablo me lo mencionó. No recuerdo su nombre pero lo verás en el mapa. Ahora es una ciudad fantasma, pero hay una pista de aterrizaje. Llamaré al piloto a Kinshasa y le diré que despegue con el alba. Llévate una de las camionetas y espéralo allí. Llegará un poco antes del mediodía.

—Gracias, Danny. Eso será perfecto.

Singer cortó la comunicación. Sabía que no valía la pena intentar dormir de nuevo. Años de cuidadosa planificación estaban a punto de dar su resultado. Cuánto más fácil hubiese sido de no haber tenido que gastar gran parte de su fortuna después de obligar a Merrick a que le comprase su parte. Podría haber simplemente pagado lo que necesitaba y evitarse la necesidad de dar tantos pasos difíciles.

Pero mientras permanecía apoyado en un poste y contemplaba el resplandor infernal de los campos petrolíferos, sabía que la dificultad de esta operación haría el éxito mucho más dulce. No había sustituto para el trabajo duro. Quizá por eso había gastado la mayor parte de sus millones. Los había conseguido con demasiada facilidad. Merrick y él apenas si tenían más de veinte años cuando patentaron los limpiadores de carbón. Desde luego, habían dedicado muchísimas horas a perfeccionar el sistema, pero nada comparable al tiempo necesario para comprender y apreciar la riqueza y el triunfo.

Debido a que había tenido que trabajar tan duro para poner en marcha esta operación, podría saborearla mucho más. Los sacrificios, las penurias y las privaciones hacían que la victoria final fuese mucho más preciosa que todo el dinero que había acumulado en su vida anterior. Que todo fuese por el bien de la humanidad lo hacía todavía mejor.

Se preguntó, y no por primera vez, cuántas vidas salvaría en cuanto el mundo despertase a la realidad del calentamiento global. La cifra alcanzaba a las decenas de millones, pero algunas veces creía que en realidad estaba salvando a toda la humanidad, que en el futuro los historiadores definirían este año y esta tormenta como lo que había hecho ver la luz a la gente y detener la caprichosa destrucción del planeta.

Se preguntó cómo llamarían a esa persona. La única palabra que se le ocurrió fue Mesías. Si bien no le interesaba el tono religioso de la palabra, pues creía que todas las religiones eran mitos, admitió que era la más acertada.

—Mesías —susurró—. Nunca sabrán que yo los salvé, pero soy su Mesías.

La caravana, menos uno de los camiones, se detuvo a ocho kilómetros del Oasis del Diablo para preparar el ataque. Dieron una vuelta alrededor de la cárcel para tener el viento a la espalda. Cabrillo había pasado la mayor parte del viaje con Mafana en el camión de cabeza para afinar el plan y coordinarlo con Max Hanley y Franklin Lincoln. La batería del móvil estaba a punto de agotarse cuando acabaron de analizar todos los aspectos.

Mafana parecía aliviado de tener a Juan con ellos. Admitió que durante la guerra solo había sido sargento y carecía de la mente de Cabrillo para la táctica. El plan que había preparado Juan era mucho más complicado que el ataque directo de Mafana, pero también tenía muchas más posibilidades de éxito.

Cabrillo se bajó del camión y se hizo un masaje en la parte inferior de la columna, para intentar aliviar las tensiones que hubiesen puesto en un compromiso a un masajista profesional. Tenía los ojos inyectados en sangre por el polvo, y por mucha agua que bebía no parecía quitarse la arena de los dientes. Se prometió a sí mismo la ducha más larga de su vida cuando se acabase esta noche. Pensar en el agua tibia le provocó otra oleada de fatiga. De no haber sido por las píldoras de cafeína que había añadido a su botiquín unos meses antes, se hubiera tendido en el suelo para enroscarse como un perro.

Hizo una serie de respiraciones profundas y sacudió los brazos para activar la circulación; se decidió, en cambio, por una ducha rápida y la siesta más larga de su vida. Mientras un par de hombres de Mafana desplegaban el paracaídas y lo extendían sobre la arena, Cabrillo repasó su equipo y descartó todo lo que no fuese absolutamente necesario, incluidos la pistola y la funda, el puñal, la cantimplora, el botiquín y la mitad de la munición de su metralleta H&K. Así podía llevar dos misiles más para el RPG-7 que le había cedido Mafana.

Se aseguró de que llevaba la navaja. La original había sido un regalo de su abuelo cuando cumplió los diez años y la había perdido décadas atrás, así como otras docenas más, idénticas; pero cada vez que tocaba la navaja en su bolsillo recordaba que se había cortado el dedo el día que había recibido el regalo y con lágrimas en los ojos le había dicho a su abuelo que no era lo bastante responsable para tener una navaja como aquella. El anciano había sonreído y le había dicho, que pensar que no lo era, demostraba que sí lo era.

Volvió a llamar a Max.

—Nos faltan unos cinco minutos para iniciar el ataque.

—Todo está preparado por parte de Linc y Tiny —le informó Max—. George está a la espera con el Robinson y nosotros nos vamos a colocar en posición. Ha llamado Mark. Eric y él están preparados para iniciar con la primera luz la búsqueda de las armas desaparecidas. A través de su red de amigos pilotos, Tiny ha conseguido uno de los mejores aviadores de África central.

—Muy bien.

—¿Cómo estás tú, jefe? No suenas muy bien.

—Estoy bien. Pero recordando que envejecer es un asco.

—Espera hasta que tengas que arrastrar tu arrugado trasero de la cama después de cumplir los sesenta.

Juan soltó una carcajada.

—Con esa encantadora imagen en mi mente tengo que marcharme.

—Buena suerte.

—Gracias. Te veré en un par de horas.

—Pondré unas cervezas en hielo para ti.

—Seremos cuatro, así que pon un cajón. —Juan cortó la comunicación.

Mafana se le acercó mientras Cabrillo se sentaba y comenzaba a atar la placa de plástico moldeada al pie de la pierna ortopédica. Los nudos estaban bien apretados, aunque no tan fuerte como cuando había soldado las dos piezas. Pero para lo que tenía en mente no era necesario.

—¿Está preparado? —preguntó el antiguo rebelde—. Falta menos de una hora para el amanecer y necesitaremos tiempo para ponernos en posición.

Juan se levantó.

—Estoy todo lo preparado que se puede estar.

Con la ayuda de Mafana, Cabrillo fue torpemente hasta el paracaídas. De acuerdo con sus instrucciones, los hombres de Mafana habían extendido el paracaídas negro en el suelo y apilado arena en los bordes para impedir que el viento se colase por debajo y se lo llevase. Antes de ponerse el arnés, Juan cargó la mochila con los proyectiles del lanzagranadas sobre los hombros para que colgase sobre el pecho. El tubo del lanzador y su MP-5 estaban atados debajo. Ya había inspeccionado la tela donde uno de los africanos había cosido los cortes que habían hecho para librarlo del paracaídas, así que ya no le quedaba nada más que hacer que pasar por alto la aprensión que notaba en el estómago y sujetarse.

—Esperaremos su señal —dijo Mafana, y estrechó la mano de Cabrillo—. Esta noche habrá ayudado a salvar una nación.

Los rebeldes africanos corrieron de regreso a sus vehículos medio kilómetro más allá. El sonido de los motores en marcha llegó al cabo de unos momentos. Juan repasó los nudos de nuevo mientras esperaba y se echó ligeramente hacia atrás para prepararse para la sacudida.

Afortunadamente, el conductor del vehículo de arrastre pisó el acelerador con suavidad. Los casi setecientos metros de cuerda de nailon que habían unido se tensaron cuando el camión avanzó. Cabrillo se echó todavía más atrás cuando la cuerda sujeta al arnés comenzó a tirar. La placa de plástico que había utilizado para el esquí-parapente a través del desierto comenzó a susurrar sobre la arena mientras el camión ganaba velocidad. El paracaídas se desprendió de la arena que tenía apilada y cuando llegaron a los quince kilómetros por hora, el aire comenzó a llenar la tela. Se despegó del suelo y tiró de las cuerdas, pero no iba lo suficientemente rápido para provocar el empuje ascensional que necesitaban para volar.

Como la cuerda era tan larga, Juan sabía que, si se caía, el conductor no lo vería. Sería arrastrado por el suelo hasta que pudiese desatar la cuerda. Para mantener el equilibrio tuvo que inclinarse mucho mientras el camión continuaba acelerando y la tensión en las cuerdas aumentaba por momentos.

Juan se desvió a la izquierda para evitar una roca, a punto estuvo de chocar contra otra, y casi se cayó hacia atrás cuando la plancha de plástico resbaló debajo de él. Levantó las dos piernas del suelo para conseguir poner de nuevo el esquí en posición, y confió en el paracaídas, parcialmente hinchado, para que le diese el segundo que necesitaba. Sus movimientos casi hicieron que se cerrase, pero consiguió mantenerse de pie y encontrar de nuevo el centro de equilibrio.

El camión llegó a los treinta y dos kilómetros por hora, después a los cuarenta. Juan sentía como si las piernas y las rodillas le quemasen y de pronto dejó de sentir. Había despegado definitivamente.

Entraba el suficiente aire en el paracaídas para superar su peso y el del equipo. El camión continuó ganando velocidad y Juan ascendió todavía más. Muy pronto el altímetro atado a su muñeca indicó seiscientos treinta metros de altura. El viaje era fantástico.

—Paracaidismo, esquí-parapente, sky surf. —Se rió—. Todo en el mismo día.

Utilizó el cortaplumas para cortar las cuerdas que sujetaban la pierna artificial a la placa que había utilizado para deslizarse. Lamentó no poder conservar la placa de plástico verde como un recuerdo, pero no tenía otra alternativa si quería hacer un aterrizaje seguro.

La cuerda estaba lo bastante floja como para que su viaje fuese relativamente suave, aunque no tan firme como si hubiera estado detrás de una lancha practicando sky surf, deporte que se había vuelto muy popular en todas las playas del mundo. El camión de vez en cuando se metía en un valle y tiraba de Juan como de una cometa al final de un cordel, pero no estaba pasándolo demasiado mal.

Cabrillo tenía que decidir cuándo soltarse del arrastre. A su espalda, los primeros tonos de la aurora se extendían como tinta color cobalto. Sabía, por las indicaciones previas del *Oregon*, que el sol saldría al cabo de quince minutos. Pero mientras los colores se extendían a través del desierto, alcanzó a distinguir el diseño de casamata del Oasis del Diablo a más o menos un kilometro y medio.

Sin pensárselo dos veces, desengachó la cuerda unida a una anilla D en su arnés de combate. La cuerda se escapó de sus manos mientras el paracaídas subía otros treinta metros o más, al no estar ya sujeto al camión.

Uno de los hombres de Mafana estaría vigilando cuando cayese al suelo y el convoy se detendría antes de que pudiese ser descubierto por cualquier centinela de la cárcel. Los hombres disponían de pocos minutos para ponerse en posición.

Juan tiró los tensores hacia abajo para darse el máximo de tiempo en el aire mientras el viento lo llevaba hacia la vieja penitenciaría. No era la primera vez esta noche que la suerte se ponía de su lado. Si el viento se mantenía, tendría altura más que suficiente para planear hasta el techo de la prisión.

El viento aumentó y lo arrastró como una hoja. Movió los tensores para cambiar la dirección ligeramente y mantener el edificio centrado entre las botas. El cielo continuaba de un color violeta oscuro cuando pasó por encima del Oasis del Diablo sin que sonase ninguna alarma.

Quitó aire del paracaídas en un descenso controlado y se posó con tanta suavidad que se sintió como si hubiese bajado el último escalón de unas escaleras.

Se giró y rápidamente recogió el paracaídas en sus brazos para evitar que cayese al patio interior de la cárcel.

Se quitó el arnés y la mochila y los usó momentáneamente como lastre para mantener fijo el paracaídas. Empuñó la MP-5 y realizó un rápido reconocimiento del parapeto. Observó donde su equipo había asegurado las cuerdas para descender a la prisión. Las cuerdas las habían cortado, pero los pernos continuaban colocados en la gruesa viga de madera. Al mirar por encima del muro exterior vio que la arena había sido removida y las huellas donde se habían llevado las motos. Dos de ellas giraban hacia la entrada principal mientras que la tercera, la de Linc, se perdía en el desierto. Había otro juego de huellas, las de un camión, a juzgar por su tamaño, que desaparecían hacia el este.

Después de atar el paracaídas a uno de los pernos, Cabrillo eligió rápidamente sus objetivos y encontró el punto más ventajoso para el ataque. Tenía siete granadas para el RPG-7 y cuatro objetivos, pero se dijo que después de tantos años un par de proyectiles fallarían. Sin embargo, le gustaban sus probabilidades.

Llamó al *Oregon*. Aunque Hali Kasim era el director de comunicaciones del barco, Linda Ross coordinaba el asalto. Respondió a la llamada antes de que acabase el primer pitido.

—La casa del placer y el dolor de Linda —dijo ella a modo de saludo.

—Apúnteme para el primero —susurró Juan—. Estoy dentro.

—No esperábamos menos. Por supuesto, he visto abuelas de setenta años haciendo sky surf en el Cabo, así que no estoy impresionada. —Su tono risueño desapareció—. Tiny despegó hace unos quince minutos. Se mantendrá fuera de alcance hasta quince minutos después del amanecer. Después podrás hablar con Linc por la red táctica.

No había necesidad de que Cabrillo continuase comprometiendo su situación si seguía hablando, así que no dijo nada.

—Solo quiero desearte buena suerte —añadió Linda—, y saca a nuestros muchachos de allí. *Oregon* fuera.

Juan apagó el móvil y lo guardó en la funda plástica sujeta a la cadera.

Los tres guardias que holgazaneaban junto a la puerta principal se pusieron repentinamente si no en atención, al menos un poco más alertas cuando se abrió la puerta directamente debajo de donde Juan estaba sentado. Rodeado por las almenas de piedra como un castillo medieval, Juan estaba muy bien cubierto mientras miraba a una figura solitaria que cruzaba el patio, con una linterna en la mano. Habló con uno de los guardias durante un momento, y después volvió por donde había venido.

Todo el resplandor del sol golpeó en la espalda de Juan cuando finalmente apareció por encima del horizonte. A pesar de las largas sombras vio tres postes de madera clavados en el suelo junto a la pared, a la izquierda de la puerta principal. Antes de que la luz bañase el patio cuadrado, Juan sacó la pequeña navaja del bolsillo y la lanzó hacia los postes. Cayó al suelo y se deslizó directamente hasta el poste del medio. Su abuelo, que le había regalado su primera navaja, también le había enseñado a lanzar herraduras.

Mientras Juan preparaba el lanzagranadas, los hombres comenzaron a entrar en el patio de armas, al principio solos o en pareja, pero muy pronto por docenas. Vio, por su lenguaje corporal y la manera de bromear, que los soldados estaban ansiosos por presenciar la ejecución. Calculó que había unos cien. Desdichadamente, más de la mitad llevaban sus armas. El rumor de la conversación y las risotadas le llegaron desde abajo hasta que se abrió otra puerta.

Juan tuvo que inclinar el cuello para ver a la pareja de escoltas que sacaban a Eddie, Mike y Ski del interior de la prisión. Sintió el orgullo en su pecho. Su tripulación caminaba con los hombros echados hacia atrás y la cabeza en alto, y de no haber tenido las manos atadas en la espalda, sabía que sus brazos marcarían el compás. Iban a enfrentarse a la muerte como hombres.

Encendió la mira láser de su pistola ametralladora.

Eddie Seng había visto varias ejecuciones mientras trabajaba como agente secreto en China; las realizaban con mucha eficiencia; en cambio, aquí, el comandante lo estaba convirtiendo en un espectáculo para sus hombres, inspirado sin duda por alguna película con alguna ejecución que había visto.

De no haber estado atado y a punto de enfrentarse a un pelotón de fusilamiento se hubiese reído ante el absurdo.

Era un hombre valiente, más valiente que la mayoría, pero tampoco quería morir; al menos así, impotente. Pensó en su familia. Aunque sus padres habían muerto hacía un par de años, tenía docenas de tíos y tías en Nueva York, y más primos de los que podía contar. Ninguno de ellos sabía qué trabajo hacía ni tampoco se lo preguntaban en sus escasas visitas. Sencillamente le daban la bienvenida al rebaño mientras estaba, le servían más comida de la que podía comer y se aseguraban de que conociese a los niños que habían nacido desde su última visita. Los echaría de menos más de lo que había creído. Pero no sabrían que había desaparecido hasta que Juan apareciese con un cheque de seis u ocho cifras, el valor de las acciones de Eddie en la corporación. Por mucho que el director intentase explicar cómo había amasado Eddie esa fortuna, sabía que no le creerían.

Eran personas sencillas y trabajadoras y pensarían que Eddie había estado metido en algo ilegal. Romperían el cheque y su nombre no volvería a ser mencionado nunca más.

Eddie apretó las mandíbulas un poco más y contuvo las lágrimas que asomaban a sus ojos por haber avergonzado a su familia.

No prestó atención al pequeño punto de luz que se encendía y se apagaba en la nuca de Ski hasta que su subconsciente comprendió que los destellos al azar no eran tales. Era el código Morse.

«... au Geste a tu espalda.» Eddie se forzó a no mirar atrás a medida que se acercaban al lugar de la ejecución. El director estaba allí y utilizaba el láser, probablemente la mira de su arma, para enviarle un mensaje. El astuto hijo de perra iba a sacarlos de allí.

«RPG B 4U atado. Cuchillo base poste central.»

Eddie comprendió que Cabrillo iba a utilizar un lanzagranadas para cubrirlos y que había un cuchillo en el suelo en la base del poste central, el poste donde seguramente lo atarían dado que caminaba entre Mike y Ski. El plan era brillante porque con los guardias dispuestos a atarlos a los postes sus camaradas seguramente no abrirían fuego contra ellos.

—El director esta aquí —le dijo Seng a sus camaradas por encima de los gritos de burla de los soldados que flanqueaban su camino. No era necesario decir más. Reaccionarían a lo que hiciese Cabrillo y se adaptarían al cambio de circunstancias. El único reconocimiento que dio Ski de haberlo escuchado fue un leve movimiento de cabeza.

—Ya era hora —dijo Mike, y un guardia le pegó un golpe en la nuca.

Un par de soldados escupieron a los prisioneros cuando pasaban y otros intentaron hacerles tropezar. Eddie apenas si se dio cuenta. Estaba concentrado en cómo hacerse con el cuchillo y mentalmente repasó los movimientos que debía hacer para cortar las ligaduras de plástico de Ski.

La falange de soldados se separó cuando se acercaron a los postes de madera. Había tres guardias detrás de los postes con cuerdas para atarlos. Uno de los hombres que iba en cabeza del desfile miró al suelo cuando llegaron a los postes. Vio la navaja y, antes de que otro pudiese adelantarse y cogerlo, lo levantó del suelo y se lo guardó en el bolsillo de los pantalones. Cuando se giró para mirar a los condenados, se sorprendió ante la mirada asesina que le dedicaba Eddie.

«El mayor error de tu vida, compañero», pensó Eddie y modificó su plan de ataque.

Cabrillo esperó con solo una parte mínima del rostro expuesto a los hombres de abajo, aunque ninguno de ellos miraba a ninguna otra parte excepto a los prisioneros. Su mano estaba en la empuñadura de la RPG-7 y solo tardaría un segundo en mover el arma, ponérsela en el hombro y disparar.

El comandante pasó entre la multitud de soldados que lo ovacionaban, sonriendo y respondiendo a los saludos con la mano. Les estaba ofreciendo un entretenimiento inesperado y quería disfrutar de la gloria del momento. Se detuvo delante de los prisioneros y levantó los brazos para silenciar a la revoltosa multitud.

Juan esperaba tener la ocasión de ser él quien matase al hombre, pero en el combate había pocas garantías.

El comandante comenzó a hablar en un lenguaje aborigen; su voz profunda resonaba entre los muros del patio de armas. Los hombres escuchaban y de cuando en cuando vitoreaban cuando decía algo que los entusiasmaba especialmente.

Cabrillo podía imaginarse lo que decía. Hemos capturado a tres espías de la CIA, blablablá. Larga vida a la revolución etc., etc., etc. ¿No soy el mejor oficial que habéis tenido? Más blablablá.

«Venga, acaba.»

El comandante acabó su discurso de diez minutos, se giró, y le hizo un gesto a los tres hombres preparados para atar a los cautivos.

Juan se movió alrededor del bloque de piedra detrás del cual estaba escondido y levantó el RPG. En cuanto tuvo a una de las puertas que conducían al interior de la prisión en la rudimentaria mira del lanzagranadas, apretó el gatillo y se puso en movimiento en el instante en que el misil salió del tubo. El misil se encendió, y le quemó el dorso de la mano mientras corría al lugar donde había dejado el siguiente proyectil.

Seguido con una estela de vapor blanco el misil de dos kilos y medio atravesó el patio y estalló justo encima de la puerta que daba a los barracones de la antigua prisión. El estallido de la carga arrancó el dintel y provocó el derrumbe parcial del muro que estaba por encima. Las rocas cayeron sobre la abertura hasta taparla completamente.

En el instante en que Eddie escuchó que el motor del misil se ponía en marcha se volvió y le propinó un puntapié en la cabeza al guardia que lo iba a atar, con tanta fuerza que lo envió a tres metros de distancia. Luego se acercó al soldado que había recogido la navaja. Eddie metió un pie detrás de las piernas del hombre y continuó hacia adelante. Aunque el guardia medía unos cuantos centímetros más que él, Eddie tenía a su favor el factor sorpresa y no tuvo problemas en derribarlo.

Cayeron al suelo en el momento en que el misil detonaba contra el muro de la prisión. Con las manos atadas en la espalda, Eddie utilizó el impulso de la caída para golpear con la barbilla en la garganta del guardia con la fuerza suficiente para aplastarle la laringe. Con la laringe rota, el soldado comenzó a sacudirse violentamente al tiempo que se llevaba las manos a la garganta como si pudiese abrirla de nuevo. Eddie se apartó y buscó en el bolsillo, pero no podía meter la mano debido a la danza espástica del soldado. Notaba el contorno de la pequeña navaja de Cabrillo a través del pantalón; en un ataque de concentración y fuerza arrancó el arma y se llevó también un puñado de tela.

Una segunda granada voló a través del cielo por encima del patio y si bien Eddie no prestó atención al lugar del impacto, sospechó que el director estaba sellando sistemáticamente todas las entradas a la prisión. Abrió la navaja. Ski obviamente dedujo lo que iba a pasar porque ya estaba acomodado en el suelo a menos de treinta centímetros con la espalda vuelta hacia Eddie. Seng rodó sobre sí mismo, quedaron espalda contra espalda y cortó la brida de plástico que sujetaba las manos del gigantón polaco.

Ski cogió la navaja y cortó las ligaduras de Eddie. Para no perder ni siquiera una fracción de segundo, Seng se apartó de Ski, a sabiendas de que el ex infante de marina liberaría a Mike Trono. Ahora que podía luchar con las manos, Eddie se hizo con un AK-47 de uno de los atónitos guardias con un golpe en la nuca. A diferencia de cuando había dejado inconsciente a Susan Donleavy, esta vez no se contuvo. El soldado estaba muerto antes de que su cuerpo se desplomase a tierra.

Se volvió y vio un guardia que apuntaba hacia donde Ski estaba cortando las ligaduras de Mike. Eddie lo tumbó con dos disparos que lo lanzaron contra varios de sus camaradas. El sonido de sus disparos había sido disimulado por las descargas de las armas automáticas dirigidas contra las almenas de la cárcel. Veinte armas o más disparaban contra las almenas de piedra, y envolvían el murete con una nube de esquirlas de piedra y polvo. Eddie corrió hacia sus camaradas, y los cubrió con su fusil de asalto hasta que todos pudieron ponerse a cubierto debajo de uno de los camiones aparcados en el patio.

Con los soldados disparando a lo largo de las paredes este y oeste, Cabrillo se mantuvo agachado mientras daba la vuelta a la cárcel. Cargó otro proyectil en el lanzagranadas mientras corría. Llegó a la pared opuesta a la última puerta que conducía a la cárcel. Hasta entonces ninguno de los guardias se había dado cuenta de su estrategia de encerrarlos dentro del patio de armas, pero bastaría que algún oficial comprendiese lo que estaba pasando para que ordenara a sus hombres que volviesen a las dependencias. Sabía que su primera tarea era ejecutar a Moses Ndebele. El plan dependía de que los guardias estuviesen en el exterior para presenciar la ejecución y así evitar que retrocediesen.

Se metió entre dos bloques de piedra, disparó y retrocedió cuando una docena de armas automáticas siguieron al revés la estela del proyectil y atacaron su posición. El aire estaba lleno de fragmentos de piedra y proyectiles aplastados. El motor de la granada del misil no funcionaba bien y esta se elevó hacia el cielo totalmente descontrolada. Se alejó de lo más nutrido de las descargas, arrastrándose unos diez metros, y esperó a que cesaran los disparos incontrolados. Pasó el MP-5 por encima de la pared y vació medio cargador, con la precaución de disparar a través del segundo piso para evitar herir accidentalmente a sus hombres.

En respuesta, los guardias redoblaron los disparos, y destrozaron las almenas como si tal cantidad de balas bastase para abrirse paso a través de la roca. Juan no hizo caso de los aullidos y silbidos de las balas que pasaban a centímetros por encima de su cabeza y cargó tranquilamente el lanzagranadas. Se arrastró un poco más allá por el techo, y llegó a donde debería disparar, con el ángulo más oblicuo posible, y aun con todo alcanzar la última puerta, que estaba al menos a quince metros de donde los guardias continuaban disparando con sus AK-47.

La distancia que había recorrido quizá le daría un segundo de ventaja antes de que lo viesen de nuevo. Entonces se le ocurrió una estrategia mejor y rodó sobre sí mismo para alejarse del murete que rodeaba el patio. Se apartó del borde hasta que al ponerse de rodillas no podía ver a los hombres que estaban abajo. Más importante aún, ellos no podían verlo. Se adelantó unos centímetros y vio algo de la prisión, un poco debajo de la pared opuesta. Avanzó con cautela sobre las rodillas. ¡Allí! Podía ver el arco estilo romano sobre la lejana puerta, pero a ninguno de los guardias que se amontonaban debajo.

Cabrillo se llevó el lanzagranadas al hombro, apuntó cuidadosamente y apretó el gatillo. Lo que no veía y no podía saber era que un sargento se había dado cuenta de la táctica de Juan y llevaba a un pequeño pelotón hacia la puerta. Pero el misil cruzó el patio; uno de los guardias estaba directamente debajo del arco de la puerta cuando el misil golpeó contra la pared. Mientras la explosión arrojaba trozos de piedra a través del patio de armas y dispersaba al pelotón, la onda expansiva destrozó los huesos del soldado que iba en cabeza antes de que fuera aplastado por la avalancha de piedras.

Juan corrió hacia el murete para ver el resultado del ataque. Aunque los daños eran enormes, aún veía los oscuros confines de la cárcel a través del portal desmoronado. Había huecos entre los escombros lo bastante grandes como para ver que un hombre se arrastraba para atravesar la puerta. Cabrillo encendió la mira láser de su pistola ametralladora y cuando el diminuto punto de luz apareció entre los omoplatos del guardia disparó con una mano, sin recordar que el arma estaba en automático. No tuvo importancia que el segundo, el tercero y el cuarto proyectil se perdiesen. El primero había perforado al guardia exactamente donde apuntaba. Cayó sobre la pila de escombros y se quedó quieto.

Cabrillo cargó el lanzagranadas por quinta vez, y en esta ocasión se situó en una nueva posición para apuntar mejor a la puerta. Una cortina de plomo se elevó de los soldados furiosos y pareció llenar el cielo donde había estado un momento antes. Avanzó cuidadosamente hasta ver de nuevo la parte superior de la puerta, disparó el misil y se agachó en cuanto comprendió que el proyectil iba bien dirigido. Recargó de nuevo la antigualla rusa, y escuchó el sonido de una avalancha por encima del fuego graneado. Cuando miró por encima de la pared vio que el portal era ahora una montaña de escombros oscurecidos por una nube de polvo.

Los guardias ya no podían entrar en la cárcel. Era hora de llamar a la caballería.

En el patio, el oficial al mando gritaba a voz en cuello para conseguir la atención de sus hombres. La emboscada los había vuelto locos y, aparte del sargento que se había dado cuenta de que el ataque tenía la intención de encerrarlos en el patio de armas, los hombres no se habían dado cuenta de que se encontraban en un campo de tiro potencial. Esperaba que en cualquier momento aparecieran los atacantes en el techo para acabar con sus hombres como corderos en el matadero. Escogió a los tres hombres más pequeños y delgados, que tenían una oportunidad de deslizarse a través de las puertas destrozadas y ejecutar a Moses Ndebele antes de que la fuerza de asalto pudiese llevárselo. También mandó algunos hombres a que abriesen la puerta principal de la prisión, pero que lo hiciesen con mucho cuidado ante la posibilidad de que hubiese tropas esperando en el exterior. Con tantas armas disparando era imposible saber si habían saltado las alarmas instaladas en el perímetro. Soltó un gruñido de satisfacción cuando vio que uno de sus oficiales intentaba apoyar un largo tubo en el alero para que los hombres pudiesen trepar hasta el techo. En cuanto la parte superior del tubo encajó en una brecha entre dos almenas de piedra, un soldado con un AK-47 en bandolera y sin zapatos subió por él con la agilidad de una araña.

Eddie Seng vio demasiado tarde al soldado que trepaba por el tubo. Tuvo unos pocos segundos para apuntar antes de que el hombre llegase a la parte superior del muro y desapareciese. Con la ventaja limitada por los bajos del camión, se colocó de espalda para tener una visión mejor y levantó el cañón del fusil de asalto para hacer un disparo aproximado. Estaba a punto de apretar el gatillo cuando el hombre desapareció, y muy enfadado apartó el dedo. No tenía sentido disparar y descubrir su posición. Juan tendría que arreglárselas solo con esta nueva amenaza. Eddie se deslizó más profundamente en la sombra que proyectaba el camión. Mike le apoyó una mano en el hombro, un gesto de consuelo que pretendía decirle que él no hubiese podido hacer nada.

No le sirvió de gran cosa.

Cabrillo estaba inclinado sobre el RPG, cargando el penúltimo proyectil. Solo le quedaba volar la puerta principal; Mafana y sus hombres asaltarían la cárcel; y lo liberarían para que pudiese encontrar a Ndebele y Geoffrey Merrick. Acabó de cargar y se levantó.

El sol aún estaba bajo en el horizonte y las sombras que proyectaba eran largas hasta el punto que era imposible saber qué las proyectaba. La sombra que de pronto apareció a su lado no estaba allí un segundo antes. Juan se volvió y solo tuvo tiempo de ver a uno de los guardias de pie, dando la espalda al patio, cuando este comenzó a disparar su AK; los fogonazos de su arma eran como una luz apuntada a sus ojos.

Juan se arrojó a la izquierda, golpeó el techo de madera con el hombro, y antes de que el guardia pudiese interpretar el hecho de que su presa había evitado el disparo, él tenía el RPG pegado contra el costado. Apretó el gatillo y apuntó, más por instinto que con la vista.

El misil salió del tubo entre una nube de gas acre. El cuerpo del guardia no ofreció resistencia suficiente para accionar la carga explosiva cuando golpeó contra su pecho, pero la energía cinética del proyectil de dos kilos y medio que viajaba a trescientos treinta y tres metros por segundo le hizo mucho daño. Con las costillas aplastadas contra la columna vertebral el guardia fue arrojado del techo como una muñeca de trapo.

Aterrizó entre una multitud de camaradas a diez metros de la pared donde había estado, y esta vez la fuerza del impacto bastó para hacer detonar el proyectil. La explosión destrozó carne y huesos, y dejó un cráter humeante rodeado de muertos y heridos.

Juan solo disponía de una granada y si fallaba también fallaría el asalto. La cargó apresuradamente, corrió hacia adelante para apuntar a los gruesos tablones que protegían la entrada principal de la cárcel, y disparó, casi sin darse cuenta de que había un grupo de hombres que iban a abrirla.

El misil funcionó a la perfección y golpeó contra la puerta exactamente en el centro, pero la carga no explotó. Los guardias que se habían lanzado cuerpo a tierra cuando el misil pasó por encima de sus cabezas se levantaron lentamente, y las risas nerviosas dieron paso a las carcajadas y a los vivas cuando se dieron cuenta de que se habían salvado.

Al ver lo ocurrido, Cabrillo cogió la pistola ametralladora. En el momento en que el punto rojo del rayo láser apareció en el trozo alrededor del misil incrustado abrió fuego. Las astillas volaron de la puerta mientras las balas de calibre 9 milímetros mordían la madera. Un momento antes de que se vaciase el cargador, una bala alcanzó al proyectil dormido. La explosión resultante acabó con los hombres que hacía unos instantes habían estado celebrando su buena fortuna y destrozó la puerta en una lluvia de tablas incendiadas.

Momentos antes de que entrasen en acción las alarmas del perímetro, aparecieron cuatro camiones cargados con curtidos veteranos de una de las más sanguinarias guerras civiles de África, dispuestos a entregar sus vidas por el único hombre que creían que podía rescatar a su nación de la ruina.

22

—Lawrence de Arabia llamando a Beau Geste. Adelante, Beau.

Completamente exhausto por las últimas cuarenta y ocho horas, especialmente las doce últimas, Cabrillo se había olvidado de la radio táctica que llevaba y por un momento creyó oír voces. Entonces recordó que Lawrence de Arabia era la señal de llamada de Linc.

—Maldita sea, Larry —respondió Juan—. Me alegra escucharte.

—Acabamos de ver una explosión en la puerta principal y al parecer nuestros nuevos aliados entran al asalto.

—Afirmativo. ¿Cuál es tu posición?

—Estamos a unos cinco kilómetros, a dos mil quinientos metros de altura. Ojo de Águila Gunderson vio el estallido. ¿Estás preparado para que aterricemos?

—Negativo —replicó Cabrillo—. Todavía tengo que encontrar a nuestros pasajeros y necesitamos asegurarnos de que los hombres de Mafana puedan mantener encerrados a los guardias el tiempo necesario para que aterricéis.

—Ningún problema, continuaremos volando en círculos —dijo Linc, y después añadió con un tono de humor en su profunda voz de barítono—: De todas maneras, el peligro se paga por horas.

Juan metió otro cargador en su MP-5 y accionó el cerrojo para poner una bala en la recámara. Antes de que nadie más intentase ganarle el flanco subiendo al techo, corrió hacia donde estaba su paracaídas colgado por la parte exterior del muro de la prisión, con un extremo atado a uno de los pernos que habían instalado sus hombres con anterioridad. ¡Se suponía que esta sería una sencilla operación clandestina de rescate de rehenes retenidos por un puñado de melenudos ecoterroristas!

La batalla en el patio de armas sonaba ahora como la tercera guerra mundial. Mientras los zimbabuenses luchaban unos contra otros cuerpo a cuerpo y usaban los fusiles de asalto tanto como armas o como garrotes, Juan se sujetó a la tela del paracaídas y se deslizó por encima del borde del techo de forma que sus pies quedaron colgando tres pisos por encima del desierto. Bajó lenta y cuidadosamente. El nailon era resbaladizo como la seda. Cuando llegó al final de la serpenteante tela aún estaba a poco menos de un metro por encima de la abertura de la ventana. Clavó las botas contra la pared, recogió las rodillas contra el pecho, y se empujó con toda la fuerza que pudo. Su cuerpo se movió como un péndulo hasta casi unos tres metros de la pared antes de que la fuerza de la gravedad se impusiese y lo enviase de nuevo hacia el edificio. Tuvo la sensación de que las rodillas le estallarían cuando chocó contra la dura piedra, pero el experimento le dijo que podía realizar el intento, aunque el tiempo tenía que estar calculado a la perfección.

De nuevo flexionó las piernas y se lanzó al espacio, sujeto a la tela con un férreo apretón de manos. Cuando llegó a la separación máxima, se concentró en la oscura abertura que daba entrada a la cárcel. Comenzó el arco de descenso, ganó velocidad y, lo más importante, impulso angular. Como una piedra lanzada por una honda, Juan se dejó ir cuando sus pies apuntaban a la ventana.

Voló a través del agujero, evitó el alféizar, chocó contra el suelo, y rodó sobre sí mismo hasta que fue a detenerse contra la balaustrada de hierro que daba a los pisos inferiores. El sonido de su cuerpo al estrellarse contra la floja balaustrada resonó en el enorme bloque de celdas.

Soltó un gemido mientras se ponía de pie, consciente de que al cabo de un par de horas su espalda parecería una cebra con morados a espacios regulares.

Seguro de que no necesitaba moverse con sigilo en este bloque de celdas después de su estrepitosa entrada, Cabrillo corrió escaleras abajo. Ya sabía por los informes de Eddie a Linc que esta sección de la cárcel estaba vacía. En la planta baja se detuvo en la puerta abierta, para mirar a un lado y a otro del pasillo, y agradeció que el generador aún suministrase electricidad a las lámparas. Cuando comenzó a caminar hacia la derecha, tomó la precaución de romper las bombillas a su paso. No tenía la intención de salir de la cárcel por donde había entrado y no quería facilitarle la tarea a algún guardia que consiguiese pasar por las puertas destrozadas.

Atisbó al llegar a una esquina y vio la silla delante de una gran puerta, exactamente como le había descrito Eddie el lugar donde tenían a Merrick. Si bien la misión original había sido la de rescatar al científico, la primera obligación de Cabrillo consistía ahora en llevar a Moses Ndebele a un lugar seguro. Pasó al trote delante de la puerta y se imaginó a los secuestradores de Merrick encerrados adentro, sin saber cómo reaccionar ante la situación.

La cárcel nunca se desprendía totalmente del calor que absorbía durante el día y que ahora, con la llegada del amanecer, aumentaba por momentos en el pasillo. El sudor chorreaba de los poros de Cabrillo mientras trotaba. Ya estaba en la mitad del largo pasillo cuando un movimiento adelante le llamó la atención. Dos guardias muy delgados corrían hacia él desde la dirección opuesta. Estaban mucho más cerca de la entrada del siguiente bloque de celdas que Cabrillo, y su presencia le informó de que era allí donde tenían a su prisionero.

Juan se lanzó cuerpo a tierra; sus codos se rasparon contra el suelo de tierra mientras apuntaba con la pistola ametralladora. Disparó una ráfaga que obligó a los soldados a retroceder por donde habían venido y ocultarse detrás de una esquina.

Seguramente habían trepado por encima de las montañas de escombros que cerraban las puertas, pensó distraídamente, y procuró no hacer caso del hecho que estaba demasiado expuesto y en inferioridad numérica. Se deslizó hacia donde contaba con la ventaja de la oscuridad del pasillo y giró sobre sí mismo para apoyarse en la pared opuesta y desconcertar a los soldados. Disparó cada vez que uno de los guardias asomaba la cabeza, y llenó el aire con el hedor de la pólvora quemada. El suelo alrededor del director estaba cubierto de gruesos casquillos.

Volvió a cambiar de posición en el pasillo un momento antes de que uno de los soldados comenzase a disparar para crear una cortina de fuego destinada a cubrir a su compañero. Esquirlas de piedra y balas de cobre ardiente parecieron llenar el pasillo. Juan intentó detener las descargas con una propia, pero el guardia no cedió y continuó disparando.

Su compañero corrió para pasar al otro lado y sumar su potencia de tiro. Si bien ninguno de ellos podía ver a Cabrillo en el corredor oscuro, las oportunidades de un disparo afortunado se duplicaron. El primer guardia abandonó su posición y corrió hacia la entrada del bloque. La puerta debía de estar abierta o había volado la cerradura de un disparo porque desapareció en el interior antes de que Juan pudiese abatirlo.

Cabrillo solo disponía de unos segundos antes de que el guardia asesinase a Moses Ndebele. En lo que seguramente debió parecer un ataque de furia incontrolada, se levantó del suelo y salió de las sombras. Su arma escupía llamas mientras corría y disparaba desde la cadera. El rayo de su mira láser era una línea color rubí que cortaba el humo. Finalmente se apoyó en el torso del guardia. Las otras tres balas hicieron diana y lo tumbaron.

Cabrillo continuó corriendo. En lugar de disminuir la velocidad para entrar por la puerta abierta que comunicaba con el bloque de celdas, chocó contra el resistente marco y absorbió el golpe con el hombro casi sin disminuir ni un ápice la velocidad.

Vio una hilera de celdas directamente delante de él, cada una cerrada con barrotes de hierro. Todas parecían estar vacías. Por lo que sabía, Ndebele podía estar en el primer o segundo piso y el guardia le llevaba demasiada ventaja como para encontrarlo. Entonces, por encima de sus jadeos y los latidos de su corazón, escuchó voces que venían de detrás de las celdas. La voz era melodiosa, suave, no los gritos conmovedores de los condenados, sino la paternal comprensión de un sacerdote que da la absolución.

Corrió alrededor de la esquina. El guardia apareció delante de una de las celdas mientras un hombre vestido con un sucio uniforme carcelario estaba junto a los barrotes, a unos cincuenta centímetros del soldado que le apuntaba la cabeza con una AK-47. Moses Ndebele permanecía tranquilo con los brazos a los lados como si no estuviese enfrentándose a su verdugo sino hablando con un amigo al que no había visto desde hacía tiempo.

Juan se llevó el arma al hombro, con el rayo láser sin apartarse ni un momento de la reluciente frente del guardia, cuando el africano se volvió al escuchar que Cabrillo se detenía a una distancia de diez metros. El soldado comenzó a mover el arma dispuesto a trabar combate pero no tuvo ninguna oportunidad antes de que Juan apretase el gatillo. El percutor golpeó en la recámara vacía. El choque de metal contra metal fue fuerte, pero al mismo tiempo nada comparable con lo que tendría que haber sido. El guardia tenía su arma apuntada a mitad de camino entre Juan y Moses Ndebele. Desperdició medio segundo en vacilar entre su deber y la necesidad de eliminar a Cabrillo. Seguramente llegó a la conclusión de que podía librarse del principal rival del dictador de su nación y matar a Juan antes de que Cabrillo pudiese recargar la ametralladora o sacar una pistola, porque comenzó a girarse de nuevo hacia Ndebele.

Juan dejó caer la Heckler & Koch, y levantó la pierna ortopédica a la altura del pecho para poder sujetar la pantorrilla con las manos, la rodilla apoyada contra el hombro como si estuviese sujetando un fusil.

El cañón del AK del soldado solo estaba a un par de grados de apuntar a Ndebele cuando los dedos de Juan encontraron un botón oculto en el duro revestimiento de plástico de su pierna de combate. Era el seguro que le permitía apretar otro botón en el lado opuesto de la pierna.

Integrado dentro de la prótesis había otro truco que Kevin Nixon, del taller de magia del *Oregon*, había diseñado: un cañón de níquel de cincuenta centímetros de largo que disparaba balas de calibre 44. Los dos botones garantizaban que el arma nunca se dispararía accidentalmente. Cuando Juan apretó el segundo, el arma de un solo tiro disparó con una explosión que desprendió el polvo de las vigas y abrió un agujero de casi dos centímetros en la suela de la bota. El retroceso lo tumbó. Se levantó rápidamente y se alzó la pernera para poder desenfundar la pistola automática Kel-Tec calibre 38. No tendría que haberse molestado. La bala de punta hueca de calibre 44 había alcanzado al guardia en el brazo derecho porque estaba de perfil a Cabrillo y recorrió todo su cuerpo a través de la cavidad torácica, al tiempo que destrozaba sus órganos internos. El orificio de salida en el hombro opuesto tenía el tamaño de un plato.

Moses Ndebele miró a Juan en atónito silencio mientras el director ponía un cargador nuevo en su pistola ametralladora y guardaba la Kel-Tec en el lugar oculto dentro de su pierna. Tenía manchas de sangre en el uniforme carcelario y un reguero rojo en una mejilla. Juan advirtió las quemaduras en los brazos desnudos de Ndebele, la hinchazón alrededor de los ojos y la boca, y que permanecía de pie, con todo el peso en una pierna. Miró los pies desnudos de Ndebele. Uno era normal, el otro estaba tan hinchado que parecía un balón de fútbol. Dedujo que le habían roto todos los huesos desde el tobillo hasta los dedos.

—Señor Ndebele, estoy aquí con un ejército de sus seguidores dirigidos por un hombre llamado Mafana. Lo vamos a sacar de aquí.

El líder africano sacudió la cabeza.

—El maldito loco. Le dije cuando me encarcelaron que no intentase hacer nada como esto, pero tendría que haber sabido que no me escucharía. Mi viejo amigo Mafana elige las órdenes que quiere obedecer.

Juan le indicó que se apartase de la puerta para poder volar la cerradura. Ndebele tuvo que apartarse a saltitos para evitar que su pie herido tocase el suelo.

—Tengo un amigo llamado Max que también me hace lo mismo. —Miró para captar la mirada de Ndebele—. La mayoría de las veces acierta en las que prefiere no acatar.

Disparó dos veces contra la vieja cerradura de hierro y empujó la puerta. Se abrió con un sonoro rechinar de bisagras. Ndebele amagó salir de la celda pero Juan levantó una mano.

—Saldremos por otro camino.

Mientras buscaba documentación del Oasis del Diablo, Linda Ross había encontrado el relato de un prisionero que había intentado ampliar los agujeros de quince centímetros del retrete en las celdas de la planta inferior. Otro prisionero los comprobaba cada día y cuando descubrió que el hombre había utilizado una cuchara o algún otro objeto para rascar la piedra de treinta centímetros de espesor y agrandar el agujero lo suficiente para escapar por allí, lo comunicó inmediatamente a los guardias. Ellos habían metido sistemáticamente al prisionero a través del pequeño agujero y le habían roto todos los huesos hasta que solo su cabeza permaneció en el interior de la celda.

Nadie más intentó escapar de nuevo por aquella vía.

Juan le entregó la MP-5 a Ndebele para que los cubriese y se sentó junto al agujero. Se quitó rápidamente la bota y recuperó el resto del explosivo plástico. Moldeó el plástico en una larga tira que colocó en anillo en el fondo del agujero. Sacó el detonador de detrás del tobillo de la prótesis y puso el temporizador a un minuto, tiempo suficiente para apartar a Ndebele. Con la bota en la mano colocó el temporizador en la masa blanda y salió de la celda con Moses cargado al hombro para proteger el pie del político. La bomba estalló como un volcán y levantó un géiser de llamas, humo y trozos de piedra lo bastante alto como para que rebotasen en el techo. Cabrillo se había calzado la bota, pero no se molestó en atarse los cordones cuando volvió a la celda. Tal como esperaba, la carga había sido más que suficiente para hacer el trabajo. Ahora el agujero tenía un ancho de metro cincuenta, y sus bordes irregulares ennegrecidos por la explosión.

Se descolgó por la abertura, y ayudó a bajar a Ndebele. El hombre aspiró aire a través de los dientes cuando su pie herido rozó el suelo debajo de la celda.

—¿Está bien?

—Creo que quizá cuando llegue el momento le preguntaré dónde compró su pierna ortopédica. No creo que vaya a conservar este pie mucho más.

—No se preocupe, conozco a un médico muy bueno.

—No puedo creer que sea tan bueno si usted perdió la pierna.

—Créame, ella lo es. Solo que comenzó a trabajar conmigo después de que me volasen la original.

Juntos avanzaron por el túnel que permitía que el constante viento del desierto secase los excrementos humanos que una vez habían caído desde arriba y eliminado la necesidad de vaciar los cubos que servían de retrete.

El túnel era estrecho y tuvieron que avanzar sobre los codos y las rodillas por el suelo de tierra. Juan fue hacia el lado oeste de la prisión, el más cercano a la pista. Afortunadamente, tenían el viento de espalda, así que la arena no les daba en el rostro. Tardaron cinco minutos en llegar al perímetro del edificio. El resplandor del sol a través de la abertura les pareció especialmente brillante después de los oscuros confines de la cárcel. Los dos hombres se tendieron a ambos lados de la abertura. Cabrillo pulsó la tecla de su radio.

—Beau Geste a Lawrence de Arabia. ¿Me recibes, Larry?

—Cinco sobre cinco, Beau —respondió Linc—. ¿Cuál es tu situación?

—Tengo al huésped nativo conmigo. Hemos llegado al muro exterior. Veo la pista de aterrizaje. Dame quince minutos para asegurar el objetivo primario y ven a recogernos. Nuestros muchachos sabrán que ha llegado el momento cuando vean el avión.

—Negativo, Beau. Por lo que parece a nuestros aliados les están dando una paliza. No durarán quince minutos. Entro ahora.

—Entonces dame diez minutos.

—Director, no bromeo. No los tienes. Si no entramos ahora, no quedarán hombres de Mafana para contarlos con un dedo.

Esta no era una operación suicida. Se lo debemos y tenemos que cubrir su retirada. —Mientras Linc hablaba, el gran avión de carga inició el descenso—. Acabo de recibir noticias por Max de que nuestra situación ha cambiado un tanto.

Al aterrizar en ese momento, Linc había obligado a actuar a Cabrillo. Moses nunca llegaría a la pista de aterrizaje sin ayuda. Juan tendría que cargarlo. El avión era demasiado vulnerable en tierra como para esperar a que él volviese a la prisión para rescatar a Geoffrey Merrick. En el momento en que Mafana y sus hombres comenzasen a retirarse, los guardias se lanzarían tras ellos. Sin cobertura aérea los matarían a todos a campo abierto.

En lo referente al cambio que Max Hanley había comunicado, Juan tendría que confiar en su segundo, que tenía mejor visión de la operación en conjunto.

El viejo De Havilland Caribou era un avión de aspecto extraño, con un timón alto como un edificio de tres pisos y una cabina sobre una nariz roma. Las alas altas le permitían una extraordinaria capacidad de carga para su tamaño y también unos aterrizajes y despegues muy cortos. El avión que había alquilado Tiny Gunderson estaba pintado de blanco, con una desconchada franja azul a todo lo largo del fuselaje.

Juan vio que su jefe de pilotos ya encaraba la pista para la aproximación final. Era el momento de irse.

—Vamos —le dijo a Moses Ndebele y salió de su posición debajo de la cárcel. El sonido de los disparos en el patio era amortiguado por los gruesos muros de los edificios, pero aun así sonaba como si mil hombres estuviesen luchando por sus vidas.

En cuanto ambos estuvieron de pie, Juan pasó su H&K a la mano izquierda y se agachó para levantar al líder africano y cargárselo al hombro. Ndebele era un hombre alto, pero años de encarcelamiento lo habían convertido en poco más que piel y huesos. No debía de pesar más de sesenta kilos. Normalmente Cabrillo no hubiese tenido problemas para llevar esa carga, pero estaba exhausto después de horas de implacable abuso.

Juan enderezó las piernas, los labios apretados. En cuanto tuvo a Ndebele cargado al hombro echó a correr. Sus botas se hundían en la arena mientras lo hacía, castigando sus temblorosas piernas y la dolorida espalda con cada paso. Mantenía un ojo atento al muro de la prisión donde estaban las puertas de entrada, pero hasta entonces ninguno de los hombres de Mafana había intentado escapar. Mantenían el combate con los guardias a sabiendas de que cuanto más resistiesen, mayores eran las oportunidades que tendría su líder para escapar.

El avión de carga de dos motores y veintitrés metros de fuselaje de largo tocó tierra cuando Cabrillo estaba a medio camino de la pista.

Tiny invirtió el giro de las hélices y levantó una auténtica tormenta de arena, que oscureció completamente al aparato. La maniobra acortó la distancia que necesitaba para aterrizar a menos de doscientos metros, y le dejó espacio suficiente para despegar contra el viento sin necesidad de retroceder hasta la cabecera de la pista. Gunderson varió las palas para que no mordiesen el aire pero apenas si redujo la potencia de los motores de mil quinientos caballos. El avión temblaba con la energía contenida.

Un movimiento a la izquierda captó la atención de Juan. Miró hacia ese lado y vio uno de los camiones de Mafana que salía de la cárcel. Los hombres de la caja continuaban disparando hacia el patio, mientras el conductor avanzaba a toda velocidad hacia el avión. Momentos más tarde aparecieron los otros tres camiones. No iban tan rápido como el primero. Los rescatadores intentaban retrasar todavía más la salida de los guardias.

Juan volvió de nuevo la atención hacia el Caribou. La rampa de carga comenzaba a bajar. Franklin Lincoln estaba en el borde con una carabina de asalto en las manos. Le hizo un gesto a Juan pero mantuvo la atención puesta en el camión que se acercaba. Había otro hombre negro con él, uno de los hombres de Mafana que Juan había enviado a encontrarse con el avión la noche anterior.

El suelo debajo de los pies de Cabrillo se hizo firme cuando llegó a la pista de cemento blanqueado por el sol y aumentó la velocidad; la adrenalina le permitió no hacer caso del dolor durante unos pocos minutos más.

Juan llegó al avión y se balanceó como un borracho en la rampa durante unos segundos antes de que el camión de vanguardia frenase justo al borde de la rampa. La doctora Huxley lo estaba esperando con un botiquín. Había colgado las bolsas de suero a un alambre que corría a lo largo del techo, las cánulas preparadas para reponer la sangre que hubiesen perdido los combatientes. Juan sentó a Ndebele en uno de los asientos con red de nailon y se volvió para ver en qué podía ayudar.

Linc ya había abierto la parte trasera del camión. Había una docena de hombres heridos tumbados en el suelo; por encima del sonido de los motores Juan escuchó sus gritos de agonía. La sangre chorreaba por el borde de la caja.

Lincoln levantó al primer hombre y lo llevó a la bodega del avión. Ski lo seguía cargado con otro herido. Mike y Eddie sostenían a un tercero entre los dos, un gigantón con los pantalones empapados en sangre de los muslos hacia abajo. Juan ayudó a uno que podía caminar a saltar del camión. Mantenía el brazo contra el pecho. Era Mafana; su rostro mostraba un color ceniciento, pero cuando vio a Moses Ndebele sentado contra un mamparo soltó un grito de alegría. Los dos hombres heridos se saludaron lo mejor que pudieron. Los camiones restantes de la caravana se alejaban de la prisión por el desierto, y sus ruedas levantaban columnas de polvo en espiral. Momentos más tarde, aparecieron otros dos vehículos. Uno de ellos se lanzó detrás de los fugitivos mientras el segundo se dirigía hacia la pista.

—Director —gritó Linc por encima del ruido mientras subía la rampa cargado con otro herido—. El último. Dile a Tiny que nos saque de aquí.

Juan hizo un gesto y se dirigió hacia la proa. Tiny estaba inclinado en su asiento y cuando vio a Cabrillo hacerle la señal volvió su atención a los controles. Cambió lentamente el ángulo de ataque de las hélices, y el gran avión comenzó a moverse.

Cabrillo volvió a popa. Julia estaba cortando la camisa de un hombre para dejar a la vista los dos agujeros de bala en el pecho. Las heridas burbujeaban. Tenía perforados los pulmones. Sin hacer caso de las pésimas condiciones sanitarias o los saltos del despegue, se puso a trabajar en un vendaje.

—¿Tenías que dejarlo para el último segundo? —preguntó Eddie cuando se acercó Juan. Sonreía. Cabrillo le estrechó la mano.

—Ya sabes lo tardón que puedo ser. ¿Estáis bien?

—Un par de canas más, pero solo eso. Uno de estos días tendrás que contarme cómo has conseguido sacar un ejército del medio de la nada.

—Los grandes magos nunca divulgan sus secretos.

El avión continuó ganando velocidad y pronto dejó atrás al camión de los guardias. A través de la rampa abierta, Juan los vio disparar unos últimos tiros como muestra de su frustración antes de que el conductor frenase a fondo y girase para perseguir al resto de los hombres de Mafana. Un tercero y luego un cuarto camión salieron por la puerta de la cárcel tras ellos.

Tiny echó hacia atrás la palanca y el viejo Caribou despegó de la bacheada pista. Cesaron las vibraciones que habían ido en aumento hasta el punto en que Juan estaba seguro de que perdería uno de los empastes. Conscientes de que la rampa tendría que permanecer abierta, se llevaron a los pacientes a la parte delantera y dejaron despejada la zona de popa. Linc permaneció en la rampa, con una cuerda asegurada a una anilla D soldada en el suelo a la parte trasera de su chaleco de combate. Llevaba un casco con un micrófono que le permitía hablar con Tiny en la cabina. Había un gran cajón a sus pies.

Juan se enganchó y se acercó cautelosamente al gigantesco SEAL.

El viento caliente sacudió toda la cabina cuando Tiny hizo girar el avión para colocarse detrás de los vehículos de los guardias. Con sus camiones más nuevos, ya habían reducido a la mitad la ventaja que les habían sacado las tropas de Mafana.

Los camiones se acercaban a un profundo valle entre imponentes dunas cuando el avión sobrevoló a los dos grupos de vehículos. Había poco más de medio kilómetro de separación entre ellos. Tiny se mantuvo a unos trescientos metros de altitud mientras volaba a lo largo del valle, pero en un instante el valle llegó a un súbito final. En lugar de abrirse al desierto, el valle, que solo tenía cinco kilómetros de longitud, era un callejón sin salida. Al final había una duna tan empinada que los camiones tendrían que avanzar a paso de hombre para alcanzar la cumbre.

—¡Da de nuevo la vuelta! —gritó Linc en su micrófono—. Acércate por detrás.

Le hizo una seña a Mike y Eddie para que se unieran a ellos. Los dos hombres se aseguraron rápidamente, y se inclinaron para mantener el equilibrio mientras el avión viraba. Linc abrió el cajón. En el interior había cuatro de los lanzagranadas de Mafana. Eran la razón por la que Juan había enviado a uno de los hombres de Mafana a reunirse con Linc.

Linc repartió los lanzagranadas.

—Esto requerirá algún disparo de fantasía —gritó Mike con un tono de duda—. Cuatro camiones. Cuatro lanzagranadas. Nosotros estamos volando a casi trescientos kilómetros por hora y ellos deben circular a ochenta.

—Hombre de poca fe —replicó Linc a voz en cuello.

El avión se niveló de nuevo en la entrada del valle. Tiny lo puso más bajo mientras se enfrentaba a las corrientes de aire caliente que se levantaban del suelo del desierto. Las dunas pasaban como rayos a no más de treinta metros de las puntas de las alas. Linc escuchaba al piloto mientras contaba cuánto tiempo pasaría antes de volar por encima del convoy de los guardias. Cuando se llevó el lanzagranadas al hombro, los otros tres lo imitaron. Señaló a Juan y Ski.

—Apuntad a la base de la duna a la izquierda del convoy. Mike y yo nos ocuparemos de la derecha. Lanzad las granadas unos seis metros por delante del vehículo de cabeza.

Tiny bajó todavía más, y después ganó de nuevo altura rápidamente cuando comenzaron a dispararles desde abajo. Niveló al

Caribou en el mismo momento que pasaban sobre el último camión de la fila. Por un fugaz momento Juan y los otros se encontraron mirando a los vehículos y les pareció que todas las armas que tenían los guardias disparaban contra ellos.

—¡Ahora!

Apretaron los gatillos de los lanzagranadas simultáneamente. Los cuatro misiles salieron de los tubos y pusieron en marcha sus motores; las estelas de humo blanco formaron un tirabuzón en el aire limpio. El avión había dejado atrás a los camiones de Mafana cuando los misiles llegaron a la base de las dunas. Las cargas estallaron en unas cegadoras erupciones de arena. Si bien parecían minúsculas comparadas con la enorme escala de las dunas, las explosiones habían tenido el efecto deseado.

El equilibrio entre el ángulo y la altura que mantenía a las dunas en su sitio fue destrozado por las explosiones. Un ligero río de arena comenzó a deslizarse por cada ladera, y empezó a acelerar y a crecer hasta parecer que ambos lados del valle corrían a encontrarse. Atrapado en el medio estaba el convoy de los guardias.

Los dos aludes se estrellaron contra el fondo del valle. La avalancha del lado derecho parecía ser un poco más rápida que su compañera así que cuando chocó contra la caravana, los cuatro vehículos volcaron. Los hombres y las armas salieron despedidos de las cajas de los camiones y fueron golpeados por la segunda pared de arena que se desplomaba sobre ellos y que acabó por enterrarlos bajo diez o más metros de arena.

Una nube de polvo fue todo lo que señalaba su tumba.

Linc pulsó el botón que cerraba la rampa y los cuatro hombres se apartaron.

—¿Qué te dije? —Linc le sonrió a Mike—. Estaba chupado.

—Es una suerte que el valle estuviese aquí —replicó Mike.

—¿Suerte? ¡Y un cuerno! Lo vi cuando pasé por aquí anoche. Juan les ordenó a los hombres de Mafana que viniesen por aquí para acabar con los guardias de una sola tacada.

—Muy astuto, director —admitió Trono.

Juan no intentó ocultar su sonrisa de complacencia.

—Todo calculado. Todo calculado. —Volvió su atención a Lincoln—. ¿Max lo tiene todo preparado?

—El *Oregon* está amarrado en el muelle de Swakopmund. Max nos espera en el aeropuerto con un camión cargado con un contenedor vacío. Cargaremos a los heridos y nos meteremos nosotros también. Max después nos llevará al muelle, donde un inspector de aduanas con el bolsillo lleno de dólares firmará la declaración de embarque y nos subirán al barco.

—Mientras tanto los hombres de Mafana continuarán viaje hasta Windhoek —concluyó Juan—. Desde allí volarán al lugar que encontremos para ofrecerle a Ndebele un refugio seguro. —Su tono se agrió—. Hasta aquí todo bien, excepto que no hemos rescatado a Geoffrey Merrick y hemos perdido toda oportunidad de encontrarlo de nuevo. Estoy seguro de que los secuestradores abandonaron el Oasis del Diablo cinco segundos después que los guardias.

—Hombre de poca fe —manifestó Linc por segunda vez con una triste sacudida de la cabeza.

Nina Visser estaba sentada a la sombra de la lona que cubría la caja del camión cuando escuchó un zumbido. Estaba escribiendo en su diario, un hábito que había iniciado en la adolescencia. Había llenado decenas de cuadernos a lo largo de los años, consciente de que algún día serían un documento imprescindible para sus biógrafos. No tenía ninguna duda de que iba a ser un personaje de tanta importancia que se escribiría un libro sobre su vida. Iba a ser una de las grandes campeonas del movimiento medioambiental, como Robert Hunter y Paul Watson, los fundadores de Greenpeace.

Por supuesto, la operación actual no aparecería. Este era un golpe que ella asestaría en las sombras. Solo escribía llevada por el hábito y a sabiendas de la necesidad de destruir este diario y cualquier otro donde mencionase su participación en el plan de Dan Singer.

Cerró el diario y deslizó el bolígrafo en la espiral del cuaderno. Salir de debajo de la lona fue como abrir la puerta de un horno. El sol de la tarde los castigaba de forma implacable. Se puso de pie, se quitó el polvo de los fondillos del pantalón y se protegió los ojos del sol, mientras observaba el cielo en busca del avión que había prometido Danny. Incluso con las gafas de sol tardó unos segundos en avistar la pequeña gema que resplandecía en el cielo. Dos de sus amigos salieron de debajo de la lona para unirse a ella, incluida Susan. Todos estaban cansados del viaje y sedientos, porque no habían traído suficiente agua.

Merrick era quien lo tenía peor; seguía atado y amordazado y lo habían dejado apoyado en el lateral de la caja del camión, donde solo había un mínimo de sombra. No había recuperado el conocimiento desde que le habían puesto la dosis de heroína y su rostro quemado por el sol aparecía cubierto de sudor seco. Las moscas zumbaban alrededor de la herida.

El avión hizo una pasada sobre la pista de tierra y todos agitaron los brazos cuando los sobrevoló. El piloto movió las alas del avión y dio la vuelta. Voló sobre la pista durante unos treinta metros antes de que el piloto lo posase en tierra.

Frenó para después circular hasta donde se encontraba el camión aparcado, al borde de la pista. La ciudad abandonada estaba a unos pocos centenares de metros detrás de ellos, un racimo de viejos edificios que el desierto desmoronaba lentamente.

La rampa de popa del avión bajó lentamente; a Nina le recordó los puentes levadizos de los castillos medievales. Un hombre que ella no conocía bajó por la rampa y se acercó al grupo.

—¿Nina? —gritó por encima del estrépito de los motores.

Nina salió a su encuentro.

—Yo soy Nina Visser.

—Hola —dijo él con un tono amistoso—. Dan Singer quiere que le diga que el gobierno de Estados Unidos tiene un programa llamado Echelon. Con él pueden escuchar casi todas las conversaciones electrónicas en el mundo.

—¿Y?

—Debería tener más cuidado con lo que dice cuando habla por el móvil, porque alguien le estaba escuchando anoche. —Mientras sus palabras calaban, Cabrillo abandonó el tono informal y sacó una pistola de detrás de la espalda, y apuntó a la despejada frente de Nina Visser. Otros tres hombres bajaron a la carrera por la rampa del Caribou, encabezados por Linc. Cada uno iba armado con una pistola ametralladora MP-5 y encañonaba a los reunidos—. Espero que les guste este sitio —continuó Juan—. Estamos un poco justos de horario y no tenemos tiempo para entregarlos a la policía.

Uno de los fanáticos ecologistas movió su peso para acercarse al camión. Juan le disparó tan cerca del pie que la bala rozó la suela de goma de la bota.

—Yo que usted no lo haría.

Linc se encargó de tener cubiertos a los ecologistas, y despejó el camino para que Juan cortase las ligaduras de Geoffrey Merrick mientras los otros dos hombres de la corporación esposaban a cada uno de los secuestradores con bridas de plástico. Merrick estaba inconsciente y tenía la camisa manchada con sangre seca. Julia estaba a bordo del *Oregon* ocupada en atender a los combatientes de Zimbabue heridos, pero uno de sus ayudantes los había acompañado en el vuelo. Juan le entregó a Merrick y volvió a salir a la luz del sol cargado con dos bidones de agua.

—Si la racionan tendrán agua para una semana o más. —Arrojó los bidones en la caja del camión.

Revisó el vehículo y encontró el móvil de Nina en la guantera. También recogió un par de fusiles de asalto y una pistola.

—Los niños no deben jugar con armas —dijo por encima del hombro mientras caminaba hacia el avión. Luego se detuvo y se acercó de nuevo hacia el grupo—. Casi me olvido de algo.

Observó sus rostros y vio a la persona que buscaba, que intentaba ocultarse detrás de un gran muchacho barbudo. Juan se acercó y sujetó a Susan Donleavy por el brazo y la levantó. El tipo que la protegía intentó descargar un golpe contra la cabeza de Cabrillo. El esfuerzo fue torpe; Juan esquivó fácilmente el golpe y apoyó el cañón de la pistola de nueve milímetros entre los sorprendidos ojos del estudiante.

—¿Quieres intentarlo de nuevo?

El muchacho retrocedió. Juan apretó las esposas de Susan Donleavy lo bastante fuerte como para hacerle saber que aún lo pasaría peor, y la hizo marchar hasta el avión. En la rampa hizo una pausa para dirigirse a los dos miembros del equipo que iban a quedarse. Habían bajado un bidón de combustible para el camión desde el aeroplano.

—¿Sabéis qué debéis hacer?

—Iremos cincuenta kilómetros desierto adentro y los abandonaremos.

—De esa manera el avión que les envía Singer nunca los encontrará —dijo Juan—. No olvidéis apuntar las coordenadas GPS para poder encontrarlos más tarde.

—Luego volvemos a Windhoek, dejamos el camión en cualquier parte, y alquilamos una habitación de hotel.

—Poneos en contacto con el barco tan pronto como lleguéis —dijo Juan y les estrechó las manos—. Quizá podamos sacaros antes de que vayamos a buscar las armas en el Congo.

En el momento en que Cabrillo iba a desaparecer en el interior del Caribou con su prisionera, le gritó a los ecologistas:

—Los veré en una semana.

Linc subió tras él y, en cuanto estuvo a bordo, Tiny aceleró los motores. Noventa segundos después de aterrizar ya estaban de nuevo en el aire y dejaban atrás a ocho atónitos aspirantes a ecoterroristas que nunca supieron qué los había golpeado.

23

—Bienvenido a bordo, director —dijo Max Hanley cuando Juan llegó a lo alto de la pasarela del *Oregon*.

Se dieron la mano.

—Es un placer estar de regreso —respondió Cabrillo, que luchaba para mantener los ojos abiertos—. Las últimas doce horas han sido las peores de mi vida.

Se volvió para saludar con un gesto a Justus Ulenga, el patrón namibio del *Pinguin*, la embarcación a bordo de la que Sloane Macintyre y Tony Reardon estaban cuando los ayudó el *Oregon*. Juan había contratado al patrón en Terrace Bay, donde había permanecido después del ataque a su pesquero.

El amable patrón se llevó la mano a la visera de su gorra de béisbol en respuesta al saludo de Cabrillo, y sonrió ampliamente, gracias a la considerable cantidad de dinero que le habían pagado por la sencilla tarea de transportar al grupo de Juan hasta donde el carguero esperaba, fuera de los límites territoriales de doce millas de Namibia. En cuanto su barca estuvo a una buena distancia del *Oregon*, el enorme carguero comenzó a acelerar hacia el norte, y el humo artificial salió en una negra nube de humo de su única chimenea.

Geoffrey Merrick había sido subido a cubierta en una camilla. Julia Huxley ya estaba inclinada sobre él; su bata se arrastraba en un endurecido charco de petróleo. Debajo llevaba un traje quirúrgico manchado de sangre. Había estado atendiendo a los heridos desde el momento en que habían abierto el contenedor que Max había utilizado para llevar a los soldados a bordo. Con ella estaban los dos ayudantes que se llevarían a Merrick a cirugía, pero quería hacerle un examen lo antes posible.

Susan Donleavy, con los ojos vendados, había sido escoltada hasta el calabozo del barco por Mike, Ski y Eddie en cuanto había pisado la cubierta del *Oregon*. Se veía claramente que el silencio absoluto al que la habían sometido desde que Juan la había atrapado en el desierto la estaba desgastando mentalmente. Aunque aún no estaba derrotada, su moral se resquebrajaba.

—¿Qué opinas, doctora? —preguntó Juan cuando Julia apartó el estetoscopio del pecho desnudo de Merrick.

—Los pulmones están limpios pero el pulso es débil. —Miró la bolsa de suero que uno de sus ayudantes sostenía en alto sobre la figura tumbada de Merrick—. Es la tercera bolsa de suero que le pongo. Quiero hacerle una transfusión para subirle la presión antes de extraerle la bala que aún permanece alojada en la herida. No me gusta que esté inconsciente.

—¿Podría ser la heroína que le dieron en el Oasis del Diablo?

—A esta altura ya tendría que estar eliminada del sistema. Es otra cosa. También tiene fiebre y la herida parece infectada. Tendré que darle antibióticos.

—¿Qué hay de los demás? ¿Moses Ndebele?

—Perdí a dos de ellos —respondió Julia con los ojos nublados—. Tengo a otro que puede irse en cualquier momento. Los demás solo tienen heridas limpias. Mientras ninguno pille una infección estarán bien. Moses sí que está hecho un desastre. El pie humano tiene veintiséis huesos. Conté cincuenta y ocho trozos de huesos separados en la placa de rayos X antes de abandonar. Si queremos salvárselo tendremos que llevarlo a un especialista ortopédico dentro de un par de días a más tardar.

Cabrillo asintió, sin decir nada.

—¿Qué tal estás? —le preguntó Hux.

—Me siento peor de lo que parezco —contestó Juan con una sonrisa cansada.

—Entonces te debes sentir fatal, porque tienes un aspecto que espanta.

—¿Ese es tu diagnóstico médico oficial?

Julia apoyó la palma de la mano en su frente como una madre que mira si su hijo tiene fiebre.

—Sí. —Le hizo una señal a sus ayudantes para que recogiesen la camilla de Merrick y se dirigió a la escotilla más cercana—. Estaré abajo si me necesitas.

Cabrillo la llamó de pronto, al haber recordado algo que no podía creer haber olvidado.

—¿Julia, como está Sloane?

—Está de maravilla. La eché de la enfermería y después del camarote de invitados porque lo necesitaba como sala de recuperación. Incluso la puse a trabajar como enfermera voluntaria. Comparte camarote con Linda. Quería estar aquí arriba para recibirte pero la envié a la cama. Hemos tenido algunas horas muy ocupadas y ella todavía está débil.

—Gracias —dijo Juan mucho más tranquilo mientras Julia y su equipo desaparecían en el interior del barco.

Max se acercó, envuelto en una nube de humo de su tabaco de pipa con una fragancia de manzana y cedro.

—Fue toda una premonición que se me ocurriese llamar a Langston y engancharme al Echelon.

Una de las primeras acciones de Juan cuando se enteró de que había fracasado el rescate de Geoffrey Merrick fue decirle a Max que se comunicase con Overholt para utilizar el programa Echelon de la Agencia de Seguridad Nacional. Durante las veinticuatro horas del día se efectúan centenares de millones de transferencias electrónicas de datos en todo el mundo: teléfonos móviles, teléfonos fijos, faxes, radios, e-mails, y páginas web. En Fort Meade, el cuartel general de la ASN, había hectáreas de ordenadores conectados en serie que rastreaban las bandas en busca de frases o palabras específicas que podían ser de interés para la inteligencia norteamericana. Aunque no estaba diseñada como una herramienta de escucha en tiempo real, con los parámetros adecuados en el sistema —como la llamada originada en la ubicación geográfica del Oasis del Diablo y que contenía palabras como Merrick, Singer, rehén, rescate, Donleavy— Echelon podía encontrar esa aguja en el pajar cibernético. Una transcripción de la conversación de Nina Visser con Daniel Singer fue enviada por e-mail a Max a bordo del *Oregon* tres minutos después de haber finalizado la llamada.

—Tengo la impresión de que tras la captura de nuestros muchachos, la persona que Singer dejó al mando en la prisión quiso hacerle saber qué estaba pasando y recibir nuevas órdenes. —Juan presionó sus ojos con los pulpejos en un intento por aliviar la fatiga—. Son un puñado de aficionados. No tenían ningún plan de contingencia.

—¿Qué hiciste con el resto de los secuestradores? —preguntó Max. Se le había apagado la pipa y soplaba demasiado viento como para poder encenderla de nuevo.

Juan comenzó a caminar hacia una escotilla. Su mente ya soñaba con la cabina acristalada de la ducha cerrada y el agua todo lo caliente que pudiera soportar. Max caminó a su lado.

—Los dejamos allí con agua suficiente para una semana. Le pediré a Lang que llame a la Interpol, para que se coordinen con las autoridades namibias para su recogida y los devuelvan a Suiza acusados de secuestro, además de una acusación de intento de asesinato para Susan Donleavy.

—¿Por qué la has traído aquí? ¿Por qué no la has dejado pudrirse con el resto de ellos?

Cabrillo se detuvo y se volvió hacia su viejo amigo.

—Porque la ASN no pudo encontrar el paradero de Singer y sé que ella lo sabe y porque esto todavía no se ha acabado. Ni de lejos. Secuestrar a Merrick fue solo el gambito inicial de lo que sea que ha planeado su antiguo socio. Ella y yo mantendremos una larga y entretenida charla.

Un momento más tarde llegaron al camarote de Juan y continuaron hablando mientras Juan se quitaba el harapiento uniforme y arrojaba las prendas a un cesto. Las botas destrozadas acabaron en la basura pero primero les quitó media taza de arena que había entrado a través del agujero de bala calibre 44.

—Es una suerte que no notase el disparo —comentó. Se quitó la pierna de combate y la dejó a un lado, con la intención de dársela al personal del taller de magia para que cargasen de nuevo el arma y le quitasen la arena de las partes móviles.

—Mark y Eric llamaron hará cosa de una hora —dijo Max. Se sentó en el borde de la bañera de cobre del jacuzzi mientras Juan desaparecía en la espesa nube de vapor de la ducha—. Han recorrido unos mil seiscientos kilómetros cuadrados, pero todavía no hay rastro de las armas o del Ejército Revolucionario del Congo de Samuel Makambo.

—¿Qué hay de la CIA? —gritó Juan por encima del estrépito del agua que golpeaba contra su piel—. ¿Alguno de sus agentes en el Congo tiene alguna pista que nos conduzca a Makambo?

—Nada. Es como si el tipo pudiese esfumarse en el aire a voluntad.

—Un tipo puede esfumarse. No quinientos o seiscientos de sus seguidores. ¿Cómo ha montado Murphy la búsqueda?

—Comenzaron desde el muelle y vuelan en círculos cada vez más amplios, sobrepasando el alcance de los chips en unos treinta kilómetros solo para estar seguros.

—El río es la frontera entre la República del Congo y la República Democrática del Congo —señaló Juan—. ¿Se mantienen al sur de la frontera?

—Aparte del parecido en los nombres, las relaciones entre los dos países son un desastre. No pudieron obtener el permiso para entrar en la República del Congo, así que se mantienen al sur de la frontera.

—¿Qué te juegas a que Makambo se llevó las armas al norte?

—Es posible —admitió Max—. Si los vecinos norteños del Congo están ocultando a su ejército se explicaría por qué no lo han atrapado.

—Solo disponemos de unas pocas horas más hasta que los chips se queden sin batería. —Juan cerró el grifo y abrió la puerta. Estaba limpio, pero apenas repuesto. Max le alcanzó una gruesa toalla de algodón brasileño—. Llama a Mark y dile que haga lo que sea para cruzar aquella frontera y realizar una búsqueda. Las armas no pueden estar a más de doscientos kilómetros del río. Estoy seguro.

—Lo llamaré ahora mismo —dijo Max y se levantó de su asiento.

Juan llevaba el pelo corto, de modo que no necesitaba cepillárselo. Se puso desodorante y decidió que tenía un aspecto mucho más peligroso con treinta horas de barba, así que dejó la navaja en la repisa del baño. Las bolsas negras debajo de los ojos inyectados en sangre le daban un aspecto demoníaco. Se vistió con un pantalón y una camiseta negros. Llamó al taller de magia para que un técnico viniese a recoger la pierna de combate y de camino a la bodega del barco hizo un alto para coger un bocadillo de la cocina.

Linda Ross lo esperaba en la entrada de la bodega. Sostenía un BlackBerry que recibía señales del sistema Wi-Fi.

—¿Cómo está nuestra invitada? —preguntó Juan mientras se acercaba.

—Míralo tú mismo. —Inclinó el teléfono para que él viese la pantalla—. Ah, y te quiero felicitar por haber realizado el rescate con éxito.

—Tuve mucha ayuda.

Susan Donleavy estaba atada a una mesa de acero de embalsamador en el centro de la enorme bodega donde Juan había preparado su paracaídas el día anterior. La única luz la suministraba una lámpara halógena de gran potencia que formaba un cono alrededor de la mesa de forma que ella no podía ver nada más allá. Las imágenes de la pantalla del BlackBerry llegaban de una cámara colocada justo por encima de la lámpara.

El cabello de Susan estaba apelmazado después de haber estado tanto tiempo en el desierto sin agua suficiente para la higiene personal, y la piel de los brazos estaba llena de ampollas de las picaduras de los insectos. La sangre había huido de su rostro, dejándole una palidez mortal, y le temblaba el labio inferior. Estaba bañada en sudor.

—De no estar atada, se hubiese comido las uñas hasta la raíz —comentó Linda.

—¿Estás preparada? —le preguntó Juan.

—Solo estaba repasando unas notas. Hace tiempo que no realizo un interrogatorio.

—Como siempre dice Max, es como montar en bicicleta. Lo haces una vez y nunca lo olvidas.

—Ruego a Dios que no escribiese «tengo sentido del humor» en su solicitud de trabajo. —Linda apagó el BlackBerry—. Vamos allá.

Juan abrió la puerta de la bodega. Lo envolvió una ola de calor. Habían puesto el termostato a cuarenta grados centígrados. Lo mismo que la luz, la temperatura era una parte de la técnica de interrogatorio que Linda aplicaba para que Susan Donleavy hablase. Entraron silenciosamente en la bodega y se mantuvieron fuera del círculo de luz.

Cabrillo no pudo menos que darle una máxima calificación a Susan porque no habló durante casi un minuto.

—¿Quién está ahí? —preguntó ella, con un toque de locura en su voz.

Cabrillo y Ross permanecieron en silencio.

—¿Quién está ahí? —repitió Susan con un poco más de estridencia—. No pueden retenerme de esta manera. Tengo mis derechos.

Había una muy delgada línea entre el pánico y la furia; el truco estaba en no atravesarla durante un interrogatorio. Nunca se debía permitir al sujeto convertir su miedo en furia. Linda lo calculó a la perfección. Vio la furia acumulándose en el rostro de Susan, en la manera como se tensaban los músculos del cuello. Entró en el círculo de luz un momento antes de que Donleavy comenzase a gritar. Sus ojos se abrieron sorprendidos cuando vio que había otra mujer con ella en la bodega.

—Señorita Donleavy, quiero que sepa desde el primer momento que usted no tiene ningún derecho. Se encuentra a bordo de un barco de bandera iraní en aguas internacionales. Aquí no hay nadie que la represente de ninguna manera. Tiene una alternativa y solo una, decirme lo que quiero saber, o la entregaré a un interrogador profesional.

—¿Quiénes son ustedes? Los contrataron para rescatar a Geoffrey Merrick, ¿no? Bueno, ya lo tienen, así que entrégueme a la policía o a quien sea.

—Vamos a tomar la ruta «quien sea» —manifestó Linda—. Eso incluye que usted me diga dónde está Daniel Singer en este momento y cuáles son sus planes.

—No sé dónde está —dijo Susan rápidamente.

Demasiado rápidamente, advirtió Linda. Sacudió la cabeza como si estuviese desilusionada.

—Esperaba que usted se mostrase más dispuesta a colaborar. Señor Smith, ¿puede acercarse? —Juan se acercó—. Este es el señor Smith. Hasta hace poco era empleado del gobierno de Estados Unidos para extraer información a terroristas. Quizá haya escuchado rumores de que el gobierno de Estados Unidos trasladó a prisioneros a países con, cómo podría decirlo, leyes menos rigurosas respecto a la tortura. Él era el hombre que emplearon para conseguir información a través de cualquier método necesario.

El labio de Susan Donleavy tembló de nuevo cuando miró a Juan.

—Consiguió todo lo que quería de alguno de los hombres más duros del mundo, hombres que habían luchado contra los rusos en Afganistán durante una década y luego contra nuestras fuerzas durante años, hombres que habían jurado morir antes que someterse a un infiel.

Juan recorrió con el dedo el exterior del brazo de Susan. Era un gesto íntimo, la caricia de un amante más que la de un torturador, pero hizo que ella se pusiese rígida e intentara apartarse, aunque las ligaduras que la sujetaban le impidieron moverse más allá de unos pocos centímetros. La amenaza del dolor era mucho más efectiva que aplicarlo. La mente de Susan ya estaba concibiendo imágenes que eran mucho peores que cualquiera que pudiesen imaginar Linda o Cabrillo. La estaban dejando torturarse a sí misma.

De nuevo la intervención de Linda fue exacta. Susan luchaba por contener su imaginación, para borrar lo que había imaginado. Estaba buscando dentro de sí misma el coraje para enfrentarse a lo que pudiese sufrir. Era tarea de Linda mantenerla desconcertada.

—Lo que le hará a una mujer soy incapaz de imaginarlo —dijo Linda suavemente—, pero sé que no me quedaré para verlo. —Se inclinó para que su rostro quedase a unos centímetros del de Susan, al tiempo que se aseguraba de que Juan permanecía en su campo visual—. Dígame lo que quiero saber y no le ocurrirá nada. Se lo prometo.

Juan tuvo que esforzarse para no sonreír porque de pronto Susan Donleavy miró a Linda con tanta confianza que comprendió que lo conseguirían todo y más.

—¿Dónde está Daniel Singer, Susan? —susurró Linda—. Dígame dónde está.

La boca de Susan se movió mientras combatía la idea de la traición que debía estar sintiendo por divulgar lo que sabía. Luego escupió el rostro el Linda.

—Que te den por el culo, zorra. Nunca te lo diré.

La única reacción de Linda fue limpiarse la mejilla. Permaneció junto a Susan y continuó susurrando.

—Debe comprender que no quiero tener que hacer esto. De verdad que no. Sé que salvar el medio ambiente es importante para usted. Quizá incluso esté dispuesta a morir por su causa. Pero no tiene ni idea de lo que le espera. No comprende el dolor que está a punto de padecer.

Linda se apartó de la mesa y le hizo un gesto a Juan.

—Señor Smith, me disculpo por haberle pedido que no trajese sus herramientas. Creía que ella estaría más dispuesta a colaborar. Le echaré una mano con los taladros y el resto de equipo que necesita y después los dejaré a los dos solos. —Miró de nuevo a Susan—. ¿Se da cuenta de que después de hoy se apartará horrorizada cada vez que se mire en el espejo?

—No hay nada que no esté dispuesta a sacrificar por Dan Singer —replicó Susan, desafiante.

—Hágase a usted misma esta pregunta: ¿qué está dispuesto él a sacrificar por usted?

—Esto no tiene nada que ver conmigo. Aquí se trata de proteger al planeta.

Linda miró en derredor en la penumbra de la bodega como si estuviese buscando algo.

—No veo a nadie más con nosotros, Susan, así que esto claramente la afecta a usted. Singer está en algún lugar sano y salvo mientras usted está amarrada a una mesa. Piénselo por un momento. Luego piense el tiempo que vivirá con las consecuencias de su elección de hoy. Le esperan años de cárcel. Podrá cumplirlos en una prisión de Namibia o en una bonita y cómoda celda en Europa con agua corriente y un camastro que no esté lleno de chinches. Aún no hemos decidido a quién vamos a entregarla.

—Si me hacen daño me encargaré de que lo paguen —replicó Susan.

Linda enarcó una ceja.

—¿Perdón? ¿Encargarse de que lo paguemos? —Soltó una carcajada—. No tiene ni idea de quiénes somos, así que ¿cómo va a conseguir que paguemos? Todavía no lo ha entendido. Somos sus amos absolutos. La poseemos en cuerpo y alma. Podemos hacer lo que queramos con total impunidad. Ya no tiene libre voluntad. Se la quitamos en el momento en que la detuvimos, y cuanto antes lo comprenda más rápido acabará todo esto.

Susan Donleavy no tuvo respuesta.

—¿Qué va a hacer? Dígame lo que tiene planeado Dan Singer y me aseguraré de que la entreguen a las autoridades suizas como cómplice del secuestro. Convenceré a Geoffrey Merrick para que no la denuncie por intento de asesinato. —Linda la había estado golpeando con el garrote, ahora era el momento de ofrecerle la zanahoria—. Ni siquiera necesita decirme dónde está. Solo explíqueme un bosquejo de lo que pretende hacer y su vida será muchísimo más fácil. —Linda hizo un gesto con la mano como una balanza desequilibrada—. Dos o tres años en una prisión suiza o décadas pudriéndose en una cárcel del Tercer Mundo. Venga, Susan, póngaselo fácil. Dígame lo que está planeando.

Como parte de la técnica, Linda continuaba machacando en lo fácil que sería, en que Susan lo tenía todo por ganar y nada que perder si se lo decía. De no haber necesitado Juan la información con tanta prisa, Linda hubiese escogido una pregunta diferente, una que en realidad no tenía consecuencias, solo para abrir el diálogo. Así y todo, hacía progresos. El desafío que había endurecido las facciones de Susan Donleavy unos momentos antes comenzaba a dar paso a la incertidumbre.

—Nunca lo sabrá nadie —insistió Linda—. Dígame lo que quiere hacer. Supongo que será una demostración de algún tipo, algo que quiere que presencie Merrick. ¿Es eso, Susan? Solo mueva la cabeza si estoy en lo cierto.

La cabeza de Susan permaneció inmóvil, pero sus ojos se movieron ligeramente.

—¿Lo ve? No ha sido tan difícil —dijo Linda con una voz de terciopelo, como si hablase con una niña que acaba de tomarse el jarabe—. ¿Qué clase de demostración? Sabemos que tiene algo que ver con calentar la corriente de Benguela.

Una expresión de asombro pasó por el rostro de Susan y abrió la boca.

—Efectivamente. Encontramos los generadores accionados por las olas y los calentadores submarinos. Los apagaron hace unos días. Parte del plan de Singer ya ha sido anulado, pero eso ahora mismo no es importante. Lo único importante es que usted me diga el resto.

Como Susan no dijo nada, Linda levantó las manos en un gesto de desesperación.

—¡Esto es una total pérdida de tiempo! Estoy intentando hacerle un favor y usted se niega a ayudarse a sí misma. Muy bien.

Si esa es la manera como quiere que sean las cosas así serán. Señor Smith. —Dicho esto Linda salió de la bodega con Juan pegado a sus talones. Él cerró la puerta de la bodega y giró la rueda.

—Dios, puedes ser terrorífica cuando quieres —comentó Juan.

Linda miraba las imágenes de la cámara en la pantalla de su BlackBerry y no apartó la mirada cuando respondió:

—Aparentemente no lo bastante terrorífica. Creí que se desmoronaría.

—¿Qué está haciendo?

—Intenta no orinarse encima.

—Entonces, ¿qué, esperamos?

—Volveré en media hora —dijo Linda—. Eso le dará bastante tiempo para pensar en lo que le espera.

—¿Qué pasará si no habla?

—Sin tener tiempo para ablandarla adecuadamente no tendré más alternativa que utilizar drogas, algo que por cierto detesto. Resulta demasiado fácil hacer que el sujeto te diga lo que quieres escuchar en lugar de la verdad. —Linda miró de nuevo la pequeña pantalla—. Aunque por lo que parece... —Levantó la mano con los dedos separados y comenzó a bajarlos uno tras otro. Cuando el meñique tocó la palma, Susan Donleavy comenzó a gritar al otro lado de la escotilla cerrada.

—¡Vuelva! ¡Por favor! ¡Le diré lo que él va a hacer!

Una sombra cruzó los ojos de Linda. Más que satisfecha con su trabajo parecía apenada.

—¿Qué pasa? —preguntó Juan.

—Nada.

—Habla conmigo. ¿Cuál es el problema?

Linda lo miró a los ojos.

—Detesto hacer esto. Me refiero a quebrantar a las personas. Mentirles para conseguir lo que quiero. Me deja, no sé, como muerta por dentro. Me meto en la mente de otro para sacar información y al final acabo sabiéndolo todo; lo que piensa, cuáles son sus esperanzas y sueños, todos los secretos que cree que nunca dirá. En un par de horas sabré más de Susan Donleavy que nadie en el mundo. Pero no es como tener a un amigo que confíe en ti. Es como si estuviese robando la información. Detesto hacer esto, Juan.

—No tenía ni idea —manifestó él con voz suave—. De haberla tenido, nunca te hubiese pedido que lo hicieses.

—Por eso nunca te lo he dicho. Me contrataste porque tengo ciertos antecedentes y habilidades que nadie más de la tripulación posee. Solo porque deteste parte de mi trabajo, no significa que no deba hacerlo.

Juan le apretó el hombro en un gesto de apoyo.

—¿Estarás bien?

—Sí. La dejaré gritar unos minutos más y después entraré. Te buscaré cuando acabe. Luego beberé unas cuantas copas de vino de más e intentaré olvidarme de Susan Donleavy. Vete a descansar. Tienes un aspecto horrible.

—El mejor consejo que he escuchado en todo el día.

Se volvió dispuesto a marcharse, al tiempo que se preguntaba cuánto sacrificaba cada uno de ellos a la corporación. Siempre tenían presente los peligros físicos a los que se enfrentaban cuando aceptaban una misión, pero también había un coste oculto. Combatir desde las sombras significaba que las justificaciones de sus actos debían provenir del interior de cada persona. No eran simples soldados que podían decir que aceptaban órdenes. Habían escogido estar ahí y hacer las cosas necesarias para garantizar una sociedad libre incluso a sabiendas de que debían actuar fuera de los límites de la sociedad.

El propio Juan había sentido esta carga en más de una ocasión. Si bien la corporación infringía habitualmente las leyes internacionales para conseguir su récord absoluto de éxitos, había zonas grises por las que habían transitado que lo habían hecho sentirse incómodo.

Mientras caminaba de regreso a su camarote, sabía que no había alternativas. Los enemigos a los que se había enfrentado cuando trabajaba en la CIA se atenían en su mayoría a las reglas. Pero el libro de reglas lo habían arrojado por la ventana cuando estrellar aviones contra rascacielos se convirtió en una forma legítima de ataque. Las guerras ya no se libraban entre ejércitos en el campo de batalla. Ahora se combatía en los metros, las mezquitas, los clubes nocturnos y los mercados. Al parecer, en el mundo de hoy valía todo.

Llegó a sus habitaciones y echó las cortinas en los ojos de buey del camarote. Ahora, con la cama a menos de un metro, la fatiga golpeó a Cabrillo como una ola que lo hizo tambalearse. Se desvistió y se metió entre las sábanas limpias.

A pesar del agotamiento, el sueño tardó en llegar.

24

Juan adivinó por el color sangre de la difusa luz solar que se colaba por el borde de las cortinas que solo había dormido un par de horas cuando sonó el teléfono. Se levantó y se apoyó en el cabezal, con la sensación de que había combatido quince asaltos contra el campeón mundial de pesos pesados y había perdido.

—Hola —dijo y movió la lengua alrededor de la boca para despegarse la pegajosa saliva.

—Lamento perturbar tu sueño rejuvenecedor. —Era Max. Parecía como si estuviese disfrutando con haber despertado al director—. Tenemos algunos acontecimientos importantes. He convocado una reunión en la sala de juntas. Dentro de quince minutos.

—Dame un aperitivo. —Juan apartó las sábanas. La piel alrededor del muñón se veía roja e inflamada. Uno de los ayudantes de Julia era masajista profesional y comprendió que necesitaba que le atendiesen la pierna si quería funcionar.

—Daniel Singer planea provocar el mayor vertido de petróleo de la historia y para ayudarlo cuenta con el ejército mercenario al que nosotros les dimos las armas.

La noticia borró cualquier vestigio de sueño del cerebro de Cabrillo.

Llegó a la sala de juntas en catorce minutos, el pelo todavía mojado de la ducha. Maurice le tenía preparado el café y una tortilla con salchichas y cebollas. Su primer pensamiento fue para Linda Ross. La pequeña oficial de inteligencia estaba en su asiento habitual con un ordenador abierto delante de ella. Su rostro tenía el aspecto pálido y quebradizo de una muñeca de porcelana, y sus normalmente ojos brillantes se veían apagados como las monedas viejas. Aunque solo habían pasado unas pocas horas desde que había comenzado el interrogatorio de Susan Donleavy, Linda parecía haber envejecido una década. Intentó sonreírle a Juan pero la sonrisa murió en sus labios. Él le dirigió un gesto de comprensión.

Franklin Lincoln y Mike Trono también estaban presentes, para reemplazar a los ausentes Eric Stone y Mark Murphy.

Max fue el último en llegar y hablaba por teléfono cuando entró en la sala.

—Así es. Una instalación petrolera cerca de la costa. No sé exactamente dónde, pero tu piloto debe tener alguna idea. —Hizo una pausa mientras escuchaba—. Sé que algunos de los chips ya deben haber dejado de emitir. También sé que reforzaste algunos para que haya un par que transmitan todavía. Solo tendrás que acercarte más para encontrarlos.

—¿Murphy? —preguntó Juan después de tragar apresuradamente un bocado de la tortilla.

—Quiero que se centre en la costa. Hice unas cuantas averiguaciones y encontré que hay una larga cadena de plataformas petroleras marinas en la desembocadura del río Congo que se extiende en un arco hacia el norte hasta la provincia de Cabinda, en Angola.

—Angola está al sur del Congo —señaló Eddie.

—Eso mismo creía yo. —Max se sentó en su silla—. Pero hay un enclave al norte del río que está sobre un par de miles de millones de barriles de crudo. Por si os interesa, he encontrado que Estados Unidos compra más crudo de Angola que de Kuwait, cosa que desacredita toda aquella charla de la guerra por petróleo de hace un par de años.

Juan se volvió hacia Linda.

—¿Quieres informarnos?

Linda cuadró los hombros.

—Como todos saben, Daniel Singer obligó a Geoffrey Merrick a que le comprase su parte de la compañía. Desde entonces Singer ha utilizado su dinero para financiar grupos ecologistas: preservación de los bosques en Sudamérica, lucha contra la caza furtiva en África y todo lo que el dinero que daba a los grupos de presión podía conseguir en las capitales de todo el mundo. Luego comenzó a entender que el dinero gastado había servido de muy poco para cambiar la actitud de las personas. Sí, estaba salvando a un par de animales y algunas hectáreas de tierra, pero no había tenido un impacto en el problema fundamental. Dicho problema era que si bien las personas decían que se preocupaban por el medio ambiente, cuando afectaba a los dólares y los centavos nadie estaba dispuesto a sacrificar su estilo de vida para conseguir un cambio.

—¿Así que Singer decidió actuar de una manera más radical? —preguntó Juan.

—Mejor di fanático. —Linda miró la pantalla del ordenador por un momento—. Según Susan, se unió a los grupos que incendiaron unas casas de lujo que se construían en Colorado, Utah y Vermont, además de destruir los vehículos todoterreno en las concesionarias. Dice que mandaba poner pelotas de golf en los tanques de combustible de los camiones madereros y arena en el cárter.

—¿Pelotas de golf? —preguntó Linc.

—Aparentemente el gasóleo las disuelve, y deja que las bandas de goma del interior se extiendan. Causa más daños que el azúcar y la sal. Singer se vanagloriaba de haber causado daños por valor de más de cincuenta millones de dólares, pero eso no le pareció suficiente. Pensó en enviar cartas bomba a los altos ejecutivos de la industria petrolera, pero comprendió que solo acabarían matando a algún pobre empleado de correos. También sabía que eso no cambiaría la vida de nadie.

»Entonces se enteró de que las temporadas de huracanes del próximo par de años iban a ser especialmente duras. Si bien es parte del ciclo natural, pensó que los medios de comunicación intentarían vincularlo con el calentamiento global y se preguntó si podía hacer que las tormentas fuesen todavía peores.

—Así que acertamos con el uso de los calentadores submarinos frente a la costa de Namibia. —Era más una pregunta que una afirmación por parte de Cabrillo.

—Cortó todos sus vínculos con el movimiento ecologista y puso en marcha su propio plan. Contrató a algunos climatólogos y oceanógrafos de primera fila para calcular el tamaño de los calentadores y su localización, aunque Susan dice que le llevaron a creer que solo se trataba de una investigación teórica y no algo que se pudiera hacer. Estaban destinados a cambiar la corriente de Benguela solo lo suficiente para que las temperaturas de las aguas frente a la costa occidental de África subiesen un par de grados. Como dijimos antes, más calor significa más evaporación y una tormenta más grande y potente.

»Es imposible cambiar el rumbo de un huracán una vez que se ha formado —prosiguió Linda—. Ni siquiera una explosión nuclear podría alterar la estructura del ojo, la velocidad del viento o la dirección de la tormenta. Sin embargo, influyendo en lo que causa las tormentas, Singer cree que puede crear lo que él llama hiper-huracanes, tormentas que superarán la categoría cinco en la escala de Saffir-Simpson.

—¿Qué tiene que ver esto con volar las plataformas? —preguntó Eddie, al tiempo que se servía una taza de café de la cafetera de Juan.

—Aquí es donde jugará con los temores de la prensa por todo lo alto. El crudo que se bombea de los yacimientos submarinos cerca del río Congo tiene el mayor porcentaje de benceno del mundo. El crudo de Alaska tiene aproximadamente una parte por mil. El petróleo de algunos de los campos nuevos frente a las costas de Angola y el Congo tiene cien veces más. El crudo también está contaminado con arsénico. El arsénico se separa en las refinerías, pero cuando sale del yacimiento es una mezcla bastante cáustica de petróleo y algo llamado ácido bencenearsénico, un elemento cancerígeno muy conocido y estrechamente controlado.

—¿Quiere poner enfermos a una multitud de africanos? —preguntó Linc, asqueado por la idea.

—No exactamente, aunque sí que habrá algunos que resulten afectados. No, lo que pretende es que el vertido se disperse lo suficiente como para que parte del petróleo se evapore. Cuando se evapore y flote en el aire —concluyó Juan—, los vientos occidentales llevarán los vapores tóxicos a través del océano hasta la costa occidental de Estados Unidos.

—Los niveles no serán lo bastante altos como para afectar a la gente en Estados Unidos —explicó Linda—. Pero Singer cuenta con el pánico provocado por un huracán tóxico que se acerca a la costa, para hacer comprender su opinión.

—Digamos que tiene éxito con el vertido de petróleo —intervino Mike—. ¿No se puede sencillamente limpiar antes de que se convierta en un riesgo?

—Hay dos cosas que convertirán la limpieza en una tarea difícil —contestó Juan—. Una es que las normas referentes a los vertidos de petróleo son bastante laxas en esta parte del mundo. No tendrán suficientes barcos de limpieza ni barreras de contención. La segunda, y corríjanme si me equivoco, es que Singer planea causar daños en todas las plataformas que pueda para que, incluso con el equipo necesario, las tripulaciones de limpieza se vean desbordadas.

—Eso es un buen resumen —asintió Linda—. Los trabajadores locales pueden contener un vertido accidental de un buque tanque e incluso si el barco se parte, pero con el ejército de Singer que les impedirá ponerse a trabajar y el petróleo que continuará fluyendo de las plataformas y las tuberías, no podrán hacer nada.

—¿Cuánto tiempo tardarán los vapores del crudo en entrar en la atmósfera después del vertido? —quiso saber Max.

—Inmediatamente —respondió Linda—. Pero pasará una semana o más antes de que exista la posibilidad de que sean arrastrados a través del Atlántico. La tarea de los mercenarios de Singer será retener las plataformas todo lo que puedan. Si pueden resistir durante un par de días, estaremos hablado de un vertido cien veces mayor que el desastre del *Exxon Valdez*.

La mirada de Juan barrió uno tras otro los rostros de sus compañeros.

—Entonces nuestra tarea será impedir que asalten las plataformas y, si llegamos demasiado tarde, arrebatárselas.

—Quizá haya un problema —dijo Eddie. Entrelazó las manos sobre la mesa—. ¿Linda, le has dicho a Max que Singer ha contratado a Samuel Makambo para que asalte las instalaciones petroleras?

—Susan Donleavy lo mencionó por su nombre y también mencionó a su Ejército Revolucionario del Congo. Es un pacto de «pagar por luchar». Makambo no tiene ningún interés político en esto. Por unos cuantos millones de los dólares de Singer, Makambo está dispuesto a enviar carne de cañón.

—Un tipo agradable —comentó Linc sarcásticamente—. Sus hombres lo siguen por sus creencias políticas y él los alquila para morir por otra persona. Detesto África.

—No te culpo —asintió Eddie—. Pero ¿ves cuál es nuestro problema? Les dimos los AK-47, los lanzagranadas, y la munición necesaria para equipar a un par de centenares de hombres.

Juan lo comprendió inmediatamente.

—El *Oregon* tiene potencia de fuego suficiente para enfrentarse a la mitad de las fuerzas navales del mundo, pero no nos servirá de mucho contra terroristas individuales a bordo de plataformas petroleras que estén utilizando a los trabajadores como escudos.

—Exactamente. —Eddie se inclinó hacia adelante—. Recuperar las plataformas necesitará del combate individual. Todos en esta tripulación son combatientes de primera, pero si Makambo ocupa cinco plataformas y coloca a cien hombres en cada una, no vamos a poder recuperarlas sin perder como mínimo entre dos tercios y tres cuartos de nuestra propia gente. No vayáis a creer que el ejército o la policía de Angola nos podrá ser de mucha ayuda. Tardarán un par de días solo para organizarse. Para entonces Singer habrá convertido toda la desembocadura del Congo en una apestosa mancha de petróleo, con las plataformas saboteadas de forma que el vertido no se pueda interrumpir. Si no podemos evitar que asalten las plataformas, dispondremos como mucho de un día para recuperarlas.

La sombría valoración de Eddie flotó en el aire, porque nadie en la sala de reunión podía refutarla.

Llamaron discretamente a la puerta abierta de la sala. Juan se volvió y se quedó encantado al ver a Sloane Macintyre en la entrada. Vestía unos amplios pantalones cortos y una sencilla camiseta blanca. Llevaba el brazo en cabestrillo sobre el estómago. Sus cabellos cobrizos caían en ondas hasta más abajo de los hombros. Era la primera vez que la veía maquillada. El maquillaje y las sombras resaltaban la profundidad de sus ojos grises y los hábiles toques de colorete disimulaban la palidez de su cuerpo todavía en recuperación. Sus labios eran carnosos y brillantes.

—Espero no interrumpir —dijo ella con una sonrisa que desmentía sus palabras.

—No, en absoluto. —Juan se puso de pie—. ¿Cómo estás?

—Bien, gracias. La doctora Huxley dice que estaré como nueva en un par de semanas si sigo la rehabilitación que me ha ordenado. Toda la tripulación habla del rescate que has realizado y de que no solo salvaste a tus hombres y rescataste a Geoffrey Merrick sino que también liberaste a un líder de Zimbabue.

—Créeme, fue un trabajo de equipo.

—Escuché voces y quise aprovechar para saludar. —Dedicó a Juan una mirada—. Todavía me debes una explicación sobre todo lo que hacéis y de dónde has conseguido este increíble barco.

—Te lo contaré todo. Te lo prometo.

—Más te vale. —Sloane miró a Linda—. Te veré en tu camarote.

—De acuerdo, Sloane.

—Entonces, ¿qué demonios vamos a hacer? —preguntó Max sin más circunloquios, para volver al tema.

—Obviamente, podemos llamar a Langston —dijo Linda—. Si no puede despejar el camino para que envíen aquí una fuerza de intervención rápida, al menos podrá advertir a los gobiernos de Angola y el Congo sobre una creíble amenaza terrorista.

—¿Cómo están nuestras relaciones con esos países? —preguntó Linc.

—No tengo ni idea.

—¿Qué tal si nos ponemos en contacto con alguno de los nuestros que dejaron la corporación como Dick Truitt, Carl Gannon, y Bob Medows? —propuso Mike—. Sé que Tom Reyes dirige un servicio de escoltas en California.

—¿Las compañías petroleras no tienen sus propias fuerzas de seguridad? —preguntó Mike—. Yo creo que sí. ¿Juan?

—¿Eh?

—¿Te aburrimos?

—No. —Cabrillo se levantó—. Ahora mismo vuelvo.

Salió antes de que nadie pudiese preguntarle adónde iba. Caminó por el pasillo, con los anchos hombros encorvados y la cabeza gacha. Siempre le había resultado fácil tomar decisiones y esta no iba a ser diferente pero necesitaba formular una pregunta antes de comprometerse. Alcanzó a Sloane cuando ella llegaba al camarote de Linda Ross.

—Juan —exclamó ella, sorprendida por su súbita aparición y su expresión de una seriedad increíble.

—¿Hasta qué punto estás segura de que los diamantes están a bordo del *Rove*? —le preguntó él bruscamente. Para lo que pretendía hacer ni siquiera los considerables recursos financieros de la corporación bastarían y dudaba de poder conseguir que la CIA le financiase todo el plan.

—¿Perdón?

—El *Rove*. ¿Qué seguridad tienes de que los diamantes estén a bordo?

—No entiendo muy bien que…

—Si tuvieses que hacer una apuesta, ¿cuáles serían las probabilidades? ¿Cien a uno? ¿Mil a uno? ¿Cuánto?

Ella pensó por unos segundos.

—H. A. Ryder era por aquel entonces el mejor guía de África y conocía el desierto mejor que nadie. Sé tan segura de como que estoy aquí que consiguió llevar aquellos hombres a través del Kalahari. Tenían las piedras cuando llegaron a la costa.

—Entonces están en el *Rove*.

—Sí.

—¿Estás segura?

—Absolutamente.

—Vale. Gracias.

Se volvió para irse pero Sloane apoyó una mano en su brazo para detenerlo.

—¿De qué va todo esto? ¿Por qué preguntas ahora por los diamantes?

—Porque se los voy a prometer a alguien si me ayuda.

—No sé dónde está el *Rove*. Se podrían tardar años en encontrarlo.

Juan le dedicó una sonrisa lobuna.

—Tengo alguien que me debe un pequeño favor que lo encontrará para mí.

—¿A quién le vas a dar los diamantes y por qué? —Atrapada por la decisión de Juan, Sloane había olvidado por un momento para quién trabajaba y qué la había traído a Namibia en primer lugar—. Espera un momento. Esas piedras no te pertenecen. Pertenecen a mi compañía.

—De acuerdo con la ley marítima pertenecen a quien las encuentre. En cuanto para qué las quiero, ven conmigo.

Juan se detuvo primero en su camarote para sacar algo de la caja de seguridad. Cuando llegaron al camarote de invitados, llamó a la puerta y entró. Moses Ndebele estaba sentado en el suelo de la sala en compañía de cuatro de sus hombres. Todos llevaban gruesos vendajes. Los bastones y las muletas aparecían esparcidos por el suelo como una versión gigante de los palillos del juego del Mikado. Pero nada de eso importaba. Sonreían a más no poder ahora que tenían con ellos a su líder.

Moses fue a levantarse pero Juan se lo impidió con un gesto.

—La doctora Huxley dice que no será necesario que salga a comprarme una pierna nueva —comentó Ndebele.

—Me alegra saberlo. Me las arreglo muy bien con una, pero le aseguro de todo corazón que me encantaría tener las dos —manifestó Cabrillo mientras se daban la mano—. ¿Puedo hablar con usted en privado?

—Por supuesto, capitán. —Les dijo unas pocas palabras a sus seguidores, que se levantaron lentamente para ir al dormitorio.

Juan esperó a ver cómo se cerraba la puerta antes de hablar.

—¿Cuáles son las probabilidades de que pueda derrocar al actual gobierno y devolver la prosperidad a Zimbabue?

—Usted es un hombre, así que hablaremos como tales. Tengo combatientes dispuestos, pero muy pocas armas. Si el pueblo se levanta en apoyo de una revuelta mal armada habrá una carnicería. El régimen es despiadado. Los dirigentes están dispuestos a cometer cualquier atrocidad para mantenerse en el poder.

—¿Qué haría falta para derrocarlos?

—Lo mismo que para cualquier otro problema. Dinero y tiempo.

—No puedo hacer nada respecto al tiempo, pero ¿qué pasa si financio su movimiento?

—Capitán, sé que es un hombre valiente y honorable pero está hablando de decenas de millones de dólares.

—Señor Ndebele, en realidad hablo de centenares de millones de dólares. —Juan hizo una muy breve pausa para que calase la afirmación, y luego añadió—: Serán suyos, pero a cambio necesitaré algo de usted.

—Por ahora no hablaré del dinero —señaló Moses—. Los amigos no discuten de esos asuntos. ¿Cuál es el favor que desea?

—Necesito a un centenar de sus mejores soldados —respondió Cabrillo. Luego le explicó la situación. Ndebele escuchó en silencio, aunque Sloane soltó una exclamación cuando describió a un huracán cargado con veneno lanzándose sobre Estados Unidos, y muy probablemente sobre su Florida natal.

—Mis hombres están dispuestos a sacrificarse por sus hijos y el futuro de nuestro país —declaró Ndebele cuando Juan acabó—. Me está pidiendo que los envíe a una batalla donde no tienen nada que ganar y todo que perder. Por lo que ha hecho por mí, estoy dispuesto a luchar a su lado donde sea. Pero no puedo pedirle a mis hombres que lo hagan.

—Estarán luchando por su país —replicó Juan—. Si hacen esto, usted se asegurará los fondos para derrocar a su gobierno y devolver a Zimbabue la democracia por la que todos ustedes lucharon cuando ganaron la independencia. No voy a mentirle y decir que todos volverán porque no será así. Pero su sacrificio será el grito de unión para sus seguidores. Explíqueles lo que conseguirán y que lo harán por usted, por su país y, aún más importante, por ellos mismos.

Ndebele no dijo nada mientras miraba a Cabrillo a los ojos.

—Llevaré la propuesta al *indaba*, el consejo de mis hombres. —Señaló la puerta cerrada del dormitorio—. Dejaré que ellos decidan.

—No puedo pedir nada más —dijo Cabrillo, y estrechó de nuevo la mano del líder africano. Sacó una bolsa del bolsillo y volvió la mano de Ndebele hacia arriba. Sobre la palma abierta vació los diamantes en bruto que había recibido en pago de las armas—. Considere esto como una muestra de buena fe. Son suyos, no importa cuál sea su decisión. Hay un intercomunicador sobre la mesa. El oficial de comunicaciones que lo atienda sabrá dónde encontrarme.

En el pasillo, Sloane sujetó la mano de Juan.

—¿Es verdad todo eso? ¿Dónde conseguiste los diamantes?

—Desdichadamente, lo es. Daniel Singer ha tenido años para planear esto y nosotros solo disponemos de un par de días para detenerlo. En cuanto a la procedencia de los diamantes, es una historia bastante larga que cierra el círculo de todo este embrollo.

—Supongo que también me tocará esperar para escucharla.

—Lo siento, sí. Tengo que volver a la reunión. Hay muchas cosas que debemos preparar.

—Quiero que sepas que te ayudaré en todo lo posible —manifestó Sloane, al tiempo que le soltaba la mano.

—Bien, porque en cuanto encontremos al *Rove* tendrás que ayudarme a extorsionar a tu compañía para que compre los diamantes.

—Eso —respondió la joven, con una amplía sonrisa—, será un placer.

Antes de regresar a la sala de juntas, Cabrillo fue de nuevo a su camarote para hacer una llamada. Era primera hora de la mañana en la costa oriental de Estados Unidos, pero no dudaba que el hombre con quien deseaba hablar estaría en su despacho.

Juan tenía el número directo y cuando atendieron la llamada dijo sin preámbulos:

—Me debes una pierna pero estaremos en paz si me echas una mano.

—Ha pasado mucho tiempo, director Cabrillo —contestó Dirk Pitt en su despacho en el último piso del edificio de la NUMA con una vista espectacular de Washington—. ¿Qué puedo hacer por ti?

25

El *Oregon* navegaba hacia el norte con la velocidad de un galgo, impulsado por sus fenomenales motores y la impaciencia de su tripulación. Había una febril actividad en casi todas las secciones del barco. En la armería, cinco hombres se encargaban de preparar las armas que llevarían los soldados de Moses Ndebele: limpiaban la grasa y llenaban centenares de cargadores. Otros armeros ponían a punto los sistemas defensivos del buque, se aseguraban de que las cajas de municiones estuviesen llenas y que el aire salado no hubiese corroído las ametralladoras Gatling y los cañones automáticos.

En el dique inundable los técnicos se ocupaban de los dos sumergibles del *Oregon*. Habían retirado equipos no esenciales de ambos e instalado más filtros de CO_2 para incrementar el número de pasajeros que podían llevar. También habían repasado la capa de pintura anecoica que hacía a las dos naves prácticamente indetectables cuando navegaban sumergidas. Por encima de los ruidos de su trabajo se escuchaba el rugido de un compresor de aire que llenaba docenas de botellas por si eran necesarias.

En la cocina, todo el personal se dedicaba a preparar las raciones de combate mientras los camareros envasaban la comida al vacío en cuanto estaban preparadas. En la enfermería, Julia Huxley y su gente preparaban la sala de operaciones para atender a un gran número de heridos.

Juan Cabrillo ocupaba su asiento en el centro de operaciones, mientras a su alrededor sus hombres trabajaban a una velocidad de vértigo para preparar el barco y a ellos mismos para la inminente batalla. Leyó cada informe del estado de la nave a medida que llegaban: no había ningún detalle demasiado nimio para dejarlo pasar.

—Max —llamó sin apartar la mirada de la pantalla—, aquí dice que la presión en los sistemas de control de incendios ha bajado siete kilos y medio.

—Ordené un ensayo en la bodega. El sistema volverá a tener la presión normal dentro de una hora.

—De acuerdo. Hali, ¿cuál es la hora estimada de llegada de George?

Hali Kasim apartó uno de los auriculares.

—Acaba de despegar de Cabinda con Eric y Murphy. Nos encontraremos dentro de unas dos horas y media. Llamará cuando esté a diez minutos para que reduzcamos la velocidad y preparemos el hangar.

—¿Qué sabemos de Tiny? ¿Dónde está?

—A diez mil metros sobre Zambia.

Juan se tranquilizó. El plan, como muchos otros recientemente, había sido elaborado a la carrera. Uno de los mayores obstáculos era sacar a cien de los mejores hombres de Moses del campo de refugiados cerca de la ciudad industrial de Francistown, en Botswana. A diferencia de gran parte del África subsahariana, había poca corrupción en el país, así que subir a los hombres sin pasaporte a un avión había sido más complicado de lo que esperaba Cabrillo. El amigo piloto de Tiny había despejado el camino para ellos en el otro extremo y no tendrían dificultades para aterrizar en Cabinda. El *Oregon* amarraría en el muelle principal de la ciudad unas cinco horas después del aterrizaje y solo permanecería allí el tiempo necesario para embarcarlos.

De allí se dirigirían al norte, hacia las plataformas petroleras frente a la costa donde Murphy y Eric habían localizado a tres de los diez AK-47 con los transmisores de la corporación. Las armas estaban en un pantano a menos de ocho kilómetros de la nueva y enorme terminal de carga y a diez minutos en lancha de una docena de plataformas.

Juan había llamado a Langston Overholt inmediatamente después de recibir el informe de Murphy. Lang había alertado al departamento de Estado para que pudiesen enviar un aviso al gobierno de Angola. Sin embargo, los engranajes de la diplomacia giraban lentamente y hasta el momento la información de Juan languidecía en el limbo mientras los políticos se entretenían en preparar una declaración.

Debido a la guerra civil de baja intensidad que se libraba en toda la provincia de Cabinda, las compañías petroleras que arrendaban los campos disponían de sus propios cuerpos de seguridad. La terminal de carga y los alojamientos de los trabajadores estaban vallados, y hombres armados se encargaban de la vigilancia. Cabrillo había considerado la posibilidad de llamar directamente a las compañías pero sabía que no le harían caso. También sabía que los guardias solo servían para evitar los robos y la presencia de intrusos, y que nada podrían hacer para contener a un ejército. Cualquier aviso que transmitiese únicamente serviría para que muriesen más guardias.

Además, se había enterado por el reconocimiento aéreo efectuado por Murphy de que había centenares de personas que vivían en chabolas alrededor de las instalaciones. Habría muchas menos bajas civiles si los combates tenían lugar dentro de los recintos.

Linda Ross entró en el centro de operaciones con Sloane Macintyre pegada a los talones. Sloane se detuvo en cuanto cruzó el umbral. Se le aflojó un poco la mandíbula al ver el futurista centro de mando. La pantalla principal en el mamparo delantero aparecía dividida en docenas de ángulos de cámara que mostraban la actividad en todo el barco y una clara imagen de la proa del *Oregon* mientras hendía las olas.

—Linda dijo que me haría una idea mucho más precisa de lo que hacéis si la acompañaba —manifestó Sloane cuando finalmente se acercó a Juan—. Pero creo que ahora estoy más desconcertada que hace cinco segundos. ¿Qué es todo esto?

—El corazón y el alma del *Oregon* —contestó Juan—. Desde aquí podemos controlar el timón, los motores, las comunicaciones, los equipos de seguridad y también los sistemas de armamento integrados del barco.

—¿Así que estás con la CIA o algo parecido?

—Como te dije antes, lo estuve. Somos ciudadanos particulares que tenemos una empresa dedicada a servicios de seguridad. De todos modos, debo admitir que la CIA nos ha encargado muchos trabajos en los últimos años, por lo general en misiones que no aparecen ni siquiera en sus libros más negros. Nuestro trabajo inicial fue vender armas a un grupo de revolucionarios africanos. Las armas habían sido modificadas para permitir rastrearlas hasta los rebeldes. Desdichadamente nos traicionaron, pero eso solo lo supimos después de habernos comprometido a rescatar a Geoffrey Merrick. Así que ahora nos ocupamos de nuevo de recuperar las armas, solo que ha resultado que el antiguo socio de Merrick tiene otros planes para ellas.

—¿Quién fue el que pagó para que suministraseis las armas?

—Fue un acuerdo entre nuestro gobierno y el del Congo. La mayor parte del dinero lo puso la CIA; el resto saldría de la venta de los diamantes que nos dieron a cambio de las armas.

—¿Los diamantes que le diste a Moses Ndebele por su ayuda?

—Eso es. Ahora me da la impresión de que la historia no era tan larga —señaló Juan.

—¿Te ganas la vida haciendo esto? —preguntó ella y después respondió a su propia pregunta—. Por supuesto que sí. Vi la ropa del armario de Linda. Es como estar en Rodeo Drive.

—¿Director, podemos hablar en privado? —preguntó Linda.

A Juan no le gustó el tono de su voz. Se levantó de la silla y se la ofreció a Sloane con un floreo.

—El barco es tuyo. —Llevó a Linda al rincón más apartado del centro de operaciones—. ¿Qué pasa?

—Estuve repasando las notas del interrogatorio y, aunque no estoy segura, creo que Susan Donleavy ocultó algo.

—¿Algo?

—No sobre lo que Singer intenta. Sobre eso le saqué todo lo que pude. Es otra cosa. Pero no acabo de saber qué es.

—Me imagino que la secuencia exacta de esta operación —afirmó Juan.

—Podría ser. No lo sé. ¿Por qué has dicho eso?

—Me ha tenido despierto gran parte de la noche. —Le explicó su preocupación—. Singer tiene esto en marcha desde hace años, con los generadores y los calentadores, y de pronto ataca una instalación petrolera con el propósito de volcar un par de millones de toneladas de petróleo. ¿Por qué? ¿Por qué ahora? Él espera que los huracanes transporten los vapores a través del Atlántico, pero no puede predecir cuándo y dónde se formará una tormenta.

—¿Crees que puede?

—Lo que creo es que él piensa que puede.

—Pero eso es imposible, al menos con un cierto grado de exactitud. Los huracanes se forman al azar. Algunos nunca pasan de ser una depresión tropical y sencillamente se agotan en el mar.

—Exactamente, y eso no serviría para su gran demostración.

—¿Crees que él sabe dónde se formará una gran tormenta que llevará los vapores de petróleo a través del océano?

—Te diré una cosa mejor —manifestó Juan—. Creo que sabe que el rumbo de la tormenta va hacia Estados Unidos.

—¿Cómo podría saberlo?

Juan se pasó la mano por el corto cabello. Fue el único signo exterior de su impaciencia.

—Es eso lo que me tuvo despierto. Sé que no es posible predecir un huracán, y mucho menos su camino, pero las acciones de Singer solo nos llevan a esa conclusión. Incluso sin nosotros, los hombres de Makambo acabarían por ser derrotados y el vertido quedaría controlado. Por lo tanto, Singer no puede garantizar que los vapores se alejen tanto y permanezcan en el aire el tiempo necesario para ser absorbidos por el huracán en formación, o que, si lo hace, la tormenta no acabaría por disiparse, a menos que haya algún factor que desconocemos.

—Lo intentaré de nuevo con Susan —ofreció Linda—. Acabé el interrogatorio después de averiguar lo que necesitaba saber sobre el ataque a la terminal petrolera.

Juan la observó con orgullo. Ella estaba dando más de su alma, y por mucho que quería protegerla del coste que interrogar a Susan Donleavy tenía para ella, sabía que Linda podría hacerlo de nuevo.

—Allí hay algo —dijo—, y sé que tú podrás encontrarlo.

—Haré todo lo que pueda. —Linda se volvió para marcharse.

—Mantenme informado.

Quince kilómetros al norte de donde Tiny Gunderson estaba sentado en su avión en el aeropuerto de Cabinda con cien soldados entusiastas por ir a la batalla, Daniel Singer hablaba con el general Samuel Makambo, del Ejército Revolucionario del Congo. Faltaban dos horas para el amanecer y en la selva comenzaba a reinar el silencio a medida que los insectos y los animales nocturnos se preparaban para dormir durante el día. Sin embargo, con el resplandor de tantas chimeneas quemando el gas natural, tanto en el mar como a lo largo de la costa, era una maravilla que las criaturas pudieran mantener sus ritmos circadianos. Alrededor de la tienda estaban los soldados más veteranos que Makambo estaba dispuesto a sacrificar en esta misión. Al mando de los cuatrocientos hombres de la fuerza expedicionaria estaba el coronel Raif Abala. Estaba allí por dos razones: el castigo por su fracaso en el río Congo cuando había dejado que los traficantes de armas escapasen con los diamantes y porque Makambo sospechaba que el coronel se estaba quedando con parte de las piedras. No se preocuparía mucho si Abala no regresaba.

Los rebeldes habían estado ocultos cerca de las chabolas que habían surgido alrededor de las instalaciones pertenecientes a la multinacional petrolera Petromax. Vestían uniformes viejos y harapientos, y se comportaban como si estuviesen buscando empleo. Las armas y las lanchas neumáticas estaban cómodamente ocultas en los manglares, con guardias para disuadir a los pescadores o a las personas que buscaban comida de que se acercasen demasiado.

—Coronel, ya sabe cuál es su deber —dijo Makambo.

Por su tamaño, la de Samuel Makambo era una figura imponente. Si bien sus músculos, endurecidos en la batalla, se cubrían lentamente de grasa, aún poseía una fuerza increíble. Usaba gafas de sol tipo espejo como su mentor, Idi Amin, y llevaba una fusta llamada *sjambok* hecha de piel de hipopótamo trenzada. Las pistolas, en fundas gemelas, habían sido hechas por Beretta de encargo; solo las incrustaciones de oro valían una pequeña fortuna.

—Sí, señor —respondió Abala en el acto—. Un centenar de hombres utilizarán las lanchas para atacar la parte de la terminal de carga más alejada de la costa y a las propias plataformas, mientras que el grueso de mis fuerzas se concentrarán en asegurar el recinto.

—Es esencial que tome el control de la planta generadora y también de las salas de control de bombeo —dijo Dan Singer, el diseñador del ataque—. No deben sufrir ningún daño.

—El ataque a esos dos puntos de la terminal lo realizarán mis mejores hombres. Los ocuparán tan pronto como crucemos la cerca del perímetro.

—¿Sus hombres saben cómo usar los controles? —preguntó Singer.

—Muchos de ellos estuvieron empleados en estas mismas instalaciones hasta que el gobierno se lo prohibió a los miembros de nuestra tribu —respondió Abala—. En cuanto desconecten el buque cisterna que están cargando ahora de la terminal, saben que deben abrir las bombas al máximo para verter el petróleo en el mar.

—¿Qué harán en las plataformas?

—Destruirán los tubos submarinos que envían el crudo a los tanques de depósito en tierra firme.

Singer deseaba que hubiesen podido volar los enormes depósitos, pero estaban situados en hoyos de tierra que mantendrían el petróleo contenido. Para que el petróleo se evaporase adecuadamente necesitaba desparramarlo en un área lo más grande posible. Se volvió hacia Makambo.

—Por cada hora que retengan la terminal y continúen vertiendo petróleo en el mar, un millón de dólares será transferido automáticamente a su cuenta bancaria en Suiza.

—Ese dinero servirá para financiar mi revolución y mejorar la calidad de vida de nuestra gente —declaró el líder guerrillero con todo desparpajo. Singer sabía que la mayor parte del dinero se quedaría en la cuenta de Makambo—. He aceptado este acuerdo y llamé a nuestros soldados a la lucha por el bien de todos.

Mientras reclutaba su fuerza de mercenarios Singer había investigado a fondo a Makambo y su Ejército Revolucionario del Congo. No eran más que unos salvajes carniceros que utilizaban la tortura y la intimidación de civiles indefensos para aprovisionarse. Si bien en el conflicto había componentes tribales, los grupos defensores de los derechos humanos estimaban que el Ejército Revolucionario del Congo había matado a más gente propia que el gobierno al que se oponían. Makambo solo era otro ejemplo del carácter despótico de ciertas políticas africanas.

—Muy bien —dijo Singer—. Entonces es hora de que me marche.

Había previsto dejar Cabinda el día anterior al ataque, pero se había quedado lo máximo posible, con la esperanza de recibir noticias de Nina Visser. Ella y los otros no estaban en el punto de encuentro cuando llegó el avión, aunque las huellas de neumáticos junto a la pista indicaban que alguien había pasado por allí recientemente. El piloto había conseguido seguirlas desde el aire, pero solo durante un par de millas. El implacable viento había barrido el suelo del desierto. Había volado en círculos por la zona hasta que solo le quedó combustible suficiente para regresar a Windhoek, sin encontrar ninguna señal de ellos.

Singer le había ordenado que regresase a Cabinda para que lo llevase a la ciudad portuaria de Nouakchott, en Mauritania, donde estaba amarrado un viejo buque cisterna de cien mil toneladas que había comprado en secreto a una compañía libia. Se llamaba *Gulf of Sidra* y durante toda su vida útil había surcado el Mediterráneo con petróleo libio para Yugoslavia y Albania.

Cuando lo había visitado con Susan Donleavy ella le había dicho que los tanques serían unas incubadoras perfectas para el material floculento orgánico. La empresa de ingeniería naval que Singer había contratado para inspeccionar el barco había garantizado que el casco podría soportar una carga termal continuada de cuarenta y cinco grados centígrados, aunque dijeron en su informe que no sabían de ninguna terminal petrolera en el mundo donde el crudo retuviese tanto calor de la tierra. Después de cerrar el trato, Singer consiguió para el barco un registro liberiano, el más fácil de obtener de todo el mundo, y no se había molestado en cambiarle el nombre.

Susan había supervisado el sembrado inicial de su mezcla generadora de calor y lo había controlado de vez en cuando antes de su «secuestro». Sus informes señalaban que todo funcionaba a la perfección, así que Singer sabía que no necesitaba que ella estuviese allí cuando lo vaciara en el mar. Sin embargo, siempre había posibilidad de que surgiesen imprevistos que necesitasen su experiencia. La pérdida de Nina y su grupo no le preocupaba en absoluto; solo quería que Susan estuviese con él. El material floculento había sido invención suya y cuando ella lo había llamado para informarle de su descubrimiento y su posible aplicación, había dicho que quería ser parte del último acto.

Después estaba Merrick. Singer había deseado muchísimo ver cómo se borraba la expresión ufana de su rostro cuando fuese testigo de la creación del huracán más destructivo que hubiese llegado nunca a Estados Unidos y comprendido que él y otros contaminadores como él eran los responsables. Singer le había explicado el plan a Merrick, así que le quedaba la ilusión de que su antiguo socio estuviese aún vivo y supiese la verdad de lo que estaba pasando.

Debido a que pilotar un superpetrolero era un trabajo especializado, no podía confiar en un grupo de ecologistas melenudos, de modo que se había visto obligado a contratar a una tripulación profesional, hombres cuyo silencio se podía comprar. El capitán era un griego borracho que había perdido la licencia después de embarrancar un buque cisterna en el golfo Pérsico. El jefe de máquinas era otro griego incapaz de mantenerse apartado de la botella. No había trabajado desde que la explosión de una tubería de vapor en una sala de máquinas había matado a cuatro de sus ayudantes. Una junta de investigación lo había declarado inocente, pero los rumores de negligencia habían acabado con su carrera.

Ambos hacían que el resto de la tripulación pareciesen unos santos.

—¿Lanzará el ataque al amanecer? —preguntó Singer.

—Sí. Tiene tiempo más que suficiente para llegar a su avión —respondió Makambo con un leve tono de desprecio. No es que él fuese a quedarse para la batalla. Tenía una lancha rápida que esperaba para llevarlo costa abajo hasta la desembocadura del río Congo.

Singer dejó pasar la ofensa. Se levantó.

—Recuerde, cada hora significa un millón de dólares.

—Si sus hombres pueden contener a las fuerzas de seguridad y a la policía de Angola, cuando consigan organizarse, durante cuarenta y ocho horas, agregaré una bonificación de cinco millones de dólares. —Miró a Abala—. Otros cinco para usted, coronel.

—Entonces, gritemos caos —dijo Makambo con su expresión favorita—, y soltemos a los perros de la guerra.

26

Juan estaba en el puente y observaba los viejos autobuses escolares que avanzaban por la calzada que llevaba al único muelle de Cabinda, pintados de colores chillones y arrojando un humo aceitoso, producto de sus viejos motores. Se abrieron camino alrededor de una hilera de contenedores y algunos equipos agrícolas donados que acababan de descargar de un barco ruso amarrado delante del *Oregon*.

Debido a que el barco había vaciado los tanques de lastre para poder llegar a su amarre relativamente poco profundo, tenía una buena vista de la ciudad y las distantes colinas. Con la luz del amanecer vio que se había gastado muy poco de la riqueza que el petróleo aportaba a Angola en la ciudad próxima a los yacimientos.

En el muelle, Max Hanley y Franklin Lincoln esperaban con un oficial de aduanas. Ambos estaban vestidos como un par de vagabundos para mantenerse a tono con el aspecto decrépito del *Oregon*. El amigo piloto de Tiny Gunderson también estaba con ellos para asegurarse de que no hubiese ningún problema junto a Mafana, el antiguo sargento de Ndebele. El aduanero ya había dado un maletín a su esposa, que había ido al muelle con el propósito de llevarse el dinero del soborno a casa.

El ascensor desde el centro de operaciones subió bruscamente al puente. Linda Ross no esperó a que estuviese al ras de la cubierta para saltar y correr hacia Cabrillo.

—Juan, no tienes el teléfono encendido —dijo furiosa—. El ataque ha comenzado. Hali ha interceptado las llamadas desde las instalaciones de Petromax a sus oficinas centrales en Delaware. Calculan que al menos cuatrocientos hombres armados han asaltado las verjas. Las plataformas comunican que un gran número de pequeñas embarcaciones van hacia ellas. Los guardias de seguridad han sido barridos.

Él había confiado y rezado para tener un día como mínimo para trabajar con las tropas de Moses Ndebele, pero de alguna manera temía que no iba a tenerlo. Debería confiar en que el tiempo no hubiese enmohecido las habilidades que habían demostrado en la terrible guerra civil librada treinta años atrás.

Cabrillo se llevó las manos a la boca como si fuese una bocina y gritó el nombre de Max. Cuando Hanley miró hacia arriba, Juan le hizo una señal con el brazo para que se diese prisa. Max le dijo algo a Mafana en el mismo momento en que el primero de los autobuses frenaba al pie de la pasarela. Se abrió la puerta lateral y bajó una fila de hombres. El primero fue a darle un abrazo a Mafana por el rescate de Moses Ndebele, pero el rebelde africano debió decirle que subiese a bordo rápidamente. Los hombres miraron a la cubierta principal mientras llegaban los otros autobuses.

Juan encendió el teléfono y llamó al hangar donde sabía que George «Gomes» Adams estaría con su helicóptero. El piloto respondió casi en el acto.

—Aerolíneas nocturnas.

—George, Juan.

—¿Qué pasa, director?

—Los hombres de Singer han lanzado su ataque. En cuanto salgamos de la bahía quiero que envíes uno de nuestros VANT.

—Vehículos aéreos no tripulados, que eran básicamente aviones en escala equipados con cámaras en miniatura y detectores infrarrojos.

—Lo preparé —dijo Adams—. Pero no puedo pilotar a los dos si me necesitas en el helicóptero.

—Tiny está subiendo a bordo con los hombres de Ndebele. Él lo pilotará. Solo quiero que lo prepares.

—Estoy en ello.

Cabrillo volvió a mirar sobre la borda. Dos hileras de hombres subían por la pasarela. Ninguno de ellos era gordo, cosa que no le llamó la atención porque vivían en un campo de refugiados, pero entre ellos había unos cuantos gigantes. Vio más cabellos grises de los que esperaba, pero los antiguos combatientes por la libertad parecían perfectamente aptos. No eran unos viejos achacosos, sino soldados delgados y musculosos que sabían lo que tenían que hacer.

Llamó a Eddie Seng para decirle que saliese a recibir a los recién llegados, pero su director de operaciones terrestres ya estaba junto a la escalerilla para enviar a los soldados a una de las bodegas del barco, donde Moses Ndebele los esperaba para dirigirse a ellos. Era allí donde les darían los fusiles de asalto, la munición y otros equipos.

Presionados por la urgencia del ataque, la tripulación de Juan parecía haber alcanzado nuevas cotas de eficiencia. No esperaba menos.

Eric Stone había estado observando el desfile a través del sistema de televisión de circuito cerrado desde el centro de operaciones; en el momento en que Max y Linc siguieron al último soldado, la pasarela comenzó a elevarse de inmediato. Juan alzó la mirada para ver la densa nube de humo que salía de la chimenea del *Oregon*. El viejo intercomunicador montado junto al ala del puente sonó estrepitosamente.

—Estamos preparados —le comunicó Eric cuando Juan atendió. Cabrillo miró a lo largo del barco, donde un estibador esperaba junto a la maroma de popa. Le hizo una señal al hombre, que sacó el pesado cabo del noray y lo dejó caer al agua. Un molinete comenzó de inmediato a recogerla a bordo. Juan repitió la señal a los hombres que esperaban cerca de la proa. Antes de que pudiese decirle a Stone que habían soltado amarras vio bullir el agua entre el *Oregon* y el muelle mientras se ponían en marcha los impulsores laterales. Cuando se separaron de la popa del carguero ruso, Eric puso en marcha los motores magnetohidrodinámicos, sin acelerar demasiado para impedir que el impulso hacia adelante hiciese que el casco se hundiese demasiado en el agua. Solo cuando estuvieron a una milla de la poca profunda bahía comenzó a suministrales más energía.

Juan esperó en el puente volante durante otro par de minutos, a sabiendas de que serían sus últimos momentos de paz hasta acabar la misión. El temor que había sentido cuando Linda le había dicho que el ataque estaba en marcha estaba dando paso a una nueva sensación que él conocía muy bien. Eran las primeras gotas de adrenalina que entraban en sus venas. Era casi como si pudiese detectar cada vez que sus glándulas adrenales secretaban una dosis en su torrente sanguíneo.

Aún tenía inflamado el muñón, pero ya no lo sentía. Le dolía la espalda, pero ya no le preocupaba. Ya no añoraba el sueño que había perdido. Su mente estaba exclusivamente enfocada en la tarea a realizar, y su cuerpo respondía dispuesto a hacer todo lo que él le pidiese. Se volvió hacia Linda.

—¿Preparada?

—Sí.

En el ascensor de bajada al centro de operaciones le preguntó por Susan Donleavy.

—Dispuesta a hablar con ella hoy, pero, bueno…

—Ningún problema —dijo Juan. Se abrieron las puertas del ascensor—. ¿Hali? ¿Cuál es la última noticia?

—Petromax está intentando ponerse en contacto con las autoridades provinciales para informarles del ataque, pero hasta el momento el gobierno no ha respondido. Todo está en calma en el recinto de los trabajadores. El ataque se concentra en la terminal y las plataformas. Al parecer dos plataformas ya están controladas por los terroristas mientras otras dos intentan defenderse con los cañones de agua. Uno de los capataces de la plataforma comunicó que había perdido a dos hombres por disparos de armas pequeñas y que no creía que pudiese resistir mucho más.

—Eric, ¿cuál es nuestro tiempo estimado de arribada?

—Una hora.

—Murphy, ¿estado del armamento?

Mark Murphy torció la cabeza para mirar a Juan.

—Estamos preparados para lo que sea, director.

—Vale, muy bien. Ah, y por cierto, buen trabajo el haber encontrado las armas con los chips. Solo Dios sabe lo mucho peor que serían las cosas de habernos quedado embarrancados en el río Congo. —Cabrillo se volvió para dirigirse a su camarote y vio a Chuck «Tiny» Gunderson sentado ante una mesa al final de la sala. Delante tenía un monitor. En la pantalla aparecía la imagen de George Adams que limpiaba la lente de la cámara montada en la nariz del modelo en escala.

—Se ve bien —dijo Tiny en su micrófono. Movió las manos por el teclado del ordenador—. Voy a encender el motor.

La cámara comenzó a vibrar cuando se puso en marcha el pequeño motor.

—Vale, todo en verde. Arriba, arriba, y fuera.

La imagen comenzó a moverse mientras el avión aceleraba por la plataforma de lanzamiento, pasó por delante de las grúas de proa del *Oregon* y luego por encima de la borda. Tiny le bajó el morro con un mando, para intercambiar altura por velocidad y después movió la palanca hacia atrás para enviarlo al cielo.

Juan fue a su camarote a prepararse. Antes de colocarse la pierna de combate reparada y la ropa oscura de combate, encendió el ordenador para recibir las imágenes en directo de las cámaras del avión espía. Mantuvo un ojo atento al monitor mientras preparaba su arsenal de armas.

El avión, de un metro veinte de longitud, estaba a una altura de unos trescientos metros y volaba sobre la gran península que el *Oregon* debía rodear para llegar a la terminal de Petromax. Un transmisor de mayor potencia a bordo les había permitido ampliar el radio de acción del aparato de quince a cuarenta millas, así que ya no necesitaba permanecer cerca del barco. Pasó sobre tierras de cultivos y selva y finalmente sobre la zona de manglares que aislaban el puerto del resto de Cabinda excepto por una única carretera.

Tiny hizo descender el VANT hasta unos doscientos cincuenta metros por encima de la carretera.

A unos pocos kilómetros de la entrada a la terminal había una hilera de camiones aparcados. Juan adivinó por qué, y un momento más tarde la cámara mostró los árboles caídos que impedían el paso. Debido a que el suelo a los costados de la carretera era muy blando, los enormes camiones cisterna no podían dar la vuelta. Necesitarían enormes palas mecánicas o una semana de trabajos con sierras mecánicas para eliminar el obstáculo. Si el ejército de Angola enviaba tropas tendrían que abandonar cualquier vehículo de combate lejos del objetivo.

Después de observar las fotos de satélite del remoto puerto, Cabrillo se había esperado este movimiento, porque era exactamente lo mismo que hubiese hecho él de haber estado al mando del asalto.

Observó mientras Tiny hacía que el avión ganase de nuevo altura al acercarse a la terminal. Desde trescientos metros de altura todo parecía normal. Las ciento ochenta hectáreas de instalaciones se extendían a lo largo de la costa con una enorme cantidad de depósitos en el extremo sur y un recinto separado para las viviendas de los trabajadores en el norte. Entre ellos había kilómetros de tuberías de cien tamaños diferentes que se retorcían y doblaban en un laberinto que solo sus diseñadores podían comprender. Había almacenes enormes, además de una rada para remolcadores y las barcazas que llevaban y traían al personal de las plataformas. De la instalación salía una calzada de un kilómetro y medio que llevaba a los muelles de carga flotantes desde donde los superpetroleros transportaban el crudo a los mercados de todo el mundo. Había un buque cisterna de trescientos treinta metros de eslora amarrado a una de ellas, con los tanques vacíos, a juzgar por la cantidad de pintura de minio roja que veía por encima de la línea de flotación.

Vio un gran edificio construido cerca de una zona pavimentada, en las proximidades de una de las grandes torres de ventilación de la terminal. Juan sabía por la investigación realizada por su gente que había tres turbinas a gas General Electric dentro de la estructura que proveían electricidad para todas las instalaciones. Las líneas de alta tensión iban desde allí a todos los rincones del puerto.

A tres millas de la costa había una hilera de decenas de plataformas, extendidas hacia el norte como un archipiélago artificial, cada una conectada al puerto por tuberías submarinas.

Aunque no eran tan grandes como las plataformas que Juan había visto en el mar del Norte o el golfo de México, cada una medía por lo menos sesenta metros de altura, y sus superestructuras se mantenían por encima de las olas apoyadas en unas inmensas columnas.

Todo parecía normal, excepto cuando miró con mayor atención. Alguna de las llamas que vio no eran del gas natural que se quemaba. Habían incendiado varios camiones y había más de un edificio envuelto en humo. Las diminutas figuras como palillos tumbadas al azar por el patio, eran los cadáveres de los trabajadores y de los guardias de seguridad que habían sido ametrallados por los soldados de Makambo. Aquello que Juan en un principio habían creído que eran sombras alrededor de ellos eran en realidad charcos de sangre.

Tiny Gunderson luego llevó al VANT sobre la costa y a lo largo de la calzada. Las tuberías que alimentaban al muelle flotante parecían tener el diámetro de vagones. Juan maldijo cuando vio a los hombres que se movían alrededor de las mangueras de carga. Las habían retirado del barco y ahora el crudo caía en el mar en cuatro gruesos torrentes. El vertido había rodeado el muelle y se extendía por momentos. Uno de los hombres seguramente había avistado al avión porque de pronto varios de ellos miraron hacia arriba. Algunos lo señalaron con las manos mientras otros comenzaban a dispararle.

La posibilidad de que alcanzasen al avión era remota, pero Tiny lo desvió para poner rumbo a la más cercana de las plataformas. Desde una distancia de media milla Juan vio que estaba rodeada de petróleo.

El crudo pesaba lo suficiente para aplastar a las olas que intentaban pasar por debajo. Lo único que podía hacer el océano era que el vertido ondulase como la perezosa onda de la seda negra. La corriente dominante ya estaba extendiendo el vertido hacia el norte a medida que la mancha crecía en tamaño por el petróleo que caía de la plataforma en una lluvia negra. Cuando el avión se acercó a la segunda plataforma controlada por los terroristas, Cabrillo vio que en ella la mancha era incluso más grande que la primera.

Aunque era imposible, Juan creyó oler el fuerte hedor químico del crudo mientras caía en el mar. Le ardía en el fondo de la garganta y le hacía lagrimear. Entonces comprendió que lo que sentía era repulsión ante un voluntario acto de destrucción medioambiental y de insensato desperdicio de vidas humanas. La demostración de Singer era el mayor acto de ecoterrorismo de la historia; por mucho que dijera que quería salvar al planeta, sus acciones harían que la Tierra pagase un terrible precio.

Si la corporación fallaba, los efectos se propagarían a medio mundo.

Recogió el equipo y se fue a la bodega. Cuando llegó, vio que el recinto estaba lleno con más de cien hombres. Unos pocos eran de los suyos, y el resto de Moses Ndebele. Los africanos ya habían recibido armas y municiones además de prendas para reemplazar todo lo que les faltaba, sobre todo botas resistentes. Todos estaban sentados en el suelo y escuchaban arrobados mientras su líder les hablaba desde un estrado hecho con palés. Tenía el pie envuelto en gasas quirúrgicas y había un par de muletas apoyadas contra el mamparo a su espalda. Juan no entró en la bodega, sino que se quedó apoyado en el marco de la escotilla y escuchó. No comprendía el idioma, pero no importaba. Percibía la pasión en las palabras de Ndebele y cómo afectaban a sus seguidores. Era palpable. Hablaba claramente, mientras su mirada recorría la bodega, y le dedicaba a cada hombre un momento de atención antes de pasar al siguiente. Cuando se posaron en Juan, él sintió un tirón en el pecho, como si Ndebele le hubiese tocado el corazón. Juan asintió y Moses le devolvió el gesto.

Cuando acabó el discurso los hombres le dedicaron un estruendoso aplauso que hizo vibrar la bodega. Pasaron dos minutos antes de que comenzasen a apagar los gritos de victoria.

—Capitán Cabrillo —llamó Moses por encima del estrépito. Los hombres callaron al instante—. Le he dicho a mi gente que combatir a su lado es como combatir junto a mí. Que usted y yo somos ahora hermanos por lo que hizo por mí. Les dije que tiene usted la fuerza de un elefante macho, la astucia de un leopardo y la fiereza de un león. Dije que aunque hoy nos toca luchar en otra tierra, este día comenzaremos la recuperación de nuestro país.

—Yo no podría haber dicho nada mejor —manifestó Juan. Se preguntó si debía dirigirse a los hombres pero vio en sus ojos, en su postura, que nada de lo que él pudiese decir los inspiraría más que las palabras de Moses. Dijo sencillamente—: Solo quiero daros las gracias por hacer vuestra mi lucha. Me honráis y honráis a vuestra patria.

Llamó a Eddie Seng para que se acercase.

—¿Tienes hecha la distribución de tareas?

—La tengo aquí. —Eddie le mostró el tablero electrónico—. Mafana me ayudó a clasificar a los hombres antes de su llegada así que tengo una idea bastante clara de sus capacidades. También tengo la disposición de los asientos para todas las embarcaciones participantes de los asaltos.

—¿Algún ajuste de última hora?

—Ninguno, director.

—Entonces muy bien. Pongamos el espectáculo en marcha.

Juan dirigiría el asalto a una de las plataformas que ya había sido tomada y Eddie iría a la otra, así que ambos hombres reunieron a un puñado de soldados para que fuesen con ellos y dejaron la bodega para ir al dique inundable. Otros utilizarían la lancha salvavidas y otras embarcaciones para atacar el muelle de carga y las propias instalaciones en un ataque coordinado con el *Oregon*, al mando de Max, para suministrar soporte artillero.

Cuando bajaban, Max lo llamó desde el centro de operaciones.

—Solo quiero que sepas que estaremos en posición de lanzar los sumergibles dentro de diez minutos.

Juan consultó su reloj. Eric los había llevado antes de lo prometido.

—Una vez que salgamos tardaremos otros veinte en llegar a las plataformas, así que no te acerques a la costa hasta que llamemos.

—Estuve prestando atención durante la reunión de anoche —dijo Max con voz severa—. Antes de que lances tu contraataque nosotros nos acercaremos a la terminal y enviaremos la lancha salvavidas. Nos ocuparemos de cualquier terrorista que intente asaltar las otras dos plataformas y después tomaremos posiciones en el muelle. Cuando estemos lo bastante cerca para cubrirlos, Ski y Linc saldrán con la embarcación de asalto SEAL para cubrir la reconquista del muelle de carga.

—Confiemos en que Linda tenga razón y que los hombres de Makambo no estén dispuestos a morir para retener la terminal. Si nos acompaña la fortuna y les pegamos duramente y con rapidez no tardarán en rendirse.

—¿Qué pasará si ella está en un error y estos tipos realmente creen en su misión?

—Entonces este va a ser un día muy largo y sangriento.

Con el barco todavía en marcha, las puertas del casco debajo del dique inundable permanecían cerradas, pero habían quitado la rejilla metálica que tapaba el agujero y el más grande de los dos sumergibles del *Oregon*, el Nomad 1000, de veintidós metros de eslora, colgaba sobre la apertura en su eslinga. Capaz de sumergirse a más de trescientos treinta metros de profundidad, el Nomad tenía una batería de focos alrededor de la roma proa y un brazo flexible y delicado como el de un humano, pero capaz de romper el acero. El más pequeño, el Discovery 1000 estaba suspendido por encima del Nomad y sería lanzado en cuanto hubiese partido su hermano mayor.

Linda acompañaría a Juan mientras que Jerry Pulaski estaba preparado para hacer pareja con Eddie. El ataque en tierra estaría al mando de Franklin Lincoln y Mike Trono, que ya estaban embarcando a sus fuerzas en la lancha salvavidas y también en el garaje de embarcaciones. Los técnicos habían repasado los sumergibles, así que Juan no pudo hacer otra cosa que dar una palmada al casco para desearle buena fortuna y subir por una escalerilla que sujetaba un tripulante. El submarino se balanceó suavemente cuando llegó arriba. Juan dirigió a Eddie un rápido saludo y bajó por la escotilla.

En el interior del submarino, fue hasta la cabina, un lugar claustrofóbico donde había un par de sillones reclinables, rodeado por docenas de monitores, paneles de control y un trío de pequeños ojos de buey. Aunque más grande que el Discovery, el interior del Nomad era en realidad más pequeño debido al grosor del casco, las enormes baterías que llevaba para tener una autonomía de sesenta horas, y que estaba equipado con una cámara de descompresión. La tripulación de Juan había quitado todos los equipos posibles para aumentar la capacidad de pasajeros de seis a ocho, el mismo número que podía llevar el Discovery. Era una pequeña fuerza para atacar las plataformas y solo los mejores soldados de Ndebele irían en los submarinos.

Linda entró detrás de él, pero no ocupó su asiento. Enseñó a los hombres cómo ponerse los cinturones de seguridad mientras Juan hacía la comprobación previa a la inmersión.

Cabrillo conectó los auriculares ultraligeros en el panel de comunicaciones.

—Nomad a *Oregon*, esta es una prueba de comunicaciones. ¿Qué tal me copias?

—Cinco sobre cinco, Nomad —respondió Hali inmediatamente—. Casi hemos acabado de desacelerar, Juan. Las puertas del dique inundable se abrirán más o menos en un minuto.

—Recibido.

Miró por encima del hombro mientras Linda ocupaba su asiento, y dejaba su pistola ametralladora con silenciador junto a la de Juan.

—¿Todo el mundo está cómodo? —Un par de hombres no parecían estar muy a gusto allí dentro, sobre todo cuando cerraron herméticamente la escotilla, pero todos consiguieron levantar el pulgar al unísono—. ¿Mafana? ¿Está bien?

Aunque había sufrido una herida leve durante el rescate de Moses, el antiguo sargento había insistido en acompañar a Cabrillo.

—Ahora comprendo mejor la Biblia. —El rostro de Juan reflejó su desconcierto así que Mafana añadió—: Jonás y la ballena.

—Será un viaje corto y no estaremos más que a unos quince metros debajo de la superficie.

Una serie de lámparas montadas a través de la alta bodega de tres cubiertas comenzaron a destellar y sonaba una sirena, aunque Cabrillo no podía escucharla en el interior del minisubmarino. Miró abajo a través del ojo de buey mientras las grandes compuertas de la quilla del barco comenzaban a abrirse. Permitieron, manteniendo la cautela, que el mar entrase en el barco y llenase rápidamente el dique hasta la línea de flotación del *Oregon*. Con un golpeteo metálico, la eslinga que aguantaba el submarino comenzó a descender. El agua llegó a la altura de los ojos de buey y en el interior del Nomad reinó casi la oscuridad, alumbrado únicamente por los monitores y el sistema de bajo voltaje en la zona de la tripulación. Una vez que el submarino flotó libremente desengancharon la eslinga.

—Está libre —avisó un tripulante a través de los auriculares de Juan.

—Afirmativo. —Juan accionó los controles del lastre para inundar los tanques y en cuestión de segundos el minisubmarino avanzó por el dique y salió a mar abierto—. El Nomad ha salido. Lanzad el Discovery.

Puso en marcha los motores, escuchó atento el zumbido metálico mientras las hélices batían el agua, y fijó el ordenador para mantenerlo nivelado a quince metros, una profundidad suficiente para que desde la superficie un observador no pudiese ver el casco negro mate. El ordenador maestro del *Oregon* ya había calculado el rumbo y lo había descargado en el ordenador del minisubmarino, así que Juan no tenía nada que hacer más que disfrutar del viaje.

Cinco minutos más tarde, Eddie anunció que habían lanzado con éxito el Discovery y que estaban de camino hacia la segunda plataforma.

Como solo avanzaban a una velocidad de diez nudos, el viaje hacia la costa parecía interminable; para Juan lo más doloroso era saber que cada minuto que pasaba más petróleo era lanzado al mar. Si hubiese creído que podía haber marcado una diferencia habría salido del submarino para empujarlo.

—*Oregon*, habla el Disco —llamó Eddie por el vínculo acústico—. Hemos llegado a la plataforma y nos mantenemos a la espera bajo la superficie. El vertido debe de tener ahora unas tres millas de ancho.

—Disco, habla el Nomad —dijo Juan—. El ordenador nos pone al alcance de nuestra plataforma en tres minutos. —Sabía por lo oscuro que se había vuelto el océano que su minisubmarino viajaba bajo una mancha de petróleo idéntica y que llevaba allí algún tiempo. El sistema GPS del Nomad guió al sumergible entre dos enormes columnas de soporte y detuvo la embarcación a solo treinta centímetros de la tercera columna, en la que habían identificado, gracias a la cámara del avión, una escalerilla que llevaba hasta la cubierta de la plataforma.

—Houston, el Nomad ha aterrizado.

—Recibido, Nomad —replicó Hali—. Danos un minuto para que Tiny pueda comprobar que no tenéis compañía allí abajo y que estáis en condiciones de salir a la superficie y abrir las escotillas.

Juan conectó los auriculares a su radio personal, se levantó del asiento acolchado, y se acercó cuidadosamente hasta la escotilla, con la MP-5 colgada del hombro. Mafana y sus hombres se quitaron los cinturones de seguridad.

—Juan —llamó Linda desde el otro extremo del submarino—. Hali dice que está despejado. Aquí abajo no hay nadie, pero Tiny calcula que hay al menos treinta terroristas dando vueltas alrededor de la plataforma.

—No por mucho tiempo —murmuró él, y luego le ordenó a Linda que vaciase poco a poco los tanques de lastre.

Como una criatura en una película de terror, el ancho lomo del Nomad emergió lentamente a través de la apestosa alfombra de crudo que había debajo de la plataforma. Chorreaba lentamente sobre el casco a medida que el submarino se asomaba a la superficie, pero era lo bastante pegajoso como para adherirse a cualquier cosa que sobresaliese de la embarcación. Cuajarones de petróleo se quedaron pegados al borde de la escotilla y al timón.

—Máscaras —ordenó Juan, y se colocó una máscara quirúrgica sobre la nariz y la boca. Julia había analizado los efectos tóxicos del crudo en el cuerpo humano, y mientras limitasen la exposición a menos de dos horas y permaneciesen en zonas bien ventiladas no había necesidad de utilizar las más incómodas máscaras de gas. Pulsó un botón para abrir la escotilla y se echó hacia atrás cuando el fuerte hedor químico atacó sus sentidos. Estar tan cerca del vertido le hizo lagrimear.

Salió del minisubmarino y enganchó un cabo a una anilla soldada en el casco. Había una plataforma llena de lapas alrededor de la columna de soporte más cercana y saltó a ella, para atar el cabo a la escalera integrada. Equidistante de las cuatro gigantescas patas, el tubo de extracción bajaba de la plataforma y se perdía en el océano. En el interior estaría la broca perforadora para cuando la plataforma buscaba petróleo y los tubos que llevaban el crudo para bombearlo hasta la costa. A diferencia de otros campos, en este el crudo tenía la suficiente presión como para no necesitar bombeo para extraerlo. Salía libremente. Ahora que los terroristas habían destruido las tuberías de las plataformas o abierto algunas válvulas, caía como una cascada de resplandeciente obsidiana que se retorcía y titilaba en el claro sol de la mañana. El sonido cuando golpeaba en la mancha era como un trueno.

Juan apartó la vista de la espantosa visión y miró hacia el mar mientras los hombres comenzaban a salir del Nomad. El *Oregon* iba hacia la costa. Aunque era un feo barco industrial, donde primaba lo funcional sobre la forma, con una cubierta que parecía un bosque desnudo de grúas y con el casco como un retazo de pinturas diferentes, a él nunca le había parecido más hermoso. Max se dirigía hacia la tercera plataforma, donde los empleados de Petromax continuaban rechazando a los terroristas pero informaban de que se estaban preparando para abandonar la plataforma en las lanchas salvavidas. Los hombres que defendían la cuarta plataforma comunicaban por radio que nunca se rendirían.

Después de sellar la escotilla del minisubmarino Linda fue la última en saltar del Nomad a la plataforma.

—Vamos —gritó por encima del estruendo del petróleo que caía—. El aire aquí abajo me estropeará la piel. Siento que el petróleo me tapa los poros. —Luego añadió con una sonrisa traviesa—: Ya puedes ir haciéndote a la idea de que la corporación tendrá que pagarme el centro de estética que elija.

27

Cuando el *Oregon* apareció por el horizonte ninguno de los rebeldes de las rápidas lanchas fuera borda que se movían alrededor de las columnas de la tercera plataforma le prestó ninguna atención. Su único interés era subir la escalerilla que llevaba a lo alto de la plataforma. Hasta entonces sus esfuerzos habían sido rechazados por los trabajadores que descargaban los cañones de agua a lo largo de la columna y lanzaban a los terroristas al mar. Pero no era tan unilateral. Los asaltantes descargaban un torrente de fuego por la columna de doce metros de altura; de vez en cuando alcanzaban un objetivo y caía un empleado de Petromax. Algunos se desplomaban sobre la cubierta, pero alguno también rodaba por la plataforma y acababa en el agua. Los atacantes gritaban de gozo. Era una batalla entre pistolas de agua y fusiles automáticos y el resultado era previsible.

Sentado en el puesto de control de armamento del centro de operaciones, Mark Murphy observaba simultáneamente las imágenes de media docena de cámaras y también el estado del arsenal integrado del *Oregon*. Eric Stone estaba sentado en el puesto a su lado, con una mano en el mando que controlaba el timón y los chorros direccionales y la otra apoyada suavemente sobre los aceleradores.

—Señor Stone, llévanos a cuatrocientos cincuenta metros de la plataforma —ordenó Max desde el sillón del capitán—. Despeja la proa para utilizar la Gatling. Murphy, abre las compuertas y coloca la Gatling en posición de disparo cuando lo ordene.

Tiny Gunderson guió al avión por control remoto en un círculo alrededor de la plataforma para que Mark pudiese escoger sus objetivos. Murphy designó a las cuatro embarcaciones que se movían debajo de la plataforma con los nombres Tango Uno a Cuatro y una vez que los introdujo en el ordenador, el cerebro electrónico del barco los mantuvo bajo constante vigilancia. En posición elevada en la proa, estaba la GE M61A1, cuyos seis cañones rotatorios bajaron y giraron mientras el ordenador compensaba el movimiento del *Oregon*, las olas que mecían suavemente su casco y la velocidad de las distantes lanchas neumáticas.

—Nomad a *Oregon*, hemos llegado a la plataforma. —La voz de Juan sonó en la habitación desde los altavoces ocultos.

—Ya era hora, Nomad —se burló Max—. El Discovery lleva esperando dos minutos.

—Nos detuvimos a tomar café y pastel cuando veníamos para aquí. ¿Estáis en posición?

—Solo esperamos tu aviso para lanzar la lancha salvavidas. Luego entraremos en acción.

—Estamos preparados.

Max cambió de canal en la consola de comunicaciones.

—Centro de operaciones a lancha salvavidas. ¿Mike, estás ahí?

—Estamos preparados —replicó Trono. Su voz tenía el timbre neutro de la concentración total.

—Lancha salvavidas fuera y buena suerte.

En la cubierta, oculta de la plataforma por el casco del barco, la lancha salvavidas cargada con sesenta hombres prácticamente sentados uno encima del otro, fue levantada de sus soportes y pasada por encima de la borda. Los pescantes bajaron lentamente la embarcación hasta el mar y en cuanto se posó, Mike soltó los cabos y puso en marcha el motor.

Cuando Trono había dejado la fuerza aérea después de seis años de servicio como paracaidista de rescate, con cinco salvamentos de pilotos abatidos en su hoja de servicio, se había dedicado durante un tiempo a piloto profesional de lanchas de carrera. La emoción de volar a través del agua a más de ciento sesenta kilómetros por hora había calmado en parte su adicción a la adrenalina, pero había aprovechado de inmediato la oportunidad de unirse a la corporación, y había traído con él la experiencia de ser uno de los mejores pilotos de lanchas de carreras del mundo.

En cuestión de segundos había puesto la lancha salvavidas en planeo. Luego extendió los patines y dio potencia. La rechoncha embarcación se deslizó sobre el agua como un pez volador, apartada de la distancia de tiro de los terroristas mientras esperaba la orden de virar al este y desembarcar cerca de los depósitos de la terminal de Petromax. Desde allí dirigiría el contraataque para arrebatar su control de manos de los hombres de Makambo.

Hubo una inesperada explosión en la plataforma que había escogido el *Oregon*. Tiny puso en marcha el zoom de la cámara del VANT, que mostró a un par de rebeldes en una embarcación de aluminio que cargaban un lanzagranadas. Las llamas y una densa columna de humo se elevaban de una pasarela donde momentos antes dos trabajadores habían estado descargando centenares de litros de agua de mar contra los atacantes. Los hombres habían desaparecido y el cañón de agua era una ruina retorcida.

—Estoy captando otra llamada desde la plataforma a las oficinas centrales de Petromax en Delaware —avisó Hali, que levantó un dedo mientras escuchaba—. Están abandonando la plataforma.

—De ninguna manera —replicó Max furiosamente—. ¿Murphy?

—Los tengo.

Mark quitó los seguros de la Gatling y le dio permiso al ordenador para abrir fuego. Capaz de disparar un torrente de balas de uranio empobrecido del calibre veinte milímetros a una velocidad de seis mil disparos por minuto, Murphy había reducido la velocidad de rotación de los cañones, de forma que en los dos segundos que la munición pasó por los cargadores, solo ochenta proyectiles salieron del arma con el sonido de una sierra circular.

Debajo de la plataforma, los entusiastas terroristas nunca supieron qué los había golpeado. En un momento las cuatro embarcaciones viraban y saltaban, y al siguiente dos de ellas habían desaparecido en una nube de aluminio destrozado y carne vaporizada.

La Gatling había destrozado a Tango Dos y Cuatro. El piloto de Tango Uno debió haber visto de dónde habían llegado los disparos porque llevó su embarcación al extremo más apartado de una de las columnas y no reapareció en las miras del *Oregon*. El ordenador esperó a la embarcación un segundo más de lo que Murphy hubiese querido, así que mientras apretaba el interruptor para quitar los controles automáticos de disparo de la Gatling se dijo que tendría que comprobar el programa de sistemas.

En su pantalla plana principal apareció una retícula que indicaba dónde apuntaba el cañón en ese momento: la curva gris de la columna de soporte. Movió el zoom de la cámara y encontró a la cuarta embarcación fuera borda que se alejaba hacia la siguiente plataforma. Un pequeño movimiento del mando centró la mira en la lancha que escapaba y un segundo de apretar el gatillo la borró del mapa.

Colocó la Gatling de nuevo en posición de tiro automático y el arma de seis cañones giró otra vez hacia la plataforma en busca de la última lancha. Un leve trozo de la popa de la embarcación apareció por detrás de la columna, un blanco que tenía menos de noventa centímetros cuadrados. Incluso a una distancia de cuatrocientos cincuenta metros desde un barco inestable era más que suficiente. La Gatling aulló de nuevo. El motor fuera borda estalló, la embarcación se levantó fuera del agua y sus ocho ocupantes volaron en todas las direcciones. Algunos cayeron al mar, otros se estrellaron contra la columna, y dos de ellos simplemente se desvanecieron en la explosión.

—La plataforma tres está segura —anunció Mark, y exhaló un largo suspiro.

—Timonel, llévanos a la última plataforma atacada —gruñó Max, consciente de que los equipos de los dos sumergibles no lo tendrían tan fácil.

Cabrillo pensaba exactamente lo mismo mientras permanecía agachado en un rellano expuesto que colgaba por el borde de la plataforma. Debajo, el vertido de petróleo se movía como una cosa viva incluso mientras mataba al océano a su alrededor. Se había extendido como una flor negra hasta donde podía ver y probablemente ya había llegado al espigón de cemento que estaba frente a la terminal de Petromax. Con el viento frescachón que soplaba del sur el olor no era tan fuerte como abajo, pero aún se mantenía en el aire.

A diferencia de las enormes plataformas del mar del Norte o del gofo de México, donde vivían centenares de trabajadores durante meses y eran más altas que muchos rascacielos, esta plataforma no tenía más de unos tres mil seiscientos metros cuadrados, dominados por el esqueleto de la torre de perforación y una grúa móvil brillantemente pintada que se utilizaba para subir y bajar suministros de las barcazas.

Había varias construcciones de metal adosadas a la plataforma que sobresalían por los bordes de la estructura. Una sería el centro de control; las otras guardaban la maquinaria para regular el flujo de crudo desde la cabecera del pozo en el fondo marino. La plataforma también estaba entrecruzada con un laberinto de tubos y llena de objetos diversos: brocas, prolongaciones para las brocas y un par de pequeños contenedores que servían de depósitos. Aunque solo tenía unos pocos años, la plataforma estaba muy sucia y mostraba señales de abandono. Pensó que era una buena señal no ver los cuerpos de trabajadores muertos.

En la base de la torre de perforación había un volcán de petróleo que salía de las profundidades. El chorro negro alcanzaba una altura de cinco metros antes de caer por su propio peso, solo para ser reemplazado por más crudo. El torrente se derramaba a través de las aberturas de la mesa rotatoria y caía al Atlántico. Con tanto petróleo que salía por el tubo era imposible saber si los conductos habían sido saboteados permanentemente o si las válvulas de seguridad estaban rotas.

Cabrillo estaba muy atento a la posibilidad de que una chispa pudiese encender el crudo. La explosión resultante probablemente arrasaría los árboles a lo largo de la costa.

Cuando él y su equipo habían llegado a lo alto de la plataforma, los terroristas estaban ociosos. Unos pocos miraban sin interés por los costados de la estructura para asegurarse de que nadie se acercaba, pero en su conjunto parecían estar seguros de que tenían la situación bien controlada.

Hasta que el *Oregon* se acercó a la tercera plataforma y voló por los aires a sus camaradas como si fuesen paja arrastrada por el viento no volvieron a recuperar la disciplina. El jefe del contingente de treinta hombres dispuso vigías para que permaneciesen atentos a cualquier embarcación que se acercase, y mandó a otros que prepararan los lanzagranadas por si el mercante se ponía a tiro. Juan y sus hombres se habían escondido detrás de un contenedor cuando una patrulla de cuatro hombres pasó por la pasarela que rodeaba la cubierta inferior de la plataforma.

Ahora que el *Oregon* parecía alejarse entre la hilera de plataformas, los terroristas relajaron un poco su vigilancia. Los vigías se distrajeron y los hombres se apoyaron en la borda más alejada, dispuestos a ver qué les haría el barco a sus compatriotas que atacaban a la última plataforma. Juan recordaba que muchos de los soldados de Makambo no eran más que adolescentes, y dudaba que el general rebelde hubiese facilitado a Daniel Singer sus mejores tropas por mucho que le hubiese pagado. No se permitió pensar en la pobreza y la desilusión que había traído a estos hombres hasta aquí; pero ahora estaban perpetrando un acto terrorista y había que detenerlos.

Mandó a Mafana a ocupar su posición a lo alto de la escalerilla y retrocedió para hablar con Linda Ross.

—Esta es la primera plataforma que atacaron y creo que probablemente la tomaron sin encontrar mucha resistencia —susurró, aunque su voz no se podía escuchar por encima del ruido del petróleo que caía—. Al atacar la segunda plataforma es cuando la tripulación planteó batalla.

—¿Crees que los tienen encerrados en alguna parte?

—Sé que estos tipos son despiadados, pero eso sería más práctico que ejecutar a cien trabajadores.

—¿Quieres que los busque?

Juan asintió.

—Una vez que recuperemos la plataforma vamos a necesitarlos para que cierren el vertido, y si no hay sobrevivientes en la plataforma de Eddie tendremos que transportarlos hasta allí para que hagan lo mismo. Llévate a tres hombres y busca en los espacios interiores. Tiene que haber una sala de descanso o un comedor, lo bastante grande para albergar a toda la tripulación.

—Ahora mismo.

Cabrillo no pudo por menos que sonreír ante el espectáculo de Linda precediendo a tres hombres que la doblaban en tamaño a través de una puerta que los conducía al interior de la plataforma. Le recordó a Ricitos de Oro con los tres osos detrás, solo que Bebé Oso pesaba noventa kilos. Subió otra vez la escalerilla y se tendió junto a Mafana. Observó de nuevo la escena, calculo ángulos de tiro, posiciones donde protegerse, y lugares donde podían retroceder si era necesario. Sentía la mirada de Mafana en él.

—Usted quiere cargáselos sin más, ¿verdad? —preguntó Cabrillo.

—Es el mejor plan que tengo —admitió Mafana con una gran sonrisa—. Siempre me ha dado un muy buen resultado.

Juan sacudió la cabeza y le dio órdenes a Mafana. El sargento se las retransmitió a sus hombres. En silencio, los africanos subieron la escalerilla. Cabrillo había designado los lugares de la emboscada con la precisión de un maestro de ajedrez que dispone sus piezas para el jaque mate.

Aunque estaban habituados al combate en la selva, los hombres se movían bien en el entorno desconocido, y avanzaron a través de la cubierta con la paciencia de cazadores veteranos; cazadores que habían pasado su juventud persiguiendo a la presa más peligrosa de todas: otros hombres. Tardaron diez minutos en desplegarse, y Juan observó de nuevo la cubierta, para asegurarse de que todos estaban donde él había dispuesto. Lo último que quería en su conciencia era un incidente con fuego amigo.

Satisfecho, subió el último par de escalones y corrió hasta la esquina de un contenedor cercano, se apretó contra la pared de metal y comprobó por tercera vez que había quitado el seguro de su fusil de asalto. El comandante terrorista se encontraba noventa metros más allá y se comunicaba con una radio de gran tamaño, al parecer con el jefe de la operación, que probablemente aún estaba en tierra firme. Juan se llevó el MP-5 al hombro y apuntó con la mira láser al pecho del hombre, un poco a la izquierda del centro.

Un instante más tarde, el punto rojo del láser fue reemplazado por un agujero de bala. El hombre cayó como si se hubiesen disuelto sus huesos. El silenciador impidió que nadie escuchase el disparo, pero un puñado de hombres habían visto caer a su líder. Fue como si los rebeldes fuesen una única entidad con una única mente porque de inmediato todos se pusieron alertas. Los hombres empuñaron las armas con más fuerza mientras se ponían a cubierto. Cuando uno de los soldados de Cabrillo abrió fuego con el AK-47 sin silenciador que le habían dado en el arsenal del barco, treinta armas le replicaron. Enjambres de balas cruzaron la cubierta en todas las direcciones excepto una. Cabrillo se había asegurado de que ninguno de sus hombres estuviese los suficientemente cerca de la torre de perforación para evitar que los rebeldes disparasen cerca del volátil chorro de petróleo.

Seis rebeldes cayeron en los primeros momentos del ataque y Juan abatió a otros dos con sendos disparos cuando aparecieron por detrás del contenedor, pero la ferocidad y la intensidad de la batalla iba en aumento. Uno de sus hombres corrió hacia su posición secundaria y recibió un balazo en la pierna. Rodó sobre la dura cubierta a tres metros de Cabrillo. Sin pensárselo ni un momento, Juan disparó una ráfaga de protección, salió al descubierto, y arrastró al hombre por el cuello hasta llevarlo a lugar seguro.

—*Ngeyabongo* —jadeó el soldado, que se sujetaba el muslo ensangrentado.

—De nada —respondió Juan, que comprendió el sentimiento y no la palabra.

Un instante más tarde, su mundo se puso del revés cuando una granada autopropulsada estalló en el extremo más lejano del contenedor.

Linda lamentó que no estuviesen apagadas las luces en el interior de la plataforma y así poder utilizar las gafas de visión nocturna, que le habrían dado cierta ventaja, pero los pasillos estaban brillantemente iluminados.

El nivel inferior de la plataforma estaba ocupado en su mayor parte por maquinaria instalada en cuatro grandes recintos, pero cuando subieron a la plataforma superior, se encontraron con un laberinto de pasillos y habitaciones conectadas. Encontraron varios pequeños dormitorios para los hombres que pasaban la mayor parte del turno en la plataforma y también un grupo de oficinas para el personal administrativo.

Fue un progreso lento buscar en cada habitación, pero no había otra manera. Linda notaba la presión del tiempo. Cuanto más tardaba, más tiempo tendría que luchar el director casi con la mitad de su fuerza. No estaba en desacuerdo con sus tácticas, pero quería estar más involucrada en el combate.

Asomó la cabeza por otra esquina y vio a dos rebeldes apoyados a ambos lados de una puerta, con los AK colgados de los hombros. Apartó la cabeza rápidamente, pero el inesperado movimiento atrajo la atención de sus hombres. Linda se señaló a los ojos, hizo un gesto alrededor de la esquina y levantó dos dedos. El lenguaje de los signos era casi universal para cualquiera que hubiese combatido en una guerra, y sus hombres asintieron. Señaló a uno de ellos y le hizo un gesto para que se tendiese en el suelo. El hombre sacudió la cabeza, señaló a un compañero, imitó el gesto de disparar un arma, y levantó un pulgar. No, decía, este hombre es mejor tirador. Linda le hizo un gesto al tirador y el hombre se puso en posición. La mira láser de su H&K marcaba líneas al azar a través del techo mientras se acercaba lentamente a la esquina. Apuntó cuidadosamente con el arma cuando volvió a asomarse. Abatió al guardia más lejano de dos disparos en el pecho al mismo tiempo que el tirador alcanzaba de un disparo al más cercano, y la detonación de su AK enmascaró el susurro de su metralleta con silenciador. Todo el equipo se lanzó por la esquina y corrió hacia la puerta. Un tercer guardia apareció por el otro extremo y los cuatro abrieron fuego; la fuerza cinética de tantos proyectiles arrojó al cadáver contra un mamparo. Cuando cesaron los disparos, Linda escuchó las detonaciones de armas automáticas al otro lado de la puerta y los alaridos de los hombres aterrados.

Fue la primera en llegar a la puerta y volar la cerradura con una ráfaga de tres disparos. Golpeó la puerta sin detenerse, entró en la habitación como una tromba, y su cuerpo ágil voló unos cuantos metros antes de caer sobre el hombro. Dejó que el impulso la pusiese de nuevo de rodillas, con la MP-5 en posición de tiro. Alertados por las detonaciones fuera del comedor, dos rebeldes disparaban indiscriminadamente contra la multitud de trabajadores aterrorizados.

La escena era del más absoluto caos, con los hombres que corrían y gritaban y caían los unos sobre los otros en su desesperación por alejarse de la matanza, mientras otros caían con terribles heridas. Linda se vio empujada por un par de hombres que corrían hacia la puerta en el instante en que apretaba el gatillo, sus tres proyectiles pasaron por una abertura que daba a la cocina y abrieron un apretado grupo de agujeros en un conducto de ventilación de acero inoxidable. Otros dos trabajadores cayeron antes de que pudiese ajustar la puntería y matar al primer rebelde con un disparo en la cabeza.

Sus tres hombres habían entrado en el comedor y le gritaban a los trabajadores que se echasen al suelo mientras buscaban al segundo terrorista., el cual había dejado de disparar en cuanto Linda había matado a su camarada y ahora intentaba confundirse con los trabajadores que corrían hacia la salida.

—De aquí no sale nadie —gritó ella, y su voz aguda casi se perdió en el tumulto, pero el tirador la había escuchado. Él y los demás retrocedieron para bloquear el paso hacia la puerta y por mucho que los trabajadores intentaron abrirse paso, no se movieron.

Linda se levantó para mirar los rostros. Había conseguido atisbar al segundo rebelde pero ahora no lo veía. Entonces hubo un movimiento a su izquierda. La puerta de vaivén de la cocina se había movido ligeramente en las bisagras. Corrió a través del comedor, y los hombres se apartaron de su camino al ver el arma en su mano y la mirada asesina en sus ojos. Cuando llegó a la puerta la empujó hacia adentro con el pie. Chocó contra algo sólido después de abrirse la mitad y luego volvió hacia atrás. Cuando no hubo reacción desde el interior de la cocina se agachó y se deslizó lentamente al interior. Vio el lavaplatos industrial a su izquierda y un pasillo que parecía llevar a un depósito o quizá fuera de la cocina, pero el resto de la estancia estaba oculto por la puerta.

En el momento en que se disponía a mirar a la derecha de la puerta una fuerte mano la sujetó por la nuca. Se vio puesta de pie con el ardiente cañón de un fusil de asalto apretado contra los riñones. El rebelde le habló en su lengua nativa, pronunció unas palabras que Linda no podía comprender pero que sí interpretó sin problemas. Ella era ahora su prisionera y si alguien intentaba atacarlo le volaría la columna vertebral antes de caer.

El *Oregon* había tardado menos de diez minutos en llegar a la cuarta plataforma y barrer del mar a las embarcaciones rebeldes. Solo una había quedado en la plataforma después de la destrucción de un primer grupo de lanchas, pero el ojo en el cielo de Tiny Gunderson que era el VANT encontró a tres de ellas que huían hacia el muelle de carga. Más que permitirles reforzar el ataque terrestre, Max Hanley le había ordenado a Murphy que las eliminase. La distancia de tiro era extrema para el momento en que Murphy apuntó a la última embarcación, así que necesitó de una ráfaga de cinco segundos antes de que ocho de los proyectiles de la Gatling encontrasen a su objetivo en medio de los surtidores de agua que levantaban las balas al chocar alrededor de la embarcación. El último fueraborda giró como una peonza sobre las olas después de haber sido casi cortado en dos.

En una maniobra que hizo protestar a las planchas del casco, Eric hizo virar al *Oregon* utilizando los impulsores y los tubos de empuje y aceleró hacia el muelle en el momento en que la lancha se hundía.

—*Oregon* al *Liberty* —llamó Max. Aunque nunca le habían dado nombres oficiales, *Liberty* era como llamaban a la lancha salvavidas primaria. La que Juan había visto destruida debajo de sus pies frente a la costa de Namibia había sido bautizada *Or Death*.

—Aquí *Liberty* —contestó Mike Trono.

—Hemos asegurado la cuarta plataforma y ahora nos estamos poniendo en posición para cubrir vuestro asalto. —Acercarse a un muelle bien defendido en una lancha salvavidas sin blindaje era un suicidio, pero con la protección de las armas del *Oregon*, Cabrillo y el personal superior habían elaborado un plan que les permitiría desembarcar sanos y salvos.

—Recibido, *Oregon*. Os tengo a la vista. Por lo que se ve necesitaréis cinco minutos más antes de que podamos virar hacia la costa.

—Por mí no esperes —dijo Eric desde el timón, y aceleró un poco más—. Estaré en posición antes de que tú llegues a una milla de la costa.

Max encendió su monitor para ver el estado de sus amados motores y vio que Stone los tenía apenas por debajo de la línea roja. Cualquier duda que hubiese tenido sobre los daños sufridos cuando embarrancaron en el río Congo se esfumaron. Los motores les estaban dando todo lo que tenían y más.

—Entramos.

Mike había mantenido al hidrofoil a dos millas de la costa, navegando en círculos hasta que llegase el momento de atacar. Giró el timón hacia el este, y apuntó hacia los enormes depósitos en el extremo sur de la terminal. El vuelo del avión espía le había mostrado que esta era la zona con menos actividad rebelde, pero seguramente los avistarían cuando se acercasen y enviarían hombres para repeler el ataque.

Tuvo que pilotar alrededor de las manchas de petróleo que lentamente se unían para formar una enorme. No tenía manera de calcular su tamaño pero por lo que veía tenía el mismo aspecto de Prince William Sound después de que el *Exxon Valdez* chocase en Bligh Reef.

Estaba de pie en la plataforma de popa para tener una visión de trescientos sesenta grados y no escuchó que se acercaba el avión por encima del ruido del motor. Tiny había pasado a menos de seis metros por encima de su cabeza, y balanceado las alas del aparato mientras volaba hacia la costa.

—Maldito cabrón —murmuró, y miró en la pantalla que había sido instalada rápidamente la noche anterior.

Todo tenía el mismo aspecto que cuando el VANT había hecho su primera pasada por encima de sus instalaciones. No había soldados rebeldes cerca de los depósitos o de la central eléctrica. Solo cuando Tiny guió el avión hacia el norte vio a los insurgentes. Algunos vigilaban la entrada mientras otros vaciaban una flota de camiones cisterna. Gruesos chorros de crudo caían de las válvulas traseras de los camiones y serpenteaban por el suelo hacia el frente marítimo. Otro grupo estaba en el muelle flotante ocupado en poner en marcha las bombas de carga para bombear crudo al mar. Linc dirigiría el ataque a aquel lugar una vez que Mike y los hombres estuviesen en posición para respaldarlos.

Entonces, cuando estaban a una milla del muelle más cercano a los depósitos, vio por la conexión digital que había sido descubierto. Los hombres corrían por la calzada y subían a los vehículos de Petromax para cruzar las instalaciones; venían en camiones, toros, incluso una gran grúa, cualquier cosa que su comandante pudiese poner en marcha; otros venían a pie, y se movían a través de la terminal como hormigas.

—¿*Oregon*, estáis viendo lo mismo que yo?

—Lo vemos —replicó Max.

Mark Murphy apartó las planchas del casco que ocultaban el cañón automático Bofors de cuarenta milímetros y activó los mecanismos hidráulicos para situar el arma en posición de disparo. La pantalla del ordenador se dividió automáticamente en dos mitades, en una mostraba la cámara de tiro de la Gatling, y en la segunda, la del cañón. Comenzó a designar los objetivos lo más rápido que pudo, y movió la retícula por la pantalla con un par de mandos y designó los vehículos en la mira en cuanto el ordenador le informó que estaba fijado. El Bofors comenzó a disparar balas explosivas y la Gatling escupió una lengua de fuego de cinco metros por el costado del *Oregon*. Las armas ya estaban buscando nuevos objetivos antes de que la primera descarga diese en el blanco.

Las balas de la Gatling acribillaron el costado de un camión volquete, y las balas que se movían casi a hipervelocidad arrancaron el motor de los soportes, destrozaron todo en la cabina, y abrieron agujeros como puños a través de la plancha de dos centímetros y medio de espesor. La fuerza de los impactos hizo que el vehículo de doce toneladas se inclinase sobre las ruedas del costado derecho antes de volcar del todo.

Un par de proyectiles de cuarenta milímetros abrieron sendos cráteres en el asfalto delante de un vehículo todoterreno con hombres armados en los estribos y colgados de las puertas. El conductor viró bruscamente pero la rueda delantera izquierda se metió en uno de los humeantes agujeros; un tercer proyectil hizo impacto detrás de la rueda delantera derecha. El estallido envió al vehículo a través del aire, y los rebeldes volaron de la carcasa incendiada como muñecas arrojadas por una niña malcriada.

—Eric —dijo Murphy sin apartar la mirada de la pantalla—, ponnos de banda. Estamos a tiro para utilizar las ametralladoras de calibre treinta de cubierta.

Controladas desde otras estaciones de armamento, cada una de las ametralladoras M-60 de calibre treinta milímetros se podían apuntar individualmente. Si bien se utilizaban para la defensa contra el abordaje, las seis ametralladoras pesadas eran más que capaces de atacar a individuos en la costa. Estaban disimuladas en bidones de petróleo en cubierta; a una orden de Murphy se levantaron las tapas y asomaron las armas, los cañones se pusieron en horizontal y giraron hacia afuera. Cada emplazamiento tenía su propia cámara de luz infrarroja y baja luminosidad. Una vez que estuvieron desplegadas, Mark volvió la atención a su propio sistema de armas y dejó a los artilleros hacer su trabajo. En cuestión de segundos, las ametralladoras añadieron su tableteo a la sinfonía que estaba dirigiendo.

Necesitaron otros cinco minutos para detener la avalancha de hombres hacia el muelle de los depósitos donde Mike había bajado los patines de la lancha salvavidas para prepararse para amarrar. Sin embargo, los rebeldes aún conseguían cruzar el patio en grupos de dos y tres; corrían de refugio en refugio cuando las M-60 estaban ocupadas en otra parte, y un camión cargado de hombres armados había dado la vuelta por el perímetro exterior y utilizaba toda la longitud de la terminal para ocultar su avance.

Murphy había hecho su trabajo para despejar la mayor parte de la zona de desembarco de Mike, pero aún les quedaba una pelea por delante. Hasta que Trono y sus tropas africanas hubiesen limpiado el patio de rebeldes, Linc y Ski no podían atacar el muelle de carga y evitar que los insurgentes continuasen vertiendo al mar cuatrocientas toneladas de crudo tóxico por minuto.

28

Eddie Seng miró el petróleo que salía por la columna enterrada profundamente debajo de la plataforma y quiso disparar a los quince rebeldes que se habían rendido después de cinco minutos de combate. Los trabajadores de Petromax que intentaban contener el flujo parecían diminutos e incapaces comparados con esta impresionante demostración del intento del hombre por controlar la naturaleza.

Miró de nuevo a los terroristas arrodillados junto al borde de la plataforma, con los brazos a la espalda maniatados con las bridas de plástico que él había traído y el cable eléctrico que le habían facilitado los trabajadores. Ninguno pasaba de los veinticinco años, y mientras su mirada recorría la hilera ninguno de ellos fue capaz de mirarle a los ojos. Los cuerpos acribillados a balazos de los seis terroristas en el fulminante ataque de Eddie yacían juntos y cubiertos con un viejo trozo de lona.

Solo uno de los hombres de Eddie había resultado herido durante el asalto y no era más que una herida limpia en la pierna debido a un proyectil rebotado. En cuanto los restantes rebeldes comprendieron la ferocidad del ataque habían arrojado las armas y levantado los brazos. Unos pocos incluso se habían echado a llorar. Eddie había ido abajo donde estaba la tripulación de la plataforma encerrada en el comedor sin vigilancia y se enteró de que ocho de los trabajadores habían muerto durante el asalto.

El supervisor había resultado muerto cuando los rebeldes invadieron la plataforma, así que su segundo estaba encargado de cerrar el flujo. Se separó de los hombres reunidos alrededor de la cabeza del pozo y se acercó a Eddie. Tenía el mono y los guantes negros de petróleo y su rostro color ébano estaba manchado con grasa.

—Podremos arreglarlo —dijo en un inglés con mucho acento—. Reemplazaron el árbol de navidad superior con una válvula de doce pulgadas. Abrieron aquella válvula para dejar salir el crudo y rompieron la manivela. Creo que arrojaron el árbol de navidad por la borda.

Eddie imaginó que «árbol de navidad» era como el trabajador llamaba a la pieza colocada en la cabeza del pozo para repartir el crudo por las tuberías conectadas a la costa.

—¿Cuánto tiempo?

—Tenemos otro árbol en el depósito. No es tan fuerte como el que perdimos, pero aguantará la presión. Quizá unas tres horas.

—Entonces no pierda el tiempo hablando conmigo.

Aunque estaba a una milla de distancia, y el petróleo que salía del pozo sonaba como el paso de un tren a toda velocidad, Eddie escuchó los disparos que llegaban desde la plataforma del director y comprendió que Juan se estaba encontrando con mucha resistencia.

Por un momento, Cabrillo no tuvo ni idea de dónde estaba y quién era. Solo cuando el constante ladrido de las armas automáticas se cortó finalmente a través del zumbido en su cabeza, recordó qué estaba pasando. Abrió los ojos y casi gritó. Estaba colgado a unos doce metros por encima de la burbujeante masa de petróleo que lamía las columnas y hubiese salido despedido de la plataforma de no haberse enganchado en las redes de seguridad que rodeaban la cubierta superior. El contenedor detrás del cual se había ocultado, ahora flotaba en el mar de crudo pero no había ninguna señal del hombre herido que estaba a su lado cuando estalló la granada.

Se puso de espaldas y se movió como una araña por la temblorosa red, con un ojo atento al perímetro de la cubierta para asegurarse de que ninguno de los rebeldes veía su vulnerable posición. Cuando llegó a la plataforma espió cuidadosamente por el borde. Los terroristas aún tenían el control de la instalación y los disparos de sus hombres habían disminuido. Comprendió que solo un par continuaba en la lucha y, por la manera que disparaban, tiro a tiro, supo que se les acababan las municiones. Los rebeldes no parecían tener escasez de balas y disparaban indiscriminadamente.

Cuando Juan estuvo seguro de que nadie miraba en su dirección salió de la red y rodó debajo de la grúa móvil para aprovechar la protección de las cadenas. Verificó el arma y cambió el cargador medio vacío. No tenía una buena visión de la batalla para poder disparar contra los rebeldes sin arriesgarse al lanzamiento de otra granada. Avanzó un poco más hasta llegar a la parte trasera de la grúa, y miró cautelosamente en derredor en busca de una mejor protección.

Un insurgente saltó de detrás de un cajón a punto de lanzar una granada a través de la cubierta contra un zimbabuense herido que se refugiaba detrás de una enorme válvula. Juan atravesó al terrorista con una sola bala y un momento más tarde estalló la granada, que levantó su cadáver y el cuerpo destrozado de un camarada en una columna de humo y llamas.

Antes de que nadie pudiese localizar el origen del disparo, Juan salió de debajo de la grúa, corrió agachado a través de la cubierta y se arrojó detrás de una pila de tubos de perforación de quince centímetros de diámetro. Se arrastró alrededor de los tubos hasta el extremo para mirar a lo largo. El efecto era desorientador, como ver a través de los ojos prismáticos de una mosca, pero vio a uno de los rebeldes que se movía entre los hierros de la torre a unos pocos pasos de donde el crudo salía por la boca del pozo.

Juan metió el cañón de su MP-5 en uno de los tubos y disparó una ráfaga de tres disparos. Dos de las balas golpearon en el interior del tubo y se perdieron, pero una alcanzó al terrorista en el bajo vientre. Se tambaleó hacia atrás y fue atrapado por el surtidor de petróleo. Durante un segundo pareció estar apoyado contra el chorro; al siguiente había sido arrastrado al interior, como si le hubiesen absorbido, para desaparecer en la cascada que caía al océano.

Cabrillo volvió a retroceder alrededor de la pila de tubos cuando media docena de rebeldes los acribillaron con los disparos de sus fusiles; los impactos hicieron cantar a los tubos de acero. Comenzó a comprender que el ataque podría fallar. Si Linda no terminaba abajo y añadía su equipo como refuerzo, Juan tendría que considerar seriamente la posibilidad de una retirada. No había nada que el *Oregon* pudiese hacer para ayudarlos sin arriesgarse a incendiar la plataforma.

Con tantos rebeldes luchando todavía supo que el descenso hasta el minisubmarino sería un suicidio. Los abatirían antes de que hubiesen llegado a bajar hasta la mitad de la escalerilla. Juan tuvo que pensar en una alternativa y consideró llevarse el bote salvavidas de la plataforma, una embarcación de fibra de vidrio reforzado que se podía bajar automáticamente. El único problema era que los pescantes del bote estaban en un lugar aislado en el extremo más lejano de la cubierta, rodeados por un espacio abierto; no tendría ninguna posibilidad de llegar vivo allí.

Buscó en la radio la frecuencia de Linda mientras otra descarga rebotaba contra los tubos.

—Linda, soy Cabrillo. Olvídate de los trabajadores y mueve el culo aquí arriba. —Cuando ella no respondió Juan repitió su nombre. ¿Dónde demonios estaba?

Ella había dedicado cinco horas a la semana todas las semanas durante dos años. Más de quinientas horas de entrenamiento en las colchonetas que Eddie Seng había traído al gimnasio del *Ore-*

gon para la práctica del *dojo*. Lo había aprendido de un maestro que ya no se preocupaba de las categorías porque había muy pocas personas en el planeta con la capacidad suficiente para certificarlo.

Escuchar la voz de Juan fue suficiente para que Linda Ross superase su momento de pánico y entrase en acción. Dio un paso al costado y hacia atrás con tal rapidez que el asesino no comprendió que el cargador de su arma estaba ahora contra su cadera. El golpe del codo contra su esternón envió una vaharada de aliento rancio a través de su rostro. Después descargó un puñetazo entre sus piernas, mientras recordaba las palabras de Eddie sobre el contraataque practicado con tanta frecuencia: «Si sientes su peso en la espalda, arrójalo. Si no, sujétate hasta que él caiga».

Sintió que el hombre se desplomaba contra ella. Le buscó el brazo, movió la cadera, y lo lanzó por encima del hombro, al tiempo que se sujetaba a él de forma que el peso combinado lo aplastase contra la cubierta. Incapaz de llevar aire a los pulmones aplastados, el terrorista boqueaba como un pescado. Linda le pegó con el canto de la mano en un punto de presión en un costado de la garganta expuesta y sus ojos se pusieron en blanco. Estaría desmayado durante horas.

Se levantó y vio al hombre que ella llamaba «el tirador», que la miraba por encima del mostrador que se abría al comedor. Acababa de bajar su AK que había mantenido apuntado para un disparo que finalmente no se había atrevido a efectuar. Ella le dirigió una pequeña reverencia y fue recompensada con una ancha sonrisa.

Linda aseguró las muñecas del terrorista con unas bridas y después las ató a la pata de la cocina. De nuevo en el comedor, vio a sus otros dos hombres que aún vigilaban la puerta para asegurarse de que ninguno de los trabajadores se marchase y acabase enfrentándose a otra carnicería en la cubierta.

Los cuerpos salpicaban el suelo. Algunos habían muerto, pero la mayoría solo habían sido heridos en el insensato ataque. Algunos de sus compañeros ya intentaban ayudarlos para ponerlos en posiciones más cómodas y apretaban paños y puñados de servilletas en las heridas. Un hombre en particular parecía estar dirigiendo los primeros auxilios. Era un hombre blanco con una franja de cabellos rubios alrededor de la coronilla roja y las manos más grandes que había visto. También era uno de los hombres más rudamente apuestos que había visto. Cuando él acabó de atender a un tripulante apoyado contra una mesa tumbada, la vio y cruzó el comedor en cinco zancadas.

—Mi pequeña damita, no sé quién es usted ni de dónde han venido todos ustedes, pero maldita sea, cariño, me alegro de verla. —Era un gigante a su lado y su acento era del más puro oeste texano—. Soy Jim Gibson, el *tool pusher* de la plataforma.

Linda sabía que así llamaban a los supervisores de las plataformas.

—Ross, me llamo Linda Ross. Espere un momento. —Se acomodó el auricular de la radio, que se le había salido durante la pelea—. Juan, soy Linda.

—Gracias a Dios. Te necesito a ti y a tus hombres aquí mismo ahora. Nos están dando una paliza. Preocúpate de los trabajadores más tarde. —El sonido de los disparos en el fondo subrayaron la urgencia de sus palabras.

—Están a salvo y voy de camino. —Miró al gigante texano—. Señor Gibson.

—Jim.

—Jim, necesito que se quede con su gente aquí. Todavía hay terroristas arriba. Le han hecho algo a la plataforma, así que el petróleo cae al océano. Cuando nos hagamos cargo de los rebeldes, ¿podrán ustedes cerrar el vertido?

—Claro que sí. ¿Qué está pasando?

Linda metió un cargador nuevo en su metralleta mientras respondía.

—Un grupo de rebeldes del Congo fueron contratados para tomar varias plataformas y la terminal de carga.

—¿Se trata de alguna cosa política?

—Jim, le prometo que cuando todo esto acabe se lo explicaré, pero ahora mismo me tengo que ir.

—Puede decírmelo mientras cenamos. Conozco un muy buen restaurante portugués en Cabinda City.

—Conozco uno mejor en Lisboa —le dijo Linda por encima del hombro—. Pero todavía paga usted la cena.

Mike mantuvo al *Liberty* en un rumbo directo al espigón, pero giró el timón y cerró los aceleradores en el último segundo. Como ya no estaba sobre los patines, la embarcación se acomodó más profundamente en el agua mientras su costado besaba el cemento con tanta suavidad que no molestó ni a uno solo de los mejillones pegados al muro.

Se abrió la escotilla de proa y los hombres comenzaron a salir de la embarcación y a saltar al muelle buscando cualquier protección. Unas descargas de armas pequeñas llegaron desde la terminal, pero entre los esfuerzos de Mark Murphy y las extraordinarias habilidades de Trono para pilotar una embarcación, solo unos pocos rebeldes estaban dentro del radio de tiro. Mike recogió su equipo y saltó para encaramarse al muelle. No había nada para amarrar la embarcación así que desenfundó un arma especial que llevaba a la espalda. Impulsado por un cartucho de calibre 22, el arma disparó un punzón de acero de quince centímetros de longitud que se clavó en el cemento. Cargó de nuevo el arma y disparó otro punzón; luego ató un cabo para amarrar al *Liberty*.

Los rebeldes de Zimbabue no habían olvidado las lecciones tan duramente aprendidas en los años pasados desde la guerra civil. Se habían desplegado perfectamente y cada hombre podía cubrir a los soldados que tenía a ambos lados. El primer objetivo estaba a menos de noventa metros de distancia. Mike miró el trozo de tela metálica en el interior de su manga izquierda y maldijo. Se había terminado la transmisión.

Sin más alternativa, dirigió la carga, corrió de posición en posición, siempre con los hombres disparando desde atrás para mantener a raya a los terroristas. Aunque solo había un puñado de rebeldes en ese momento, con cada minuto que pasaba llegaban más a la zona, después de haber eludido el avanzado despliegue de sensores del *Oregon*.

El contingente de sesenta hombres tuvo la primera baja cuando un pistolero asomó de pronto por detrás de un pequeño cobertizo y abrió fuego al estilo de Hollywood, con su AK a la altura de la cadera y con el dedo bien apretado en el gatillo mientras disparaba. Fue un ataque suicida y la replica acabó con él, pero habían caído cuatro de los hombres de Mike; uno, obviamente, estaba muerto.

Sin amilanarse, continuó moviéndose sin parar, y solo se detuvo allí donde había protección para cubrir el avance de la línea. Era la lucha urbana en su peor aspecto, con enemigos capaces de aparecer por cualquier parte.

La radio de Mike sonó cuando él se zambullía detrás de un camión destrozado para atender la llamada.

—*Liberty*, aquí Ojo de Águila, lamento la demora pero ya te tengo conectado. —Era Tiny Gunderson que pilotaba el VANT.

Trono miró de nuevo el cuadrado cosido en la manga de su chaqueta negra de combate. El material plateado, que era en realidad un pantalla de papel electrónico, mostraba ahora la imagen de la terminal transmitida desde el avión. La resolución del monitor flexible tenía la misma claridad de la gran pantalla de plasma en el centro de operaciones del *Oregon*, aunque las limitaciones de energía solo permitían que se enviase una imagen a intervalos de diez segundos en lugar de una alimentación continua. La tecnología no estaba del todo perfeccionada y aún tenía fallos, así que pasarían años antes de que la utilizase el ejército norteamericano.

La imagen cambió cuando Tiny se centró en la posición de Mike. Vio que había tres rebeldes en el lado más apartado de un almacén que se disponían a rodear por el flanco a sus hombres. Más que explicar cómo lo sabía, saltó de detrás del camión y corrió de regreso para poder apuntar a la esquina del edificio donde se ocultaban. Un botón en el lanzador de granadas sujeto debajo de su pistola ametralladora cerraba el cañón una fracción de milímetro; así demoraba la velocidad del proyectil y le permitía fijar cualquier distancia que desease. Calculó que la esquina del edificio estaba a treinta y cinco metros e introdujo la distancia. El arma emitió un sonido gracioso cuando disparó pero el resultado no tuvo nada de gracioso. La granada golpeó a treinta centímetros del borde del edificio, detonó, y la metralla atravesó la delgada plancha ondulada y la carne.

La siguiente vez que miró la pantalla en la manga, la imagen le mostró a los tres rebeldes tumbados en medio de una nube de gas explosivo. Ahora, con el ángel guardián que los protegía desde las alturas, aceleraron el paso porque Mike le podía indicar a sus hombres dónde se preparaba una emboscada mucho antes de que los terroristas pudiesen hacer algo.

Llegaron a la central eléctrica de la terminal sin perder a nadie más. A pesar del aislamiento acústico, el edificio se sacudía con el rugir de las turbinas utilizadas para producir electricidad. Mike ya había seleccionado a los cinco soldados que lo acompañarían y ordenó al resto que continuasen cruzando el patio para poder apoyar el ataque de Linc en el muelle de carga.

Entró en la central eléctrica después de volar la cerradura de una puerta lateral con un disparo. El sonido de las turbinas aumentó; sin nada para protegerse los oídos, solo podrían permanecer en el interior unos pocos minutos. Entró a la carrera, la mira láser de su H&K barrió el enorme espacio. Alineados en una hilera sobre soportes de hormigón y acero estaban las tres turbinas General Electric; las toberas enviaban aire a través de resplandecientes conductos y los escapes salían por la parte trasera del edificio a través de unos conductos ennegrecidos por el tremendo calor.

Solo una de las turbinas estaba en funcionamiento. Max había explicado durante la preparación que una instalación como esta alternaba entre dos turbinas y tenía una tercera como reserva para situaciones de máxima carga. En lugar de arrasar la central eléctrica con el cañón de ciento veinte milímetros del *Oregon*, decidieron sencillamente apoderarse de la turbina en funcionamiento y desconectarla, porque los hombres que tendrían que ocuparse de la limpieza necesitarían electricidad.

Mike corrió hacia la sala de control cerca del frente del edificio, protegido por sus hombres. Vieron a un par de trabajadores a través de las puertas deslizantes de triple capa que daban a la sala de máquinas con un trío de guardias que los vigilaban. Los empleados de Petromax observaban un amplio tablero lleno de luces. Los guardias y los trabajadores estaban demasiado cerca los unos de los otros como para arriesgarse a disparar, así que Mike, mientras se acercaba, disparó por encima de sus cabezas y destrozó el vidrio, que acabó convertido en una lluvia de resplandecientes fragmentos. El ruido de la turbina al entrar en la habitación aislada produjo desorientación, pero además Mike arrojó una granada a través del cristal roto.

Se agachó cuando la onda expansiva pasó por encima de su cabeza y entró en la sala antes de que nadie pudiese levantarse. Dejó inconsciente a uno de los rebeldes de un culatazo y sus hombres apuntaron a los otros dos con sus AK. Max le dio a uno de ellos un puñado de bridas y fue a ver cómo estaban los técnicos. Uno de ellos tenía cortes debido a los cristales, pero no parecía estar muy mal. Los otros solo estaban aturdidos.

Miró al menos aturdido de los hombres a los ojos y tuvo que gritar a voz en cuello para hacerse escuchar sobre el tremendo aullido de la turbina.

—¿Puede apagarlo? —preguntó al tiempo que señalaba con el pulgar por encima del hombre.

El hombre lo miró sin entender. Mike señaló de nuevo la turbina y después movió la mano en horizontal por delante de su garganta. El gesto universal no falló. El técnico asintió y se acercó al panel de control. Utilizó el ratón para pasar por una serie de pantallas en el ordenador, y fue marcando los iconos a medida que pasaban. Parecía que no ocurría nada hasta que de pronto el penetrante aullido comenzó a disminuir por debajo del punto de dolor para ser solamente molesto. Continuó perdiendo fuerza hasta que las palas del compresor se detuvieron finalmente y reinó el silencio, aunque a Mike todavía le pitaban los oídos.

Se volvió al jefe de su grupo de africanos.

—Quédate aquí y no dejes que nadie ponga en marcha aquella turbina. —Ya le había dado un *walkie-talkie*—. Llámame si aparecen rebeldes.

—Sí, *Nkosi.* —Por su tono era obvio que no les gustaba verse fuera del combate—. ¿Qué pasa con esos? —Movió el cañón de su fusil de asalto hacia los rebeldes maniatados.

Mike comenzó a correr hacia la salida.

—Si te dan algún problema, mátalos.

—Sí, *Nkosi.* —Esta vez la réplica tuvo más entusiasmo.

Mientras Linda llevaba a sus hombres hacia la cubierta principal de la plataforma se mantenía en comunicación con Juan, para recibir informes de situación de la batalla. En lugar de dirigirla a la escotilla más cercana que daba al exterior, Cabrillo le ordenó que buscase paso a través de la cubierta inferior, para salir por el otro extremo de la plataforma, detrás de la mayor concentración de rebeldes.

Le ordenó hacer una pausa fuera de la vista mientras se comunicaba por signos con sus restantes combatientes, para coordinar lo que esperaba que fuese el último empuje destinado a quebrar la resistencia de los rebeldes o acabar con ellos.

Con solo dos cargadores en la bolsa de municiones, esta era su última oportunidad.

—Muy bien, Juan. Estamos en posición —informó Linda—. Veo a cuatro de ellos. Están detrás de aquel gran tanque de almacenaje. Hay otro que intenta acercarse a la grúa.

—Avísame cuando esté a un metro de las cadenas. Yo me ocuparé de ese tipo. Vosotros ocupaos de los cuatro que veis. Creo que hay un par más colgados en la red de seguridad al borde de la plataforma. No sé si se han rendido o qué, así que mantén un ojo alerta.

—Recibido. Tu tipo aún tiene que caminar diez metros.

Juan esperó con la espalda apoyada contra los tubos calientes. A través de todo el caos y la adrenalina, parte de su mente continuaba enfocada en el problema del horario de Daniel Singer. No importaba lo rebuscado de la idea; estaba convencido de que Singer había encontrado la manera de controlar un huracán. Después de todo, Singer era un genio de la ingeniería. Su invención lo había hecho cien veces millonario cuando aún era un veinteañero. Como hubiese dicho Max: «Puede que tenga un tornillo flojo, pero la máquina todavía funciona».

—Cinco metros —avisó Linda. Lo que Singer tuviese planeado debía ser a gran escala, pero Juan no sabía qué podía ser. No sabía de nada que pudiese afectar la formación, la fuerza o el camino que tomaba un huracán. Lo dominó una furia renovada. Si Singer había desarrollado tal tecnología, ¿por qué usarla de esta manera? Los huracanes y sus primos del océano Pacífico e Índico, tifones y tsunamis, causaban miles de millones de dólares en daños, mataban a miles de personas cada año y dejaban arruinado un número infinito de vidas en su estela. Si Singer quería salvar al planeta, acabar con tantas desgracias, hubiera sido un fantástico primer paso, en opinión de Juan. Era el insensato desperdicio lo que lo enfurecía. Como este ataque, como la revolución de Samuel Makambo para enriquecerse, como la corrupción que asolaba la patria de Moses Ndebele. Todo esto lo asqueaba.

—Dos metros.

Dios, qué cansado estaba de luchar. Cuando había caído el Muro de Berlín y la Unión Soviética se había hundido, sus superiores en la CIA se daban palmaditas en la espalda por un trabajo bien hecho. Juan había sabido que aún estaba por llegar lo peor a medida que el mundo se dividiese en líneas religiosas y de razas y su lucha emergiera de las sombras.

Detestaba haber acertado.

—Atrápalo.

La concentración de Cabrillo volvió a la lucha sin el menor titubeo. Se levantó por encima de los tubos y soltó una ráfaga de tres disparos que alcanzó al pistolero que se arrastraba en el costado y la espalda. Una cortina de fuego apareció a su izquierda cuando más rebeldes lo apuntaron. Fueron abatidos por Linda y su equipo. Juan salió a la carrera, para que le disparasen a él y obligar a los atacantes a que se mostrasen. El resto de su gente estaba preparada para la maniobra y por segunda vez desde que había comenzado la batalla, el fuego de las armas automáticas cruzó la plataforma como si se hubiesen abierto las puertas del infierno. Fue el más feroz combate cuerpo a cuerpo que él había vivido. Las balas llenaban el aire, algunas le pasaban tan cerca que notaba el calor. Se arrojó detrás de un bidón que había sido tumbado y empujado en su dirección por los disparos de al menos dos AK.

Linda vio a uno de los hombres que le disparaba a Juan pero su disparo de respuesta erró el blanco cuando desapareció detrás de un grupo de tuberías. Salió de su posición y corrió tras él. Era como correr por un bosque de árboles de metal. La manera en que las tuberías se cruzaban y volvían sobre sí mismas daba ventaja al pistolero; no importaba dónde mirara: abajo o arriba, su visión siempre estaba tapada.

Al comprender que podía caer en una trampa en cualquier momento, comenzó a retroceder para salir del laberinto; su mirada no se detenía más que un segundo en un mismo lugar ante la posibilidad de que el rebelde la hubiese rodeado.

Dio la vuelta a una tubería vertical gruesa como un bidón y apareció una mano que le arrebató la pistola ametralladora y la hizo caer. Deseó pensar en alguna frase profunda en el segundo que le quedaba de vida, pero lo único que se le ocurrió fue que acabaría muerta por cometer un error propio de un novato.

El disparo sonó como un cañonazo. La cabeza del rebelde que había estado a su lado se deformó como una máscara de Halloween antes de desaparecer sin más. Ella volvió la cabeza y vio a Jim Gibson unos pocos pasos más allá con sus botas Tony Lama número 46 que empuñaba un enorme revólver con el humeante cañón apuntado hacia el cielo.

—Si hablamos estrictamente, no se me permite tener mi pierna de hierro en la plataforma, pero siempre he creído que las normas son para los imbéciles. —Le tendió la enorme mano y ayudó a Linda a levantarse—. ¿Está bien, cariño?

—Salvada por un vaquero de verdad, ¿cómo podría estar mejor?

Gibson, que conocía cada remache, tornillo y soldadura de la plataforma, la guió sin vacilación fuera del laberinto. Cuando llegaron cerca del lugar por donde había entrado Linda ella se dio cuenta de que ya no escuchaba disparos.

Asomó la cabeza cautelosamente. Cinco de los terroristas estaban de pie, con los brazos levantados tan altos que bien podían haber estado de puntillas. Dos más salieron de donde habían estado ocultos en la red de seguridad.

—Juan, creo que se ha acabado —dijo ella por el micrófono de garganta.

Juan salió de detrás del bidón y se levantó, sin dejar de apuntar a los asaltantes. Corrió hacia ellos, al tiempo que gritaba:

—¡Al suelo! ¡Al suelo! ¡Todos al suelo!

Linda corrió para ayudar a cubrirlos mientras los rebeldes se tumbaban. Los zimbabuenses comenzaron a comprobar el estado de los heridos y ocuparse de los muertos mientras Juan esposaba a los supervivientes. Cuando acabó se puso en comunicación con el barco.

—Nomad a *Oregon*, el objetivo está asegurado. Repito, el objetivo está asegurado.

—Te escuché la primera vez —respondió Max—. Quizá soy más viejo que tú, pero no estoy sordo. —Después añadió—: Buen trabajo. Nunca tuve la menor duda.

—Gracias. ¿Cuál es la situación?

—Mike ha apagado la central eléctrica. El petróleo continúa fluyendo por las tuberías de carga, pero al no funcionar las bombas lo hace con menos fuerza, pues solo lo impulsa la gravedad.

—¿Linc está preparado?

—La orden para lanzar la embarcación SEAL se dio cinco minutos después de que Mike apagase los generadores. Ahora sale.

Como un caza de combate catapultado desde un portaaviones, un pistón empujó la embarcación semirrígida negra por una rampa de teflón desde el garaje de embarcaciones al océano. Con una quilla en V para dar estabilidad y unos soportes adicionales en los pontones para cargas adicionales, la embarcación había sido construida por la división militar de Zodiac en Vancouver. Podía cortar casi cualquier ola con la misma facilidad que una nutria y alcanzaba velocidades superiores a los cuarenta nudos gracias a su par de motores fueraborda de 300 caballos.

Linc llevaba el timón, con Jerry Pulaski a su lado. Ambos vestían chalecos antibalas sobre sus uniformes de faena. Habían atornillado escudos antibalas alrededor del timón para hacerlo prácticamente invulnerable. A sus pies había dos largas cajas negras que guardaban los fusiles Garrett M107 calibre cincuenta. Tenían un alcance efectivo de mil seiscientos metros, cosa que hacía de estas armas de dieciséis kilos de peso los mejores fusiles para francotiradores jamás creados.

Con tanto crudo contaminando el agua alrededor de la terminal de la carga, Juan y Max no estaban dispuestos a arriesgarse a que los tubos de propulsión del *Oregon* se taponasen con petróleo. Tampoco querían arriesgarse a disparar contra las tuberías de carga si no podían garantizar una exactitud del cien por cien de sus sistemas de armamento. Les correspondería a Linc y Ski ser el apoyo para la carga de Mike por la calzada.

Volaron a través de las olas hacia la proa del superpetrolero anclado y solo redujeron la velocidad cuando la embarcación comenzó a navegar sobre el vertido. La capa de crudo tenía por lo menos quince centímetros de espesor y se adhería a los pontones de goma que rodeaban la quilla. Afortunadamente, las hélices quedaban por debajo de la mancha tóxica; de lo contrario, apenas si hubiesen podido avanzar.

Detrás de ellos el *Oregon* se movía de nuevo; maniobraba para tener un ángulo de tiro oblicuo sobre esta parte crítica de la instalación. Aunque no apuntarían directamente a la calzada o al inmenso muelle flotante, Max no tenía ningún reparo en destrozar el océano a su alrededor con las Gatling.

A través de unos grandes prismáticos, Ski observó el costado del buque tanque atento a cualquier señal de que los terroristas lo estuviesen utilizando como plataforma de observación. Parecía estar despejada. Para ir sobre seguro lo abordarían por la proa, a más de trescientos metros de la superestructura, el lugar más obvio para un vigía.

Llegaron a la hilera de boyas que marcaban la zona prohibida de cien metros alrededor del enorme buque sin que nadie les disparase desde lo alto.

—Tontos como creíamos —comentó Linc.

Estar cerca del casco del barco era como estar junto a la pared de acero de un gigantesco edificio pintado de rojo, en lugar de algo diseñado para navegar por los mares; con los tanques casi vacíos, la borda estaba veinte metros por encima de sus cabezas.

Mientras Linc utilizaba el timón y el acelerador para llevarlos hasta la proa, Ski preparaba la pistola lanza garfios con las cuerdas forradas en goma. Momentos antes de que la embarcación de asalto pasase por debajo de la curva de la proa disparó el garfio hacia arriba, atado a dos cabos. Voló por encima de la borda y cuando tiró de la cuerda el garfio enganchó con fuerza. Linc arrojó un ancla con un potente imán contra el casco del buque tanque para asegurar la embarcación.

Aunque era demasiado fina para trepar, la nanofibra era fuerte como el acero. Ski pasó el cabo a través de un molinete sujeto a la cubierta de la embarcación y se cercioró de que los estribos estuviesen seguros. Cuando estuvo preparado vio que Linc había abierto las cajas acolchadas que contenían los dos fusiles de francotirador. Cada arma ya tenía instalado un cargador de diez balas y llevaban diez más cada uno.

—La carroza te espera —dijo Ski y metió un pie en el estribo.

Linc hizo lo mismo y pulsó el botón para poner en marcha el molinete. El cabo de nanofibra comenzó a pasar a través del motón. El estribo de Ski se tensó y el hombre de Cabrillo se vio levantado de la embarcación con el fusil en una mano y el cabo en la otra. Cuando estaba a unos tres metros por encima de la Zodiac, el cabo levantó el peso de Linc, y ambos hombres fueron izados por el costado del petrolero.

Tardaron solo unos segundos en llegar a lo alto. Ski quitó el pie del estribo y saltó sobre la borda. Aterrizó suavemente y de inmediato se llevó el fusil al hombro y la mira al ojo, para observar cualquier movimiento en la cubierta y la superestructura. El estribo se enganchó en el pequeño motón y detuvo el cabo de nanofibra, Linc tuvo que trepar hasta la borda para poder llegar a la cubierta.

—Despejado —dijo Ski sin mirarlo.

Fueron hacia popa; cada uno corría quince metros y se ponía a cubierto mientras el otro mantenía la superestructura en la mira. Aunque no había ninguna señal de actividad en ningún lugar del barco, mantenían la técnica del salto de rana como una medida de precaución.

Tardaron tres minutos en llegar al puente y, por primera vez, pasaron al lado de babor del buque para mirar el muelle de carga. Los tubos de descarga eran más altos que la nave, pero las gruesas mangueras colgaban abandonadas, así que el crudo solo recorría seis metros antes de derramarse sobre el muelle y luego verterse en el mar.

Una cuenta rápida les indicó que por lo menos había cien insurgentes preparados para defender el muelle. Habían tenido tiempo para construir barricadas y fortificar su posición. Trono y sus hombres tendrían muchas dificultades si Linc y Ski no podían desorganizar la defensa.

—¿Qué te parece? —preguntó Ski—. ¿Aquí te va bien o quieres subir más?

—La altura está bien, pero estamos demasiado expuestos si hay alguien moviéndose por el barco. Subamos hasta el techo de la superestructura.

Mientras entraban en el barco y subían las aparentemente interminables escaleras, Linc le transmitió a Max un informe de la situación y se enteró de que Mike y sus hombres se habían abierto paso a tiros a través de la terminal y que ahora estaban en posición.

Se abrió una puerta casi en lo más alto de las escaleras. Apareció un hombre vestido con pantalón negro y una camisa con galones en los hombros. Linc desenfundó la pistola y la apoyó entre los ojos del oficial antes de que el hombre se diese cuenta de que no estaba solo en el rellano.

—No, por favor —gritó con voz aguda.

—Silencio —le dijo Linc y apartó la automática—. Nosotros somos los buenos.

—¿Son ustedes norteamericanos? —El oficial era inglés.

—Así es, capitán —respondió Linc, al ver los cuatro galones dorados en las charreteras—. Nos disponemos a poner punto final a esta situación. Necesitamos llegar hasta el techo.

—Por supuesto. Síganme. —Comenzaron a subir—. ¿Qué está pasando? Lo único que sé es que estábamos cargando el crudo y de pronto algún idiota arrancó las mangueras y dañó mi barco. Llamé a la oficina marítima pero nadie atendió. Luego mis vigías informaron de la presencia de hombres armados en el muelle. Ahora ahí fuera suena como si estuviese de nuevo en las Malvinas.

—Tranquilo, a su tripulación no le pasará nada. No deje que ninguno de ellos se acerque a la cubierta o a cualquier espacio abierto.

—Esa ha sido mi orden durante toda la mañana —le aseguró el capitán—. Aquí estamos.

Habían llegado al último rellano. No había puertas pero sí una escotilla en el techo a la que se accedía por una escalerilla. Ski comenzó a subir sin decir palabra.

Linc tendió la mano.

—Gracias, capitán. A partir de aquí nosotros nos hacemos cargo.

—Oh sí, claro. Buena suerte —dijo el oficial y estrechó la mano extendida de Linc.

Ski abrió la escotilla y la luz del sol inundó la escalera. Salió al exterior, seguido por Linc. No había manera de cerrar el portal desde arriba, así que deberían permanecer atentos por si alguien venía a por ellos.

El techo del puente era una superficie plana de acero pintado de blanco con la única sombra de la chimenea del barco y las antenas. Cuando se acercaron al borde se echaron al suelo para ocultarse y miraron de nuevo hacia el muelle. Al final de la calzada vieron al pequeño ejército de Mike que esperaba su señal. El avión espía volaba cerca.

—*Oregon*, aquí Linc. Estamos en posición. Danos unos minutos para establecer los objetivos. Manteneos a la espera.

Después de montar los fusiles y colocar los cargadores llenos a lo largo del borde para poder cambiar rápidamente de posición, los dos hombres observaron a cada uno de los soldados enemigos a través de la mira. Así descubrieron quiénes eran los oficiales y los suboficiales para, como se dice, decapitar el mando.

—Que me cuelguen —murmuró Linc.

—¿Qué?

—A las once. Tipo con gafas de sol que le pega una bronca a un adolescente.

Ski movió el fusil para ver de quién hablaba Linc.

—Lo tengo. ¿Qué? ¿Quién es?

—Ese, amigo mío, es el coronel Raif Abala, el maldito cabrón que nos traicionó cuando le estábamos vendiendo las armas. Es la mano derecha del general Makambo.

—Pues ya no lo debe ser si Makambo lo envió aquí —afirmó Ski—. ¿Quieres tumbarlo a él primero?

—No, creo que prefiero ver su rostro cuando vea quién es quién.

—¿Estás preparado?

—Tengo al menos a cuatro oficiales en mi mitad del muelle y otros seis que parecen saber lo que hacen. El resto es carne de cañón.

—Vale, pues que comience el baile.

—Estamos preparados para ir allí —escuchó que decía Mike Trono por la red táctica.

La réplica de Max fue dejar que Mark Murphy descargase una lluvia de balas de la Gatling. El agua y el crudo a diez metros de la calzada estallaron en una línea que se extendía a todo su largo. Era como si el océano se hubiese alzado en una pared continua. Los rebeldes se acobardaron ante la visión y el sonido mientras eran rociados por la repugnante espuma. Un soldado tumbado en la calzada echó a correr hacia el dique flotante.

Con el aullido de la Gatling que tapaba el sonido de sus disparos, Linc y Ski se pusieron a trabajar, disparando todo lo rápido que podían. Cada disparo equivalía a un muerto. Cada vez. Después de disparar cinco tiros, vieron que los desconcertados soldados comenzaban a mirar en derredor mientras sus jefes caían. Los dos francotiradores se apartaron del borde y se movieron un poco hacia popa. Cuando Linc miró de nuevo a través de la mira vio que Abala gritaba a sus hombres. Por el miedo que Linc veía escrito en los rostros de las tropas de Abala sus gritos tenían poco éxito. A lo lejos, Mike y su equipo avanzaban cautelosamente por la calzada.

De nuevo, Ski y él encontraron sus objetivos y de nuevo se vio diezmada la dirección rebelde. Un soldado finalmente se dio cuenta de que los disparos provenían de arriba y por detrás, y miró hacia lo alto del buque tanque. El guerrillero estaba a punto de gritar un aviso a sus camaradas pero no llegó más que a abrir la boca antes de que Ski lo abatiese con una de las balas de un centímetro de su Barrett.

—Mike, estás a unos veinticinco metros de la primera emboscada —informó Tiny Gunderson a través de la radio.

—¿Qué están haciendo? Mi pantalla no funciona.

—Si yo fuese un hombre que apuesta diría que hablan de rendirse. No, espera, me equivoco. Creo que hay uno que intenta arengarlos. No, espera de nuevo. Ha caído. Buen disparo, Ski.

—Fui yo —dijo Linc.

—El coraje ha abandonado el edificio —anunció Tiny—. Han dejado las armas y levantado las manos.

La primera señal de capitulación abrió el camino para los demás. A todo lo largo de la calzada y el muelle de carga los hombres estaban abandonando las armas. Solo Abala parecía interesado en continuar la lucha. Agitaba la pistola como un loco. Linc vio cómo apuntaba a un joven guerrillero, y le gritaba, al parecer, para que recogiese su AK-47. Destrozó de un disparo la mitad del pie de Abala antes de que el coronel pudiese asesinar al hombre desarmado.

El equipo de Trono se lanzó sobre los rebeldes derrotados, amontonaron los AK capturados en una pila y cachearon a cada hombre en busca de armas ocultas.

Linc y Ski permanecieron en sus nidos de francotiradores para asegurarse de que no había ninguna resistencia hasta que toda la zona quedase despejada.

—Estos son los últimos —anunció Mike. Estaba junto al coronel Abala, que se retorcía de dolor en el suelo—. ¿Quién le erró a este tipo?

—No fue un error, hijo —replicó Linc—. Una vez que salga del hospital ese es el tipo que cantará todo lo que han hecho Makambo y Singer.

Linc y Ski tardaron diez minutos en bajar al muelle. Linc se acercó a Abala y se puso en cuclillas a su lado. El coronel rebelde estaba casi en estado de conmoción y no advirtió su presencia, así que Linc lo abofeteó suavemente hasta que lo miró. La baba burbujeaba en los labios de Abala, que mostraba una palidez mortal debajo de su piel oscura.

—¿Me recuerdas, imbécil? —preguntó Linc. Abala abrió mucho los ojos—. Eso es. En el río Congo hace cosa de una semana. Creíste que podrías traicionarnos. Bueno, esto es lo que pasa. —Linc se acercó un poco más—. Nunca, y lo digo en serio, nunca, te metas con la corporación.

Cuando el ejército angoleño finalmente llegó a la terminal de Petromax, el *Oregon* —con su equipo, su tripulación y todos los hombres de Moses Ndebele, vivos o muertos— ya había desaparecido detrás del horizonte.

Las fuerzas angoleñas encontraron que habían cerrado el vertido de crudo de la terminal de carga y las tripulaciones habían cerrado los pozos de las dos plataformas. También descubrieron ochenta y seis cadáveres acomodados junto a un edificio administrativo y a más de cuatrocientos hombres aterrados maniatados y encerrados en el interior, muchos de ellos heridos. Uno de ellos tenía un ensangrentado vendaje alrededor del pie destrozado y de su cuello colgaba un cartel que decía:

ME LLAMO RAIF ABALA. SOY CORONEL EN EL EJÉRCITO REVOLUCIONARIO DEL CONGO DE SAMUEL MAKAMBO Y FUI CONTRATADO PARA PERPETRAR ESTE ACTO DE TERRORISMO POR DANIEL SINGER, ANTIGUO SOCIO DE MERRICK/SINGER. COMPRENDO QUE SI NO COOPERO LAS PERSONAS QUE HOY NOS DETUVIERON ME ENCONTRARÁN. QUE TENGAN UN BUEN DÍA.

29

La ruinosa apariencia del *Oregon* era un camuflaje hábilmente aplicado para hacerlo parecer abandonado, pero el pésimo estado del *Gulf of Sidra* era real. Durante veinte años había surcado el Mediterráneo con su carga de petróleo mientras los propietarios intentaban ganar hasta el último céntimo. Si algo se rompía lo reemplazaban con un recambio usado. Se reparaba rápidamente con cinta aislante y alambre, o se descartaba del todo. Cuando se estropeó la planta de depuración de aguas residuales hicieron una desviación para descargarlas directamente en el mar. El sistema de aire acondicionado simplemente movía aire caliente por la superestructura en lugar de enfriarlo y, en la cocina, la cámara frigorífica no funcionaba y los cocineros tenían que cocinar lo primero que se descongelaba para evitar que se pudriese.

El casco negro estaba salpicado de óxido mientras el metal desnudo se veía en la superestructura; la única chimenea estaba tan manchada con los humos que era imposible saber que una vez había estado pintada de verde y amarillo. El único equipo moderno a bordo era la nueva lancha de salvamento colgada en la popa, puesta allí por insistencia del capitán en cuanto se enteró de su destino. Con una manga de cuarenta metros y una eslora equivalente a tres campos de fútbol, el *Gulf of Sidra* era un barco enorme, aunque pequeño en comparación con el superpetrolero de trescientas cincuenta mil toneladas que había estado amarrado en la Petromax.

El anticuado diseño hacía que sus siete bodegas solo pudiesen cargar unas 104.000 toneladas de crudo.

Aunque mientras estuvo anclado frente al puerto mauritano de Nouakchott se había convertido en parte del paisaje, una difusa silueta en el horizonte occidental durante semanas, su partida pasó prácticamente inadvertida.

Había zarpado en cuanto Daniel Singer llegó de Angola y ahora estaba a más de doscientas millas de la costa.

Perseguía a través del Atlántico una depresión tropical con el potencial para convertirse en un huracán. Era la tormenta que Singer había estado esperando, las condiciones perfectas para probar lo que las mentes meteorológicas más brillantes del mundo y los más sutiles modelos de ordenador decían que sucedería.

Con una temperatura en su camarote que rondaba los treinta y nueve grados, Singer había decidido pasar todo el tiempo posible en el puente, donde al menos la velocidad de diecisiete nudos del barco producía cierta brisa. Acababa de enterarse por el servicio de noticias de la BBC de que el ataque de Samuel Makambo había sido derrotado por las tropas angoleñas. Casi un centenar de guerrilleros había muerto en el rápido contraataque y otros cuatrocientos habían sido capturados. Singer se preguntó brevemente si el coronel Abala, el único rebelde que podía identificarlo, estaría entre los vivos o los muertos, y decidió que no importaba. Si lo vinculaban al ataque, la publicidad de una aparición ante los tribunales solo serviría para difundir más sus palabras. Contrataría a los mejores abogados disponibles y conseguiría que trasladasen su caso al Tribunal Internacional de La Haya. Allí utilizaría la oportunidad para acusar a la humanidad por el tratamiento que se daba a la Tierra.

Lo que de verdad le preocupaba del ataque fallido era el cálculo del petróleo derramado: unas doce mil toneladas. Aunque era una catástrofe ecológica, quedaba muy lejos del millón de toneladas que había deseado. No habría ninguna nube de ácido bencenoarsénico mezclado con la tormenta para esparcir el veneno a través del sudeste de Estados Unidos. Sería una tormenta aterradora, el peor huracán que azotaría a Estado Unidos desde que se llevaban registros, pero sin la contaminación nociva muy probablemente no provocaría el pánico que esperaba. Sabía que tendría que ponerse en contacto con los medios y dar explicaciones una vez que la tormenta hubiese acabado —o mejor todavía, cuando estuviese a punto de tocar tierra— de cómo una batalla en una parte remota del mundo había impedido una catástrofe. Sería un ejemplo más de lo interconectado que estaba el mundo, cómo estábamos dejando nuestro futuro abandonado a los caprichos del destino.

Adonis Cassedine, el capitán del barco, salió al puente. A diferencia de su guapísimo homónimo mitológico, Cassedine era un hombre de rostro agrio, mal afeitado y ojos de rata.

Tenía la nariz torcida después de haber sido mal atendida de una fractura, de forma que las sucias gafas que llevaba se escapaban por encima de una de sus orejas de coliflor.

—Acabo de recibir un informe de un barco portacontenedores que está a unas cien millas por delante de nosotros. —Aún faltaban horas para el atardecer y su aliento ya olía a la ginebra barata que bebía. Sin embargo, lo que era meritorio, no trabucaba las palabras y su cuerpo solo se tambaleaba un poco—. Están encontrando vientos de fuerza cuatro que soplan del noreste.

—La tormenta se está formando —dijo Singer—, y exactamente donde necesitamos que esté. No demasiado lejos como para haber fijado el curso, pero tampoco demasiado cerca como para que no pueda fundirse con otra.

—Puedo llevarlo allí —manifestó Cassedine—, pero no me gusta.

«Ya estamos otra vez.» Singer ya estaba furioso por el fracaso de Makambo. No quería escuchar más quejas de este borracho.

—Este barco es muy viejo. El casco está podrido, y lo que tiene en las bodegas es demasiado caliente. Está debilitando el metal.

—Pues yo le mostré el informe de los ingenieros navales donde dice que el casco puede soportar la carga térmica.

—Bah. —Cassedine descartó la afirmación con un gesto—. Unos tipos elegantes que no saben nada del mar. Usted quiere llevarnos a un huracán y yo digo que el barco se partirá en dos cuando nos encontremos con vientos de fuerza seis.

Singer se acercó al capitán y utilizó la ventaja de estatura para intimidar al griego.

—Escúcheme, condenado borracho. Le estoy pagando más dinero del que haya visto en toda su vida, el suficiente para que pueda mantenerse ebrio durante décadas. A cambio de eso espero que haga su trabajo y deje de molestarme con sus predicciones, sus preocupaciones y sus opiniones. ¿He hablado claro?

—Solo estoy diciendo…

—¡Nada! —gritó Singer—. No está diciendo nada. Ahora salga de mi vista antes de que su aliento me haga vomitar.

Singer continuó mirando furioso a Cassedine hasta que el capitán retrocedió, como él sabía que haría. Singer creía que la mayoría de los alcohólicos eran débiles, y este no era una excepción. Estaba tan hundido en el vicio que haría cualquier cosa que se le pidiese con tal de poder pagarse la bebida. No tenía ningún escrúpulo en explotar tal debilidad, de la misma manera que no tenía ningún escrúpulo en aprovecharse de la ingenuidad de los cruzados ecologistas de Nina Visser o la codicia de Samuel Makambo. Si eso era lo que hacía falta para que la gente advirtiese de una vez por todas la destrucción que estaba infligiendo al planeta, que así fuese. ¿No había explotado Geoffrey Merrick el genio de Singer para crear su invento? Singer había hecho la parte del león del trabajo mientras Merrick se había llevado los méritos.

Desde el principio todos habían creído que Singer prefería mantenerse apartado de las candilejas y permanecer en la sombra. Que sarta de tonterías. ¿A quién no le gustaba recibir las alabanzas de sus pares, las recompensas, los premios? Singer también había querido todo eso, pero era como si los medios solo hubiesen visto a la mitad de Merrick/Singer, a la telegénica mitad, a la mitad de la sonrisa fácil y las encantadoras anécdotas. No era culpa suya quedarse helado en los estrados, hasta parecer un cadáver en la televisión, o expresarse como un maldito idiota en una entrevista. No había tenido más alternativa que vivir en las sombras; pero había tenido que vivir a la sombra de Merrick.

De nuevo maldijo que su antiguo socio no estuviese allí, y le negase la oportunidad de mostrarse superior. Quería mirar a Merrick a los ojos y gritarle: «¡Es culpa tuya! Tú dejaste a los contaminadores que continuasen destruyendo el entorno y ahora vas a ver las consecuencias».

Escupió por encima de la borda del *Gulf of Sidra*, y observó cómo caía la saliva hasta que se convirtió en parte del océano, una gota en el más grande cubo del mundo. Singer había sido una vez así, una pieza de algo mucho más grande que él mismo, algo que hacía imposible creer que pudiese marcar alguna diferencia.

Ya no sería insignificante nunca más.

La primera orden de Cabrillo cuando regresó al *Oregon* fue enviarlo a toda máquina hacia el norte, donde África se metía en el Atlántico y donde los vientos calientes que soplaban desde el Sahara evaporaban el agua suficiente para crear huracanes. No fue a su camarote hasta que se completó la puesta a punto de su barco. Limpiaron a fondo el casco del *Liberty*, llenaron los tanques de combustible y lo colgaron de nuevo en los pescantes. A los dos sumergibles les habían quitado el crudo con disolventes y cepillos, recargado las baterías, y colocado de nuevo todos los equipos que habían retirado. Habían revisado las Gatling, las ametralladoras de 40 y 30 milímetros, limpiado los cañones y los mecanismos, y llenado de nuevo los cargadores. Los armeros estaban guardando los AK-47 facilitados a los hombres de Moses y etiquetaban las casi cuatrocientas armas que habían quitado a las fuerzas de Makambo. Juan no había olvidado la recompensa que había prometido Lang Overholt por la devolución de las armas.

Pero por muy ocupado que hubiese estado, no se podía comparar con el trabajo que la doctora Julia Huxley y su equipo estaban realizando en la enfermería. Tenían que atender a veintitrés pacientes, extirpar treinta y una balas, y coser tantos órganos y miembros que parecía que nunca saldrían del quirófano. En cuanto se quitaba un par de guantes ensangrentados un ayudante le ponía otros limpios para que atendiese al siguiente herido. En un momento dado el anestesista comentó que había soltado más gas que los participantes en un concurso de pedos.

Después de quince horas continuadas de trabajo, cosió una herida de bala en el hombro de Mike Trono, una herida que él ni siquiera recordaba haber recibido, y supo que no quedaba nadie más. Cuando Mike dejó la mesa, Julia se tendió en ella con un gemido teatral.

—Venga, Hux —se burló Mike—. Conseguir las heridas es mucho más difícil que repararlas.

Ella no abrió los ojos cuando replicó:

—En primer lugar, esa pequeña rozadura que tienes ni siquiera se puede llamar herida. El gato que tenía me hacía rasguños mucho peores que esos. En segundo lugar, si no aprecias mi trabajo no tengo ningún inconveniente en quitarte los puntos y dejar que sangre un poco más.

—Vaya, vaya. ¿Qué hay de tu juramento hipocrático?

—Tenía cruzados los dedos cuando juré.

Él le dio un beso en la mejilla.

—Dulces sueños, doctora. Gracias.

Acababa de salir Mike de la sala de operaciones cuando una sombra tapó las luces colgadas sobre la mesa. Julia abrió los ojos y se encontró con el director inclinado sobre ella. Por la gravedad de su expresión comprendió que él lo sabía.

—Quiero verla.

Julia abandonó la mesa y llevó a Cabrillo a otra parte de la enfermería, un pequeño cuarto refrigerado con una única mesa en el centro. Había cuatro cajones de acero inoxidable instalados en una pared. Sin decir nada, ella abrió uno para mostrar un cuerpo desnudo envuelto en una bolsa de plástico opaca. Juan rompió el plástico que cubría la cabeza y se apartó para observar el rostro ceniciento de Susan Donleavy.

—¿Cómo lo hizo?

—Fue una manera horrible de morir —contestó Julia, que ahora se sintió diez veces más agotada que un segundo antes—. Sacó la lengua todo lo que pudo y después se dejó caer hacia delante. La barbilla golpeó contra la cubierta y los dientes le cortaron la lengua. Luego se colocó boca arriba y dejó que la sangre la ahogase. Soy incapaz de imaginar cómo se puede afrontar una caída así y no intentar detenerla con las manos.

—Estaba esposada.

—Podría haber vuelto la cabeza en el último segundo. —Julia miró el cuerpo con una expresión triste—. Hasta donde sabemos, bien pudo hacerlo una y otra vez hasta que reunió el coraje suficiente para el intento final.

Cabrillo no dijo nada durante un momento. Recordaba la persecución en Sandwich Bay después que él y Sloane hubiesen encontrado a Papá Heinrick asesinado. El piloto al que había perseguido había estrellado intencionalmente su embarcación contra la costa antes que arriesgarse a la captura. Había creído que quizá había sido por miedo, que no quería enfrentarse a una cárcel africana, pero la verdad era que el tipo se había sacrificado por la causa. Lo mismo que Susan Donleavy.

—No —dijo con total certeza—. Lo hizo bien la primera vez.

—¿Has visto las filmaciones de seguridad de su celda?

Él se volvió para mirarla.

—No fue necesario. Conozco la forma.

—Fanática.

—Sí. Cortarse la lengua con los dientes era una alternativa aceptable al harakiri para los soldados japoneses capturados durante la Segunda Guerra Mundial.

—Lo siento, Juan. Los rumores que corren por el barco dicen que ella aún retenía alguna información útil.

—Así es. —Miró a Julia—. Creo que Geoffrey Merrick también la sabe. Necesito que lo despiertes.

—Olvídalo. Su presión arterial sigue siendo demasiado baja. Apenas si he buscado fragmentos en su herida y solo ahora estoy consiguiendo controlar la infección. Admito que el coma no es muy profundo, pero su cuerpo se niega a despertar.

—Julia, no tengo alternativa. Singer ordenó el ataque esta mañana a una hora específica porque tiene planeada alguna otra cosa. Secuestró a Merrick porque quería que viese qué era. Cuando Linda interrogó a Susan, ella dijo que Singer había pasado unas pocas horas con Merrick en el Oasis del Diablo. Estoy dispuesto a apostar que le contó todo el asunto.

—¿Estás dispuesto a apostar su vida?

—Sí —respondió Juan sin titubear—. Cualquier cosa que pretenda hacer Singer tiene que ver con un huracán. Creo que ha encontrado la manera de darles forma. ¿Hace falta que te explique lo que significa eso? Pediste una licencia para ir como voluntaria a Nueva Orleans después del *Katrina*.

—Yo nací allí.

—Podemos evitar que otra ciudad sufra el mismo destino. Julia, tú tienes total autonomía en las decisiones médicas en este barco, pero solo porque yo lo digo. Si prefieres que te lo ordene, lo haré.

Huxley vaciló por un momento.

—Lo haré —dijo finalmente.

Juan sabía que lo lógico era pedirle a Linda que realizase la entrevista, ella era la experta, pero él no iba a sacarle información a un prisionero mal dispuesto, sino simplemente a hablar con una víctima semiconsciente.

—Vamos.

Hux recogió algunos medicamentos de la sala de operaciones y llevó a Cabrillo hasta las habitaciones de recuperación. Geoffrey Merrick había tenido una habitación para él solo, pero ahora compartía el espacio con tres africanos heridos. El rostro quemado por el sol estaba cubierto por un gel que ayudaba a la cicatrización de la piel, pero debajo Juan vio que el científico continuaba pálido. Después de comprobar las constantes vitales, Julia inyectó un estimulante en el suero.

Merrick despertó lentamente. Al principio sus ojos permanecieron cerrados y la única señal de movimiento fue el de la lengua que intentaba humedecer los labios resecos. Julia se los humedeció con una gasa mojada. Luego parpadeó y acabó por abrir los ojos. Miró alternativamente a Julia y Juan y después de nuevo a la doctora, obviamente desorientado.

—Doctor Merrick, mi nombre es Juan Cabrillo. Ahora está a salvo. Fue rescatado de las personas que lo habían secuestrado y ahora se encuentra en la enfermería de mi barco.

Antes de que Merrick pudiese responder, Julia preguntó:

—¿Cómo se siente?

—Sediento —respondió él con voz ronca.

Ella le acercó a la boca un vaso de agua con una pajita y él bebió unos cuantos sorbos.

—¿Cómo está su pecho?

Merrick se pensó la respuesta por un momento.

—Entumecido.

—Le dispararon —le informó Juan.

—No lo recuerdo.

—Susan Donleavy le disparó durante el rescate.

—No le habían pegado —dijo Merrick cuando recuperó un fragmento del recuerdo—. Creía que la habían torturado, pero todo fue hecho con maquillaje.

—Daniel Singer se presentó un día cuando usted estaba prisionero. ¿Lo recuerda?

—Creo que sí.

—Ustedes dos hablaron.

—¿Dónde está Susan ahora? —preguntó el científico.

—Se suicidó, doctor. —Merrick lo miró—. Lo hizo para impedir que supiésemos qué pretende hacer Singer.

—Las plataformas petroleras. —La voz de Merrick apenas si era un susurro mientras su cuerpo luchaba contra las drogas en un intento por volver a sumergirse en la inconsciencia.

—Así es. Planeó un ataque a las plataformas petroleras frente a la costa de Angola y causar un gran vertido. ¿Qué más estaba planeando? ¿Se lo dijo?

—Tendrá que detenerlo. El crudo es especialmente tóxico. —Sus últimas palabras sonaron confusas.

—Lo hemos hecho —le informó Cabrillo—. Su asalto fracasó. El vertido será controlado.

—Barco —dijo Merrick, somnoliento.

—Había un barco en la terminal pero no lo atacaron.

—No. Singer tiene un barco.

—¿Para qué lo usa?

—Fue el descubrimiento de Susan. Ella se lo ofreció. Yo creía que solo era un ensayo, pero ya lo había perfeccionado. —Sus ojos se cerraron.

—¿Perfeccionado qué, Geoff? ¿Qué perfeccionó Susan? ¿Doctor Merrick?

—Un gel orgánico que convierte el agua en pasta.

—¿Por qué? —preguntó Juan desesperadamente, preocupado porque Merrick parecía a punto de perder el conocimiento—. ¿Para qué sirve?

Merrick no dijo nada durante casi veinte segundos.

—Calor —susurró finalmente—. Emana mucho calor.

Ahí estaba la conexión que Cabrillo había estado buscando. Los huracanes necesitan calor y Singer iba a dárselo. Si soltaba en el océano el contenido de un barco cargado con el gel de Susan Donleavy, probablemente en el epicentro de una tormenta en formación, el calor le daría un puntapié inicial exactamente dónde y cuando él quería. Así era como había sabido cuándo atacar la terminal de Petromax. Los vientos reinantes llevarían los vapores del crudo hacia el norte hasta el huracán que él ayudaba a generar.

Juan sabía que el mar frente a la costa occidental de África era el lugar lógico para que Singer vertiera el gel, pero la zona era enorme y no había tiempo para realizar una búsqueda. Tenía que ajustar los parámetros.

—¿Qué clase de barco está usando Singer? —Un buque cisterna era el candidato más probable, pero Juan no quería que el hombre semiconsciente compartiese sus sospechas.

Merrick permaneció mudo, con los ojos cerrados y los labios entreabiertos. Julia observaba el monitor, y Juan comprendió la expresión en su rostro. No le gustaba nada lo que estaba viendo. Sacudió el hombro de Merrick.

—¿Geoff, qué clase de barco?

—Juan —dijo Julia con un tono de advertencia.

La cabeza de Merrick se movió hacia él pero sin abrir los ojos.

—Un buque cisterna. Compró un buque cisterna.

El monitor comenzó a pitar mientras el ritmo cardíaco disminuía peligrosamente. Julia apartó a Juan, al tiempo que gritaba:

—¡Tiene una parada! ¡Traed el carro! —Quitó la sábana que le cubría el pecho mientras uno de sus ayudantes entraba a la carrera con un desfibrilador portátil.

Debido a todo esto, Merrick consiguió abrir los ojos. Estaban nublados de dolor. Buscó la mano de Cabrillo, y sus labios formaron tres palabras que no tuvo aliento para decir en voz alta.

Los pitidos de alarma se convirtieron en un tono continuo.

—Despejado —avisó Julia, con las paletas por encima del torso desnudo. Juan apartó la mano para que Julia pudiese aplicar la descarga eléctrica que pondría en marcha de nuevo el corazón de Merrick. Su cuerpo se encorvó cuando recibió la descarga y el monitor mostró el pico correspondiente antes de volver a la línea plana.

—Epinefrina. —El ayudante le entregó a Julia una jeringuilla llena de epinefrina. La aguja era larguísima. Clavó la aguja entre las costillas de Merrick e inyectó la droga directamente en su corazón—. Subir a doscientos julios.

—Cargando, cargando, cargando —repitió el ayudante atento a la máquina—. Adelante.

Huxley aplicó las palas de nuevo y por segunda vez el cuerpo de Merrick se despegó parcialmente de la cama. La línea en el monitor mostró otro pico.

—Vamos. Vamos —lo animó Julia y entonces volvió el pulso, ampliamente espaciado al principio, pero mejorando firmemente—. Traed un ventilador. —Dirigió una mirada furiosa a Cabrillo—. ¿Valía la pena?

Él le sostuvo la mirada.

—Lo sabremos cuando demos con un buque cisterna llamado *Gulf of Sidra*.

30

El tiempo empeoraba mientras el *Oregon* iba hacia el norte, en un delicado equilibrio entre la velocidad y la necesidad de evitar que los heridos sufriesen más heridas por el movimiento del barco. Julia había arrancado una página del siglo XIX al acostar a los heridos más graves en hamacas para que se balanceasen con las olas y estuviesen protegidos cuando el barco era alcanzado por una ola especialmente grande. No se había separado del costado de Merrick más que veinte minutos desde que su corazón había vuelto a funcionar. Después de saber el nombre, Murphy y Eric habían tardado menos de media hora en descubrir que un barco cisterna llamado *Gulf of Sidra* había estado anclado frente a la costa de Mauritania durante casi un mes pero había levado anclas el día anterior. El barco había sido propiedad del monopolio petrolero del estado libio hasta que una reciente venta lo había transferido a una firma liberiana llamada CroonerCo, que Murphy reconoció como una mal velada referencia al último nombre de Singer.

Con esta información el dúo había sido capaz de calcular un arco cada vez más grande donde el buque podía estar escondido, una zona que muy pronto incluiría una depresión tropical que se estaba formando a seiscientas millas de la costa africana. Avanzaban a toda la velocidad posible hacia aquella zona.

Para facilitar todavía más la búsqueda, Juan había llamado de nuevo a Lang Overholt para que utilizara la cadena de satélites espías del gobierno de Estados Unidos y buscar en la cuadrícula de coordenadas del *Gulf of Sidra*. Ahora todos sabían lo que estaba en juego, Overholt había comunicado los hallazgos de Cabrillo al director de la CIA. El presidente había recibido la información hacía muy poco y ahora se transmitían órdenes a la guardia costera, a la marina y también a la NUMA y al Servicio Meteorológico Nacional, que realizaba seguimientos regulares del camino de los huracanes. Un crucero equipado con misiles guiados que regresaba de su servicio en el mar Rojo fue desviado y un destructor que hacía una visita de cortesía a Argelia interrumpió la estancia y zarpó para abandonar el Mediterráneo. También había un par de submarinos atómicos equipados con armas nucleares lo bastante cerca de la zona como para alcanzarla en veinte horas.

El gobierno británico fue informado de la situación y ofreció enviar dos naves desde Gibraltar y otras desde Portsmouth. Llegarían a la posición días después de los norteamericanos, pero su ayuda fue muy bien recibida.

Juan sabía, sin embargo, que incluso con todos estos barcos que llegaban para buscar al buque cisterna, el *Oregon*, con su superior velocidad, sería el primero en llegar al borde de la tormenta y le correspondería a él detener a Daniel Singer.

Sloane Macintyre recorrió el pasillo llevando una bandeja con una cena que Maurice había preparado personalmente. Con el brazo en cabestrillo le resultaba difícil, y tuvo que apoyar un hombro contra la pared para mantener el equilibrio. Eran casi las once y no vio a nadie más mientras iba a popa. Llegó a la puerta que buscaba y tuvo que golpear suavemente con el pie. Cuando no obtuvo respuesta golpeó un poco más fuerte con idéntico resultado.

Dejó la bandeja en la moqueta y entreabrió la puerta. Vio la luz tenue en el interior.

—Juan —llamó suavemente, y levantó la bandeja—. No estabas en la cena así que le pedí a Maurice que te preparara algo. —Cruzó el umbral, sin sentir todavía que era una intrusa. Una lámpara esparcía un charco de luz sobre la mitad de la mesa de Cabrillo. La otra mitad estaba iluminada con el suave resplandor de la pantalla de un ordenador. La silla estaba apartada como si Juan hubiese acabado de levantarse pero no estaba ocupado con el archivador o la antigua caja de caudales. El sofá debajo del ojo de buey oscurecido estaba vacío.

Dejó la bandeja en la mesa y repitió su nombre mientras se acercaba al dormitorio en penumbra. Juan yacía boca abajo en la cama, y antes de que Sloane pudiese ver toda la escena desvió la mirada, pues creía que estaba desnudo. Cuando espió tímidamente vio que llevaba unos calzoncillos casi del mismo color de la piel, aunque una franja blanca asomaba por encima de la cinturilla de la prenda. Después creyó que no respiraba hasta que su pecho se expandió como un fuelle.

Por primera vez se permitió mirar el muñón. La piel estaba roja y agrietada y parecía herida, sin duda por la lucha en la que había participado. Los músculos de los muslos eran grandes e incluso en el sueño no parecían relajados. En realidad, él no parecía estarlo en absoluto. Todo su cuerpo estaba tenso. Contuvo el aliento para escuchar cuidadosamente y oyó el rechinar de los dientes.

La espalda era un retazo de viejas cicatrices y nuevos morados. Había cinco marcas idénticas que parecía como si hubiese recibido una perdigonada y lo que ella esperaba que fuese una incisión quirúrgica cicatrizada y no una herida de arma blanca porque comenzaba por encima del riñón y desaparecía debajo de los calzoncillos.

Las ropas aparecían desparramadas por el suelo y mientras ella las recogía y doblaba se preguntó qué clase de hombre pagaría semejante precio por hacer lo que hacía. Él no mostraba ningún signo exterior de que por la noche sus sueños le provocaban un caso de bruxismo que sonaba como si fuese a pulverizarse los dientes. Aunque apenas rondaba la cuarentena, había acumulado las cicatrices de dos vidas. Alguna fuerza interior lo empujaba a ponerse en peligro a pesar de los efectos acumulativos que estaba teniendo en su cuerpo.

No era un deseo de muerte, de eso ella estaba segura. Sabía por sus tranquilas charlas con Max y los otros que Juan Cabrillo amaba la vida más que cualquiera. Quizá era por eso. Había asumido la responsabilidad de asegurarse que los demás tuviesen la oportunidad de disfrutar sus vidas tanto como él. Se había convertido en un protector incluso si aquellos a quienes protegía nunca llegaban a enterarse de sus esfuerzos. Recordó la conversación sobre lo que él hubiese sido de no ser el capitán del *Oregon*. Dijo enfermero, un héroe desconocido, si es que alguna vez había alguno.

Cuando colgó el pantalón en el galán de noche, el billetero cayó al suelo. Sloane miró a Juan. No había movido ni un músculo; con un leve cosquilleo de culpa, pero no lo bastante fuerte como para superar su curiosidad, abrió el billetero. Lo único que contenía eran billetes de diversas monedas. Ni tarjetas de crédito, ni tarjetas de visita, nada que pudiese identificarlo de ninguna manera. Ella tendría que haberlo sabido. Él nunca llevaría nada que pudiese vincularlo con el barco o darle a sus enemigos información sobre quién era en realidad.

Sloane observó el despacho, donde la iluminación hacía que su mesa pareciese dominar el espacio. Se acercó silenciosamente y miró de nuevo en su dirección antes de abrir con suavidad el cajón central. Era allí donde estaba el verdadero Cabrillo. Encontró un mechero Dunhill de oro y ónice y un cortador de puros, también su pasaporte norteamericano; vio que estaban selladas casi todas las páginas. A ella le gustaba más con pelo corto como lo llevaba ahora y no como en la foto tomada seis años atrás. Había otros dos pasaportes norteamericanos, uno con la foto de un hombre gordo llamado Jeddediah Smith, y tardó un momento en darse cuenta de que era Juan disfrazado. Había otros de diversos países y con diferentes alias, junto con tarjetas de crédito para todas las personas, y licencias de capitán a nombre de Juan y su personaje de Smith. Encontró un reloj de bolsillo de oro con la inscripción «Para Héctor Cabrillo de Rosa» y sospechó que había pertenecido a su abuelo. Entre otras cosas había unas pocas cartas de sus padres, la vieja placa de identificación de la CIA, una pequeña y antigua pistola de cuatro cañones como la que podía llevar un tahúr, una lente de aumento con el mango de marfil, y un cortaplumas de niño explorador oxidado.

En la parte de atrás del cajón había una caja taraceada y en el interior hizo un descubrimiento que nunca hubiese imaginado: una alianza de oro. Era un anillo sencillo, y a juzgar por las pocas rayas que tenía, Sloane se dijo que no lo había usado mucho.

Se preguntó qué mujer podía ser tan estúpida como para perder a un hombre como Juan. Había uno entre un millón y si tenías la suerte de encontrarlo, hacías todo lo posible para que todo fuese bien. Miró más atentamente en el interior de la caja y vio un trozo de papel plegado que cubría completamente el fondo.

Estaba en la frontera entre curiosear y espiar y miró por encima del hombro hacia donde Juan dormía antes de coger el papel. Era el informe de la policía de un accidente de tráfico en Falls Church, Virginia, que le había costado la vida a Amy Cabrillo. Las lágrimas escocieron en los ojos de Sloane. Mientras leía el árido informe se enteró de que el nivel de alcohol en sangre de la esposa de Juan había sido el triple del límite legal.

Un hombre como Juan se casaría una única vez en su vida, con la mujer con la que estaba seguro llegaría a compartir la vejez. El hecho de que esta mujer le hubiese robado esa felicidad hizo que Sloane la odiase todavía más. Se enjugó las lágrimas que le rodaban por las mejillas y cuidadosamente plegó el informe y lo dejó todo en el cajón como lo había encontrado. Recogió la bandeja con la comida y salió del camarote. Linda Ross apareció por una esquina en el momento en que Sloane cerraba la puerta.

—Hola, compañera —dijo Sloane rápidamente para disimular su embarazo—. No vi a Juan a la hora de la cena así que le traje algo de comer. Está durmiendo.

—¿Por eso lloras?

—Yo... —Sloane no pudo decir nada más.

Linda sonrió afectuosamente.

—No te preocupes. Será nuestro secreto. Por si te interesa, probablemente es el mejor hombre que he conocido.

—¿Tú y él...?

—Admito que es guapo como el mismísimo demonio y el pensamiento pasó por mi mente cuando subí a bordo por primera vez; pero no lo hicimos y nunca lo haremos. Él es mi comandante y mi amigo y ambas cosas son demasiado importantes como para echarlas a perder con una aventura.

—Pero eso es lo que siempre habrá, ¿verdad? Tengo la intuición de que es hombre de una única mujer y la oportunidad ya ha pasado.

—¿Sabes lo de Amy?

—Estaba curioseando y encontré el informe de la policía.

—No le digas a Juan que lo viste. Él cree que ninguno de la tripulación sabe que es viudo. Max cometió el error de decírselo a Maurice una vez y, bueno, Maurice es peor que las comadres. Y sí, probablemente sería algo que duraría muy poco pero no porque todavía llore por Amy. Tiene otro amor, y ninguna mujer puede competir con él.

—El *Oregon*.

Linda asintió.

—Así que piensa bien lo que quieres hacer antes de hacerlo.

—Gracias.

Mientras se alejaban, la puerta del camarote de Cabrillo se abrió sigilosamente y él asomó la cabeza. El sonido del cajón de la mesa lo había despertado pero había fingido seguir durmiendo para no avergonzar a Sloane. También tendría que hablar con Max por su incapacidad de guardar un secreto y con Maurice por ir contándoselo a todos. Cerró la puerta de nuevo y pensó que aquello que había escuchado hacía todavía un poco más difícil la decisión que estaba considerando.

Juan se encontraba en la sala del camarote de invitados hablando con Moses Ndebele. Sus hombres estaban de nuevo en las camas, casi del todo incapacitados por el mareo. Admiraba el intelecto de Ndebele y su capacidad para el perdón, a la vista de lo mal que lo había tratado su gobierno. A diferencia de algunos hombres que cuando se hacían con el poder aplastaban las libertades y empobrecían a su pueblo en la búsqueda de riquezas y gloria personal, Ndebele deseaba de verdad lo mejor para Zimbabue. Hablaba de reformas económicas, de devolver a la agricultura la prosperidad que había gozado. Hablaba de compartir el poder con las tribus y acabar con el nepotismo que había arruinado a tantas naciones africanas.

Por encima de todo quería que su pueblo ya no temiese más a su propio gobierno.

Cabrillo estaba más convencido que nunca de que su pacto con Moses había sido lo acertado. Tenían la ocasión de restaurar lo que una vez había sido un faro resplandeciente en el África subsahariana y hacerla de nuevo la envidia del continente. Por supuesto, todo lo que hacía falta era encontrar un buque perdido hacía un siglo y que estaba hundido en algún lugar de mil millas cuadradas de océano.

Sintió que el barco viraba bruscamente; calculó que el cambio había sido de por lo menos quince grados. Se estaba levantando cuando sonó su teléfono.

—Alguien lo encontró —dijo, a sabiendas de que era Max con la noticia que llevaba treinta horas esperando escuchar. Le murmuró una disculpa a Moses mientras salía de la sala.

—Lo encontró algo llamado Mag-Star —dijo Hanley—. Aparentemente es un nuevo satélite militar que puede detectar las distorsiones que el casco de acero de un buque de gran tamaño provoca en el campo magnético terrestre.

Juan ya conocía esta tecnología.

—¿A qué distancia estamos?

—A unas ciento cincuenta millas y, en respuesta a tu siguiente pregunta, todavía somos la más cercana de todas las embarcaciones que se acercan.

Juan calculó rápidamente la velocidad y la distancia.

—Estaremos allí para la puesta de sol, aunque no lo hayamos visto en mucho tiempo.

El *Oregon* llevaba navegando bajo un cielo encapotado desde antes del alba mientras el mar mostraba ahora olas de cinco metros que castigaban su casco. El barco no tenía ningún problema en cortarlas; estaba diseñado para absorber otras peores y a velocidades superiores a la que llevaba ahora, pero los heridos lo estaban pasando muy mal a pesar de los mejores esfuerzos de Hux. El viento soplaba con una velocidad de treinta nudos, con ráfagas que se acercaban a fuerza ocho en la escala de Beaufort. Aunque aún no llovía, los pronósticos indicaban que lo haría al cabo de un par de horas.

—Atrapar al *Gulf of Sidra* en esta tormenta ya va a ser bastante duro —comentó Max—. La oscuridad solo hará que empeore.

—Ahora mismo me lo explicarás —dijo Cabrillo—. Estaré allí en un segundo.

Momentos más tarde entraba en el centro de operaciones. Los tripulantes de la guardia normal habían sido reemplazados por el mejor equipo de la corporación. Fue difícil porque el barco cabeceaba violentamente y la tripulación tenía que sujetarse continuamente a un mostrador o un mamparo. Eric Stone ya estaba al timón; Mark Murphy, que llevaba una camiseta donde se proponía matar a las ballenas con bombas atómicas, se estaba sentando en el puesto de control de armamentos mientras Hali se conectaba al sistema de comunicaciones. Linda Ross llegó mientras Eddie y Linc se recostaban en la pared del fondo, tan diferentes como Mutt y Jeff en todos los aspectos excepto en la competencia.

Max se acercó desde donde había estado controlando sus amados motores en cuanto Juan se sentó en el sillón central. En el monitor principal había una imagen de satélite del Atlántico. Las nubes comenzaban a enroscarse en el conocido patrón de un huracán. La imagen cambiaba cada pocos segundos para mostrar las pasadas horas de la tormenta en formación. El ojo comenzaba a formarse justo en aquellos instantes.

—Muy bien, ¿dónde estamos nosotros y dónde está el *Sidra*? —preguntó Juan.

Stone escribió en el teclado y dos iconos luminosos aparecieron en el monitor. El *Gulf of Sidra* estaba situado en el borde mismo de donde comenzaba a formarse el ojo, mientras el *Oregon* avanzaba a toda máquina por el sudeste.

Observaron la pantalla durante una hora mientras la actualizaba la National Reconnaissance Office, la agencia secreta gubernamental que controlaba casi todos los satélites espías norteamericanos. Cuanto más tomaba la tormenta la forma característica de un huracán, más cerrados eran los círculos del buque cisterna de Singer, que se mantenía en el lado interior de la pared del ojo.

—Estoy recibiendo información de Overholt —avisó Hali, con la mirada puesta en la pantalla de su ordenador—. Aquí dice que la NRO tiene alguna información adicional del objetivo. Al revisar sus registros han podido reproducir el curso de las dos horas anteriores a que lo identificasen. Eric, ahora te la envío.

Cuando recibió el e-mail desde el otro lado de la sala, Eric tecleó las coordenadas.

—Ahora aparecen —dijo, y pulsó Enter.

El icono del *Sidra* retrocedió unos cinco centímetros en la pantalla y después avanzó de nuevo. Parecía como si el ojo se estuviese formando a lo largo de su rumbo en lugar de que el buque estuviese navegando en su borde.

—¿Qué demonios…? —masculló Juan.

—¡Yo tenía razón! —gritó Eric.

—Sí, sí, eres un genio —dijo Mark, y después se volvió para mirar a Cabrillo—. Él y yo estuvimos en mi camarote proponiendo ideas. Bueno, también nos metimos en la página principal de Merrick/Singer. Susan Donleavy no guardaba notas en el ordenador. Si no tenía un archivo propio entonces las guardaba escritas a mano. En cualquier caso, encontramos el proyecto de su propuesta original e incluso eso era muy poco. Su idea era la de crear un floculento orgánico.

—¿Un qué?

—Es un compuesto que hace que la tierra y otros sólidos suspendidos en el agua formen terrones —respondió Eric—. Se utiliza en las plantas de tratamiento de aguas residuales, por ejemplo, para que se asienten los desperdicios sólidos.

—Quería encontrar la manera de ligar la materia orgánica que se encuentra en el mar para convertir el agua en un gel.

—¿Para qué? —preguntó Max bruscamente.

—No lo dice —respondió Mark—, y aparentemente nadie en el comité de proyectos se molestó en saberlo porque ella recibió la aprobación sin explicar la necesidad de algo como esto.

—Sabemos por tu conversación con Merrick que la reacción es exotérmica —continuó Stone —y, por lo que he podido deducir, probablemente no es sostenible. El calor acabará por matar los elementos orgánicos y el gel volverá a convertirse en agua de mar.

—Te sigo —dijo Juan—, pero no le veo el objetivo a todo esto.

—Si Singer tiende una línea de floculento se esparcirá durante un rato y después se disolverá. —Mark reventó un globo de goma de mascar para recalcar sus palabras—. El huracán absorbería parte del calor mientras pasa por encima pero no lo necesario para que haya ningún cambio importante en su fuerza o dirección.

—Mi idea es que si lo desparrama en un círculo en el momento en que el huracán comienza a girar podrá decidir dónde y cuándo se formará el ojo —intervino Eric—, y lo más importante, lo grande que será.

—Cuanto más pequeño sea el ojo, más rápido girará el viento —añadió Max.

—El ojo del *Andrews* medía once millas de diámetro cuando llegó a la costa de Miami —explicó Murphy—. El proceso natural limita lo pequeño que puede ser, pero Singer puede hacerlo más pequeño, de forma que el huracán sobrepase el cinco en la escala de Saffir-Simpson. Quizá también pueda controlar el camino que seguirá la tormenta mientras viaja a través del Atlántico, en esencia apuntándolo como un arma a la región costera que elija.

Cabrillo observó el monitor de nuevo. Al parecer, el *Gulf of Sidra* estaba haciendo exactamente lo que Eric y Murphy decían.

Estaba en el comienzo de una vuelta en espiral, para utilizar el calor generado por el gel de Susan Donleavy, que sin duda estaba descargando a toda la velocidad que le permitían las bombas, para que el ojo fuese cada vez más reducido. Singer podía hacer que el ojo fuese más pequeño y así lograr que el huracán alcanzase una fuerza superior a cualquiera que pudiese crear la naturaleza.

—Si acaba esa vuelta no habrá nada que podamos hacer —concluyó Eric—. El ojo quedará formado y ninguna fuerza en la tierra podrá detenerlo.

—¿Alguna idea de adónde lo está enviando?

—Si fuese yo, atacaría de nuevo Nueva Orleans —dijo Murphy—, pero no sé si él tendrá ese nivel de control. Lo más seguro sería lanzarlo contra Florida, donde las calientes aguas costeras no lo debilitarían. Miami o Jacksonville son las ciudades más indicadas. El *Andrews* causó daños por valor de nueve mil millones y era de categoría cuatro. Si atacas cualquier ciudad con uno de categoría seis derribará los rascacielos.

—Max —dijo Juan sin mirarlo—, ¿cuál es nuestra velocidad?

—Apenas por debajo de los treinta y cinco nudos.

—Timonel, sube a cuarenta.

—A la doctora no le va a gustar ni un pelo —dijo Max.

—Ya estoy a malas con ella por hacer que despertase a Merrick —replicó Juan con un tono serio.

Eric obedeció la orden y aceleró los motores magnetohidrodinámicos para que sacasen más electricidad del mar y suministrarla a las bombas. El *Oregon* comenzó a sacudirse todavía más mientras cortaba las olas. Una cámara externa mostraba la proa casi inundada cuando chocaba contra las crestas. El agua chorreaba a través de la cubierta en una riada de noventa centímetros de profundidad cuando se levantaba. Cabrillo tecleó en la consola de comunicaciones para llamar al hangar. Un técnico respondió a la llamada y fue a buscar a George Adams a petición de Juan.

—No me gusta nada que me llames —dijo Adams a modo de saludo.

—¿Podrás hacerlo, George?

—Será una pesadilla —respondió el piloto—, pero sí, creo que puedo siempre y cuando no comience a llover. Y no quiero escuchar ninguna queja si daño los patines del Robinson.

—No diré ni una palabra. Colócate en una espera de diez minutos y permanece atento a mi aviso.

—Comprendido.

Juan cortó la comunicación.

—Murphy, ¿cuál es el estado de nuestros peces?

A cada banda de la proa del *Oregon* por debajo de la línea de flotación había un tubo capaz de lanzar un torpedo Test-71 de fabricación rusa. Cada una de las armas de dos toneladas se guiaban con cables, con un radio de acción de casi diez millas, una velocidad máxima de cuarenta nudos, y una carga de doscientos veinticinco kilos de explosivos de gran potencia. Cuando había diseñado el *Oregon*, Cabrillo había querido cargar los torpedos MK-48 ATCAP norteamericanos, pero por muchos halagos que empleó no fue capaz de convencer a Langston. De todas maneras, los torpedos soviéticos tenían la potencia suficiente para hundir cualquier barco excepto los más blindados.

—No estarás pensando en torpedear al *Sidra*, ¿verdad? —preguntó Mark—. Eso vertería toda la carga de gel en un único punto. A estas alturas tanto calor podría tener casi el mismo efecto como si el barco hubiese completado la vuelta.

—Solo estoy cubriendo todas las posibilidades —le tranquilizó Juan.

—De acuerdo, muy bien. —Mark buscó el diagnóstico de los torpedos—. Los sacaron de los tubos hace tres días para una inspección de rutina. Reemplazaron una batería en el uno. Ambos tienen cargas completas.

—¿Cuál será tu jugada? —le preguntó Max a Juan.

—La solución más sencilla sería llevar un equipo en helicóptero hasta allí, tomar el control del buque y cerrar las bombas de descarga.

—Director —intervino Eric—, si lo llevamos bien lejos del ojo y comenzamos a bombear el gel de nuevo, el calor generará una evaporación excesiva y creará otra potente zona de baja presión. Eso prácticamente destrozaría la tormenta.

—¡Oh, Dios mío! —exclamó Hali súbitamente. Pulsó un interruptor en su panel y una voz estridente llenó el centro de operaciones.

—Repito, aquí Adonis Cassedine, capitán del VLCC *Gulf of Sidra*. Una tormenta ha rajado el casco. Navegamos con lastre, así que no habrá vertido de petróleo pero deberemos abandonar el barco si continúa abriéndose. —Dio las coordenadas—. Acabo de ordenar el estado de emergencia. Por favor, ¿puede alguien oír mi aviso? *Mayday, mayday, mayday*.

—Con lastre, y un cuerno —protestó Max—. ¿Qué quieres hacer?

Cabrillo permaneció inmóvil con una mano sujetándose la barbilla.

—Déjalos que suden. Continuará enviando avisos incluso si nadie le responde. Eric, ¿cuál es nuestra hora estimada de llegada?

—Alrededor de unas tres horas.

—El *Sidra* no durará tanto tiempo con este estado del mar y el casco rajado —señaló Max—. Especialmente si tiene afectada la quilla. Demonios, podría partirse en tres minutos.

Juan no podía discutir ese punto. Tenían que hacer algo, pero sus opciones eran limitadas. Dejar que el buque se partiese era la peor de ellas y parecía que la idea de utilizarlo para deshacer la tormenta quedaba descartada. Lo mejor que podía esperar era enviar el barco al fondo con la menor cantidad de vertido de gel. Los torpedos Test-71 podían hacer el trabajo, pero podían pasar horas hasta que el casco acabase por desaparecer debajo de las olas, y eso significaba que continuaría vaciando su carga durante horas.

La inspiración le llegó de su experiencia con Sloane a bordo del *Or Death* cuando la lancha salvavidas había sido alcanzada por un misil disparado desde el yate que vigilaba los generadores impulsados por las olas. Se había hundido en un instante porque la proa se había abierto mientras navegaba a gran velocidad. Cabrillo no se molestó en pensar en los innumerables fallos de su loca idea; sencillamente se puso a organizarla.

—Linc, Eddie, bajad a los almacenes y buscadme sesenta metros del Hyperdherm que recubre las fundas de los electromagnetos. —El material similar al explosivo plástico era un compuesto con base de magnesio capaz de arder a una temperatura de casi dos mil grados centígrados y se utilizaba en las operaciones de salvamento para cortar el acero bajo el agua—. Nos encontraremos en el hangar. Eddie, equípate de camino. No puedo garantizar qué clase de recepción tendremos en el *Sidra*.

—¿Qué pasa conmigo? —preguntó Linc.

—Lo siento, pero tenemos limitaciones de peso.

Max tocó el hombro de Juan.

—Obviamente se te ha ocurrido algo astuto y tortuoso. ¿Te molestaría explicarlo? —Después que Cabrillo explicase su plan, Hanley asintió—. Como dije, astuto y tortuoso.

—¿Hay alguna otra manera?

31

El rostro de George Adams era una máscara de concentración; los dedos los tenía sujetos bien firmes en los controles del Robinson. El viento y el furioso batir de las paletas del rotor principal sacudían el pequeño helicóptero en la plataforma elevada, pero no despegaría hasta el momento exacto.

El *Oregon* bajó por la parte de atrás de una ola y una pared de agua apareció por encima de la cubierta, una cresta curvada que amenazaba con llevarse por delante al helicóptero y a sus tres ocupantes.

—Háblame, Eric —dijo Adams mientras el barco comenzaba a remontar la siguiente ola.

—Espera, la cámara casi ha llegado a lo alto. Vale, sí, hay un gran espacio al otro lado. Tienes tiempo de sobra.

En el instante en que el barco llegó al punto máximo de su ascenso, Adams aceleró un poco a sabiendas de que cuando despegasen el *Oregon* se hundiría por debajo de ellos en lugar de alzarse en una ola oculta y estrellarse contra el helicóptero. Mientras remontaban, el carguero se hundió. George bajó un poco el morro para ganar velocidad y después se puso fuera del alcance de las olas para enfrentarse al vendaval. Tuvo que girar con el viento para ganar velocidad y altura antes de volver a meterse en la tormenta. Golpeado por ráfagas frontales de cincuenta nudos, el Robinson solo avanzaba a unos sesenta nudos por encima del océano, no mucho más rápido que el *Oregon*, pero Juan quería llegar al *Gulf of Sidra* lo antes posible.

Si el plan funcionaba, el barco estaría dentro del radio de acción de los torpedos para el momento en que él y Eddie hubiesen acabado de colocar las cargas de Hypertherm.

—Calculo que nuestro tiempo de vuelo será de una hora y veinte minutos —dijo George después de acomodarse para el difícil vuelo.

—¿Juan? —Era Max por la radio.

—Adelante.

—Cassedine está enviando otro SOS.

—Muy bien, adelante y respóndele tal como habíamos acordado.

—Hecho. —Max dejó el canal abierto para que Cabrillo pudiese escuchar la conversación—. *Gulf of Sidra*, este es el MV *Oregon*, capitán Max Hanley. Hemos captado su llamada de socorro y avanzamos a toda la velocidad posible hacia su posición pero todavía estamos a dos horas de viaje.

—*Oregon*, gracias a Dios.

—Capitán Cassedine, por favor explique su situación.

—Hay una vía de agua en el casco en la banda de babor y está entrando agua. Las bombas funcionan a pleno rendimiento y no parece que nos vayamos a hundir, pero si la vía se hace más grande tendremos que abandonar el barco.

—¿La vía se ha hecho más grande desde que apareció?

—Negativo. Nos golpeó una ola cruzada al viento y rompió el casco. Se ha mantenido estable desde entonces.

—Si vira al este podremos alcanzarlo antes. —Esto no era verdad pero si el *Gulf of Sidra* viraba mientras descargaba su veneno distorsionaría en parte el ojo del huracán. Básicamente era una prueba para ver quién controlaba el barco, su capitán o Daniel Singer.

La estática llenó las ondas durante casi un minuto. Cuando Cassedine apareció de nuevo había miedo en su voz.

—Ah, eso no es posible, *Oregon*. El jefe de máquinas informa que tenemos una avería en el sistema del timón.

—Muy probablemente una pistola que le apunta a la cabeza —le dijo Juan a Max.

Habían considerado este escenario, así que Max continuó como si no tuviese mucha importancia.

—Comprendido el daño al timón. En ese caso, capitán, no podemos arriesgarnos a una colisión en estas condiciones. Cuando estemos a diez millas de ustedes le pediré que arríe los botes salvavidas.

—¿Qué? ¿Para que después usted enganche un cabo a mi barco y reclame el salvamento?

Juan se echó a reír.

—El tipo se está enfrentando a la muerte y le preocupa que le robemos el barco.

—Capitán, el *Oregon* no es un barco pesquero de mil toneladas —mintió Max con toda tranquilidad—. No podríamos arrastrar a un buque tanque en un lago, y mucho menos en las garras de un huracán. No me interesa en absoluto arriesgarme a que una ruina nos aborde en mitad de esta tormenta.

—Ah, lo comprendo —dijo Cassedine finalmente.

—¿Cuántos hay a bordo?

—Tres oficiales, doce tripulantes, y un supernumerario.

El supernumerario sería Singer, pensó Juan, al comprender que era un número reducido incluso para lo habitual en los buques tanque que en la actualidad estaban tan automatizados que solamente llevaban un mínimo de tripulación, pero suponía que era suficiente para las intenciones de Singer.

—Recibido —replicó Max—. Dieciséis personas. Lo llamaré cuando estemos al alcance. *Oregon* fuera.

—Afirmativo, capitán Hanley. Llamaré de inmediato si hay cambios en nuestra situación. *Gulf of Sidra* fuera.

—No te acostumbres mucho a eso de capitán Hanley —dijo Juan cuando se cortó la comunicación con el superpetrolero.

—No sé qué decirte —respondió Max tranquilamente—. No

suena nada mal. ¿Crees que Singer abandonará el barco con ellos?

—Es difícil de decir. Aunque haya tenido un tropezón quizá intente completar la misión sin los tripulantes. Tendrán que aminorar la marcha para poder lanzar el bote salvavidas, pero si Cassedine le enseña cómo recuperar la velocidad entonces podría terminar de formar un ojo que tenga menos de seis millas de diámetro.

—¿Lo harías tú?

—Si yo estuviese en su lugar y hubiese llegado hasta aquí, sí. Creo que llegaría hasta el final.

—Eso significa dos cosas. Una que Singer esta más loco que una cabra borracha y dos que tú y Eddie tendréis que estar muy atentos cuando coloquéis las cargas.

—Tendremos cuidado.

Una hora más tarde, George transmitió al *Oregon* que habían llegado al primer punto de escala en el vuelo. Era el momento de que la tripulación abandonase el *Gulf of Sidra*.

—Aquí el *Oregon*, llamando al capitán Cassedine —dijo Max por la radio.

—Aquí Cassedine, adelante, *Oregon*.

—Estamos a diez millas de su posición. ¿Está preparado para abandonar el barco? —preguntó Max.

—No quiero discutir con usted, capitán —replicó Cassedine—, pero mi radar indica que está a casi treinta millas de nosotros.

—¿Confía usted en el radar con olas de seis metros? —se burló Max—. En mi radar ni siquiera aparece. Confío en mi GPS y, según nuestros cálculos, está a diez millas de nosotros. —Hanley le transmitió la longitud y la latitud de un lugar a diez millas al este del *Gulf of Sidra*—. Esa es nuestra actual posición.

—Ah sí, ahora veo que tiene razón y que está dentro de las diez millas.

—Podríamos acercarnos un poco más si ha hecho las reparaciones en el timón.

—No, no las hemos hecho, pero el supernumerario se ha ofrecido voluntario para permanecer a bordo e intentar repararlo.

—¿El resto de ustedes lo abandonará? —preguntó Max, en su papel de marino preocupado.

—Es el dueño del barco y conoce el riesgo —le informó Cassedine.

—Comprendido —respondió Max con una falsa inquietud—. Después de abordar el bote salvavidas y apartarse de la estela del tanque ponga rumbo de doscientos setenta grados y transmita una llamada por la frecuencia de emergencia EPIRB, así podremos rastrearlos.

—Un rumbo de doscientos setenta grados y una longitud de 121.5 megahercios. Arriaremos el bote salvavidas dentro de un par de minutos.

—Buena suerte, capitán. Que Dios los acompañe —dijo Max en tono grave. Incluso si Cassedine y su tripulación estaban ayudando a Singer a sabiendas, el marinero que había en él comprendía los peligros de subir a bordo de un bote salvavidas con este mar.

Un cuarto de hora más tarde, Hali Kasim buscó la onda de emergencia marina y la conectó a los altavoces del centro de operaciones para que todos pudiesen escuchar el agudo pitido.

—¿Lo captas, Juan?

—Lo tengo. Lo seguimos.

Incluso volando a ciento cincuenta metros de altura solo salieron de las nubes cuando estaban a menos de una milla del buque tanque. Pesaba noventa mil toneladas más que el *Oregon* y eso le permitía cabalgar las olas con mucha más suavidad, con solo alguna montaña de espuma que rompía sobre la proa roma. Apenas alcanzaron a ver la pequeña mancha amarilla que se apartaba del gigante de cubierta roja. Era el bote salvavidas y, como le habían ordenado, Cassedine se alejaba hacia el este, bien lejos del *Oregon* donde no tenía ninguna oportunidad de interferir. Vieron que el buque comenzaba a recuperar velocidad después de haber arriado al bote salvavidas.

—Mirad eso —dijo George y señaló.

Cerca de la popa del *Gulf of Sidra* un chorro se arqueaba por la banda a unos dos metros y medio debajo de la borda. Era la descarga, correspondiente al sistema de tuberías y bombas que le permitían cargar o vaciar lastre.

Solo que no estaba descargando agua. El líquido que salía del agujero de noventa centímetros de diámetro, era espeso y viscoso, como el crudo que había contaminado la bahía alrededor de la terminal de Petromax en Angola. Pero este era claro y parecía extenderse por el océano a una velocidad muy superior a la que salía del barco.

—Crece por su cuenta —comentó Eddie desde el asiento trasero. A su lado estaban las gruesas cuerdas de Hypertherm—. Los elementos orgánicos del gel están contaminando el agua y convirtiéndola en mucílago.

Dieron una vuelta alrededor del buque para observar el daño en la banda de babor. Había una vía en el casco que iba desde la línea de flotación hasta la borda. A medida que el casco se flexionaba con las olas, la vía se abría y cerraba como una boca vertical. El mar alrededor de la rotura estaba cubierto con una piel cada vez más gruesa de material floculento.

—¿Dónde quieres que os deje? —preguntó George.

—Todo lo cerca de la proa que puedas —contestó Juan.

—No quiero correr el riesgo de que nos alcance la espuma, así que tendrá que ser por lo menos unos treinta metros más atrás.

—No tendremos tiempo para buscar a Singer, así que asegúrate, cuando vuelvas para recogernos, de hacerlo lo más rápido posible.

—Confía en mí, director. No quiero sobrevolar con este viento ni un microsegundo más de lo necesario.

Adams dio la vuelta para ponerse contra el viento, y se acercó al buque desde una altura de treinta metros. El encrespado mar parecía querer alcanzar los patines. Cruzaron por encima de la borda y George contuvo al pequeño helicóptero, y lo mantuvo firme contra las ráfagas en una demostración de sus habilidades como piloto mientras descendía. Se mantuvo a una altura de seis metros por encima del nivel que alcanzaba la cubierta incluso con las olas más grandes.

—Eddie, adelante.

Eddie Seng abrió la puerta opuesta a él, y luchó para mantenerla abierta con un pie mientras utilizaba el otro para empujar los rollos de Hypertherm fuera del helicóptero. Los explosivos cayeron sobre la cubierta como una nidada de serpientes entrelazadas. Cuando el último trozo desapareció por encima del umbral se irguió y el viento cerró la puerta.

—Ahora vamos por la parte difícil —murmuró George, que mantenía un ojo puesto en el horizonte, para calcular las olas y la frecuencia de las rachas. Unas pocas gotas de lluvia golpearon el parabrisas. No permitió que este peligroso anuncio interrumpiese su concentración.

Juan y Eddie esperaron con las manos puestas en las manijas de las puertas y las pistolas ametralladoras terciadas.

Una explosión de espuma apareció por todo el ancho de la proa, mientras el buque cortaba otra enorme ola. Cuando comenzaba a levantarse, George bajó el Robinson. Calculó a la perfección. La cubierta no estaba a más de metro cincuenta de los patines del helicóptero cuando el barco comenzó a asentarse de nuevo.

—Hasta la vista, chico.

Cabrillo y Seng abrieron las puertas, saltaron sin vacilar y dejaron que Adams remontase antes de que el barco chocase contra otra ola en un ciclo despiadado.

Juan golpeó contra la cubierta y rodó sobre sí mismo, sorprendido en el acto al notar lo caliente que estaba el metal. Apenas si aguantaba la temperatura a través de la gruesa tela de su ropa de faena y se levantó lo más rápido que pudo. Sabía que el calor atravesaría la suela de goma de las botas en cuestión de minutos. No le preocupaba la prótesis, nunca sentía nada, pero el otro pie y los de Eddie sufrirían quemaduras de primer o segundo grado si tardaban mucho.

—Esto apesta —comentó Eddie como si hubiese leído el pensamiento de Juan.

—La espuma que golpea la proa la refrescará un poco —replicó Juan mientras llegaban a la pila de Hypertherm. Le hizo una señal a George en el Robinson que los sobrevolaba a una altura de ciento cincuenta metros. Adams sería el vigía por si acaso Singer hacía acto de presencia.

Debido a la inercia del *Gulf of Sidra*, Juan había decidido que cambiar el rumbo del barco o poner sus máquinas marcha atrás serviría de muy poco. La única oportunidad de detener a Singer era colocar el Hypertherm lo más rápido posible.

Los explosivos capaces de cortar el metal estaban configurados en largos de seis metros con enganches conductores de electricidad en los extremos, de forma que las secciones podían ser unidas en una única carga. El detonador y la batería se podían colocar entre dos segmentos pero, si querían conseguir el resultado deseado, tendrían que colocar el explosivo lo más cerca que pudiesen del centro.

Juan levantó las sogas de Hypertherm sobre los hombros hasta que notó que le flaqueaban las rodillas. Cuando acabó tenía la rodilla izquierda bañada en sudor.

—¿Preparado? —gruñó.

—Vamos allá.

Tambaleantes con las cargas de setenta y cinco kilos, los dos hombres caminaron hacia la proa, ambos arrastrando las secciones de explosivo gris. El viento y el movimiento del barco hacían que se moviesen como borrachos pero continuaron avanzando, y cuando finalmente llegaron a un lugar empapado por la espuma, vieron las columnas de vapor que se levantaban de la cubierta. A Juan le recordó una visita a los géiseres en el parque de Yellowstone cuando era niño. Dejó caer la carga a nueve metros de la proa. Era todo lo que se podían acercar sin correr el riesgo de ser arrastrados por la espuma.

—¿Qué vemos, George? —jadeó Juan.

—He hecho una pasada junto al puente pero no he visto a nadie. Las cubiertas son un laberinto de tubos y válvulas. No veo a Singer por ninguna parte.

—¿Qué dices tú, Max?

—Estamos dentro del radio de acción de los torpedos y esperamos tu señal.

—De acuerdo.

Aquello que Juan creyó que era otra nube de espuma que cubría la proa del barco resultó ser un chaparrón. Aflojó después de unos pocos segundos, pero no cesó del todo. Habían estado trabajando al límite con dos objetivos implacables. Uno era evitar que el buque acabase la vuelta; el otro, colocar los explosivos y estar de regreso a bordo del *Oregon* antes de que la lluvia hiciese imposible el vuelo. Lo único que podía esperar era tener mejor suerte con esto último.

Eddie comenzó a colocar los explosivos a lo ancho del barco por el recorrido de una de las soldaduras que unían dos secciones del casco. Juan estaba ocupado con el detonador, y lo probó un par de veces con el control remoto que llevaba en el bolsillo antes de conectarlo en el primer trozo de Hypertherm. Necesitaron seis segmentos de seis metros para abarcar la manga del buque. Cada uno contenía una batería que al activarla generaba un campo magnético que anclaba los explosivos a la cubierta de acero y evitaba que se moviesen con el cabeceo del barco.

Eddie y Juan tuvieron que trabajar juntos para bajar un trozo por cada una de las bandas del barco de forma que parte del Hypertherm colgaba en el agua. De nuevo sujetaron los electromagnetos al casco a lo largo de una de las soldaduras. Cuando acabaron tenían una línea de explosivos que cubrían hasta el último centímetro del barco por encima de la línea de flotación. Los trozos sobrantes los dejaron apilados sobre cubierta.

Juan llamó a George para que los recogiese en cuanto Eddie hizo la última conexión. La lluvia ganaba en intensidad; caía casi en horizontal y cortaba la visibilidad hasta el punto que la distante superestructura se veía nebulosa como un fantasma. Mientras Adams se preparaba para hacer la recogida más difícil de su distinguida carrera, Cabrillo llamó a Hanley.

—Max, las cargas están colocadas. Adelante y dispara los torpedos. Estaremos fuera de aquí para cuando lleguen.

—Recibido —contestó Max.

En el centro de operaciones, Mark Murphy abrió las escotillas de los tubos y puso en pantalla el programa de control de torpedos. Conectado a través del radar y los sistemas de sónar del barco, una cuadrícula tridimensional de la figura táctica apareció en la pantalla. Veía claramente al *Gulf of Sidra*, que navegaba a cuatro millas del *Oregon*. En el lenguaje de los submarinistas de la Segunda Guerra Mundial, aquello iba a ser cazar patos de feria.

—Murphy, a mi señal dispara el tubo uno —ordenó Max—. Fuego.

Envuelto en una burbuja de aire comprimido, el torpedo de siete metros salió del tubo y se alejó unos dieciocho metros del buque nodriza antes de que las baterías de plata-zinc pusiesen en marcha el motor eléctrico. El Test-71 solo tardó unos segundos en alcanzar la velocidad operativa de cuarenta nudos.

En la pantalla de Mark se veía el torpedo en dirección al buque tanque, y los finos filamentos de los cables de guía en su estela. Por el momento dejó que el torpedo corriese libre, pero tenía a mano el mando para usarlo si fuese necesario guiar el arma.

—Dispara el dos.

Murphy lanzó el segundo torpedo; el sonido del lanzamiento resonó por el barco como una tos hueca. Al cabo de un momento, anunció:

—Dos torpedos lanzados y en dirección correcta.

—Juan —llamó Max—, tienes a un par de peces de camino así que es hora de salir de ahí.

—Estoy en ello —contestó Cabrillo.

Miraba la tormenta mientras George acercaba al Robinson cada vez más. Era su tercer intento de poner el helicóptero en la cubierta. El terrible viento había abortado los dos primeros cuando el helicóptero aún estaba a quince metros por encima del barco. Una ráfaga golpeó al aparato; George compensó en el acto, y movió el Robinson para mantenerse a la par con el *Sidra*, que se movía a una velocidad de diecisiete nudos.

—¡Vamos, Georgie, muchacho! —gritó Eddie, que levantó los pies para evitar que se quemasen las suelas—. Puedes hacerlo.

El Robinson bajó todavía más; sus rotores impulsaban la lluvia contra la cubierta en forma circular. Vieron a Adams detrás del parabrisas de plexiglás. Su rostro de galán de cine estaba tenso con la concentración, y sus ojos no parpadeaban. Los patines se mantenían a una tentadora distancia de tres metros por encima de la cubierta y cuando el *Sidra* se levantó con otra oleada, la distancia se acortó.

Eddie y Juan se pusieron en posición para abrir las puertas traseras del helicóptero y lanzarse al interior lo más rápido posible.

Adams consiguió mantener al helicóptero en posición durante casi quince segundos a la espera de que el buque llegase a lo más alto de la ola. Cuando comenzó a bajar de nuevo, dejó caer al Robinson los últimos sesenta centímetros. Cabrillo y Seng abrieron las puertas y se zambulleron incluso mientras el helicóptero volvía a remontarse. Adams tiró de la palanca y se apartaron del buque.

—No ha estado nada mal —dijo Juan al tiempo que se sentaba y se abrochaba el cinturón de seguridad.

—Todavía no me felicites. Aún tengo que aterrizar en el *Oregon* —replicó Adams. Entonces sonrió—. Pero reconozco que estuvo muy bien hecho. Ah, solo para que lo sepáis, aquella vía a babor se ha hecho más grande. La cubierta también comienza a rajarse.

—Ahora ya no tiene mayor importancia —dijo Juan y pulsó el botón de su radio—. Max, estamos fuera. ¿Dónde están los torpedos?

—A una milla y acercándose. Harán impacto en cuatro minutos.

El Atlántico estaba demasiado movido como para ver la estela de las armas mientras surcaban el agua, aunque los tres hombres del helicóptero, que se mantenía a una altura de doscientos cincuenta metros, tendrían una vista espectacular de la explosión.

—Haré estallar el Hypertherm diez segundos antes del impacto —anunció Juan—. Al golpearlo por babor y estribor cortará el casco por debajo de la línea de flotación y los explosivos quemarán todo lo que hay encima. La proa se desprenderá como una rebanada de pan.

Murphy apareció en la red táctica.

—Avisaré las distancias. Cuando estén a cuarenta y cinco metros, activa el explosivo.

Pasaron unos tensos tres minutos mientras Mark guiaba a los torpedos de forma que chocasen contra las bandas del *Gulf of Sidra* en los lugares exactos debajo de donde Juan y Eddie habían colocado el Hypertherm. Juan tenía el control remoto del detonador en la mano y el pulgar preparado.

—Noventa metros —avisó Mark.

A medida que los torpedos convergían hacia el buque se acercaron a la superficie, de forma que era posible ver la delgada línea de sus estelas. Mark los estaba dirigiendo a la perfección.

—Sesenta y cinco metros.

Adams con su visión perfecta fue el primero en verlo.

—¿Qué demonios es eso? —gritó de pronto.

—¿Qué, dónde?

—Movimiento en la cubierta.

Cabrillo lo vio entonces, una diminuta figura que corría hacia la proa del *Gulf of Sidra*. Vestía un traje de lluvia que era casi del mismo tono rojo de la cubierta del buque, el camuflaje perfecto para moverse entre el laberinto de tubos y alcanzar la proa sin ser visto.

—¡Es Singer! ¡No miréis!

Pulsó el botón del control remoto del detonador y volvió la cabeza para protegerse los ojos de la intensidad del Hypertherm al arder. Cuando no vio la cegadora luminiscencia en la visión periférica miró al barco. El Hypertherm seguía en el lugar pero no se había encendido.

—¡Murphy, aborta! ¡Aborta! ¡Aborta!

Mark Murphy podría haber ordenado la autodestrucción de los torpedos pero en cambio envió una señal para desacelerar a las armas y utilizó los dos mandos para sumergirlos. Observó el descenso en la pantalla. El ángulo de descenso que llevaban no parecía que fuese a permitirles pasar por debajo de la enorme quilla del buque pero no podía hacer nada más. Estaban tan cerca que la orden de autodestrucción hubiese perforado el casco del *Sidra* y hecho que su muerte se prolongase tanto que le permitiría evacuar toda la carga de gel.

—Bajad, chicos, bajad —rogó Eric Stone desde su puesto junto al de Murphy.

Max contenía el aliento mientras miraba en el monitor principal la trayectoria de los torpedos. Cuando pasaron a un metro ochenta por debajo de la quilla plana del buque tanque y a una distancia de tres metros el uno del otro todos en el centro de operaciones exhalaron un suspiro.

—Llévame allá abajo —gritó Juan, y señaló el buque.

Adams puso al helicóptero en un agudo picado antes de decir:

—No puedo garantizar que pueda recogerte de nuevo. Estamos mal de combustible.

—No importa. —Había furia en la voz de Cabrillo.

El Robinson voló sobre la cubierta de proa del buque como un halcón dispuesto a coger su presa. Los patines estaban a no más de tres metros de la cubierta mientras Adams perseguía a Singer a lo largo del buque. Juan se había quitado el cinturón de seguridad y estaba preparado con el hombro apoyado contra su puerta. Se quitó la MP-5 y la arrojó sobre el asiento. Cuando había saltado la primera vez, el arma le había golpeado dolorosamente en la espalda. Este salto iba a ser más difícil. Singer debió escuchar al helicóptero porque miró hacia arriba por encima del hombro. Abrió mucho los ojos y corrió todavía más rápido. Había un objeto oscuro en su mano, que Juan identificó como la batería del detonador. Singer torció a la derecha, para que sus perseguidores chocasen contra una torre que se levantaba doce metros por encima de la cubierta y también para alcanzar la borda y así arrojar la batería al mar. Juan abrió la puerta. El salto era de unos tres metros y el helicóptero se movía a una velocidad de unos quince kilómetros por hora, pero saltó de todas maneras. Golpeó con fuerza contra la cubierta y rodó sobre las calientes planchas de acero hasta que chocó contra el soporte de una tubería. Se puso de pie, con el cuerpo resentido por el efecto acumulado de tantos castigos. Echó a correr, elevando la pistola sujeta firmemente en la mano.

Singer lo había visto saltar del helicóptero y redoblado el paso. Sus largas zancadas comían la distancia como una gacela. Pero por mucho que quisiese arrojar la batería por la borda y completar su misión el hombre que lo perseguía estaba animado por algo todavía más poderoso. Miró de nuevo por encima del hombro y vio que Cabrillo acortaba distancias, con el rostro convertido en una máscara de furia.

Una nueva ola surgió de debajo del buque e hizo gemir al casco con la tensión. La vía en el lado de babor se cerró cuando la ola torció la quilla. Luego, cuando pasó, la grieta se abrió de nuevo y se hizo más grande que antes. Singer había visto la brecha y estaba lo bastante cerca de la borda como para evitarla cuando se cerró, pero cuando se abrió de nuevo nunca creyó que rompería la cubierta con tanta facilidad.

Singer intentó eludirla; trataba de cambiar torpemente el peso cuando resbaló, y destrozó el pantalón impermeable y la carne de la pierna contra el filoso borde. La batería, del tamaño de un libro, resbaló por la cubierta. Singer soltó un alarido de dolor y la otra pierna cayó en el agujero, y quedó colgado sobre la resbaladiza superficie del floculento que aún quedaba en el tanque de lastre. El metal ardiente le quemó las manos mientras luchaba por levantarse antes de que la brecha se cerrase.

Cabrillo se zambulló hacia él a toda velocidad en el mismo momento en que el buque se movía de nuevo y los dos lados de la abertura se cerraban como una tijera. Cayó con Singer en medio de un chorro de líquido caliente y un agudo grito que atravesó su cerebro. Cuando se recuperó de la caída miró a Singer. Todo por debajo de la parte superior de los muslos había sido seccionado y caído al tanque. La sangre salía en torrentes de los cortes y se volvía rosa con la lluvia. Se arrastró hasta Singer y lo puso boca arriba. Mostraba una palidez mortal y sus labios ya se habían vuelto azules. El grito acabó bruscamente cuando su cerebro rechazó sentir más dolor. Estaba en estado de choque.

—¿Por qué? —le preguntó Juan antes de que el hombre sucumbiese al trauma.

—Tenía que hacerlo —susurró Singer.

—¿No ha pensado que el futuro se cuida de sí mismo? Cien años atrás no se veía el sol en Londres debido a la contaminación industrial. La tecnología ha evolucionado y aquel manto de humo desapareció. Hoy puede decir que el problema son los coches que causan calentamiento global. Dentro de diez o veinte años aparecerá algo que convertirá al motor de combustión interna en obsoleto.

—No podemos esperar tanto tiempo.

—Entonces tendría que haber gastado sus millones en inventarlo en lugar de desperdiciarlos en una demostración que posiblemente no cambiará nada. Ese es el problema con su movimiento, Singer, son pura propaganda y comunicados de prensa pero ninguna solución concreta.

—Las personas hubiesen reclamado acción —replicó Singer débilmente.

—Durante un día o una semana. Para conseguir cambios necesita alternativas, no un ultimátum.

Singer no dijo nada, pero mientras moría fue su desafío la última cosa que desapareció de sus ojos.

Los fanáticos como él nunca comprenderían la naturaleza del compromiso y Juan sabía que no tendría que haberse molestado. Se agachó para recoger la batería y echó a correr hacia la proa.

—Háblame, Max.

—Tienes tres minutos antes de que los torpedos se queden sin carga.

Debido a los cables guías que salían del *Oregon*, no se podían cerrar las escotillas para cargar más torpedos del arsenal de la nave. Si Juan no hacía estallar el Hypertherm ahora, tardarían media hora en lanzar otros dos torpedos al agua y él sabía que el *Gulf of Sidra* se rompería antes de ese plazo.

—A mí no me esperes pase lo que pase. Si no puedo detonar el Hypertherm, lanza los torpedos contra el barco de todas maneras. Quizá tengamos suerte y el estallido ponga en marcha las cargas.

—Te escucho, pero no me agrada.

—¿Cómo demonios te crees que me siento? —dijo Cabrillo mientras corría.

El buque parecía inmensamente largo, y la proa un horizonte que nunca se acercaba. El calor que emanaba de la cubierta hacía que el sudor saliese a chorros de los poros y cada vez que su pie izquierdo golpeaba el suelo escuchaba cómo reventaba las ampollas. No hizo ningún caso y continuó corriendo.

—Dos minutos —le avisó Max por la radio cuando Cabrillo llegó finalmente a las cargas de Hypertherm que cruzaban el barco.

Singer había arrancado la batería del detonador, y al mismo tiempo había cortado los cables que llevaban la electricidad para detonar la carga. Juan tuvo que desconectar primero el detonador de los dos trozos de explosivos para impedir que accidentalmente se cerrase el circuito. Con el cortaplumas que Eddie había recuperado en el Oasis del Diablo, tuvo que quitar el aislante plástico para dejar a la vista el cobre antes de poder unir de nuevo los cables. Había tres y tardó veinte segundos con cada uno. Una luz verde que indicaba el estado del detonador se encendió. Había completado el circuito.

—Un minuto, Juan. —Conectó un trozo de Hypertherm a un lado del detonador y se acercaba al segundo cuando escuchó la llamada.

—Director, soy Murphy. Los torpedos están a ciento treinta y cinco metros.

—Déjalos venir. Ya casi he terminado. ¡Ya está!

La cadena estaba completa. Se volvió y echó a correr hacia popa, molesto por el dolor que sentía en el pie quemado.

Ahora libraba una carrera contra dos torpedos que se acercaban al barco a cuarenta nudos. Había recorrido treinta metros cuando Murphy le informó de que los torpedos estaban a noventa metros. Aceleró a pesar de la agonía, sin importarle gritar a cada paso.

—Cuarenta y cinco metros, director —dijo Mark como si fuese culpa suya.

Juan siguió durante unos pocos segundos, y ganó un metro más antes de pulsar el botón del control remoto. En un resplandeciente arco que rivalizó con el sol se encendió el Hypertherm y su núcleo de magnesio subió a los dos mil grados; la llama corrió desde el centro del barco como un relámpago, convirtió la cubierta de acero en cera fundida y después la continuó calentando hasta que el metal goteó en la bodega como si fuese agua. La proa quedó envuelta en una nube de humo tóxico y metal ardiente. La luz que emitió llenó el cielo, y convirtió el triste gris en un blanco brillante. El explosivo cortó completamente la cubierta y después continuó con el casco hasta la línea de flotación; todo en un abrir y cerrar de ojos. Juan sintió la intensa ola de calor en la espalda desde una distancia de casi cien metros, y de no haber sido por la lluvia probablemente hubiese perdido los cabellos.

Con la misma rapidez que se había encendido y abierto a través del barco, el Hypertherm se apagó y dejó a su paso un largo y angosto corte con los bordes que resplandecían con el calor residual.

Consiguió cubrir otros veinte metros antes de que los Test-71 chocasen contra el barco directamente debajo de donde el Hypertherm había cortado el casco. Las dos explosiones gemelas lo levantaron por el aire y lo arrojaron sobre la cubierta mientras el agua y el metal destrozado se alzaban como géiseres. La proa se desprendió del resto del buque y se hundió en un instante. La fuerza de su avance a través del océano hizo que el agua inundase las bodegas, y forzó las casi tres cuartas partes de la carga del material floculento a comprimirse hacia popa por las tuberías que conectaban los tanques. Una cascada apareció por la grieta en el costado y envió el gel a una distancia de más de treinta metros.

Habían sabido que esto ocurriría, pero lo aceptaron como un pequeño coste si el resto del material floculento orgánico permanecía atrapado dentro del barco.

Juan se levantó tambaleante, con la cabeza retumbándole, y sintió como si le estuviesen dando martillazos en la cabeza. Al mirar hacia delante vio que el océano subía por encima de donde había estado la proa en una pared de agua que parecía ganar en altura mientras el barco se entregaba al abrazo del mar. El *Gulf of Sidra* estaba sellando su propio destino mientras sus enormes motores diésel continuaban haciendo girar las hélices, y lo empujaban debajo de las olas a una velocidad de diecisiete nudos.

—Juan, soy George. —Miró hacia lo alto y vio al helicóptero que permanecía a la espera—. Creo que me queda combustible suficiente para hacer un intento.

—No tienes tiempo —respondió Juan mientras corría de nuevo hacia popa—. Este barco se está hundiendo mucho más deprisa de lo que creía. Habrá desaparecido en menos de un minuto.

—Lo intentaré de todas maneras. Te espero en la borda, a popa.

Cabrillo continuó corriendo.

—Nosotros también llegamos —comunicó Max Hanley desde el *Oregon*—. Las tripulaciones de rescate se están preparando por si acabas en el agua.

Juan siguió corriendo, por el costado de estribor para poder evitar la grieta del casco. El mar continuaba subiendo. Ya una tercera parte del buque tanque estaba inundada y cada segundo veía que se hundía un poco más.

Llegó a la superestructura y corrió por el estrecho espacio que quedaba junto a la borda; su esfuerzo iba en aumento por la inclinación, cada vez mayor, de la cubierta. Llegó al mástil del *Sidra* con su empapada bandera de Liberia en el momento en que el agua llegaba a la superestructura. No había ninguna señal de George Adams con el Robinson. Cabrillo tendría que sujetarse y rogar que la succión no fuese demasiado profunda cuando el barco se hundiese bajo sus pies.

Acababa de subirse a la borda cuando el helicóptero apareció por detrás de la superestructura inclinada. De la puerta trasera colgaba una cuerda improvisada con correas de los fusiles de asalto, una chaqueta, unos trozos de cable robados de alguna parte de la cabina y los pantalones de Eddie Seng al final. Un piso por encima de Cabrillo estalló una línea de ojos de buey, debido a la presión del aire a medida que el agua llenaba la superestructura. Se volvió para protegerse de la lluvia de cristales que se abatió sobre él y miró de nuevo hacia arriba a tiempo para ver cómo se acercaban los pantalones de Eddie.

Saltó en el momento preciso que pasaba por encima de su cabeza, deslizó un brazo por el lazo hecho por las perneras, y se vio alzado en el aire girando sobre sí mismo como una moneda al final de un cordel. Debajo de sus pies, el *Gulf of Sidra* desapareció debajo de las olas; su tumba estaba marcada por un charco de gel miles de veces más pequeño de lo que había pretendido Daniel Singer.

La primera persona que los recibió en el hangar del *Oregon* después del increíble aterrizaje de George fue Maurice. Vestía impecablemente con su característico traje negro y una almidonada servilleta blanca en un brazo. En el otro sostenía en alto una bandeja con una tapa de plata. Cuando Juan salió tambaleante del *Robinson*, y Max, Linda y Sloane llegaron jubilosos, Maurice se acercó y quitó la tapa con un gesto cortesano.

—Según su anterior petición, capitán.

—¿Mi anterior petición? —Atontado por la fatiga, Juan no tenía ni idea de lo que hablaba el sobrecargo.

Maurice era demasiado profesional para sonreír, pero en sus ojos brillaba la burla.

—Sé que este técnicamente no es un huracán pero creo que disfrutará de su soufflé de langosta y queso gruyere con un Alaska al horno para postre.

Su cálculo había sido tan perfecto que el delicado soufflé no se había bajado y el vapor escapaba de la parte superior. Las risas resonaron por todo el hangar.

Hubiese sido la décima tormenta del año en el Atlántico, lo bastante poderosa para convertirse en una tormenta tropical y así merecer un nombre. Aunque había comenzado como un huracán con un enorme potencial para la destrucción, el ojo no acabó de formarse del todo. Los meteorólogos no encontraban ninguna explicación. Nunca habían visto semejante fenómeno.

Mejor así. La temporada de tormentas acababa de empezar y al público cansado no le interesaba un huracán que no había llegado a serlo. De acuerdo con la tradición, cada tormenta era nombrada con la correspondiente letra en el alfabeto de modo que la primera tormenta siempre tenía un nombre que comenzaba con la letra A, la segunda con la letra B y así sucesivamente. Así que cuando llegó la décima tormenta, una tormenta que nunca llegó a tierra, pocos recordarían que había recibido el nombre de tormenta tropical Juan.

32

El buggy que llevaba a Cabrillo, Max, Sloane y Mafana cruzaba el desierto con sus neumáticos especiales y el motor rugiendo. Juan lo conducía a una velocidad de vértigo. Moses Ndebele había querido hacer el viaje, pero sus médicos del hospital privado sudafricano rehusaron darle el alta tan poco después de la intervención para curar el pie destrozado. Había enviado a su viejo sargento en su lugar, aunque confiaba plenamente en Cabrillo.

Llegaban tarde a la cita. El hombre de la compañía que les alquiló el vehículo también era un voluntario de la policía de Swakopmund. Se había retrasado porque había tenido que ir a arrestar a un grupo de europeos abandonados en el desierto que eran los responsables de un secuestro ocurrido en Suiza.

El vehículo descapotable llegó a lo alto de una duna y Juan se lanzó en un derrape que marcó profundos surcos en la arena. El vehículo se balanceó sobre los amortiguadores mientras los cuatro pasajeros miraban asombrados al valle.

El *Rove* parecía estar navegando en un mar de arena. Unas pequeñas dunas lamían su casco como suaves olas. De no haber sido porque habían desaparecido la chimenea y las plumas destrozadas y el hecho de que no le quedaba nada de pintura, hubiese tenido el mismo aspecto que tenía antes de ser sepultado durante cien años por la peor tormenta de arena en un siglo.

Un poco más allá había un enorme helicóptero de carga de un brillante color turquesa con el nombre NUMA pintado al pie del rotor. Cerca había dos pequeñas excavadoras que se habían utilizado para quitar los diez metros de arena que habían cubierto el barco y un grupo de trabajadores descansaba a la sombra de un toldo blanco.

Juan se inclinó para besar la mejilla de Sloane.

—Tenías razón. Felicitaciones.

Ella sonrió complacida por el halago.

—¿Es que tuviste alguna vez alguna duda?

—Miles —dijo Max desde el asiento trasero. Sloane echó una mano hacia atrás y le dio una palmada en la pierna juguetonamente.

Juan puso en marcha el vehículo y bajó por la ladera de la duna. Su aparición hizo que los trabajadores se levantasen. Dos de ellos se apartaron de los demás y caminaron hasta donde habían instalado una rampa para tener acceso a la cubierta principal del *Rove*. Uno de ellos llevaba una caja debajo del brazo.

Cabrillo frenó a un par de metros de la rampa y apagó el motor. El único sonido era el susurro de una suave brisa. Se desabrochó los cinturones y se bajó mientras los dos hombres se acercaban. Ambos eran musculosos, quizá uno o dos años más jóvenes que él, aunque uno tenía los cabellos absolutamente blancos y unos ojos tan azules como los suyos. El otro era moreno, latino, con una expresión risueña que nunca desaparecía de su rostro.

—No sé de muchas personas en el mundo que puedan impresionar a Dirk Pitt —dijo el hombre de cabellos blancos que pertenecía a la NUMA—. Así que cuando tengo la oportunidad de conocer a uno la aprovecho. ¿El director Cabrillo, supongo?

—Juan Cabrillo. —Se dieron la mano.

—Soy Kurt Austin y este bribón es Joe Zavala. Por cierto, gracias por sacarnos de las tareas de limpieza en Angola, donde la NUMA está echando una mano.

—Un placer conocerles. ¿Qué tal va todo?

—Mejor de lo esperado. Resultó ser que nuestro barco estaba cerca en una tarea científica. Joe pudo modificar el tubo de succión que utilizamos para tomar muestras y lo convirtió en una muy efectiva aspiradora de crudo. Bombeamos el crudo directamente a los tanques en la costa. Con Petromax, que ha traído todo lo que tenía en otras instalaciones, en Nigeria, habremos limpiado el vertido totalmente en menos de dos semanas.

—Es una gran noticia —señaló Juan, y después añadió con un toque de autorreproche—: De haber llegado dos horas antes no hubiese sido necesario esta tarea de limpieza.

—Pues dos horas más tarde se habría duplicado.

—Es verdad. —Cabrillo se volvió hacia sus compañeros—. Este es el presidente de la corporación, Max Hanley. Mafana representa a Moses Ndebele, y ella es Sloane Macintyre, la razón de que estemos a ocho millas del océano, pero delante de un buque.

—Toda una visión, ¿verdad?

—No es que me queje, pero ¿cómo lo han encontrado tan rápido?

Antes de responder, Joe Zavala sacó unas cuantas botellas de cerveza Tusker de la caja. El vidrio estaba helado y cubierto con condensación. Abrió las botellas y las repartió.

—La mejor manera que conozco de quitarse el polvo de la garganta.

Brindaron y bebieron grandes tragos.

—¡Ah! —exclamó Zavala—. Esto es la gloria.

—En respuesta a su pregunta —dijo Austin, y se secó los labios—, le pasamos el problema a nuestro genio informático de plantilla, Hiram Yeager. Recogió toda la información posible sobre la tormenta que se abatió aquí la noche que desapareció el *Rove*, de los viejos diarios de a bordo, recuerdos de las personas que vivían en Swakopmund, diarios de los misioneros, y un informe en los archivos de Almirantazgo británico referentes a los cambios en la costa de África Sudoccidental cuando acabó. Lo introdujo todo en su ordenador y después añadió los datos meteorológicos de esta zona correspondientes a todo un siglo desde la tormenta. Aproximadamente un día más tarde, Max dio la respuesta.

—¿Max? —preguntó Hanley.

—Es el nombre que le ha puesto a su ordenador. Creó un mapa de la costa tal cual es hoy con una línea paralela, que iba desde una milla a más de diez tierra adentro. Si el *Rove* había estado cerca de la costa para recoger a unos pasajeros que escapaban con una fortuna en diamantes, tendría que estar enterrado en algún lugar a lo largo de esa línea.

—Las diferencias de distancias están causadas por las diferentes condiciones geológicas y los patrones de viento —añadió Zavala.

—En cuanto tuvimos el mapa volamos a lo largo de la línea con un helicóptero provisto con un magnetómetro.

—Hice lo mismo durante días —les dijo Sloane—, pero buscaba en el mar. Supongo que tendría que haber investigado un poco más.

—Tardamos dos días en conseguir un eco que podía corresponder al *Rove*. Estaba a menos de diez metros de donde Max dijo que estaría.

—Es asombroso.

—He intentado convencer a Hiram para que su ordenador me diga los números de la lotería —comentó Zavala—. Dice que puede hacerlo, pero no me deja preguntar.

—Utilizamos un radar terrestre para confirmar que era un barco y no una masa de hierro, como un meteorito —añadió Austin—. El resto solo fue cuestión de mover arena.

Zavala abrió una segunda ronda de cervezas.

—Mover un montón de arena.

—¿Han estado ustedes en el interior? —preguntó Sloane.

—Estábamos esperando ese honor para cuando llegaran ustedes. Subamos a bordo.

Subieron por la rampa hasta la cubierta de teca del *Rove*. Habían hecho una obra maestra quitando la arena, hasta el punto de limpiar los rincones; así que la única arena que había ahora era la que soplaba el viento.

—Las ventanas del puente estaban rotas hacia adentro, ya fuese por la tormenta o más tarde, cuando quedó enterrado, así que se llenó de arena. Sin embargo… —Dejó la palabra flotando en el aire y dio una palmada en una escotilla. El metal resonó—. El desierto no llegó a entrar en los camarotes de la tripulación.

—Ya he aflojado la rueda —dijo Zavala—. Así que, señorita Macintyre, si quiere hacernos el favor…

Sloane se adelantó y giró la rueda otra media vuelta para soltar los cerrojos. Abrió la escotilla y un resto de arena se volcó por encima de su marco. La habitación solo estaba inundada por los rayos de luz que entraban por los pequeños ojos de buey a lo largo de dos mamparos. Aparte de los montones de arena que cubrían el suelo, no parecía que hubiesen pasado cien años. El mobiliario estaba todo en su lugar. Una cocina estaba preparada para calentar la tetera colocada encima y un farol colgado del techo parecía necesitar solo aproximar una cerilla para encenderse.

Cuando sus ojos se acomodaron, todos vieron que aquello que parecía montones de prendas tirados sobre la mesa eran en realidad los restos momificados de dos hombres que habían muerto cara a cara. Su piel se había vuelto gris a medida que los cuerpos se secaban y parecía quebradiza, como la porcelana. Uno no vestía más que un taparrabos alrededor de la cintura y las cañas de unas plumas sujetas con una cinta alrededor del cráneo. El otro vestía unas prendas ásperas y junto a donde yacía la cabeza había un enorme sombrero que había sido blanco ciento diez años atrás.

—H. A. Ryder —susurró Sloane—. El otro debió de ser uno de los guerreros herero que su rey envió para recuperar las piedras.

—Los tuvieron que atacar en el mismo momento que comenzó la tormenta —dijo Austin, que volvió de un corto pasillo—. Hay una docena o más de cuerpos en los camarotes. La mayoría parecen haber muerto en una pelea. Numerosas heridas punzantes. Los cuerpos de los herero no tienen ni una sola marca, así que probablemente murieron de hambre cuando el *Rove* quedó enterrado.

—Pero a él no lo mataron —Juan señaló el cadáver de Ryder—. Me pregunto por qué.

—Por lo que parece, estos dos eran los últimos —señaló Zavala—. Probablemente murieron deshidratados cuando se acabó la provisión de agua del barco.

—Ryder era muy conocido en su tiempo —manifestó Sloane—. Es posible que se conociesen el uno al otro. Incluso quizá fueran amigos antes del robo.

—Ese es un misterio que nunca podremos resolver —dijo Max, y se adelantó para coger una de las bolsas colocadas debajo de la mesa—. En cuanto al otro…

Cuando levantó la alforja, el cuero reseco se partió y una cascada de diamantes cayó sobre la mesa. Estaban sin pulir y la luz era pobre, pero aun así resplandecían como si tuviesen encerrado el sol. Todos comenzaron a dar gritos de alegría. Sloane recogió una piedra de veinte quilates y la sostuvo junto a un ojo de buey para observar sus matices. Mafana recogió un puñado de diamantes y después los dejó caer entre los dedos. Su expresión le dijo a Juan que no estaba pensando en sí mismo sino en la riqueza que estas piedras significaban para su pueblo.

El viejo sargento abrió las otras bolsas y comenzó a buscar entre las piedras, para sacar solo las más grandes y claras. Había muchísimas para elegir porque los mineros que habían llevado los diamantes a su rey únicamente habían escogido las mejores que habían arrancado de la tierra. Cuando sus manos estuvieron llenas se volvió hacia Cabrillo.

—Moses dijo que usted le dio un puñado de diamantes como paga y señal —explicó Mafana solemnemente—. Me ordenó que le devolviese dos como expresión de gratitud de nuestro pueblo.

Juan se sintió abrumado por el gesto.

—Mafana, esto no es necesario. Tú y tus hombres habéis luchado y muerto por estas piedras. Ese fue nuestro acuerdo.

—Moses dijo que eso es lo que usted respondería, así que se supone que debo dárselas al señor Hanley. Moses dijo que es menos sentimental que usted y que las aceptaría en nombre de la tripulación.

—En eso lleva toda la razón —declaró Max, y tendió las manos. Mafana le dio las piedras—. Después de haber hecho de tasador no hace mucho, yo diría que aquí hay un millón de dólares.

—Es posible que no hayas hecho un cálculo correcto. —Sloane cogió la piedra más grande de la pila y se la mostró—. Esta sola valdrá alrededor de un millón cuando esté cortada y pulida.

Max la miró con los ojos casi fuera de las órbitas, lo que provocó otra ronda de carcajadas.

Una hora más tarde, después de acabar de recorrer el barco, Sloane encontró a Juan en la proa del *Rove*, con las manos cruzadas a la espalda.

—¿Cuál era la frase? —preguntó ella cuando se acercó—. Dadme un velero y una estrella para guiarlo.

Cabrillo se volvió con una sonrisa.

—Solo miraba las dunas.

—He estado leyendo el diario de a bordo. H. A. Ryder continuó escribiendo después de quedar enterrados. Kurt estaba en lo cierto cuando dijo que los herero habían atacado cuando llegó la tormenta. Mataron a toda la tripulación, excepto a Ryder. El jefe herero había trabajado una vez para él como guía y le debía la vida después del ataque de un león. No es que importase mucho. Fue solo un retraso.

—¿Qué pasó?

—La tormenta duró toda una semana. Cuando finalmente cesó, no pudieron abrir ninguna puerta, incluida la que daba al puente, y los ojos de buey eran demasiado pequeños para pasar por ellos. Estaban atrapados. Tenían comida y agua para casi un mes, pero el final era inevitable. Fueron muriendo uno tras otro hasta que solo quedaron Ryder y el jefe herero. Debo asumir que Ryder murió primero porque no cita en el diario la muerte de su compañero.

—Esta figura claramente en mi lista de las diez maneras en que no hay que morir —dijo Juan con un temblor.

—Había algo más que Ryder mencionó en el diario, algo muy interesante. Escribió que cuando él y sus compañeros robaron los diamantes herero habían dejado atrás cuatro cántaros llenos de piedras. Sé por la historia que su rey nunca los utilizó para comprar la protección de los británicos contra los alemanes que ocupaban sus tierras, así que las piedras todavía están allí.

—Olvídalo —dijo Juan, con una sonrisa—. La última vez que te ayudé acabé montado en una gigantesca serpiente metálica en medio del océano y vi cómo un superpetrolero se hundía debajo de mis pies. Si quieres ir a buscar más diamantes, hazlo. Yo voy a seguir con algo seguro, como perseguir a terroristas.

—Solo era una idea —dijo ella con un tono provocativo.

Cabrillo sacudió la cabeza.

—Ya que estamos con los diamantes, hay un par de cosas que me gustaría preguntarte.

—Adelante.

—¿Estás segura de que podrás conseguir un buen precio por estas piedras?

—Mi compañía pagará casi todo el valor de mercado solo para mantener el monopolio. No les gustará mucho que no se las lleve yo en persona, pero no tienen alternativa. No te preocupes. Moses recibirá dinero más que suficiente para expulsar a los dirigentes de su país.

—Eso me lleva a mi segunda pregunta. Me imagino que una vez que hayas cerrado el acuerdo con Moses no vas a ganar el título de empleada del mes. Me preguntaba si querrías considerar el cambio de carrera.

—¿Me estás ofreciendo un trabajo, director Cabrillo? —Su sonrisa era más brillante que lo que podía ser cualquiera de los diamantes que habían encontrado.

—Son muchas horas y el trabajo es peligroso, pero como acabas de ver, la paga no está nada mal.

Ella se acercó hasta que su pechos casi se tocaron.

—Tuve una charla con Linda no hace mucho y tuve la sensación de que no hay mucha confraternización entre los tripulantes.

—Los romances de oficina ya son bastante duros. Sería mucho peor cuando tienes que vivirlos juntos.

Ella deslizó la punta del dedo por su brazo desnudo y lo miró a los ojos.

—En ese caso hay algo que necesito sacar primero de mi sistema antes de siquiera considerar dedicarme a jugar a los piratas.

—¿Qué es? —preguntó él con voz ronca.

—Esto —respondió ella cuando sus labios se encontraron.

—Tendremos que arreglar cuanto sea la solución, ¿no? Y mientras tanto le que me la vomite constante... harto penosa resulta esta existencia de allanar... al mundo, dejó de sentir la de... que volviera otra vida buena.

Ella deslizó la mano sobre la boca y sonrió agradecido, como a un niño.

—No me dés hay algo que decirte: soy capaz de dejarte tan fácilmente y después consiente de la persona que...

—Quiere... —murmuró temeroso—. Es...

—Es —respondió él, pasando la mano a sus cabellos.

Impreso en Talleres Gráficos
LIBERDÚPLEX, S.L.U.
Pol. Ind. Torrentfondo
Ctra. Gelida BV-2249 Km. 7,4
08791 Sant Llorenç d'Hortons (Barcelona)